*Über dieses Buch*

Der Nachlaß von Gottfried Benn enthält rund 700 Briefe an F. W. Oelze. Dieser ersten, 292 Briefe aus den Jahren 1932–1945 enthaltenden Veröffentlichung wird ein zweiter Band mit den restlichen rund 400 Briefen folgen, die bis in Benns Todesjahr reichen. Die durch Anmerkungen und Personenregister ergänzte Edition wird herausgegeben von den Germanisten Professor Harald Steinhagen (Bonn) und Professor Jürgen Schröder (Tübingen).

Diese Briefe Benns an den Bremer Großkaufmann F. W. Oelze, von dem eine breitere Öffentlichkeit erst 1950 durch seine Erwähnung in Benns Autobiographie ›Doppelleben‹ erfuhr, nachdem es bereits fast zwanzig Jahre lang eine Art Geheimkorrespondenz gab, gehören zu den bedeutendsten Briefen, die es von Benn gibt. Sie sind sein rückhaltloses Selbstbekenntnis, geben Auskunft über private Lebensumstände, repressive politische Verhältnisse und über ein für den Dichter ungemein produktives literarisches Gespräch mit einem hochgebildeten, selten belesenen Briefpartner. »Benn, der große Abweisende, der Maskenträger, der Undurchdringliche, der, wie es im ›Epilog 1949‹ heißt, einen ›breiten Graben aus Schweigen‹ um seine Existenz zog, gibt sich hier – im Schutze sicherer Diskretion – einem nahezu Fremden zu erkennen. Er, der die Selbstisolierung zu einem kunstvoll gehandhabten, zu einem instrumentalen Lebensprinzip machte, spricht sich aus – privat, politisch, künstlerisch.« (Günter Blöcker)

Die Briefe des ersten Bandes, die zeitlich durch den Verlauf der Nazi-Jahre markiert werden, sind die Protokolle einer inneren Emigration, gerichtet an jenen »Herrn Oelze aus Bremen, ... den ich«, wie Benn schreibt, »selten sah, in dessen Haus ich nie war, mit dem ich, mit dem wir beide gegeneinander hinsichtlich des Privaten immer ›die Regeln wahrten‹, der mich aber brieflich hoch- und wachhielt und in jenen Jahren Balsam in meine Schrunden träufelte«. Sie ergeben ein Buch der großen Einsamkeit. »Es sind tiefinnere Selbstbekenntnisse, die die Spannung seiner Existenz: die Spannung zwischen Kunst und Einsamkeit, oft in wunderbaren Formulierungen bezeugen.« (Horst Krüger)

*Der Autor*

Gottfried Benn wurde am 2. 5. 1886 in Mansfeld/Westpriegnitz geboren. Zunächst studierte der Pfarrerssohn Philologie und Theologie, dann Medizin (Dr. med.). In beiden Weltkriegen war er Militärarzt, nach 1918 Facharzt für Haut- und Geschlechtskrankheiten in Berlin. Am 7. 7. 1956 starb der Lyriker, Dramatiker, Erzähler und Essayist, der die intellektuelle und literarische Szene der Nachkriegszeit nachhaltig beeinflußte, in Berlin.

# Gottfried Benn
# Briefe
# an F. W. Oelze
# 1932–1945

Vorwort
von F. W. Oelze

Erster Band

Herausgegeben von
Harald Steinhagen
und Jürgen Schröder

FISCHER
TASCHENBUCH
VERLAG

Fischer Taschenbuch Verlag
Oktober 1979
Ungekürzte Ausgabe
Umschlagentwurf: Jan Buchholz/Reni Hinsch
Fischer Taschenbuch Verlag GmbH, Frankfurt am Main
Lizenzausgabe mit freundlicher Genehmigung des
Limes Verlages Niedermayer und Schlüter GmbH, Wiesbaden und München

Gesamtherstellung: Hanseatische Druckanstalt GmbH, Hamburg
Printed in Germany
1280-ISBN-3-596-22187-0

# ERINNERUNG AN GOTTFRIED BENN

VON F. W. OELZE

„Der Dichter, der den Weltzustand, wie er ist, aufdeckte, muß nicht Liebe von seinen Zeitgenossen erwarten."
*(Fr. Hebbel, Tagebücher)*

Meine Korrespondenz mit Gottfried Benn begann im Jahre 1932. Es war das Jahr der hundertsten Wiederkehr von Goethes Todestag, in ihrem später berühmt gewordenen Aprilheft hatte die *Neue Rundschau* aus diesem Anlaß elf repräsentative europäische Autoren mit Goethe-Beiträgen vereinigt, einer davon Gottfried Benn: *Goethe und die Naturwissenschaften.* Benn, der Lyriker, war mir aus seinen 1927 in Berlin erschienenen *Gesammelten Gedichten* bekannt, der Goethe-Essay war meine erste Begegnung mit dem Prosaschriftsteller, sie wurde entscheidend. Bei der Lektüre dieser knappen, kaum sechzig Seiten umfassenden Darstellung erfuhr ich das spontane Betroffensein, wie es nur die Kunst zu bewirken vermag, wenn die Stunde der Bereitschaft da ist. Die Konturen bekannter Dinge schienen plötzlich verwandelt durch das Medium einer bislang nicht gehörten Sprache, die geeignet war, ein „köstliches Befremden" zu erregen: „Aus nackt gesteinter Prosa erhebt sich eine Säule, die klingt" – so hat Max Rychner in seinem Benn-Essay diesen Eindruck unvergeßlich ins Bild gebracht. Eine Sprache, vertraut und doch befremdlich in ihrer Doppelschichtigkeit: durch einen sachlichen, exakt dokumentierten Bericht über Goethes naturwissenschaftliche Leistung, seinen Kampf gegen Newton und den Physikalismus wird eine dem Inhaltlichen entrückte andere Wirklichkeit sichtbar, in der die bekannten Dinge ihren Aggregatzustand verändern.
Unter diesem Eindruck schrieb ich dem Autor, seine Antwort:

21. XII 32.

vielen Dank für Ihren Brief. Mir eine grosse Freude, wenn Ihnen meine Aufsätze gefallen haben. Eine mündliche Unterhaltung würde Sie enttäuschen. Ich sage nicht mehr, als was in meinen Büchern steht. Seien Sie vielmals gegrüsst.

Mit dieser Absage begann ein Gespräch, das sich über mehr als zwei Jahrzehnte fortsetzen sollte; Benn schrieb mir während dieser Zeit etwa 700 Briefe. Die Anzahl meiner Gegenbriefe ist nicht mehr feststellbar. Ein Teil davon wurde auf meinen Wunsch vernichtet, als am 7. Mai 1936 das *Schwarze Korps* der SS die bekannten massiven Drohungen an die Adresse Benns gerichtet hatte und er eine Haussuchung durch die Gestapo befürchtete; ein weiterer Teil ist verlorengegangen, als er beim Einmarsch der Russen, 1945, aus der Landsberger Kaserne flüchten mußte, die durch den *Roman des Phänotyp* berühmt geworden ist. Aber meinen Briefen kommt nicht mehr zu als die Bedeutung von Anregungen, Stichworten, Fragestellungen; alles Wesentliche enthalten die Antworten des Dichters. Jeder seiner Briefe – fast alle in seiner oft schwer entzifferbaren Arzthandschrift spontan zu Papier gebracht ohne jeden Gedanken an spätere Veröffentlichung, zu der er erst kurz vor seinem Tode die zögernde und bedingte Einwilligung gab –, jeder dieser Briefe ist ein für sich stehendes, authentisches Dokument einer unverwechselbaren menschlichen und künstlerischen Existenz.

Während der Jahre dieser Korrespondenz sind wir uns seit 1935 bis zu seinem Tode 1956 fast jedes Jahr persönlich begegnet, die Kriegszeit ausgenommen. Zum ersten Male besuchte ich ihn Anfang 1934 in seinen Praxisräumen in der Belle-Alliance-Straße, in Berlin SW; später trafen wir uns außer in Berlin häufig in Hannover, wo er als reaktivierter Militärarzt Dienst tat, nach dem Kriege in seiner Wohnung Bozener Straße 20, Berlin, Amerikanischer Sektor – eine Bezeichnung, auf die er Wert legte. Dreimal, 1951 und 1954, war er in Bremen und im benachbarten Worpswede. – Bei jeder unserer Zusammenkünfte verbat er sich einen größeren Kreis. Er selbst hat oft erwähnt, wie sehr er die landläufige Geselligkeit haßte; je mehr Menschen um ihn waren, desto schweigsamer und reizbarer pflegte er zu sein. Einen nervösen Widerstand, der sich als Unsicherheit innerhalb der Gesellschaftssphäre äußerte, konnte er nie ganz verleugnen. Er war kein Mann des brillanten unverbindlichen Gesprächs; wer von ihm ging, konnte kein Bonmot, keine Anekdote mit nach Hause nehmen. In seinem Gedicht *Chopin*, das eine verschlüsselte Selbstdarstellung ist, sagte er: „Nicht sehr ergiebig im Gespräch, / Ansichten waren nicht seine Stärke, / Ansichten reden drum herum" und, sehr aufschlußreich: „nur keine Restbestände, Fragmente, Notizen, / diese verräterischen Einblicke": – diese Einblicke wollte er allerdings niemandem gestatten. Dinge, die sich dem gewöhnlichen Blick entziehen, nahm er mit dem Röntgenauge des Arztes wahr, wie er selbst einmal sagte; er sah, was unter der Haut sich verbirgt, den „dunklen Kreis der organischen Belange, wo die logischen Systeme vergehn" (*Zur Problematik des Dichterischen*); und eine nie überwundene Scheu vor dem Aussprechen der letzten Worte, „deren Schall Himmel und Erde ins Wanken brächte", zwang ihn, vieles von dem, was er dachte, sah und wußte, für immer zu verschweigen. Welche Notizen, vielleicht auch Arbeitsentwürfe, er kurz vor seinem Tode noch vernichtet hat, wird nicht mehr aufzuklären sein.

Bei der ersten Begegnung fiel als sehr ungewöhnlich seine Stimme auf, die in allen mechanischen Wiedergaben um eine Schattierung zu hoch erscheint; sie war dunkel, immer leise, fast monoton, was den preußischen Akzent mit dem entfernten Echo des Militärischen noch befremdlicher machte; niemals drückte sie Pathos oder Erregung aus. Man könnte sagen, eine Stimme in der Dämmerung, in der er sein Leben zu verbringen liebte. Keine seiner Wohnungen, keiner seiner Arbeitsräume empfingen direktes Sonnenlicht, grelle Tagesbeleuchtung war ihm physisch fast unerträglich. Daher wohl seine ausgesprochene Abneigung gegen Natureindrücke. Er besaß wenig von der Leidenschaft des Augenmenschen. Das Farbige, Dekorative, die Repräsentation gehörten in keinem Augenblick zu den Bedürfnissen seines Alltags. Tagelang konnte er sich in seinen Räumen ab- und einschließen, umschattet von den „schweren Müdigkeiten", von denen er schon den jungen Arzt Rönne sprechen läßt. Erst in der Einsamkeit des Wortes findet er dann die eigene ausgeglichene Welt, die „Wirklichkeit nur aus Hirnrinde", „provoziertes Leben aus Reiz und Stoff" *(Ausdruckswelt)*, – das Visuelle in die andere Realität: Sprache, transponiert. Er liebte es, Museen allein zu durchwandern oder Bände mit Gemälde-Reproduktionen zu durchblättern: „schon summarisches Überblicken schafft manchmal einen leichten Rausch" *(Phänotyp)*, und dieser Rausch war es, in dem die Bilder sich in Worte umsetzten, Zauberworte, ihren unerschöpflichen beschirmten Traum.

Sein Leben verlief ohne die spektakulären äußeren Ereignisse, die so oft das Verhältnis der Mit- und Nachwelt zum schöpferischen Menschen entscheidend mitbestimmen, ja ihren Ruhm erst begründen – von einigen nicht langen Reisen ins Ausland abgesehen fand es in Berlin statt, fast ohne Anteilnahme der Öffentlichkeit, in bescheidenen Wohnungen, über denen etwas Karges, Unpersönliches lag, wenigstens in den langen Jahren, als er allein lebte. Von bürgerlichem Komfort war er unabhängig, alles „Gemütliche" war ihm im Grunde fremd, Unbequemlichkeiten und Entbehrungen nahm er ohne Worte als dazugehörig hin. Sein Arbeits- und Sprechzimmer, mit Ausblick auf den oft beschriebenen Berliner Hinterhof – der Praxisraum, den er auch sein „Laboratorium für Worte" nannte – enthielt außer der weitläufigen Bibliothek nur den einfachen Schreibtisch des Mediziners und Forschers, mit Instrumenten, Büchern, Zeitschriften, Notizen bedeckt, aber alles peinlich aufgeräumt, wenn er Besucher erwartete. Eine große Ruhe und Gelassenheit war immer um ihn und teilte sich seiner Umgebung mit. Er konnte lange zuhören und schweigen, so daß man glaubte, er träume, während nicht das geringste seinem wachen und immer gespannten Bewußtsein entging; es schien, als empfinge er seine Impulse auf rätselhafte Weise von innen, während er äußere Eindrücke mit der Präzision eines hochempfindlichen Instruments unaufhörlich registrierte und speicherte – das Gehirn arbeitete im Fieber, die Temperatur blieb die gleiche. Dies äußere, an Immobilität grenzende Gleichmaß, die kühl distanzierende leidenschaftslose Haltung gegenüber den Gefühlen anderer, das Unpathetische, auch wo er ablehnte oder protestierte, machte manchen, den Neugier zu ihm geführt hatte, unsicher und betroffen. „Gebildete Menschen bringen ihr Leben ohne Geräusch zu", dieses Wort Goethes wiederholte er oft. In keinem Augenblick hat er wie so viele seiner berühmten Zeitgenossen sich selbst stilisiert oder an seiner eigenen Legende gewirkt; er hängte sich nicht den Priestermantel des Erwählten um, empfing weder Preise noch öffentliche Ehrungen, seine Vorstadtpraxis sicherte ihm die bescheidene materielle Existenz. Bemerkenswert scheint auch, daß keiner der bedeutenden Maler und Zeichner seiner Zeit ihn porträtiert hat... Seine Indifferenz gegenüber dem eigenen Werk, war es einmal abgeschlossen, und der Kritik der Öffentlichkeit war entwaffnend; jeder Selbstdarstellung begegnete er mit Mißtrauen. Er durchschaute die Fragwürdigkeit der Autobiographien, weil er überzeugt war, daß der Versuch der Identifikation mit der eigenen Vergangenheit nichts anderes sein könne als die willkürliche Deutung vergangener Zustände aus dem gegenwärtigen Bewußtsein, also Selbstrechtfertigung oder „rückwärts gewandte Prophetie". Und keine Tagebücher! Ein tiefes Ungenügen an sich selbst, ein Mißtrauen aus Prinzip, hinderte ihn, die Fakten und flüchtigen inneren Bewegungen seines Alltags wie histori-

sche Ereignisse zu registrieren und sie mit solchem Anspruch für die Nachwelt zu sichern.
Frühe Erinnerungen, vor allem Brüssel, 1915, wo er die große Wandlung erlebte, auf die er im *Doppelleben* anspielt, beherrschten ihn in Permanenz; später verschloß er sich bewußt neuen Eindrücken von außen, aus Furcht, daß seine Monologe unendlich werden würden und „ruhelos wie das Meer". Er war von größter Verletzlichkeit, und wenn je einer, so gehörte er zum „genus irritabile vatum", dem reizbaren Geschlecht der Dichter. „Mir geht jedes geschriebene oder gedruckte Wort direkt mit einem Stich ins Gehirn" (1922, Brief an Gertrud Zenzes), das meint, sein Leben gehörte dem Wort, die äußeren Begebenheiten blieben akzidentiell, die „Selbstbewegung des Wortes in Bildern" war die eigentliche Realität. Die großen Abenteuer, die ihm das Leben vorenthielt, fand er in den Wörtern, „die er mit der Wurzel auszog", um ihren verborgenen Sinn zu ergründen, ihren Stellenwert und das Geheimnis ihres phonetischen Gewichts neu zu bestimmen. Wenn, nach der Maxime Ezra Pounds, der Tanz des Intellekts zwischen den Worten und das Vermögen, durch das richtige Wort „Bilder auf die geistige Netzhaut des Lesers zu projizieren", den modernen Lyriker kennzeichnen, so ist Gottfried Benn einer der Großen unter ihnen; zugleich aber gehört er zu den letzten, in deren Dichtung noch der menschliche Ton mitschwingt, der schmerzhafte Zusammenstoß mit den Grenzen der Wirklichkeit nach Ausdruck drängt.
Der vielberedete Fall des Jahres 1933, die durch mehrere Prosaveröffentlichungen des Dichters, insbesondere durch die *Antwort an die literarischen Emigranten*, aus jenem Jahr notorisch gewordene Zustimmung zu den Anfangsstadien des Nationalsozialismus war ein Fehlurteil, bedingt durch ein fundamentales Mißverständnis der politischen Lage, mehr: ein seiner Grundhaltung fremdes ideologisches Zwischenspiel, das als nie verwundenes Trauma seine Jahre bis

ans Ende verdüstert hat. Unversöhnlichen Feinden hat es nicht nur zur charakterlichen Diffamierung des Dichters dienen müssen. Aber nicht durch politische Zustimmung, schon gar nicht durch Opportunismus war dies rauschhafte, so bald schon scharf zurückgenommene Bekenntnis bestimmt. Benn hatte die eigene Zeit, von der er sagte, sie habe „das Plausible, Fixe, Massenhafte“ mit dem Sozialismus gegen das Individuum heraufgeführt, in seinen Essays der zwanziger Jahre so schonungslos seziert und verurteilt, daß er, vielleicht auch einer emotionalen Wunschvorstellung erliegend, auf den verhängnisvollen Gedanken kommen konnte, das Jahr 1933 kündige eine entscheidende europäische Wende an, einen typologischen Wandel: das Neue mit der Zeitstimmung des „Aristokratischen, Strengen, Disziplinären“, „Formgefühl als die große Transzendenz der neuen Epoche“ (*Rede auf Stefan George*, 1934) – er wollte eine „geschichtliche Mutation“ sehen, das Auftreten eines neuen biologischen Typs. – So phantastische Perspektiven sind nur aus der Komplexität seiner „überhistorischen“ Geschichtsvorstellungen, die entscheidend durch seine naturwissenschaftlichen Konzeptionen bestimmt waren, einsichtig zu machen, hier können sie nur in Umrissen angedeutet werden[1]. – Es gibt ein oft zitiertes Wort des Dichters, notiert im Kriege, 1943. Bei der Durchsicht eines alten Schulgeschichtsbuches, des sogenannten Kleinen Ploetz: *Auszug aus der Geschichte*, schlägt er eine beliebige Seite auf, es ist das Jahr 1805, er überliest sie, er resümiert: „alles dies auf einer einzigen Seite, das Ganze ist zweifellos die Krankengeschichte von Irren“. Hier ist auf die krasseste Formel reduziert, was man die geschichtsfeindliche Tendenz des Dichters genannt hat, das meint: seine Ablehnung der Geschichte im alten Sinn der Universalhistorie, der Geschichte

1 Beda Allemann hat in seiner grundlegenden Untersuchung *G. B. Das Problem der Geschichte*, 1963, als erster die komplizierten geschichtlichen Gedankengänge Benns durchsichtig gemacht.

als eines kausalen Handlungsablaufs, als „Wissenschaftsdisziplin“. Dem entspricht eine Kunstauffassung, die sich jedem politischen und sozialen Engagement des Dichters widersetzt. Diese Tendenz durchzieht – mit der einen Zäsur des Jahres 1933 – das gesamte essayistische Werk. Die eigentlichen Schwierigkeiten und nicht zu übersehenden Widersprüche des Bennschen Geschichtsdenkens beginnen, wo der Dichter naturwissenschaftliche Begriffe, vornehmlich solche der ihn von früh auf faszinierenden Biologie und Geologie übernimmt, um vor diesem Horizont seine Kunstlehre und stilgeschichtlichen Prinzipien zu entwickeln, sie „biologisch zu fundieren“ (Allemann). Er sah den Menschen als das „von Anbeginn tragisch kämpfende Wesen“, in dem die Prähistorie noch jederzeit wirklich und wirksam war (*Aufbau der Persönlichkeit*, 1932) und in der großen Stunde der dichterischen Simultanvision präsent werden konnte. Wer so die ungeschichtlichen Zeiträume in sein Kunstdenken einbezog, dem mußten endlich alle auf Veränderung der Weltverhältnisse zielenden aktuellen politischen und sozialen Programme fragwürdig erscheinen – den geschichtsphilosophischen Materialismus nannte er (1932, *Nach dem Nihilismus*) „das Alte und Reaktionäre ... rückwärts blikkend, rückwärts handelnd“, und in demselben Jahr setzte er in dem wenig beachteten *Carleton*-Essay den Gedanken fort: dies sei die Frage des technischen und gesellschaftlichen Fortschritts überhaupt: „Hat die Erleichterung der Lebensbedingungen den großen menschlichen Sinn, den das vergangene Jahrhundert ihr zusprach? Welche Seite enthüllt mehr des Menschen speziellen Rang: Erfolg und Genuß oder Opfer und Mißlingen? Das sind die Fragen, die entschieden werden müssen.“ Welche Seite also? er umschrieb die direkte Antwort nicht ohne gewollte philosophische Zweideutigkeit, aber wir wissen, wie er sie für sich beantwortete: ja, Opfer und Mißlingen, also Glücksverzicht, enthüllen mehr als das andere „des Menschen speziellen Rang“.

Benn war ein pessimistischer, sich selbst immer wieder in Frage stellender Denker. Seine Begriffswelt war nicht die historische, sondern die anthropologische, spekulative. Dem Geschichts- und Fortschrittsoptimismus seiner Zeitgenossen begegnete er anfangs mit Sarkasmus, später, nach 1934, mit dem Rückzug ins Schweigen und in die rücksichtslose gesellschaftliche Isolation. Politischen Kollektivvorstellungen, östlichen wie westlichen, demokratischen wie totalitären, stand er immer fremd und befangen gegenüber; auch das verkrampfte, gewaltsam-ideologische Pathos seiner Prosa in der Interimsperiode 1933/34 ist mehr Beweis dafür als Gegenbeweis. Die Ereignisse jener Jahre, um eine summarische Zusammenfassung zu versuchen, sah er weniger in ihrer politischen Bedeutung, nicht also als Zwang, sich politisch und moralisch zu entscheiden, er betrachtete auch sie „artistisch", als „Material", das ihm diente, einmal mehr die prähistorischen und geologisch-anthropologischen Perspektiven zu entwickeln, in denen seine Spekulationen sich bewegten.

Mit alledem kann und soll die Gewissensschuld nicht verkleinert werden, die auf sich laden mußte, wer auch nur in den Anfängen einer in ihren Konsequenzen noch nicht absehbaren Gewaltherrschaft die eigene Existenz und Individualität zu retten unternahm, obwohl er sehen mußte, daß so viele andere, auch Freunde in seiner Nähe, die Freiheit über Nacht verloren. Hier erhebt sich eine der ältesten Fragen: Kann dem Künstler eine moralische Sonderstellung innerhalb der Gesellschaft zugebilligt werden, eine Art „aristokratischen Ausnahmerechts"? Eine Gewissensfrage also, von der Paul Valéry einmal gesagt hat, sie werde vornehmlich interessant, wenn man sie in eine *Wert*frage umwandle ... Hier stellt sich ein Problem, das auch für die Entscheidung Benns im Jahre 33 in aller Schärfe aktuell geworden und seitdem mit Erbitterung diskutiert worden ist. Eine Erörterung an dieser Stelle müßte den engen Rahmen eines persönlichen Rückblicks sprengen. Die Unterstellung jedoch, er habe 1933 neue Freunde gesucht, um sich persönlich oder literarisch in Szene zu setzen, muß jedem, der ihn gekannt hat, absurd erscheinen. Seine persönliche Bedürfnislosigkeit, seine Gleichgültigkeit bis zur Fremdheit gegenüber der materiellen, besonders der kommerziellen Außenwelt, seine den Tag und oft die Nacht fordernde ärztliche Hilfsbereitschaft, tätiges Erbarmen mit der Gebrechlichkeit und den Leiden des Menschen, die er als Arzt der Armen aus bitterer und allzu naher Erfahrung kannte: alle diese Züge schon schließen jeden Verdacht eines auf Geltung gerichteten Nützlichkeitskalküls aus und sollten auch denen zu denken geben, die in seinem Werk nur den Ausdruck eines antihumanitären Affekts sehen und dem Autor aristokratische Verachtung der Masse vorwerfen. „Wir lebten etwas anders als wir waren" – auf diese Formel hat er selbst sein Doppelleben als Arzt und Dichter gebracht: Doppelleben als „bewußtes tendenziöses Aufspalten der Persönlichkeit".

In seinen letzten Lebensjahren trat eine merkwürdige Widersprüchlichkeit beherrschend hervor: einerseits ein an Überheblichkeit grenzendes Selbstbewußtsein, das sich jegliche Korrektur verbat, andererseits bescheidenste Zurückhaltung, betonte Höflichkeit, ja fast Ergebenheit gegenüber Besuchern und Fremden, auch solchen, die das mißverstanden und es ihm übel gelohnt haben. Eine Seite seiner Natur verlangte nach Bestätigung und Anerkennung, die andere, eine erbarmungslose Aufrichtigkeit, trieb ihn weiter auf dem Wege der Auflehnung gegen die communis opinio und das Laster der Heuchelei; um keinen Preis Akkomodation an die „herrschende Clique", wie er sie nannte; er wollte herausfordern, sich und die anderen, auch wenn er wußte, daß es ihm eher Haß als Liebe eintragen würde. Er besaß den gefährlichen Mut, die Selbstgefälligkeit zu entlarven, mit der wir uns über die Untaten der jeweiligen Bösewichter empören, während wir uns weigern, mit unseren Illusionen über die eigenen Tugenden aufzuräumen. Er sprach aus, was geeignet ist, das Wohlwollen zu stören, mit dem wir uns selbst betrachten; und er bezweifelte, daß unsere Überzeugungen allein aus der Erfahrung stammen und immer das Resultat einer freien Denk- oder Willensentscheidung seien – auch das mußte den Widerspruch der Zeit herausfordern.

So ist mit dem Ruhm und der Bewunderung, die spät kamen, eine manchmal hysterische Feindschaft ihm bis über seinen Tod hinaus gefolgt; gewisse Kritiker sahen in ihm einen der intellektuellen Handlanger des politischen Faschismus und hielten ihn geistig mitverantwortlich für alles, was in seinem Lande als das Unberechenbare und anderen Völkern Unfaßbare erschienen und an Bösem und Verworfenem in seiner Geschichte immer wieder ans Licht getreten war. Die aus solcher Gesinnung vorgebrachte Kritik, soweit sie in demagogischer Absicht als Werkkritik sich tarnte, wird die geschichtliche Stunde nicht überdauern. Aber es sollte nicht übersehen werden, daß Benn selbst seinen Kritikern das Spiel leicht gemacht hat. Es war sein Epocheschicksal, als Künstler in einem schwierigen Gleichgewicht in zwei Jahrhunderten zu stehen. Sein Geburtsjahr fällt genau in die kurze Glanzperiode des preußisch-wilhelminischen Kaiserreichs – sein Werk entstand und reifte unter den revolutionären Stößen des neuen Jahrhunderts, das die geistige und politisch-soziale Vorstellungswelt des vergangenen in kaum zwei Jahrzehnten zerbrechen sollte. Keiner der Dichter der ersten Jahrhunderthälfte bezeichnet in so exemplarischer Weise wie Benn das gewandelte Bewußtsein der Zeit mit ihren extremen intellektuellen Spannungen auf dem Nährboden der gesellschaftlichen Konflikte.

Seine instinktive Abneigung gegen die klassische Synthese und jede unnötige Symmetrie steigerte er endlich zu der Formel von der „olympischen Disharmonie des All“ und der „Unvereinbarkeit unserer inneren Elemente“. Er war

Rationalist und Antipode des Rationalismus in einem, in jedem Augenblick reflektiert er die „oszillierende“, logisch unberechenbare Natur des Menschen. Er war überzeugt, daß unser Handeln nur zu einem geringen Teil unter der Herrschaft der Vernunft sich vollzieht, zu einem gewichtigen anderen aber fernbestimmten somatischen, erbmäßig festgelegten Gesetzmäßigkeiten unterworfen ist, die sich der Kontrolle durch den bewußten Willen entziehen. Der Mensch, sagte er im Winter 1933, sei ein „mutativ geschichttetes Wesen“, „aus immer wieder neuen Schöpfungsimpulsen entstanden und ergänzt“, – der Mensch „als Wesen der Natur“, „als reines Transzendenzprodukt“ (Ges. Werke I, S. 611). Das war eine kühne und gefährliche Perspektive, sie führte in ein unlösbares Dilemma: einerseits leidenschaftliche Auflehnung gegen seine Zeit und ihre zivilisatorischen Erscheinungsformen, andererseits Hinnahme des realgeschichtlichen Prozesses als einer unabänderlichen Gegebenheit. Hier drohte die Gefahr der totalen Dissoziation. Er versuchte, ihr zu entgehen, indem er einen unaufhörlichen Dialog mit sich selber führte, einen erbitterten Diskurs – wie Werner Haftmann[1] scharfsichtig bemerkt hat – mit dem „mythischen Widersacher“, einem selbstgeschaffenen imaginären Feind, den der Schreiber bewußt zu Widerspruch und Empörung zwingt – ein Kunstgriff, um sich der eigenen Position immer aufs neue zu versichern und der quälenden Zweifel an sich selbst Herr zu werden. Diese Methode der produktiven Selbstherausforderung, Behauptung und Verleugnung, Setzung und Widersetzung, hat Benn selbst in den Schlußversen eines seiner bekanntesten Gedichte, 1941, bezeugt:

„Und nun die Stunde, deine: im Gedichte
das Selbstgespräch des Leides und der Nacht.“

---

[1] *Skizzenbuch. Zur Kultur der Gegenwart, 1960, S. 290.*

Überblickt man aus der total veränderten Position der Nachgeborenen das Gesamtwerk des Dichters, das lyrische und das essayistische, so erscheinen am Ende auch seine Selbstwidersprüche, seine Abweichungen, die „grandes passus extra viam“ von zwingender innerer Folgerichtigkeit. Intellektuelle oder moralische Irrtümer sind, wie er es sah, kein Einwand gegen den ästhetischen Wert eines Werkes; das Kunstwerk besitzt seine eigene Wahrheit, die nicht mit wissenschaftlicher Richtigkeit identisch ist, es folgt anderen Gesetzen als denen der schulmäßigen Logik. So mögen manche seiner provokant-apodiktischen Thesen heute als Anachronismen, manche seiner Irrtümer als „unverzeihlich“ erscheinen – als Zeugnis einer allesverzehrenden persönlichen Lebenserfahrung ist das Werk durch seine Herkunft aus eigenem geistigen Besitz legitimiert und damit in seiner Originalität unanfechtbar. „Es gibt Grade von Größe“, sagte er in seinem Goethe-Essay, „die gänzlich unverbindlich sind“ – vielleicht sah er hier sich selbst. Kraft eines sprachlichen Genies von außerordentlichen Graden haben sich in diesem Werk die von draußen andrängenden widersprüchlichen Impulse und Erfahrungen zu einer Formkunst verdichtet, die sich als einziges Ordnungsprinzip inmitten einer chaotischen Wirklichkeit versteht, sich stilisiert „in einem immer wieder zu sich selber zurücklaufenden Rhythmus“, wie er es 1929 ausgedrückt hat. In immer neuen Versuchen und produktiven Vorstößen verläuft, durch mehrere lange Pausen unterbrochen, ein einheitlicher künstlerischer Prozeß durch fünf Lebensjahrzehnte im Zeichen einer Geschichtszeit, die alle tradierten Normen in Frage stellen und radikale Bewußtseinsänderungen erzwingen sollte. Diese Spuren der Zeitsignatur bleiben überall ablesbar. Neben den frühen Gedichten mit ihrem harten pessimistischen Realismus, dieser auf die kürzeste gültige Formel gebrachten Summe schockierender ärztlicher Wirklichkeitserfahrung, neben den furiosen „Szenen“ aus den Jahren 1914–17, die spätere Theaterexperimente um Jahrzehnte vorwegnehmen, finden sich die Aufschwünge makellos reiner Poesie; neben dem durchdringenden Intellekt der Rausch, der die Äonen spielend vermischt; Gefühliges neben kalter Berechnung, neben dem Zynischen und bewußt Banalen; das Pompöse neben asketischer Strenge und rücksichtsloser Aussparung des Überflüssigen; das Bürgerliche und Preußisch-Korrekte immer wieder durchkreuzt von der Neigung für alles Illegitime und dem Zug zum zerstörerisch Defaitistischen. Dem radikalsten Bruch mit dem Überkommenen, den die deutsche Lyrik kennt – den *Morgue*-Gedichten, 1912, die zu den Inkunabeln der modernen europäischen Lyrik zählen –, folgt dreißig Jahre später die bewußte Anknüpfung an die Tradition, die dann in den *Statischen Gedichten*, 1948, in der Ungebrauchtheit ihrer Formen und Bilder noch einmal neue Maße sprachlicher Meisterschaft gesetzt hat. –

So hinterließ er, alles zusammengenommen, ein schwieriges, in sich widersprüchliches, von hoher Affektivität bestimmtes Werk, das man vielleicht auch als einen einzigen großen Lyrismus begreifen könnte. In keine der literaturgeschichtlich geläufigen Kategorien ist es schematisch einzureihen, mit keinem der herkömmlichen Schulnamen leichthin abzutun. Genau an diesem Punkt beginnen die Verlegenheiten der professionellen Zunft. So wenig wie sein literarischer Vorfahr Heinrich Heine wird er in den Olymp der deutschen Goldschnittklassiker eingehen. Er gehört zu den ewig Unzufriedenen, in sich tief Verschlossenen, immer auf der Suche nach einer neuen Sprache, einem Ausdrucksmittel, das ihm erlauben würde, seine persönlichen und die Erfahrungen der Zeit gültig zu objektivieren. Daß er für eine geschichtliche Sekunde sich selbst untreu wurde und der Versuchung nachgab, „am Gang der öffentlichen Dinge teilzunehmen", hat nicht wenig dazu beigetragen, sein Bild in einer unergiebigen Diskussion über die Beziehung von Kunst und Moral in berechneter Absicht zu verzerren, ja den Autor

auf diesem Umwege auch als Dichter zu disqualifizieren. Einwände solcher Art haben seitdem im Strom der Ereignisse ihre Überzeugungskraft längst eingebüßt. – Wie immer dem sei: eine mittlere, lau tolerierende Haltung ist vor dem Werk und seinem Schöpfer kaum möglich. Wen das Geheimnis seines Werkes einmal ergriffen hat, wird sich immer leidenschaftlich dazu bekennen, kein anderes Werk setzt so sehr wie das seine die spontane subjektive Empfangsbereitschaft voraus, eine Erregung, die den Betroffenen „bis zu einem geheimen Punkt der Überzeugung affiziert".
Die auf ihn folgenden Schriftsteller der jüngeren und jüngsten Generation, vielfach in offener Antithese zu ihm, sind ihm weit höher verschuldet, als sie selbst wissen oder zugeben wollen – dennoch war er die Brücke, über die sie fast alle gegangen sind. Sie haben ihn übernommen und ausgebeutet, aber auch verfälscht und verkleinert. Widerstand, Kritik, ja Beschimpfung von ihrer Seite beweisen nur, daß das Werk lebt und weiterwirkt, eine unzerstörbare Hefe, die einen langen Gärungsprozeß in Gang hält. Denn das kann heute, mehr als ein halbes Jahrhundert nach den *Morgue*-Gedichten und der Prosa der *Rönne*-Novellen, ausgesprochen werden: Benn hat den Stil verändert. Es gab die große, gehobene, der Umgangssprache entfremdete Literatursprache, die Bildungssprache – sie wirkte plötzlich schwerfällig und steifleinen. Er setzte neue, bis dahin unerhörte Ausdrucksgesten für ein gewandeltes Bewußtsein in Umlauf; kraft einer geheimen Autorität machte er noch das Ungewohnteste fast zum Allgemeingut derer, die nach ihm schrieben – das läßt sich heute bis in den Stil des Feuilletons, ja der Reportage verfolgen.
Immer zwingender tritt hinter dem Werk die menschliche Gestalt hervor als die eines Mannes, der sich keinem Dogma je ergab und alle geistigen Fesseln verabscheute – „niemandem war er untertan". Die Skepsis, die ihn immer wieder alle Formeln, abstrakten Prinzipien und Doktrinen in Frage

stellen ließ, war ihm weder Mittel noch Zweck, sondern sein angeborenes Teil. Eine durch einen „Unfehlbarkeitsanspruch ausgezeichnete Autorität" wollte er so wenig anerkennen wie einen dogmatischen Katalog absoluter Gebote und Verbote. Er war, ganz im Sinne seines Meisters Nietzsche, ein freier Geist, von unerschöpflicher Neugier, die vor keinem Abenteuer des Denkens haltmachte. Sagte er, die Form des Geistes sei die Negation, so war das keine philosophische These; für sich setzte er gegen diese Negation das Wort, den „Ausdruckszwang": die Wörter als die uns allein verfügbaren symbolischen Zeichen für eine unserer Erkenntnis unzugängliche komplexe Dingwelt.

Er hat keine Sekte gegründet, keinen Kreis, keine Schule. Niemanden hat er zu belehren versucht, niemanden überredet, ihm nachzufolgen. Er war ein Lehrer ohne pädagogische Absicht, ohne Schüler, weil er das Schwerste forderte: für uns selbst zu denken, nichts als erwiesen vorauszusetzen und keine Wirklichkeit als selbstverständlich hinzunehmen. Sein über ein langes Leben fast monoton durchgeführtes, aber unerschöpflich variiertes Grundmotiv war, daß nur die Kunst es vermöchte, die Dinge dem geschichtlichen Zufall zu entreißen und ihnen in der Form von „Urbildern" Dauer zu verleihen. Wenn seine dichterische Erscheinung, heute noch verdunkelt durch zeitbedingte Irrtümer und Befangenheiten, eigene und fremde, dennoch seit seinem Tode an Gewicht, wenn auch nicht an öffentlicher Wirkung, stetig zugenommen hat, so scheint das ein Zeichen dafür, daß er „die Zeit durch seine Existenz zeugend legitimierte", sein Werk die innere Identität mit seinem Zeitalter so wie es war, nicht wie es hätte sein sollen, als den harten Kern enthält, den auch eine veränderte Geschichtslage nicht zerstört. In seinem Münchener Altersvortrag hatte er das Wesen des Dauerhaften in der Kunst zu ergründen gesucht und zuletzt die Frage gleich einem Ultimatum an sich selbst gerichtet: Ist Ausdruck Schuld? – Er ließ sie unbeantwortet. Aber in einem unserer letzten Gespräche, nicht lange vor seinem Tode, in einem Rückblick auf sein Leben, das Arbeit, Einsamkeit und Verzicht im Dienste der Kunst gewesen war, unter dem Gesetz einer unaufhebbaren Trauer, machte er sich einen Ausspruch Mallarmés zu eigen: „Le hasard vaincu mot par mot" – der Zufall Wort für Wort besiegt! Das Wagnis seines Werkes rechtfertigt diesen hohen Anspruch.

(1965)

# BRIEFE

Nr. 1 21. XII 32.

Sehr geehrter Herr Oelze,
vielen Dank für Ihren Brief. Mir eine grosse Freude, wenn Ihnen meine Aufsätze gefallen haben. Eine mündliche Unterhaltung würde Sie enttäuschen. Ich sage nicht mehr, als was in meinen Büchern steht.
Seien Sie vielmals gegrüsst.
Ihr sehr ergebener
Dr Gottfried Benn.

Nr. 2 27 I. 33.

Sehr verehrter Herr Oelze, vielen Dank für Ihren ausführlichen Brief. Sie treffen mit Ihrer Frage ins Schwarze: wie kann man einerseits die Wissenschaft u. ihre Resultate skeptisch ansehn, ja verächtlich betrachten u. doch sie dann für wahr setzen u. zu eigenen Ideen verwerten. Scheinbar widerspruchsvoll. Aber nur scheinbar. Anstelle des Begriffs der *Wahrheit* u. der Realität, einst theologisches, dann wissenschaftliches Requisit, tritt ja jetzt der Begriff der *Perspective*.. „Perspectivismus", von Nietzsche stammend, von Ortega in letzter Zeit populärgemacht. Der Formtrieb, der Gestaltungs- u Abgrenzungstrieb braucht ja Material, Stoff. Aber man verwendet ihn nicht im Wahrheitssinn, sondern perspectivistisch. Man entwickelt eine *Perspective*. Ist diese *existentiell* glaubhaft, überzeugend als Ausdruck eines Sehens, einer Vision, ist ihr Zweck erfüllt. Natürlich wird ihr Realitätsgehalt, ihr exacter Befund eventuell bald überholt u. verdrängt von neuen Befunden, Ergebnissen, sogenanntem Beweismaterial. Aber es bleibt ihre visionäre Realität, ihr Bildhaftgewordenes, ihre im Hinblick auf den Autor existentielle Intensität. Sie bleibt als *Ausdruck*, als *Kunst*. Sie ist Erkenntniss; während Wissenschaft ja nur Sammelsurium, charakterloses Weitermachen, entscheidungs- u. verantwortungsloses Entpersönlichen der Welt ist. (vergl Sie in „Saison“ 2. Teil, über die Embryologie, in „Fazit d. Perspectiven“). Die Kunst u. die perspectivistische Erkenntniss übernimmt die persönliche, ach so schmerzliche u. ewig angegriffene Verantwortung der Abgrenzung des Stoffes, der Gliederung u. Verwerferung unter dem Gesichtspunkt von Idee u. Blick u. existentiellem Recht. Die Wissenschaft läuft, sabbert staatsgeschützt, pensionsberechtigt, mit Witwen- u Waisenversorgung ausflussartig dahin, wagt gar keine Entscheidung, keine Wertung, ist so begnügsam, methodisch verweichlicht, empirisch angezäumt, fürchtet das Allgemeine, flieht die Gefahr. Das wahre Denken aber ist immer gefährdet u gefährlich. Der Gedanke u das Wort kam ja nicht in die Welt, um die Wissenschaft u. den Sozialismus u. die Krankenkassen zu rechtfertigen, sondern als die furchtbarste Waffe, die grausamste Schneide, der blutigste Morgenstern dem waffenlosen Menschen in der grausamsten aller Welten zu helfen. Davon ein Rest blieb dem Gedanken, der wirklich denkt, der nicht wissenschaftlich denkt, sondern visionär, zwangshaft unter eingeborenen Ideen. Davon ein Rest blieb in der Kunst, im halluzinatorischen Denken, im Ausdrucksdenken. Das ist tiefes, von weither zwangsmässiges Denken. Daher der Satz, der oft in den Kritiken über meine Bücher zitiert wird: „überall der tiefe Nihilismus der Werte, doch darüber die Transcendenz der schöpferischen Lust“. Also: Nihilismus gegenüber den Ergebnissen der Wissenschaft, aber zwanghaft das Gesetz zur Form, zur Gestalt, zur Perspective.

Anbei erlaube ich mir, Ihnen eine Arbeit aus meinem anderen Gebiet zu übersenden. Nehmen Sie es so freundlich auf wie die Essays.

Mit den besten Empfehlungen u. vielem Dank für Ihr mich sehr ehrendes bedeutendes Interesse

Ihr sehr ergebener
Gottfried Benn.

Nr. 3 3 VII 33.

Sehr verehrter Herr Oelze,
ich sende Ihnen gern das Buch, da Sie es wünschen. Es stehn ja aber nur Sachen drin, die Sie kennen. Der neue Verlag, bei dem ich jetzt bin, wollte was von mir herausbringen u. so kam es zu Stande.
Wer sind Sie, sehr verehrter Herr Oelze, nun eigentlich? Ich war vor einigen Monaten mehrere Stunden in Bremen, (ich las in der Nähe vor,) sah an einer Bahn: Hartwichstrasse u. gedachte Ihrer lebhaft. Fast hätte ich Sie angerufen. Wenn Sie einmal in Berlin sind, tun Sie es doch mit mir.
Vielen Dank für Ihre Briefe u die englische Karikatur.
Niemand wird uns verstehn, alle nur uns zu Grunde richten. Der Weg ist klar, das Ende ist klar – und dennoch.

Ihr sehr ergebener
Gottfried Benn.

Nr. 4 2. 8 33

Sehr verehrter Herr Oelze,
ich lese alle Ihre Briefe mit tiefem Gefühl. Im letzten, von gestern, aber steht das Hervorragendste, das ich je in ihnen las, nämlich das über Goethe u. Nietzsche: Es ist so ungemein wahr, was Sie schreiben u. so ungemein meine Ansicht auch, dass ich sofort es Ihnen bestätigen muss. Insonderheit auch, was Sie über den „Willen zur Macht" schreiben! Dieser Blick! Dieser Blick, der alles umfasste, was

sich in unserem Leben als Problem doch erst *herausstellte* –, dieser Blick, der das alles sah u. diese Formulierungen, die bis heute tatsächlich umfassen, was sich erst in unseren Jahrzehnten *bildete*. Das grösste Rätsel, das unbegreiflichste Phänomen! Gäbe es mehr als diese zwei im vorigen Jahrhundert, es wäre kaum zu ertragen.
Hier die Rede, die ich neulich bei Schillings hielt, sehr repräsentative Sache, 5 Gesandte etc. Ich habe es plötzlich mit Aeschylos – übrigens auch ein seltsam durch Jahrhunderte eindrucksvoll gebliebener Geist z.B. „Gefesselter Prometheus". Muss unendliches innerlich durchgemacht haben, die beiden europäischen Gewalten zum ersten Mal in ihm bewusst geworden: das Titanische u. das Formale.
Tausend Grüsse! Ihr sehr

ergebener Benn.

P.S. So wie heute in der D.A.Z. sehe ich *keineswegs* aus!

Nr. 5 21. XII 33.

Sehr verehrter Herr Oelze,
haben Sie vielen Dank für Brief u. Buch! Nach der Schilderung meines Dienstmädchens haben Sie selber das Paket hier abgegeben – Sie werden ja entsetzt gewesen sein, dies alte Haus u. ein Weihnachtsmarkt vor der Tür! Das Buch ist wunderbar schön, Ihr Brief so freundlich u. so tiefsinnig, wie Ihre Briefe so oft waren im vergangenen Jahr. Haben Sie vielen aufrichtigen Dank für Ihre Teilnahme an meinem Geschick, für Ihr freundschaftliches Gedenken.
In der Hoffnung, Sie kennen zu lernen, mit Wünschen für Weihnachten u. Neujahr

Ihr Ihnen ergebener

Gottfried Benn.

Nr. 6 2 II 34.

Sehr verehrter Herr Oelze,
Ihre Auffassung entsteht, muss entstehn, wenn man die Geschichte ideologisch sieht, an sie glaubt, hinter ihr was vermutet. Das tat ich nie. Der Hintergrund blieb für mich immer das letzte mühselige Sichbehaupten einer alten Rasse, von den Slawen u. Mongolen bedroht. Es giebt Pausenzeichen in der Geschichte, die hört man sich an u. denkt, wie klingt das reizend u. hoffnungsvoll, direkt aus einer Löweschen Ballade, aber dann setzt die Geschichte selber wieder ein u. des „Unaufhörlichen" Motiv beginnt: Hinan, hinab..
Ich habe *Volk* nie schwärmerisch gesehn, nie innerhalb von *Werten*, sondern unter Ordnungsprincipien u. unter Käfigeinteilungen, immer überhangen von Unterdrückung und Verlusten. (Es gab doch offenbar nur 2 Völker, die „sich vollendeten": Die Dorer u. die Franzosen, alles andere war doch nur Ansatz.)
Bitte lesen Sie, wenn es Ihre Zeit erlaubt:
*Evola:* Heidnischer Imperialismus (Alemanen Verlag)
*Merkenschlager:* Rassenkreuzung, R.sonderung, R.vermischung. (Hoffmann – Berlin)
*Céline:* Reise bis ans Ende der Nacht.
Das gehört zwar nicht unmittelbar zum Thema Ihres Briefes, ist aber lehrreich.
Wenn wir uns sehn sollten mehr in dieser Richtung.

Herzlichen Gruss
Ihr sehr ergebener
Benn.

Nr. 7 16 II 34.

Lieber Herr Oelze, obschon ich mir völlig klar war über die innere Schwierigkeit unserer Begegnung, auch für mich, ging ich ihr nicht aus dem Weg. Unsere schriftliche Freundschaft war mir so viel wert, es zu versuchen. Ich freue mich nun aufrichtig, dass wir uns kennen lernten und ich danke Ihnen nochmals sehr für Ihren Besuch. Leider sassen wir ja fast die ganze Zeit in der Dämmerung u. erst als Sie in die helle Stube traten, sah ich Ihr sonderbares krank u. klug gemischtes Gesicht, das zu weiteren Fragen u. Diskussionen mich innerlich wendete. Vielleicht also ein ander Mal!
Gute Reise in Italien, sicher hat das Meer schon sein „frevelhaftes Blau" u den Glanz, unseren Glanz, der über ihm untergeht! Nur dieser Glanz ist schön.

Viele herzliche Grüsse

Ihr ergebener

Gottfried Benn.

Nr. 8 BERLIN SW., 25. 4. 34.

Lieber, verehrter Herr Oelze,

ich danke Ihnen sehr für Ihre Karten aus Italien, Ihren Brief aus Soest und aus Bremen. Ich freue mich immer aufrichtig, von Ihnen etwas zu hören. Ihre Ansichten interessieren mich sehr, Ihre freundliche Gesinnung zu mir tut mir sehr wohl.
Die Sache über Edith Cavell damals im Rundfunk wurde nichts, sie wurde im letzten Augenblick verboten. Die Rede auf George, deren Schluss Sie in der DAZ lasen, steht im Aprilheft der „Literatur", sie steht mir schon wieder so fern, dass ich sie Ihnen nicht mehr schicke.

Ich schreibe heute an Sie eigentlich aus einem ganz besonderen Grunde und mit einer besonderen Bitte. Sie sind doch öfter in England und haben sehr viel englische Beziehungen, wäre es Ihnen wohl möglich, mir mal dadurch einen grossen Dienst zu erweisen. Es handelt sich um meinen Namen Benn, der hier in Deutschland ja sehr selten ist, aber im England von heute einige prominente Vertreter hat. In der hiesigen Staatsbibliothek sind von drei lebenden englischen Benns Werke vorhanden, auch soll der berühmteste englische Verlag mit grosser Buchhandlung in London als Besitzer einen Benn haben. Ich wüsste nun sehr gerne, ob diese englischen Benns, direkt ausgesprochen, Juden oder Arier sind.
Dieses sonderbare Interesse ist auf folgende Weise in mir wachgerufen. Mich verbindet ja eine alte Feindschaft mit diesem Boerries v. Münchhausen, besser ausgedrückt, er verfolgt mich mit seinen Narrheiten und seinem Hass. Die Sache mit dem Expressionismus im vorigen Herbst war der erste Akt, jetzt gerade hat sich der zweite abgespielt, er hat nämlich erklärt, dass er in eine bestimmte literarische Vereinigung nicht eintritt, an deren Spitze ich stünde, den er als reinblütigen Juden ablehnt. Dies stand in einem öffentlichen Brief, und ich habe ihn natürlich zur Rede gestellt und ich habe ihn natürlich schliesslich zur Zurücknahme dieser Behauptung gezwungen, allerdings erst unter der nachdrücklichsten Bedrohung mit dem Gericht.
Dieser Mann ist nun bestimmt närrisch und seine Argumente sind es ebenso. Diese lauten 1.) mein Name, der überhaupt nicht deutsch sei und überhaupt kein Name, sondern eine jüdische Verwandschaftsbezeichnung. Dann kommt mein Aussehen, dann meine tragische Grundhaltung, die die typische Grundhaltung des jüdischen Mischlings sei, dann meine Gedichte, die Meisterwerke typischer jüdischer Kunst seien; schliesslich führt er die Frau des Pastor Wagner in Windischleuba an, die Jüdin sei, womit er sagen wolle, dass auch aus Pfarrerfamilien Judenkinder hervorgehen können.

An diesem ganzen Unsinn interessiert mich nun eigentlich nur mein Name, der ja in der Tat kein deutsches Wort zu sein scheint. Ich habe den Ordinarius für orientalische Sprachen an der hiesigen Universität um sein Gutachten gebeten, und er hat mir erklärt, dass eine Ableitung meines Namens vom hebräischen Ben nicht etwa nur unwahrscheinlich, sondern absolut ausgeschlossen sei. Es gibt auf der ganzen Welt keine Juden, die Benn heissen und andererseits das hebräische „ben" steht niemals, bei keinem Volk und zu keiner Zeit, allein, immer folgt ein Name darauf: Ben Hur, Ben Akiba usw.
Was nun meine Familie angeht, so stammt sie aus einer Wendengegend, nämlich der Gegend um Perleberg, Puttlitz und Lenzen, dort wohnen noch zahlreiche Benns und der Name soll früher Fenn geheissen haben, Fenn ist ja ein spezifisch wendisches Wort, die Wenden brachten das Ur-Fennentum, d. i. das Ur-Fischertum, in unsere Breiten und stellten den Ur-Fischertyp neben den Ur-Jäger und Ur-Bauern. Dann wäre Benn ein Umlaut von Fenn und käme vom Fischen her. Andererseits, wenn Sie hier bei Kempinski die Weinkarte zur Hand nehmen, findet man auf der ersten Seite einen Wein mit dem Namen „Dürkheimer Benn". Ich bin dabei auch diesem Begriff nachzugehn, festzustellen, was Benn eigentlich in der Rheinpfalz bedeutet. Mein Sprachforscher meint, dass es auf keltische Herkunft deutete, und das wiederum würde ja nach England weisen, das ja die keltische Heimat war.
Wenn Sie also einmal in England wären und Zeit fänden, festzustellen, welcher Art die dortigen Benns sind, wäre ich Ihnen ganz aufrichtig dankbar. Ich bin nämlich sicher, dass die Angriffe von Münchhausen nicht zu Ende sind, er behauptet noch in seinem letzten Brief, dass mir meine jüdische Abstammung nicht bekannt wäre, aber sein „tiefer genealogischer Instinkt", sein „triebhaftes Aufspüren rassischer Zusammenhänge" liessen ihn meinen jüdischen Blut-

einschlag erkennen. Ich möchte mich in dieser Richtung ausgibig wappnen, denn, was der Schlossherr von Windischleuba offenbar garnicht weiss, das ist, wie unser Aller bürgerliche Existenz zu schwanken anfängt, wenn unser Ariertum in Zweifel gezogen wird.
Glauben Sie bitte nicht, dass ich Ihnen etwas Peinliches oder Fatales zumuten möchte. Ich denke nur, dass man in England von unseren besonderen Problemen im Augenblick genug weiss, um die Erörterung einer solchen Frage nicht völlig anstössig zu finden. Es eilt in gar keiner Weise, ich möchte Sie nur bitten, es im Auge zu behalten, falls Ihnen mal eine Gelegenheit dafür gekommen zu sein scheint.
Mit vielen herzlichen Grüssen an Sie,

Ihr sehr ergebener
Gottfried Benn.

Meine Papiere sind vom Rasseamt alle geprüft, ich bin natürlich *reiner* Arier.

Nr. 9 13 6. 34.

Lieber, verehrter Herr Oelze,
Dank für Brief und Timesnotiz u. vor allem noch für die englischen Erkundigungen! Überaus freundlich von Ihnen! Sie werden Näheres über das Thema demnächst lesen. Ich soll für einen Verlag eine Monographie über mich verfassen, da bringe ich es alles hinein. v.M. hat natürlich sich entschuldigen müssen.
Das einliegende Blatt in der Europ. Revue war nicht für Sie bestimmt. Mit solchen Kleinigkeiten warte ich vor Ihrem hohen Forum nicht auf. Es war für meine Tochter in Kopenhagen, die den Roman von dem Georgier so interessant fand. Kam aus Versehn in Ihr Exemplar – pardon. Die Schlussätze aus „Dorische Welt" sind unsere gemeinsamen

Bekannte. Ich zitierte sie zum ersten Mal in meiner ominösen Rede auf H. Mann. Es war mir neulich eine grosse Genugtuung von Ihnen zu hören, dass sie auch Ihnen so viel bedeuten.
Über anderes denke ich ja anders wie Sie; kälter, grausamer, entleibter, ich meine, dass man Völker dieser Art u Zeit nicht anders regieren *kann*, aber Sie haben natürlich recht: vieles ist kaum ertragbar, wenn man aus unserer Generation u. Erziehung stammt. Aber wie ist es mit dem Amor fati? ?
Viele Grüsse u. häufige Gedankengänge
zu Ihnen! Ihr ergeb. Benn.

Nr. 10 24 VII 34.

Lieber sehr verehrter Herr Oelze,
ich antwortete Ihnen nicht, weil ich das, was ich antworten möchte, einem Brief nicht anvertrauen kann. Ich bin ganz Ihrer Meinung. Es giebt keine Worte mehr für diese Tragödie. Ein deutscher Traum – wieder einmal zu Ende –: Konradin; in 300 Jahren sitzt in einer bayrischen Hütte eine Sagengestalt u. der Schnurrbart wächst ihr durch die Holzplatte. Dies ist poetisch ausgedrückt. –
Tausend Dank für Ihre Briefe u. Ihr wunderbares Verstehn der „Dorischen Welt"!
Kommen Sie mal wieder her? Ich muss vorläufig hierbleiben, da ich an einem Krankenhaus eine Vertretung übernehmen musste, infolge Mangels an geeigneten arischen Ärzten; auch um das Leben zu fristen, so lächerlich es ist, dass man das tut.

Oft Ihrer gedenkend
mit herzlichem Gruss
Ihr so sehr ergebener
Gottfried Benn.

Nr. 11 22 VIII 34

Lieber Herr Oelze,
ich habe alle Ihre freundlichen Briefe erhalten, auch den Londoner eingelegten. Meinen aufrichtigsten Dank. Ich schreibe nicht aus zu grosser, bestimmt gerichteter Depression; man kann auch sagen aus Verzweiflung. Was die Genealogie u. Ihre gütigen Bemühungen in London betrifft, so warte ich auf Korrektur einer ziemlich grossen Autobiographie. „*Lebensweg eines Intellectualisten*", für das neue Buch, die ich Ihnen zusenden wollte, aber sie kommt nicht. Offenbar deutet das auf die von mir erwartete Lage, dass der Verlag sie für trop dangereuse hält. Sie werden ohne Weiteres aus dem oben angegebenen Titel ersehn, aus welcher Richtung die Gefahren, die angeblichen, erwartet werden. Nur mündlich Näheres.
Dank u Gruss an Sie. Ihr freundschaftlich ergebener

Benn

Nr. 12 7 9 34

Lieber Herr Oelze,
Dank für Ihre 2 Briefe! War sehr nett neulich Abend, besonders im II-Teil, die 3 Männer vor uns bei Habel ärgern mich noch. Dank für den schönen Wein, an dem Sie mich teilnehmen liessen ! –
J. 7. 6734 ist Frau Betty Schwarzer, Brandenburgische Str. 46. Im letzten Telefonbuch steht diese Dame noch in Düsseldorferstr. 35 a u. mit einer Nummer vom Amt Oliva. Also wird sie umgezogen sein. Obiges ist die Auskunft des Telefonamts. – –
Ja gewisse Äusserungen – ach, alle! Die Kunst erregt sie immer wieder so sehr, weil hier etwas ist, wo sie absolut

mit ihren Methoden nicht rankönnen, hier genügt nicht, mit dem Hacken ins Gesicht zu treten u. das Maul cäsarisch aufzureissen, hier muss man geistig berufen sein – das ist natürlich bitter!
Um Ihren Tag in Naumburg könnte ich Sie beneiden, wenn ich ihn Ihnen nicht so gönnte. Meran – impossible, Devisen u. Reiseschecks gesperrt. Vielleicht Tessin oder Baden-Baden.
Herzliche Grüsse Ihr ergebener Benn

Nr. 13 9. 9. 34.

Lieber Herr Oelze, mir kommt der Gedanke, dass es doch vielleicht opportun sei, unsere Korrespondenz aus der letzten Zeit durch Feuer oder Wasser unschädlich zu machen. Ich höre von Bekannten, dass ihnen das Gegenteil davon in der vergangenen Zeit einmal schlecht bekommen ist. Ich beginne also damit, die manifestesten Briefe von Ihnen in die Hand zu nehmen u. mich von ihnen zu trennen.
Bereit sein, ist alles. Bereit zu jenen Dingen, die ich kommen sehe.

Herzlichen Gruss!

Ihr sehr ergebener

Benn.

Nr. 14

Aus wunderbaren Herbsttagen, heiss u. blau, und aus dem Bereich der Adler, der wirklichen, die schweigend steigen, Ihnen in freundschaftlichem Gedenken viele Grüsse. Ihr

ergebener

28. 9. 34 Benn.

Oberstdorf.

Nr. 15

*Herrn Dr. F. W. Oelze* in Bremen, dem freundlichen Teilnehmer an meinen Gedanken, dem tiefen Hineinleser in meine Zeilen, dem grossartigen Briefschreiber über gemeinsames Erleben diese letzte Korrektur eines neuen Buches mit herzlichem Gruss und Dank in Bezug auf S. 116.

Gottfried Benn

5 X. 34 Oberstdorf (Allgäu)

Vorwort.
Inhalt: Dorische Welt.
Expressionismus
Rede auf George
Rede auf Marinetti
Autobiographie: Lebensweg eines Intellectualisten.

Nr. 16 18 XI. 34.

Lieber Herr Oelze,
Dank für Ihren langen Brief. Ich hatte den anderen vor 4 Wochen auch bekommen –, aber ich wollte diesen zweiten haben, so genusssüchtig war ich, verzeihn Sie es mir!
Es liegt schon wieder alles so weit hinter mir, kommt mir so ungelungen vor, so infantil. Möglich, dass ich hier alles hinter mir lasse: Wohnung, Praxis, Berlin u. in die Reichswehr zurückkehre, man hat mir von da eine ganz günstige Offerte gemacht. Dann hätte ich wirtschaftlich etwas Ruhe u müsste *alle* Verbindungen lösen, die ich hier habe, einschl. Akademie etc – und gerade das ist es, was ich möchte. *Raus* aus allem; u die R. W. ist die aristokratische Form der Emigrierung! Ein schwerer Entschluss, Berlin zu verlassen, aber vielleicht tue ich es.

Nehmen Sie viele Grüsse u. einen tiefen Dank.

Ich gedenke Ihrer oft, in Freundschaft und Verehrung.

Ihr ergebener

Benn.

Nr. 17 24 XI 34.

Lieber Herr Oelze,
die Worte im Anfang des „Expressionismus" sind aus dem vorigen Jahr, als noch soviel Glaube, Liebe Hoffnung war, heute würde ich sie gewiss nicht schreiben. Heute würde ich schreiben: „die Fresse von Cäsaren u. das Gehirn von Troglodythen".
Ich schreibe Ihnen heute vor allem wegen Klages. Verfallen Sie ihm *nicht*! Er macht einen Vortrag aus dem, was ein Genie in einem Relativsatz einflicht. Ich hörte mir im vorigen Jahr einen Vortrag hier von ihm an, um mir meine Eindrücke von seinem Werk bestätigen oder nicht bestätigen zu lassen. Sie wurden voll bestätigt! Als ich nach Hause ging, dachte ich: „aussen Mephisto, innen Frida Schanz". Bitte lesen Sie in seinem „Kosmogonischen Eros" die Stellen, wo er seinerseits schwungvoll wird. Die sind köstlich! Z.B. S. 98 „in fliederduftender Sommernacht ..." u.s w. Das sagt alles! Das sagt Folgendes: Sein Durchschnittsniveau ist hoch. Seine Zusammenstellungen oft recht interessant u. perspectivenreich. . *Wo er sich selber einschaltet, wird es mickrig*. Sein Bestes ist die Arbeit: „Die psychologischen Errungenschaften bei Nietzsche". Nietzschephilologie u. Deutung im guten Sinne. Aber wo er sich u. seine Person dann als Denker und Schöpfer einführt, wird es tantenhaft. Im Übrigen ist *sein* Problem ja längst weiter geführt. Leben u.

Geist – das wird ja schon im Berliner Sportpalast verwendet u. ist schon zu den Ministern gedrungen. Die neue Formel ist ja eben: *nur* Geist. Alles nur Geist! Das „Leben"? Du lieber Gott, das ist ja schon bei Nietzsche ein Krampf. Bei Bergson Feuilletonismus. Ist diese ganze Antithese nicht eigentlich allmählich reine Gedankenspielerei, tragisch vermummt? Das sind ja alles gar keine Denkereignisse mehr, das sind Stimmungen, in Büchern festgehaltene Liebhabereien, Postillen, Herzblättchens Zeitvertreib. Da sitzen und sassen diese „Denker", in Tonnen oder unter Platanen, oder in Cafés oder in Kilchberg bei Zürich u pflegen ihre Hirngespinste, im Höchstfall säculare Dämmerzustände, meistens aber nur ihre eigenen Konstitutionsneurosen u. „kranken" an ihren Antithesen, aber einmal kommt der Augenblick, wo man nicht mehr kranken kann, wer dann noch krankt, der ist nicht krank genug, sonst würde er überzeugend sterben. Ich sehe jetzt manchmal das Bild von Völkern u Rassen, die unter allen diesen Seifenblasen, Gewäsch, Abstraktionshumbug sogenannter Denker namenlos unberührt dahin leben, offenbar aus Anlagen u Trieben, hervorbrechen, rauben, zeugen, sesshaft werden, ihre Kiefer, ihr Geheul, ihren Samen gierig herumstossen, pflügen, weiden u. versinken. Wo steht da der „Geist"? ? Offenbar hat er seine Stellung noch garnicht gefunden. Offenbar steht er überhaupt nicht dem Leben *gegenüber*, sondern ganz ausserhalb des Lebens, ohne Discussion mit dem Leben. Er *krankt* auch nicht am Leben. Das tun nur Vorstufen, Embryonen. Der Geist wird seine Stellung erst haben, wenn das Leben *ihn begehrt*, ihn zu sich zu holen sucht, nicht, wenn er das Leben zu führen u. zu meistern trachtet. Das ist die abendländische Havarie. *Es giebt nur den betrachtenden und leidenden Geist.* Das ist eine ungeheure Erkenntniss. Man muss sie unbeirrbar, fanatisch, aber auch gleichmütig vertreten. Aller ihrer Konsequenzen bewusst. Zu ihren ganzen irdischen Konsequenzen bereit. Es ist die Hinrichtung des modernen

Europas. „unter Menschen unmöglich". Für diesen Schritt ist Klages zu feige u. zu bürgerlich. Eine Professur beruhigt seine Antithese. Wenn er nur schwatzen kann. Das Auditorium maximum stillt alles, was bei ihm „klafft". Lassen wir ihn klaffen!
Lassen Sie uns dagegen ein Kloster gründen, nur Mönche, echte, sind des „Lebens" wert. Lassen Sie uns das Kloster an einem milden Orte gründen u. der Rosen pflegen, Granada oder Toscana:

„ich trug den Stirnreif u. Gewalt der Welt
und hatte hundert der erlauchten Namen,
nun ist ein Korb voll Bast mein Eigentum
die Winzermesser u. der Blumensamen."

Einen guten Sonntag in Bremen oder Soest, Ihnen sehr verehrter Herr Oelze,

von Ihrem aufrichtig und
verehrungsvoll ergebenen
Gottfried Benn.

Nr. 18 1. I 35.

Lieber Verehrter!
ich komme gestern Abend aus Kopenhagen in meine einsame Klause zurück u finde Ihre Bremer Stolle! Zauberhaft! Ich endete das Jahr mit einem Stück Klaben im Mund und grosser Sympathie für Sie im Herzen! Haben Sie tausend Dank! Unendlich gütig von Ihnen, meiner zu gedenken.
Heute Ihr Brief. Werde darauf antworten. Ihre George Bemerkungen klassisch, echte Hartwigstrasse. Die Druckfehler entsetzen mich. Dank dafür. Ich bin ein schlechter Korrekturleser, nämlich gar keiner. Ich gewinne es nicht über mich, meine Sachen zu lesen. Las eben die Georgerede – nach Ihrem Brief – bin entsetzt! Was für ein Deutsch! Schwerfällig,

subaltern! „murklich“. Mein Gott, was für ein Biedermann bin ich! Offenbar kann man doch nur in Lyrik sprechen u. leben.
Gutes 1935! „Glaedelig Nytaar“ (dänisch). Reizendes Hummerland, dies Dänemark, aber auch in schwerer Krise. Alter Traum: ein englisches Dominion zu werden, alleine gehts nicht mehr. Viele Grüsse, Dank!

Ihr Benn.

Nr. 19 30 I 35.

Lieber Herr Oelze,
für einen Typ wie Sie sollte sich die Basis nicht verengern, auf der er lebt: so englisch, so rittmeisterlich, so chic genre. Man könnte höchstens sagen, dass Sie auch das mit der Grazie u. dem Charme hinnehmen werden, die Ihre Persönlichkeit umschwebt. Sind Sie wieder in Oldenburg? Heute vor 2 Jahren war ich da, dieser denkwürdige Tag, dieses unabsehbare Datum; im Hotel am Bahnhof, an der Ecke, wo es zur Stadt geht, wohnte ich. Es war eine Perversität ohne Gleichen, dort hinzufahren u. vorzulesen.
Als Ihr letzter Brief kam, vorgestern, – tausend Dank – traf es sich wiedermal, dass ich gerade das, was Sie beschäftigte, in einem Aufsatz schrieb, beschrieb. Er ist über das bald erscheinende neue Buch von Evola, (bei meinem Verlag) das ich „besprechen“ soll. Im Märzheft der „Literatur“. Manches daraus wird Sie berühren, da es zuerst in jenem Brief an Sie auftauchte im Herbst. Er handelt von der *Geschichte*, u. von der Lage des Geistes. Und von den Mönchen. Und dem Dualismus, den man nun endlich bekennen soll: transcendentes Leben oder Verwirklichungsleben. „Es giebt *zwei* Welten“, die unausgleichbar geworden sind. Geist – verwirklichen; – unmöglich, wie Wärme zurückentwickeln,

verstösst gegen das Gesetz der Entropie. Darin ist Nietzsche überholt. Ziemlich apokalyptischer Aufsatz. Kein Kunststück, da Evolas Buch wirklich grandios ist. Man kann es nur in ganz grosse Linien setzen. –
Ihr Brief mit seinen Schilderungen aus London stösst ja m. E. auch in neue Welten vor, für Sie neue Stimmungen, fast Tröstungen? Ich lese, was Sie schreiben, immer so sehr bewegt, seien Sie dessen nochmals versichert. . . . . . . . . .
. . Eben rief mich ein Bekannter aus Paris an u. erzählte, dass an der Sorbonne eine Vorlesung über mich stattfindet . . Wie denn? Nicht über Herrn Blunck u. Will Vesper? ? Nun werde ich wohl wegen Fremdstämmigkeit enthauptet werden. Gottseidank breitet die R.W. schon ihre Fittiche über mir aus. Am 1. 4. wird es wohl nach Hamburg gehn. „Oberstabsarzt“ – die Scham ist zu den Hunden geflohn. Aber vielleicht sehn wir uns dann mal?

Sehr herzlich, oft Ihrer gedenkend Ihr ergebener

Benn.

Nr. 20 17 II 35.

Lieber Herr Oelze,
es war sehr nett von Ihnen, mich anzurufen, mir eine grosse Freude, Ihre Stimme zu hören, Sie zu sprechen. Ich hatte einen Migränetag, sonst hätte ich gefragt, ob wir uns sehn können.
Ihr letzter Brief! Wieder alles glänzend gesehn u. ausgedrückt – nur: ist das nicht alles abgetrennt von Ihrer Person, und Ihrer Generation u. Ihrem Zeitalter – schlechthin: das Leben? Immer so gewesen, immer so unausschöpfbar anders dargestellt und in Erscheinung erblickt als in der Substanz empfunden? Diese Entengrütze über dem Pfuhl, die wir Glaube, Liebe, Hoffnung nennen und Errungenschaften

u. Staat u. Geschichte und darunter das schlechthinnige Nichts? Lieber Herr Oelze, Sie haben Söhne zu erziehn, blicken Sie nicht zu tief in die Gräben, nicht zu lange: „der geht zu Grunde, der immer zu den Gründen geht" ...
Hier ist ein neuer Aufsatz. Mit viel Ärger verbunden. Ich habe Leine ziehn müssen um meines Verlegers willen, das Buch kostet M. 9., also bedeutende Investierung von Kapital, ich darf es nicht gefährden. Daher gewisse Zusätze, Korrekturen, u. selbst davon hat man, wie ich höre, noch 2 Sätze auf S. 8. gestrichen.
Was würden Sie eigentlich sagen, wenn ich Ihnen den Aufsatz gewidmet hätte? Peinlich? Ich hatte es eigentlich vor, da wir ihn ja gemeinsam geschrieben haben.
Am 1. 4 also Hannover. Ich erwarte sehr den Tag, wo ich hier alles hinter mich werfe. Obschon ich die neuen grossen Schwierigkeiten nicht verkenne, die mich bedrohn. Aber hier ist es zu Ende. Nicht etwa allein wirtschaftlich, vor allem geistig, was die Technik der Produktion angeht, die innere. Ausgeschöpft, leer. Milieuwechsel dringend geboten.
Viele Grüsse, lieber Herr Oelze! Sie sind die einzige Bekanntschaft aus einem Jahrzehnt, die mir wertvoll geworden ist, an der ich hänge. Leben Sie wohl. Immer

Ihr ergebener Gottfried Benn.

Nr. 21 9 III 35.

Lieber Herr Oelze,
der Evola ist wohl noch nicht erschienen, ich habe auch noch kein Exemplar bekommen. Wer die Streichungen vorgenommen hat, weiss ich auch nicht. Ohne mich zu fragen! Rührend, Angst entschuldigt alles. Dies war die Geschichte, jetzt kommt „das Leben" dran. Wer „Leben" sagt – hat nie gelebt; dieser Laut gehört zum Grunzen der Pampasherden.

Erst jenseits dieses Worts beginnt der Heroismus, der menschliche.
Der Deutsche ist nur ganz er selbst, wenn er mit einer Formlosigkeit beginnt. Das ist das germanische Glück. Und „Volksgemeinschaft“ ist wohl eine moderne niedrige Facon von Masochismus. Es gab innerlich elegante u. hochstehende Facons z.B. die christliche Idee. Die heutige ist bequemer für den Gemeinten u. den Meinenden. Aber ich philosophiere u wollte Sie doch fragen, ob Sie schon wissen, in welche Stadt der fixe u. wendige Europäer zieht, der noch 20 Jahre Geld zu machen u. zu „leben“ vorhat, – Sehn Sie die Silhouette des neuen Centrums des kommenden Jahrtausends, die Stadt am blauen Fluss, hören Sie das Plätschern der Wasserräder, die Reisfelder u. die Dschunken unter dem Schutz der europäischen, aber bald japanesischen Kanonen – sehen Sie sie: es ist Shanghai, dort siedeln sich die verwirrten Bankiers der Währungsländer an, Seeckt ist da u Herr von Lustig, ersterer organisiert die Armee, letzterer hat Munitionsfabriken u. liefert, Nähr- u Wehrstand Hand in Hand, – so erzählte mir kürzlich ein mosaischer Finanzmann u. er segnete den Taipingaufstand von 1833, der die Stadt in die Höhe brachte. Blitzartig, als ich es hörte, sah ich das grossasiatische Reich sich erheben, unter Japans Militärführung, unverkennbar, u Europa abschliddern. Zweifeln Sie daran? (Wenn ich mich nicht irre, endet so ein Aufsatz von mir aus „Fazit der Perspectiven“, der letzte.) Von Dschingiskan über Foch zu einem japanischen Admiral –, eine Pendelbewegung von 500 Jahren Dauer oder, wenn tausend Jahre eine Nachtwache sind, eine halbe: von 8 bis zwölfe. Hinab das Leben u. hinauf Welle u Spiel u. die Gestalten der Bilder. Real sind wirklich nur die Schatten der Dinge, nicht sie selbst, die Schatten, die sie im schöpferischen Geiste werfen. Doch auch allein ist die Masse *existent*, von der Sie schreiben, wenn der Geist einen Blick auf sie wirft u. ihm Ausdruck verleiht. –

Das Ganze ist ein Sonntagsgruss an Sie, Lieber, Verehrter!
Ihr

Benn.

Nr. 22 27 III 35

Das *Ganze*
Im Taumel war ein Teil, ein Teil in Tränen,
In manchen Stunden war ein Schein und mehr,
In *diesen* Jahren war das Herz, in *jenen*
waren die Stürme – wessen Stürme ? – wer?

Der sah Dich hart, der andre sah Dich milder,
der, wie es ordnet, der wie es zerstört –.
Doch was sie sahn, das waren halbe Bilder,
Da Dir das Ganze nur allein gehört.

*

Neue Adresse: Hannover. Hohenzollernstr 11
hpt. bei Saller.
Abschied von
17 1/2 Jahren Bellealliancestr.
Tausend Grüsse. Ihr dankbarer Benn.

Nr. 23 7. 4. 35. Hannover

Lieber Herr Oelze,
Der Urwald Ihrer wundervollen Tulpen steht immer noch unwahrscheinlich herrlich in meinem Zimmer, ich sitze immer in einem bestimmten Stuhl und beschaue mir das Wunder. Jetzt ist es zu Ende, die langen Stile sinken herab, die

Blumenköpfe berühren die Tischdecke, manche haben schon sich niedergelegt. Das waren ein par Tage mit grossartiger Pracht. Haben Sie vielen herzlichen Dank für Ihre gütige Sendung, Ihren Brief dazu. Die äusserst labile Stimmung dieser Tage, meine körperliche Über-Anstrengung bis zur Erschöpfung, hervorgerufen durch die Umschichtung von Berlin hierher, liessen mich Ihr Geschenk doppelt, ich möchte sagen, erleben u. seltsam erscheinen.

Wenn diese Tage durch etwas charakterisiert sind, über das sich schon sprechen lässt, so durch die Einordnung in den Begriff, den Sie kennen, wie ich ihn kannte, aber vergessen hatte: *Dienst.* Diese keineswegs unmenschliche, aber kalte Atmosphäre des Unpersönlichen, des Sachlichen an sich: so ist es befohlen u. so muss es unbedingt u. unverzüglich geschehn. Mir keineswegs unsympathisch diese Atmosphäre nach den vergangenen Jahren, in denen ich alles aus mir selber holen musste, beinah bequem diese Atmosphäre. Aber natürlich sehr hart u. Gefahren enthaltend. Über die Art meiner Tätigkeit darf ich hier nicht sprechen. Vielleicht wissen Sie, in welcher Richtung sie liegt, wenn ich sage, ich bin selbstständiger Leiter einer Abteilung (IV$^{b}$), eigenes Büro, Personal etc., habe zweifellos eine durchaus tragbare Position, wenn ich eingearbeitet bin. D. h. eine, die mich nicht soviel Zeit u Kraft kostet, dass ich nicht zu meinen eigenen Dingen zurückkehren könnte. Aber zunächst will ich garnicht. Um zu neuen Resultaten zu kommen, muss ich mich u will ich mich erst wirklich umbauen lassen, völlig renovieren am Gehirn, Blick, Milieu, Lebenshaltung. Durchaus nicht naiv oder gar aus wirtschaftlichen Motiven allein habe ich dies Unternehmen gewagt. Es ist die letzte Etappe meiner Existenz, die ich hier starte, die dritte Periode u wenn das keine neue Häutung ergiebt, will ich keine Schlange sein.

Mein Vorname ist bisher in dieser Stadt noch nicht gefallen, Personalakten über mich sind nicht da, mein einziger Vor-

gesetzter ist in Cassel, ich bin Dr. B. oder Oberarzt B. (erst im Sommer O. St. A.) oder IV$^{b}$ – und nun los. Bald 50 Jahre, Mitglied der Akademie, vor mir ein Schreiben aus Tokio, die führende japanische Literaturzeitschrift bittet mich um eine Photographie, sie bringt einen grossen Aufsatz über mich; daneben ein Dankesschreiben von Evola u. eine Einladung zum Polnischen Botschafter zu einer Soirée, stehe ich also da u frage: „Herr General haben eine Kartothek anzulegen befohlen, befehlen Herr General sie alphabetisch oder nach Formationen?" Oder: „ich bitte Herrn Oberfeldarzt melden zu dürfen, dass das ... in ... keine Ärzte als Ausbildungsmannschaften einstellt" – u ich empfinde das garnicht als absurd oder unpassend, sondern als richtig. Ich *bin sicher*, es *führt mich zu Erkenntnissen*. Dazu, um es zu ermöglichen, lebe ich wie ein Mönch: esse wenig, lebe von Früchten, kein Alcohol, gehe um 9 schlafen. Teils, um es körperlich überhaupt auszuhalten, dem enormen inneren Verzehr, den diese Umschaltung anrichtet, nicht zu erliegen; aber auch aus inneren Gründen, es ist eine Art Vorbereitung innerer Art, Inanition, Askese, eine Vorbereitung zu einer tiefen inneren Erneuerung oder auch zum Tod. Eines von beiden, ich bin sicher; daher über jedem meiner Schritte eine Art Leichtigkeit, die Heiterkeit güldene, Du des ... Vorgeschmack. Ich will dies. Es ist eine Art Identität geradezu ausgebrochen zwischen mir u. diesem Leben. Mir selbst nicht ganz erklärlich. Trotzdem ich aller Gefahren mir bewusst bin, die es mit sich bringen kann u wird.
Heute nur soviel u bitte alles sehr privat. Wenn wir uns einmal sehn Näheres.
Nehmen Sie vielen Dank u.
viele herzliche Grüsse
Ihres Gottfried Benn.

Nr. 24

Teurer Verehrter, entschuldigen Sie die Karte. War down u. viel Arbeit. Bin wieder umgezogen, näher an die Arbeitsstätte. Neue Adresse: Breitestr. 28$^{II}$ Telefon: 2 84 85. Wenn Sie hier sind, wollen wir zusammen essen. Reizend! Wo? *Bürgerbräu*, Adolf Hitlerstr. 7 1/2. Schreiben Sie mir den Tag oder rufen Sie an. Die Broschüre wird mich leidenschaftlich interessieren. Herzliche Grüsse. Ihr

29. 4 35. Be.

Nr. 25 5 V 35.

Lieber verehrter Herr Oelze,
ich muss nochmal um Entschuldigung bitten, dass ich Ihnen neulich eine *Karte* sandte. Es war sehr unmanierlich von mir. Ich liebe Karten garnicht, weder zu schreiben noch zu bekommen; nun noch dazu an eine gesellschaftlich so qualifizierte Persönlichkeit, die den Senatorenkreisen nahe steht u. so englisch stilisiert ist. Also Pardon, rechnen Sie es nicht meinem Geschmack an, sondern nur einer momentanen, unzulässigen, Bequemlichkeit.
Tausend Dank für das Buch! Es fesselt mich ungemein. Die Art zu schreiben: so stürmisch, innerlich erregt und wie aus tiefem chaotischen Erleben heraus wirkte besonders auf mich, bis ich gestern Abend auf der Georgstrasse in einem Buchladenfenster dasselbe für Baumwolle wahrnahm, von dem gleichen Verfasser. Aber davon abgesehn, ist es äusserst aufregend u ich danke Ihnen tausendmal. Wenn ich es ausgelesen habe, sende ich es Ihnen wieder zu. Oder gebe es Ihnen. In dieser heute so strahlend, was den Himmel angeht, beginnenden Woche, habe ich den Donnerstag Abend nicht frei. Sonst habe ich nichts vor. Übrigens treffen wir

uns doch vielleicht besser bei *Kasten* in der Georgs- oder Logenhalle oder Marmorsaal oder wie die Stuben da heissen. Für Sie als Kavalleristen ist das wohl zuständiger.

*Allgemeine* Fragen gleiten allmählich von mir ab. Ich lese kaum Zeitungen, lebe in einer Bude wie als Student u. Vagabunde, das Geld, das ich in der Tasche habe, ist mein Vermögen, die Sohlen an meinen Schuhen sind mein Dach. Diesen Sommer kann ich mir dies Alt-Heidelberg u. seine Schlossbeleuchtung noch leisten, im Herbst werde ich „eingestuft", lasse meine Sachen nachkommen und dann ist es vorbei. Darum, was Sie schreiben über Europa draussen u. das Schneegestöber drinnen, das ist doch gut. Die Spannung zwischen Leben u Geist, Masse u Elite, Volksgeschmeiss u. wirklich sich abhebender Züchtung muss u soll doch endlich so rasend werden, dass endlich *beide* Pole unter der Attacke der Entladungen zusammenbrechen. Höhlen zum Vergraben giebt es nicht mehr. Das Leben stammt aus Sphären, die das Leben auch bedrohen können u. das werden sie tun und gründlich mit ihm aufwaschen, ein bischen Südsee wird übrigbleiben, das Zarteste von Menschlichem: eine Malaienschönheit u. eine Kokosnuss – Rien ne va plus. Die Heimkehr der Natur u. die Rückkehr zur Natur wird sich ganz anders anlassen als diese Schaflümmel sich ausmalen mit ihrem Filmgewäsch von Auf- und Untergang. Es giebt offenbar überhaupt nichts, das nicht im Mund des *öffentlichen* Menschen dreckig und kompostig würde.

Auf Wiedersehn, lieber Herr Oelze, und Dank für Buch!

Ihr sehr ergebener

Benn.

Nr. 26 20 V 35.

Sie haben, Hochverehrter, das kleine Buch gelesen, ich nicht, ich habe nur sehr vage drin geblättert. Mir ist nämlich

E. Jünger kein ganz klares Problem, ich finde bei ihm enorm viel inneren Kitsch u was er als „Angriff“ gesehn haben möchte, ist mehr Vorwölbung u. Blähung bei ihm als Front. Daher mir eine Jugend, die ihn aufs Schild erhebt, an sich fraglich erscheint. Aber diese arme Jugend! Hinter sich das 19. Jahrh., um sich die Technik u. vor sich den sicheren Untergang in der Mitte des Jahrhunderts. Lassen wir sie ihren Tango machen. So oder so: Galop final. – Hoffentlich Donnerstagabend 7 1/2 bei Kasten. Herzlich Ihr

Benn.

Nr. 27 24 V 35.

Lieber Herr Oelze.
Den letzten Brief von Evola, den, in dem er sich für den Aufsatz in der „Literatur“ bedankt, finde ich im Moment nicht. Er kam in den letzten Tagen in Berlin an u. ich habe ihn wohl verlegt. Anbei 2 andere, ältere, aus denen Sie jedenfalls Handschrift u Diction ersehn.
Ich habe mich sehr gefreut, Sie wiederzusehn. Ich bin nur leider im Moment von den Dingen meines neuen, noch nicht völlig assimilierten Lebens so in Anspruch genommen, dass ich für einen verwöhnten Geist wie Sie keine Gesellschaft bin.
Wollen Sie bitte die Dinge, die ich Ihnen aus meinem Arbeitsbereich erzählte, ganz für sich behalten. Ich weiss, dass man allen Spuren etwaiger Weitergabe sehr intensiv nachgeht u. das wäre mir sehr unangenehm. Namentlich bitte das über den Herrn, der vorigen Sommer starb. Wollen Sie mir bitte das bestätigen. *Bitte vernichten Sie diesen Brief.*

Viele Grüsse u Dank,
Ihr ergebenster
Benn.

Nr. 28 25 V 35. H.

Lieber Herr Oelze,
ich fand den Brief von E. doch noch. Hier ist er.
Trüber Sonntag, der bevorsteht. Noch ein Garten um mich herum u. ich würde melancholisch oder verfasste ein Gedicht. Gärten bei trübem Wetter im Sommer bei Regen – darüber geht nichts.
Was meinen die „Münchener Neuesten Nachrichten" mit der Deutschen Aufgabe, der Schicksalsgemeinschaft u. dem seelischen Anruf? Ich weiss es wirklich nicht. Ich nehme als sicher an, dass es mehr ist als Redensarten – aber was ist es, was ist gemeint? Wie kommt es, dass ich das für Gefasel halte? Und Sie?

Viele Grüsse! Ihres
ergebenen
Benn.

Nr. 29 4 VI 35.

L. H. Oe.
Auf das Buch von Bense bin ich sehr gespannt. Er steht seit etwa 2 Jahren mit mir in Verbindung, ist stark von mir beeinflusst. Ist aber der interessanteste aus dem ganzen Nachwuchs. Hat oft u viel über mich geschrieben. Ein Mann, der Zukunft haben kann. Er schrieb mir neulich in Fortführung von Gedanken aus „Kunst u. Macht" die mir ganz hervorragend beträchtlich erscheinende Formulierung: „Degeneration heisst, nicht mehr den Willen zum Geist haben". Etwas Ähnliches sagten Sie neulich bei Kasten. Genau dasselbe, nur positiv. Es fiel mir sehr auf. Ich vergass darauf zurückzukommen. Hier ein Brief von Bense. (Wenn ich Sie einmal wiedersehe, zeige ich Ihnen meine Spezialsammlung

von Briefen an mich, alle Emigranten, H. Mann. Döblin, u. sw. Heute sehr interessant)
Dank für Artikel über Th. Mann. Sicher ein grosser Deutscher, aber es lässt sich wohl nicht leugnen, dass er uninteressant geworden ist, durch eigene Schuld. *Seine* Stellung dem Problem Geist gegenüber war erschöpft. Ihn d. Geist zu identifizieren mit Fortschritt u. Wohnkomfort einerseits u. Caprice u Schnörkelei andererseits u. ihn als reinen Schrittmacher des Pazifismus (und Philosemitismus) hinzustellen – das war verfehlt. Mehr aber hatte er von ihm nicht erlebt. Er war die *Aufspaltung* eines Problems, sein Fächerspiel, seine immer auf Erfolg bedachte Handhabung, die individuelle Ausnutzung des Problems. Nie war er, Th. M. , grossen Mächten unterworfen, er spielte an ihnen herum u. sie gaben ihm ja auch nur ein kleines Schicksal. Wie sieht er aus dieser hagere, elegante Mann mit der vorspringenden Nase? Kolossal ohne Rang, sympathisch u. etwas stehngelassen. Steht er in irgendeiner wahrhaft gesteinsmässigen Landschaft des inneren Reichs? Nein, durchaus im Ausgang des Quartär, wo bei gewissen Gelegenheiten der Cut u. die Vorleselampe sich in den gesellschaftlich abgedämpften Raum schieben. Selbst die Knickerbokker u. die Skier, mit denen man ihn abgebildet sieht, täuschen darüber nicht hinweg, dass Schnee u. Hochgebirge läppisch zu ihm stehn. Nicht als ob ein Dämon ins Hochgebirge passen müsste, aber er Th M glaubt, dass er überall hinpasst u Figur macht, er sieht sich wuchtig u er ist nur bildend. Dies letztere sehr. Und alles, was ich gegen ihn sage, berührt das nicht, dass er für die Deutschen, diese Deutschen u jetzt, ein guter Erzieher wäre. U. s. w.
Neulich bei Kasten sass am Nebentisch Ihr Bekannter aus Bremen, der mit Trauerflor, u trank eine Bowle. Er sah sehr gut aus. Das scheint Bremer Spezialität zu sein. (Übrigens erlaubte ich mir nur, nach Ihrem *Kragen* zu fragen, weil sein Schnitt Beziehungen hat zu Ihrer Handschrift. Etwas

ungemein Einheitliches ist an Ihnen u. um Sie herum. Obschon manches widersprechend wirkt, wird es beherrscht von etwas ganz Einheitlichem).
Alles Gute für Sie! Woran sind Ihre beiden Freunde gestorben? Tut mir unendlich leid.
Der Aufsatz von R. A. Schröder über Th. Mann steht, wie ich vermutete, in der „Neuen Rundschau".

Viele Grüsse! Ihr

Benn.

Nr. 30 H. 9. VII 35.

Lieber Herr Oelze,
seien Sie nicht böse, bitte!
Dank für Karte aus Soest. Lasen Sie, dass bei Hegner in Hellerau ein Buch über Soest erschienen ist? Vielleicht interessiert es Sie. .
Dank für Gedicht! Recht gut wohl, aber mir nicht viel sagend wie der ganze B. Nicht feucht, nicht interessant, nicht überspannt, nicht rührend. – Sandte Ihnen am Sonntag via Weser einen Gruss nach Bremen. Sah sie in Hameln u. unterhalb. Fuhr im Autobus nach Externsteine u. Hermanndenkmal, was für ein kümmerlich-liebliches, ausdrucksloses, graugrünes, hinter den Ohren nicht trockenes Landschaftsbild! Offenbar giebt es nur 3 grosse Ausdrücke der Landschaft in Europa: Meer, Hochgebirge u. die Ebene, die wirkliche Weite, unendliche ohne dieses Geschmiere von Luftkurorten u. Hügelketten. Da erlabte mich Pyrmont 3 Stunden mit Kurpark u weichen, wartenden grosstädtisch angezogenen, ansehnlichen Ladies. Aber das Saugen an den Brunnengläsern, blauen, roten, weissen, mittels Glasrohr u. wandelnd, auch etwas charakteristisches für dies Chimpansenvolk. Es ist doch Lourdes oder der Ganges: Aber immer ist es das *Wasser*, das den Glauben erregt u. fördert.

Das Buch von *Bense* ist da. Es enttäuscht mich etwas. Viel Geschwätz drin. Im „Juniheft" der *Europ. Revue* ein Aufsatz von ihm, der interessant ist u. Sie vielleicht interessiert. Über Schöpfungsfragen (Dacqué, Hörbiger u.sw).
Einen Sonntag war ich in Berlin. Was ist das für eine schöne Stadt! Es war ein heller Tag u. sie kam mir vor wie eine grosse weisse blumen-geschmückte Stute. Nichts ihr zu vergleichen!
„Die antinaturalistische Funktion des Geistes" wäre der Titel des nächsten Aufsatzes, wenn ich noch welche schriebe.
Lieber Herr Oelze, bleiben Sie mir gewogen! Nehmen Sie viele herzliche Grüsse! Wie war Ihre Abenteuer- u Entdeckerfahrt? Kam ein Naumburg heraus? ? Ihr

Benn.

Nr. 31 17 7 35.

O Herr Oelze! Was für Jugendlichkeiten! Karlsbad – Tegernseeer Elegien! Ich fürchte ja nur, Sie täuschen sich über die Werte. Sie gehören den resignativen, weil es nämlich nur solche giebt. Das hat mit Geist (u seinen Ausflüchten u. Beleuchtungen) garnichts zu tun, das ist konstitutionell u. *Ihre* Konstitution ist so. – An jenem Sonnabend Abend war ich, wie jetzt fast jeden Abend, in der Stadthalle, meiner neuesten Schwärmerei. Links Wein-, r. Bier Terrasse, in der Mitte eine Kapelle, wenig Menschen, vor einem ein bisher völlig unveränderliches Gemälde: ein Bassin mit 2 Schwänen, eingefasst von Alleen u. Blumenbeeten „in die Ferne sich verlierend", weiträumige Perspective, jeden Abend atme ich auf, wenn ich mich niederlasse. Mit Linie 6, Richtung Kleefeld, zu erreichen, ab Kröpcke. Wie ich mir dies Gehirn auswasche mit Faulheit, Nichtsdenken, Indifferenz, wenn Sie von „Verantwortung" schreiben, fasse ich meinen Kriminalroman tiefer an u. lasse mich noch mehr ergreifen vom „Mord im Porphyrhaus“ oder „Der schwarzen Taube“. Diese zwei Epochen meines Daseins, die müssen sich erstmal gründlich mit Schimmel überziehn. Gebt Pilze, Sporen, Maden, Spulwürmer – „ein anderes Pferd, – verbindet meine Wunden –“

Verzeihn Sie, ich wollte sagen, es tut mir aufrichtig leid, Sie am Sonnabend nicht haben sehn zu können. Gerne hätte ich mir von der Reise erzählen lassen. Wann kommen Sie wieder her?

Da Sie anfangen, mein Gewissen zu werden, lesen Sie doch bitte, wenn es Ihre Zeit erlaubt, im Juniheft der „Preussischen Jahrbücher“ den langen Aufsatz über mich von Werner Milch. Er scheint mir sehr interessant. Allmählich wird man tatsächlich historisch, „eingestuft“, Lach- u. Kuriositätenkabinett. Castan's Panoptikum der Deutschen Geistesringer, wie lächerlich das alles ist! Eigentlich doch alles nur liebe Kerle, Leibniz u. Schubert, vor sich hinbrummelnd, bischen meschugge, bischen „qualvoll“, aber alle liebe gute romantische europäische Welt. Gemütlich alles! Natürlich: „Abgründe“, sowieso, aber doch auch ganz gut gelebt, gesoffen, Schnupftabak hochgezogen, Weibergeschichten, dazwischen Geisteswerke, Philosophieen, „Winterreisen“ – mit einem Wort: Panoptikum, lächerlich eigentlich das Ganze! Nirgends sieht man eigentlich das wirklich tiefe kalte Grinsen über die Sache, vielleicht bei Grabbe manchmal, aber im Grunde *schützten* sie sich doch *alle gegen* Nihilismus. Ihre Produktivität – das war noch immer etwas, da durfte keiner ran; gerade das wirkt so lächerlich! So lange es noch einen Ball giebt, den man sich nicht über das Haupt wirft, so lange kann man nicht spielen. (An Grabbe denke ich, weil ich neulich durch Detmold fuhr).

Viele herzliche Grüsse
von Ihrem getreuen
Benn.

Lieber Herr Oelze, Freitagnachmittag erwartete ich Ihren Anruf u. abends Sie selber auf der Terrasse der Stadthalle. Der Abend war ja gerade noch so warm, dass man draussen sitzen konnte, wenn es kühler wird, ist es vorbei. Schade, dass Sie nicht kamen.

Kröpcke u. die Huren – ja Sie haben Recht! Entweder Hure oder sofort geheiratet werden – das ist die Provinz.

Gestern schrieb ich Ihnen eine Karte, die ich aber wieder einkassierte. Eine bunte, mit dem Text des Weserlieds, ein harfendes Westfalenmädchen u dem Wittukindberg bei Porta. Da war ich nämlich als Sonntagsausflug. Nun mag es ja Persönlichkeiten geben, denen es innerlich etwas bedeutet, auf ein Strom- u Hügelgebiet herabzuschaun –: ich gehöre nicht zu ihnen. Ich fand das schauerlich da. Wieder dies Versagen am Ausdruck, das das norddeutsche Land so kenntzeichnet. Von Minden aus von der Weserbrücke aus der Blick auf die Porta ist ganz hübsch, aber sie selber an Ort u Stelle – nun, kurz u gut ich schrieb auf der Karte, dass der Verfasser von „Kunst u Macht" mit Zustimmung seines Satzes gedächte: „an seiner Stelle wird das Weserlied empfohlen". Und noch etwas wird einem ja klar, wenn man die Provinz so durchfährt wie ich es jetzt tue: was für eine Bevölkerung, was für ein Menschenschlag! Oder vielmehr: ganz falsche Fragestellung, es muss heissen: wie unsäglich dünn ist die Elite über ein Land verteilt, was für eine winzige schwache Oberschicht, in der der Gedanke, das eigentliche Sein, der Ausdruck, das Verfeinerte da ist – wie gigantisch ihr gegenüber das durchschnittliche Massiv, das Plumpe, Unbewegbare, Sture, Versackte. Nein, ich kann Ihrer Berlinabneigung nicht zustimmen. Heute wie noch nie sieht man ja, wie sehr dies Land die Grosstadt, Riesenstadt, Metropole, verfaultesten Asphaltschund nötig hat: nur hier gebiert sich die Verfeinerung. Stellen Sie sich vor, dass der

Provinzmensch ein Volk normalisierte, oder der berüchtigte „Bauer" oder der ehrbare Kaufmann, nein – kennen Sie das Wort: „der Weg der Civilisation ist der Weg der Syphilisation"? (Krafft-Ebing). Ohne der Lues-Pionierarbeit zusprechen zu wollen, in der Richtung liegt der abendländische Weg. Oder wollen Sie biologischen Heroismus? Taten und Turner?? Sänger u. Siege?? Wieder sind wir auf einen Holzweg geraten, in eine Sackgasse, in eine Gefahrenzone... Welche Umwertung der Werte droht heran – sind Sie bereit? Oh Herr Oelze!

Herzlichen Gruss. Wiedersehn!

Ihr Benn.

Nr. 33 6. VIII 35.

*Tag, der den Sommer endet,*
Herz, dem das Zeichen fiel:
Die Flammen sind versendet,
die Fluten und das Spiel!

Die Bilder werden blasser,
entrücken sich der Zeit,
wohl spiegelt sie noch ein Wasser,
doch auch dies Wasser ist weit.

Du hast eine Schlacht erfahren,
Trägst noch ihr Stürmen, ihr Fliehn,
indessen die Schwärme, die Schaaren,
die Heere weiterziehn.

Rosen- u. Waffen-Spanner,
Pfeile u. Flammen weit –:
die Zeichen sinken, die Banner –:
Unwiderbringlichkeit!

Stadthallenelegie gewidmet der
Hartwigstrasse 53 in Bremen.
Benn.

Nr. 34 20 8 35.

L. H. Oe.
sende Ihnen morgen sehr interessantes Buch, das jetzt erschien. Amerikanischer Roman. Hoffentlich fesselt er Sie ebenso wie mich.
Bogen, von Rowohlt mir gesandt.
Sonntag 11. 8 : Berlin.
18. 8: Lüneburger Heide. Reizend! Gefiel mir sehr.
*Berlin*, 5.25 an, mit Auto in eine bestimmte Wohnung, u. 24 Stunden später wieder mit Auto zum Bahnhof. Darüber ein andermal mehr. Überschrift: Eine irdische u. eine himmlische Liebe. Seit 5 resp. 6 Jahren u beide wissen nichts voneinander. „Gute Regie ist besser als Treue". Ernstlich gesagt. Mit der Einen, seit über 5 Jahren, die vollendetste erotische Beziehung, fange ich jetzt manchmal an: Du zu sagen, aber ich empfinde es als unangebracht. Derartige Beziehungen berechtigen noch nicht zu Intimitäten. Die Eine fragte ich einmal: „was würden Sie sagen, wenn ich plötzlich stürbe u. Sie träfen an meinem Grab noch eine andre Frau, die meinetwegen weint?" Sie antwortete: „ich glaube, der gemeinsame Schmerz würde uns einen". Das war die *irdische* Liebe! Die *himmlische* antwortete: „Du abscheulicher Lump". Die eine Trägerin eines der berühmtesten Namen der modernen Kunst, die andere eines der stilvollsten Namen des Adels. Bei Irdisch war ich vorletzten Sonntag, 11. 8. War nett. Auf Himmlisch habe ich momentan keine Lust. „Sie denken doch nicht schlecht von mir", sagen die Damen

oft, wenn sie einen verlassen. So sage ich jetzt zu Ihnen, Herr Oelze.

Tausend Grüsse! Ihr ergebenster
Benn.

Lese Novellen von Stendhal, italienische. Ein bischen langweilig. Wie sehr hat er H. Mann beeinflusst u viele andere. Schrieb ich Ihnen, dass ich nach Monaco eingeladen bin zur Eröffnung der „Mittelmeerakademie"? Zusammenschluss der romanischen Völker gegen den Nordismus? Unterschrieben von: d'Annuncio, Pirandello, Valéry u. Maréchal Pétain. Fahre aber nicht hin.

Gruss!
Ihr
Be

Nr. 35

Die weissen Segel –

Die weissen Segel, die Bogen,
1. an Bord die leuchtende Fahrt
sind *eine* Art von Wogen
und *eine* Segel-Art.

Des hohen Tiers, des Einen,
2 zentaurisch, ohne Qual,
der frühen Welt, der seinen,
bei Rauch und Widdermahl.

der Kiel im Elemente,
3 der Bug in Wurf und Wehr,
wer da noch Fragen kennte,
was ist wohl der –?

wo Spill und Tau am Lager,
4 der Topp sich dreht im Nu,
wer spräche da dem Frager
wohl Wesen zu?

Und doch vor Flagg' und Fahnen
5 erhebe dich gedämpft:
auch *dein* Gefühl hat Ahnen,
du hast es dir erkämpft.

Keiner kann dich beschenken
6 weder mit Brod noch mit Wein,
dein ist Leiden und Denken:
so empfängst du das Sein.

östliche Ströme durchschwimmen
7 uralte, zaubergebleicht,
westlich die Höhe bestimmen
selber, in die man reicht.

wachen und immer bereit sein
8 dem, was Verwandlung verheisst,
bald wird die Erde so weit sein,
zu dir zu steigen als Geist.

*

25. VIII 35. Steinhude. Be.

Nr. 36 29. VIII 35 H. (im Büro)

Lieber Herr Oelze, Dank für Ihre beiden letzten Briefe. Ihr Traum war wahrhaft sonderbar!
Was Sie über das amerikanische Buch schreiben, ist gross-

artig richtig. Wörtlich meine Gedanken darüber. „Der Sieg des amerikanischen Romans über den europäischen" schrieb ich an Rowohlt, der in „Manhattan Transfer" begann, wird hier fortgesetzt. Ich finde den Blick auf den Menschen als solchen so genial bei Faulkner, fast beunruhigend. Nichts mehr von Psychologie, sondern reine Existentialmetaphysik, Keimanalyse. Der Schluss ist langweilig.
Ich sende Ihnen zum Sonntag neue Lektüre. Einen französischen Schmöker, auf den ich stiess, in Reclam, 8 Hefte für 35 Pf. Werfen Sie einen Blick hinein. Paris um 1880. Ungemein interessant hinsichtlich der Psychologie der Franzosen, die ja meiner Meinung nach völlig unverändert bis heute die gleiche geblieben ist. Dies Volk hat ja viel mehr bourgeoise Substanz u. moralische Plombenfüllungen als wir ahnen. Ein Buch zum Totlachen! Wirkt wie ein Film von 1905. Trotzdem hat es mich gefesselt u. ich war gespannt auf die Lösung des Knotens. Offenbar sind für die Völkerpsychologie solche Schmöker aufschlussreicher als die olympischen. Die Spielhagens u Paul Lindaus haben ihre Mériten u ihre Unsterblichkeit.
Was treiben Sie „sonst"? Stimmung? Geschäfte? Erinnerungen an Tegernsee? Was mich angeht, so wollte ich allmählich, ich hätte eine Wohnung u könnte wieder meine Bücher aufstellen. Diese Fremdenlegion habe ich etwas satt. Wenn ich Ihren Garten hätte, von dem Sie so oft schreiben, eine Woche allein für mich, würde ich bestimmt ein Dichter. Sie schildern ihn so schön: In einem Garten muss man allein sein, er muss langsam auf einen einwirken; aber schon im Vorbeigehn, sonntags für mich, hier u in Steinhude, ist er schön. Oh, Sonnenblumen!

Tausend Grüsse! Ihr dévoué

Benn

Nr. 37 30. VIII 35.

L. H. Oe. Bin am Sonnabend Abend nicht frei. Eine von diesen furchtbaren Einladungen intra Kamerados, die nicht nur an sich tötlich sind, sondern einem meistens auch noch den Sonntag verderben. Ganz unglücklich machen sie mich. – Wie lange bleiben Sie fort? Werfen Sie „Gefahr" bitte nicht fort. Es war das letzte Exemplar. Ich will es noch verwenden. – Faulkner bitte ich zu behalten. – Gute Fahrt.

Mille amitiés. Tout à vous

Ihr Be.

Nr. 38 1. 9. 35.

L. H. Oe.
Wer ist *Fischer*? Sie schreiben einmal Fischer u. einmal F. Der indische Aufsatz ist von Heinrich *Zimmer*, Schwiegersohn von Hofmannsthal, Indologe in Heidelberg, einer aus meinem „Kreis". Schickt oft, schreibt viel, redet dito, trotz guter Arbeiten wirkt er als kleiner Mann. Sieht u. weiss aber Zusammenhänge. Typ: Verknüpfer. –
Aus Steinhude habe ich Ihnen was mitgebracht. . ein Clublied, Yachtclub. Das Briefpapier bewährt sich.

Herzlich Ihr Benn.

Bitte 10 Tage jetzt nicht schreiben.

*

Bitte schreiben Sie doch nicht davon, dass ich Sie geistig entwickelt habe u.sw. *Ich* bedarf *Ihrer* ja viel mehr. Sie machen sich nicht klar, wie völlig isoliert ich bin, ohne jede Beziehung geistiger Art zu meiner Umwelt. Meine Umwelt ist z. Z nicht in diesem Land. Ich schreibe niemandem, antworte niemandem, brauche allerdings auch niemanden. Meistens ist das gut, manche Stunde aber erschrickt es einen auch.

Also bleiben Sie der kluge, erfahrungsreiche Mann in Bremen, der *meine Dinge versteht.* Der listenreiche Odysseus!

Herzlich Ihr

Benn.

Vor 5. Jahren war ich hier!

Nr. 39 3. IX. 35

Ach, das Erhabene –

Nur der Gezeichnete wird reden
und das Vermischte bleibe stumm,
es ist die Lehre nicht für Jeden,
doch keiner wird verworfen drum.

Ach, das Erhab'ne ohne Strenge –!
so viel umschleiernd und versöhnt,
ganz unerfahrbar für die Menge,
da es aus einer Wolke tönt.

nur wer ihm dient, ist auch verpflichtet,
es selbst verpflichtet nicht zum Sein,
nur wer sich führt, nur wer sich schichtet,
tritt in das Joch der Höhe ein.

Nur wer es trägt, ist auch berufen,
nur wer es fühlt, ist auch bestimmt –:
da ist der Traum, da sind die Stufen
und da die Gottheit, die es nimmt.

*

Be.

Astern –

Astern –, schwälende Tage,
alte Beschwörung, Bann,
die Götter halten die Wage
eine zögernde Stunde an.

Noch einmal die goldenen Herden
der Himmel, das Licht, der Flor,
was brütet das alte Werden
unter den sterbenden Flügeln vor?

noch einmal das Ersehnte,
den Rausch, der Rosen Du –,
der Sommer stand und lehnte
und sah den Schwalben zu –?

Noch einmal ein Vermuten,
wo längst Gewissheit wacht,
die Schwalben streifen die Fluten
und trinken Fahrt und Nacht.

*

Der Autor in den
Rönnejahren 15/16 in
Brüssel.
Be.

Am Saum des nordischen Meers.

Melancholie der Seele –,
ein Haus, eine Stimme singt,
es ist ein Haus ohne Fehle,
wo englisch money klingt,
ein Heim von heiteren Losen

geselligen Verkehrs,
vier Wände aus Silber und Rosen
am Saum des nordischen Meers.

Sie singt –: und die hohe Klasse
der Nord- und English-Mann,
die gierige weisse Rasse
hält den Atem an,
auch die Ladies, die erlauchten,
geschmückt mit Pelz und Stein
und den Perlen, den ertauchten
um die Inseln von Bahrein.

Die Stimme singt, ohne Fehle,
fremde Worte sind im Raum:
„ruhe in Frieden, Seele,
die vollendet süssen Traum –"
vollendet: und alle trinken
die deutsche „Litanei"
und die Räuberwelten versinken
von Capetown bis Shanghai.

Geschmuggelt, gebrannt, geschunden
in Jurten und Bambuszelt
die Peitsche durch Niggerwunden
die Dollars durchs Opiumfeld –:
die hohe Rasse aus Norden,
die abendländische Pracht
im Raum ist still geworden:
aus die Mythe der Macht!

Fern, fern – aus Silber und Rosen
das Haus und die Stimme singt
die Lieder, die grenzenlosen,
die ein anderes Volk ihr bringt,

die machen die Macht zur Beute
einer anderen Mächtigkeit:
der Mensch ist ewig und heute
fernen Himmeln geweiht.

Englische –, Finnische Wände –:
Häuser –: die Stimme singt:
Germany ohne Ende,
wenn German Song erklingt,
dann ist es ohne Fehle
und giebt seinen Söhnen Ruh' –,
Melancholie der Seele
der weissen Rasse, du.

*

Be. Eine Erinnerung. In der „Stadthalle" nochmals überdacht.

Nr. 40 5. 9 35.

Lieber Herr Oelze,

das mit dem 10-Tage-nicht-schreiben hatte eine besondre Bewandtniss. Ich wollte Ihnen während dieser 10 Tage jeden 2. Tag ein Gedicht auf Stadthallenformularen senden, also eine ganze Kollektion. Da Sie aber gestern doch schrieben, ist der Bann gebrochen, der Zauber zerstört u. wir können wieder schreiben. Es ist gut so. Privates giebt es weder in der Kunsterzeugung noch in der Kunstbekanntgabe. Sie werden es seinerzeit gedruckt bekommen.
Vielen Dank für die Rücksendungen!
Wie war die Reise?
Haben Sie vielleicht auch ein Segelboot? Soviele Sachen, die ich wieder zugesandt bekam von der Akademie, R. deutscher Schriftsteller usw. zeigt einen Tiefstand an Moral, innerer

Makellosigkeit, aber auch rein gesellschaftlichem Schliff, dafür Überfluss an formellem Knotentum, läppischer Gesinnung, auch Unverschämtheit, dass ich ganz bestürzt bin. „Auslese nach unten", Darwinismus rückwärts – das wäre die Formel, die über allem schwebt.

Herzlichen Gruss! Gute Septembertage!

Ihr dankbar ergebener

Benn.

Nr. 41 9. 9. 35. H.

Lieber Herr Oelze,
Ihnen nur schnell die Nachricht, dass ich am Mittwoch Abend hier besetzt bin u. am Sonnabend wohl nicht in H. sein werde. Sonst ganz auf Sie gestimmt u. eingestellt, bin sogar gespannt zu hören, in welchem Verband Sie sind u. welche Sitzung Sie hier tätigen.

Herzlich.

Ihr

Benn.

Eben Ihr Brief. Dank!
Brahmslieder können Sie auch noch begleiten? Toll! Wer sang sie denn?
Ich gestern Aufsatz für „Cahiers du Süd" (Marseille) Schrieb mehrmals: Erbat über Romantik. Sonderheft: Deutsche Romantik. Th. Mann – u. sonst nur Emigranten. Machte mir Spass. Las Schlegels „Luzinde". Mir unbekannt. Reizend u. schwammig. Auf Wiedersehn! Be.

Die Gedichte sind nicht gut.
Aber man muss werfen, einmal trifft man. Wenn man Verse macht, kommt man auf Verse. Bitte üben Sie!
Bitte Aufsatz mitbringen.

Nr. 42 13. 9. 35.

Lieber Herr Oelze,
haben Sie nochmals vielen Dank für Ihren Besuch. Nachdem wir uns getrennt hatten, fiel mir ein, wie unangenehm für Sie diese Warterei u. Nachtfahrerei ist u. ich bedauerte unendlich, noch keine Wohnung zu haben, in der ich Ihnen für die Nachtstunden Quartier und Lager anbieten könnte. Aber wenn ich eine habe, werden Sie mir die Ehre antun, für einige Stunden Ihre Land- und Stadthäuser zu vergessen u. in einer Etagenwohnung (mit Balkon nach hinten u. Erker nach vorn) kurze Zeit zu verbringen.
Sie sahn so gut aus wie ich es noch nie sah: sowohl jugendlich wie belebt u. gesund. Eine grosse Freude für mich.
Einige Beunruhigung haben Sie mir gemacht durch den Hinweis auf die Gedichte, die meine momentane Existenz nicht gefährden, das wäre mir schnuppe, aber in bedenklichem Lichte erscheinen lassen könnten, nämlich in dem, als ob ich mich hier eingeschlichen hätte, während ich eigentlich verpflichtet gewesen wäre, von meiner morschen inneren Existenz handgreifliche und exacte Meldungen zu erstatten. Aber unmittelbar *ehrenrührig* ist doch dichten nicht, und wenn man das erst einmal zugiebt, kann man keine Grenzen setzen, was u wie man dichten solle. Aber natürlich ist das ein bedenklicher Punkt. Übrigens hatte ich mir aber zur Sicherheit von Johst eine Erklärung schreiben lassen, dass meine Schriftstellerei „nie gegen die nationale Ehre verstossen habe“. Diese ist bei den Personalakten.
Nun bitte ich Sie sehr, Ihren Aufsatz über die 3 Leute niederzuschreiben u. mir zu schicken. Es interessiert mich ungemein, was u wie Sie darüber urteilen u. schreiben.

Haben Sie vielen Dank u. nehmen Sie viele Grüsse.

Ihr ergebenster

Benn.

Nr. 43 16. 9. 35.

L. H. Oe.
was Sie über Nietzsche sagten, hat mich natürlich stark beeindruckt. Äusserst merkwürdig kam es mir vor. Erstens war es innerhalb des Gesprächs so unmotiviert u. zweitens hatte ich in den vergangenen Tagen manchmal ähnliches gedacht. Ich hatte gedacht, dass manches erloschen sei für uns, manches zu verflochten mit ihm selbst u seinem Lebenserlebniss, manchmal ein Aufwand, den wir belächeln könnten, wenn uns überhaupt noch zum Lächeln wäre. Manchmal ein Mangel an Grösse in Bezug auf Selbstaufgabe u. Opfer, auch das Opfer noch betont, etwas laut und gelegentlich Spectacel. Aber erstens war er wohl zu Zeiten wirklich organisch lädiert, unter der Wucht nicht zu bändigender körperlicher Krisen, und zweitens sind die Masstäbe, aus denen heraus man heute gelegentlich u. wie hinter einem Schirm hervor so urteilen könnte, doch allein u. immer wieder nur von Goethe her zu nehmen, seiner körperlichen u. moralischen u. produktiven Göttlichkeit her, und was war daran Glück u. unerstrebbare masstablose, man könnte fast sagen: akzidentelle Erfüllung, mit der zu prüfen u. zu fühlen u. an anderen Wesen herumzutasten Mangel an Formsinn wäre? Dort das unverkennbare, durch 80 Jahre geleitete, sich selbst leitende Glück u. hier doch die Verdammniss, u. am Anfang stand der Mangel, aus dem soviel gemacht werden musste u nie durch Metamorphose, immer durch Schäden u. Frost und Wunden. Nein, er war gross, nichts Grösseres sah dies Jahrhundert. Es war auch nicht grösser als er, er umfing es, er war mit ihm identisch. Ist es der Rhein oder der Nil, ich weiss es im Moment nicht, die alte bärtige Figur, auf der alles herumwimmelt, der Liegende, an dessen Gliedern die Spielarten sich ergehn, das ist er doch für uns ausnahmslos alle. *Einen* Schritt sind wir weiter als er, nach meiner Meinung einen sehr weitreichenden in die Zukunft dieser

Finallage, wir haben es ja schon öfter erwähnt: er hatte noch nicht die Geschichte u die Natur vom Geist getrennt, er glaubte noch an ihren Ausgleich, jedenfalls an ihre Beziehung, während wir das doch garnicht mehr tun. (Wollen Sie bitte Ihren Einwand, der Geist sei ein Anhängsel des Lebens, weil er nur mit dem Leben zusammen auftrete, als völlig materialistisch nochmals durchdenken!) Aber nun sagen Sie mir bitte Eines, Sie der Sie soviel bedeutende Erkenntnisse u. fernliegende Erlebnisse innerer Art in sich tragen: was meinte N. eigentlich mit den Versen:

„wer das verlor, was ich verlor,
macht nirgends Halt" –

Was hatte er verloren? Was kann es wohl sein, dessen Verlust so auf ihn wirkte? Ich fragte es mich öfter. Ich habe nur die Antwort, wahrscheinlich die Erkenntnis von der Unmöglichkeit jeder Gemeinschaft. Vielleicht auch noch eine Specialerkenntniss: die Völker brauchen ihre grossen Männer garnicht. Also auch ihn nicht. Sie brauchen ihre kleinen Männer weit eher. Die grossen sind nur skurril. Anhängsel des Lebens? In der Tat: *des Lebens* sicher. Blasen. Der Strohhalm Tinneff u. die Seife Rotz. Freischwebende Blasen, nichtmal Fruchtblasen. Keineswegs! Idiotisch geradezu gesehn vom *Leben* aus u. von der Geschichte. Er war ja genial, er konnte sich mit Kulturzusammenhängen, in denen er watete, u. Morphologieen, in denen er mit herumkroch, nicht begnügen, andererseits konnte er sich von seinem Lieblingsbegriff „Leben" nicht trennen. Das war ja sein Boden. Von diesem Boden aus aber stieg er selber nur als Sumpfblase auf, Rotz, nämlich: Geist. Hier das Dilemma: Der Geist dient dem Leben, dem furchtbaren, grossen, wilden gefährlichen Leben, der blonden Bestie, – aber der Geist denkt nicht daran, das witterte N., aber Halt machen in sich selbst, konnte u durfte er nicht. So schleppte sich in ihm diese unheilbare Antinomie noch einige Jahrzehnte weiter. Die blonde Bestie 1900 u. 1935 der Mann plötzlich am Ende

seiner Zeiten, der den Samen bewusst zurückhält, er führt sich nicht mehr fort, das Artgefühl ist in ihm zu Ende. Das „Leben“ hat sich noch einmal mit Pauken u Trompeten aufgespielt, nun wird es verstossen. Erst der Badenweiler Marsch u. nun die Offenbarung St. Johannis. Was das Letztere angeht, so sieht man ja zweifellos das Tuch mit den unreinen Tieren senkt sich vom Himmel. Mir ist heute nach der Lektüre gewisser Zeitungsmeldungen sehr stark schon den ganzen Tag nach Apokalypse, erinnern Sie sich später meines Gedankens, dass das Leben nur ein Vorwort ist, in dem noch nicht die Hauptmotive präludieren, u dass ich mit Evola an die Übertragung anderer Art u. die Verwandlung der Elemente glaube.
Eine Wohnung habe ich noch nicht. Gab heute Annonce auf. War Sonnabend/Sonntag in Berlin. Wie hat mich diese Stadt wieder erregt, ihre Abendstunde am Sonnabend zwischen 5 u 6, ihr monströser Genussapparat, ihre Sicherheit, ihr Mördergesicht, ihr kaltes Zerschmettern alles Provinziellen, Kläglichen, kärglichen Nur-Wollens, hier heisst es: Formwerden u. vollbringen! Stadt meines Lebens, meines Schicksals, meiner schönsten Jahre! Immer werde ich Heimweh nach ihr haben.

Genug, Herr Oelze! Ich *kann* nicht besser schreiben, ich bin zerrissen von Spannungen, Fragen, geradezu neuen *Kinder*blicken – die Hände fliegen mir.

Herzlich

Ihr

Benn.

Dank für Merkenschlager,
Zeitungsnotiz.

Lieber Herr Oelze, Dank für Ihren Brief. Seit heute Nacht 12 h bin ich nun also im bürgerlichen Sinne geborgen, Knochenbrüche u. Kopfschüsse kosten mich nichts mehr, ich kann meinen Kadaver auf Staatskosten in ein Lazarett pakken u. im Todesfall giebts eine Salve übers Grab. Nicht zu unterschätzen, alles; noch dazu von einem Mann, der manchmal durchaus nicht in der Lage war, auch nur 1 Woche zu erkranken, sich in eine Klinik zu legen, ja auch nur die Fahrkosten für ein Krankenauto ohne Schwierigkeiten aufzubringen. Ich frage mich durchaus, wieso ich es verdient habe, dass ich jetzt weniger Sorgen haben soll u. finde keine Gründe u. bin aufrichtig dankbar „dem Geschick".
Eine Woche hatte ich Grippe. Sass erst im rechten, dann im linken Auge, pompöse Schwellung; bei mir sitzen vielfach die Krankheiten, aber jedenfalls alle Erkältungen, in den Augen, die fangen sie ab u. auf. Eine Woche tächtelte ich. Die Frauen-Gestalten, zu denen wir im Laufe des Lebens immer wieder zurückkehren, sind nicht, finde ich, die Mütter, sondern die Konfektion. Grosse gute Figuren, tadellos gekleidet u. beschuht, man kann sich mit ihnen blicken lassen. Wie schon öfter in meinem Wandel: zwei Freundinnen. Eine reines Blond mit allem Zubehör; eine Schwarz mit allem Drum u. Dran. Wir waren einen Sonntag in Steinhude, es war reizend. Sie sind dankbar, anspruchslos u. im Grunde sehr gebildet, ich meine damit, sie bleiben in ihrem Gesichts- u Lebenskreis u spielen sich vor einem vernünftigen Mann nicht auf. Keine Balkongespräche! Die eine verdient 300 M. im Monat, die andere 450 M., Abteilungsleiterinnen im Warenhaus. 3-4 mal sich treffen – und dann Erotik, das natürlichste von der Welt. Oft in meiner Vergangenheit hat es sich so getroffen: mit beiden gleichzeitig, es ist Blödsinn, dass die Frau uns alleine will. Ich habe ganz gegenteilige Erfahrungen gemacht. Nun – hier in H. u bei den Wohnver-

hältnissen ist alles besonders schwierig –: Bitte „denken Sie nicht schlecht von mir“! –
Geben Sie doch nicht an andre Leute den Rat, meine Bücher zu lesen. Wozu? Die Zustimmung zahlreicher könnte mich doch nur verstimmen. Es giebt Gedanken, die *nur* in der 2.ten Generation u. in der 3. Verdünnung nachgelebt werden können, nur historisch erfühlbar sind. Auch wahrscheinlich da erst giltig werden, objektiv. Tausend Grüsse

Ihr Benn.

Darf ich Ihnen aussprechen, dass Ihr *blaues* Briefpapier Ihnen viel besser steht als das *grüne*, das Sie zu Weihnachten bekamen? Das hatte nie meinen Beifall. –
Wann ist Ihr Geburtstag? Bitte um Antwort.
Kennen Sie eine deutsche Feder, mit der man schreiben kann? Ich nicht. Es giebt nur englische, mit denen das möglich ist.
Giebt es Krieg England – Italien? Mir scheint ja. Und das ist für uns nicht günstig, fürchte ich. –

Be

Nr. 45 7/X 35 H

Lieber Herr Oelze, zunächst: diese Verse von Goethe sind ganz wunderbar! Ich kannte sie nicht. Danke tausendmal! Als ich sie ganz langsam las, immer aufmerksamer, hingerissen –, zitterte ich, dass sie von einem Schmierfink sein könnten, Zufallssache, gelungener u. gestohlener Dreck. Nein, sie waren von Goethe! Wunderbar. Welche tiefe Beruhigung erfüllte mich! „Ein Blick...“, ja, er genügt: *der* Blick! und „*gesteigert*“, nämlich über die Natur hinaus! Dieser eine Blick! Schön! Nahe an den Versen: „dass Du nicht enden kannst, das macht Dich gross“ –. u.sw. Hat er nun eigentlich im völkischen Sinne *gewirkt*, Goethe? Keine Spur!

Herrliche, haltende Erkenntniss von der Wirkungslosigkeit der Tiefe auf das Tägliche, Gegenständliche, Willenserfüllte, Zielsetzende im „Fleisch"! Knüpfen wir an: „wer das verlor, was ich verlor..", hier ist es: die Isoliertheit des erwählten Geistes, dessen, der leidet u. spricht.
– Ich war wieder 2 Tage so erkältet, dass ich im Bett lag. Die Uniform bekommt mir nicht. Dabei dachte ich an einen Ihrer ersten Briefe, in dem etwas erklang, was Sie dann immer verschwiegen haben, nie wieder erwähnt, zugedeckt. Ist es versunken oder war es nie als Substanz da? Sie schrieben: „u hier beginnt das Reich der *Gnade*". Was meinten Sie damit? Damals? Wie denken Sie heute darüber? War das religiös gemeint? Es klang etwas Schleiermacherisch u. Kierkegaardmässig. Haben Sie in der Richtung innere Erfahrungen? U. A. w. g.
Den Konfektionsbrief erhielt ich. Die K. langweilt mich aber schon längst wieder. Nette Episode. –
Ihre Frage nach der *Freiheit* hat mich natürlich während des letzten Jahres viel beschäftigt. Bestimmt übt das Militärische einen starken Zwang aus. Aber wo gäbe es noch Freiheit? Wer druckt mich denn noch? Zeitungen – lesen Sie sie doch! Zeitschriften – alles doch nur noch Gemeinschaftsdilettantismus. „Neue Rundschau" – eine Frage von Monaten u. jüdisch, also lieber zu vermeiden. „Deutsche Zukunft" von Herrn Klein u. Herrn Fechter – o Gott, der alte bürgerliche Muff zu Geschäftszwecken von Herrn Klein. Sein Büro soll mussolinisch sein, renaissance in 12 Räumen, Honorar zahlt er nur nach Drohbriefen, für meinen *Ahnen*aufsatz im Juli 34 – nach 3 Drohbriefen im Februar 35: M. 40. – Rundfunk? Hören Sie ihn! Akademie? vacat. Also, wo wäre überhaupt Podium u. Hörsaal? Vorbei! Natürlich ist diese ganze Militärsache ein reines Experiment. Nur so betrachte ich es. Es ist nicht nur Versorgungspanik, keineswegs. Je m'en fiche! Es ist der Versuch, ob aus diesem Milieu, dieser Art des Lebens, diesem ungetarnten Symbol des Lebens:

die Waffe für mich neue Einstellungen, Ausdrucksmöglichkeiten, Erlebnisse negativer oder positiver Art kommen. *Kelter!* Dies Zusammenpressen der Existenz auf den Begriff: Dienst, Härte, Gehorsam erwächst für mich neues Erleben? Ich bin nicht ganz sicher. Aber in Berlin wäre es noch mehr zu Ende gewesen. Hier verkauft man sich doch jedenfalls teuer, dies einerseits u. andererseits: hier ist man am Kern der nationellen, geschichtlichen Dinge dran. Hier sieht man die Schmiede des Vulkan u täglich auf die Stücke zum Schild des Achill. Das ist allerlei. Ob sich die Umsetzung zur Kunst so einfach u schnell vollziehn wird, wie ich vielleicht einmal dachte, ob in den Formen, die Sie erwarten, das weiss ich nicht. Ich nehme alles in Kauf. Amor fati. Wer nur in Kauf nimmt, nachdem er die Ware abgemessen u. gesehn, handelt geschäftlich, irdisch, Cigarettenwagen. Zu meiner Lehre gehört ja auch das Misslingen. Ich lasse es draufankommen. Alles hängt für mich davon ab, dass ich bald eine Wohnung bekomme, wo ich mich installieren kann u. „Notizen" machen. Mit Notizen tastet sich der Blinde in die neue Dunkelheit hinein, sie sind seine Samariterhand. Kommt dann noch einmal die grosse Stunde, das Strömen, der Blick, – gut. Wenn nicht, soll es nicht sein. Wer sieht hinter die Dinge? Wollen Sie auch bedenken, dass wir das *geschichtliche* Leben eines Volkes doch überhaupt für Dreck halten – wohin redet man also die Dinge? Man baut den Regenbogen, aus Perlen jene Brücke, eine reine Fata morgana, einen Wüstenspuk u. am Rande lagern die Kameele. „Wer das verlor".. Immer wieder dieser Refrain! Sagen wir ihn nun endlich einmal ohne Noten, nur den Text: *wer die Wirklichkeit verlor*, – das ist die um 1890 voll entwickelte Neurose, tief organisch, irreparabel, in die Erbmasse der Finaltypen eingegangen. Da hilft kein Blut u Boden u Ruth u. Boas nicht u. kein Aehrenlesen. Wir haben keine Wirklichkeit mehr weder im Besitz noch in den Trieben noch in den Erkenntnissen, wir sind leer in der Magengrube.

Es ist ja alles nur noch ein Aufstossen [Was für lächerliche Gnomen diese Klagestypen, die nun „reparieren" wollen; treten Sie ein, regenerieren Sie sich am Coitus, Erbhöfe u Stillprämien; „Sie sagen, da ist ein Mondstrahl, Quatsch, wir sind Padden, rin in die Pfütze" – (übrigens: wie adlig u. ungemein transcendent ist eigentlich die Madonna gegenüber den dicken deutschen „Müttern")] Also, zurück zum Anfang: beim Militär ist das Leben auf die einfache, grossartige Formel gebracht: Waffe. Darum bin ich jetzt zunächst noch hier. Hier ist relativ reine Luft. Kein weltanschauliches Brimborium. Nun, die Balkons u die Damen – was geht mich das an. Alle 14 Tage einen Abend. Gehört dazu. Nur nicht weich werden.

Adieu, lieber Herr Oe!
Das ist ein Montag Morgen im Büro. Sehn Sie, das ist doch leidlich, wenn man Zeit für so einen langen Brief hat.
Sie trugen eine *hellgraue* Weste beim letzten Mal. Darüber wüsste ich gerne etwas Näheres. Tut man das jetzt? Andersfarbige Weste? Herzlichen Gruss!

Ihr Be.

Nr. 46 ⟨9. 10. 35⟩

Würden Sie die Güte haben, mir eine Abschrift zu machen von dem *Segel Gedicht* („Die weissen Segel") und dem „Das Erhabne ohne Strenge" – falls Sie es noch haben? Einige junge Leute bitten um Beitrag. Dank!

Ihr

Nr. 47 11 X 35.

Vielen Dank, lieber Herr Oelze, für den schönen Goetheband, Ihren Brief u heute die Gedichte. Die Auswahl aus Goethe ist sehr schön. Sie liegt im Schubfach meines Dienstschreibtisches u. öfter nehme ich sie vor. –

Ach ich bin nicht glücklich in der Uniform! Seit ich sie trage, ist mir mies. Doch eine dolle Sache, wie einen sowas beherrscht, gefangen nimmt, umarbeitet. Gestern Abend stieg mein „Herrenabend". *Sie* konnte ich nicht einladen, waren nur Männer meiner Dienststelle da! Zackige Sache. Hatte sie mich was kosten lassen. Hatte in einem Weinhaus I Etage ein par alte Räume aufgestöbert, in denen ein welfischer Generalsklub früher getagt hatte, den Namen nach mit viel englischen Leuten drin. Alte Ernst-Augustbilder an der Wand u. den ganzen Gotha im Regal. Protektor: S. M. der König v. Hannover. Die hatte ich herrichten lassen, alte Stühle, alte Gläser. Kaltes Büffet, Korn, Bier. Grosser Erfolg. Die meisten hatten bald schwere Schlagseite u. langsamen Zungenschlag. Drollig, besoffene Männer! Drollig dies dann aus-sich-Heraustreten, voll u. ganz, mit Händeschütteln, Sichwiedervertragen u. Ansichtenaustausch. Abessinien bietet ja viel Stoff für derartige Männer. Eine Rede hielt ich auch, Öl u. Mostrich, alles drin, was reinmusste, zum Schluß hart u. überzeugt: „Die W. E. I. Hannover – hurrah." Dann die Gegenreden...

Lieber Herr Oelze, auch bei solchen Gelegenheiten u. Anlässen wird das Leben problematisch u. die Wertfrage hört nicht auf. Es dauerte bis gegen 4. Seit 15 oder 20 Jahren bin ich nicht so spät zu Bett gegangen. Wir waren 13 Mann. Ich hoffe, ich bin jetzt angesehn und 100⁰/₀tig. – Eine Welt – eine Welt, ein Koloss aus Dummheit u. an *einer* Wimper hängt wie Staub ein Traum. Und am schlimmsten sind ja doch die Talmi-geistigen, die Gebildeten, die die *Rolle* des Geistes spielen, in ihrem Gewese entfernt an ihn erinnern

könnten – was man von denen zu hören kriegt! Sie „befassen“ sich mit Gottweisswas: Malerei, Kunst, Theater u sind *entschieden die Entferntesten von allem Geist.* Denn der ist *eher* in der reinen Materie als in diesem verwesten Zwischenreich. Mit tiefster Hingabe höre ich mir meistens deren Reden u. Repliquen an u. atme förmlich diese Kreaturen, die sowohl Erstarrung wie Fäulniss sind. Na.
Genug für heute. Dank für die Westenauskunft u. die Notiz über Kunst! „Kunst soll nur Schönheit übermitteln“, sagte gestern ein Oberstleutnant (aus dem Zwischenreich) u er wird wohl Recht haben. Herr Oelze, wer sind wir? Wer wären wir, um uns zu trennen u. zu erheben?

Tausend Grüsse
Ihr
Benn

Nr. 48 21 X 35.

Gedachte Ihrer viel u. mannigfaltig schattiert. Hier ist die Rede! Ein Satz aus der Marinettirede drin, sonst Nützlichkeits- u Höflichkeitsgerede. Gute Tarnung ist Handelsfreiheit nach Innen, sage ich mir, nur darauf kann es mir ankommen. Vollendete Höflichkeit – das hält doch alle ab zunahzukommen, nur daran liegt mir. Es ist doch ein ewiger Kampf, die Leute nicht mein Gesicht sehn zu lassen, bei jeder Unterhaltung auf Treppen, Strasse u. Büros. (Übrigens: auch noch ganz andere Leute. Manchmal: mich selbst) Es geht mir nämlich viel elender, als ich dachte. Ich mag die Uniform *absolut nicht.* Bin völlig unglücklich darin. Sie gestaltet einen mehr um, als ich dachte. Sie ist ein sehr raffiniertes psychologisches System! Ich find ja auch gesellschaftlich ein elegantes Civil viel schicker. Kurz, mir kommen manchmal Gedanken über diese neue Episode meiner Existenz, die mir nicht gefallen.

Die Schillersache ist herrlich!
Goethes Gedichte von Ihnen noch herrlicher. Sie liegen im Büroschubfach, immerzu lese ich drin. Kenne das meiste nicht. Wie weltmännisch, innerlich raffiniert, man könnte fast sagen: abgefeimt seine Weisheit ist! Ratschläge eines alten Kavaliers! Ganz ungemein ministeriell repräsentativ u. für angehende Lebemänner! Z. B. „Vermächtniss". Und dann diese Zufriedenheitsdämonie z.B. in „Metamorphose der Tiere" mit den vielen „so" u. „also". So ist es u. nun lasst endlich das Gequatsche darüber! Blödsinnige Theo- u Teleo- u. Embryologen! – Eine unerschöpfliche Sache!
Ja, Nietzsche war am Anfang am grössten. Später wurde sovieles durchkreuzt, fast gebrochen u. aufgehoben. Aber ich will nicht schon wieder davon anfangen.
Ihr Pianist u. alle ähnlichen hat doch nur *halb* Recht! Irgendwo geht die Rechnung so glatt *nicht* auf. Wenn man das alles nun bloss als *Wider*stand ansähe, an dem der Geist sich prüfen u. überholen u. erneuern solle, als tiefe Verwundung, die ihn überheilen u steigern solle – vielleicht ist es wirklich so zu sehn? Es ist produktive Schwäche u. Mangel an Potenzen, garnichts daran zu sehn u. nur wegzusehn. Feminin. Dies alles, was sich da abspielt, *sind Mächte.* Vergessen Sie das nicht! Der grosse Mann kann diese Mächte nicht übersehn u. ignorieren; sein Weltbild, sein Ausdruck bekäme Mängel u. würde schief. Er muss sie ansehn, auf sie zugehn, abschreiten. Nur Klavier spielen – das erschiene mir zu virtuos. Es handelt sich auch nicht darum, eine Tradition zu wahren. Lächerlich – Tradition! Es handelt sich –, aber bitte lesen Sie doch den zusammenfassenden Schluss von der „Metamorphose der Tiere" durch, das ist es wohl: das niedrige Material anzuerkennen, das Gebundene, das Massenhafte des Lebens zu sehn u. *es doch nicht niedrig zu sehn.* (Wir sind hier nun allerdings an einem Punkt, wo man einmal aussprechen muss, dass der *ganz grosse Mann* vieles anders sehn muss als der mittelgrosse u. nahezu grosse. Diese

beiden können Klavier spielen.) *Es sind Mächte*, aus denen ich bin u. die an mir formen: darum nehme ich sie an, stelle mich ihnen, um sie, um mich u. mein Material zu erkennen. Wo erkenne ich es sonst? (Der grosse Mann ist untergangs- u. verlustbereit, der Klavierspieler kaum.) Und noch einmal: das grosse Werk wirkt ja nicht, weder auf Klavierspieler noch auf geschichtliche Kräfte: *es entsteht*. Es entsteht nicht, wenn sich der Mann abschliesst auf die weissen u. die schwarzen Tasten.
Herr Hinkel ist gut! Warum soll er übrigens anders reden? Redet Marinetti was anderes? Keineswegs. Und der weiss es sogar besser.
Sonnabend in „Maskenball". Schöne Musik! Greuliche Sängerin; aber *eine* Melodie (im Anfang des 5. Aktes, als Richard allein in der Nacht sitzt) die ist wohl überirdisch, zauberhaft, ohne Gleichen. 5 oder 6 mal kommt sie, jedesmal war ich beängstigt, weil soetwas nicht dauern kann, u sie dauerte auch immer nur ¼ Minute. (Ich bin unmusikalisch, vermutlich ist es Kitsch für den Musiker u. Pianisten.)
Leben Sie wohl. Die Gemeinschaft der Heiligen!

Immer Ihr

Benn.

Ist F = Friedrich
W = Wilhelm
Oe ?

Nr. 49 — 23 X 35.

L. H. Oe.
Dank für Brief!
1) die Rede bitte gelegentlich zurück. Ins Archiv, falls dienstliche Rückfragen kommen. Man kann nie wissen.

2) die Urteile auf dem Heimwege waren alle negativ d. h. sie waren alle beschwipst u mehr, – keines Urteils fähig.
3) Ich identifizierte Sie nicht mit dem Pianisten u. mich nicht mit dem „grossen Mann“. Ich skizzierte beides nur, sprach phänomenologisch!
4) wenn Sie Freitag anrufen, freut es mich sehr. Event. Abendbrod?

25/X. Eben Ihr Brief aus dem Wartesaal. Dank. Schade, dass Sie nicht kommen. Welche Schule übrigens? Rossleben? Ja, sonderbar, dass triviale Musik so anregt u. die grosse nur Duck- u. Fluchtgedanken erzeugt, wenigstens bei mir. Überhaupt: die Künste gehn doch wohl nicht so ineinander über, wie die Romantiker es dachten u. darstellten. Oder wo ist das Gemeinsame, der Grundnenner? Entstehn von Welten, irreale Wirklichkeit; Fortlassen, Herausheben Richten auf einer vertretbar vorhandenen konstitutiven Grundlage des Arbeitens.

| | | | | | | | | |
|---|---|---|---|---|---|---|---|---|
| *F.* | ? | Friedrich | ? | Fritjof | ? | Fin | ? | U.A. wg. |
| *W* | ? | Wilhelm | ? | Wladimir | ? | Walt | ? | |

Herzliche Grüsse
Ihr
Be.

Arbeite Mobilmachungskalender! Geheimwissenschaft! Donnerwetter, der Generalstab! Weiss, was *Form* ist: Secunde, Komma, Millimeter!
*Exact* – ist ein Wort, das ich unendlich liebe! Grosses Lob! Goethe: „ich will lieber 100 Ungerechtigkeiten begehn, als *eine* Unordnung hinnehmen.“

Lieber Herr Oelze, anbei der Günther. Genehmigen Sie bitte nachträglich, dass ich ihn noch ein paar Tage behielt, las noch etwas drin, ein glänzendes Buch! Bewachen Sie es gut, dass es nicht verschwindet. Dank für seine Sendung.
Maxim Ziese in der D. A Z. – lesen Sie doch dieses Schandblatt nicht mehr! Ich kaufte mir heute das Berl. Tagbl. Die Leitartikel von Paul Scheffer sind gar nicht mehr zu unterscheiden von den früheren von Theodor Wolff, der gleiche geleckte Schmus –, wenn der Journalist spritzig wird. Herr Ziese, Herr Johst, Herr Günther, Herr Hinkel – à propos, Herr Oelze, erinnern Sie sich, dass Nietzsche an den Griechen rühmt, sie hätten sich in Zeiten der Krise immer an ihren primitiven Bedürfnissen regeneriert, an ihrer Physiologie, darin erblickt er ihren grossen biologischen u. produktiven Instinkt – nun, was den Hellenen billig war, sollte es dem Volke Dürers u. Goethes nicht erst recht sein dürfen? Was meinen Sie dazu? (Ich würde meinen, dass mir nie ganz klar geworden ist, welche Zeiten N. eigentlich meinte. Die eine grosse Krise des 5. J. wurde doch *nicht* repariert, was gab es vorher an Krisen?) Herr Ziese, Herr Johst...
Nebliger, dämmriger Sonntag. Erst die üblichen Briefe an die Damenwelt, einschl. Tochter, dann die übliche Geflügelcrèmesuppe mit dem ebenso üblichen Mastkalbbraten, heute mit Rosenkohl, gestern mit Mischgemüse. Wieder allerlei „*Gesellschaftliches*" hinter mir. Beschäftigt mich innerlich sehr. Sehe immer neue Seiten. Z. B. ein *Ehemann*, was ist das für ein Gockel, alles darf er sich zu Hause erlauben, wird belächelt, bewundert, reizend gefunden, teils triebhaft, teils aus Schläue, sowas muss ja doch ein Lump oder Gockel werden. Niedrigster Beifall der Natur: von mit ihm fleischlich Vermischten, neckisch abgelehnt, aber doch geglaubt, hingenommen. Sowas Kleines, Geblähtes, auch Geducktes –, was sind Ehe u. Kinder für heimtückische Methoden, Rasse

zu verschlechtern, dagegen ist doch aller Alcohol und Opium u. Tabak schöpfungsgesandt. Der *Ehemann* auf dem *Balkon* –, ich sehe ein gigantisches Gemälde, für das ich im Augenblick keinen Malernamen gegenwärtig habe – aber, glauben Sie mir, sie werden beide auch das tausendjährige Reich, das dritte, das deutsche, überdauern, ja sogar wohl in ihm herrschend sein. –
Ich fühle mich nicht wohl. Abgespannt, verbraucht. Doch eine grosse Vergewaltigung meines Lebens, die ich mir zugemutet habe. Wohnung auch noch nicht.

Dank u. Gruss!

Ihr
Benn.

Nr. 51 11 11 35

In diesem Fall sind *Ihre* Briefe *mein* einziger Trost hier. Höchst interessant Ihre Zitate! Ungemein erregend! Lawinen u Dünen von Nachdenken, wirklich *Nach*-denken über einen bringend! Zu Weihnachten bekränze ich Sie oder unsere Beziehungen, wie Sie wollen, mit einem Tannenreis, mit einer Asterstaude, wenn es Bekränzung ist.
Wissen Sie Schiller! Ihre Verehrung ist mir so interessant. Ein wahrhaft erlauchter Geist! U. doch ich komme nie zu einer ganzen Auflösung u. Bewunderung. Ich werde nie die Vorstellung los, er ist gross u kühn u alles mögliche, aber *er meint etwas Anderes*, als Goethe oder Kleist. Er meint nicht die Moral als Hintergrund u Quell der Gestaltung, des so oft von ihm zitierten „Aesthetischen", er trägt sie im Grunde doch in sich als Gemeinschaftsgesinnung u. menschlich-seelisches Valeur. Das, was ich – sit venia comparationi – aus ihr herauszukristallisieren trachte als „*anthro-*

*pologisches Princip*", als Rassen*begriff*, ist bei Sch. bürgerlich mulmig à la Glocke („Innen waltet die züchtige Hausfrau") („Er zählt die Häupter seiner Lieben.") Stellen Sie sich Goethe oder Ihren Hölderlin die Häupter seiner Lieben zählend vor! Schiller *meint* etwas anderes als die ganz Grossen. Und dann diese murklige, armselige, gierige Physiognomie! Rothaarig! Götter sind gestillt, von einer gewissen Periode an. Und immer schwarz oder blond, nie rot u. gesprenkelt! Sie haben nicht so gierige zermergelte Züge wie Sch. Sie sind gentlemen, keine Arbeiter-Aristokraten, keine Historiker.
Bitte lesen Sie diese Evolasendung u schreiben Sie mir Ihren Eindruck. –
Die Bürgerlichkeit von Schiller u Goethe zu vergleichen, wäre eine riesig reizvolle Aufgabe für ... Th. Mann.
Übrigens, wenn man Ihre heutigen Zitate betrachtet: dass Nietzsche gekommen sei, um das Leben zu rufen u mit ihm den Geist zu bekämpfen, das konnte wirklich nur Klages behaupten u nachweisen, – „in fliederfarbener Sommernacht..." (Kosmog Eros). Leben, wenn man es schon in einen Satz bringen will, heisst doch nichts anderes, als das Allgemeine u. Gegebene in das Individuelle u. Genommene wenden, es einarbeiten in den Gestaltenwillen des Geistes. Ausserhalb dessen giebt es ja gar kein Leben.

„Dein ist Leiden u Denken:
so empfängst Du das Sein –"

*nur* so.

Herzliche Grüsse!
Ihr
Benn.

Diese Woche.. *Kommandeur*besprechung hier, grosse Sache; Vortrag der Gruppenleiter, darunter O.St A Dr. B., über ihr Arbeitsgebiet. Dienstanzug, 10 Minuten Dauer. Keine Weitschweifigkeiten, nur das Aktuelle. Abends kameradschaftliches Zusammensein im Standortkasino. Umfrage: Wünschen Sie Rot- oder Weisswein? Preis des Gedecks 3,60 M. Ich: Rotwein. Freitag Abend als Abschluss. – „Gebildete Menschen bringen ihr Leben ohne Geräusch zu". Wie vornehm ist das wieder. Kein Malteser oder Johanniter konnte vornehmer sein.

Ihr Be

Nr. 52 21. XI 35

Aber, lieber Herr Oelze, können Sie sich denn garnicht an den grossen Wahrheiten aufrichten, die täglich um uns sind? „Sei natürlich, wie das Leben natürlich ist" – da wird doch nun endlich die Katze aus dem Sack gelassen und dagegen ist Cäsar Flaischlen doch ein Jeremias. Das Natürlichste für den Sprecher des Satzes ist nämlich, dass er Minister ist u. wir uns sein Geseires auf Gnade u Ungnade anhören müssen, während wir es künstlich finden. Die Katze aus dem Sack: hier sieht man nun doch definitiv, wie 100⁰/₀tig verwahrlost alles ist, was dort über Kunst geredet u. gedacht wird. Das ist doch unüberbietbar schön u. beruhigend. Solange man immer noch in Betracht zog, dass sie vielleicht doch einen Schimmer hätten von dem, was gut u böse sei, blieb man höflich u. bescheiden. Aber das ist doch nun nicht mehr nötig. Die Trennung der Geister ist vollzogen, selbst Furtwängler erkrankt daran, und er verträgt doch viel. Herrlich doch auch diese Stehr u. Pfitzner, alt u taub, ausgeleierte Huren, die für Geld u Ruhm alles mitmachen, sofern sie überhaupt noch aufnehmen u. erfahren, was man mit ihnen treibt. Kennen Sie „Benoni"? (Hamsun) Da kommen zwei achtzigjährige schmutzige Trottel vor, die nur noch auf dem Heuboden hocken u. sich das Fressen unter Geschrei fortziehn – herrliche menschliche Gestalten, bitte lesen Sie nach,

direkt stinkend von Ausgemergeltheit u Niedrigkeit, die scandalöseste Schilderung sinnloser Alter –: das sind die beiden!
Aber, Herr Oelze, was ist mit Ihnen u. dem Geist u. Goethe? Ist das nicht alles nur eine *Speziallage?* Nur eine *Erscheinung*, unverbindlich, der man folgen kann, wenn man sie sieht? Ein *Elmsfeuer* bei gewissen Gewitterzuständen? Immer ein *Sonderfall*, u selbst wo er da ist, ein Kommen u. Gehn? Sei natürlich, wie das Leben natürlich ist – Du kannst natürlich sein, Du bist ja nicht berufen, Du weisst ja nichts von der anderen Welt, die *Ausdruck* ist, Du darfst ja leben, –: *aber:* Du bist das Material, aus dem das Elmsfeuer kommen kann, auf dessen Spitzen es wieder einmal zittern wird wie es schon früher manchmal zitterte, aus dem die *Erscheinung* steigen wird, in der Spiel u. Notwendigkeit im Ausgleich liegt, Gestaltschaffen u Vernichten, Formerweckung u. rastloses Vermischen, zeitliches Material u äusserste Expression, die alte Stufe der Tiere u die neue Stufe des Anthropologischen, der erste Anstoss u. die spätere Erweckung. Sagen wir also: Goethe, die Vollendung. Verachten Sie alles dies Gewürm weniger, übersehn Sie es mehr, es sind Vorstufen, gibbonnah, innere Stirnwülste, Nasenlöcher schimpansoid, aber das Blutserum schon gerichtsärztlich nicht mehr zu unterscheiden. Gewürm braucht Geschichte. Ihre Parallele im vorletzten Brief mit 1525 ist völlig zutreffend. Luther, wohl einer der grössten Vernichter des besseren Deutschtums, Zerstörer der grossen mittelalterlichen Kultur, dreckiger Niedersachse: Gewissenbisse an Stelle von Formproblemen, moralisches statt konstruktives Denken, tiefstehender Freiheitsbegriff („Selbstverantwortung" – so ein Blech für diese Schuld-Sühne-bastarde!) – aber Sie haben Recht: er machte *Geschichte*. Genau wie sie jetzt wieder *Geschichte* machen. Hatte er Recht, hatte er Unrecht? Ziemlich gleichgiltig! *Neben* der Geschichte, seiner u. aller, erhebt sich die *Erscheinung*, das Elmsfeuer, das Einsame, das

die Zeit nur mit jenen verhaltenen Blicken streift, die Sie kennen.
Ich muss schliessen, obschon der Brief nicht zu Ende ist u. erst recht nicht der Gedanke. Im Moment keine Zeit.

Viele Grüsse
herzlich
Ihr
Benn.

Nr. 53 2/ XII ⟨1935⟩

Lieber Herr Oelze,
diese kleine Veröffentlichung erscheint zu Weihnachten u soll Ihnen u unseren Beziehungen gewidmet sein. Ich darf fragen, ob Sie es erlauben. Ein Einspruchsrecht kann ich Ihnen nur ganz bedingt zusprechen u. aus civilrechtlichen Gründen.
Etwaige Dankerklärung ausgeschlossen. Ich ehre mich, indem ich es tue. Senden Sie bitte die Korrektur weiter *sofort* an die Hamburger Adresse. Ihr

Benn

Nr. 54 9 XII 35.

Lieber Herr Oelze, ich danke Ihnen sehr für Ihren wunderbaren lieben Brief. Ich muss mich bei Ihnen entschuldigen, dass die kleine Veröffentlichung nicht auffälliger u. prunkvoller erfolgte, aber es geht für mich im Augenblick nicht. Ich muss, wenn ich überhaupt publiziere, das etwas Unbemerkte bevorzugen, ich möchte nicht, dass meine Dienststellen viel davon bemerken.

Hier ist der Ausgangspunkt der ganzen Sache, Brief von einem Herrn Strässer, mir unbekannt. Sie erhalten von mir 10 Exemplare, ich denke noch vor Weihnachten.
Wo sind Sie zum „Fest"?
Ich verschwinde in den Harz oder nach Thüringen, in ein lautes oder leises Hotel, mir gleich, wo ich allein bin. Dann werde ich in diesen Tagen eine Behausung mieten, 3 Zimmer, neu hergerichtet, alle nach hinten liegend u auf einen Hof sehend, aber der Stadtlage nach mir angenehm, sehr stille, für sich, I Etage, ich steige nicht gerne Treppen, alles in Allem mehr eine Höhle für Molche u. Menschenfeinde als ein Renaissancebau, aber ich habe das Suchen nun satt u. muss endlich wieder zu meinen Büchern u zu Arbeiten kommen. In der Nähe meiner jetzigen Stube, aber in guter Strasse, Arnswaldtstr. 3, da werde ich um den 1. I. herum einziehn.
Kürzlich eine sehr interessante Einladung zu meinem General, ganz allein, in Civil, nur er, seine Frau u ein Familienmitglied dazu, höchst intim u. eine grosse Auszeichnung. Die Leute haben sehr, sehr viel Sinn für *unsere* Belange, natürlich nur gesellschaftlich, aber doch hier in H. ein Labsal.
Nehmen Sie viele Grüsse u. die Versicherung aufrichtiger Freundschaft.

Ihr

Benn.

Nr. 55 12/ XII 35

Schade, diese Londoner Sache ist sicher wunderbar! Der Gegensatz von Niedersachsen: aufgelöst u. sparsam, nicht so dick. –
*Ein* Deutscher installierte sich doch mit Passion zwischen den Germanen: unbewusst, höchste Lust – (sehr bewusst): Bayreuth.

Friedrichroda ist so wenig hoch, ich denke an Braunlage oder – Wangerooge... Bitte schreiben Sie mir jedenfalls noch Ihre Adresse. Was heisst eigentlich: *Laster*? Giebt es Laster? Gehört nicht ein inneres Niveau dazu, das hierzulande überhaupt kaum erreicht wird, ein Hintergrund von allerletzter moralischer Verfeinerung d.h. Wissen um Werte, das nur ganz wenige haben? Ist es somit nicht ein höchst gesteigerter individueller Ausdruck, gar kein allgemeiner? Laster – das könnte manchem passen!

Herzlich Ihr Be.

Nr. 56 23 XII 35

L. H Oe –
Dank für Brief u. merry Christmass! Ob ich komme, zweifelhaft. Sitze im Wohnungseinrichten, das ermüdet enorm. Bitte Sie um genauen Stimmungsbericht, da ich erzählen *muss*, dass ich da war. Evt. komme ich am 1. oder 2 Feiertag ein par Stunden.

Dies war auf einem Paket aus St. Franzisko

Sandte die Gedichte an „meinen Kreis". Gefallen sehr; mehr: erschüttern offenbar. Jener Herr Strässer erwartet einen „Entrüstungssturm". Warum, frage ich mich? Weil es tragisch ist, weil es tragisches Leben giebt. Das ist das Verbrechen (am deutschen Geist). Nun gut.
Erholen Sie sich gut. Herzliche Grüsse u. Dank

Ihres
Benn.

Nr. 57 26 XII 35.

Lieber Herr Oelze, – wie sag ichs Ihnen? Dass ich am 1. Feiertag, gestern, in Hahnenklee war, an der Villa Luise vorbeiging, links unten den kleinen Weihnachtsbaum stehn sah mit roten Kugeln dran, auf Sie wartete, Sie nicht besuchte, da Sie mir ja angedeutet hatten, dass Sie nicht allein seien – und nach Ihrer Mitteilung von Heiligabend 10 h. ausserhalb des Dorfes u bei der halben Nacht auch nicht allein gewesen waren u. sicher schliefen – also: ich kam um 9 1/2 an, frühstückte im Hahnenkleeer Hof, schauerliche Leute, feiste Ehepaare ihre weichgekochten Eier aufklopfend, nach der Post meckernd, „Ober, mein Gespräch nach Königsberg", (um noch die Losung von Heiligabend zu erfahren), „Ober, hier fehlt Salz, es kommt nichts raus, also ist wohl auch nichts drin" (in der Salzdestilliermaschine nämlich) – kurz mir war schon an sich nicht gut, nun wurde mir vollends greulich. Um 11 h. stand ich vor der Villa Luise. Überall suchte ich Sie: auf der Skiwiese, wo die flotte Welt sich mit zwei Hilfsstöcken bewegte, in den läutenden Schlitten, die die Patrizier automatisch in die Wälder fuhren. Dann dies Tau- u Regenwetter! Am meisten fesselte mich hinter dem Hotel Deutsches Haus ein riesengrosser, künstlich erzeugter Eisblock en bleu, der zerschlagen und in den Keller transportiert wurde, um im Sommer die Sektkühler zu dem zu machen, was sie sind, u für Tieferstehende den Bierflaschen jenen Beschlag zu verschaffen, den der Trinker als so wohlig empfindet. Das war Wirklichkeit, kein Luftkurort. Überall – nur kein Herr Oelze. Ich suchte Sie in den Herren im Sportdress, tip top, u. als ich an einem Anzeiger von einem Tanzabend las unter dem Stichwort: „und heute Abend bei Frau Holle", da sah ich Sie dort auch.

Herr Oelze, wieder ging mir der grosse Humbug der Natur auf. *Schnee*, auch wenn er nicht taut, giebt kaum sprachliche u. emotionelle Motive, seine zweifellose Monotonie kann

man gedanklich vollkommen von der Wohnung aus erledigen. Die Natur ist leer, öde; nur Spiesser sehn was in sie hinein, arme Schlucker, die sich dauernd ergehn müssen. Zum Beispiel *Wälder* sind vollkommen motivlos. Alles unter 1500 m. ist überholt, seit Sie den Piz Palu für 1,00 im Kino erblicken u *erleben* können u die Expedition auf den Mont Everest mit Musikbegleitung. Fliehn Sie vor der Natur, sie vermasselt die Gedanken u. verdirbt notorisch den Stil! Natura – ein femininum, natürlich! Immer auf Abzapfung von Samen bedacht, auf Bebeischläferung u. Ermüdung des Mannes. Die *Natur* ist sie überhaupt *natürlich?* Beginnt u lässt liegen, Ansätze und ebensoviel Unterbrechungen, Wendungen, Misslingen, im-Stichlassen, Widersprüche, Aufblitzen, sinnloses Sterben, Versuche, Spiele, Scheinbarkeiten –: das Schulbeispiel des Widernatürlichen! Ausserdem ist sie doch ungemein beschwerlich, bergauf, bergab; Steigungen, die sich wieder aufheben, Fernblicke, die sich wieder verwischen, Ausluge, von denen man vorher nichts wusste u. die man wieder vergisst, kurz–: Blödsinn. Ich bestieg also den Autobus, der um $13^5$ abfuhr, schlidderte die Strasse nach Goslar hinab u. atmete auf, als ich im Zug nach Hannover sass! Ein beklemmendes Erlebniss!
Ich gebe zu, dass ich wegen einer Frau bestimmt auch wieder nach Hahnenklee führe, wenn es nirgends wo anders ginge, aber sonst nie wieder.
Ihnen tausend Grüsse u. viel Unterhaltung!

Immer Ihr
Benn.

Das Haus „am Saum des nordischen Meers", ist das Haus, in dem meine Tochter lebt u in dem ich sehr oft, jährlich 2 - 3 mal, war, am Oeresund, dänisch, mit viel internationalem Verkehr, englisch orientiert.

Nr. 58 2 I 36.

Lieber Herr Oelze,

heute ist Ihr Geburtstag. Leider kommt mein Glückwunsch nicht am Tage selbst, ich konnte vor Einräumerei u. Plackerei u. Kisten u Holzwolle nicht schreiben. Nehmen Sie herzliche Wünsche für das neue Jahr entgegen!

Dank für Klöben, Brief u. Brief von heute. Wenn die Gedichte in einer anderen Sammlung stehn, soll voraussichtlich Ihr Name bei einem von ihnen stehn. *Alle* werden wohl nicht zusammen stehn, da sie nicht zusammen gehören.

Ein Leser macht mich auf einen Druckfehler aufmerksam, der mich besonders ärgert, da er eines meiner Lieblingsgedichte betrifft. Nr. 2. Reihe 2 beginnt natürlich: „mi*t* Dir;" „mi*r* Dir" ist ja Quatsch. Dumm sowas!

Zum Wiegenfeste eine drollige Gabe, ein verschollenes Werk. April 1915 in Brüssel; recht direkt u grob. Sandte es damals zusammen mit der Novelle die „Reise" an Schickele, der in der Schweiz die „Weissen Blätter" herausgab. Die „Reise" kam an. Die „Etappe" nicht. Sicher bei der Grenzbriefkontrolle angehalten. Dass man mich nicht herausgeholt u. erschossen hat, ist mir heute schleierhaft. Wie naiv muss ich gewesen sein!

Lieber Herr Oelze, propagieren Sie bitte weder mich noch meine Sachen. Weder bei Männern noch Weibern, weder im Harz noch in der Tiefebene. *Ich* nehme das Achselzucken hin, ich liebe es, ich lebe in ihm. Sie könnte es kränken, wenn es Ihnen gezeigt wird u. beleidigen. Wozu? Nochmals bitte: lassen Sie es.

Es ist angenehm, in eigener Wohnung zu schreiben u. zu schlafen, sehr sehr angenehm. Ich bin ganz glücklich darüber. Wenn sie auch nach hinten liegt, auf Wände u. Höfe geht, keinen Anblick für Götter bietet, so kann man doch eine Kette vormachen, die Aufwartung nach Hause schicken u. für sich selber sein.

Alles Gute für Sie! Weit in Erkenntniss u. innerer Erfahrung sind Sie gekommen. Ihre Briefe sind wunderbar schön an vielen Stellen.

Herzlich
Ihr
Benn.

Nr. 59 9 I 36.

Ein wunderbarer Buddha! Ein göttliches Stück. Die Balance der Formen vollendet, man kann auch sagen, die Bilanz der Formen ohne Rest gelöst. Erzählen Sie mir bitte von ihm. Wo stammt er her? Aus welchem Land, aus welcher Zeit? Von wo haben Sie ihn bekommen? Ich stehe den ganzen Nachmittag still vor ihm, er strömt etwas aus, etwas ganz Unendliches.
Haben Sie tausendfachen Dank! Ihr
Benn.

Nr. 60 13 I 36.

Lieber Herr Oelze, wo ist Ihre schöne Harzfrische hin, Ihr Hahnenkleeelan? Ihr Brief von gestern ist melancholisch. Schreiben Sie doch nicht, dass Sie keine Secunde mehr leben würden, wenn Sie sich nicht wichtig vorkämen. Was heisst das? Entweder ist alles wichtig oder niemand. Müssen Sie sich wichtig *nehmen*, um zu existieren? Zerstreuen Sie Ihre Bewölkung. Suchen Sie Ihren Pfitzneraufsatz u senden Sie ihn mir. Besuchen Sie Ihren Sohn, das hatten Sie im Januar vor. Fahren Sie zur Chinesischen Ausstellung, es gehn Extrazüge nach London. Spielen Sie, begleiten Sie Brahms.

Denken Sie an die reizenden Frauen, die Sie umgeben, die jungen, die älteren, die Tegernsee'r u die Weihnachtsfräuleins, die Naumburgerin vor allem. Ich vermutete Sie auf der Jenaer Tour jetzt dort? Meinen Sie, andere hätten es schöner? Meinen Sie nicht, dass mich auch manchmal das heulende Elend packt, wenn ich mir diese trostlose Stadt besehe, in der ich einsam mein Leben beschliessen werde bei Musterungsstatistiken u. Aufstellungen von Heimatslazaretten? Oh, Herr Oelze, was für einen wunderbaren Brief haben Sie Ihrem Buddha beigelegt, ich bezog mich nicht auf ihn, da ich ihn noch immer las. Und nun so einen bösen u traurigen! Es geht uns allen gleich, eingemauert in die Betriebsbelange und Bezugsverfügungen des Machtsystems. Auch Ihrem *Haingott* ging es so, ich stellte ihn auf ein Bücherregal, über ihm hing ein alter Regulator. (Ich liebe Uhren). Grotesk. Gestern in einer Nachmittagstunde belebte sich alles u trat hervor, der ganze Widersinn. Ich dachte: *Interieur:*

Schöner Gott
Unter der Pendeluhr,
welch ein Spott
in Deine Lotosflur!

Schläge, Schreiten
Stunden und Stunden -sinn
vor Ewigkeiten,
Rätsel u. Anbeginn.

Ein Ziel, ein Zeigen,
Wirken um wann u. wen,
wo Götter schweigen
und Sonn' u. Mittag stehn,

und lächeln allen
und Alles ist sich nah –

die Zeiger fallen,
und nur der Gott ist da.

*

Aber die Zeiger fallen nicht immer, meistens treiben sie uns herum, wir müssen Uniform anziehn u. Sie Frack u. Zeitungen lesen u. auf die Electrische lauern, u. abgespannt sein u. missmutig und sonntags selbst heizen u. kochen u. die Bräute betrügen, eine immer mit der andern –, das ist das Werk der Uhren, die wir noch dazu selber aufziehn. –
Eine mich sehr begeisternde Idee von Ihnen ist die, die ich gerne in Anspruch nehmen würde, dass *Sie* die Gedichte für die geplante Sammlung aussuchen! Wollen Sie es tun? Etwa 50 Gedichte, denke ich. Haben Sie die „Literatur" Oktober 33. mit 10 Gedichten? „Literatur" November 34? Oratorium das „Unaufhörliche"? Daraus möchte ich einiges nehmen. (Sopransolo I Akt; Terzett, Einleitungschor, Schlusschor.) Wollen Sie sich damit beschäftigen? Es wäre mir unendlich viel wert!
Bald mehr! Dank u. Gruss.

Ihr

Benn.

Nr. 61 19 I 36.

Lieber Herr Oelze, Sie schreiben in Ihrem letzten Brief von den vielen Aufgaben u. Pflichten, die Ihr Leben bestimmen und füllen gewiss: um mir in feiner, Ihrer englischen, Weise deutlich zu machen, wie viel, allzuviel von Ihrer kostbaren Zeit u. Persönlichkeit ich mit meinem Gewese in Anspruch nehme, indem ich Ihnen oft schreibe u. Sie ungebührlich in meine Sphäre hineinziehe. Sie haben Recht! Es ist gut, dass Sie es mir bedeuteten. Ich wusste es allerdings auch schon so.

Aber es soll Früchte tragen. Die erste Frucht allerdings ist eine faule, nämlich schon wieder eine Frage an Sie u. Ihr Interesse an meinen literarischen Erzeugnissen. Wie fänden Sie es, wenn ich dem Gedichtband (natürlich Deutsch. Verl. Anst.) einen Titel gäbe, einen Vers, der etwas aussagt, bezw. etwas aussagen soll oder möchte? Wenn ich ein Motto für diese Sammlung mir bedenke, ein Stichwort für dies Panoptikum lyricum, einen Ruf über sie alle, wäre es vermutlich:

entweder: „Leben ist Brückenschlagen
über Ströme, die vergehn"
(aus „Schleierkraut")

oder: „Du musst Dir alles geben
Götter geben Dir nicht – "

oder „Dein ist Leiden u Denken
so empfängst Du das Sein"

oder: „Dennoch die Schwerter halten
vor die Stunde der Welt – "

Aber alles keine Buchtitel u. nicht als Nennung zu verwerten, am ehesten noch: „dennoch die Schwerter halten" – Wie denken Sie? Eine naive Frage, werden Sie denken! Soll ich dem Mann auch noch seine Gedichtbände nennen! Allerlei!

Von den letzten Gedichten, Ihren, haben folgende aus meinem Kreis den ersten Preis erhalten:

Einst.
Träume
Turin.

„Liebe" stand im Berl. Tageblatt abgedruckt

„Am Saum des nord. Meers" im 8 Uhr Abendblatt. (sehr überflüssigerweise, mir zum Ärger, dem Herrn Ellermann zum Wohlgefallen u. zur Reklame)

Besonderen Dank für die englischen Karikaturen! Während ich dies schreibe, stirbt der engl. König, nehme ich an. Junge Könige machen Krieg. Was wird werden? –

Knut Hamsun hat in die Verfilmung von „Pan" eingewilligt. Das erscheint mir sehr bemerkenswert. Stürzt irgendwo ein Turm zu Babel ein? Nein, nicht im Geringsten! Im Gegenteil, die Hütte des Leutnant Glahn u. die kleine Stadt Sirilund wird in Babelsberg aufgebaut, u. Eduarda – : Jenny Jugo oder Camilla Horn? Das Tobis Klanggerät geht über Götter u. Kloaken, es ist das Zahnrad der Zeit, wobei man immer wieder nur sagen kann, dass Theater noch viel schlimmer ist, kurz, dass alles furchtbar ist, was ausserhalb des Gedichtes liegt. – Wobei wir wieder beim Anfangsthema vom Titel des neuen Buches sind. Lieber Herr Oelze, seien Sie mir weiter gewogen.

Herzlich Ihr

Benn.

Nr. 62 24 I 36.

Habe Ihnen unendlich zu danken, lieber Herr Oelze. War keine „List“, in keinem Wort.

Ihre Reihe ist sehr gut. Ich nahm gestern Abend daraufhin den Gedichtband vor, las die des I Teils, die ich seit 10 Jahren nicht mehr las; war verblüfft, stand vor Rätseln. Nämlich, dass ja ganz entschieden einmal in meinem Kopf u. Gedankenleben Originalität, fast Genialität war, und gleichzeitig tiefe tiefe Trauer, dass man das alles, ja eigentlich gerade das, was wirklich originell war u. auf neue Zusammenhänge u. Überschichtungen des Gefühls deutete, heute vollkommen verleugnen muss, streichen, fallen lassen. Ich sass lange, bis hoch in die Nacht, u wollte die Absicht des Buches aufgeben. Unendliche Scham über meinen Abstieg und zu langes Leben, Über-leben, unendliche Trauer über den Verrat, den ich an mir zu begehn plante, warf mich um. Was für eine ungeheure Fraglosigkeit eigenen Seins, eigener Wurzeln, eigener Früchte; Sicherheit ohne zu zaudern, vielfach: ohne zu wissen; Greifen u Finden, Sehn u. Ausdruck finden ganz für sich allein, in seine eigene, noch nie erschienene, von niemanden geteilte, Welt hinein, Herabholen u Einrichten neuer Räume der Gestaltfindung. Ich spreche wie von einem Toten, nein nicht: wie,: *von* einem Toten. Wie ohne jede Scham ist dies Leben, das ich führe, gegenüber dem Zustand von einst. Bodenloser Gram befiel mich. Ich fand Gedichte, die ich seinerzeit als sehr manieriert u beiläufig empfand, gestern ganz besonders interessant: „Plakat". „Instrument". „Psychiater", wie bin ich blos auf so unglaubliche Vergleiche, Worte, Zusammenstellungen, Erlebnisse gekommen, wie beweglich muss noch alles in mir gewesen sein, jung, unbeschwert, leichtsinnig, schwärmerisch.

Ich werde vielleicht den Band mit einem Gedicht beginnen, das ich sehr liebe u. *nach ihm* den ganzen Titel nehmen: *Karyatide.* Gefiele es Ihnen? Ich bin noch nicht sicher, aber vielleicht. Im Wesentlichen chronologische Ordnung. Nur Anfang u Schluss stilisiert.

I

I Karyatide
II Kretische Vase
III Das späte Ich
IV Hebbel
V Ikarus
Mutter
Krebsbaracke
Curettage
Gesänge
D-Zug
Pappel
Untergrundbahn
O Nacht
Synthese

---

II

Trunkene Flut
Palau
Meer u Wanders.
Osterinsel
Theogonieen
Orphische Zellen
Erst wenn
Einzelheiten
Dänin II
Wie lange noch
Dir auch
Aus Fernen, aus Reichen
Nebel
Schleierkraut
Levkoienwelle
Dunkler

Entwurzelungen
Selbsterreger
Stunden, Ströme
Vision des Mannes
Sieh die Sterne, die Fänge

u. s w.
Es werden mehr als 50 Gedichte werden.
Mit dem Oratorium wohl 65 - 70 Stücke.

Nett wäre, ein Parallelband *Prosa* dazu mit den markantesten Essays aus allen Jahren:

Saison
Problematik des Dichterischen
Genieproblem
Aufbau d. Persönlichkeit
Urgesicht.
Goethe
Dorische Welt
Expressionismus.
Sein u Werden. (Evola)

Der Gedichtband: „Trunkene Flut".
Der Prosaband: „Urgesicht"

Bitte um weitere stille Teilnahme. Kranzspenden verbeten. Die Aufbahrung findet vor der Deutschen Verlags Anstalt statt.

Dank! Herzlich Ihr
Benn

Heute vorm. Sanitätstaktisches Kriegsspiel.
Morgen *ich* Vortrag über Mob.-Kalender! ! Herr Oelze!

Nr. 63 27 I 36

„Kaisers Geburtstag"

Lieber Herr Oelze, Dank für Brief, „Novelle", Times. Alles sehr fesselnd. Die Verbindung ist wunderbar – die „Novelle" war 13-14 in Bremen gepostet u. kam 17 1/2 des gleichen Tages in meinen Besitz. Die gute alte Post, lange vor dem 3. Reich.
Der Gedichtband steht mir sehr fern, ich muss mich zwingen, mich mit ihm zu beschäftigen. Hatte allerdings diese Woche viel zu tun im Dienst, viel Gerümpel, angesammelter Schund, Aufarbeiten von Rückständen. Dann macht sich schattenvorwerfend bemerkbar, dass H. ja dies Jahr ein neues Korps bekommt, Generalkommando wird u. wir die Vorarbeiten dazu machen müssen. Dieser Ehrgeiz der Männer! Wer Major ist, träumt von Nichts, als wann er Oberstleutnant wird u. der General vom ersten Stern auf seiner Achsel. Und die Weiber hetzen u. treten ihre Männer immer noch mehr. Also Sonnabend Abend war Ball im Kasino der Kavallerieschule. Dienst. In grosser Uniform, rechts die dikken Fangschnüre an u um die Achsel, die ganze Milzgegend mit Orden u Marken dekoriert, einer hatte dazu noch auf der Brust, zählte ich, 6 Medaillen u. 4 Orden, ein Marinemensch, mit China- u. Boxeraufstandsmünzen. Also: man tanzt wieder Walzer u. Polonaise u. die Herren tragen weisse Glacéhandschuhe dazu wie 1900, als ich Tanzstunde hatte (in Frankfurt – Oder). Das interessierte mich am meisten.
Gestern las ich die „Novelle". Ungemein gespannt, langsam, Wort für Wort. Herr Oelze, und nun ein Wort, auf jede Gefahr hin: ist nicht vielleicht diese Novelle etwas lächerlich? Soviel tätig lebhafter Charakter, Betriebsamkeit, die erst gewinnen u. dann geniessen soll, ein Fürst u. eine Fürstin u. ein fürstlicher Oheim u. ein wohlgebildeter junger Page u ein Schloss, das so vor- wie hinterwärts mannigfaltige bedeutende Ansichten gewährte; es wird mit einem

Schnupftuch gewinkt u ein wackerer Künstler u. ein tüchtiger Baum u. ein würdiger Oheim sind um diese Fürstin, die mit schöner Liebenswürdigkeit geistreiche Bemerkungen von sich giebt – mit einem Wort: wirkt das nicht alles wie *Karikatur*? Betrachten Sie das Ganze: wilde Tiere brechen aus einer Menagerie aus *u. alles verläuft harmonisch*! Das Säuseln eines Knaben besänftigt die Natur. Gewiss, das Erhabene sieht alles vereint u. weiss für alles Auswege, aber ist das nicht einfach hier: *Bequemlichkeit*? Führt das nicht zurück auf eine Stufe, die wohl einmal war, vielleicht, aber für uns verloren ist u. *unser Lebenssinn ist, dass es verloren ist*, warum hexen u. zaubern u. Alterssprüche vom Stapel lassen, dass es anders sei? Natürlich ist die ganze Sache grossartig u. entbehrt nicht des Majestätischen, aber ist es nicht eigentlich wirklich zu einfach? Betrachte ich das Ganze nur als Umweg u. Hinführen zu einem wunderbaren Gedicht, zu einem göttlich grossen, spielerisch übermässigen, unmenschlichen Gedicht – gut, das Gedicht kann extrem, aussermenschlich, extraordinär, vagabundisch olympisch sein, es ist irreal angelegt u. betrügerisch u. zauberisch im Wesen stets gemeint, aber stofflich als Novelle? Der springende Punkt, der eigentlich Goethesche Trick, seine infernalische Greisenbeschwörung, die er uns aufschwatzen möchte, ist der Satz vom Löwen zum Schluss: „Zwar nicht wie der Überwundene ..., aber doch wie der Gezähmte, wie der dem eigenen friedlichen Willen Anheimgegebene“ ! ! Da haben Sie es: der Löwe ist ein friedliches Tier, *im Grunde*!, alles ist friedlich: *im Grunde*! Es muss nur ein Knabe mit der Flöte kommen! Sehr richtig! Aber er kommt eben nicht. Wir sehn ihn nicht kommen. Geschwätz! Narrheit! Geheimratsbehaglichkeit (Haus am Frauenplan). So auch der Stil: welch Abrundungsbedürfnis! Welch Drang nach Füllung, Applanierung, Wattierung der Worte u. der Structur! Schaumig direkt! Goldig, goldlackbraun, alles „in Güte“. Immer wieder, Herr Oelze: gigantisch das Ganze,

aber *faul!* Und nun wird mir manches klar: die Herkunft ganzer Verlagsgeschlechter von dieser Novelle! 90 % des Inselverlags, einschliesslich Herr Carossa u. Ihr Herr Schröder, auch Hofmannsthal kommen von ihr! Dies ist die letzte Enthüllung. Übrigens auch Stifter! Eine Schlapphutgottheit und eine Probekandidatsbrille ihre Insignien. Zum Teufel alle diese Eunuchen! Kann denn aus diesen Deutschen etwas werden, wenn ihre Heroen das Leben so harmonisch, gutartig u. „im Grunde" so nett u. lieblich u. symbolisch ihnen darstellen? Nun verstehe ich auch: „Gott, der verfängliche, ist Dichtererschleichniss" wahrhaftig, sehr: Erschleichniss! und sehr verfänglich! Eigentlich ein Hund, dieser Goethe. Er wusste doch, dass er Schwindel treibt u. dass er rein aus eigenem Ruhebedürfnis u. Fernhaltungsdrang von allem Dämonischen so schrieb. Ich sagte Ihnen ja schon einmal: abgefeimt! Er konnte keine Leichenwagen sehn, das war mir bekannt, aber dass er die Löwen mit Flöten in den Käfig zurückbringt, das habe ich nun erst erfahren. Da ist ja Julius Wolf mit seinem „Rattenfänger" nicht mehr weit!
Ich sende das eindrucksvolle Büchlein zurück u. danke!
Und wo bleibt der Pfitzner-aufsatz?

Herzlich Ihr

Benn.

Nr. 64 1. II 36.

L. H. Oe.
Wer mag diese Wendela sein, kennen Sie sie? Bremen als Kunststadt, Bremen als Vorort moderner Geistigkeit also nicht nur in der Hartwichstrasse. – –
Wer ist Herr Weiner? Sicher ein österreichischer Jude. Meine Antwort kann nur lauten: mir sind 50 moderne deutsche Dichter nicht bekannt, bitte lassen Sie mich jedenfalls fort.

Herr Kiefer ist geliebt!
Und Herr Barthel – klingt das nach ausgeprägten grossen Ideen?
Bitte gelegentliche Rückgabe.
Über die wichtigeren Dinge bald! Habe eine unsägliche Melancholie, Gallenschmerzen, Misstimmung, meine Secretärin sagt, es sind die Sterne.
Ich muss schnell hinzufügen, dass die Verse von Goethe das Zärtlichste u. Süsseste sind, das ich je las. Dank,

Ihr
Be

Nr. 65 6 II 36.

Lieber Herr Oelze,
1) zum Abschluss des Novellen-briefwechsels: Sie haben natürlich tausendmal Recht, wenn Sie G. ausserhalb jeder Bemerkungen gestellt wissen wollen; ganz klar, dass Sie Recht haben, aber dennoch: ich habe ebenso Recht, wenn ich sage, wie die Sache auf mich wirkt u. sie sieht tatsächlich so aus. Aber damit wird es ja erst interessant. Wenn über beides hinweg er der Unberührbare bleibt, das aufgewachsene Wunder, das schöpferische Rätsel schlechthin der nachantlantidischen Epoche, wirkend, solange diese bestehn wird; nie endend, solange noch auf einem ihrer Trümmer ein noch mit ihr verbundener Einäugiger, letzte Missgeburt, schon Mondkalb wohnt. Wir brauchen uns nicht zu sorgen, ihn abgefeimt zu nennen, ebensowenig wie es ihn oder uns kränkt, wenn er als Mahadö, der Herr der Erde, die Huren oder Huris bebeischläfert.
2) nach Bremen zu Frau Hoffmann komme ich nicht. Bin froh, wenn ich am Sonntag für mich bin (Sie zu sehn, würde

mich freun; die beiden Damen begrüsse ich viellcicht hier auf dem Bahnhof, sie schrieben mir)
3) Dank für englische Bilder u. Schenkung der Novelle.
4) Gedichtband wird schon gedruckt. Titel vacat. Suche einen ganz bescheidenen, lautlosen, sind ja doch alles olle Kamellen u. interessiert niemanden. Vielleicht: „Stunden, Ströme."
5) War gestern in Kolbenheyers: „Jagt ihn – ein Mensch". Sozialproblematik von 1890. Erfinderschicksal, einer gegen alle. Handlung ist, wenn in einem Laboratorium in einem Kolben eine grüne Flüssigkeit durch Zusatz in eine gelbe verwandelt wird. Saublöd. (Was für gute, solide Stücke waren doch die Ibsenschen.) Ein posthumer Angriff gegen den Kapitalismus, der sich doch als eine der grössten Errungenschaften humanitärer Art nächst der Guillotine herausstellt, der der europäischen Menschengemeinschaft gelungen ist. Jetzt macht Herr Kolbenheyer eine Propagandatournée durch England, las ich. Nur einen Millimeter der Stirn möchte ich besitzen, den diese Burschen alle haben. Es ist ihr Hauptorgan. Dadrunter sitzt nichts.
6) Unverändert, lieber Herr Oelze, z. Z fleisch- u. alkohollos lebend, Kältewelle fürchtend, etwas nervös

Ihr
Benn.

Nr. 66 10 II 36.

L. H. Oe.
Dank für Sendung! Wie spielte denn die C. Kraus? Die Damen, die ich über ein Jahr nicht gesehn hatte, sahen etwas reduziert aus, fand ich, namentlich die Pianistin, mumienhaft, pergamenten. Aber für den Bahnhof in Hannover

langts. Die Sängerin finde ich stimmlich ja garnicht fesselnd, um nicht mehr zu sagen. Sang sie etwa?
Die Londoner Confection ist ja allerhand! Auch die hiesige ist wieder aufgetaucht, wirklich reizend; hat eine neue Stelle in Essen, wo sie Fixum 1000 M. monatlich bekommt. Dabei kommt mir bei, dass ich gestern in „Jenseits v. G u B“ über die Frauen las. Etwas primitiv vielleicht. Hatte ja sicher eine höchst fragwürdige Sexualität, der N. Nie Selbstzweck, immer „symbolisch“; nie direkt, immer ideologisch. Wenn man gleich an den Beginn einer Beziehung den coitus setzt, giebt es keine Neurosen. Aber wenn man erst mit Amoretten, Cupidos u. ähnlichen Gartengöttern operiert u. ihn erst am Schluss der Allee erblickt, giebt es Neuralgieen in bestimmten Körperteilen. So hier. Vom Geistigen aus kann man die Angelegenheit nicht in Bewegung setzen, das weiss er, weicht aber aus. Daher sein Ideal: der Harem, die orientalische Lösung der Liebesfrage, nach ihm die einzige Lösung für den bedeutenden Mann; da holen ihm nämlich die Damen die Sache aus der Tasche u er braucht nicht „in Bewegung zu setzen“. Zuzugeben, dass es hier um eine gänzlich unspirituelle Affäre geht, wäre ihm wohl schwer gefallen, dem Honigpriester u. Büsser. Daher auch die Retouche mit den aus sich selbst rollenden Rädern, den Kindern, die die Ehe rechtfertigten. Goethe wusste es anders. 17 Jahre den Betthasen als Verhältnis u dann geheiratet vor Hofprediger Herder u. dem ganzen Hof –, immer gigantischer erscheint mir das. Wie kam ich drauf? Ah, Londoner Konfektion!
Diese lächerliche Mischrasse von Europa jetzt in Garmisch! Goldene u. silberne Medaillen u. das Volk rauscht angeblich vor Glück. Die Sprungschanze u. der Telemarkenschuss als Sinn des Lebens. Göttlich freies Heidentum mit Suspensorien u. an den Gelenkbändern. Wenn es wenigstens Heidentum wäre, aber es ist ja alles muckerisch u onduliert.
Gedichtband vielleicht doch „Am Brückenwehr“. Würden

Sie *gelegentlich* mir das Buddha-Gedicht leihen? Habe es nicht mehr im Kopf. Weiss nur, dass erste Reihe *Gangesgott* heissen sollte.

Herzlichen Gruss.

Ihr

Be.

Nr. 67 H. 18 II 36.

Kommen Sie, lieber Herr Oelze, her. Nur Freitag Abend werde ich nicht können. Es wird mir eine Ehre sein, wenn der Herr aus seiner Besitzung am Rande der Stadt in meine Wohnstuben kommt u. vorher mitteilt, was er zu essen u. zu trinken beliebt.
Telefon: 39324.
Gestern Abend war ich in „Macht des Schicksals". Keine gute Aufführung, keine schönen Stimmen, aber so interessante Musik. Sehr viel Schwermut in Verdi, nicht? Unauflösliche Hintergründe fast, im ernsthaften Sinne, u. vorne ein Hahn, wenn man ihn aufdreht, laufen Melodieen heraus. Pardon, *Sie* sind Fachmann für Musik, ich Laie. Wiedersehn, Herr Oelze. Der Buddha (chines. Haingott) freut sich auf seinen Herrn. Ihr

Benn

Nr. 68 22 III ⟨1936⟩

Lieber Herr Oelze,
die Stelle aus dem Roman, nach der Sie fragen, lautet wörtlich: „Gedankengänge von Narren, Gebrüll von Kaffermissionaren. Und wenn Transpiration identisch wäre mit Be-

rufung, wären wir weit an der Spitze. Zuhälter rufen das Weltgewissen an u. Stinktiere bezeichnen sich als Parfümanlagen; wenn man es nahe an sich heran lässt, ist es unerträglich; bringt man es auf Formeln, wird es heiter.“ Das ist eine von den vielen Stellen, jedes Kapitel enthält ja solche Betrachtungen.

Nun von der Literatur zur allgemeinen Lage. Ich tippte vom ersten Moment an auf Krieg u. bin auch heute noch der Meinung. Ein besonderer Krieg: eine Expedition wird auf Mistgabeln die Rekruten aus ihren Standorten nehmen u. sie über den Rhein werfen, der dann definitiv Deutschlands Grenze sein wird. Dann kommt Versailles, aber nicht wie einst, in Schöneberg, im Monat Mai, sondern ein ganz anderes, finis Germaniae. Sie haben die Zange angesetzt u. es giebt kein Entrinnen.

Anbei den *Prolog* zu dem Gedichtband. Er (der Prolog) ist das Gegenteil von Zeitgemäss. Und nun habe ich Ihnen mit ihm (dem Band) garnichts Neues mehr zu bieten, Sie kennen alles. Ich werde ihn Ihnen garnicht senden. –

Es wird Frühling, die Saison ist aus. Sie brachte mir 6 grössere Einladungen, das heisst 6 mal Ochsenschwanzsuppe und dann mit Gemüse umlegten Kalbs- beziehungsweise Roastbraten. 6 mal fragte ich mich, warum es nicht Mostrichsauce mit Eiern oder eine anständige Bohnensuppe gäbe, aber ich fragte vergebens. Bald kann ich wieder in der Stadthalle sitzen, wenn es das alles dann noch giebt. Sollten Sie politisch neue Dinge lesen in „Times“, erzählen Sie es mir bitte.

Herzlichen Gruss

Ihr

Be

Nr. 69 6. 4. 36.

L. H. Oe.

Dank für freundliche Zeilen, freundliches Gedenken! Schreibe wenig, bin abgearbeitet u. nicht gut dran. Alter u Verbrauchtheit; immer 2 Berufe betrieben u. ausgefüllt, in beiden immer Sorgen u. Kämpfe. Schlafe schlecht, liege stundenlang wach, habe Schmerzen, weine im Traum. Mag nicht mehr, weder Leben noch Arbeit, alles durchgemacht u zu Ende. „Wenn es Erfüllungen sind" – , ach es sind keine! Trotzdem, wenn ich Ihre letzten Briefe überdenke, ich stehe den Dingen nicht so bitter u. jäh gegenüber wie Sie. Nichts überwältigt mich mehr so sehr. Mag die „Geschichte" noch eine Weile ihren Nimbus wahren, er wird zerfallen wie der der Naturwissenschaften verfiel, die Stunde ist nah, wo sehr verbreitet gesehn werden wird, sie ist nichts als die *Parodie* einer Idee, diese selber aber ist rein u. gehört zu den Platonischen Gebilden. Es wird nicht ausbleiben *können* die Erkenntnis, dass nur der Geist lebt, trächtig ist, verwandelnd sich in uns gemäss den fernen Bildern, den zweifellos strahlenden in einem vieltausendjährigen Pomp. Und man wird herabsehn können auf diese Strömungen u. Spiegelungen, die mit geworfen wurden bei der Aussaat der Gestirne. Und wenn es immer nur wenige sind, die es wissen, diese wenigen werden sein. Und was wollen Sie, sollten es denn viele wissen? Gezwungen, ja offenbar gezwungen, doch auch das *Leben* erhalten zu müssen, musste das Geheimnis, das in die Menschwerdung drang, nicht sehr wohl gehütet werden? Wenn wir die grossen Träger unseres Glückes und die Gerüsteten in unseren Zeichen nocheinmal ganz genau durchdenken, ist ihre Lehre, ihr Wissen, ihre auf- u niedersteigende Lösung des Lebens sowohl so klar als auch so tötlich, dass sie geborgen bleiben mussten. Was sie über die Schöpfung u. deren Beziehung zum Menschen darstellen, heisst doch an allen Stellen u allen Wendungen immer nur das Eine: Sie gab Euch den *Geist*, um alles zu überwinden. Armut, Sterben, Scheiden, Niedergang, Erblindung: setzt ihn an u. Ihr seid erlöst. Nur Er erlöst, nur er überwindet. Seine *Verwendung* zur Überwindung des Lebens, das ohne ihn völlig sinnlos u. unerträglich ist. Also wieder: Formgebung. Also wieder: Ordnung von weither, transcendentes Gesetz. Also wieder: das anthropologische Princip – verzeihn Sie, wenn ich mich wiederhole –, das Princip bewusster antinaturalistischer Funktion. Das mehr u. über dem Leben, das neue Gesetz, die geistige Reihe, die zweckentbundene, nicht mehr dem Leben „dienende" aesthetische Gliederung –, die Kretische Vase: „Ungeräte – Tränkesehnsucht weit verweht". Ob von allem Anfang an der Geist das *Gegen*princip des Lebens war, seine Zerstörung, weiss ich nicht. Glaube aber eher ja, als nein. Zwei so grosse Gewalten gemütlich nebeneinander – nein, das glaube ich nicht. Heute – da ist ja kein Zweifel. Heute liegt die Bedrohung vor, der Kampf der niederen, der „Lebens"welt gegen das geistige Princip ist völlig instinktsicher. Die Witterung ist da. Und die Zeichen am Himmel auch von der Niederringung des Lebens durch den Geist. Aber, und nun greife ich zurück, sollen das viele wissen? Alle die armen Hunde, die *leben* müssen u Weib u Kind erhalten u. sich lieb u. gut halten wollen, rechtschaffen, treu, pflichtbewusst –, offenbar will doch die Schöpfung im Moment noch garnicht eingreifen, um sie alle zu vernichten. Lassen wir sie krebsen, feiern wir mit ihnen Neujahr u. Konfirmation. Der Pilz ist da, der Keim ruht nur, bald wird er leuchten u das Leben brandig machen und wo wir dann sind –, chi lo sa? Weit sind wir u nur Asien war gross, lassen Sie das unerklärliche Lächeln Ihres schönen Haingottes über alles glänzen. –

Nein, der Freund ist an seinem Geburtstag nicht in Hannover. Verbringt ihn ausserhalb, allein mit seiner Tochter, Hamburg oder Kiel, dieser Tochter, die so wenig von ihm

hatte, ihm so ähnelt geistig an Skepsis, Kühle, früh allein gestanden u. vereinsamt, u. der er nichts hinterlassen kann als die Erinnerung an wenige gemeinsame Stunden.
Grosse Schwermut in der Wohnung, die auf eine Platane im Hof führt! Aber auch der Ausblick auf das Tyrrhenische Meer könnte sie nicht ersticken! Kommen Sie nicht noch einmal nach Hannover?

Herzlich
Ihr
Benn.

Nr. 70 15. IV. 36.

Lieber Herr Oelze,

Dank für Brief. Ihre Angabe interessiert mich. Eigentlich sollten Sie doch diesem Sieburg schreiben, dass Sie seinem Plagiat auf die Spur gekommen seien. Über seinen Verlag. Es wäre interessant zu sehn, wie sich solch Dieb herausredet. Typischer Fall, wie sich die Schreibtalente ernähren, klauen, und sich als die *Grösseren* befugt glauben, die Herkunft ihrer Speisen zu verschleiern. Er ist ja grosser Mann an der Frankf. Ztg. Tun Sie es doch, es wäre mir ganz interessant. Vermutlich antwortet er, dass er weder meinen Namen kenne, noch je den Satz gelesen habe.
Sache Edinburgh bitte zurück. Hatte durch Vermittlung eines Kunsthändlers um die Büste gebeten. Anständiger Briefbogen.

*

Ostern ähnlich wie Sie.

---

„Erschütterer –: Anemone,
Die Erde ist kalt, ist nichts,
da murmelt Deine Krone
Ein Wort des Glaubens, des Lichts.

Der Erde ohne Güte,
Der nur die Macht gerät,
ward Deine leise Blüte
so schweigend hingesät.

Erschütterer –, Anemone,
Du trägst den Glauben, das Licht,
Den einst der Sommer als Krone
aus grossen Blüten flicht."

*

Vielleicht fällt auch Herr Sieburg unter die *grossen* Blüten?

Herzlich Ihr

Be.

Nr. 71 18. 4. 36.

Lieber Herr Oelze,
hinsichtlich Ihres Briefes vom 17. d M. möchte ich nicht unterlassen Ihnen sofort zu erwidern, dass es nicht so ist, dass ich wünschte, Sie sollten an Herrn S. schreiben. Vielmehr sah ich es so an, dass Sie von sich aus gerne bereit wären, mich u. meine Sätze gegen Räuberei zu verteidigen. Da Sie aber Schwierigkeiten sehn, ist es natürlich anders. Sie wollen „es so behutsam anstellen, dass Herr S. nicht falsch wird", – nun ich dachte eben, dass er in Anbetracht seiner Fortnahme von Sätzen in Ihren Augen schon falsch

sei. Also, bitte hören Sie: ich erkläre Ihnen hiermit ausdrücklich, dass ich nicht wünschte, dass Sie an Herrn S. schreiben. Ja, ich ermächtige Sie hierdurch in keiner Weise, es zu tun. Sollten Sie es trotzdem tun, bitte ich mich auszuschalten, mich interessiert dann Ihre Korrespondenz hierüber nicht mehr. Ich war immer in der Lage, meine Angelegenheiten alleine in Ordnung zu bringen, wenn ich sie zu diesem Zweck ins Auge fasste.

Mit vielen Grüssen

Ihr ergebener

Benn.

Nr. 72 21. 4. 36.

Lieber Herr Oelze,

Dank für Brief.

Anbei das Buch, das gerade erschienen. Ersehn Sie aus ihm den Grad an Dank u. Freundschaft, die mich mit Ihnen verbindet. Aber entsprechen Sie bitte gleichzeitig meinem Wunsch, unsere Beziehungen zu unterbrechen. Vielleicht hat diese Entscheidung, die ich über meine Person getroffen habe, etwas mit dem Vorfall zu tun, vielleicht auch nicht. Vielleicht ist es nur die Notwendigkeit einer neuen Verschleierung meines Ich auch vor Ihnen. Wollen Sie bitte gütigst für Übersendung des Buches nicht danken, gerade dies Buch zeigt mir, wie sehr alles vorüber ist, jedes Wort darüber würde mir nur Schmerz machen. Sie wissen auch, dass ich zu meinem Geburtstag nicht hier u. nicht zu erreichen bin. Ich werde Sie sehr vermissen, aber es wird sein.

Dank, Gruss, Lebewohl u. auf Wiedersehn!

Ihr Benn.

Nr. 73 8 V 36.

Haben Sie Dank, lieber Herr Oelze, für schöne Geschenke: Briefe u. Bücher!

Herzlich Ihr

Benn.

P.S. Der Angriff im „Schwarzen Korps“ wird mir unter Umständen Uniform u. Stellung kosten.

B.

Nr. 74 12/5. 36.

L. H. Oe.

vielleicht sind Sie wieder zurück u. mein Dank erreicht Sie. Das war eine so schöne weisse Nelke u. ein freundlicher Gruss. Ich kam müde und abgekämpft nach Hause u. fand beides im Kasten.

Das *Schw.K.* –, leider übernommen in den *V. B* vom 8. 5. Bitte lesen Sie. Der Übergang hier zum 2. Abschnitt: „ein zweites Beispiel“ u. dann der Hutfabrikant, das fände doch ein bewusst arbeitender Künstler kaum, das schafft nur die naive Pöbelhaftigkeit, die deutsche Volksseele.

*Die Folgen:* Meldung bei meinem Kommandeur. Bitte an *Johst* um Rehabilitierung. Meldung an das *R. Krie. Min.* Vorlegen der *günstigen* Kritiken. Nachweis, dass es sich nicht um „*Ferkelei*“, sondern *wertvolle* Gedichte handelt. Ehrenwörtliche Erklärung, dass ich nicht schwul bin (wegen „warme Luft“ im Schw. K.) Ist das alles schon jemals jemandem passiert? *Prognose:* die Militärs benehmen sich *fabelhaft*. Mein General sagt, nicht die Pöbeleien an sich könnten mich beleidigen, nur wenn ich darauf reagierte, auch nur mit einem Blick, wäre ich als Offizier in seinen Augen unehrenvoll. Was das R.K.M. sagt, ist fraglich. Ich bin nicht sehr günstig gestimmt. Und was dann? Als bemakelter Mann bei den *Civil*ärzten wieder unterkommen? Sicher kaum möglich. Die sind schlimmer als andere noch. – Wenn ich mir so mein Leben ansehe, das ich führe, dies bescheidene, stille, armselige Leben in 3 kleinen Stuben mit genau auskalkulierten Ausgaben, billigem Essen u Trinken, Einschränkungen mancher Art, weil ich noch anderen helfe, helfen muss, denen es noch weit schlechter geht u. die gut zu mir waren, weiss ich oft nicht, wofür ich diese vielen Kämpfe, Peinigungen, geradezu doch Verfolgungen eigentlich ertrage. Für mich nicht, für was eigentlich? Es wird weiter gehn, schreibt mir mein Verleger, Rosenberg u. „die Reichsstelle zur Förderung deutschen Schrifttums" würden das Buch weiter verfolgen, also mich auch; einige Privatfeinde von mir sind dabei, vor denen ich mich sehr zu hüten habe, Korrumpierte, aber bürgerlich Korrumpierte mit kleinen Schiebungen u. Diebstählen, die ich seinerzeit aus der „Union nat. Schriftsteller" entfernte. Also es wird weitergehn. Aber ich mag nicht mehr. Kann es mir auch in der jetzigen Situation garnicht erlauben. Aber wohin? Wo ins Ausland? Vielleicht auch löst sich vorher bei einem S.S. Mann ein Schuss auf der Strasse u ich bin hinüber. Wenn es Deutschland von der „nordischen Idee" erlöste, sei es mir willkommen. Satt habe ich den Dreck, den deutschen Dreck.

Herzlich Ihr

Benn.

Nr. 75 17/V 36.

Lieber Herr Oelze,
Dank für freundliche Zeilen aus Berlin. Beruhigen mich insofern, als ich nach Ihrer gütigen Nelkenkarte annahm, dass Sie nur 2 Tage unterwegs seien u. demzufolge Ihnen Post-

fach 547 am Montag einen Brief schrieb, von dem ich fürchtete, dass er nicht angelangt sei. (Ein Brief vom selben Tag nach Paris an eine Verwandte, Bekannte ist nicht angekommen, wie ich gestern Abend erfuhr. Daher fragte ich gestern schon in Bremen brieflich bei Ihnen an.)
Die Sache: Johst hat mir ein sehr gentlemenlikes Telegramm geschickt, das meine Lage verbesserte, vielleicht rettete. Mein General – *fabelhaft:* nicht durch die Anpöbeleien wird meine Offiz.Ehre beleidigt, nur dadurch, wenn ich mich überhaupt danach umsähe u. reagierte. In Berlin im R.Kr.M. ist man dagegen weniger grosszügig u. ist über mich u. meinen Besitz nicht so 100% beglückt. Eigentlich steht die Entscheidung bei mir, ob ich bleiben will, obschon man mir sehr sehr liebenswürdig u. fast kameradschaftlich andeutet, dass doch wohl „Entgleisungen" vorliegen (bei mir!) u dass das Leben so viel Unschönes böte, dass die *Kunst* nur *Reines* u *Schönes* bieten solle. – Lachen Sie bitte nicht, es ist furchtbar ernst. Im Moment weiss ich noch nicht, was ich tue. Wird das Buch verboten oder wiederholen sich die Angriffe, muss ich gehn. Helfen kann mir niemand. Haben Sie vielen Dank. Es sind ja sehr viel, überraschend viel Aufsätze z. T. herrlicher Art über mich zum Geburtstag erschienen. Aus *allen* Lagern. Die nützen mir jetzt viel, bezw. säubern mich wenigstens vor den Wohlwollenden von dem gröbsten Verdacht, reines Ferkel und Pornograph zu sein.
Grundsätzliche Aenderung giebt es nicht mehr. Keine Illusion. Die Zeit gleitet ab; noch ein par Jahrhunderte „Massenwelt" u. dann Schluss der Rasse. Kein Aufholen mehr möglich; die biologische Aufholung, die man betreibt, ist ja schon der Fehlgriff, der Fehlblick. Der Geist schuf u. der Geist wird auslöschen. Für ihn leiden, an ihn glauben ist das Schicksal der letzten Bewusstheiten, unser. Dann die Verwandlung im Sinne Evolas. Denken u. leiden, leiden u sterben nach dem unbekannten, tötlichen Gesetz. *Wann* ist gleich, *wo* auch, in jedem Lager, zu Tode gepeitscht, durch

welche Kugel immer. Oft sehe ich die Märtyrer des Mittelalters vor mir, an Bäume gebunden, von Pfeilen zerstört. Namenloses Gelittenhaben, vergessene Qualen, längst verwehte letzte Schreie. Welche Opfer nimmt dieser Schöpfer an, welche grosse Gestalt muss er haben, dieser Gott, der sich nicht enthüllt.
Nochmals Dank. Wenn Sie durch H. kommen, rufen Sie mich bitte an, obschon ich leider in der Woche einen Tag dienstlich unterwegs bin, einen vergriffen bin.
Falls Sie die Damen Kr u Sch. noch sehn, grüssen Sie bitte. Bitte dringend, *nicht vom Vorfall reden*. R. Kr.M. wünscht absolutes Schweigen, wenn öffentlicher Scandal draus wird, sind Folgen sehr peinlich.

Herzlich
Ihr
Be.

Nr. 76 21/5/36

L.H.Oe.

wenn Sie wieder in Br. sind u. Ruhe haben, teilen Sie es mir bitte mit. Dann werde ich Ihnen vielleicht noch einmal ausführlicher über die Ereignisse der letzten Wochen schreiben u. Zeitungen senden.
Böse Gestirne am Zenith, ich merke es täglich von Neuem, Hunds- Hyänen- u Schakalssterne, die glauben, schon über Aas zu stehn!
„Entgleisung" höre ich von mehreren Seiten. Das Ganze: Ecce homo ist eine einzige Entgleisung! E. (im bürgerlichen Sinne) = die Grenze (im schöpferischen Sinn), bis zu der ein Kopf gefühls- u. ausdrucksmässig vorstösst. Ich möchte

die grossen Entgleisungen nicht missen in der Literatur (Penthesilea, Judith).

Herzlichen Gruss!

Bringen Sie Neuigkeiten aus Warschau?

Ihr

Be

Nr. 77 26/ 5/ 36 H.

Hochverehrter Herr Oelze,

es ist so nett von Ihnen, mir immer so freundschaftlich zu schreiben, haben Sie vielen Dank!
Ich habe heute eine spezielle Bitte. Ich kann ja leider so wenig englisch, dass ich nicht einmal die schönen Zitate, die Sie öfter beifügen, übersetzen kann. Wie heisst die Briefstelle an Busoni wohl auf Deutsch? Die Bitte: würden Sie die Güte haben, in dem engl. Fragebogen meine angehefteten Daten an die richtige Stelle zu setzen u. mir zurück zu senden? Kuvert dafür anbei.
*Anlage:* 2 Briefe, statt Unterhaltung heute, abschriftlich, bitte gelegentlich zurück.

Herzlichen Dank u Gruss

Ihr

Be.

Mitglied der Preussischen Akademie der Künste,
Deutschen Akademie der Dichtung.

*Werke:* Nach dem Nihilismus. (Essays.)
Der neue Staat u. die Intellectuellen. (Essays)
Kunst u. Macht. (Essays)
Oratorium: „Das Unaufhörliche“
(Musik von Paul Hindemith.)
„Ausgewählte Gedichte“. (1936)

Nr. 78 26/ 5/ 36 H.

L.H. Oe.

Hinsichtlich Keyserling möchte ich doch nicht unterlassen, sofort hinzuzufügen: *unter uns* gesprochen, so wirkt das Buch grösstenteils wie der Prospekt einer Konzertagentur. Eine grosse Einsalberei geht hier vor mit Bejahungsöl u. allen möglichen Kosmetikas. Gehn Sie an einem Buchladen vorbei u. werfen Sie einen Blick auf das *Umschlagbild:* Wie er da hervorschaut über der Lavamasse, das ist unerreichbar! Das Menschenhaupt über dem Geröll, der ordnende Gedanke über dem ausgespieenen Mineralblock, der Funke u. die Vorstufe, der Voll- u Hochmensch, der Edelkämpfer und eine Reihe ähnlicher Kitsch- u Dilettantenembleme schweben darüber. Trotzdem muss man heute ein solches Buch begrüssen: es ist innerlich gemeint u wendet sich nicht an die Strasse. Und was ist das heute schon für ein seltener Fall. Darum der Brief an Herrn Kilpper.

Herzlich
Ihr
Be

Nr. 79 H. 28. V 36.

Lieber Herr Oelze,
am Dienstag nachmittag sandte ich zwei Postsachen an Sie ab. Den Ergänzungsbrief, den Sie erhielten, den ich um 7 postete, und eine umfangreiche Sendung, die ich früher in den Kasten warf. Diese Sendung war ein grosses graues Kouvert mit Doppelporto und enthielt: einen englischen Fragebogen nach meinen Personalien, ausgehend von dem englischen „Wer ist's?", hinsichtlich dessen ich Sie bat, es

nach den beigegebenen Angaben auszufüllen, da ich kein Englisch verstehe.
Ferner Copie eines Briefes an meinen Verleger über das neue Buch von Keyserling, zu dem dann später die Ergänzung an Sie abging. Ferner Copie eines Briefes an den Präsidenten der Mittelmeerakademie. Ferner kurzer Brief an Sie. Ferner Umschlag mit Doppelporto zum Rücksenden des Fragebogens. Sie haben also diese Sendung nicht erhalten. Ein gleichzeitig mit ihr in den Briefkasten geworfener Brief nach Berlin ist wohlbehalten angekommen, wie ich heute festzustellen Gelegenheit hatte. Also muss der fragliche Brief an Sie innerhalb der Post sein. Er enthielt, um es gleich zu sagen, nichts für Sie oder mich Unangenehmes. Täte mir aber leid, wenn er verschollen wäre, da ich den Fragebogen nach London gerne beantwortet hätte. Wollen Sie mal einen Laufzettel auf der Post nach ihm aufgeben? Die einzige Möglichkeit eines Versehens von meiner Seite wäre, dass ich die beiden Schliessfachnummern, mit denen ich korrespondiere, vertauscht hätte, die andere ist mein Stuttgarter Verlag und ist 209. Aber ich glaube das nicht. Ich glaube, dass von meiner Seite alles in Ordnung war. Vielleicht haben Sie ihn auch inzwischen erhalten. Ist ein Unterschied zwischen Postfach und Schliessfach? Ich glaube nicht. Sonst wäre auch möglich, dass ich Schliessfach statt wie sonst Postfach geschrieben hätte. Wenn ich von Ihnen höre, dass Dieser Brief hier richtig bei Ihnen angekommen ist, werde ich mehr schreiben. Zu Pfingsten fahre ich halbdienstlich nach Berlin. Vielleicht sehn wir uns in der Woche nachher?

Herzlichen Gruss
Ihr
Be

Selbst getippt.

Nr. 80 Hannover, den 29. 5. 36.

Lieber Herr Oelze,

vielen Dank für die Rücksendung. Es ist mir sehr angenehm, dass mein Brief in Ihren Besitz gelangt ist. Ich hatte aber gestern schon einen Laufzettel auf meinem Postamt hier in Bewegung gesetzt. Er mag ruhig laufen, denn auch die Verspätung um einen Tag bedarf der Aufklärung. Vermutlich ist die Sendung doch geöffnet worden, postdienstlich oder polizeilich oder was weiss ich, und ich möchte das näher erfahren. Wenn er also zu Ihnen gelangt, seien Sie bitte nicht ungehalten, sondern füllen Sie ihn bitte aus des Inhalts, dass die Sendung einen Tag später bei Ihnen einging als der Brief, den ich mehrere Stunden nachher postete.
Dank für Ausfüllung des Fragebogens! Im Grunde Ihres Herzens müssen Sie mich ja doch sehr verachten, weil ich kein Englisch kann, was doch ein Gentleman können muss. Ich bedaure ja auch meine Unkenntniss sehr.
Das Buch von Keyserling will ich Ihnen gerne leihen, wenn Sie es haben wollen, mein Verleger schreibt, was ich über ihn geschrieben hätte, sei so treffend, er müsse es als „das letzte Wort über K. bezeichnen."
Schreiben kann und darf ich nichts mehr, wenigstens nichts mehr veröffentlichen, solange ich Soldat bin. Ich glaube aber, dass ich, vorausgesetzt, dass ich nicht krank werde, was mir manchmal plausibel erscheint, nicht mehr unberechenbar lange in der Armee bleiben werde. Es war eigentlich doch eine Fehlspekulation. So sehr ich die Armee bewundere und in diesem Jahr immer mehr bewundern lernte als einzige Stätte, wo erstklassig, lautlos, auf lange Sicht gearbeitet wird, und als einzige Stätte ohne Schiebung und Korruption, so gewiss sie die einzige Schule ist, die den Mann erzieht und den Führer bildet, und obschon in ihr das beste Volksmaterial lebt, das Deutschland noch besitzt, so gewiss ist für mich für die letzten Jahre meines Lebens eine grössere Frei-

heit, auch wenn sie wirtschaftlich ungesichert ist, besser; denn ich kann es betrachten, wie ich will: alle bürgerlichen Inhalte stehn nicht durch durch die Krisen und Erschütterungen der Existenz, es giebt doch für den Menschen meiner Art nur die nackte Existenz und dann die Impressionen. Nichts darüber, nichts daneben. Es ist eine eigene Form des Lebens, die dem Mann der Kunst beschieden ist, nichts liegt mir ferner, als diese Form zu überschätzen oder sie verallgemeinern zu wollen, nichts, als sie als Urform einer grossen alten Nation innerhalb der ganzen Kulturkonstellation aufreden zu wollen. Aber wenn man so angetreten ist, wie manche, auch Busoni wie Sie schreiben, oder der und jener, muss man auch so die *Durchführung* übernehmen. Eine Erkenntniss dieser letzten Wochen ist für mich die, dass für die Kunst eine viel grössere Feindschaft als bei sämtlichen Rabauken der Welt bei den bürgerlichen Kreisen ist. (vergl. „Entgleisung“, „Kunst soll nur das Schöne bringen“ u.s.w.) Die bürgerlichen Schriftsteller Deutschlands würden z.B. mich viel kaltblütiger, roher, intriganter umlegen als die Rabauken, ich will keine Namen nennen (vergl. Kunst u. Macht über „Intellektualismus“.) Dieser bürgerliche Schleim das ist ja das eigentliche Gift im Rachen der Zeit. Ich habe auch jetzt wieder einiges erlebt, wo gewisse dachten: er fällt, nun so wollen wir ihn noch schnell stossen. Aber er fiel dies Mal noch nicht. Denn die Sache ist jetzt hundertprozentig – um diesen herrlichen Ausdruck zu wählen – für mich günstig abgelaufen. Darüber mündlich mehr.
Gutes Pfingsten, lieber Herr Oelze. Ich habe am Sonnabend Abend in Berlin mit einem für mich sehr wichtigen Mann aus dem R. Kr. M. eine Besprechung, muss daher hin. Bin Montag wieder hier.

Herzlichen Dank und Gruss.

Ihr Benn.

1) Ist der in Leipzig verstorbene Prof. Oelze ein Verwandter von Ihnen?
2) Der Satz von Galsworthy ist sehr gut. Eine Wohltat, sowas von anderen Männern u. Ländern gelegentlich zu erfahren. Dank Ihnen!
3) über Wagner: das ist ja toll! Sehr richtig, was Sie über die 3 Takte Walküre schreiben. Unausdenkbar für den Bürger!
Pourtalès ist ein netter Schriftsteller. Ich las sein Buch über *Chopin* „Der blaue Klang" (oder ähnlich.) Gefiel mir gut.

Be.

(Im Büro u. selbst getippt)

„Der Vordergrund der Kunst: die Kaiserloge.
Der Hintergrund der Kunst: travaux forcés.
Im Zwischenakt begrüsst sich Don u. Doge:
„Süperbes Ding –!": gemeint ist das Foyer. –"

Nr. 81 4/6/36 H.

Lieber Herr Oelze,
Ihr freundliches gütiges Interesse für meine Person legte Ihnen nahe, mir als Wunsch auszusprechen, einige Aufsätze zu lesen, die zu meinem Geburtstag erschienen sind. In den Anlagen erlaube ich mir, dem nachzukommen u. bitte um gelegentliche Rückgabe derselben.
Pfingsten haben Sie hoffentlich gut verlebt. Aus Ihren Andeutungen las ich eine gewisse Kühnheit zu einem Unternehmen heraus, das halb volkstümlich u halb privat sein konnte. Eine Sonderfahrt ins Blaue, in ein gewisses Blaues à deux oder ins Rosige. Hoffentlich war es „hundertprozentig".

Ich war in Berlin. Teils dienstlich teils privat. Dies Letztere ein völlig neuer Schlag: eine schwere *Erb*krankheit ist plötzlich bei meiner jüngsten Schwester (35jährig) ausgebrochen, eine unausweichliche Erblindung, die uns alle u. unsere Kinder bedroht. Eine ganze Katastrophe das! Nur gelegentlich mündlich zu erzählen. Ganz unbegreifliche Angelegenheit! Wann kommen Sie mal?

Herzlichen Gruss Ihr

Be.

Dank für Übersetzung!

Nr. 82 7/6/36 H. 17 h.

L. H. Oe.

Dank für Telegramm! Wirklich sehr schade, dass Sie nicht konnten. Hatte schon bei Kasten Bescheid gesagt, Sie möchten herkommen. Hatte hier geheizt, Ordnung gemacht – von Sonnabend Mittag bis Montag früh bin ich allein – u. einen Apéritif zurechtgestellt. Hätte Sie in Uniform empfangen. Dann kaltes Essen im Weinhaus Wolf. Wäre kein schlechter Abend bei dem Wetter gewesen, recht ein Wetter für Unterirdische, dunkel, kühl, verhangen, verschlagen, wo die Höhlen gut sind und die Maulwürfe u Fledermäuse lachen. Gab auch Unterirdisches zu erzählen genug. Vor allem dies eine, wovon ich im letzten Brief schon schrieb und das mich so beschäftigt. Hören Sie:

6 lebende Kinder haben meine Eltern, Mutter tot 1912, von 35-52 Jahren. Meine jüngste Schwester, 35 Jahre, bekommt plötzlich d.h. im Verlauf des letzten Vierteljahrs Sehstörungen. Geht zu mehreren Augenärzten in Berlin, zuletzt zu dem Ordinarius für Aug.h.k. der Berl. Universität. Also sie hat die gefürchtetste u. schrecklichste Erbkrankheit, die es giebt: Pigmentatrophie der Netzhaut u Star. Führt in kurzer

Zeit zu völliger Erblindung. Aber damit nicht genug: wir sämtliche Geschwister haben uns untersuchen lassen müssen, sind ebenfalls bedroht, vor allem aber *unsere Kinder*. Eine solche Krankheit tritt immer „serienweise" auf, eine Familie, wo sie sich zeigt, ist zum Aussterben bestimmt. Was nun? Also 1) wir hätten alle nicht geboren werden dürfen oder 2) alle kastriert werden müssen 3) unsere Kinder wird man vielleicht sterilisieren. Das ist das grösste Rätsel, vor dem ich je gestanden habe. Meine Eltern waren völlig augengesund, auch die Grosseltern, keiner trug oder trägt von uns eine Brille. Das strengste Erbgesundheitsamt hätte meinen Eltern die Heiratserlaubnis gegeben u nun plötzlich diese furchtbare Krankheit. Sie ist eine reine Degenerationskrankheit u. bedeutet: Schluss mit dieser Erbmasse. Ich will Sie nicht langweilen mit diesen Vorgängen, die nur für die Familie selbst bedeutungsvoll sind. Es ist ein ganz eigentümliches Gefühl, glauben Sie mir, zu einer Erbmasse zu gehören, die die *Natur* als erledigt ansieht u. abstösst. An dem Punkt zu stehn, über den wir ja öfter ahnungslos gesprochen haben: wo die Degeneration u. der *Geist* beginnt. Das also ist der Geist! In diese Löcher u. Lücken der Natur tritt er ein, um hervorzuschimmern mit seinem zweideutigen u. dreckigen Grinsen, denn es ist ja auch nur ein Grinsen. Ein harmonisches Lächeln ist es ja nicht. Er ist überhaupt nicht *über* der Natur, scheint mir, *gegen* sie sicher, aber auch das Organische ist nicht *über* dem Anorganischen, das Leben nicht *über* dem Unbelebten, der Geist nicht *über* den beiden, es sind 3 Würfe, Anstrengungen, Witze, Gewichtheben der gleichen unheimlichen, unguten, zurückgezogenen, dem Blick ausweichenden, selbst wahrscheinlich unter Zwang lebenden „Natura naturans", dem „Ens realissimum" (Descartes), der Entelechie. Und es giebt u. wird geben noch viele Witze u. grosses Gewichtheben neben diesen dreien, bloss keine Wichtigtuerei hier mit dem ewigen psychophysischen Gequackel. Es ist alles gleichmässig unklar und in einem leb-

frischen Fluss von Widersinnigkeiten. Sah Goethe eigentlich was dahinter? Was eigentlich? Hat er nur getüncht? Konnte seine Zeit noch was sehn? Ich denke an meinen Brief an Sie über die „Novelle" u. frage von Neuem nach gewissen Problemen. „*Die Epoche nach Goethe*", müsste man schreiben. Ist noch nie in diesem Sinne untersucht.
Lieber Herr Oelze, ich hatte mich sogar eigenhändig u. mit Apparat selbst rasiert heute mittag, weil Sie kommen wollten. Ich tue das nur in Notfällen u. äusserst ungern, da es meine Haut nicht aushält, ermessen Sie daraus, wie sehr ich mich auf Sie freute u wie enttäuscht ich bin, dass Sie nicht kamen!

Herzlich Ihr

Benn.

Nr. 83 H. 11. 6. 36.

Lieber Herr Oelze,
hier sende ich Ihnen das englische Buch zu, es wird mich interessieren zu hören, was sein Inhalt ist. Den Katalog von Solf haben Sie als Sammler und Koryphäe wahrscheinlich schon bekommen, sonst bedienen Sie sich seiner zur Befriedigung Ihres Schönheitssinns durch den Ankauf neuer Dinge.
Ich muss mich wegen Dienstag Abend sehr bei Ihnen entschuldigen. Ich war in keiner Weise distinguiert, Ihrer unvergleichlich gesicherten Art gewachsen und konform. Schon Ihr Äusseres ist unbeschreiblich superb! Ihr Anzug ganz überraschend eindrucksvoll und interessant, ich hätte mich dafür verbürgt, dass Sie nie einen Pullover in der Stadt tragen, bestimmt nie nachmittags, nun war ich völlig verblüfft und in mittleren Tiefen erschüttert. Das trug dazu bei; ferner bin ich zur Zeit überhaupt ungeheuer nervös und zer-

fleddert innerlich und äusserlich, daher das alberne, fast furchtbare Lachen, das mich stellenweise überfiel. Ausserdem geniere ich mich schon manchmal wegen all der Zufälle, die mir das Leben über den Weg geschickt hat; ich riefe sie herbei, ich bewirke sie, hat mir mal jemand darüber gesagt. Vielleicht stimmt es, wer erst einmal in einen Abgrund geblickt hat, wird leicht überall Flammen sehn und herbeirufen. Verdenken Sie es mir nicht. Es kommt hinzu, dass ich wochenlang kein Wort rede und wenn ich dann ein Opfer vor mir habe, werde ich ausfallend und finde kein Ende. Ich wiederhole meine Bitten: Aufsatz über Pfitzner, Bild von Ihrem Haus, Ihrer Frau, Ihrem Sohn, ich möchte Sie einmal familiär und sozial sehn, ich weiss garnicht, wie Sie ausserhalb Ihres personellen Umrisses aussehn.

Dank für Ihren Besuch, herzlichen Gruss.

Ihr

Benn.

Bitte lesen Sie das engl Buch in dem Sinne, dass *Sie* Herrn Fränkel einen Brief darüber schreiben unter Hinweis darauf, dass ich es Ihnen zur Lektüre sandte, da ich Sie für zuständig u massgeblich, auch für mich, dafür hielt. Wenn Sie Lust haben, wenn es interessant ist.

Dank, Gruss.

Be

Nr. 84 16. 6. 36.

Lieber Herr Oelze, das mit Ihrem Anzug war nicht snobig gemeint. Bei Ihnen gehört Ihr Anzug zu Ihrem Ausdruck: er drückt bei Ihnen was aus. Ausserdem interessiert mich wirkliches Wissen um die gesellschaftlichen Dinge immer sehr. z.B. ob Sie zu dem Anzug Gamaschen anziehn würden, u. was für welche? Weisse? Ich betrachte das alles bei Ihnen

mit ausgesprochenem Eifer! Hören Sie, was ich an eine Berliner Bekannte anlässlich unseres letzten Zusammenseins schrieb: „seine äussere Person hat die Sicherheit der Raumgliederung wie ein grosser Schauspieler, manchmal wirkt er überhaupt wie aus einer Revue, etwas Hoffmanns Erzählungen, am Rande zwischen Realität u. Halluzination. Sein grösster Moment wäre, wenn er aus der Kulisse tritt: hyperbolisch, bannend, extravagant. Nehmen Sie nun noch seinen Geist u. seine notorische Tiefe dazu, so werden Sie verstehn, dass ich ihn eine einzigartige deutsche Erscheinung nannte." –
So über Herrn Oe aus Bre!
Heute kommt meine Tochter für eine Woche zu mir. Ich habe schon eine Höllenangst vor diesem skeptisch u. ironisch überspitzten Recidiv meines Ich. Wird kaum gut abgehn. Ich kann nicht mit irgendwem länger wie einen halben Tag Wohnung u. Licht u. Gegenstände teilen, alle diese Nester der Zerstörung!

Herzlichen Gruss!
Ihr
Benn.

Nr. 85 — 2 VII 36.

Lieber Herr Oelze, endlich mal wieder einen Oelzebrief an den Rönnetyp! Sehr nett von Ihnen. Ich dachte, dass das nächtliche Baden im Wesernil Sie voll und ganz beschäftigte. Vielen Dank auch noch für Ihren Besuch am Sonnabend vor einer Woche. Ich war mit meiner Tochter gerade einen kurzen Spaziergang fort, sehr schade, dass wir uns nicht sahn. Jetzt bin ich wieder allein, meine Tochter namens *Nele*, ist in Berlin, lernt in Verlägen und Redaktionen, geht dann nach Paris und hat den Antrag gestellt, Dänin zu werden.

Was ich begrüsse. Ich kann je länger je weniger finden, dass wir das auserwählte Volk sind und es das schlechthinnige Glück sei, ihm anzugehören.
Wie steht es mit Ihrer Sache, wegen der Sie nach Berlin fuhren? Ist es gelungen? Werden Sie wieder und noch und immer weiter zu den Glanzträgern und Vollkommenen der Erde gehören mit neuen Aufträgen, Geschäften, Coups, Konten, Syndikaten und dem ganzen Konglomerat aus Schönheit, Lässigkeit, Schick, Auftrieb, Liebe, Slepingcar der Welt zwischen Biarritz und Rupenhorn? Wohl Ihnen! Wenn schon „Leben", dann in Üppigkeit und Finessen, nur das Niedersächsische sei verbannt.
Dank für den Wiechert. Ganz nett einiges. Das Ganze als Haltung so richtig treudeutsch biedermännisch und innig. Die Sorge um Volk und seine Jugend! Mein Gott! Wer noch daran denkt! Dies crapule, ob jung oder alt, einen Dreck geht es mich an! Im Grunde haben sie ja alle nichts Böses weiter erlebt, als dass mal ein Buch nicht den rechten Erfolg hatte und ein anderer mehr Auflagen. Im Grunde sind ja *das* die Literaten. Rührend auch die Furcht vor dem „Anarchischen". Es soll doch im Grunde alles wie im Dorf zugehn. Harmlose Insekten! Da aber dies noch immerhin die beste Form des geistigen Deutschen ist – –, nun erlassen Sie mir das Weitere.
Ihr Haus ist schön. Ist es Klematis oder Glycinien, was an der Hausmauer rankt? Als drittes käme Wein in Frage, aber ich glaube: Klematis, das schönste Blau der Erde.
Bitte übersetzen Sie mir gelegentlich den Satz: his attitude Towards. The world is one of patient disgust. Nein, vielleicht habe ich falsch abgeschrieben, ich lege den Briefteil bei, aus Oxford, von einer Bekannten. Dank!
Dass das englische Buch so dumm ist, macht mir Spass. So ist die ganze Bande da in Paris, die sich um Joyce und die Transitiongruppe ansammelt. Ich habe aus Paris bekommen das neue Werk von H. Mann: die Jugend von König Henri

quatre. Queridoverlag Amsterdam, der berüchtigte Emigrantenverlag. Hier auf dem Zollamt sahn die guten Leute nach, ob das Buch verboten sei, nein das war es nicht, also gaben sie es mir. Wenn Sie es lesen wollen, wenn ich zu Ende bin, aber ich rede immer viel und sende nie z.B. den Keyserling haben Sie auch noch nicht. Ich nehme den August Urlaub, wollte in Berlin arbeiten, aber kein Unterkommen zu kriegen infolge dieses von Ihnen so richtig geschilderten Hellenenklamauks. Der Oberbürgermeister von Marathon u. der Landrat von Salamis werden ja persönlich die Schulterpartieen der Diskuswerfer mit Niveasportöl massieren. (die Flasche 0,75 M.)
Geschrieben im Büro, wo ich auf diese Weise Mars die Zeit stehle u. Vulkans Waffen mit der Rheinmetallschreibmaschine vertausche. Manchen Tag bin ich *zoddelig* wie ein Faun vor Cynismus u. Ironie gegen diese angehäufte Ordnungswelt, Adrettheit, Korrektismus, sie erscheint mir locker u abblasereif wie der Schaumkopf einer Butterblume.
Zur *Stadthalle* finde ich in diesem Sommer keine Beziehung, *sie* hat sich nicht verändert, wer oder was hat sich verändert, ist weitergegangen, abgefallen, leider ohne eine neue zu finden.

Tausend Grüsse! Immer
Ihr
Benn.

„Befehlen Herr Oberst". – „Bitte Herrn General vortragen zu dürfen" – „mit der Meldung, dass ..." „gemäss Verfügung" – „beziehungsweise" – : um diese Ausdrücke hängt ein *Kosmos*, sie tragen wahrhaft wehrhaft eine Welt!

Nr. 86 12. 7. 36.

Dank für den hübschen Sonntagsgruss, lieber Herr Oelze. Aus Ihrem entfiel das entzückende Jungensbild u der unvergleichliche Hamsun (übrigens wohl aus einem früheren Werk, mittlere Periode, etwa „Unter Herbststernen" u. „Gedämpftes Saitenspiel") dieser grosse Käfersammler u. Insectenspieler mit Menschen nämlich; aus einem anderen Brief entfiel eine Alpenrose schwarzgrün die Blätter, rosa gewesen die Blüte; aus einem dritten ein schwerer Geruch, die neueste Création von Patou: „amour, amour . ." Das ist wohl genug, das ist wohl sehr viel für einen Sommersonntagmorgen, den man allein verbringt in vollen Zügen, ohne Aufwartefrau sogar mit Selbst-Cafékochen u. der Aussicht auf einen arbeitslosen Tag.
Haben Sie vielen Dank! Ihr Sohn ist reizend, sehr oelzehaft. Können Sie ihn in einem anständigen Land erziehn lassen? Wo es keinen Neuadel aus Blut u Boden giebt?
Dank auch noch sehr für die Stellen aus dem Fränkelschen Buch. Ein solenner Quatsch! Deutsche Infektion! Sicher ein emigrierter Jude. – Dank auch für den übersetzten Satz aus dem Brief. Die Schreiberin ist keine schöne Frau, aber eine eminent verfeinerte u. kultivierte u. von der unerschütterlichsten gesellschaftlichen Haltung. Diese abzuschilfern u zu sehn, wo und wann unter dem Porzellan die Restbestände beginnen, ist mir gelegentlich u. unverbindlich u. gänzlich verantwortungslos ganz interessant. Dann „darf sie über Deutschland zurückfahren". Ausserdem verbindet sie mich mit einigen anderen Kulturen, wessen ich bedarf. (Die Liebe ist eine Krise der Berührungsorgane. Man handele danach u. alle sind glücklich.)
Ich bin jetzt hier öfter mit einigen jungen Frauen aus dem alten Hannov. Adel zusammen. Fahren in ihrem Wagen raus (Steinhude!), trinken Café u.sw. Es ist *verblüffend*, wie unberührt u. geschlossen dieser Kreis sein Leben weiter-

führt, nur diesen Kreis kennt, nur diese Namen, nur diese *Spitz*namen (Ulla u. Vicky u. Manni u Locko), alles andere für crapule hält, und sehr bemerkenswert, wie diese Kreise jetzt in der Wehrmacht wieder zur *Führung* hochstreben! Einer zieht den andern nach, eine ganz klare Politik, die Armee wieder ihnen auszuhändigen. Nette Frauen, aber sehr ungebildet, auch recht leichtsinnig. Spielerei von mir, den Sommer totzuschlagen u. etwas Wasser u. Kornfelder zu sehn.

Gute Einsamkeit, lieber charmanter Herr Oelze! Es wird nicht mangeln!

„Wer allein ist, ist auch im Geheimnis,
immer steht er in der Bilder Flut,
ihrer Zeugung, ihrer Keimnis,
selbst die Schatten tragen ihre Glut.“

Herzlichst
Ihr
Benn.

Nr. 87 ⟨24. 7. 36⟩

Wer allein ist, ist auch im Geheimnis,
immer steht er in der Bilder Flut,
ihrer Zeugung, ihrer Keimnis
Selbst die Schatten tragen ihre Glut.

Immer ist er trächtig jeder Schichtung
Denkerisch erfüllt u. aufgespart,
immer ist er mächtig der Vernichtung
Allem Menschlichen, das nährt u paart.

Ohne Rührung sieht er, wie die Erde
eine andre ward, als ihm begann,
nicht mehr Stirb u nicht mehr Werde:
formstill sieht ihn die Vollendung an.

* Be.

Leben – niederer Wahn,
Traum für Knaben und Knechte,
doch Du von altem Geschlechte,
Rasse am Ende der Bahn,

Was erwartest Du hier?
Immer noch eine Berauschung,
eine Stunden-vertauschung
von Welt und Dir?

Suchst Du noch Frau und Mann?
Ward Dir nicht Alles bereitet,
Glauben u. wie es entgleitet
und die Zerstörung dann?

*Form* nur ist Glaube u Tat!
Die erst von Händen berührten,
doch dann den Händen entführten
Statuen bergen die Saat.

* Be.

Nr. 88 28. 7 36.

Lieber Herr Oelze,

Dank für schöne Karte aus Berlin! Olympiade: – z. K. Nächster Tage beginnt mein Urlaub. Was ich mache, weiss ich noch nicht. Da meine Tochter z Z. mein ganzes Geld verbraucht, wozu sie Recht hat u. was ich gerne mit ansehe, bleibt für mich nur ein bescheidener Urlaub übrig. Ein kleines Bad, vielleicht führt mich der Weg über Bremen, aber ohne Ihre erlauchten Kreise zu stören u. zu berühren.

*Duhnen* bei Cuxhaven soll nett sein. Ist es *scheusslich*, schreiben Sie es mir bitte. Ich bin anspruchslos. Wo soll man hin. Am liebsten ginge ich als „zahlender Gast" in ein distinguiertes Landhaus, aber ich weiss keins. Garten müsste sein, eine Stube, wo man sitzen u. lesen könnte, kein Gasthausbetrieb. Ein Haus, dessen Besitzer abwesend sind. Das wäre schön. Natur in grossen Massen u. breiten Flächen ist bedrängend u. nichts für mich.
Immer einsamer wird es, menschenleerer. Wohin führen die Jahre, wohl nirgendshin.
Herzlichen Gruss u Dank für Freundschaft u. Anteilnahme.

Ihr
Benn.

Warum *gilt* eigentlich der Begriff des Unaufhörlichen, des Werdens, der *Verwandlung* als der höhere gegenüber dem Erstarrten u. dem Sein? Goethe war doch entschieden das Erstere, die Olympischen Götter aber das Zweite. Da *wurde* nichts, die *waren*. Eigentlich ist doch das Ruhende, das keine laute Äusserung mehr von sich giebt, keines lauten Zeichens des Lebens mehr bedarf, das Weitere. Erniedrigt man den ersteren Begriff, ergiebt sich das Deutsche „Dynamische", unser Triumpf. Das Zweite die Latinität. Die *Verwandlung* ist das Gesetz des Lebens, die *Erstarrung* d.h. die Formwerdung das Gesetz des Geistes. Auch hier die grosse Fremd- u. Fern-setzung beider Reiche, auch hier die antinaturalistische Funktion des Geistes. Die Goethesche Grundhaltung sehr tellurisch, mütterlich, *uterin*, noch nicht die Stirn-höhle des 20. Jahrhunderts.
(uterus = Gebärmutter) = uterin

Suchst Du . .

Suchst du die Zeichen des Alten
Ur-Alten vor Berg und Tal,
Wandel der Gestalten,
Anbruch menschlicher Qual,

wendend die Züge des Sinnes,
ausgelittener Ruh
Endes wie Beginnes
dem Unstillbaren zu,

ach, nur im Werk der Vernichter
siehst du die Zeichen entfacht:
kühle blasse Gesichter
und das tiefe: Vollbracht.

*

Be.

Drei.

Auf *deine* Lider senk' ich Schlummer,
auf *deine* Lippen send' ich Kuss,
indessen ich die Nacht, den Kummer
den Traum alleine tragen muss.

Um *deine* Züge leg' ich Trauer,
um *deine* Züge leg' ich Lust,
indess die Nacht, die Todesschauer
weben allein durch meine Brust.

Du, die zu schwach, um tief zu geben,
du, die nicht trüge, wie ich bin – ,

drum muss ich abends mich erheben
und sende Kuss und Schlummer hin.

*

Be.

Nr. 89 30/7. 36 H.

Lieber Herr Oelze, ich möchte nur gleich melden, dass wir uns in Bremen bestimmt nicht sehn werden, selbst wenn ich überhaupt über Bremen führe. Aber ich werde es wohl garnicht tun. Ich denke, dass ich Richtung Travemünde fahre. Jacke wie Hose; überall das selbe Bürgerpack u. dieselbe so penetrante See.

Eigentlich aber müsste ich wirklich in Bremen Halt machen u. vor die Hartwigstrasse gehn u. Abschied nehmen. Das ist ja eine sensationelle Nachricht! Rüstungsgewinnler oder hoher Funktionär – wer wird in Ihren Räumen wohnen?

Ich werde Ihnen schreiben, wo ich sein werde.

Machen Sie nicht jetzt ein neues: Z? In Ihrer Schrift? „Zu" z.B.? Es erscheint mir jetzt länger heruntergezogen u dünner figuriert. Ich lege es aus als aus optimistischer Stimmungslage stammend, da betont u. spielerisch.

Sehr herzlich

Ihr

Benn.

Admiral sehr bedauerlich!

Nr. 90 9. 8 36.

L. H. Oe.
Dank für reizende Sendung! Keine Sängerin hier, kein Klavier! Dafür 2 Herzöge u. eine Lahusen. Sie sehn, Sie hätten kommen können, ich wohne in keinem Beisel! Es ist sehr nett hier übrigens, ich liebe Seen so sehr u sehe von meinem Zimmer aus auf solche.
Sonderbar mit dem Gedicht! Es war über *2* Frauen gemacht u. Gurlitt macht *eine* daraus u. es wirkt besser, ruhiger, geschlossener. Ja in der Tat: ich werde den Titel ändern u. sagen: „Auf Deine Lider senk ich Schlummer" Bitte schreiben Sie mir Ihr Urteil über diese Änderung. Muss es an *zwei* Frauen sein? Wäre eine drollige Beweisung dafür, wie sehr bei Kunstmachung etwas ganz anderes herauskommt als „gemeint" war, soweit es einer Beweisung bedürfte. –
Die Welt ist genau so, wie Sie sie schildern. Weit zurück von ihr muss man gehn, um sie zu ertragen. Wer kann so weit zurückgehn? Nur der Künstler u. der Mönch. Unlösbare Lage. Überhaupt nur für *Momente* ins Ertragbare abzubiegen. Aber ist nicht der Mensch, so wie wir ihn sehn, so wie er in uns lebte, nur eine *lose Folge von Zuständen*, wechselnden, kaum zusammenhängenden, jedem Zusammenhang sogar ausweichenden Zuständen, von denen einige wenige erfüllt u. ausschöpfbar sind? Der Rest ist doch Bruch, Unterwelt. Diese Lage unseres Lebens als eine Folge von Zuständen, dieses Ich als eine sich gelegentlich schliessende, aber im Allgemeinen eine unstillbare, unabrundbare, offene Kette von Schmerzen, Verwundungen u. Fragwürdigkeiten, das *ist doch* unser Gesetz, unser Schicksal, unsere durchzukämpfende Erbmasse. Lasen Sie zufällig in einem früheren Aufsatz von mir den Spruch, den ich auf einer Sonnenuhr in einem kleinen Ort der Pyrenäen, nahe Hendaye, fand, zwischen den Zahlen der Stunden stand: „vulnerant omnes, ultima necat". Wunderbar, nicht? Denken Sie darüber nach, welche

Tiefe der Erkenntniss u des Leides dem Hersteller dieses Spruches gegenwärtig gewesen sein muss!
Ich bleibe diese Woche wohl noch hier. Danken Sie bitte Herrn *Gurlitt* von mir, soweit ich damit etwas zu tun habe.
Dank u Gruss. Immer Ihr

Benn.

„alle verwunden, die letzte tötet".

Nr. 91 13. 8. 36.

L. H. Oe. Dank für Brief. Habe die ganze Woche viel an Sie gedacht. Haben Sorgen, lieber Herr Oelze, tut mir so leid!
Ich verlasse Montag M.-Gr. Muss zunächst nach H., dann Berlin. Die Angriffe gegen mich gehn wieder los. Vor einigen Wochen schon in 2 Zeitungen gleichartige Artikel, der eine überschrieben: „was wir restlos ablehnen", der zweite: „was uns keine Freude macht". Beide nach einem Leisten gearbeitet, sicher aus der gleichen Quelle, beide schliessend: „wie ist es möglich, dass heute, 1936, noch sowas erscheinen darf". Nun bekomme ich heute aus Berlin vom Verlag neue Sachen. Der *Stellv. d. F.* Überwachung des Schrifttums, hat einen infamen Brief an den Verlag geschrieben u um Aufklärung ersucht, Höhe der Auflage des Gedichtbands u. Drohungen gegen mich ausgesprochen, die sowohl KZ sein können als auch anderes.
Ich rühre keinen Finger mehr. Lasse die Dinge jetzt ruhig sich entwickeln. Fülle auch die zahllosen Fragebogen nicht aus, die man mir zuschickte. Aber ich muss den Urlaub abbrechen u. mal in Berlin mit meinem Verlag verhandeln.

Bitte schreiben Sie mir nach H. zum Montag einen Gruss.

Herzlich Ihr

Benn

Nr. 92 14. 8 36.

Lieber Herr Oelze:

„Leid ist doch die einzige Ursache des Bewusstseins"
(Dostojewskij)

*

Goethe wurde in Berlin ins Schloss Bellevue zum Prinzen Ferdinand eingeladen, bei welcher Gelegenheit er dem Hofmarschall Graf Lehndorff durch seine Zurückhaltung unangenehm auffiel. Sein Urteil über G. lautete: „sobald man diese Art Gelehrten in den engeren Zirkel zulässt, werden sie unerträglich durch ihren Stolz".

*

Alexander v Humboldts letzte Worte waren: „ich sterbe noch nicht, ich kann die Haare der Venus noch sehn". (Eine Venus v. Milo stand in seinem Zimmer)

*

Der *Stellvertr. d. F.* fordert meinen Verlag auf, unverzüglich aus dem Propagandaumschlag zu streichen: „warnender Seher u. Führer in eine neue Gemeinschaft". Hinsichtlich meiner Person: „Glaubt er wirklich im Ernst, einen Beitrag zur deutschen Kultur geleistet zu haben? Das müsste dann als ein *bedenkliches* Zeichen von Missverstehn ausgelegt werden" ....

Herzlichen Gruss! Ihr
Benn.

Nr. 93

*Spät im Jahre*, tief im Schweigen
dem, der ganz sich selbst gehört,
werden Blicke niedersteigen,
neue Blicke, unzerstört.

Keiner trug an Deinen Losen,
Keiner frug, ob es gerät –,
Saum von Wunden, Saum von Rosen –,
weite Blicke, sommerspät.

Dich verstreut u. Dich gebunden,
Dich verhüllt u. Dich entblösst –,
Saum von Rosen, Saum von Wunden,
– letzte Blicke, ich-erlöst.

*

---

H.Fr.Oe. 15/8. 36.

Abschied von Malente!

Be.

Dies die *Vorder*seite. Mein Zimmer nach hinten 2. Stock mit Blick über 10 Km Seeen, Hügel, Wald.
Es war reizend hier, still, einfach, gartenreich.

Nr. 94 18. 8 36

L. H. Oe.

Sie kommen aus Holland zurück u. vor Ihnen wälzen sich 3 Briefe von mir! Recht ekelhaft! Ich bin schon eine Num-

mer! Mag mir das garnicht vorstellen. Entschuldigen, lieber Herr Oelze, tausendmal!
„Niemand trug an Deinen Losen . ." u s w.
stimmt auch nicht. Sie trugen u tragen. Eben sah ich Ihren Buddha an u. las in Ihrem Ecce homo, die zwei Pole der Erde haben Sie mir geschenkt.
Morgen Berlin. Wo ich wohne, weiss ich noch nicht. Pension. Sah mir gestern Lübeck an, das ich nicht kannte. Stand nicht ohne Rührung (u. mehr) vor dem Haus der Manns. Diese Stadt, reizvoll gewiss, wäre doch für dieses Jahrhundert wohl ohne jede Bedeutung, wenn nicht dies Ereignis dort stattgefunden hätte.

Herzliche Grüsse!
Ihr
Benn.

Nr. 95

Lieber Herr Oelze, auch ich war am 30. 8. in Steinhude, Strandhotel, segelte, vielmehr liess mich segeln, gewerbsmässig; herrliches Wetter, letzter Urlaubstag. Dank für Ihre Karten! In Ihrer Bibliothek sässe ich gern. Schönes Haus! Zu schade für einen Arzt. Hätten es behalten sollen! Immer sind Gärten um Sie herum, hier wie in Horner Landstrasse.
Meine Sachen –, ich kann mich garnicht mehr dafür interessieren. Vergesse sie völlig. Habe mein Desinteressement ausgesprochen, der Verlag soll sehn, wie er zu Rande kommt. Der arme Verlag! Sein Autor ist *Ortega* u. gerade kam die Nachricht, dass O. einen Aufruf der Madr. Regierg. unterzeichnet hatte. Wahrscheinlich wäre er sonst „übergossen" worden, Petroleum, vielleicht aber war es auch sein Bruder! Ganz gleich: sofort sämtliche Bücher „untragbar"!
Mein Eindruck von Berlin ist der einer so undurchdring-

lichen, penetranten, lähmenden, unvorstellbaren *Feigheit*, dass ich für den Rest meines Lebens jede menschliche Beziehung dorthin gestrichen habe. Ob das Redaktionen sind oder Intendanten, Aerzte oder Industrieleute überall das Gleiche. Was gehts mich an! Hatte inzwischen wieder Besuch aus England u Paris, auch kaput u. auswegslos. Die Rothschilds in Paris fahren Taxi u. verstecken ihre Limusinen. Ganz Auteuil ist zu vermieten, alle Villen leer, alle Luxusrestaurants tot, sie sitzen u. warten auf den Ausbruch des Bolschewismus. Und England gänzlich unschlüssig u. unentschieden. – Gute Tage für Gangster u. Wilderer! Wir werden ja bald wieder zu hören bekommen ...
Lieber Herr Oelze, wann kommen Sie wieder nach Hannover? Die nächste Woche ist meine Tochter bei mir.
Dank u. Gruss u. amitié

Ihr

1. 9. 36. Be.

Nr. 96 2/ 9. ⟨1936⟩

„Der Deutsche Geist ist meine schlechte Luft", schrieb N. in Ecce homo; aber, müssen wir nicht heute hinzufügen, wieviel peinlicher wäre es doch noch, wenn er einem wohlriechend käme!
Bitte Rückgabe!

Herzlich!

Be.

Nr. 97 ⟨4.⟩/936.

*Einsamer nie als im August:*
Erfüllungsstunde; im Gelände
Die roten u die goldenen Brände,
doch wo ist deiner Gärten Lust?

Die Seen hell, die Himmel weich,
Die Äcker rein u. glänzen leise,
doch wo sind Sieg u. Siegbeweise
aus dem von Dir vertretenen Reich?

Wo alles sich durch Glück beweist
u. tauscht den Blick u. tauscht die Ringe
im Weingeruch, im Rausch der Dinge –,
dienst Du dem Gegen-Glück, dem Geist.

*

Bedarf keiner besonderen Antwort!

Guten Sonntag!

Nr. 98 H. 10. 9. ⟨1936⟩

Lieber Herr Oelze, schauen Sie, wie nett Ihre Vaterstadt meiner gedenkt! Das verdanke ich sicher Ihnen direkt oder indirekt!
Ich antwortete Ihnen noch nicht auf Ihre neuliche Frage nach Graphologie. Ich halte ebenso wie Sie nicht viel von ihr. Ich finde Handschriften interessant. Sie wirken auf mich. Sie sagen mir manches. Aber Deutung ist wohl Humbug. Die Handschriften sind verschiedener als der Charakter. Der Charakter ist doch furchtbar uniform; die sog. Persönlichkeiten ziemlich identisch. Da wird nun mit Hilfe der Handschriften was hineingedeutet. Darum ist die Graphologie so

populär u. einträglich, weil die Gedeuteten so ausgestattet werden mit Eigenschaften, direkt „Zügen“, die sie doch garnicht besitzen. Schmeichelt ihnen natürlich sehr. „Züge“ sind beliebt, alle diese Nichtse träumen ja nur von Eigenschaften u. Zügen, und die Graphologie macht sie alle zu Dämonen.
Ferner habe ich unterlassen, Sie darauf aufmerksam zu machen, was seit einigen Wochen mir so grossen Eindruck u. Genuss bereitet: seit wir vor Österreich zurückgekrochen sind, darf das „*Neue Wiener Journal*“ wieder bei uns erscheinen. Lesen Sie es! Die versunkene Welt *unserer* Epoche steigt wieder auf. Das Gesellschaftliche u. der Schmus u. die Literatur u. das Feuilleton u. Wien und Prag u. Getto und Reinhardt u. Werfel u. Ischl u. Pörtschach u. Bad Gastein mit allen seinen auf Séjour befindlichen Aristokraten u. abgestiegenen Grössen wird lebendig. Ist sie tot, diese Welt? Oder haben wir uns, d. h. sie uns eingesargt? (Sie = N. S.) Manchmal denke ich, ob Sie, Herr Oelze, u. ich vielleicht *erstarrt* sind, dass wir die *Grösse* dieser Zeit z. B. Nürnberg nicht recht in uns aufnehmen können? Wenn sie wirklich das alles vollbracht haben, was sie jetzt in Nürnberg anpreisen, sind *wir* dann nicht blind u. böswillig? Und müssen uns von Grund auf ändern? Der deutsche Baum ist die Linde: süss, innig u. man kann Thee draus kochen. Das ist die Hauptsache. Sie müssen überall Thee draus kochen können. Auch aus der Kunst. Dann ist sie richtig. Dann ist sie *deutsche* Kunst. Wollen wir nicht auch anfangen, Thee zu kochen? Heraus aus unseren Alkaloiden u. heim zu Fenchel und Kamille?
Womit fuhren Sie nach Lilienthal? Auto oder Eisenbahn? Es liegt 20 km von Bremen ab.
Meine Tochter fährt Sonnabend nach Paris, könnte ich mit.
Ist Menke u. Co eigentlich eine Bank? (Ich habe keine Transaktionen vor. Ein Bremer Offizier erwähnte eine Bank des Namens.)

Leben Sie wohl. Wie stehn Ihre privaten Dinge? Ist was Gutes im Gange? Das Lied von Gurlitt folgt in den nächsten Tagen.

Herzlich. Ihr
Benn.

Nr. 99 12.9.36.

Lieber Herr Oelze, gelegentlich kommt mir der Gedanke, dass ich ja unvermutet schnell sterben könnte. Sollte das in dieser Zeit sein, so bitte veranlassen Sie freundlichst, dass die letzten Gedichte, 7, etwa in der Reihenfolge, wie Sie sie erhielten, zusammen noch veröffentlicht werden u. zwar in der „Literatur", die meinem Verlag gehört. Kein schlimmer Gedanke, schnell zu sterben, wohl für Sie auch nicht; da, wo wir halten, giebt es nur wenige Entwicklungen, die Sinn hätten, darunter diese. Es wäre mir ferner ein schöner Gedanke, wenn Sie sich die Mühe u. Ausgabe machen würden, bei meiner Beerdigung zugegen zu sein, wenn sie in Hannover, also nicht zu weit von Ihnen ab, stattfindet u. wenn Sie am *ersten* Todestag an mein Grab führen. Alles nur Bitten, falls es ohne Schwierigkeiten für Sie geht! An meinem Grab soll ruhig ein Pfarrer sprechen. Die Religion stand trotz ihrer Armseligkeit u. obschon sie mir persönlich nie in meinem Leben etwas gegeben hat, doch den Reichen immer noch am nächsten, zu denen es mich zog; und ihr Wort: „Das Reich ist nicht von dieser Welt" will ich ihr nicht vergessen. (Wenn es mehr tiefe u. erlebnisfähige Pfarrer gäbe, wäre die Kirche überhaupt keine schlechte Sache. Es war mir immer eine Enttäuschung, ausser meinem Vater eigentlich nie einem Pfarrer begegnet zu sein, der persönlich dem gewachsen war, was er beruflich zu vertreten u zu verkünden hatte.) Heidentum in der Richtung hat soviel Ordinäres und

Ungebildetes an sich, auch der Schluss soll in Formen verlaufen, die die Erde nun einmal schuf.

Dank – Gruss. Freundschaft.

Ihr

Benn.

Nr. 100 16. 9 36.

Lieber Herr Oelze,
haben Sie nochmal sehr vielen Dank für Ihren Besuch. Es hat mich betroffen gemacht, dass Sie offenbar nur meinetwegen Reiselästigkeit u Kosten auf sich genommen haben, das dürfen Sie bitte nie wieder tun.
Ich sandte Ihnen gestern: D. kl. St. von H. M. Die Unterstreichungen stammen aus der Zeit, wo ich das Buch aus Anlass der zu haltenden Rede noch einmal sehr gründlich las. Ich bin gespannt, wie es Ihnen gefällt, was Sie dazu sagen.
Den 3. Band der „Göttinnen“ finde ich nicht. Offenbar hat ihn jemand in Berlin entliehen u. nicht zurückgegeben.
Dann kam gestern Ihr Brief mit Beilagen. Welch schönes Haus wieder in Häcklingen! Der Aufsatz von H.M. Elster mir insofern interessant, als E. ja mit ziemlicher Bestimmtheit der Abfasser der Sache im „Schwarzen Korps“ ist. Ich hatte ihn seinerzeit wegen Unterschlagungen aus dem Vorstand der „Union nationaler Schriftsteller“ entfernt; er war Kassenwart u. hatte reguläre Betrugssachen gemacht. In Gegenwart von Johst u. Rainer Schlösser vernahmen wir ihn, schmissen ihn raus; er ging nach Hause, „um die Schande nicht zu überleben“. Er überlebte sie aber munter doch. Er gilt als Agent von Rosenberg. Ein par solche Fälle kamen damals vor u. ich habe mir dabei 2-3 Todfeinde gemacht, die jede Gelegenheit wahrnehmen werden, mich umzulegen. Dazu Herr Deubel, Herr v. Münchhausen – ich habe schon

Grund, mich an die Armee zu halten, solange ich in diesem Lande vegetieren mag.
Heute früh bekam ich einen neuen langen Aufsatz durch Schustermann, meine Zeitungsfirma, gegen mich u. meine Clique. Soweit ich ihn las, wieder ganz ähnlich wie der Aufsatz aus dem S.A. Mann, den ich Ihnen sandte. Gar kein Zweifel ist möglich, dass von einer centralen Stelle aus ein neuer Kampf gegen die Reste in Deutschland verbliebener Künstler u. Intellectueller befohlen ist. Es ist ja sehr ehrenvoll u. ich werde nicht mehr davon berührt anders, als dass ich es begrüsse. Sie wollen unter sich bleiben u. man kann es ja verstehn.
(Ist es nicht gänzlich widersinnig, diesen *Grabbe* zu feiern? Das war doch bestimmt ein Bolschewist u. ausserdem veralkoholisiert u. verhurt u. unglückliche Ehe).
Nehmen Sie viele herzliche Grüsse u Dank.

Ihr

Be.

Nr. 101 29. 9. 36

Lieber Herr Oelze, haben Sie vielen Dank für die freundliche Zusendung der Goyas u. der Mappe! Es wird mir eine beziehungsreiche Erinnerung an die Hartwigstrasse sein.
Nun haben Sie hoffentlich den Umzug u. s. w. hinter sich. Sie wohnen nun definitiv in der Horner Heerstrasse, nicht wahr?
Wann fahren Sie nach London?
Ich las, durch Sie veranlasst, einen Band Strindberg. Da es die Kammerspiele in meiner Leihbibliothek nicht gab, las ich „Am offenen Meer". Dies gute rührende 19. Jahrhundert! Dieser Wissensrausch u diese Dämonie am falschen Ort! Er will die Frau „emporziehn" (statt: sie auszuziehn)

u. muss ihr imponieren (mit geschmackvoll arrangierten Butterdosen und Frühstücksdecken)! Sehr bedeutender Grübler u. germanischer Titan, aber das *spezifisch* Strindbergsche, das erotische Problem, äusserst abwegig u. leider etwas kurios. „Am Weibe zu Grunde gehn", das ist doch schon geradezu sehr lieb! Für uns heutige, die wir andere Sorgen haben. –
Dann las ich Balzac, den ich wenig kannte. Sehr interessanter Aphoristiker u Psychologe: Seine Personen interessieren einen ja auch nicht sehr, aber seine Zwischenbemerkungen, Lebenserfahrungen, Beobachtungen sind tief u. grossartig. Und Sie? Bei Büchern oder Amouren? Nehmen Sie nochmals Dank u. herzlichen Gruss!

Ihr
Benn.

Nr. 102 2/X. ⟨1936⟩

L. H. Oe. Nachdem mich schon in Ihrem letzten Brief Ihr *Wappen* beschäftigte, erschlägt mich heute geradezu Ihr rätselhaftes Maiglöckchen*parfum*. Wo schreiben Sie Ihre Briefe, in welchem Boudoir? Das ist sensationell.
*Strindberg:* wer in dieser rabiaten Form gegen die bewährte Institution der Zweigeschlechtlichkeit wütet u. angeht, der muss an irgendeinem Punkte dämlich sein. Dämlich = uninteressant. Die Lösung, dass der Mann in Wahnsinn u. Defekten daran scheitert, ist, scheint mir, eng, eine Mangellösung, ohne den Einsatz letzter männlicher d. h. geistiger Möglichkeiten. Dahinter steckt das *bürgerliche* Grundgefühl vom Recht auf Glück, das *kaufmännische*, dass Einsatz und Erfolg aufgehn müssen; das *menschliche*, dass überall Sinn u. Substanz herumliegen muss wie Butter auf einer Semmel,

kurz Infantilismen u. Sentimentalitäten geben diese Züge, nirgends ein Zug der kalten Formwelt, der dorischen Welt, der „Pameelenschen" Welt ohne faustische Bierfilze unter dem Abendtrunk im Familienkreise. 1) Erkenne die Lage. 2) rechne mit Deinen Defekten 3) bleibe reserviert in Deinen Dir gegebenen Bezirken 4) wolle nichts, was gegen die Lage ist u dann 5) ertrage das Leben. Das ist die Basis der neuen schöpferischen Intellectualität. Ich führe hier zum ersten Mal den Begriff der *Lage* ein, darüber vielleicht später mal gelegentlich mehr.

Was die Ehe angeht, so bin ich kein Experte für sie. Ich meine nur, dass sie nie vor dem 45. Jahr begonnen werden soll. Bis dahin soll der Mann von Rang allein leben u. seinen erotischen Beziehungen andere Namen u. Inhalte geben. Ich persönlich bekämpfe zu sehr den Einzelfall in der Geschichte wie in der Liebe, um einen für bindend ins Auge zu fassen. „Omnis determinatio est negatio", von Spinoza erkenntniskritisch gemeint, aber sehr leicht auf die Liebe zu übertragen! Ich kann mich zu dieser Determinatio nicht entschliessen, selbst nicht mit einem Haus am Genfer See dabei. Dagegen kann ich Gottseidank schon jetzt lange lange ohne Liebe leben.

Ihr Parfum ist ja *Jasmin*, nicht muguet!

Herzlich Ihr

Benn.

Nr. 103 Büro. 15 X. ⟨1936⟩

Lieber Herr Oelze, um ein grosser Schriftsteller zu werden, muss man vor Allem seine eigene Handschrift lesen können. Daran hat es bei mir von je gemangelt. Alle Notizen, Zettel, Diarien nützen zu nichts, wenn man nach 2 Tagen schon garnicht mehr weiss, was sie bedeuten sollen. Kommt nun noch hinzu, wie es bei mir der Fall ist, dass man auch nicht mehr gerne schreibt, die Zusammenbringung von Tinte und weissem Papier nicht mehr mag, kommen weder Bücher noch Briefe zu Stande. Diese Einleitung heisst, ich hätte Ihnen schon eher für Ihren freundlichen Brief „vor der Abreise nach Hamburg" gedankt, wenn nicht s. o. –

Alles mögliche geschieht. Ein neues Generalkommando ist eingezogen, alles ist nervös, weil nun die vorgesetzte Dienststelle, die bisher so weitab in Kassel sass, am Orte selbst gegenwartsnahe droht. Neue Dienststunden infolgedessen: um $8^{30}$ beginnt der Dienst für die Offiziere. 2 neue Orden bekam ich „für treue zwölfjährige Dienste in der Wehrmacht", die Dienstjahrmedaillen, die am 2. X., Hindenburgs Geburtstag, zur Verteilung kamen: nach 4. 12. 18. 23. Dienstjahren, je eine. Ich habe etwa 17 Dienstjahre, also: 2. Am kornblumenblauen Band zu tragen, das Wehrmachtshoheitsabzeichen in gold oder silber oder kupfer drauf, es sieht niedlich aus. –

Ein Referent von Rust aus Berlin war bei mir, ein alter Bekannter. Gegen die moderne Kunst wird jetzt die schärfste u. schroffste Ton- u Gangart eingeschaltet. Rosenberg hat auf der ganzen Linie gesiegt. Hanfstängl von d. N.G. ist brüsk abgehängt, alle Museen haben die modernen Bilder unverzüglich zu entfernen. Alle After- u. Rinnsteinkunst muss verschwinden. Es leuchten die nordischen Dilettanten weithin sichtbar durch die entleerten Säle. – Zeiten, in denen ein neuer Stil entsteht, wird man immer vom Moralischen u. Politischen aus verdammen. Zum Ausgleich erhält *Gründgens* das Schloss Bellevue für sich u. seine Frau als Wohnung hergerichtet. Mehrere Innenarchitekten u. Kunsthändler sind dabei, Gobelins u. Stoffe u Bilder nach seinen Wünschen zu beschaffen. Während sein ehemaliger Schwiegervater Th. M. jetzt definitiv ausgebürgert wird bezw. schon ist.

Herr Rudolf G. Binding ist Senator der Deutschen Akademie in München geworden. (Lebt in Starnberg mit Nicht-A. zu-

sammen.) Desgl. Furtwängler. Wohl ihnen. Wohl allen, die nicht um den letzten Lorbeer ringen, nicht weil er unerreichbar wäre, sondern weil schon von ihm zu wissen, Trennung, Isolierung, Medaillenverlust bedeutet.
Der Stellvertr. d. F. hat den schriftlichen Bescheid an meinen Verlag gesandt über den Gedichtband von mir. Es müssen entfernt werden: D.Zug. Untergrundbahn. O Nacht. Synthese. Dann darf das Buch: „still schweigend u. ohne jede Propaganda weiter vertrieben werden." Soll ich darauf eingehn? Was meinen Sie? Mir ist ja u. nein gleich nebensächlich. –
Einige Wesen haben an mich geschrieben. Sehr nett. Briefe des Glaubens, der Verehrung. Unbekannte. Lässt sich das alles knechten u. schinden u. vernichten? Wahrscheinlich ja, aber es wird noch viel Tränen u. Wunden kosten u. was dann übrig bleibt, möchte ich nicht mehr sehn.
Wie sieht es bei Ihnen aus? Ich sah im Kino einen Kulturfilm über Bremen. Recht mässig! Diese Stadtfilme sind alle gleichmässig schlecht: entweder Luftaufnahmen, wo man garnichts sieht, oder Idylle: spielende Kinder in einem Hof, Wäscheleinen, was es überall giebt. Jedenfalls aber war es Bremen u. ich gedachte Ihrer.. Herzlich

Ihr Be.

Nr. 104 26 X 36 H.

Lieber Herr Oelze, Dank für beiden Briefe aus dem Tuskan Hotel! Sehr interessant. Und willkommen in der Heimat:

Sauckel an die Schriftsteller

Vor Minister Goebbels hatte Reichsstatthalter *Sauckel* gesprochen und u. a. erklärt: Noch gibt es deutsche Schriftsteller, die da sagen: Was heißt Partei, Bewegung, Staatsform; wir treiben keine Tagespolitik, wir sind die unsterblichen Dichter, denn unsere Kunst ist Ewigkeit an sich. Ich sage diesen vergreisten, ewig vorgestrigen: *wir kommen ohne euch wunderbar aus!* Wir pfeifen auf den Hochmut von sogenannten Dichtern, die da glauben, auf dem Umweg von Innerlichkeit und den Phrasen von Ewigkeitswerten dem schlichten eindeutigen Bekenntnis zum Nationalsozialismus und der Tatsache des dritten Reiches aus dem Wege gehen zu können.

Dieser herrliche und herrschende Staat plant sei-

Mir war etwas beklommen, als ich im ersten Brief las, dass Ihnen mein Schreiben nachgesandt war: ins Ausland werden doch Briefe sooft geöffnet, u. er enthielt soviel Namen u. Urteile. Aber es ist wohl gut gegangen.

Ich will Sie heute nur begrüssen. In den nächsten Tagen vielleicht mehr. Nichts Besonderes passiert. Lese gerade die mir unbekannten Rilkebriefe aus den Jahren 1902 - 1907. R. ist für mich immer ein Gemisch von männlichem Schmutz u. lyrischer Grösse, ein unangenehmes Gemisch. Auch diese Briefe an hundert Grafen u. Gräfinnen u. aus 50 Schlössern –, es ist schwer, es nicht komisch zu finden.

Gewöhnen Sie sich wieder in das sweet home ein u seien Sie herzlich gegrüsst von

Ihrem
Benn.

Nr. 105 1. XI 36.

Lieber Herr Oelze, Dank für gütigen Gruss. Erfreute mein einsames Herz sehr. Grauer Sonntag –, Allerheiligen. Grauer Sonntag, – Allerheiligen, 1915, traf ich mich zum letzten

Mal mit einem kleinen Bruder von mir in Brügge, ich kam von Brüssel, er aus der Flandernfront: Kriegsfreiwilliger, 140 Schlachten u. Gefechte, darunter Langemarck, die Yserkämpfe, 22 Jahre, stiller Junge, schwarz, sehr französisch aussehend, weder E. K. noch Unteroffizier geworden, zu einfach, bescheiden; sass mit mir in einem verdunkelten Café, schweigsam, hoffnungslos, vertiert, sämtliche Kameraden von 1914 tot, kein Tag Urlaub bisher, von einer unsäglichen Traurigkeit wir beide. Kurz darauf kam er nach Galizien u. fiel auf „Höhe 317." Immer an diesem Tag, grauer Sonntag, Allerheiligen: „La Toussaints", sagten die Belgier u. Franzosen, denke ich an ihn u. diesen dunklen Nachmittag in Brügge. Ach, es ist ja alles unausdenkbar.
Ja, die Rede in Weimar hielt *J*. Die Rückseite des Blattes übrigens, die von Herrn Binding handelt, ist nicht weniger interessant. Dies ist ja einer der grössten Schieber, die es im Geistesleben giebt, er, der „Adlige", der „Rittmeister", die „reiterliche Figur". Im Übrigen kann man über die deutsche Buchwoche die Sentenz setzen:

> „wir lassen uns die Dummheit nicht zerstören.
> Sie soll dem ganzen deutschen Volk gehören". –

Und dies ist nun wohl geschichtliche Sendung u. wir wollen es hinnehmen. –
Giebt es eigentlich noch Bibliophile Gesellschaften in Deutschland? Warum bringt nicht mal eine einen kleinen Band von mir heraus: *Reden*. Auf: Klabund. H. Mann. Schillings. George. Marinetti. event. Akademierede – und zahlte mir dafür 1500 M. Das dümmste Zeug drucken sie auf Japan u. handgeschöpft u. mir hat noch nie einer was abgenommen. Nur umsonst wollten sie mal was haben u. eine andere klaute ein par Gedichte. Aber wahrscheinlich ist auch das Sendung u man muss es hinnehmen.
Voraussichtlich werde ich 6 Seiten in dem Gedichtband renovieren müssen u. werde dann da von den neuen einsetzen.

Fortlassen werde ich „Spät im Jahre" –, das mit den Blicken in jedem Vers. Das ist etwas morsch.
Ich vermisse so sehr die Staatsbibliothek in Berlin. Hier giebt es nur lächerliche Büchereien, für mich kaum verwertbar.
Von *Faulkner* neuer Band, Rowohlt schickte ihn mir. Äusserst schwach! Doch kein Dostojewskij!
Nach dem Modell Ihrer hübschen blauen Karten habe ich mir hier Briefpapier u Karten bestellt. Was machen Ihre Pläne u. Geschäfte? Sind Sie vom Vierjahresplan betroffen, gut oder schlecht?
Herzliche Grüsse! Bitte ein Bild von Ihrer Frau Gemahlin. Sie soll so reizend sein!

Ihr

Benn.

Nr. 106 Hannover, 8. Nov. 1936.

Lieber Herr Oelze!

Vielen Dank für Ihren Brief. Es tat mir sehr sehr leid, dass Sie neulich so bald wieder weggehen mussten. Ich hätte gern den Abend mit Ihnen verlebt. Aber Sie sahen ja, dass ich fortmusste. Sie schreiben, ich sah müde und abgespannt aus. Das bin ich auch die letzten Wochen sehr. Eine Woche mit 4 Abendeinladungen, das ist eine Materialschlacht. Das bedeutet einerseits, viermal zu Stunden, in denen man nicht essen mag, Brühe in Tassen, Gebratenes mit Mischgemüse, hinterher Eis, und andererseits, Unterhaltungen darüber, wer im November 1915 Chef des Stabes beim 15. Reserve-Korps war, und Gespräche über Verwundungen. Alles Helden, ich gebe es zu, und meine Verehrung vor ihnen und vor dem Weltkrieg als Ganzen ist uneingeschränkt, ich bin froh, dazugehört zu haben und wieder dazu zu gehören, aber es strengt unendlich an. Wer hat überhaupt diese Art der Geselligkeit erfunden, dass Männer und Frauen nebeneinander sitzen und gemeinsam essen und dann noch reden müssen, das ist doch furchtbar; diese Geselligkeit stammt doch sicher von Frauen, denen die Natur verliehen hat, ohne Unterbrechung zu plappern, von einem Bild, das ihr Elternhaus vor 50 Jahren darstellt, springen sie auf einen Hut, an dem noch eine rote Feder fehlt, und dabei sehen sie unschuldig aus.

Da Sie jetzt längere Zeit in Berlin sind, komme ich drauf, ob Sie nicht Bekannte von mir mal besuchen wollen, die mir seit Jahren sehr nahestehen. Es sind die 3 Damen Wedekind. Tilly, die Mutter, war jetzt mehrere Monate krank und wird sich sicher sehr freuen, wenn Sie ihr einen Gruss von mir bringen. Pamela, am Staatl. Schauspielhaus, sehr erfolgreich in diesem Winter, namentlich in der Orestie, befreundet mit dem ganzen Theater; und die 2. Tochter Kadidja, Romanschriftstellerin. Sie haben immer zu allen Theatern Billets, und vielleicht macht es Ihnen Spass, einmal mitzugehen. Frau Tilly W. kennt Sie aus meinen Erzählungen sehr gut. Rufen Sie sie doch bitte an; Adresse steht im Telefonbuch.

Die „süsse Gewohnheit des Lebens“ heisst, wenn ich mich nicht sehr irre, *freundliche Gewohnheit des Daseins*, falls Sie in Ihrem Brief den Satz aus Egmont meinen.

Schreiben Sie mir bitte wieder, ich bin in gequälter müder Stimmung.

Immer
Ihr
Benn.

Nr. 107 H. 11. 11. 36.

Lieber Herr Oelze,

Sie werden nie in der Verfassung sein, dass Sie sich selbst gefallen. Aber Sie werden immer in der Verfassung sein, dass Sie anderen sehr gefallen. Also zögern Sie mit dem Besuch bei Frau W. nicht, es sei denn, dass Sie fürchten sich zu langweilen.
Die Begegnung mit Lahusen ist sehr interessant. Der fürchte sie doppelt, den je sie erheben. –
Sätze von Balzac:
„Der Ruhm hat keine weissen Flügel"
„Es giebt Existenzen, in die greift der Zufall nicht ein".
„Die grossen Männer eines Zeitalters müssen immer bereit sein, unerkannt zu leben".
„Wer Dichtung sagt, sagt Leid".

Herzlich Ihr

Benn.

Nr. 108 H. 16. 11. 36.

Lieber Herr Oelze, Ihr Brief von gestern ist ja ein ganz spezieller Fall. Plötzlich beim Lesen, letzte Seite, trat Goethe in eine ganz neue Sphäre von Realität, zerstörte die eine, errichtete die andere, wuchs u. troff von Schweigen u. Gebären, – was sonst nur Spinnweb ist u Zittern u. Verlieren, ging in ihm ruhig wie 1 Nashorn u. ölig wie ein Nilpferd ohne sich umzuschaun über die Erde. Wahrscheinlich war die vorhergehende Auflockerung durch Céline u. den Sonntagvormittag Veranlassung zu dem verdichteten Bilde. Grossartiger Brief von Anfang an! Diese Vorstellungen

durchhalten – : das brächte die Zerstörung der Physik und die Verwandlung der Materie.
Dank – Gruss – gute Reise nach Dresden.

Ihr Bewunderer:

G. B.

Nr. 109 H. 29. 11. 36.

Lieber Herr Oelze,

diese Bastardierung von Briefpapier mit dem verfehlten Druck – zu gross, zu breit, zu unintim – ist die Folge Ihrer tiefblauen atlantikdunklen Bogen. Nun, ich muss sie verschreiben u. Sie werden Ihr Teil davon erhalten, bezw. abnehmen müssen.
Dank für Briefe! Ich schrieb nicht, sodass Brief nicht verlorengegangen sein kann. Wann kommen Sie aus Berlin zurück? Wo werden Sie Weihnachten verbringen?
Meine Tochter ist bei mir, erzählt viel aus Paris; ein Glück, dass sie nicht in *diesem* Milieu aufwächst, in dem wir leben. Mitte des Monats fährt sie nach K. zurück, „nach Hause". Mir sehr recht, auf die Dauer bin ich nur gern allein in dieser kleinen Wohnung. Alle Menschen bohren sich wie Fremdkörper in einen hinein, ich mag sie nicht. Sie und vielleicht 2 oder 3 ausgenommen!
Gestern abend hatte ich „Kriegsspiel" zu arrangieren u. zu leiten von 18 - 23 h. vor den San.Offiz. d. B. meines Dienstbereichs. Der Angriff von Blau ging früh 6 Uhr in Richtung Peine und nordostwärts vor, um einen noch in Versammlung befindlichen Feind zurückzuwerfen; 4 Divisionen, kriegsmässig, aber Feind gut ausgebildetes WehrpflichtHeer, in der Luftlage hat Blau an diesem Frontabschnitt Überlegenheit; Bevölkerung hilfsbereit; Wetter heiter, Morgen-

nebel, Sonnenuntergang $15^{32}$h. Kampf dauert bereits 2 Tage, mittlere Verluste, einige Typhusfälle-: wo würden Sie den Hauptverbandsplatz einrichten?
Dieser Art ist wahrscheinlich die vernunftgemässeste geistige Tätigkeit, die Europa zu veranstalten hat, aus dem albernen Programmgeschwätz gewisser Herren wird ja kaum was Definitives hervorgehn, nur aus der „grossen Schlacht", an die wir glauben, die wir kommen sehn, die wird Boden unter die Füsse geben u. der Boden wird aus zersplitterten Plüschsofas u. Wohnungseinrichtungen sowie aus zerschossenen Aufgenordeten bestehn u. über den Boden werden die Gelben flitzen. Viele Grüsse an Sie u Frau W.

Ihr

Benn.

Nr. 110 6 XII 36.

Lieber Herr Oelze,
Dank für rote Nelken u. Brief. Wie kamen Sie ins Haus? Meine Wirtschafterin sagt, niemand habe geklingelt. Es würde mich nicht überraschen zu hören, daß Sie sublime Kräfte haben u. durch geschlossene Tore dringen können.
Ihren Brief bestätige ich inhaltlich völlig. Übrigens ist er Asche, wie Sie es wünschten; nicht die helle glückliche Asche von Rosenblättern u Leichtsterbendem.
Auch in meinen Kreisen hier eine unendliche Depression. Die Versteinerung schreitet fort, versteinerte Wälder, ich glaube in Arizona, ein versteinertes Volk um den Kyffhäuser herum, wo Bartwuchs u. deutscher Traum die Höhle überfüllen. Kein Wort mehr darüber, kein Gedanke mehr dahin.
Es schneit, ich lege Kohlen aufs Feuer meiner Öfen. Ich bekam einen Brief von einer Bekannten aus Shanghai, die mich

hier besuchen wird. Ferner eine Rechnung u. mehrere Offerten. Die Ingredienzien unserer Kulturepoche, Liebe u. – sei es Arzneimittel- sei es Purpur-Handel, seit sie in Babylon begann. Die Zeit steht still, sie war nichts wie eine Behauptung. Die Woge, die auf u nieder geht, veränderlich u. doch identisch, Sansaras Rad, das sich dreht, doch nicht bewegt, sind tiefere Symbole. Leicht u jedes sich erfüllend gehn die Geschlechter dahin, ein Tag mit Schnee u. ein Tag mit Apfelblüten –, dahin, u. wir altern leise. Doch wir können nicht enden, das ist über uns beschlossen. Sie wissen es u. Sie wissen, wer es uns sagte..

Tausend Grüsse, lieber Herr Oelze!

Ihr

Benn.

Nr. 111 18 XII 36.

Lieber, Dank für interessante Sendungen! Werde bald schreiben. Lebe in einer Stimmung innerer Bewegungen und Umbildungen, schwer auszudrücken im Moment. Gedenke Ihrer sehr. Werde Ihnen den *gereinigten* Gedichtband zu Weihnachten übersenden. Ein enormes Abrücken von den letzten Jahrzehnten entwickelt sich in mir, nicht in Ablehnung, sondern in einer hellen Distanz. Weiss nicht, ob es sinnvoll ist. Tausend Grüsse u. Gedanken u. immer Dank!

Ihr

Benn.

Vor einem Jahr fuhren Sie nach Jena u. wir sassen bei Wolf zusammen. Dann Villa Luise!

Be.

Nr. 112 27 XII 36.

Lieber Herr Oelze, das Badesalz kam vor Weihnachten, der Klaben heute. Sie liebenswürdiger Mensch! Tausend Dank! Das Yardley Lavendelsalz – welch Schatz! Die Favoritin wird darin baden u. gemeinsam werden wir des hochherzigen Spenders gedenken!
Weihnachten zu Haus. Büchse Hummer, mehrere Flaschen Macon. Kein Telefon, kaum Post. Gedachte Ihrer im Kreise der Ihren. Im Familienleben dokumentiert sich ein gewisser Ordnungstrieb, der vielleicht besser ist als Liebe u. Freiheit, wenn man in die Jahre kommt. So dachte ich an Sie u die Horner Heerstr 7, nochmals herzlichen Dank u. bald mehr.

Ihr
Benn.

Nr. 113

Cher Maitre, Dank für Gruss zwischen Weihnachten u Neujahr u. Lebenszeichen aus Hahnenklee! Als ich letzteres las, dachte ich, wenn ich mir eine Bemerkung erlauben darf, statt vor sich zu fliehen, ist es manchmal besser, auf sich zuzugehn, der Blick in das eigene Sphinxauge tut manchmal Wunder. Stattdessen blicken Sie sicher wieder in die Lichter eines Reh's u legen die Hand um den Hals einer Lachtaube u. verlieren sich in den germanischen Lieblingsaufenthalt: die Wälder.
Hier unentwegt niedersächsischer Aufbau u. Wehrwille. Die Zeitungen zu Christfest u. Neujahr – wie schön! Es lebe Lippe Detmold.

5 I 37 Gruss Ihr Be

Liebster Herr Oelze, Dank für schönen Brief! Sicher beneidenswert herrlich diese Frosttage jetzt dort oben, immerhin 700 m. Sie schildern Ihre Apathie, die man eine landschaftliche nennen könnte, eine panische u. produktive Geographie, besser: Geopathie; das, was in „Niels Lyhne" an einer Stelle als *vegetative Ergriffenheit* geschildert wird, der der alte Lyhne, Vater, verfiel, eine halbe Stunde lang oft an einer Heckentür oder auf einem Grenzstein sitzend vor ihm der Roggen u. die schweren Felder. Jacobsen sagt dazu: „Das hatte er anderswoher" .. Wo hatte er es her? Ich glaube – und das bezieht sich auf den übrigen Inhalt Ihres Briefes – Sie schildern nicht die Zeit u. nicht die Gegenwart u. überhaupt nicht die Dinge, Sie schildern das *Wesen des Geistes*, der ruhelos u reizbar ist, resultatlos u unvollendbar in einer Welt u. gegenüber einer Welt, in der alle niederen Elemente nach Resultaten und Ergebnissen schrein. Die Erkenntniss, das hier Unvollendbare zu tragen, zeichnet uns aus. An der Kreuzungsfläche, Kreuzigungsfläche zweier unvereinbarer Welten u Mächte zu stehn, ist unser Schicksal, und zwar zweier grosser gesendeter schöpferisch zerklüfteter Welten u Mächte, wie ich immer wieder zu sagen mich bemühe, auch die „Wirklichkeit" ist grosses Schöpfungsreich. An diesem Tatbestand vorbeizusehn, würde die Leistung, die Sie vollbringen, verringern. Ein grosses Schöpfungsreich – und doch noch ein anderes da, das sein unvorstellbar grosses Wesen, seine Problematik u seine Abgründe einschneidender in uns erstreckt u. *neue Forderungen* in uns zur Geltung bringt. Der Stoff u die Form! Bedenken Sie, was der Stoff bedeutet, welche *geistige* Realität er in ein Kunstwerk trägt (Marmor, Reime, eine Stradivari)! Zufällig ist er nicht; er ist auch sehr erfüllt von Möglichkeiten.

Etwas anderes ist „das Leben". Leben – das ist schon der Mensch. Das Leben darf er nicht anbeten, das ist die Nied-

rigkeit der Zeit. Aber das Leben *vor* dem Menschen, vor dem Geist, vor den Werten, vor dem „anthropologischen Princip" ist oder war Schöpfung erster Klasse u. von grosser Hand.
Also betrachten Sie die Schneestürme u. den türkisfarbenen Frosthimmel, Sie betrachten grosse u tragische Gegenstände, Gegenstände, über die schon etwas hinausführte, halbe Dinge, panische Reliquien, gefallene Helden, deren Schicksal in unsere Hand kam.

Bald mehr! Ihr Benn.

Nr. 115 25 I. 37.

Lieber Herr Oelze,
haben Sie vielen Dank für die schönen 4 weissen Nelken u. Ihren Besuch. Und da Sie kürzlich Geburtstag hatten, auch noch herzliche Glückwünsche dazu.

Nur dies heute von einem abgearbeiteten Mann!

Ihr

Benn.

Der H. M. ganz interessant. Ein wenig Kolportage. Wir, nahe dran, sehn das ja alles noch viel schärfer u. urteilen viel konkreter, präciser. Das Ganze ist etwas langweilig, weil zu entfernt. Eine Kritik von unter glücklichen Himmeln u. aus glücklichen Gedankengängen, die uns völlig fremd geworden sind.

Lieber Herr Oelze, haben Sie vielen Dank für Ihren gütigen Brief vom 21 I. und die gestern zugegangenen Zeitungsausschnitte. Herr Grosskaufmann waren schon wieder im Ausland! Leider kann ein armer Inländer wie ich kein Holländisch. Läse gern, was Th. M. sagt u. denkt. Die M! Noch liegt Ihr H. M bei mir, geht aber in diesen Tagen an Sie eingeschrieben ab, da kommt über Zollamt u. wird durchgelassen von Kl. M aus Amsterdam sein berühmter Gründgensroman „Mephisto". Widmung vom Autor darin: „Die Du verlassen, sie atmen noch" – Vers von mir, fasse das Ganze aber mehr als Anhänglichkeit denn als Drohung auf. Las heute Nacht grosse Partieen. Geistig sehr schwach, sachlich abgestanden, kritisch unergiebig. „Roman einer grossen Karrière u. eines grossen Verrats". Nun, G. G. ist ein guter Intendant u. interessanter Schauspieler, aber eine dämonische Figur ist er wohl für keinen von uns. Ob er verrät u. wen er verrät, ist ziemlich schnuppe. Kl. M. macht ein europäisches Ding daraus, aber es interessiert eigentlich niemanden. Ich kenne so ziemlich alle, die vorkommen: Pamela W. als zweite Hauptfigur, Johst, mich selbst usw. alles überholt u unergiebig. Nein, die Emigranten sehn die Lage falsch, beziehn sie noch viel zu sehr u. viel mehr als wir selbst auf ihr eigenes Ich, kommen zu keinem Resultat, sehn die Schnittflächen der Welten, das Kampffeld garnicht. 1926. –
Ich hatte diese Woche die Grippe. Lag allein, so schön allein, mit einem Teller Haferflocken u. 3 Apfelsinen auf dem Nachttisch, im Bett, war müde, schlief.
In mir entsteht der Gedanke, H. u. das Militär wieder zu verlassen auf jede wirtschaftliche u. politische Gefahr hin. Diesen Frühling noch einmal, der anbricht, geistig frei, in Einsamkeit, ohne Hoffnung, aber auch ohne Arbeitsdruck u. Bindungen, zu verbringen, ihn zu erleben; ich habe ein sicheres Gefühl, es werden nicht mehr viele, vielleicht gar

keiner mehr sein. Ich bin in dem Alter, in dem meine Mutter starb, der ich sehr ähnele, in deren Familie viele in diesen Jahren starben. Ohne jede Trauer wäre es bei mir, jeden Tag könnte es sein, es ist zu Ende, was je da war, die Zeit u. das Ich.

Herzlich Ihr Benn.

Nr. 117 H. 5 III 37.

Lieber Herr Oelze,
haben Sie Dank für Ihren Brief aus Oldenburg. Von hier giebt es nichts Neues zu erzählen. Es geht mir gut wie einem Fisch auf dem Sand. Herr Max Bense hat mir eine Broschüre gesandt: „Antiklages". Einige Stellen ganz gut. Das meiste so verworren u. weich, dass es zum Nachdenken anregt: Der *dritte* Standpunkt, nämlich ausserhalb des Lebens u. ausserhalb des Geistes ist noch nicht erreicht, bei Herrn Bense.
Schrieb ich Ihnen, dass ich aus Japan, Tokio, eine japan. Zeitschrift bekam mit Bild u. Buchbesprechung über G. B.? Dort bin ich Vertreter des N. S. Germany u. stehe hinter dem Führer u. Darré, deren Bücher auch besprochen werden. Können Sie japanisch? Ich traue es Ihnen zu! –
Ich las „Krieg u Frieden". Hat mich sehr interessiert. Ein grosser Bolschewist, dieser Tolstoi! Ich komme endlich dahinter, dass *alle* grossen Geister der weissen Rasse seit 500 Jahren die eigentliche innere Aufgabe darin erblickten, ihren Nihilismus zu bekämpfen u. zu verschleiern. Dürer, Goethe, Beethoven, Balzac, alle! Was für ein positiver Jüngling ist eigentlich dieser Nietzsche darunter! Wie treudeutsch noch der Zarathustra u. alle diese Züchtungsphantasmagorieen! Doch evangelisches Pfarrhaus! *Das* war sein Zusammenbruch, dass er endlich nicht mehr konnte u. sah, was los war.

Endlich brach es durch, der weisse Nihilismus! „Du hättest singen sollen, meine Seele“. Nun war es zu spät; er hatte zu lange gezüchtet u. gewettert u. in S.A.-vorahnungen sich ergangen. Er hatte sich noch nicht sauber getrennt vom Sieg u von der Macht und den Stuhlbeinheroen der Saalschlachtkämpfer; der lebenslange grosse Verrat des inneren Menschen: das war es, was zu Turin u. Jena führte. Er wollte nicht „sterben mit Schmach“ (Hölderlin), – nun tat er es.
Sela. Herzlichen Gruss! Immer

Ihr

Be.

Nr. 118 10 III 37.

Mon cher, Ihnen nur die Mitteilung, dass Ihr Brief mit Zeitungsbeilagen u. dem gefährlichen Begleittext eintraf, letzterer ins Feuer wanderte. Auch das schöne Gedicht von Eichendorff bekam ich. Alle diese Nachahmer von ihm heute machen ihn etwas unerträglich; aber damals war er wohl zeitgemäss, während er es heute garnicht ist. *Überaus* schätze ich ihn nicht. Aber für Musik sicher sehr verwendbar.
Von Hindemith soll im Ausland eine neue Sache gehn: „Der Schwanendreher“, auch England, hörten Sie davon?
Bekam heute Amsterdamer „Telegraf“. Amüsante Sache. Der bekannteste flämische Essayist, der mehrere Staatspreise für sein letztes Buch bekam, wurde von einer Kommission als Plagiator entlarvt. Sein Buch stammt von: G.B., Graf Sforza, Lawrence, Josef Bernard. Von jedem ein Teil. Muss interessantes Buch sein. – Lesen Sie (in Reclam): Montesquieu: Betrachtungen über den Verfall der Römer. Wird Sie fesseln. Beginnen Sie Kapitel 12. Etwas für Geschichtsinteressenten. Namentlich in Kap. 14 nette Sachen. Ein Satz über Sulla, der in Rom nicht anders einzog, als er

in Athen eingezogen war, macht mir viel Spass. Also auch schon damals „völkisches Versailles“, wenn man endlich an die Macht kam.
Den H.M. sende ich, sowie mein fürchterlicher, tiefer, unstillbarer Husten vorbei ist. Lebe momentan von Paracodin u Beatin.

Herzlichen Gruss! Ihr
Be.

Nr. 119 21. III 37.

Lieber Herr Oelze, es freute mich sehr, heute früh von Ihnen einen Gruss zu haben. Haben Sie vielen Dank. Und meine Glückwünsche zu der Konfirmation, Sie sandten mir einmal ein Bild des Jungen, er sieht so gut aus, ich wünsche u hoffe für ihn das Schönste!
Mir ungemein interessant, was Sie über Hindemith schreiben! Sie mochten ihn zwar nie sehr, aber Sie werden Recht haben. Mir ist ja Musik etwas gänzlich Behelfsmässiges, nicht um seiner selbst willen Verständliches, etwas Fremdes. C.-Dur –: das ist wohl ganz verächtlich? Etwa Rosen – Kosen, Blühn – Glühn?
Heute nachmittag gedachte ich Ihrer doppelt: im Film. „Der Harz“, Vorprogramm. 1) Ihr Engadin zu Weihnachten 2) Musik dazu von M. Gurlitt, Ihrem Freund.
Was tun Sie Ostern?
Furchtbare Welt um uns herum! Oft vergessen, zu Zeiten, in Momenten ganz grausig deutlich: der Dreck schlechthin, das Inferiore an sich, der Unwert als solcher in Zeitungen, Büchern, Theatern, allen öffentlichen Reden, allem Deutschen überhaupt. Rettungslos? Uferlos? In aeternum? Ich glaube: ja.
Schweigen –, und mühsam Reihe an Reihe, Vers an Vers,

Gedanken an Gedanken setzen, hoffnungslos, aussichtslos, schmerzlich und die Abgründe nie vergessend, bis irgendein Leichenbeschauer das trocken gewordene Auge einem mit bezahltem Geschäftsfinger zudrückt, – der Letzten Los. Ecce homo germanicus.

Gruss u Dank Ihr

Benn.

Nr. 120

*Die Gefährten.*

Bis du dich selbst vergisst,
so treiben es die Mächte,
im Labyrinth der Schächte
verwandelt bist,

ein wechselndes Gefühl,
spärliche Fackelbrände,
du tastest und die Wände
sind fremd und kühl.

einsamer Gang wie nie,
die Letzten, die Bewährten
der Jahre, die Gefährten
du liessest sie,

für wen und welche Macht?
du siehst der Lande keines
und nur das Leid ist deines,
das sie entfacht,

und was sie sagen will,
hörst du vielleicht nach Jahren,

doch eh' du es erfahren,
ist der Gefährte still.

*

Ostern 37. Ihr
Be.

Nr. 121 9/4 ⟨1937⟩

L. H Oe. Einen freundschaftlichen Gruss zum Sonntag! Da ich sehr in innerer Anspannung lebe u. zu arbeiten meinen müden, vom Tagesdienst abgenutzten Körper zu bewegen versuche, habe ich z Z. keinen Antrieb zum Briefeschreiben. Daher anbei einige Dinge um mich herum, Briefe u kleine Notiz über ein neues Buch von Wolfe. Bitte alles zurück.
Marie Diers ist eine alte Romanschreiberin, die ich nicht kenne u. die seit 1 Jahr manchmal schreibt.
Seien Sie mir freundlich gesonnen u. herzlichen Gruss!
Ihr
Be.

Nr. 122 26. 4. 37.

Lieber Herr Oelze, haben Sie vielen Dank für Ihre freundlichen Briefe. Wie mag es wohl mit Mademoiselle geworden sein? Ich gedachte Ihrer häufig. Ich wage mich ja so weit, so utopisch nie vor. „Erkenne die Lage“ –, gehe Schritt vor Schritt; nimm, was sich aus den Zweigen langen lässt, nimm u. iss die schwarzen Kirschen alle, aber gehe weiter. Wolle nie mehr, als was der Tag Dir giebt, er giebt genug, er giebt ja alles, u – giebt er einem anderen, ist es auch noch so. So

treibe ich es, da ich weder Zeit noch Geld noch innere Räumlichkeit für amouren noch habe.
Ich habe im Dienst ganz enorm zu tun. Unverschämt, kann ich sagen. Man wird ausgenutzt. Kein Wunder in Anbetracht des grossen, garnicht auszugleichenden Mangels an Aerzten in der Wehrmacht.
Daneben arbeite ich privat. Ob was Gescheites herauskommt, weiss ich noch nicht. Eigentlich ist es nur eine Zusammenfassung alles dessen, was in unseren Briefen, den Hannoverschen Briefen, der letzten zwei Jahre stand. Ich unterhalte mich daher öfter mit Ihnen.
Fahren Sie zur Krönung nach London? oder zur Exposition nach Paris? Diese beiden Rummelaffären sichern für diesen Sommer wohl den Frieden. Die Geschäfte sind zu gut dabei, erst abrahmen.

Nehmen Sie viele Grüsse.

Was für ein jammervoller Frühling!

Herzlich Ihr

Benn.

Nr. 123

Sehr viele Grüsse zu Pfingsten! Häufiges Gedenken! Erhielt den Brief, den Sie sandten. Dank. Hoffe, dass Sie die Tage froh u im Freien verleben. Werde arbeiten u. in die Stadthalle gehn oder ein Gartenlokal, schweigen, leise sein u. lauschen. Kennen Sie Byron? Für einen Engländer recht ungewöhnlich. Stiess auf ihn; fesselte mich; einige Verse sehr überraschend. Sie haben übrigens glänzend Recht mit den Amerikanern! Epik *ist* Schiebung. Ganz klar!

Sehr herzlich Ihr

G. Be. 14/5. 37

Nr. 124 30. 5. 37. H.

L.H. Oe.
vielen Dank für Übersetzung der Rockefeller-Sache. Sehr interessant! Geld (wie Geist, wie Liebe), wenn es einen bestimmten Grad überschreitet, wird nur noch von anderen bemerkt. Man selber empfindet es nicht mehr. Oder, wie ich früher einmal meinte, wenn man sehr grosse Leute am Schluss ihres Lebens fragt, was sie gedacht u. getan hätten, würden sowohl Michelangelo wie Lord Kitchener antworten, nichts anderes wie hinter dem Ladentisch gestanden u Zeit ihres Lebens Cigaretten verkauft. Nur die romantischen Typen finden sich bemerkenswert, darum sind sie meistens auch entfernt vom Objectiven.
Ich schreibe wenig an Sie, da ich innerlich beschäftigt bin. Ich möchte in diesem Land nicht sterben, ist der einzige Gedanke der Realität, den ich manchmal denke. In diesem schönen Land nicht, mit soviel Herrlichkeiten der Natur u. des Geistes, – in ihm nicht mehr. Wenn *dies* vorüber ist,: – ob Deutschland etwas daraus lernen wird? Ich glaube es nicht mehr. Dies Volk ist zweitklassig. Ohne Anlage zu Differenzierung u. Helligkeit u. moralischer Verfeinerung. Wo es ungemischt ist, ist es schlimmer als russisch. Nur wo andere Rassen es lösten u. äderten, entwickelt es seinen in der Erbmasse vorhandenen Reichtum u. Glanz. Das tiefste u. das schmählichste Volk, das dümmste, das uneuropäischste. Ein klägliches Vaterland, lieber Herr Oelze! –
Draussen schöner Sommer. Die Wohnung kühl; die Gedanken abgründig zersetzend u. der Café stark. Ein Schlagerlied aus einem amerikanischen Revuefilm sagt mir mehr, erregt mich mehr als die tiefen Gedanken der Geschichte u. der deutschen Zeit.

„Du stehst für Reiche, nicht zu deuten, und in denen es keine Siege giebt."

Herzlich! Ihr

Benn.

(Den Th.M. sende ich zurück.)

Nr. 125 31. 5 37.

L.H.Oe.

Sollten Sie in der „Times" lesen, wie viel Opfer die Beschiessung von Almeria gefordert hat, teilen Sie es mir doch bitte mit, es interessiert mich sehr. Ibiza – Serajewo: so naheliegend der Vergleich. Vielleicht giebt es keinen Gesamtkrieg, sondern immer Teilaktionen hin u her. Wäre mal was Neues. Das Hinterland von Almeria sind englische Gruben, die werden sich sehr freuen, dass der Hafen zum Deibel ist. à propos: *haben wir überhaupt geschossen?* Oder nur fürs *In*land? Alles möglich!

Herzlich Ihr

Be.

Nr. 126 20 6 37 – H.

Dank, lieber Herr Oelze, für Brief u. Anruf. Ob wir uns in der Woche sehn können, erscheint mir fraglich. Ich habe sehr zu tun, fühle mich überanstrengt, bin unergiebig. Komme durch die Versetzung nach B. um meinen Urlaub, den ich eigentlich sehr nötig hätte. Das „Weinhaus W." ist ein Dreck. Reine Spucke. Muss es noch lange bearbeiten, wenn es überhaupt was werden soll u. kann.

Der Besuch bei meinem Vater war sehr eindrucksvoll. Wirklich ein überirdischer Mann. Man kann sich dem garnicht entziehn. Eine Atmosphäre um ihn von letzter Transcendenz, die äusserste Entscheidungen fordert. Hat mich tief berührt. Stehe vor neuen Fragen u. Grundkrisen. Auch was Ihren Brief von gestern angeht: ist alles Schund, was von Menschen nicht hoch kann, nicht die letzte Höhe erreicht u. garnicht kennt? Darf es nicht doch Erbarmen fordern? Sehr wichtige Frage!

Hoffentlich geht es Ihnen besser. Ihr Anblick neulich erfüllte mich mit Sorge. Ich liesse ja den Splitter ruhig drin, wenn er Ihnen nicht grosse Beschwerden macht.

Herzlichen Gruss! Ihr

Benn.

Nr. 127 H. 27.6 37.

Lieber Herr Oelze,

hiermit mich von Ihnen aus Hannover verabschiedend, erlaube ich mir, Sie zu bitten, das Beifolgende anzusehn, zu ergänzen, wenn Sie es für richtig halten u. abzusenden. Ich kann ja kein Englisch leider. Dank!

Die Versetzung ist da! Dienststelle: Stab des Generalkommandos III. A.K. Abreise Mittwoch. Tätigkeit teils wie oben, teils im R.K.M. (Ministerium). Sicher viel Arbeit von Neuem u neue Arbeit. Mein armer Kopf ist müde u. würde lieber irgendwo ausruhn. Dank für alle Freundschaft nach Hannover! Adresse folgt.

Ihr Benn.

Nr. 128 B. 15/X. 37.

Lieber und sehr verehrter Herr Oelze,

Ihr Brief ist richtig bei mir eingetroffen, darf ich Ihnen das bestätigen. Haben Sie vielen Dank für Ihre freundlichen Worte, Ihr Gedenken, Ihre tiefen Gedanken, Ihre vollendeten Sätze. Wenn ich im Augenblick nicht weiter auf Ihre angeschlagenen Themen eingehe so darum, weil für mich gerade keine Zeit der Formulierungen und der Urteile vorliegt, sondern der Erlebnisse u. der inneren Wendungen. Vielleicht darf ich später einmal gelegentlich das eine oder das andere Motiv aufnehmen. Bis dahin wünsche ich Ihnen einen guten Start in die dieswinterliche Season mit allem dazu, was Stadt u. Land an organischen u. anorganischen Besitztümern bringt u. bietet.
Seien Sie immer meines Dankes u. meiner freundschaftlichen Teilnahme gewiss. Tausend Grüsse!

Ihr
Benn.

Nr. 129 15. 11. 37.

Lieber Herr Oelze, haben Sie vielen Dank für Ihre mannigfachen Sendungen. Ich beginne mit der letzten: Huxley. Der Zusatz des Übersetzers am Schluss ist das Treffendste! Fürwahr! Wenn Saul es war, der auszog, um eine Herde zu suchen u. ein Königreich fand, so zog Herr H. mit Unterhaltungsromanen aus, um mit den Plattheiten seines durch hohe Auflagen erworbenen Wohlstands heimzukehren. Ich dachte bisher, es sei vor allem *ein* bestimmtes Volk, in dem man in erster Linie *gemütlich* sein muss, um aufgenommen zu werden, da der Geist ihm fremd ist u. keine

Stätte bei ihm findet. Aber ganz offenbar haben alle nordischen Völker von diesem Zug. Denn die Einheit segnen u. der Trennung fluchen, ist ebenso so uneinsichtsvoll wie die Kunst rufen u. die Entartung kompromittieren. Schön u. beruhigend in *unserem* Sinne ist nur festzustellen, wie ihnen allen die Zunge nach *Synthese* heraushängt, Sie fühlen trotz gewisser Dickhäutigkeiten, dass es eine allgemeine Synthese für Zeit u. Rasse nicht mehr giebt, (nur noch in gewissen Einzelfällen persönliche Vollendung. Diese aber wirkt nicht repräsentativ, sondern abwegig, burlesk.) Man könnte übrigens auch finden, sie haben ihre Synthesen u. Totalitäten in rauhen Mengen: Cigarrenkisten u. Plumpudding u. abgeschlossene Filmtragödien. Was also noch? Oder ist der Mensch wirklich ein metaphysisches Wesen? ?

In Parenthese: ich dachte kürzlich, wie viel vernichtende Plattheit auch von den Griechen auf uns gekommen ist, wie viel Menschheitsbedrohungen auch von ihnen ausgingen z B. das *zoon politikon*, das der Mensch angeblich ist! Ein Orientale hätte das nie aussprechen können. Das war schon späteuropäisch, degenerativ weissrassig. Feiner Plato! Von ihm stammt doch der Totalitätsanspruch des Staats. Auf ihn kann sich jede Kulturvernichtung u jeder Militarismus beziehn. Nietzsches „geheimnisvolle Hieroglyphe zwischen dem Staat u dem Genius" ist garnicht mehr geheimnisvoll, sondern eine offenbare Vernichtung des Genius im Dienste der Geschichte. Parenthese zu. Höchstens könnte man noch hinzufügen, wahrscheinlich waren die Hellenen doch ein geniales *Drecks*volk!

Und nun Nietzsche u. les juifs! Sehr interessant Ihre Zusendung, haben Sie vielen herzlichen Dank! Man darf wohl kommen sehn, dass er bald, gemessen am Streicherschen Wertfächer, unter o steht u. fürder nicht länger neben Bäumler u. Blunck stehen darf. Ich persönlich glaube nicht, dass er die Juden sehr liebte. Dafür hatte er zuviel aristokratisches Gefühl. Man muss zu allen seinen Äusserungen

positiver Art über die Juden bei jedem Urteil hinzudenken: „gemessen an den Deutschen", „gemessen am Hornvieh", gemessen an den .. aber das gab es ja zu seiner Zeit noch garnicht! Oder gab es das doch schon u. immer? Taucht sowas plötzlich auf? Wird es nicht plötzlich bloss besonders sichtbar? Waren nicht der Trompeter von Säckingen u. Julius Wolf (Lyrik: Auflage 300 000) u. die Monisten u die Flottenvereinler alle schon dasselbe?
Haben Sie tausend Dank für diese neuen Anregungen! Viele herzliche Grüsse!
Mein Dienst nimmt mich greulich in Anspruch! Das Konzert neulich von Else C. Kr. hier war sehr schön!

Immer Ihr
Be.

Nr. 130 29 XII 37.

Lieber Herr Oelze,

zu Neujahr und Geburtstag sehr herzlichen Glückwunsch! Dazu Dank für gütigen Brief u. Buch! Letzteres las ich sofort, (in meiner Weise: stellenweise), mein Urteil steht fest. Aber ich zaudere, es vor Ihnen auszusprechen, da ich weiss, dass Ihnen der Autor nahe steht.
Ich habe jetzt eine eigene Wohnung genommen u. bin dabei, sie in Ordnung zu bringen: Bozenerstr 20., dicht am Bayrischen Platz. Werde aber erst Mitte Januar in der Lage sein, Grossfürsten und Senatorähnliche Gestalten in ihr zu begrüssen!
Sind Sie denn nicht im Harz, Ihrem Pontresina Niedersachsens und Ihrer Zufluchtsstätte während der Nächte des wilden Jägers?
Kommen Sie gut in die neuen Jahre hinein und lassen Sie

mich Ihnen von Neuem Dank und freundschaftliche Ergebenheit versichern!

Immer
Ihr
Benn.

Die Sache mit „Regels“ ist ganz ausserordentlich gut!

Nr. 131 B. 31. XII 37.

Wie verlief eigentlich 1937 in *dieser* Richtung bei Ihnen? Völlig lautlos? Da Sie der grosse Experte sind, kritzele ich Ihnen zum Geburtstag ſolgende kleine Skizze hin:

*Die Züge Deiner –*
Die Züge Deiner, die dem Blut verschworen,
Der Menschheit altem, allgemeinem Blut,
Die sah ich wohl u. gab mich doch verloren,
Schweigenbedeckt u. schlummernd Deiner Flut.

Trugst mich noch einmal zu des Spieles Pforten,
Die Becher dunkel und die Würfel blind,
noch einmal zu den letzten süssen Worten
und zum Vergessen, dass sie Träume sind.

Die Eschen welken und die Arten fallen,
Die Rasse Adams, die das Tier verstiess, – :
Nach den Legionen, nach den Göttern allen:
wenn es auch Träume sind, noch einmal dies!

G. Be.

Nr. 132 ⟨21. 1. 1938⟩

Die in Berlin stattgefundene Verheiratung meiner Tochter Herta mit Herrn Dr. med. Gottfried Benn zeige ich hiermit an.

Herta von Wedemeyer
geb. von Eisenhart-Rothe.

Hannover.
Januar 1938.

Meine Verheiratung mit Fräulein Herta von Wedemeyer, Tochter des auf dem Felde der Ehre gefallenen Hauptmanns im Kaiser Franz-Garde-Grenadier-Regiment Nr. 2, Herrn Adolph von Wedemeyer und seiner Frau Herta, geb. von Eisenhart-Rothe erlaube ich mir anzuzeigen.

Dr. med. Gottfried Benn.
Oberstabsarzt (E) bei den Offizieren zur Verfügung
des Oberkommandos des Heeres.

Berlin-Schöneberg
Bozenerstr. 20.

Nr. 133 23. I. 38.

Lieber Herr Oelze, ich machte mir den Witz, Ihnen die Anzeige pur zu senden, ich dachte, dass Sie Sinn für diesen Scherz hätten. Heute beeile ich mich hinzuzufügen, dass die „regels" gewahrt sind. Keine Passion, keine Illusion, eine Sache der Ordnung des Lebens, der Hilfe für die äusseren Dinge, der Kameradschaft. Das Gedicht, das ich Ihnen zum Geburtstag sandte, bezieht sich nicht darauf, war ein anderer Fall. Aber, sehn Sie, ich habe die letzten Jahre in zerrissener

Bettwäsche geschlafen u. wenn ich krank war, musste ich mir die Haferflocken allein durchs Sieb rühren –, ich mag nicht mehr! Soll ich nun hier ein Dienstmädchen nehmen, das nichts zu tun hat, oder eine Aufwartung, die stiehlt, u. daneben wieder die 2-3 Freundinnen, die doch auch alle geheiratet werden wollen, – da sagte ich mir, ich kombiniere das lieber alles u. nehme mir eine Frau, die gesellschaftlich sicher ist u. ausserdem arbeiten kann u. die – 21 Jahre jünger, – zu erziehen mir sogar Freude macht u. der dieser elende Staat sogar noch Pension zahlen muss, wenn ich tot bin, ja dieser letztere Gedanke war mir ein ganz besonderer Genuss in Anbetracht des Staates, in dem ich mir so schwer mein Brod verdienen musste und immer noch muss. Also, dies alles zusammen bestimmte mich, diesen Pagen in mein Leben zu nehmen, der mancherlei Talente hat, vor allem Schreibmaschine schreiben kann, nähen, kochen, arbeiten u. diese Veränderung seines Lebens als reine Arbeitsveränderung auffasst u. dementsprechend sich verhält.

Übrigens, in Parenthese u. à propos: Sie werden diesen Pagen wiedererkennen..? Verstehn Sie, erinnern Sie sich? Dies unter uns!

Dank für Ihr Telegramm! Sehr nett, es war gestern der Hochzeitstag! Sie als Trauzeuge wäre nett gewesen, aber schon zuviel Aufwand u. Betonung. Ich habe alles völlig anonym und indifferent erledigt.

Wenn Sie nach Berlin kommen, besuchen Sie uns bitte.

Übrigens: dies ist keine konventionelle Sache, ich bleibe für mich, u. wir schreiben uns wie immer ohne Floskeln u völlig als die alten Freunde à deux. Immer Ihr

Benn.

Lieber Herr Oelze, haben Sie vielen Dank. Anbei die Seiten von R. zurück. Er hat wohl Recht. Es deckt sich mit den Gedanken über die Sache, die ich im vorigen Jahr im „Weinhaus Wolf" aussprach. Ich habe das im Moment nicht zur Hand. Was ich meinte, war Folgendes:

N. brach vielleicht zusammen, weil er sich plötzlich so sehr des Zarathustras schämte, seines züchterischen Optimismus, seiner Verwirklichungshoffnungen im Soziologischen und Physiologischen, seines psychophysischen Traums, seiner darwinistischen Pathetik. Das war ja altmodisch, lag lange vor dem Alten Testament, fast vor dem Garten Eden, war Macht und Rache noch aus der Spannungszeit, ehe die Schöpfung des letzten Tages, die zwar auch Erde, aber doch wohl vor allem Odem war, begann. Plötzlich sah er die höhere Ebene, wo sie lag, was sie trug, – keinen Adler, ach, u. keine Schlange, überhaupt keine Wappentiere, keine imperialen Symbole, eher Gesträuch, wenn man es in Flora ausdrücken soll, Schierling und Essigbäume, aus denen der Ysop wuchs für alle Propheten, oder auch Lorbeer, Daphnee, in die sich eine Gejagte unter dem Schutz eines beistehenden Gottes rettete und fand. Das sah er, aber seine Konstitution war begrenzt und erschöpft. Der Titan der Vorstufe vermochte diese Lage noch optisch zu erfassen, aber mit „Sieghaftigkeit" erreichte man sie nicht. Welche grosse Erschütterung! Diese grosse Schicksalsgestalt, die mit Qualen ohne Gleichen sich ihre „Dennochs" erkämpft hatte, ihre „Gesundheit", ihren Heroismus, ihren „Himmel von Ohngefähr", sah plötzlich die Wahrscheinlichkeit vor sich, in sich, dass es die Gesundheit von Bandwürmern war, die Bewegungsfreiheit von Reptilien, um die seine extremste u. persönlichste Figur gekämpft hatte, u seine „Tänze" und seine Zauber war das Felllecken von Grosskatzen, Bestien, angelegt auf Raub u. grosse Fleischstücke. Die Verfeinerung, die er liebte, der

„tragische Mensch“, den er forderte u. formen wollte, lag ganz wo anders, lag auf dieser Richtung nicht. Die ganz unausdenkbar grosse Erfüllung des Menschen, die er war, eine Explosion von Grösse geradezu, war auch gleichzeitig das Zeichen, dass es so nicht richtig war u. nicht weiter ging. Wir können bestimmt keine Christen mehr sein u. werden! Ebenfalls eine klare Beendigung, die vorliegt! Aber wenn man die beiden Erscheinungen abwägt: mehr „anthropologisches Princip“ (Sie erinnern sich u. Sie verstehn), mehr grundsätzlicher Instinkt, mehr Achsenerkenntnis, mehr Arthaftigkeit war im christlichen denn im dionysischen Gesetz. Das sah er, aber er war fixiert – (Produktion ist Fixation). Auf der Brücke stand er in jener braunen Nacht und sah den Abgrund und sang ihm seine letzten Verse zu, das Gondellied, – denn er stiess ab, aber nun war es aus. Was dieser Abschied bedeutete, was dieser schwere seltsame Blick zurück enthielt, wovon er Abschied nahm, haben wohl auch heute nur wenige begriffen. (Die grössten Gefahren verschleiern sich ja oft am tiefsten) Er verglich ja nicht das Christentum mit Zarathustras Lehre u. blickte nicht auf Kultvergleichslehren zurück u fragte sich nicht, ob das moralische oder das philosophische Zeitalter besser wäre, *dieser* Blick sah, dass das Leben an sich vor dem Ende stand, das Atmen, das Blühn, das Einsamsein und die Gemeinschaft, die Tränen u. die Küsse, dass der Stoff der Welt nicht aus Leben war, sondern aus absolutem Geist. Die Sinne erblinden, die Natur ist ausdruckslos, keine Hoffnung – Finallage. Und Zarathustra hatte das *Leben* verkündet? Das Jasagen zum *Leben* ? ! Amor Fati – was dies *Leben* auch bringt? Wie war das kavalleristisch gefühlt! Draufgängerisch, banal! Schöner Schmus mit Dionysos! Dafür mit 20 Dioptrieen auf zwei Brillen u. bei Wurstpellen gearbeitet u. auch noch die Auflagen selbst bezahlt, während Ranke u. Wilamowitz-Möllendorf Excellenzen wurden. *Diese* sind das *Leben*. Ein anderes existiert nicht. Verwirklichung des absoluten Gei-

stes, des Geistes der Sterne u der indischen Götter, giebt es nicht. Seine letzten beiden Gedanken waren diese, ich bin sicher, dass ich mich nicht täusche:
1) es gibt keine Verwirklichung des Geistes im Leben, es sind zwei Kreise, zwei Ausdrucksformen, erst hinter beiden steht, weit hinter ihnen die sammelnde, strömende ordnende einigende Kraft,
2) eine Formel, schwer zu erläutern, Ihnen heute nicht näher zu deuten, aber ich bin ihrer ganz sicher und dessen, dass sie die letzte Tiefe umschliesst: „Du kehrst wieder".

Über Byron ein ander Mal!

Tausend Grüsse!
Ihr
Benn.

Ich überlas den Brief nochmal, er wirkt wie das Fragment eines Romans.

Nr. 135 28 II 38.

L H O. das ist nicht so, wie Sie schreiben. Ich habe mich schlecht ausgedrückt. Der Brief vom 26 II. gefällt mir, soweit ich mich seiner erinnere, überhaupt nicht sehr. Es ist wohl so: man muss aufhören, den Geist ins Leben zu ziehn und im Leben zu suchen. Er ist dort nicht. Das Leben spielt sich in uns u. um uns ab, das hat mit dem Geist nichts zu tun, die Sinnesphysiologie, die zu Gegenständen u. Wahrnehmungen, die Apperzeption, die zu Verknüpfungen der Eindrücke u. zur Urteilsbildung führt, – sogar dies! – ist nicht des Geistes, so wie er sich nach Nietzsches Ende darstellt.

Dagegen ist nun aber auch der Geist nicht absolut, er ist eben Geist, nur dies, nichts sonst, er ist absolut nur in dem Sinne wie auch das Leben absolut ist, wenn u. wo es reines Leben ist. Es liegt etwas anderes vor: Leben u. Geist sind zwei sehr fern verknüpfte Äusserungsformen, Schöpfungskreise, Hervorspielungen eines Unerkennbaren. Der Geist *dient nicht* dem Leben, es ist gänzlich unerheblich, ob er das Leben steigert oder unterminiert, aber praktisch gesehn u. soweit man zu Erfahrungen darüber kommen kann, schädigt er das Leben. Ferner hat er es an sich, dass er von den höheren Menschen als das werthöhere Princip empfunden wird, etwas, dessen Ausserachtlassung oder Verunreinigung man als schmerzlich u. peinigend empfindet. Darum versucht wohl der höhere Mensch, es nicht durch „Leben" zu erniedrigen, bezw. das Leben ihm anzugleichen, aus ihm Gesichtspunkte für das Leben herzuleiten. Ein unsinniges Bestreben, Vorstufe, Zwischenreich, solange es im Moralischen, Soziologischen, Politischen, Züchterischen –: im Menschlichen bleibt. Hier blieb Nietzsche. Er sah u forderte den höheren Menschen, aber es blieb eben nur der höhere, noch nicht *der hohe*, d.h. der spätere, noch mehr durch Leid der Erkenntniss u. vorbereitenden inneren Gefährdungen Gegangene. Der *Hohe* nun, der Enkel Goethes u. Nachkomme Nietzsches –, beider Erbe im Gehirn, sieht das Neuartige: die völlige Trennung beider Kreise. Nun ist es Pflicht, dies zu gestehn. Wer jetzt noch der *höhere* Mensch bleibt, ist vieux jeu. Er sieht ferner eine eigentümliche Laune dieser Lage, dieser Kreislage, ein tückisches Ding: an einer einzigen Stelle ist tatsächlich der spätere Kreis, der Geist, in den Lebenskreis eingebrochen, im Menschen, in einzelnen Menschen, meistens lebens-entarteten Menschen: die *Gestaltungssphäre*, die Kunst. In ihr werden eigentlich erst überhaupt gelegentlich die Gründe u. Hintergründe seiner, des Menschen, Erschaffung klar, aus ihr seine Tierreihenstellung deutlich. Fläche in Tiefe überführen, Worte durch Beziehung und anordnendes Verwenden zu einer von innen belebten besonderen Welt zu binden, Laute aneinander zu ketten, bis sie sich halten und Unzerstörbares besingen, das ist ihre Tat. Die vom „Leben" aus gesehn, gänzlich unbegreifliche und auch gänzlich unerkennbare Tat! In dieser Gestaltungssphäre äussert sich ein Zug dieser im übrigen völlig verdeckten, höchst gefährlichen, lebenzerstörenden, selbst Ahnungen kaum zugänglichen, zweifellos der Umbildung der Materie u. Vernichtung des Lebens zustrebenden, gänzlich realen, äusserst potenten geistigen (reine Zahl, reiner Ausdruck, reine Staffelwelt) Macht. Verstehn Sie nun von hier aus den starken, instinktiv zuverlässigen, unbewußt sehr zielstrebig dirigierten Hass des *Lebens* u seiner Anhangsgebilde (Staat, Familie, Machtideologieen, Naturwissenschaften, Religionen, Pädagogen) gegen die Kunst, die etwas anderes wagt als die „Wirklichkeit" zu schildern? Die Wirklichkeit als Masstab, das Leben als Ziel, die Natur als Vorbild – das ist der deutsch-europäische Dreck. Sie sehn, es läuft alles auf eine Kritik der weissen Völker hinaus, ihrer jetzigen Lage, für die es eine optimistische Beurteilung nicht mehr giebt. Welt-flucht, weisse-Welt-flucht. Und nun entschuldigen Sie das lange Geschmiere über olle Kamellen u. unwiederbringliche Dinge. Alles auch schon Makartbuketts.

Herzlichen Gruss Ihr Benn .

Nr. 136 20 III 38.

Lieber Herr Oelze, Dank für den Gruss von der Reise. Auf dem Briefumschlag kann ich den Ort selber nicht lesen, nur bei „Witzenhausen" u. das erinnert mich an den reizenden Ort an der Werra u Fulda, durch den ich manchmal auf Dienstreisen von Hannover nach Kassel kam. Dank für das

Eichendorffgedicht. Etwas reichlich Adjectiva: innig, träumend, tief, gross, seelig, klar, golden, grün, unsichtbar, farbig, magisch –, aber sonst sehr reizend. Auf einem Abreisskalender sah ich kürzlich das Eichendorff Schloss, ein wunderschöner Bau.

Also Sie geniessen den Frühling. Das freut mich sehr für Sie. Sie haben Recht. Wenn man einen Moment sich des Zeitgefühls beraubt, die Vergangenheit als Mitprägerin des Augenblicks und diesen als den Keim der Zukunft olympisch sich vereinigen läßt; nur um sich sieht mit optischen, nicht weiterleitenden Blicken, wird man in der Tat manchmal eine Art Lebensgefühl in seinem alternden Gemüt erleben können. Noch halten Dich die Götter, – sieh den Tisch mit Frucht u Honig und ein heller Tag um Deine schattenernährten Augen als echteste Natur mit vielen Knospen u. einer Amsel als Lichtgeburt gebreitet. Noch halten Dich die Götter –, noch kreisen unzerstört die sammelnden und die Zerstreuungskerne u. führen eine Bahn – noch unzerstört. Ach, Blicke! Mehr nicht! Wer das Nichts im Auge führt, kann manche Stunde kleine Dinge über den Abgrund halten und sieht sie klarer in ihrer begrenzten, so scharf umrissenen, realen Süsse, – dann aber bewegt sie die Nacht hinunter! Nur Blicke! Optische Blicke! Nicht weiterleitende zu Urteil und Erkenntniss! Witzenhausener Ode dies, am Sonntagmorgen, Frühlingssträucher vor der Parterrewohnung. –

– Lieber Herr Oelze, ich gedenke Ihrer öfter, auch abgesehn von allen geistigen Debatten, gegenständlich, irdisch, gesundheitlich. Wir müssen doch alle so viel ausstehn u. leiden, wenn wir degeneriert u. körperlich verfeinert sind. Unerträglich doch manchmal das alles! Kaum ein Tag ohne die schlimmsten Dinge. Dass man das alles immer weiter durchführt, sogar noch Angst hat vor dem Aufhören des Ganzen, ist eines der Rätsel mehr.

Dank auch noch für letzten Brief aus Bremen. Mit den Ge-

danken des Herrn R. habe ich mich nicht weiter befasst. Er ist so positiv u. zielstrebig. Sende es bald Ihnen zurück.
Heute nur diesen Sonntagsgruss!

Freundschaftlich

Ihr
Benn

Nr. 137

*Abschrift!*

Der Präsident der Reichsschrifttumskammer
II – W

Berlin-Charlottenburg 2,
den 18. März 1938.
Hardenbergstr. 6

/ 26 III. 38
Be.

Herrn
Dr. med. Gottfried Benn
*Berlin-Wilmersdorf*
Kaiserallee 28/IV

*Einschreiben!*

Im Einvernehmen mit dem Herrn Reichsminister für Volksaufklärung und Propaganda schliesse ich Sie auf Grund des § 10 der Ersten Durchführungsverordnung zum Reichskulturkammergesetz vom 1. November 1933 (R.G.Bl. I, S. 797) mit sofortiger Wirkung aus der Gruppe Schriftsteller meiner Kammer aus, da ich mich nicht mehr in der Lage sehe, Ihnen die für die Ausübung der schriftstellerischen Tätigkeit erforderliche Eignung zuzubilligen.
Auf Grund dieses Beschlusses verlieren Sie das Recht zu jeder weiteren Berufsausübung innerhalb des Zuständigkeitsbereichs der Reichsschrifttumskammer. Im Übertre-

tungsfalle müssten die Strafbestimmungen des Reichskulturkammergesetzes gegen Sie in Anwendung gebracht werden.

Im Auftrage
gez. I h d e

Stempel: Reichskulturkammer
Reichsschrifttumskammer

Herrn Oelze.

„Wenn ich sterbe mit
Schmach"
Be.

Nr. 138

Schwanengesang!
Herrn Oelze.

1. 4. 38 Benn.

Buch „Mort douce" erscheint übersetzt in meinem Verlag. Er erbat Vorwort.

Nr. 139 12/ 4. 38.

Haben Sie vielen Dank, lieber Herr Oelze, für Ihren Gruss. Ein tröstliches Gedicht! Der zweite Vers! Wo steht es eigentlich? Ist der Titel der von Ihnen angegebene?
Meine Lage ist insofern schmerzlich, als ich die Affäre infolge meiner Zugehörigkeit zu der jetzigen Firma nicht mit der Grandezza hinnehmen kann, wie ich es sonst täte und könnte. Ich muss nun wieder traben u. vorlegen: Beweise, Unterlagen, Bescheinigungen, Atteste u sw. Fürchterlich!

Eigentlich fehlt in obigem Gedicht noch ein Vers, in dem sich die Beschränktheit u die Niedertracht gegenseitig einreden, dass sie „Gesinnung" seien.

Gutes Ostern Ihnen!
„Dennoch die Schwerter halten", denn Erfüllung ist schwer von Wunden – wenn es Erfüllungen sind.

Ihr
Be.

Nr. 140 24. 4 38

Lieber Herr Oelze, haben Sie Dank für Ihren freundlichen Gruss zu Ostern u. dann noch für den Satz von Hofmannsthal.
Hoffentlich war es in Mecklenburg angenehm trotz des winterlichen Wetters.
Hofmannsthal ist mir ein eigentümlich zwiespältiges Etwas. Selbst seine wirklichen Weisheiten und Prägungen sind mir unangenehm. ⟨...⟩ Seine frühen Gedichte – wunderbar, ein lyrisches Ereignis ohne Frage. Aber weiter hat er es wohl nicht gebracht. Erlebt hat er eigentlich garnichts. Durchgemacht auch nichts. Ein Schieber, Bankierssohn, mit sehr viel gepumpten Beständen. Der Text vom Rosenkavalier ist wohl das Beste der ganzen Zeit nach seinem 20. Jahr u. seiner Loris-Epoche.
Von mir ist nicht viel Neues zu berichten. Alles in Allem deprimiert mich die Lage doch sehr stark. Unabhängig davon, was das Militär sagen oder tun wird u. ob wirklich der Generalfeldmarschall mir ein Kannä bereiten wird oder ob es nur ein Bluff für Johst war u eine Methode, um ihn unter Druck zu setzen, alles zusammen ist sehr schwer zu tragen. Wenn ich eine einigermassen auskömmliche Pension

bekäme, wäre es das Schönste, wenn ich pensioniert würde. Aber erstens wäre sie nicht auskömmlich u. zweitens bliebe doch auch die innere Last, so verächtlich angesehn u. behandelt zu werden u. nichts mehr veröffentlichen zu dürfen.
Produktiv gesehn, ist die ganze Affäre nicht von Bedeutung für mich. Wo immer man das Zeitproblem, wo immer man das Geschichtsproblem, wo immer man das Anthropologische Problem anrührt, überall liegt doch als einschneidendes Erlebnis für jeden Betrachter wohl zu Tage, wie es um Handeln und Erkenntnis steht. Eine grosse wunderbare Klärung vollzieht sich eigentlich vor unsren Augen. Die Menschheit oder die Völker können nur bis zu einer gewissen Grenze *handeln*, dann führt nur das *Denken* weiter, das heisst aber, dann öffnet sich der Abgrund, aber das ist offenbar der menschliche Weg, das menschliche Los. Man kann es auch so ausdrücken: nichts gegen die Erde. Aber die ganze Welt gewinnt ein anderes Gesicht, verfärbt sich, wenn sie in den Gedanken eintritt. Dieser Eintritt in den Gedanken ist ein psychologisch realer und wägbarer Vorgang, er ist auch ein historischer Process, *eigentlich* müsste man ihn anerkennen, jeder ihn anerkennen, da er ja vorliegt, trotzdem blickt man davon weg. Weil nämlich diese Anerkenntniss von unermesslichen Folgen begleitet wäre bezw. ist. Das ist die Lage. Und damit sind wir schon wieder bei unserem neulichen Nietzschebriefwechsel, beim *Lebens*problem, bei der so verwandelten Stellungnahme zu ihm.
Lassen Sie bitte dies in den folgenden Zeiten nicht mehr aus dem Auge. Fragen Sie sich bei allem, was Sie lesen, ist das Ziel das Lebensproblem oder das Gestaltungsproblem? Hier nämlich spalten sich die Wege. Seien Sie versichert, ich prüfe und frage mich täglich, ob ich aus Ressentiment, Schwäche, Aesthetizismus, dem Lebensproblem nicht genügend Aufmerksamkeit zuwende. Aber ich finde das nicht. Es muss etwas konstitutionell Echtes, sehr sicher Angelegtes in meiner Denkart sein, das die heutige Problematik,

ihr Kernstück, so beurteilt u. belichtet. Erinnern Sie sich immer des Satzes von der Rechtfertigung der Welt *nur* als aesthetisches Phänomen. D. h. als ordnendes, als Gestaltungs-, als antinaturalistisches Phänomen. Denken Sie an den schon bei Schiller vertretenen Standpunkt vom Übergang des moralischen ins aesthetische Zeitalter!

Ach, manchmal einen Augenschlag lang überblickt man die Erde, die viertausendjährige vom Zwischenstromland bis heute, von Ur bis Champs Elysées, vom Leuchtturm von Pharos bis zum Blinklicht der Flak (1 1/2 Milliarden Kerzenstärke) u. man sieht überall nur Beile u. Lanzen, Knechtung, Verrat, Schande und Mord, Horden u. Viecher, eine Gondel auf dem Nil, eine Gondel auf dem Canale Grande, die meisten Lümmel, selten ein Herr, immer Bestechung, alles Zufall. Alexander der Grosse lag in Honig einbalsamiert während der ganzen hellenistischen Epoche im Mausoleum in Alexandrien, jetzt seit 100 Jahren Napoleon im Invalidendom, – wie ähnlich ist das alles! Was für eine unerschöpfliche dumme tierische Menschheit das, die das alles hinnimmt u. dabei gröhlt! Ist sie ein Holzweg oder wir, Herr Oelze?

Ostern war meine Tochter hier. Sie erzählte von einem englischen Buch, das sie gerade in ihrer Heimat Kopenhagen las u. das ich gerne läse: haben Sie davon gehört? „Das Haus, das H. baut". Wenn Sie in London sind, schauen Sie doch hinein. Muss sehr interessant sein!

Tausend Grüße! Immer Ihr

Be.

Nr. 141 11. 5. 38.

Lieber Herr Oelze,

Sie Freitag zu sehn, würde mich sehr freun, wenn es mit unserer beider Zeit einzurichten ginge. Ich habe leider nachmittags 4-7 eine Vertretung eines Specialkollegen für diesen Monat übernommen (zwecks Monnay makens, Frühjahrskostüm der Gattin, Vorbereitung auf den Civilberuf..) u. könnte erst ab 8 = 20 h. Wenn Sie also um 8 h. zu uns kommen wollten u. ein Getränk bei mir trinken, das ich zu bestimmen bitte, würde ich mich sehr glücklich schätzen. Meine Frau auch, falls sie hier u. nicht in einem Konzert ist, was sie eigentlich vorhatte.
U.A.w.g. Meine häusliche Telefonnummer: 718097. Der Mann, den ich von 4-7 vertrete, hat die Nummer: 669032, dort wäre ich also zu erreichen, falls etwas für Sie dazwischen käme.
Bitte geben Sie mir Bescheid! Dank für schöne Karten aus Gross Britannien! Au revoir. Herzlich Ihr

Benn.

Nr. 142 Berlin, den 17 Mai 1938.

Lieber Herr Oelze,
haben Sie nochmals Dank für Ihren neulichen freundlichen Besuch. Auch für die schönen Nelken (grosse Klasse), die immer noch frisch dastehn. Meine Frau lässt sich nochmals besonders bedanken und ihr Bedauern aussprechen, dass sie infolge einer starken Erkältung Sie nicht begrüssen konnte.
Wir haben nun im Verlauf der letzten 2 Jahre über bestimmte Themen soviel geredet und in unseren Briefen geschrieben, dass wir sie eigentlich einmal zusammenfassen

und abschliessen müssen. Ich werde mir daher erlauben, Ihnen in den nächsten Tagen meine letzte grössere Arbeit, nämlich „Das Weinhaus Wolf", in dem einzig vorhandenen Schreibmaschinenexemplar zu übersenden. Eigentlich ist es nur eine Zusammenstellung unserer Briefe, an der Sie ebenso beteiligt sind wie ich. Meine Frau hatte die grosse Freundlichkeit, die Abschrift herzustellen und schenkt sie Ihnen als Eintrittsgeschenk in unsere, Ihre und meine, Freundschaftsverbindung. Bitte danken Sie ihr.
Das Manuskript selbst bitte bewahren Sie auf. Es wurde von mir hergestellt, ich meine die Arbeit selbst, im Frühjahr 37 in Hannover. Ich hatte es bis jetzt nicht fertiggeschrieben, jetzt aber möchte ich es los sein, um mich anderen Dingen zuzuwenden. Weitere opera posthuma!
Wenn Sie das eine oder das andere aus der Arbeit interessiert, wird es mich freuen. Wir sassen ja ein paarmal in dem Weinhaus, erinnern Sie sich?
Nehmen Sie Dank u. Gruss für die mich bereichernde Art unserer Beziehungen.

Ihr ergebenster
G. Be.

Nr. 143 19. 5. 38.

Lieber Herr Oelze, – anbei! Lassen Sie sich Zeit, es ist eng geschrieben, liest sich schwer. Es ist auch nichts Besonderes; eine Zusammenfassung, die für eine gewisse Haltung zeugen soll. Sie brauchen nichts darüber zu sagen. Wenn vielleicht ein Satz Ihnen gefallen möge, eine Wendung Ihr Interesse erweckt, aus einem Gedanken vielleicht eine Erinnerung für Sie aufsteigt an Briefe und Gespräche aus den gemeinsam erlebten, gemeinsam vergangenen Jahren, ist es genug. Tausend Grüsse! Ihr Be.

Nr. 144 B. 29. 5. 38.

Lieber Herr Oelze,

haben Sie vielen Dank für Ihre freundlichen anerkennenden Worte! Auch meine Frau dankt Ihnen für Ihr liebenswürdiges Schreiben.
Nun kommt Pfingsten, u ich hoffe, dass Sie es angenehm verleben. Für unsereinen ist es immer ein wirkliches Fest, diese par Tage ohne Arbeit.
Sicher hat Sie die Düsseldorfer Festwoche auch so beeindruckt wie mich. Ist nicht bald die Grenze erreicht? Man sollte es fast glauben.
Ich gedenke Ihrer oft in Dankbarkeit und Freundschaft.

Immer Ihr
Be.

Nr. 145 29. VI 38.

Lieber Herr Oelze,

ich habe Ihnen noch für einen Brief mit Citaten und geistigen Beilagen zu danken, was ich hiermit tue. Hoffentlich geht es Ihnen gut, d.h. Sie haben kein Leiden, etwas Abwechselung u. Sie befinden sich in Freiheit. In meinen Dingen ereignet sich nichts. Ich lebe so dahin. Von 9-16 h. prüfe ich Versorgungsgutachten, keine unangenehme Tätigkeit, vorwiegend ärztlicher Art u beaufsichtigenden Charakters, reine Theorie, keine eigenen Untersuchungen. Mein Bürozimmer ist kühl u. sauber, hat fliessendes Wasser, ich kann mir häufig die Hände waschen, – eine Liebhaberei von mir.
Ich wäre froh, wenn es eine Weile noch so bliebe, aber sehr gesichert fühle ich mich nicht. Es kann ja jeden Moment

wieder losgehn mit der Hetze und dem Dreck. Es wird ja immer schlimmer, ich hörte einiges Neues in dieser Richtung, das man nicht schreiben kann.
Um 16. h. gehe ich dann nach Hause. Spreche für den Rest des Tages nur mit meiner Frau. Vermeide jede Bekanntschaft, jedes Gespräch, jeden Besuch. Meine Frau ist zart, verfeinert, sehr degeneriert, immer müde, was mir sehr angenehm ist. Um 8 Uhr ist sie zum Schlafen fertig. Sie weiss nicht viel, ist „ungebildet“, niemand kümmerte sich um ihre Erziehung, Vater starb früh, Mutter wieder verheiratet, – Arbeit, fremde Häuser u. Verwandte.
Ich freue mich sehr, ihr im Rahmen meiner bescheidenen Möglichkeiten ein ruhiges eigenes Leben geben zu können. Sie verbindet mich als Letztes mit menschlichen Dingen u. Verhältnissen, seit meine Tochter in jeder Richtung so weit fort ist, ohne mich sehr zu stören oder zu leidenschaftlichen Empfindungen zu bringen. Sie vergilt es dadurch, dass sie mir eigentlich in keiner Lage missfällt, auch wenn sie nicht weiss, was eine Amphore ist, ja nicht einmal, ob Napoleon vor Friedrich dem Grossen lebte. Die Frauen! Meine grösste Leidenschaft war eine Ausländerin gewesen, die nie den Namen Nietzsche gehört hatte. Eine andere, mit der ich ein par Jahre verbrachte, sagte oft: „so was wie Dich finde ich alle Tage“, dann verschwand sie eines Tages nach Wien u. nach 3 Monaten eines Nachmittags tauchte sie wieder auf mit einer Salami u. einem Blumenstrauss u es sollte wieder weitergehn. 3 Monate später nahm sie sich das Leben. Von meinen Freundschaften endeten zwei durch Erschossenwerden (eine von einem eifersüchtigen Freund, eine aus politischen Gründen kürzlich in Russland), vier durch Selbstmord, zwei weitere sehr nahe Beziehungen starben so. Diese meine 31jährige Frau nun umgebe ich mit der ganzen Sorgfalt u. Vorsicht meines so häufig von Gefahren und Zusammenbrüchen etwas ermüdeten und wunschlos gewordenen Lebens, in der meine menschliche Hinterlassenschaft

etwas weiter getragen werden soll, wenn der angebliche mort douce mich mit seinen Mohnstengeln betäubte.
Ich möchte übrigens dies Kapitel nicht enden, ohne hinzuzufügen, dass meine erste Frau eine ganz charmante elegante Dame von Welt war, viel gereist, mir weit überlegen, 8 Jahre älter als ich, sehr wohlhabend, aus einer Dresdener Patrizierfamilie, 2 Onkel, Brüder ihres Vaters, aktive Generäle, einer Excellenz u. sächsischer Ministerpräsident, königlicher. Meine Tochter hat von ihr sehr viel Intelligenz u. Ladylikes geerbt. Sie starb an den Folgen einer Gallensteinoperation, in Jena, 1922.
.. amour, amour, bel oiseau,
chant, chant, chant toujours ..
Warum schreibe ich das alles? Vermutlich doch nur, weil man über geistige Dinge nicht mehr schreiben kann, ohne zu zittern oder zu heulen. Der Abgrund zwischen den öffentlich verkündeten und den Gestaltungsdingen ist so schwefelgelb u. giftgefüllt, dass man zu einem Dritten flieht: Vergangenheit u. innerer Konvention. Man hat nicht immer das Gasschutzgerät parat, um sich der Pest u. dem Orkus zu nähern. Oft habe ich allerdings auch in mir u. vor mir selbst das Gefühl, es ist alles vorbei, ausgelaugt, bis zur Sinnlosigkeit durchdacht u. formuliert, u., wenn ich denke, spüre ich Asche im Mund.
à propos „Weinhaus W." hat sicher wieder manchen Druckfehler. Zum Schluss z. B., was Sie einmal zitierten:

„u. beobachte es *bis* zu Ende"

bitte: *bis* einfügen, klingt besser.

Tausend Grüße!

Ihr

Be.

Nr. 146 6. 7 38.

Lieber Herr Oelze, Ihren Brief, dessen immer so reizend blauer Anblick mich morgens, wenn er daliegt stets, entzückt, nahm ich mit ins Büro, um ihn in Ruhe zu lesen und in mich aufzunehmen. Was Sie schreiben, begegnet sich mit vielen meiner Gedanken, ganz besonders zwei Dinge.
Erstens, wenn Sie sagen: „wir sehen wohl zuviele unsichtbare Dinge und das Sichtbare ...“ das ist äusserst treffend! Man könnte sogar, optisch und physiologisch konkret, sagen: *wir sehen nur noch unsichtbare Dinge*. Die sichtbaren sind ausgelöscht für unseren Blick. Ein früherer Blick sah sie, das vorige Jahrhundert. Das vergangene Jahrhundert sah die Dinge, vergrösserte ihre Fläche durch geschliffene Gläser, concentrierte sie durch Linsen –: wir verstreuen sie, bedecken sie mit Grenzauflösung u. reflectieren sie ins Schattenhafte. „Entfremdung der Wahrnehmungswelt“, Begriff, der öfter bei mir vorkommt, übernommen aus der französischen Psychiatrie. Formkreis des Schizoiden. Spirale aus dem Jahr 1000, wo man den Teufel *sah*, die Hexen, die Parousie, die Wiederkunft des Herrn und den Untergang der Welten. Einmal ziehn wir das Erlebnis der Welt unmittelbar in die angsterfüllten letzten Schichten, einmal filtrieren wir es in den physiologischen Regionen – : „Naturwissenschaften“.
Wir also wieder, wie Sie entdeckten, erblicken nur die unsichtbaren Dinge, wir haben uns nicht, wie Seneca sagt, von den Dingen zurückgezogen, sondern die Dinge von uns. Ein seltsamer Vorgang! Und es kommt hinzu, dass wir für die Nachwelt keine Recepte mehr wissen, keine Arzneien – auch das ist ein Unterschied gegenüber Seneca. 2000 Jahre Geschichte! Menschheitsgeschichte! Das ist Recepten unzugänglich. Zu bitter! Die Menschheit erhält sich, sehn wir, durch *eine* Grundarznei: Vergessen, Erinnerungsschwäche, Leidens-Unerinnerlichkeit. Und durch die immer rechtzeitig

einsetzende Rückbildung gefährlich werdender Tiefenprägung. Von dem, der sie zu tief erfasst u. auflöst, ziehen die Dinge sich zurück. Ganz offenbar! Persönlich im Leben zu beobachten! Ich erinnere mich, ich sah vor 1-2 Jahrzehnten einen Fruchtmarkt in Triest, ich sah ihn oft wieder vor mir: aufgeschnittene Melonen, nasse Flächen, tröpfelnde Innenteile, alles sehr besonnt, frühmorgens, enorme Wirklichkeit, grosser Wirrwarr –, heute mir ein unerträglicher schmerzensvoller Gedanke, denn er leitet sich ja in noch nicht abgeschlossene Kanäle, ist noch nicht unsichtbar, erfordert Blicke, er kennt die Abneigung u. das Zögern noch nicht, mit dem die Tiefe, unserer späten Tage Tiefe beginnt. Wir sind sehr am Ende, Herr Oelze, so sehr, dass wir es übersehn u. oft lange dahinleben, ohne es uns einzugestehn: Wir haben nur noch eine Hoffnung: die Erde. Kühl möge sie sein u mit Blumenwurzeln in der Lippe. Die Verwandlung! Wir sahen viel, das uns wert schien, Gedanken namentlich u. Bilder, aber wir sind sehr müde u. täuschen, mit wem wir heiter sprechen.
Ihr zweites Thema, auf das ich stark reagierte, ist Shakespeare. Seit Ihrer Karte neulich aus England aus seinem angeblichen Geburtsort las ich ihn wieder. Ich gab meiner Frau *Hamlet*, den sie nicht kannte. Ich war verblüfft über die Wirkung. Sie war hingerissen u kam wochenlang nicht los. Ich fand von jeher, alle die Moritatenleichen, die Dolche, Balkone, Strickleitern, Ringe und Fässer, alles nur Firlefanz, an den er seine unerschöpflichen Spitzfindigkeiten, Thesen, Blitze, Witze anmontiert, mit denen er den Geist motiviert (der ja zu allen Zeiten sehr der Motivierung bedurfte!), hinter denen er seine unaufhörlich strömende unbesiegbare Genialität verbirgt. Man kann ihn nur als ein reines Gefüge von Geist u. Sprache ansehn. Deshalb sehe ich ihn auf der Bühne sehr ungern, er langweilt mich da mit Hilfe dieser dämlichen Schauspieler. Aber zu lesen: nur er u. immer wieder, immer da und nie zu halten, überall klar u. doch nie

zu verstehn. Dass man von seiner Person nichts weiss, hängt wohl damit zusammen, dass er *Theater* war u. alles, was damit zusammenhing, obscur, anonym, peinlich, ungesellschaftlich war. Ausserdem wird man ihn doch auch als „Scheingrösse u. Nichtskönner" angesehn haben, Fatzke, Budenbesitzer, Menagerieprolet.
Wie verbringen Sie Ihren Sommer? Wann reisen Sie fort? Wohin? Bitte schreiben Sie mir das vorher.
So jetzt muss ich wieder Gutachten prüfen! Und die Erwerbsverminderung bei erkrankten oder verunglückten Soldaten taxieren, nach den Akten. Mittags frühstücke ich meistens im Kasino. Da hört man öfter fesselnde Sachen. Z. B. das im Wald gelegene neue Schloss des neuen Chefs meiner Firma: Kaufpreis 300 000 M. Installation, Neueinrichtung: 300 000 M. Gekacheltes Schwimmbad im Garten mit Anschluss an die Warmwasserleitung des Hauses, im Schlafzimmer eine neuartige Duschvorrichtung mit Glaswänden umgeben u. besonderer Hebelkonstruktion; besonders bestellte Buntglasfenster im Treppenhaus, dieses selbst aus Onyx. So blüht überall eine neue schöne Welt empor.

Herzlich! Ihr Be.

Nr. 147 24. 7. 38.

Lieber Herr Oelze, haben Sie Dank für Ihren Anruf! War mir eine grosse Freude.
Anbei ein par kleine verflogene Laute aus einer verschwundenen Welt. Bitte Rückgabe.
Auf diesem greulichen Papier sind die versorgungsärztlichen Gutachten u. Prüfungsvermerke zu schreiben, die ich täglich fabriziere, so *grün*, damit man sie in den Aktenbänden gleich erkennt u. findet.
Alles in Allem: meine Eindrücke gehn dahin, dass *Er*

kommt, etwa in der zweiten Hälfte des Augusts, wenn der Blick des Sommers gebrochen ist, im Lieblingsmonat der Zerstörer. Kurz wird er zunächst kommen, für eine Nacht. Wenn man in L u P erwacht, ist er schon wieder zu Ende.
Tausend Grüsse! Blicken Sie noch einmal in den Sommer u über das Wasser u schweigen Sie sich die schöne Erde zu, weder die 1000 Jahre vor Ihnen giebt es, noch irgend eine Zukunft, nichts gehört Ihnen als das Atmen in der von Rosen erfüllten Nacht.

Immer Ihr

Be.

Wissen Sie, dass Nietzsche *offiziell* auf der Liste der unerwünschten Autoren jetzt steht?

Nr. 148 7/ 8. 38

Lieber Herr Oelze,
sind Sie noch in Br? Oder am Strand – „– meerisch lagernde Stunde, Bläue – mythischer Flor –“, eine meiner Lieblingsstrophen de moi même ...
Anbei nochmals ein Brief von Frau Br. Beziehen Sie bitte den einen Abschnitt auf sich – wer sonst als Sie?
Hündisches Leben! Die wenigen Morgenstunden, wo man noch etwas frisch ist, wenigstens gelegentlich, schmiert man Akten, sagt Jawohl, mittags Frühstück mit Fliegen u. fetten Suppen, ekelhaft, von 2 h an totmüde. Abends trinke ich im benachbarten Lokal 1-2 Pilsener, köstlich, eiskalt, – die Götter müssen aus Salz u. Durst bestehn, die so Unvergleichliches gaben! (Nietzsches Abneigung gegen Bier war mir immer etwas verdächtig. Wen Bier hindert . . , der trinkt es falsch.) Also kurz u gut: ein fürchterliches Leben! Als das Unwetter neulich hier so gigantisch losbrach, dachte ich,

daß Jawe, der Gott der Rache, endlich ernst machte, aber nach 3 Stunden hatte sich die Flut verlaufen u. die Hortensien blühn weiter.
Bedenken Sie eine Secunde: das vergangene Zeitalter: es setzte für Natur Gedanken u. machte aus Gedanken Wirklichkeit. „Da geschah ihm die Olive . .“ man sah, hörte, schmeckte durch Autosuggestion, Halluzination, *Geist*. Das neue Zeitalter, dies: der *Umbruch*. Heute frisst alles Wirklichkeit, stinkt nach Natur, röstet sich Lebensfleisch –: wird das nicht – da es ja doch unaufhaltsam zum Ende geht – sehr bald wie *Kannibalismus* aussehn? Ja, ein gutes Wort! Naturalismus ist Kannibalismus. Er ist nicht an sich verwerflich, aber die meisten besseren kotzt es danach. Nichts gegen das Reck- u Riegenturnen, aber die Gedichte im Lokal-Anzeiger auf Radieschen u „meinem Kinde“ erfüllen mich nicht.
à propos Lord Jim! Ich entsinne mich seiner nicht mehr. Aber ich mag auch alle Breiten und Palavers bei Conrad unendlich gern, finde sie interessant, mich fesselt jeder Satz. Weil sie gänzlich erfüllt sind vom Zweifelhaften, Klamaukhaften des „Schreibens“ u. Kunstmachens, daher dieser dauernde Positionswechsel, Abbrechen, Ansetzen, Andeuten, Raunen, Vergessen. Dann gefällt mir, wie er kleine Züge so riesig aufbauscht, überhaupt ist er doch ein sehr sicherer Mann! Kennen Sie „Herz der Finsternis“? Kurz, sehr lesenswert! „Freya u. die 7 Inseln“? Kurz, sehr leuchtend, phosphoreszierend, zart! Lesen Sie bitte.
Tausend Grüsse (am 12. Tag der mörderischen Hitze, für mich schlimm wie Typhus)

Ihr Be.

Nr. 149 25/ 9. 38.

Lieber Herr Oelze, nur einen kurzen Gruss mit Dank für alle Ihre Karten u Nachrichten u Briefe. Die Sache von Rom mit der Beinlähmung will mir nicht gefallen. Sie sollten einen Neurologen fragen. Böses kommt allerdings nicht in Frage; multiple Sklerose – dagegen spricht Ihre Handschrift. Das wäre das Einzige, das als organisches Leiden in Betracht gezogen werden könnte. Gehn Sie bitte! Beruhigen Sie Ihre Freunde!
Die Karte mit dem Vermeer – unaussprechlich! Die Gesichter alle auf den gemalten Gegenstand bezogen, in ihn einbezogen u. doch alle voll tiefster Hintergründe, Jenseitigkeiten, Vergangenheiten, unendlichen Menschheitslasten. In einem Wäscheschrank! Gut so! Aber immerhin Paris!
War mehrere Wochen malade. Grippe, Halsschmerzen, fieberte, döste, musste aber Dienst machen.
Ja, und sonst! Ihr England, Herr Oelze! Ich persönlich rechne mit Krieg,: ich fürchte ihn nicht, was soll man sagen, jedes Wort ist leer u. krankhaft u. erstickt einem im Munde. Man sollte früher sterben, mit 40 Jahren, bis dahin sind die Blikke lockerer u. die Worte ohne Gewicht. Dann aber kommt das Ersticken.
Ich habe Morphium mir besorgt, genügend, um den Weiterungen zu entgehn in Explosionen u. Luftschutzkellern. Und Sie?

In Freundschaft Ihr

Be

Nr. 150 30/ 9. 38

Es ist ordnungsgemäss angekommen, lieber Herr Oelze, am Morgen früh wie stets – warum fragen Sie? – Also wir können uns weiter unseres Lebens freun. Sehn wir uns bald einmal? Herzlich Ihr

Be.

Nr. 151 2 X. 38.

Lieber Herr Oelze, – bis an den Rand der Vernichtung gebrüllt u. geblubbert u dann von drei gebildeten oder beherzten Männern in die Zange genommen, die ihn „weinen" liessen. Den zweifellos so günstig nie wiederkehrenden Augenblick, den Balkan sich anzueignen, der ziemlich offen da lag, vorübergelassen, keinen Lorbeer an die Mütze, keinen Schlachtenring an die neugeweihten Fahnen. Etwas ziemlich heruntergekommenes Land und einige Sprudel mit Wandelgängen, dem Untergang geweiht. Einige Formeln will ich Ihnen andeuten; für den Europäer weiss ich keine, weil es wohl keinen giebt, also: „ein Turnreck im Garten u. auf den Höhen Johannisfeuer: das ist der Vollgermane." „Die Geschichte ist die Erlebnissphäre des kleinen Mannes, wie Natur u. Liebe die Produktivität des begrenzten ist." –

*Expressionist:* „Eine Münze wird man Dir nicht prägen,
wie es Griechenland für Sappho tat,
Dass man Dir nicht einschlägt Deinen Brägen,
ist in Deutschland schon Kultur-verrat. ." –

„Leute in 3 Zimmerwohnungen erhalten den Staat. Die drunter und drüber nutzen ihn aus."

Sonntagsfloskeln!

Herzlich Ihr Be.

Nr. 152 19 X 38.

Lieber Herr Oelze, haben Sie vielen Dank für Ihren freundlichen Brief von Ihrer Heimkehr nach Bremen u für die Expertise über Fuller. So gründlich wie Sie habe ich ihn nicht gelesen, mich interessiert ungemein, was Sie schreiben! Gewöhnen wir uns überhaupt bei Leibe nicht an, *positiv* zu werden! Bleiben wir ruhig u. um des Himmels willen immer dabei, dass das Ganze ein grosser Dreck ist, die Menschheit, ihre Gesellschaft, ihre Bio- u. Soziologie, dieser ganze stinkige Zinnober um uns herum! Fangen wir – und ich brauche Sie nicht zu beschwören – bloss nicht an, auf unsere alten Tage in irgendetwas „was zu sehn", o Gott, ich sehe, je länger, immer weniger! Auch „was gut ist" an irgend einer Sache, ich pfeife drauf, fällt auch unter Zinnober, s.o. Es giebt nur 2 Dinge: dreckige Menschheit u. einsames schweigendes Leiden – keine Grenzverschiebungen! Hassenswertes, dummes, kindererzeugendes, Wohnung suchendes, omnibusbesteigendes, aufbauendes, weibersichzuwedelndes, plauderndes, gebildetes, ehrbar strebendes, redliches, meinungsäusserndes, mädchenengagierendes, ferienverbringendes, ostseefrohes, Sachzusammenhänge erörterndes Geschmeiss von Bremen bis Villach u. Domodossola bis Kurische Nehrung – ein grosses Hühnerauge über das Ganze, auf das man mit Nagelschuhhacken hauen könnte, bis die Pleureusen stäuben u. die Monokels spritzen – man vergesse das nie: die unsägliche Verlassenheit u. Ausgestossenheit des Geistesmenschen! Fluch! Gelächter! Dummdreistes Befingern durch alte Säue u. Warzenschweine! Man täusche sich nicht, man lege kein Gaze auf: Blut, Blut, Blut, bis man alle ist.

Eine Erwähnung u. Richtigstellung: die Verse in meinem letzten Brief, Expressionist, hatte ich ursprünglich unter ein Bild von mir für jemanden geschrieben, dann allgemein so überschrieben wie im Brief. –

Die dumme Seite für den obersten San. Chef der Wehrmacht sende ich Ihnen nicht. Wirklich nicht lohnend. Spasshaft nur der Anlass u. dass man bei mir als Hure einkauft, was die legalen Köpfchen bezw. Empfindungs- u. Ausdrucksorgane nicht selber ranschaffen können. Es lebe der „Gegentypus"! Wehrmachtsbedarf nach Prägung aus Entartung. Ah, ich habe es alles so satt: Rasieren, Gutachten, Säbelrasseln. Bald wieder in besserer Verfassung.

Herzlich Ihr Be.

Nr. 153 30 X 38

Lieber Herr Oelze,

eine neue Bedrängung u. Überfall auf Sie 6 Gedichte für den Nachlass, zur Verwahrung bitte. Teils alte. *Gefährte* ist Ihnen bekannt. Tausend Dank!

Kein angenehmer Sonntag heute. Arbeit an den 200 §§ des neuen Wehrmachts Fürsorge- u. Versorgungsgesetz, das in Kraft trat u. das ich kennen muss.

Wie geht es Ihnen? Wann fahren Sie nach London?

Tausend Grüsse.
Herzlichen Dank!
Ihr
Be.

Nr. 154 14. 11. 38

Lieber Herr Oelze, Dank für Brief vom 13. u. für rückgesandten Fuller. Auch ich habe in diesen Tagen oft an Sie gedacht. Mich betrafen diese Tage insofern besonders als ein Bekannter von mir den Weg seiner Rasse ging, abgeholt wurde am Donnerstag Nachmittag um 4 1/2 u. verschwand, der mir als Letzter der vergangenen Epoche nicht nur oberflächlich nahe stand u. den ich auch jetzt noch ab und zu sah. Ein früherer Verleger, 50 Jahre, zart, krank, degeneriert, politisch völlig inaktiv. An seltsame Dinge werden wir herangeführt, äusserst seltsame Vorgänge. Ich las gerade seit einigen Wochen Bücher über Mexico, zufällig, in der Leihbibliothek auf sie stossend. Sowohl die Eroberung durch Cortez wie die neuerlichen Revolutionen. Es ist wohl das Grausamste der modernen Geschichte, kindliche, schamlose u. grausame Völker. Dann will ich über die Merowinger lesen. Das stillt u. kühlt. Sich tief einbetten in die Natur, aus ihr nur hervorblinzeln in das andere Gewisse, sich in das Blut betten, an den Maiskolben, den er mit der Linken am Mund hält um zu fressen, während die Rechte langsam 5 Gefangene abschiesst (die Viehtreibergeneräle der Rio Grande Staaten), an die Kinderbordelle und die Pan-ejaculation der Mescalinorgieen, wenn man das alles, ohne fortzublicken, ruhig ansieht u. menschlich findet, entsteht ein neues Gefühl für das andere Gewisse u. es scheiden sich die Schöpfungstufen in einem immer klareren Licht. Einen Ausweg bringen auch diese Empfindungen nicht, nur kurze Spürungen und auch diese noch ohne verbindlichen Charakter.

Schade, dass Sie soweit fort wohnen u. wir uns nicht öfter unterhalten können, sehr sehr schade!

Herzliche Grüsse
Ihr
Be.

Nr. 155 8. XII 38.

Lieber Herr Oelze, haben Sie vielen Dank für Ihren freundlichen Brief! Die von Ihnen erwähnte Wochenschrift lese ich immer. Ich möchte sie für meine Weltanschauung nicht missen. In jeder ist etwas, das einen weiterbringt. –
Wer lebt jetzt in Ihrem Haus in der Hartwigstr 53? Auch sie gehört zu der verlorenen Welt, dem temps perdu. Ich frage mich öfter u. nun frage ich Sie: Wie kommen Sie von Ihrer Wohnung in Ihr Geschäft? Sind Sie eigentlich der Chef? Sehr feudales Büro? Diktieren Sie viel Briefe u Aufstellungen u. Erwiderungen? Haben Sie viel Angestellte? Ihre hiesige Bank ist ja nun auch endlich normalisiert worden, las ich. Wie oft in der Woche sind Sie durchschnittlich eingeladen u. gehn aus?
Meine Tochter hat sich verlobt, mit einem jungen Dänen mit Vornamen Björn (= Bär) u. sie wird nun Dänin. Ich muss das natürlich sehr bedauern, Sie verstehen, aber ich kann es nicht verhindern.
Wo sind Sie Weihnachten? Zu Hause in der Heerstrasse oder verreisen Sie? Grotesk – dies Weihnachten! Gespenstisch! Aber es giebt eine Woche Urlaub für uns u. nahezu 2 Wochen ist nicht viel zu tun, das ist angenehm.
Oh, Ihr Götter!

Herzlich Ihr Be.

Nr. 156 B. 11. 12. 38.

Lieber Herr Oelze, Dank für die Sendung! Über Céline, den ich beobachtete an der Stelle, die Sie mitschickten, habe ich mir schon Gedanken gemacht. Aber mich wundert es nicht, seit ich sein letztes Buch las, das zweite, mit den zwei Aufsätzen. Er ist ein primärer Spucker u. Kotzer. Er hat ein interessantes elementares Bedürfnis, auf jeder Seite, die er verfasst, mindestens einmal je Scheisse, Pisse, Hure, Kotzen zu sagen. Worüber, ist nebensächlich. Im zweiten Buch tat er es gegen die Sowjets u. gegen die medizin. Facultäten. Jetzt also gegen die Juden. Es ist seine Ausdrucksart, seine Methode. Im nächsten Band wird es die Küstenschiffahrt oder die Behandlung der Gärtnerlehrlinge sein. Primärer Kotzer. Garnicht anders zu erklären. Trotzdem enthält sein grosser Roman Stellen grosser wunderbarer Konzentration und Durchleuchtung. Der Schluss war ja schwach und deutete von vornherein auf Persönlichkeitsschwäche. Er fand kein Ende u. fand auch nicht mehr weiter u. schnatterte drauflos.! Es bestand die Möglichkeit, seinen Glanz u seine Tiefe zur Entwicklung gelangen zu lassen oder die Mangelhaftigkeit. Dies letztere geschah. Trotzdem verdanke ich dem ersten Buch sehr starke Eindrücke u. werde es nicht vergessen. (An so etwas sieht man, wie gross u. gesegnet die wenigen waren, die ihr Leben lang durchhielten, durchhalten mussten, durchhalten konnten: Tolstoi oder Dostojewskij oder Flaubert, das Niveau zu halten *kämpfen* mussten sie sicher alle).

Die Stellen aus J. v. G u B. waren mir sehr bekannt, ich las sie nun nochmals: zu Nr. 241: es war wohl keine reine Prophetie, N. *sah* jemanden: Bismarck. Und das ist für uns interessant, hier ist der erste Angriff – noch nicht formuliert – gegen „die geschichtliche Welt", wie wir es ja heute nennen, Sie und ich. Es sind sich alle Bismarcks gleich, nach einem Menschenalter sehn sie gut u. harmlos aus, gottesfürchtig u. sogar belanglos. Die Trennung zwischen der geschichtlichen und der construktiven Welt liegt in Nr. 241 noch nicht vor, dort ist immer noch Einheitswelt u. goldiges Zeitalter, nur etwas schief gewickelt. Dann kam Evola mit der modernen u der Traditionswelt. Sie wissen, wie ich ihn verehre. Aber dass die gute alte *Traditions*welt mit ihren imperialen Symbolen derselbe gute alte Dreck der *Geschichts*welt war, ist wohl allmählich Hausgut. Der Trennungsstrich liegt wo anders. Er verläuft zwischen Asien u. Europa, zwischen Gandhi u. Himmler, aber auch zwischen Goethe und Laotse, nämlich zwischen handeln u. schweigen. Also ist die Trennungslinie für einen Europäer überhaupt nicht zu sehn, ihm fehlt die Optik.

Auch Reinecke, VIII, las ich! Sie sehen, wie Sie mich befruchten! Im gemütlichen Ton soviel Ironie u. Weltweisheit u. Teufelei. Dieser behäbige, zum Ruhigen strebende Mann, der überall das Ewige sieht u. es behauptet, weil er so stetig lebt u zu Ansatz u. Fülle neigt, die die Wechselfälle auffängt u. Abmagerungen u. Verwandlungen immer wieder sammelt. Welche monumentale Projection der eigenen Lebensanlage ins All, welche Rückschlüsse aus der eigenen Notwendigkeit in die Natur u. das Allgemeine. Was anderes war es nämlich nicht wie Rückschluss u. Analogie, geschichtlich verlief das Saeculum anders, als der Alte es wollte. Hegel ist ähnlich, übrigens *kein* kleiner Mann! Das Tübinger Stift ist in allen seinen Entwürfen; auch hier die gottgewollte Form, die ihn entzückte, weil sie überall sehr beruhigend wirkt. Er ist schon der Beginn der bürgerlichen Ära; wenn Sie mich aber wählen lassen zwischen Hegel u. Schopenhauer, wähle ich zaudernslos Hegel. Der Trieb zur Perfektibilität ist ein grosses Rätsel und Problem. Es ist nicht lächerlich, scheint mir. Es ist die Vorstufe der Formulierung von der aufspaltenden Verfeinerung des Lebens durch den Geist, seine Vernichtung.

Adio, lieber Herr Oelze! Warum waren Sie schon wieder krank? Krank sind wir doch täglich und stündlich; es giebt doch keinen Augenblick, der ohne schauerliche körperliche Qual u. ohne die grauenvolle körperliche Problematik wäre, die unsere Existenz bedeutet. Was also fehlte Ihnen noch *dazu*?

Beantworten Sie bitte einige Fragen aus dem vorigen Brief, die Ihr Leben betreffen!

Herzlich Ihr Be.

Meine Frau putzt sich einen Hut zurecht. Sie hat geschickte Finger. Ich richte mir ein vorderes Zimmer wieder zur Praxis ein, nachm. 5-6, nur für Private.

Ihr

Be.

Nr. 157 23. 12. 38.

Lieber Herr Oelze,
haben Sie vielen Dank für Ihren letzten Brief. Noch nicht genug Auskünfte über Sie! Ich werde mehr fragen.
Zunächst frohe Feiertage! Mein Geschenk an Sie ist ein Hinweis auf ein Buch, das ich gerade vorhabe. Vielleicht versuchen Sie, es sich in einer Bibliothek zu verschaffen. Auch ich lieh es nur. E. R. *Jaensch:* Der Gegentypus. Verlag Joh. Ambr. Barth, Berlin. Daraus ersehen Sie, ersehen wir, wer wir nun eigentlich sind, wie u. warum wir vernichtet werden müssen. Es ist ein centrales Werk aus *unserer* Problematik von der *Gegen*seite, von der „Genesungsbewegung“ aus. Vielleicht habe ich in den Feiertagen Zeit, Ihnen mehr dazu zu schreiben. –
Also nun immer mehr Schnee u. draussen möge der wilde Jäger umgehn, ich ziehe mir eine Kapuze über den Schädel u. bleibe zu Haus.
Tausend Grüsse. Und immer gut romanisch! Ihr Be .

Nr. 158 27 XII 38.

Haben Sie, hochverehrter Herr Oelze, vielen Dank für Ihre herrlichen Nelken, die Heiligabend kamen und uns eine grosse Freude und unseren Zimmern einen grossen Schmuck bereiteten! Ihr Buddha sah schweigend auf alles herab, wie wir Kriminalromane lasen und uns einschneien liessen und den Amseln auf dem Balkon Futter streuten. Bald mehr!

Herzlich Ihre
Benn's.

Nr. 159 B. 1. I. 39.

Lieber Herr Oelze, morgen haben Sie Geburtstag u. beginnen neben dem gregorianischen ein neues privates Annus Domini. Meinen Glückwunsch dazu! Meine aufrichtigsten Hoffnungen in Richtung von zwölf erträglichen Monaten! Noch sind Sie nicht 50. Der Abend des Lebens hat noch nicht sein Zwischenreich begonnen. Noch ist es etwa zwischen 4 u. 5, Theestunde, u. die charmanten Achtzehnjährigen bezaubern noch u. gefährden und beglücken. Erhalten Sie sich das! Erhalten Sie es mir! Erhalten Sie sich dazu Ihre Produktivität im Finden und Empfinden von Problematik und inneren Rissen, u. nehmen Sie dazu von mir die Erklärung entgegen, dass in Ihnen die Dialektik der Zeit arbeitet und sich in Ihrem Urteil sichtbar begegnet. –

Haben Sie Dank für Ihren Weihnachtsbrief. Kennen Sie Irland? Waren Sie dort? In Dublin? Ich bin zufällig auf einen Mann gestossen bei meiner Schmökerlektüre, der mich sehr fesselt: Liam o'*Flaherty*: Herr Gilhooley (S. Fischer Verlag, 1931) u. Derselbe: „Der Mörder" (Knaur Verlag). Nicht ganz reizlos. Muss ein merkwürdiges Milieu sein auf der grünen Insel: versoffen, verkommen, kriminell, revolutionär u. nicht ganz ohne Gedanken. Es würde mich interessieren zu hören, ob Sie einmal dort waren.

Ein par Urlaubstage, wie ich sie jetzt hatte, lassen mich immer fühlen, dass ich noch nicht ganz ausgebrannt bin, dass ich noch *könnte*, wenn ich Zeit hätte, dass ich mich wieder

in Schwung bringen könnte, wenn ich mehrere unermüdete Stunden am Tage hätte, ohne Last und Unterdrückung. Oh, diese Zeiten der Entstehung und des Selbsterlebnisses früher, diese wunderbaren Vergessenheiten, Ahnungen, Quellen, Auflockerungen von Brüssel 1916 und den Jahren nach dem Krieg in der Bellealliancestr. hier.
Feiern Sie morgen einen schönen Geburtstag im Kreis der Bremer Gentry und vergessen Sie im neuen Jahr nicht die Liebe und den *Hass* der alten.

Herzlichen Gruss von
Ihrem
Benn.

Nr. 160 10. 4. 39.

Lieber Herr Oelze, ich war froh, als ich wieder das blaue Kouvert mit Aufdruck Bremen sah. Während der letzten Wochen, die ohne Nachricht von Ihnen waren, fragte ich mich oft, wie es wohl um Sie stehe u. ob Sie wiederkämen. Dank auch noch für die Nachrichten von unterwegs. Ihr letztes Wort über Ihr diesmaliges Tropenerlebnis haben Sie wohl noch nicht gesprochen, obschon ja das Meiste völlig klar ist. Überall die Masse. Überall das Gewimmel und einige sich wiederholende Gebärden. Wo etwas Besonderes sich bildet, steht es für sich u. gilt für Niemanden. Im Vordergrund steht die Fülle der Siege und der sichtbaren Erfolge: drei schwerbewaffnete Soldaten mit Maschinengewehren überfallen einen Knaben, dem sie vorher versprachen, ihm nichts zu tun. Dann ziehen sie irgendwo ein. Die Moral des Protoplasmas und das Ehrgefühl von Hotelratten. Aber wir wissen ja längst, es kann nicht anders sein. Die Masse geht unter in Detonationen; ein Herzoggeschlecht lebt weiter im Namen einer Sauce (Cumberland), ein Opernstern in

einem Pfirsichgericht (Melba) –, ernähren wir unser Gehirn mit Schlaf, dem tiefen akausalen Schlaf der frühen Stadien u. der Dinge. –
Und wie fanden Sie Ihr zu Hause? Ihren Garten voll Märzbecher und Forsythieen und schon einen Korbstuhl vor dem Hause in der Sonne? Das „umworbene Objective" – ein sehr reizender u. guter Ausdruck – in der angenehmen Form der Horner Landstrasse?

Nachträglich gutes Ostern!
Herzlich Ihr

Be.

Nr. 161 B. 4. V. 39.

Sehr verehrter Herr Oelze,

haben Sie vielen Dank für die beiden Bände Goethescher Gedichte. Ich war sehr verblüfft zu erfahren, dass Sie sich hinter Frau Lina Voigt aus Bremen verbargen, in deren Auftrag die Insel die Bücher sandte!
Haben Sie auch vielen Dank für freundlichen Glückwunschbrief u. den Brief von Mitte April, der richtig ankam.
Auf die interessanten Dinge einzugehen, von denen Sie schreiben, muss ich mir heute versagen. Ich bin etwas ermüdet und dienstlich sehr in Anspruch genommen.
Haben Sie zunächst vielen Dank u. nehmen Sie herzliche Grüsse

von Ihrem sehr ergebenen
Benn.

Nr. 162 8. 5 39.

Besten Dank, verehrtester Herr Oelze, für die Mitteilung über London. Aber ich möchte im Moment diese Verbindung nicht aufnehmen.

„Verbergen" war nicht offensiv gemeint. Ihr Brief kam später als das Buchpaket. Demnach *verbargen* Sie sich entelechieartig und zunächst unerkennbar in jenem Absender. Meinen Dank an Frau Voigt!

Gute Reise! Ihr
Be.

Nr. 163 B. 15 VII. 39.

Lieber Herr Oelze,
haben Sie Dank für Ihren heute eingetroffenen Brief und für die beiden zurückliegenden. Ich lebe etwas dumpf dahin, wenig Eindrücke, wenig neue Findungen und Richtungen der Gedanken. Ärger im Dienst, sofern man dem überhaupt Augenmerk schenken will, Schwierigkeiten, keine Beförderung u. sw. Ich hatte Urlaub, blieb aber hier u. holte in den Bibliotheken Einiges nach. Ein par Tage war ich in Kiel kommandiert, nicht sehr angenehm, alles sehr überfüllt, rauchig, russig, Docks u. Werften u Kriegsschiffe, die nicht mein Fall sind. Allein das Hotel Bellevue, falls Sie es kennen, war meine Entdeckung, in dem ich nach dem Dienst allein die Abende verbrachte. Und der Blick von der Bahn über die Seen bei Malente, an denen ich vor 3 Jahren einige gedichtgebärende Wochen verbrachte, an die ich mit Rührung zurück denke.

Ich las die von Ihnen erwähnte Z. 262 von J v. G u B. Wo er biologisch wird, ist er ja am unergiebigsten; das Zusammentreffen seines Lebenslaufes mit dem Darwinismus war ja sein eigentlicher Schiffbruch, hier hat er sich leck geschlagen. Sehr eigentümlich! Er sah das Fragwürdige der Philologen auf dem Hintergrund seines griechischen Problems; aber die grössere Fragwürdigkeit der Embryologen u. Zoologen witterte er nicht, obschon doch auch hier „der enge Menschen- u. Tierkopf" an der Arbeit war,: der Wissenschaftler, dessen Desillusionierung wir ihm verdanken. Also, heute wird nicht mehr „gezüchtet", die Arten entstehen aus Hintergründen, die unerweislich sind. Die Arten vergehen aus Situationen, die mit Kampf u. Erhaltung von kriegerischen u. Behauptungseigenschaften ganz u gar nichts zu tun haben. Es sieht heute alles nach Tao aus u. einem grossen Gewährenlassen. Etwas, „das aus anderen Quellen fliesst"; und – sehr bemerkenswerterweise – taucht sogar der Satz von einem „rein stilistischen u. objectiv aesthetischen Princip" auf, das die Verwandlungen bringt. N. aber glaubte, hier etwas Absolutes zu haben u. arbeitete seine Geschichtsphilosophie danach u. bemalte die Kulissen. Übrigens spricht er immerhin von Athen u. Venedig, nicht von 6 Jahren Hohlraum, die überhaupt nicht existent sind, nichts beenden, nichts züchten und nichts in die Zukunft bringen können.

Die Wirklichkeit u. die sonstigen Fragen, die mit uns geboren wurden, haben wir nicht beantworten können. Aber es ist eine Antwort wohl auch nicht vorgesehen; – die Eindrücke, das was man erlebt, innerlich verarbeitet, die Erfahrungen des Gehirns u. der Haut –, auch des Herzens, durchaus: auch dies gehört dazu –, alles dies auf sich nehmen, denkend tragen, soweit es möglich ist auch danach handeln u. zum Schluss über alles zurückblicken u. wissen, dass es nur eine Aufgabe war, u. dass zahllose solche Aufgaben bestanden u. bestehen werden. (à propos: ist nicht bei N. dieser ewige Hinweis auf das Mittelmässige, den Pöbel, die Karrenschieber, die Sklaven, von denen doch also er u sein Typ sich offenbar eindrucksvoll abhebt, gerade das Gegenteil von dem, was ihm so sehr am Herzen liegt: das Feine, das Vornehme, das Stille, die Sicherheit des Ranges –, ist es nicht etwas pöbelhaft – à propos?)

Mit herzlichem Gruss Ihr
Be.

Nr. 164 1. VIII 39.

Lieber Herr Oelze, haben Sie vielen Dank für die freundliche Zusendung der Geschichte Ihrer Heimatstadt! Ich habe sie mit viel Interesse gelesen; nur vermisse ich die Erwähnung der Firmen Menken u. Ebbeke und den Namen gewisser Söhne, der mir die Stadt besonders sympathisch macht. Ernsthaft hat mich sehr berührt, wie garnicht der Versuch gemacht ist, Beziehungen der tausendjährigen Arbeit dieser so mächtigen Stadt zu geistigen Fragen und Persönlichkeiten zu behaupten, wie das offenbar niemand erwartet und niemand vor allem im Geringsten vermisst. Der Tabak- u. der Baumwollhandel, die Unterweser und die Levante. An einer Stelle wird erwähnt, dass die Stadt um ihres protestantischen Glaubens willen gegen einen Karl V kämpfte, aber wenige Zeilen später setzt sie sich dann gegen die Schweden, die Hüter dieses Glaubens damals in Europa, wiederum zur Wehr. Also auch mit dem Religiösen steht es nicht einwandfrei in der Geschichte dieser Stadt! Diese Geschichte bedarf der Ergänzung durch das Korn- u Essighaus und den Blick über den Fluss von Hinter der Mauer, auch die Tränen u die Flüche der Auswanderer sollte man darein verweben u. jene Heide nordöstlich am Fuss des Weyerberges. Allerdings enthält dies alles keine deutsche Sendung, sondern eine menschliche, demnach deklassierte. Aber lassen wir die Sendungen! Es hat sich ausgesendet! Oben ein Gletscher und unten ein Hafen, hier ein General und dort ein Clown, vorne Biologie

und hinten Dialectik und über Allem ein Kräftespiel und ein Oberbürgermeister – –, verzeihen Sie meine Anstössigkeiten, aber die Wüste wächst und es ist Ihnen nicht unbekannt, wer Wüsten birgt.
Haben Sie auch noch vielen Dank für Ihren Anruf bei mir, Ihr freundliches Gedenken!

Herzlichen Gruss
Ihr
Be.

Nr. 165 Berlin, 13. 8. 39.

Lieber Herr Oelze,

ich lese noch einmal Ihren letzten Brief, an dem mich sehr interessierte, was Sie über Fontane und die vergangene Literatur sagten. Sie haben in allem sehr recht und Sie drücken es sehr klar aus. Und dann lese ich Ihre Zeilen weiter und dann sinken die Schatten. Und in ihrem Dunkel sehe ich noch einmal die Gestalten meiner Generation, die Figuren, mit denen ich grosswurde, die Gesichter mit den gleichen Zügen; auch *höre* ich sie, sie sagen: „zurückblicken und allein sein; alles noch einmal überdenken und dann mit seltsamen Erkenntnissen vondannengehen. Keine Rechtfertigung vor irgendwas und vor irgendwem; keine Bestätigung, allerdings auch keine Unruhe mehr. Das also war es – ? Gut, dass man es nicht wusste! Heute kann man es vielleicht ertragen, früher konnte man es vielleicht noch nicht."
Das hohe Bewusstsein! Aber wächst man aus den Lagen und Zuständen heraus oder entfernen sich diese von einem? Mir erscheint es manchmal jetzt, dass das Bewusstsein selbst sich herabbildet und in einen Zustand gerät, an dem man ein wesentliches Interesse nicht mehr hat. Es war ja auch,

zurückblickend, wohl nur dort bedeutungsvoll, wo es sich unterhöhlte, oder übersteigerte, Bruchhöhlen vortrieb, krankhafte Spezialisierungen aus seiner Norm hervorbrachte: bei Sophokles die Tragödie, bei Nietzsche den Intellektualismus, heute wirkt es wie ein kosmetischer Vorgang oder nur noch an seinen kriminellen Stellen nicht gänzlich uninteressant. Seine geistigen Prozesse erscheinen völlig erschöpft. Überall, wo es sich noch aufspielt, sieht man sofort die Schminke, das Hervorgeholte, die enge Absicht, etwas Kleines. Offenbar ist es im Abgleiten, in einer Umwandlung, vielleicht im Verschwinden.

Die Fuge des Quartär! Bewusstsein! Sagen wir lieber: ein Bewusstsein. Ein Bewusstsein, sommers, in einer Stadt, Bremen oder Berlin oder Kiel, fünfzigjährig, ohne Resultate, realisiert die Geranienkästen auf einer Caféterrasse, und vergegenwärtigt sich seine nächsten Schritte. Schallplattenklänge, Musik darüber, anfallsweise und verwehend. Niedersinkend das Ganze, halb in einer Richtung, halb auch regungslos. Es sind Klänge entlang an Stränden, erblickten Sommerflächen, an Blumen einst. Niewiederkehr! Abfinden sich damit, mit diesem Abschluss ganz in sich allein, mit diesem einsamen späten Traum. Das ist das individuelle Bewusstsein, darüber ist es nicht herausgekommen.

Nun wird es versinken. Mit ihm die *innere* Welt, die immer unklar war, nie erkennbar in ihrem Ursprung, vermutlich ursachenlos, unentschieden in der Wertverteilung, hinterhältig in der Erkenntnis: „tadellose“ Gesetze in der Physik, aber was sie bedeuteten, wusste keiner, denn je allgemeiner etwas wurde, umso leerer auch. Dazu die *äussere*, sprechen wir nicht von ihr, beispielsweise unser Nachbar vom Nebentisch, *„das Wesentliche“* mit scharfem Blick erfassend, der geborene Betriebsführer, unentfernt von Nahrungssuche und vom eigenen körperlichen Umriss, in einer Woche wird er in den Krieg ziehn – : und er hat recht.

Zwischen Schizophrenie und Veränderungen am Boden des

vierten Ventrikels, die Maske und Erstarrung bedeuten, lebte etwas dahin, ein Zwischenreich, hielt sich, marterte sich und nun geht es zu Ende. Was als stärkster Eindruck von dem, was scheidet, bleibt, ist der Eindruck des Mühsamen, Erzwungenen und gänzlich Unfreien. Konstellationen unterworfen, die nie hervortraten, erfolglos, ungesichert, alles nur Versuch. Versuch mit dieser schon oft versuchten Schöpfung, innerhalb dieser angeblich zur Ausdehnung strebenden Partikelwelt mit Hilfe der imaginären Phantome von Raum und Zeit etwas aufzustellen, in die Wege zu leiten, aneinanderzufesseln und zu drehn. Als Figuren dieses Balletts sitzen wir also da, fünfzigjährig, resultatlos, und realisieren Geranienkästen und „heben" eine Caféterrasse „ins Bewusstsein." Schallplattenklänge, Musik darüber anfallsweise und verwehend, es sind Klänge entlang an Stränden, erblickten Sommerflächen, an Blumen einst. Das ist der Herbst, aber er bricht uns nicht das Herz, uns brach das Bewusstsein, – und das ist mehr.

Also weiter die Maske tragen, nie sie abnehmen, unsere Haltung, halb Rücksicht und halb Erkenntnis, verlangt, dass wir sie tragen, bis sie von selber fällt.

Langer Brief! Noch viel zu viel Worte! Was für Wesen noch um dies alles! Wie vergangen das Ganze! Musik bleibt wohl länger wie Wort, nur Musik!

Herzlich:
Ihr
Benn.

Nr. 166 B. 10. X 39.

Lieber Herr Oelze, Ihrem Wunsche folgend bestätige ich Ihnen sofort den Eingang Ihres Briefes vom 7. X., dessen

Poststempel nicht erkennbar ist, der aber unbeschädigt heute früh bei mir eintraf. Ich hatte mir Ihretwegen Sorgen gemacht, da man sich im Krieg ja um Menschen auch Sorge machen muss, die nicht unmittelbar zunächst von seinen Kampfhandlungen betroffen sind. Was Ihre Einberufung angeht, so glaube ich zu wissen, dass 1) Weltkriegsteilnehmer u. 2) die über 40 Jahre alten Männer nicht mehr an die Front kommen werden.

Ich war meiner Mobilmachungsbestimmung entsprechend hier geblieben. Bin befördert zum Oberfeldarzt (=Oberstleutnant) u. an der obersten Dienststelle meiner Waffenfarbe, beim Befehlshaber des Ersatzheeres, tätig. Mein Büro ist im Bendlerblock, zwischen Tirpitzufer und Tiergartenstrasse, der berühmten Stätte des Oberkommandos. Wenn ich mich nicht freiwillig fortmelde, bleibe ich vermutlich hier. Meine Tätigkeit ist natürlich geringfügiger Art, aber es ist in der Centrale. –

Morgen muss ich fahren in einen kleinen Ort der Mark, um meinen Vater zu beerdigen, der 83 jährig still und ohne seiner Umgebung einen schmerzvollen Anblick zu gewähren, kürzlich starb. In der Kirche der kleinen Stadt, in der er mehrere Jahrzehnte predigte, wird er aufgebahrt u. dann neben meiner 1912 verstorbenen Mutter beigesetzt. Er hat 9 Kinder gross gezogen u. alle sind etwas Ordentliches geworden. Seine beiden jüngsten Söhne aus der 2. Ehe haben jetzt als Soldaten Kutno u. Warschau mitgemacht; von uns 5 Söhnen aus erster Ehe waren alle im Weltkrieg, einer fiel, einer wurde 2x schwer verwundet, also er hat das Vaterland mit Söhnen beliefert, wie ein Mann das soll. Wenn ich jetzt an ihn zurückdenke u. von den 50 Jahren Abschied nehme, in denen mein Blick immer wieder mit Teilnahme und Verehrung zu ihm zurückging, kommt mir als stärkster Eindruck entgegen, dass ich ihn niemals, in keiner Lage u. vor keinem Ereignis, armselig, dürftig, kleinlich, ängstlich sah, immer war er über den Dingen, immer hob er das Niedere, immer trug er das Gefallene u. Bedrängte in eine nur ihm gehörige reine, gütige Welt. Zweifellos ein sehr ungewöhnlicher Mann; ganz einfach, gänzlich unintellectuell; er hat kaum je ein Buch gelesen, er las die „Christliche Welt", den „Reichsboten", die „Kreuzzeitung", das war alles; aber es strömte etwas von ihm aus, dem ich mich selbst in meinen extremsten u. explosivsten Jahren nie entziehen konnte, u. das ich als eine überwältigende unfassliche Reinheit bezeichnen möchte. Unerreichbar für eine zerrissene städtische Natur. Er lebte ja auch sein ganzes Leben auf dem Lande, in Dörfern von 400-600 Einwohnern u. das letzte war eine kleine Stadt von 900. In einer Stadtwohnung war er auch unmöglich. Er besuchte mich in der Bellealliancestrasse alle 1-2 Jahre einen halben Nachmittag. Dann brachte er 2 Stück Apfelkuchen mit und ich kochte ihm Schokolade. Er sprach so laut – wie in der Kirche, – dass ich mich vor den 2 Zimmer entfernt wartenden Patienten immer genierte. Dann konnte es auch vorkommen, dass man in Berlin mit ihm auf der Strasse ging u. plötzlich stellte ein Dienstmädchen ihren Marktkorb hin u. umarmte ihn u. küsste ihm die Hände: die hatte er vor Jahren mal konfirmiert. Dann musste sie uns begleiten u. er sprach mit ihr wie mit einer Gräfin.

Das sind Erinnerungen u. Gedanken aus vergangenen 50 Jahren. 50 Jahre, in denen die Welt konventioneller wurde, u. die Raritäten und Originale der vergangenen Epoche müssen nun begraben werden. Sie schreiben: „alles klar u. alles zu Ende"? Nein, das finde ich nicht! Es ist garnichts klar. Die Augen öffnen sich im Unklaren u. schliessen sich im Verdunkelten; warum auch nicht; warum so wach, warum so voller Dränge; etwas ist wahrscheinlich da u. lebt, aber was es ist, werden wir nie wissen. – Danken Sie bitte Ihrer Frau Gemahlin für das Schreiben auf dem blauen Briefpapier! Herzlich

Ihr Be.

Nr. 167 8 XI 39.

Lieber Herr Oelze,
meine Gedanken sind oft bei Ihnen, aber zum Schreiben bin ich zu müde. Ich gehe bei Dunkelheit fort u. komme wenn es wieder dunkel ist, zurück. Manchmal gehe ich während der offiziellen Frühstückspause eine halbe Stunde durch den schönen alten Teil Berlins, der früher Regentenstrasse und Matthäikirchplatz hiess, das ist der Glanz und das Ende des Tages, des Lichts, des Jahres und wer weiss von was noch allem.
Wenn Sie in Berlin sind, bitte besuchen Sie mich, aber ich bin nie vor 6 Uhr zu Hause. *Schreiben* kann man ja zur Sache nichts. Leben Sie bis dahin wohl und gedenken Sie zweier Worte, die sicher hinter allen Dingen u. zu unseren Häupten stehn: „nicht vergebens".

Herzlich Ihr

Be.

Nr. 168 13. XII 39.

Lieber Herr Oelze, haben Sie vielen Dank für Ihren Brief. Ich gratuliere zum Dolmetscherexamen, ich halte das für wichtig u. opportun für Ihre militärischen Belange, ausserdem bleiben Sie in Ihrem Milieu u. das ist gut für Sie. Dass Sie aber überhaupt eingezogen werden, halte ich zur Zeit für unwahrscheinlich.
Die Zitate des „Zeitablehnungsgenies" (wie bekanntlich Börne ihn nannte) sind tröstlich. Ich werde Ihren Hinweis aufnehmen u. danke Ihnen sehr.
Ich war eine Weile fort. Auf einer Dienstreise, die nicht ohne Reize war, allerdings auch nicht ohne Anstrengungen und Schwierigkeiten. Erst Salzburg, Hotel Bristol, Blick auf

den Makart Platz, links eine Kirche von Fischer Erlach, eine kleine, sanfte; oben der Kapuzinerberg. Äusserst überraschend die Wirkung des Doms innen, ich war jahrelang nicht in einer Kirche dieser Art, überwältigt von dem Eindruck dessen, was dahinter stand einst, das geistig u. menschlich dies wollte, wollen konnte, gross u. sicher genug war, es zu wollen, es zu bauen, es zu fügen, dieser langanhaltende, währende, sich bewährende Druck des Glaubens gegen Stein u. Erde u. engen Erdenraum; dieses Zusammenrücken u. Bearbeiten des Einzelnen in dem von Geschlechtern getragenen Plan, aus einem bestimmten Gefühl heraus sich zu bezeugen, sich, dem Volk, den Salzburgern, den umliegenden Gauen, den Fürsten u. der Stadt Grösse u. Heimat u. Sünde u. Erlösungsfähigkeit der Seele zu bezeugen. Was für ein Weg bis in dieses Jahrhundert, wo sie Boxhallen u. Pissoirs bauen, um sich zu bezeugen u. zu bewähren.
Dann fuhr ich durch die tief verschneiten Alpen zwischen den Gamsgebieten, in denen früher die Erzherzöge jagten u. die heute in ihrem Kernstück dem Herrn Preuss. Ministerpräsidenten gehören, erst entlang die Salzach, dann entlang die Murr, vorbei an Örtern, wo die Waldbauern Vogelbeerenschnaps als Spezialität brennen u. an Heustadeln, in denen die Mäuse wintern, um von den Füchsen gefressen zu werden, was man wiederum als Falle für die Füchse nutzt (so erzählte mein Coupébegleiter, ein Mann aus dem „Gesäuse"), also ich fuhr in das freundliche Graz. Freundlich ist diese Stadt u. reizend, aber nicht mehr. Nirgends angeschoppt und angereichert das schwere u. gleichzeitig entlastete, das üppige u. süsse Barock der Kunst, das Salzburg wie eine Honigwabe füllt. Dafür gab es hier Sulmthaler Mastputen und steyrischen Wein und eine Sprache, die so dialectisch ist, dass man kein Wort versteht. Aber es ist wohl ein schönes Land, Steiermark im Sommer, u. ich werde Weihnachten Rosegger lesen, durch dessen Krieglach die Südbahn mich fuhr. Neben mir sass eine müde, vom Gepäckträger Frau

Gräfin angeredete Vierzigerin, deren riesige Höflichkeit zwar gesellschaftlichen Ursprungs war, aber die Grenze zur Hingabe bis auf Konfettiwurfnähe streifte. Das war mir nicht neu, dieses reizendste Österreich, wo die Damen aus purer Höflichkeit u. Herzensgüte nicht nein sagen können, das wäre gesellschaftlich uncharmant, aber andererseits sass mir gegenüber eine bezaubernd mollerte, fachmännisch beurteilt: eine Messe werte, gewähltest gepflegte ledertaschenumprunkte blonde Baronesse, die in mir den alten Gourmand witterte u. mich aufs Kälteste schnitt, während es mich nicht störte, dass sie neben den Schienbeinen kleine Komplexe von Krampfadern hatte u. in Anbetracht einer Erkältung Fettcrème im Gesicht. So ging es nach Wien! Ein balkanisches Land: Schlawiner, Entartete u. Betrüger! Falsche Rechnungen, unverschämte Preise, schlampige Auskünfte, schmutzige Büffetwagen u. gegen alles, von dort aus gesehn: Transalpine von einem abgründigen Hass. Ich hatte Civil im Koffer u. schlenderte dahin. Dies Land ist so heruntergekommen, dem kann niemand was tun! Und über allem die katholische Kirche, der mein ganzes Entzücken gilt, wenn die Mönche u. Kollegienbesucher genau so hastig u. verschmitzt heute zum Kapuzinerberg eilen wie im 30jährigen Krieg. Das sind halt Wirren um sie herum, nicht so extrem wichtig, alles nur Anfechtungen, auch sie – wie Ihr Goethewort – streben zum Entferntesten.

– So nun habe ich beim Schreiben eine Stunde die Zeit vergessen u. falls Sie es entziffern sollten, haben Sie wenigstens diesen Vorteil auch davon. Nehmen Sie viele Grüsse! Wahren wir weiter das Gesicht, schweigen wir u. blicken wir auf das Ende. Herzlich Ihr

Be.

Nr. 169 25/XII/39.

Lieber Herr Oelze,

haben Sie vielen Dank für die herrlichen weissen Nelken, mit denen Sie uns überrascht haben. Ein sehr liebenswürdiges Vorhaben von Ihnen, das unsere Räume zum Heiligabend mit sehr viel Eleganz und angenehmem Duft erfüllte. Sie stehen da u. erzählen von unserer Beziehung zu einem Gentleman-Freund, der unserer gedachte.

Und nun das Bild! Herr Oelze vor Königspalmen, die aber weit vor ihm zurücktreten! Meine Frau rief aus, sie habe bisher für Birgel geschwärmt, aber nach dem Anblick dieser weissen Beinkleider vermöchte sie es nicht mehr. Ich darf den Eindruck so deuten, dass sie das Empfinden bekam, hier habe sich die Gehirnwindung mit der Bügelfalte vermählt; im Sinne des goldenen Schnitts gliedere der linke Arm mit Hilfe der Jacketttasche das Streben der Linien zu- und auseinander; und, da Jahreswechsel und Geburtstag bevorstehen und uns mit Gedanken und Wünschen erfüllen, möchte ich die Periode damit abschliessen, dass ich sage, wir wünschen unserem verehrten Geburtstagskind, es möge immer so eindrucksvoll und in so geradezu schicksalhafter Makellosigkeit vor allen Ereignissen und Situationen seines neuen Lebensjahres stehn!

Meine Gegengabe ist eine ideelle: Empfehlung eines neu erschienenen Buches, das mich einige Tage sehr fesselte und darüber hinaus mir unter den Neuerscheinungen beachtlich erscheint. Autor aus U.S.A: Frederic *Prokosch:* Sieben auf der Flucht, übersetzt erschienen bei Rowohlt, Stuttgart. Offenbar ist der Autor noch jung, aber er hat einige fesselnde Formulierungen. Vielleicht bin ich voreingenommen insofern, als die Sache in einem landschaftlich-ethnographischen Milieu spielt, das mich immer sehr interessierte: chinesisch-russisches Grenzgebiet. Versuchen Sie es, wenn Sie Zeit haben.

Ich hoffe, Sie haben die Feiertage gesund verlebt und fühlen sich wohl.
Meine Frau dankt für Grüsse u. Blumen. Wollen Sie bitte die Güte haben, wenn es Ihnen passend erscheint, Ihrer Frau Gemahlin von mir ein gutes Neues Jahr zu wünschen.

Herzlich Ihr

Benn.

Nr. 170 21 I 40. B.

Lieber Herr Oelze,

ich habe Ihnen noch sehr zu danken für Ihren Brief vom 30/31. XII 39 mit den drei herrlichen, rot geschriebenen Sprüchen, den Stücken menschlicher Kostbarkeit, für die es sich lohnt zu leben und zu sterben, zu glauben und zu vergessen.
Hoffentlich haben Sie das neue Jahr gut begonnen. Am 2. I. abends, will ich Ihnen melden, haben wir, meine Frau und ich auf Ihr Wohl in unserem Stammlokal einen Zug Rotwein getrunken auf Ihre Stimmung und Ihr Wohlergehn. (Jetzt steht dies Stammlokal ohne Kohlen da und die Potatoren, die im Pelz abends einen Grog schlürfen, flüstern, dass uns Russland nun doch ganz handgreiflich etwas gebracht habe, nämlich seine sibirische Kälte. Im Büro dürfen noch 10 Briketts täglich in den Ofen, auch das ist nicht viel. Die Wohnung war schon den ganzen Winter nicht warm, da fällt es nicht mehr auf. Hoffentlich ist es in der Horner Heerstrasse besser?)
Ich las „Kampagne in Frankreich". Eines der reizendsten Bücher dieses Autors. Ein bischen Kavallerist, ein bischen Marodeur, ein bischen Hochstapler und immer aufs Charmanteste kameradschaftlich; selten sieht man ihn so sympathisch, so lässig, so zufällig und dabei immer so überlegen

den Situationen u. Menschen gegenüber. Und dann immer u. überall so reizend interessiert an guten Pasteten und Weinen u. netten Fräuleins – (natürlich: olympisch-verschlagen, aber doch mit deutlichem Privatbegehr dazu!) – Strategisch eine höchst rätselhafte Sache: wochenlang ziehen die Armeen gegen einander, dann stellen sie sich auf u. verschiessen $^3/_4$ Tag lang je 10000 Kanonenkugeln auf einander, – völlig resultatlos, kaum Tote, u. dann ziehn sie wieder ab nach Hause. – Dann lese ich: Dr. Karl Ploetz: Auszug aus der alten, mittleren u. neueren Geschichte; Ausgabe 1891. Sehr, sehr interessant! Müsste verboten werden! Dolle Eindrücke! Man lese mal die letzten 100 Seiten! Ihnen ist gegenwärtig, mit welchen Gedanken man sie lesen muss!

Alles Gute! Kalorische Wärme und
Herzenskohlenbecken! Herzlich Ihr

Be.

Nr. 171 3 III 40.

Lieber Herr Oelze, Sonntags hat der kleine Mann Zeit zum Schreiben u. öffnet den Korken von der Tintenflasche. Da man aber besser nichts Directes schreibt, muss man sich auf Umwegen unterhalten. Daher anbei Abschrift eines Briefes, der von bekannten Dingen handelt u in dem ich nochmals aus diesem besonderen Anlass mein Vermächtniss zusammenfasse. Der Anlass ist schauerlich u. heisst „Das Reich der Söhne“, von Schmidthauser, Julius. Er hatte schon vor Jahren ein dickes Buch veröffentlicht: „Der Kampf um das geistige Reich“, das seinen Kreis fand, und das ich sehr fragwürdig fand. In diesem neuen nun wird er „künstlerisch“ u. enthüllt sein Nichts. Aber es ist natürlich alles vergeblich; für diese Öffentlichkeit genügte *ein* Kant nicht, der die metaphysische von der begrifflich zu verarbeitenden Welt trennte. Es geht weiter alles durcheinander. –

Wie geht es Ihnen? Seien Sie bitte mit allem, was Sie der Post anvertrauen, nicht zu persönlich, Sie wissen, wieso. Vielleicht bald mehr. Herzlichen Gruss von Ihrem

Be.

Nr. 172 31./III. 40. B.

Lieber Herr Oelze, Danke für Brief u Karte, beides zurückliegend. Ich erwartete Ihren Besuch, aber umsonst. Bitte, wenn Sie die Metropole aufsuchen werden, teilen Sie es mir rechtzeitig mit, damit ich frei bin.

Viel Dienst; überall gereizte Stimmung, Gefahren u Klippen. Mir hängt es alles zum Halse raus. Unerträglich das Ganze. Immer wieder stösst man auf Menschen der Künste u. freien Berufe, die ihr Leben lang geschnorrt und gefaulenzt haben u es auch heute weiter tun. Mir ist das nie geglückt, mich hat es immer gehascht u. ich habe mich schinden müssen, ein Elend!

Neue Gedanken, neue Pläne, neue Überblicke, – aber Mangel an Zeit! Ein Einziger Satz erfordert so viel Ungestörtheit u. Abgeschlossenheit, geschweige ein Absatz oder ein Kapitel! Unerträglich das alles. Leben Sie wohl. Hoffentlich geht es Ihnen besser.

Tausend Grüsse, Ihr

Be.

Nr. 173 22. IV/40.

Lieber Herr Oelze,

dass Sie mich an Ihren künstlerischen Erlebnissen teilhaben lassen, ist lieb von Ihnen. Sie schreiben, es fällt in meine

Branche –: in der Tat, in diesem Milieu verbringe ich meine, ach, allzulangen Tage ($8^{30}$ - $17^{30}$.) Sie finden, dass sich das so gehört u. es ist ja wohl auch so. Mich interessiert, dass die Welthistorie sich bemüht, meine Lehre vom Kreis der Differenzierten und dem Kreis der Geschichtlichen auf Schritt u. Tritt zu bestätigen und die Unversöhnlichkeit der Kreise. Wir wollen nun diese Tatsache als gegeben ansehn u. uns abwenden. Von meinem im Parterre gelegenen Dienstraum in der Bendlerstrasse führt eine Terrasse in einen kleinen Garten, der mir sozusagen gehört, in dem ich mich ergehe, wenn die Sonne scheint. Es ist kein Bremer Patriziergarten, sondern nur ein Fleckchen Schund und die Reinmachefrauen säen jetzt darin Radieschen. Aber er erfreut mein Herz und in der Frühstückspause von $13^{30}$-$14^{15}$ ergehe ich mich in ihm. Er schafft mir Erinnerungen an die Zeit, wo ich noch auf den Dörfern wohnte und an die Räusche der Fliederblüte u. die Fascinationen durch Jasmin. Etwas bleibt, ist unzerstörbar und lebt weiter als Heimat und ist geborgen. Wir verlangen zu viel, Herr Oelze, wir sind immer so ausschweifend u. wir verallgemeinern zu sehr. Alles kommt u. alles geht u. einen Augenblick schimmert es in unserem Herzen, da alles verhüllt ist, ist das viel. Lassen Sie Herrn Thorbecke dichten, es ist das Seine, er vollendet seinen Kreis. Wie kommen Sie zu der Sanitäts-Abt –: das ist die zweite Frage! Kennen Sie den Satz von Novalis: „das Leben ist eine Krankheit des Geistes“? Um 1800! In Ihrem Park beginnen jetzt die Krokusse – betrachten Sie sie lange!

Herzlichst Ihr

Be.

Nr. 174 28/ 4. 40.

Lieber Herr Oelze,

ich trete in Konkurrenz mit Herrn Thorbecke u sende Ihnen statt Brief ein par Verse, teils alter, teils neufrisierter, teils neuerer Herkunft, *Lehr*gedichte, auch darin der Bremer Schule ähnelnd.

Herzlichen Gruss Ihr
Be.

Nr. 175 29./ 4/ 40.

L.H.Oe.

ich überfiel Sie mit Gedichten. Von dem einen hatte ich 2 Versionen und Sie haben die falsche bekommen. Ich bitte Sie sehr, in dem Gedicht: „wer Wiederkehr in Träumen weiss“ den 2. Vers zu streichen u. dafür zu setzen:

„Starben die Götter? Nein, sie leben her!
Sie haben noch ihr Tier u. ihre Reben
und nehmen Opfer über u. vergeben,
wohnen im Hain u. wandeln auf dem Meer.“

Obschon dieser Vers im Reim sich von den anderen 3 abhebt, *bitte ich sehr*, ihn an Stelle des Ihnen übersandten zu setzen u. es handschriftlich zu korrigieren.
Zuviel verlangt?

Herzlich Ihr
Be.

Nr. 176 6. V 40. B.

Lieber Herr Oelze,

haben Sie vielen Dank für die sehr schönen Nelken und für Ihre Glückwünsche zum Wiegenfeste! Mit dem Glück an diesem ist es ja nicht mehr so weit her und man vergässe den Tag lieber statt ihn zu feiern.
Schon heute mittag vom Dienst aus versuchte ich Sie zu erreichen oder wenigstens Ihnen etwas bestellen zu lassen. Ich wollte fragen, ob Sie gut durch die dunkle Stadt in Ihr Hotel gekommen seien und ich wollte Ihnen gleichzeitig für Ihren Besuch nochmals danken. Ich rief also im Central Hotel an, wo man Sie aber aufs Entschiedenste verleugnete. Ein Herr Eltester aus Halle u. ein Herr von Oelsen sollte Ihr Ersatz sein, aber ich konnte das nicht gelten lassen. Auf die Weise war es mir leider nicht möglich, Ihnen noch gute Reise und ein baldiges Wiedersehn zu wünschen.
Sie sahen gut aus und strömen Idealismus aus. Das Objective! Giebt es das? Ein verlockender Gedanke, ich habe den ganzen Tag darüber nachgedacht. Oder giebt es das nicht, und unser Schicksal und unsere Aufgabe wäre es, das zu wissen, das zu ertragen, nur für uns selbst moralisch u. wahr zu sein, ohne dass uns ein Axiom unterstützte u. hülfe? Hat das Objective daneben übrigens irgend Einen Sinn, wenn es sich nicht durchsetzt u. für die Mehrzahl gänzlich unverbindlich ist? Ist es nicht auch nur ein Traum, einer der Träume in unserer grenzenlosen Verlassenheit? Alle diese Götter, denen wir zu wenig sind, um auch nur auf uns zu spucken, die uns den Schakalen überlassen, sollten sie sich nicht endlich einmal sichtbar machen, darunter z. B auch das Objective?
Was für ein kalter, dunkler Tag heute wieder. Wenn Sie wieder in Berlin sind, besuchen Sie mich bitte in der Bendlerstr. 34, auf meiner Galeere.

Es tat meiner Frau und mir sehr leid, dass wir Ihnen nicht mehr zu essen geben konnten – Leberwurst u. Wasser, ein feines Menu für einen Senator u. Etonschüler.
Viele herzliche Grüsse u. Dank für die Nelken. Ihr
Benn.

Nr. 177 B. 21 V. 40.

Lieber Herr Oelze, haben Sie Dank für Ihren Brief vom 8. V. Wir sehn das Objective inzwischen wieder bei der Arbeit; nur fraglich, ob im Vormarsch oder im Rückzug, ob im Sichoffenbaren oder im Sichverhüllen. Sicher ist wohl nur eins, dass Gamelin nicht so weitsichtig war, wie man es glaubte annehmen zu dürfen. Im übrigen nehme ich an, dass das letzte Wort noch nicht gesprochen ist u. das *politische* Ziel noch in weiter Ferne liegt, nämlich den Gegner zum Frieden zu zwingen. Etwas erinnert der Zusammenbruch ja an den preussischen von 1806. Hier waren es die friderizianischen, dort sind es die versailler Lorbeeren, die betäubten; diese Zweige müssen einen narkotisierenden u. defaitisierenden Einfluss ausüben. Und im übrigen blickt man auch hier auf den mysteriösen Zug, wie bei sovielen Vorgängen der letzten Jahre.
Ich schreibe vor allem, um zu fragen, ob Sie die Luftangriffe überstanden haben und ich hoffe sehr, dass es Sie persönlich nicht berührt hat. Bitte schreiben Sie mir doch Ihre Privatadresse noch mal genau u. die von Ihrem Geschäft. Falls das eine Postdepot nicht funktioniert, weiss ich dann die anderen.
Unsere Gedanken berühren sich wahrscheinlich in diesen Tagen sehr. Herzlichen Gruss
Ihr
Be.

Nr. 178 B. 29. V. 40.

Lieber Herr Oelze,

haben Sie vielen Dank für die beiden Schreiben. Was Ihre Adresse angeht, so brauchen Sie nicht zu befürchten, dass ich in unpassender Weise davon Gebrauch mache. Selbstverständlich werde ich weiter wie bisher adressieren. Aber es könnte ja sein, dass ich eines Tages in der Zeitung lese, dass das Postamt in Br. zerstört ist oder dass das Schreiben unter Chiffre verboten sei, für den Fall wollte ich meinen Stafetten eine weitere Richtung sichern.
Der Vergleich mit dem Asiaten hat sicher in diesen Wochen manchem in Gedanken nahegelegen. Grosse Aehnlichkeiten sind da. Was mich allerdings besonders beschäftigt, ist etwas anderes: der apokalyptische Zug der Vorgänge. Sieg und Niederlage, ja selbst Krieg u. Frieden sind Vorbegriffe einer so unvorstellbaren Veränderung der geschichtlich ökonomischen Welt, aber – scheint mir – auch der Werte und des moralischen Zustandes der weissen Völker, dass man sich noch kein Bild von allem machen kann. Hier werden nicht Reiche vernichtet u Zahlungsgrenzen neu gezogen, sondern eine Bewegung windet sich durch den Sieg die eigene Substanz, das ursprüngliche Ziel, die propagierte Ideologie so sehr aus der eigenen Hand, stösst sich selbst so präcise in den Abgrund, dass jeder, der nicht die primitiven naturalistischen Stundenereignisse alleine betrachtet, nur schweigend beobachtend dabeistehn kann. Die Dialektik in Exstase, die „Perfectibilität" in Person materialisiert sich vor unseren Blicken, es ist eine Séance von atemraubender Realität. Ich kann hier nicht näher ausführen, was ich meine. Die nächste Wendung gegen den *Osten* liegt schon auf der Hand. Die weitere Zerstörung des Goldes bleibt bestehn. Die nackte Hungersnot rückt stündlich näher. Die Grenzlinie zwischen den Geistigen und den Geschichtlichen geht

unterschiedslos durch die Nationen u. Völker, wird blutrot sichtbar, wird triumphierend, wird märtyrerhaft, wird riesengross. Eine neue Stufe der Menschheit rüstet sich zu erscheinen, die „Verwandlung" nähert sich, eine biologische Mutation des Quartärtyps steht bevor. Der Sieg, u. gleichzeitig die Zerstörung der Art und dann die Entfaltung des Quintär –, bleiben wir schlicht bei den Worten des Grössten im Quartär: Gestaltung, Umgestaltung, des ewigen Sinnes ewige Unterhaltung.

Und nun zu dem ebenso Wichtigen: den zwei Flaschen Rum! Das ist ein sehr gütiges Geschenk von Ihnen, für das ich Ihnen sehr danke. Wenngleich ich doch nicht unerwähnt lassen möchte, dass es gegen unsere Besprechung ist, bei der wir von käuflichem Erwerb derartiger Schätze sprachen. Haben Sie vielen Dank, auch von meiner Frau, die die wesentliche Bereicherung unseres Haushalts hocherfreut begrüsst. –

Nun 3 seltsame Aussprüche von Nietzsche, aus dem Nachlass:

1) 1884: „Es ist unwahrscheinlich, dass unser ‚Erkennen' weiter reichen sollte, als es knapp zur Erhaltung des Lebens ausreicht. Die Morphologie zeigt uns, wie die Sinne und die Nerven sowie das Gehirn sich entwickeln im Verhältnis zur Schwierigkeit der Ernährung."

2) 1883 - 86: „Die Vielheit der Triebe –: wir müssen einen *Herrn* annehmen; aber der ist nicht im Bewusstsein, sondern das Bewusstsein ist ein Organ wie der Magen."

3) 1885: „Wahrheit ist die Art von Irrtum, ohne welche eine bestimmte Art von lebendigen Wesen nicht leben könnte. *Der Wert für das Leben entscheidet*".

Interessant daran sind die Jahreszahlen: alles also späte Erkenntnisse, aus der 3. Epoche.

Vielen Dank u. herzlichen Gruss!
Ihr Be.

Nr. 179 B. 16/VI 40.

Lieber Herr Oelze,
vielen Dank für Brief mit sensationeller Nachricht! Mir nicht überraschend; in diesen Tagen sind zahllose, auch ältere Männer der höchsten Kreise innerhalb 48 Stunden einberufen. Was Sie angeht, werden Sie ja sicher als Nachrichtenoffizier verwendet, an denen Mangel ist, u. vermutlich bleiben Sie im Lande. Das Märchen umspinnt uns alle, man muss es nur als Märchen sehn.
Dann bestätige ich noch tausendmal dankend die beiden Flaschen Rum, die eingingen. Ich hätte es längst getan, aber ich war ein paar Tage dienstlich fort, u. a. in dem reizenden Dresden, wo ich auf der Terrasse des Bellevue einen freundlichen Abend verbrachte. Daher kommt mein Dank so spät.
Wenn Sie mich nun mal ärztlich nötig haben, wenden Sie sich bitte an mich. Was ich tun kann, werde ich für Sie mit Vergnügen tun. Sie verstehn..
Schreiben Sie bald, wie es Ihnen geht.
Alles Gute, viele freundschaftliche Gedanken!
Ihr Be.

Nr. 180 6 VII 40. B.

Lieber Herr Oelze,

es ist einige Zeit her, seit Ihr Brief aus Lübeck kam u. ich adressiere daher die Antwort nach Bremen, da ich vermute, dass Sie schon Feldkommandantur an der Loire oder sonstwo sind. Schreiben Sie bitte Ihre Feldpostnummer!
In langen Stiefeln kann ich Sie mir nicht gut vorstellen oder gar in Komisssachen, denn eigene herstellen zu lassen, hatten Sie doch wohl keine Zeit. Welche Waffenfarbe haben Sie, das Citronengelb der Nachrichtenabt. u. welche Nummer haben Sie auf den Achselstücken? Ah, wie wichtig das alles ist, es ist die Hälfte des Lebens beim Militär! Ich vermute überhaupt, dass Ihre Stimmung nicht die beste ist, nachdem das erste Flair der neuen Lage vorüber ist?
Das Allgemeine – unter uns gesagt – sieht nicht sehr günstig aus! Die Ernährungslage, U.S.A. u. Russland verschleiern den Horizont. England ist *sehr stark* abwehrgerüstet allmählich und geht auf unsere Friedensfühler nicht ein. Also der endgiltige u. hundertprozentige Sieg wird sich noch hinziehn. Dies ist natürlich nur meine private Meinung.
Aus meinem Kreis starb kürzlich Prof. Breysig, der Historiker der Berl. Universität. Seine Frau schreibt mir manchmal sehr tiefsinnige u. mich hochschätzende Briefe. Er hatte in seinen Büchern meiner manchmal anerkennend gedacht.
Dann verheiratete sich meine Tochter Nele in vergangener Woche mit einem jungen Dänen. Ich weiss von ihm nichts, als dass er mit Vornamen Preben heisst, sonst nichts. Ich weiss nicht mal, was er von Beruf ist. Die Korrespondenz in dies Land ist z.Z sehr schwierig u. dauert sehr lange. Damit ist mein Name, soweit ich an ihm schuldig wurde, wieder gestrichen aus Zukunft u. Fortsetzung dieses furchtbaren Menschengeschlechts.

Schreiben Sie bitte, wie es Ihnen geht.

Herzlichen Gruss Ihr

Benn.

Lieber Herr Oelze, Dank für Ihren Brief! In Ihrem Mund sind diese Ausdrücke alle so komisch: Major, Infanterist, Verbindungsoffizier –, diese drollige Welt, die nach einem der von Ihnen propagierten 100 Seiten Romane unmittelbar schreit, Titel: Generäle. Meine Gedanken befassen sich gelegentlich damit.
Dank auch für die Presseprodukte! Börries, der gute alte Sänger; aber was er hier schreibt, ist eigentlich netter, als er sonst ist.
Schleswig ist sicher sehr hübsch; am Fjord u. nicht weit von Ihrem Kiel. Verkommen würde ich übrigens das Dänische nicht nennen. Dazu ist es zu sauber u. eifrig; es hat nur nicht die Organisation zu seinem Primat erhoben u schlendert mehr an seinen hübschen Buchten und Wasserarmen entlang; mir fiel immer das Ländliche und Einfache, sehr Irdische des Landes u. der Bewohner auf. Ich habe es sehr gern, abgesehen auch von den Erinnerungen an Niels Lyhne u. Herrmann Bang. Übrigens verträgt es Niels Lyhne, heute nach mehr als 50 Jahren seines Entstehens gelesen zu werden. Es hat eine Sammlung, die nur grosse Werke haben. (Die Reclam-Übersetzung ist sehr, sehr gut.)
Hat nicht diese Zeit von heute überhaupt eine eigene Schönheit, eine franziskanische, sie führt einen doch ganz von selbst zu den Schmetterlingen u. zu den Gräsern hin? Auf dem Übrigen der Welt können doch die Blicke nicht mehr ruhn. Dort beziehn sie sich mit einer Haut und ersticken. Aber die Gärten mit Rosen, die Sie vor Ihrem Fenster haben, hüten den Traum.

„Nirgends mehr Begründung
oder Geistesstrahl – –,
Dir, oh Selbstentzündung,
tötliches Fanal – “

(G.B.)

Zum Schluss einige militärische Ratschläge:

1) bearbeiten Sie nie anderes, als was Ihnen einwandsfrei auf Ihren Schreibtisch gelegt ist.

2) Kümmern Sie sich nie um etwas anderes, als was in dem Ihnen zugegangenen momentanen Befehl zur Ausführung angeordnet ist.

3) Denken Sie nie allgemein.

4) Bemerken Sie persönliche Dinge überhaupt nicht

5) Nehmen Sie nie an, dass irgendeine private Meinung oder Auffassung von Ihnen einer vorgesetzten Dienststelle interessant oder wichtig ist.

6) Blicken Sie tatsächlich nur in den Garten vor Ihrem Fenster u. erwarten Sie draussen die Stunde, wo Sie zu ihm zurückkehren.

Wenn Sie dies alles beachten, werden Sie nach 4 Monaten Bewährung in einer Z-Stelle Oberleutnant u. erhalten den entsprechenden Wehrsold der höheren Gehaltsstufe.

Womit ich Sie begrüsse, Herr Oelze, und bleibe

Ihr Be.

Viel Vergnügen am Weekend in Bremen!

Nr. 182 B. 13. 8. 40.

Lieber Herr Oelze, haben Sie vielen Dank für Ihren letzten Brief. Ich habe das Gefühl, in meinen nachsinnenden Betrachtungen taste ich mich dahin vor, dass Sie sich in Ihrer Garnison und derzeitigen Heimat garnicht unwohl fühlen und ich sehe Sie durch die Flensburgerstrasse an der Wasserkunst vorbei die Waldmühle links liegen lassend zur Stampfmühle ziehn. Blond u. jung die Begleiterin, u. dort giebt es Rühreier mit Pfefferlingen. Der Rückweg ist dann echter Oe.: Melancholie und Reizbarkeit, und wo die Schlei oder der Burgsee auftaucht, ein Vers:

– „zurück, zurück, wo still die Wasser stehn
und Glück um Glück zum Strand die Rosen wehn –"

Ein Vers des Herbstes u. des nicht mehr vorwärts suchenden Blickes.

Manchmal, wenn man den Mut aufbringt, plötzlich genauer hinzusehn und unter die alleroberflächlichste Lebenskruste hinabzublicken, tritt einem eine Trauer des Daseins entgegen, die unüberwindlich ist, garnicht mehr in Worte zu fassen und unstillbar. Was ist aus unserem Geschlecht geworden und was war ihm auferlegt! Und was wird ihm alles noch zu Teil werden. Ein Ende des Krieges ist garnicht abzusehn, die Kriege gehn weiter, da ein Frieden ja garnicht möglich ist. Das berühmte Grossereignis, auf das alles wartet, wird garnicht kommen –, dies à propos. Wird es mit den bisher angewendeten Mitteln nicht gelingen, wird man es lassen u. sich neuen Objecten zuwenden. Im Frühjahr gen Osten. Sie werden lange Soldat bleiben oder es wieder werden, falls Sie jetzt entlassen werden sollten, rechnen Sie damit. –

Wie gehn eigentlich die Geschäfte? Ist was zu verdienen u. wer? Noch ein à propos: Sie lassen sich doch hoffentlich Wehrsold u. Familienunterstützung zahlen? Damit stehn Sie sich besser, glaube ich, als mit Gehalt als Leutnant. Das tun Sie doch hoffentlich?

Ich bekomme 14 Tage Urlaub u. weiss nicht wohin. Kein Bett irgendwo frei u. an der Ostsee bis zur Pommerschen Grenze Bomben. Nirgends was zu essen: Schlesien, Erzgebirge völlig ohne Nahrung für Reisende. Bayern in Anbetracht der Eisenbahnverhältnisse – 12 Stunden Stehn auch mit II. Klasse Billet – zu weit. Also werde ich auf dem Wannsee nach Ferch u. Caputh fahren, was auch ganz nett ist. In Zoppot ist es so voll, dass man beim Essen 2 Stunden auf den Kellner wartet u. dann bringt er auch nicht viel. Schreiben Sie bitte bald wieder. Sehr herzlich Ihr

Benn.

Lieber Herr Oelze, nicht nur Herr Meyer in Hamburg, sondern auch wir wollen des heutigen Tages gedenken seiner, dessen Namen am häufigsten in unseren Briefen steht von allen Namen! 1900: wo waren Sie? In Bremen, vermutlich in Unter-Tertia, ich in Frankfurt-Oder in Untersecunda. Ein Neffe von N., einer der Oehler, erzählte mir mal, wie sie sonntags von Schulpforta aus ihre Tante Elisabeth in Naumburg zum Café besuchten. In der Stube über dem Kafézimmer, in der oberen Etage, hörten sie einen ruhelosen Schritt: „Onkel Fritz, der soviele Bücher geschrieben hat" –; das war in den letzten Jahren, bevor sie nach Weimar übersiedelten. Mehr wusste damals wohl niemand von ihm, Onkel Fritz; wir wollen auch dessen gedenken, dass er damals in Jena von Binswanger im Kolleg den Studenten als atypischer Fall von Paralyse demonstriert wurde u. die Praktikanten ihn entsprechend befragten. „Ein erkrankter Privatdozent", wie Binswanger ihn nannte. – Wir sehn also hier die seltsamen Wege, die der Geist beschreitet u. findet u. die ausserhalb der Konversation sind u. der Presseerzeugnisse u. der Vernunft. –

Anbei sende ich Ihnen zum gelegentlichen Blickhineinwerfen einige Studien der letzten Wintermonate Anfang des Jahres, altes u neues. Auch in ihnen der Name *N* so oft! Bitte senden Sie es mir zurück u. zwar in der gleichen Mappe, bitte, die ein dienstlicher Behälter ist. Keine Sensationen. Skizzen zu neuen Essays; eigentlich Monologe u. Notizen zu einer neuen Arbeit à la „Weinhaus W.", in der sie aber dann verschwinden sollten, nur ihre Essenz als Grund- u. Zwischensubstanz zurücklassend. –

Der Urlaub ist auf seiner Höhe, er hat mich nicht veranlasst, die Gegend des Bayrischen Platzes zu verlassen. Selbst der Wannsee war mir zuweit. 1 Tag fahre ich in den kleinen Ort, wo meine Eltern begraben sind, wo ein Herr v. Rohr

ein kleines Schloss hat, mit dem ich seit 50 Jahren befreundet bin. An jenem See: „wo Glück um Glück .... zum Strand die Rosen wehn" –, ich werde Ihnen eine Ansichtskarte senden.
Einen Sommer u. einen Herbst still auf dem Lande wohnen können, mehr nicht, u. ich wäre vollendet. Des bin ich gewiss, aber es wird nicht sein.
Viele herzliche Grüsse an diesem – nochmals – $\frac{25}{\text{VIII}}$ 40.

Ihr Benn.

Bitte Vorsicht mit den Notiz-seiten! vous comprenez!

Nr. 184 5/9 40. B.

Lieber Herr Oelze, haben Sie vielen Dank für Ihren freundlichen Brief u. die Rücksendung der Aktenhülle. Es ist sehr schön u. des Alters letztes Glück, so verstehende und lobende Worte zu hören, wie sie aus Ihrem gewandten und tiefsinnigen Munde zu mir kommen. Aber die Blätter enthalten so Neues ja nicht. Es sind Betrachtungen, die nahe liegen, u. Formulierungen, zu denen jeder kommt, der sich die Zeit nimmt, sie zu suchen. Es ist nur eine Form der Unterhaltung zwischen mir und Ihnen u. eine Art von Anstandsversuch, nicht völlig der Schwermut u. der Gleichgiltigkeit zu verfallen, sondern sich gelegentlich gedankliche Haltung zu geben. Die Krone bleibt das *Gedicht*, zu dem aber nur unter äusseren Bedingungen für mich zu gelangen ist, die mir zur Zeit nicht zur Verfügung stehn.
Eine Karte aus Guhden oder Mohrin sandte ich Ihnen nicht, es gab keine, es ist nur ein altes, ziemlich verwahrlostes Schloss, darum ein par Tagelöhnerhäuser. Der Inhaber unseres Alters, unverheiratet, recht angenehm entartet, aber sonst völlig ungeistig, dafür in Bezug auf bestimmte Tages-

fragen äusserst *richtig* stehend. Das alles an einem grossen See, zwischen diesem u. dem Haus ein gänzlich verwilderter u. zugewachsener Park, ein riesiger Neufundländer mit blaugefleckter Zunge, der Igel sucht u. im Maule trägt, im Garten französische Gefangene, auf den Feldern italienische Arbeiter. Dazu gab es Honig und Schinken u. Café, für den Berliner ein Genuss. Das Haus innen in den Farben der Schwedter Dragoner: blau u. schwarz.
Soviel hiervon.
Was Sie über die zerrütteten menschlichen Beziehungen schreiben, ist völlig meine Ansicht. Seltsamer Zerfall der Bindungen. Sehr auffällig übrigens, wie die erotischen Dinge leer u. konfliktlos geworden sind, während die intellectuellen u. moralischen an Schärfe wachsen. Ob ein Partner Nebenbeziehungen hat, ist völlig belanglos; daran „zerbricht" keine Ehe mehr, wie sie es um 1900 mit Hilfe von Sudermann u Tolstoi tat. Die Gewalt dieser Dinge hat merkwürdig nachgelassen. Dagegen, ob jemand für die Rassentheorien oder die moderne Physik eintritt, das zerbricht. Die Forderungen richten sich ausgesprochen auf intellectuelle Fähigkeit u. geistige Haltung. Die „progressive Cerebralisation" (v. Economo) bezw. die „Cephalisation" (Bolk) wächst u. übernimmt Ressorts.
„Einsamer nie als im August . . ." (G.B) – mit Fortsetzungen im September, Oktober u s w.

Sehr herzlich Ihr Be.

Die Nächte sind nicht angenehm. Unausgeschlafen rasiert es sich so peinlich, die Haut ist reizbar u. blutet leicht.
Vielleicht haben Sie die Güte u. schreiben mir gelegentlich Ihre Privatadresse in Schl. Ich schreibe nicht unbedingt gerne Feldpost. –
Bremen soll arg verwüstet sein, wird hier erzählt?

Nr. 185 22/9 40.

Lieber Herr Oelze,
ich bestätige den Eingang Ihrer Schreiben mit Bild der träumerischen Bai, den Heinebrief u. den letzten mit den herrlichen Zitaten – alles sehr köstlich! Das hohe Geistergespräch durch die Jahrhunderte – mit Schopenhauer zu reden –, unter dem das Gewimmel der Zwerge sich bewegt. Refrain: die Tatsache ist immer chaotisch, nur ihr Ausdruck, ihr Gelangen in eine geistige Form hat Sinn u. bleibt. Was Sie von Heine sandten, ist sehr interessant. Es ist sogar stabil, während sonst bei ihm fast in jedem Satz soviel Gereiztes und Flockiges ist, dass es mir oft den Geschmack daran verdarb. Hier sind Sätze von anständiger Gelassenheit. Übrigens erscheint mir, *den Staat* zu bekämpfen, genau so idiotisch wie die Ausscheidungsorgane am Körper zu bekämpfen oder die Rachenmandel. Es ist die Aufgabe des Menschen, den wir meinen, sich von ihm abzusetzen, – dies allerdings unerbittlich.
Wenn ich nicht sofort für Ihre Briefe dankte, was ich zu verzeihen bitte, so deshalb, weil ich wieder dienstlich unterwegs war, Richtung Südosten; immer ziemlich anstrengend, u. Reisen ist heute nicht bequem. Kennen Sie Breslau? Hat ganz hübsche alte Partieen, katholische. Als Ganzes ist der Osten aber nicht mein goût. –
Schildern Sie doch bitte in einem Ihrer nächsten Briefe Ihre Eindrücke von dem militärischen Milieu, das Sie jetzt umgiebt. Wie wirkt es auf Sie? Wo essen Sie? In der Offiz. Speiseanstalt? Und was macht die Stampfmühle? Giebt es noch Rotwein in Schleswig zu trinken?
In Frankreich soll sehr dicke Luft sein. Die gesamte Bevölkerung arbeitet mit England zusammen mittels Geheimsendern, die man nicht findet. Jetzt wird die Lebensmittelkarte dort eingeführt.
Mein Leben ist ein Kampf mit der Stahlfeder, so auch heute

u. bei diesem Brief. Durch Zufall fand ich eine passende Feder u. sie fiel mir hin u. splitterte. Auch Füllhalter kann ich nicht gebrauchen, es kommt zu wenig Tinte für meine dicken Buchstaben heraus. Entschuldigen Sie also bitte die Krackelei.

Tausend Grüsse! Vergnügen im Herbst, Gefälligkeiten in Schleswig! Herzlich Ihr

Be.

P.S.

Dass der Gedanke immer der Tat vorangeht, möchte ich nicht behaupten. Nicht weil wir soviel Taten um uns sehn, denen gar kein Gedanke vorausging oder nur eine Missverstehung von Gedanken, sondern hauptsächlich deswegen, weil der Gedanke so gewaltig u. umfassend ist, dass natürlich auch die – dreckigen – Tatsachen in ihm münden. Aber weder ruft der Gedanke die Tat hervor, das wäre ja schon direkt eine Beziehung auf diese demi monde, noch beleuchtet oder bestätigt je eine Tat oder Tatsache einen Gedanken. Was bestätigt werden kann durch Tatsachen, sind Berechnungen (Planetenumläufe, Schwangerschaftstermine) oder Speculationen (Emission von jungen Aktien), aber das sind keine Gedanken. Ein Gedanke, der immer nur darnach schielt, ob die Tatsachen und die Geschichte ihn bestätigen, ist ein Abgänger. Von dieser Seite kommt kein Trost u. keine Rechtfertigung für den Geist. Nur wenn er sich selbst u. seinem Willen lebt, erfüllt er sein auferlegtes Geschick. *In seinem Kreis bleiben:* das ist wohl ein grosses Gesetz!

Be.

Lieber Herr Oelze, der feierliche Tag, an dem ich die erste der beiden von Ihnen geschenkten Rumflaschen aufzog, veranlasst mich, meinen Dank in Worte zu fassen, in gebundene Rede u. sie Ihnen als Gegengabe zu senden. Doppelt hält besser, und für den wahrscheinlichen Fall, dass Sie den leierkastenhaften Tonfall der Verse bemängeln, wird Sie doch jedenfalls das Briefpapier interessieren als Dokument unserer Siege u. wirtschaftlichen Durchdringung der Völker.

Dank für Ihren langen interessanten Brief! Ich bin wenig in der Lage, ihn ebenbürtig zu beantworten; mein Geist ist müde, mein Kopf voll Düsterkeit u. die Reize unseres Kulturkreises bieten mir im Moment keine Handhabe, an sie anzuknüpfen. Vor allem aber bin ich völlig abgeneigt, gewisse und Gewisses in irgendeiner Weise kulturgeschichtlich, geschichtsphilosophisch, typologisch zu sehn, ich betrachte sie als spezifischen absoluten *Dreck*. Mögen Spätere es anders sehn u. Gestalten, deren Leistungen sich hauptsächlich auf Fensterscheiben beziehn u. die allein bei den Glaserinnungen ein Denkmal verdienen, „historisch" betrachten –, ich nicht! Auch Heine wird mich nicht zu einer anderen Stimmung verführen, aber ich gebe zu, dass Sie und Ihre Stellung die höheren Welten vertreten. Ich bin tellurisch, chthonisch u. hasse.

Übrigens sehe ich das Empire noch nicht besiegt. Solange es Ägypten halten kann, steht es.

Sind Sie eingegeben, Oberleutnant zu werden? Veranlassen Sie es bei Ihrem Adjutanten!

⟨. . .⟩

Wesselburen u. Husum sind für Germany ganz respectable Orte, jedenfalls sind dort keine Generäle u. Kulturwalter geboren.

Meine Frau hat Besorgnis, ob niemand meine Briefe bei Ihnen findet in Anbetracht der bewegten u. zufallsreichen Zeitläufe. Vielleicht ist es ratsam, wenn Sie vernichten, z. B. diese Seite.

Viele herzliche Grüsse u.
Dank für den schönen Rum!
Ihr
Be.

Nr. 187 27/ X 40. B.

Lieber Herr Oelze,
„Wir sind wie Trinker, gelassen über unseren Mord gebeugt" – der Vers ist 25 Jahre alt, von einem Juden, Werfel, der jetzt in Mexico gelandet ist (zusammen mit Doeblin, Leonhard Frank usw). Seinen Inhalt wussten wir also lange, ich kann es nicht beunruhigend finden, wenn wir es heute mit Augen vor uns sehn. Allzu romantisch darf man in unserer Lage nicht sein. Darum kann ich auch London durchaus brennen sehn: wer so die Gefahren verkennt, die ihn umgeben, und den Folgerungen der Dämonie des Seins das Bewusstsein verschliesst, ist, scheint mir, auch vor der höchsten Perspective und vor den geheimsten Konferenzen einer sublimen Trinität, von denen Ihre Zitate sprechen, nicht bedauernswert. Da wir ja von der Erde sprechen, rächt sich die Schuld. Erinnern Sie sich: „erkenne die Lage" – eines der Gesetze des heutigen qualifizierten Mannes, wie ich Ihnen in früheren Briefen mehrfach schrieb. Es giebt innerhalb der geschichtlichen Welt kein Gut u. Böse. Es giebt nur das Böse, meine ich. Wer das nicht sieht, ist in der Substanz schmächtig und seelisch nicht herangereift. In einem meiner früheren Aufsätze, die Problematik des Dichterischen, steht der Satz: „Es giebt nur den Einsamen u. seine Bilder"; das war damals vielleicht sehr lackelhaft geschrieben, aber mir

scheint heute, es stimmt. Es giebt nur die geschichtliche Welt – und den einsamen, inneren Rausch. Mir erscheint es gelegentlich erstaunlich, wie sehr unser Leben dies moderne Weltbild herausarbeitet, diese Synopsis des 20. Jahrhunderts. Um das Jahr 1000 lag vielleicht ein ähnliches Weltbild vor: das Versinken der Erde u. die Erwartung des Endes, das verkündet war. Wir stehn also wieder vor dem Dualismus des Innen u. Aussen, vor dem schizoiden Grundzug der menschlichen Substanz, überschritten das Goethische: „Innen u. Aussen ist eins", und stehen wieder in dem hohen Felsental, in dem über der Öffnung einer Höhle der Dreifuss steht: Weihrauch, Weissagung und Rausch, die pythische Stunde, u. Sie wissen, dass neben ihr Apollo stand u. auf dem Haupte der Pythia die Leier stimmte. Offenbar ist die Rückkehr zu dieser Stunde uns vorherbestimmt, und das Inferno der Faltkarten und der Flugbahnen, die über den Bränden unserer Städte surren, ist viel menschlicher als die erfolgreichen Geschäfte und die smarten Weekends, an denen Juden u. Christen ihre konventionellen Hirne u. leeren Herzen wetzten. à bas die käuflichen Wirklichkeiten u. das beliebte Objective! à bas die gepriesene Fruchtbarkeit, die Schösse, wo immer die sich befanden auf der Erde oder im Bett, der ganze Lustgeruch von Brod u. Liebe endlich aufgegangen im wahren Geschichtsaroma des Senfgases! Und Marschallstäbe blühn aus den Ruinen, einerseits, und andererseits das religiöse Hohngelächter des Spaltungsirreseins. Eine feine Sache! –

Ich habe mich etwas gehn lassen, lieber Herr Oelze, entschuldigen Sie, aber zweifellos ist das Geistesleben eine viel abgründigere Sache, als dass man es mit Primzahlen errechnen könnte u. vom 4 Jahresplan ist es auch nicht in seinem ganzen Umfang erfasst. Dafür wird es allerdings auch bestimmt von Bomben nicht abgetötet. –

Dank für Ihre schönen Karten aus München! Bei Karl Truppe's „Sein u. Vergehn" habe ich lange verweilt. Sehr

schade, dass Sie nicht kommen konnten. Ich war von meiner süddeutschen Reise rechtzeitig zurück für Ihren feierlichen Empfang.
Gestern sprach ich einen, dessen Äusserungen im Allgemeinen zuverlässig sind; er sagte, der Bahnhof von Bremen sähe à la Dünkirchen aus. Ist das richtig? U.A. w.g.
Meine einzigen Gedankenreihen richten sich darauf, wie ich von meiner jetzigen Beschäftigungsstelle fort komme. Das Milieu wird unerträglich. Irgendwohin, wo man weitab u allein ist. Aber schwierig zu bewerkstelligen.
Schreiben Sie bitte bald wieder! Nehmen Sie mir meine leeren Briefe nicht übel. Seien Sie herzlich gegrüsst
von Ihrem Be.

Nr. 188 3./XI. 40.

Lieber Herr Oelze,
Dank für Ihren Brief. Hoffentlich haben Sie sich wieder eingelebt. Ihre Idee, Arzt zu werden, muss ich sofort beantworten. Unterschätzen Sie nicht, 1) dass Sie 8 - 10 Jahre rechnen müssen, bevor Sie als Arzt allein auf sich gestellt, arbeiten können 2) dass Sie zu sensitiv u. nervenbelastet sind, um eine Feld- Wald- u Wiesenpraxis zu vollführen 3) dass die Arzterei überhaupt etwas Volkstümliches u. Ordinäres an sich hat, also Ihrem Stil nicht entspricht 4) dass wahrscheinlicherweise der *freie* Arztberuf bis dahin verschwunden ist u. Sie sich gefallen lassen müssten, einfach in ein Not- u. Mangelgebiet (Ostpreussen, Galizien) verschickt zu werden. Vielleicht hätte es Sinn, wenn Sie von vornherein auf ein bestimmtes Spezialziel losgingen: Facharzt für Augen, oder Ohren oder Haut, – Spezialitäten, die bequem sind, in der Sprechstunde erledigt werden können u von

denen die beiden ersteren auch recht einträglich sind. Nicht zu trennen von dieser Frage ist die des Kriegsendes u. seiner Art. Zu diesem Thema: mich besuchte in diesen Tagen ein Däne aus der von meiner Tochter angeheirateten Verwandschaft aus Kopenhagen. Die Dänen haben auch eine gleichgeschaltete Presse, aber ihnen ist das Radiohören nicht verboten. Dieser junge Mann aus der technischen Ingeniörindustrie hat ausserdem viele Beziehungen zu U.S.A. u. unterhält sie auch heute noch. Nun, also: der Krieg dauert doch wohl noch 2 - 3 - 4 Jahre. Die Aufrüstung in U.S.A. soll unvorstellbar sein. Wogegen sie sich richtet, ist *keineswegs* Japan, dessen Kriegspotential heute auf 10 % dessen von vor dem Chinakrieg geschätzt wird, gegen das also ein Krieg von Seiten U.S A. garnicht mehr nötig ist. Sie richtet sich gegen Mitteleuropa. Die Herstellung von Flugzeugen, speziell Bombern, soll märchenhaft sein. Die Folgen lassen sich ermessen. Also dies ist zum Mindesten eine Möglichkeit, die man in seine Gedanken einbeziehen muss, wenn man von der Zukunft spricht. Übrigens sprach dieser junge Mann jemanden, der vor 4 Wochen aus London gekommen war: dieser sagte, er wäre damals stundenlang durch London gegangen, *ohne* wesentliche Zerstörungen zu bemerken. Vor 4 Wochen! Alles dies wird man natürlich nicht 100%tig nehmen können, aber eine Ergänzung unserer Darstellung ist es doch wohl. – –

Der Herbst ist da und Allerseelen; diese mittelalterlichen Worte, bei denen ich immer an Beguinenhöfe und an sehr geschlossene und abgeschlossene Stadtbilder denke à la Brügge („von dem das Meer zurückgetreten ist, wie ein zu grosses Glück") tun es mir jedes Jahr wieder an. Im Übrigen ist meine Dienststellung sehr schwer zu ertragen: zwischen lauter subalternen, erlebnislosen, strammen, kahlen Sachbearbeitern eine isolierte schweigsame Existenz. Ich führe sie durch, um diese Kombination von äusserster innerer Entartung und äusserster äusserer Solidität darzustellen u. in ihrer Möglichkeit zu erweisen. (Natürlich auch, weil mir garnichts anderes übrigbleibt)

Aus Ihrem letzten Brief klingt mir etwas entgegen, was ich mir häufig selber sage u. worüber ich nicht ununterrichtet bin: dass meine extremen Positionen eine Hartnäckigkeit u. Sturheit bekunden, die dem Bäurischen und Barbarischen nahe stehn. Sehr deutsch, diese Absolutheit! Aber wie soll man seine Substanz *vor*treiben in geistige Begriffe, wenn nicht durch *Über*treibung? Nur so werden sie sichtbar. (Ob das nötig ist u. für wen, ist wieder eine andere Frage). Da meiner Generation ohne Zweifel – und das steht ja schon geschichtlich fest u. der Kampf gegen sie erweist es, – die Aufgabe zukam zu desillusionieren, die rassische Substanz zu unterhöhlen, eine jahrhundertealte, unreell gewordene Wirklichkeit abzubauen: Expressionismus –, mache ich bewusst keinen Halt vor Polarzonen, wie Sie es nennen, u. N., unser so oft zitierter Titan, kann mich garnicht dabei aufhalten. N. war ein grosser Romantiker. Eine romantische Mythe. Seinem Lebensausgang, der „geistigen Umnachtung", haftet zweifellos etwas Bürgerlich-Idealistisches an. Ein Fehltreten infolge seiner schweren Kurzsichtigkeit wäre nüchterner und unlegendärer. Selbstverständlich ist er verantwortlich dafür. Noch jetzt unterstützt er die gemütvolle Mythenbildung durch die Volksgemeinschaft, dieser aber gilt doch nur eins: sie zu lehren und sie zu führen: zur Zerstörung. Ich weiss sehr wohl, dass es einen sehr hohen Standpunkt giebt, von dem aus das Leben auch ohne den Geist einen Schimmer von Tiefe hat, Qualen trägt u. Reste von Schöpfungsräuschen, aber das Letzte der Gesetze ist es nicht, und nur diesem Letzten stehn die Entscheidungen zu, die man über seine Existenz zu treffen hat. Darum weiche ich nicht zurück u – Sie müssen mir verzeihen, wenn ich Sie verletze oder enttäusche. Aber in mir ist eine Wiederkehr dieser Zwänge zum Statischen u. Affektlosen, zur Form, und da giebt es für mich keine Rettung mehr – usque ad finem („Dem

Traum folgen u. nochmals dem Traum folgen und so ewig – usque ad finem". Lord Jim.)
Es giebt Tage, wo alle diese Dinge um mich herumliegen wie Brödchen, so nahe u. gegenständlich, zum Greifen u. Essen; unfasslich, dass nicht alle sie sehn u. darnach fassen. Aber offenbar ist es doch nur die Neurose Einzelner, Später und Späher.
Anbei Prospecte! Orientieren Sie sich über das heutige Deutsche Schrifttum. Eine grosse Blüte von Strohblumen.

Herzlich! Ihr Benn.

Der „Faust" war als Geschenk gedacht. Aber offenbar lassen Sie sich nichts von mir schenken.

Nr. 189 24./XI 40. B

Lieber Herr Oelze, haben Sie Dank für den letzten Brief. Am vorigen Sonntag lag ich mit etwas Grippe zu Bett u. musste den Rhythmus des zweiwöchigen Nachrichtenaustausches unterbrechen. Viel Interessantes zu schreiben habe ich heute nicht. Vielleicht interessiert Sie zu hören, dass mein Dänischer Bekannter seine Reise ins westliche Industriegebiet beendet hat u. als Schlussergebnis doch sehr beeindruckt war von der geringen Wirkung der englischen Angriffe, dem Fehlen wirklich gefährlicher Zerstörungen, der Schwäche der Bombenwirkung selbst da, wo sie ihre Ziele erreichen. Und in der Tat: das bleibt sehr merkwürdig u. unverständlich. Nun sollen allerdings die neuen Bombertypen jetzt angelangt sein aus U.S A. u. man erwartet auch hier sehr bösartige Angriffe. Ich persönlich finde es ja etwas unheimlich, dass beide Seiten z.Z. kaum Verluste haben, ungeheuer aber produzieren, also Tausende ansammeln, Riesenschwärme von Stukas u. Bombern in Bereitschaft halten

– u. eines Tages muss dann doch die Entscheidungsschlacht beginnen.
Die neuesten Lesarten sind, dass die Aufrüstung von U.SA. nicht gegen uns gerichtet sei, sondern gegen Südamerika (was ich nicht glaube); dass das Militärbündnis mit Russland in wenigen Wochen perfekt sei, desgl. der Frieden mit Frankreich. Demgegenüber sage ich mir, dass England bisher erworben hat: die Faröer, Island, Grönland, Spitzbergen, Kreta u. eine beliebige Menge Inseln im griechischen Mittelmeer. Also eine ganze Menge Positionen in die Hand bekommen hat. Die Zerstörungen in Süd- u Mittelengland sind sicher ungeheuer – in London angeblich 40 000 Häuser –, aber das Empire als solches ist doch wohl noch nicht tot. –
Ich möchte Sie unterhalten. Vielleicht interessiert Sie hinsichtlich der Geschichte des Intellectualismus (u Nihilismus) Folgendes: Mark Aurel (121 - 180 n. Chr. G.) schreibt: „So musst Du bei allem daran denken, gleich auf die *Zerteilung* auszugehn u. durch die *Auseinandertrennung* zur Verachtung zu gelangen. Das übertrage auf das ganze Leben“. Also: Zersetzung der Substanz, Frigidität, Wirklichkeitsentfremdung! Die Neurose unseres Fin de siècle!
Dass Du nie enden kannst, das macht Dich gross, u. dass Du nie beginnst, das ist Dein Los!

Herzliche Grüsse. Ihr Be.

Nr. 190 25. 11. 40

Lieber Herr Oelze, im Nachgang meines gestrigen Briefes teile ich Ihnen mit, dass ich heute bestens dankend Ihr Madonnenbild aus Bremen und vor 14 Tagen Ihren Brief aus dem Atlantik Hotel in Hbg. bekam. Gratuliere sehr zum Oberleutnant! Auch Hauptmann werden Sie schnell, da Sie

vor dem 1. 11. 18 Offizier waren. Setzen Sie gleich Dampf dahinter, es ist eine neue Verfügung darüber gerade gekommen.
Wir haben den Sieg in der Faust, sagte jener, da verloren sie die halbe Flotte u. mussten 60 km fliehen; jetzt setzen wir wieder „Korsettstangen" ein, u. die Wiege der europa-atlantischen Kultur wird aus Dankbarkeit gemeinsam zertrümmert. Übrigens war es eine venetianische Bombe, die 1687 das Parthenon zerstörte. Das alles ist ja Vorspiel, ein Vorkrieg. Der nächste sammelt die Erdteile in eine Hand, ob die Hand weiss, gelb oder niggerbraun sein wird, wissen die Götter, aber es wird nur noch ein Zentrum geben u. die Stratobomber mit 1000 - 1500 km Geschwindigkeit pro Stunde u. einem Radius von einem halben Dutzend von Äquatoren sausen durch die eiskalten, blauen, steinernen Räume in den lautlosen Explosionen der Atomzertrümmerung. Gehn wir ein Pilsener trinken u. dann schlafen! Die Welt ist tief, aber es ist besser, man spricht nicht mehr darüber. Wahrscheinlich giebt es gar keine Zeit, aber ziehen wir ruhig weiter die Armbanduhren auf. Bekämpfen wir ruhig weiter das falsche Deutsch, aber seien wir uns klar darüber, dass die Völker ihre Genies ausspeien wie das Meer die Perlen: für die Bewohner anderer Elemente. Irgendwas stimmt nicht, aber streichen wir ruhig am 1. von Neuem unseren Wehrsold ein. Zum Wohle, lieber Herr Oelze! Ihre Madonna sieht auch etwas degoutiert von dem Knaben auf ihrem Schosse weg!

Herzlich! Ihr Be.

Nr. 191 3/ XII 40

Lieber Herr Oelze, mit der Beförderungssache meinte ich Ziffer 1150 der Allgem. Heeresmitteilungen vom 21. XI 40. Wenn das bei Ihnen schon bekannt ist, habe ich mich wohl geirrt. Aber nach meiner Meinung können *alle* Oberleutnants, die am 10. XI 1918 Offizier waren, zum Hauptmann eingegeben werden.
Dank für die schauerliche Karte aus Wesselburen. Was für Strassen, Strassenecken u. Gebäude! In „Gyges u sein Ring" sind so tiefsinnige Verse, ja sogar in den Nibelungen auch. Überhaupt nicht ohne dieser Ortsgenosse des Adolf Bartels!
Und nun bitte: Attention! In einer Woche werden Sie vermutlich wissen, was ich meinte... „gen E.." Komponist Herms Niel.
Bald mehr! Tausend Grüsse, Ihr Be.

Nr. 192 5/ XII 40

Lieber Herr Oelze, vielleicht hat Sie meine Bemerkung im letzten Schreiben irritiert. Was ich meinte, war, dass diese Tage wieder einmal u. sehr bestimmt designiert waren zum grossen Ereignis, auf das alles wartet. Vous comprènez. Trotz Sturm, Schnee und nur 3 Stunden Licht am Tag. Es würde wohl bedeuten, dass Eile dringend geboten ist.. Aber vielleicht war es wieder nur Planung u. wurde abgebremst wie schon öfter. Bitte in Ihrer Antwort wenig darüber.
Meine Stimmung ist hundsmiserabel. Viel zu tun, unangenehmste Vorgesetzte, mürrisches, subalternes Milieu. Manchmal, um nicht völlig zu vertieren, mache ich mir den Witz, eine dienstliche Sache persönlich anzufassen. Werde Ihnen derartiges morgen senden. Mein Arbeitsgebiet ist u. a. Selbstmord in der Wehrmacht mit der besonderen Frage-

stellung der Versorgung der an sich schon so unglücklichen Hinterbliebenen. „S. ist Feigheit“ ist natürlich der Tenor meiner Umgebung. Während ich – nun Sie werden sehn, bitte baldige Rücksendung! Reiner Sport von mir! Ich bemühe mich sehr fortzukommen. Ich möchte einmal wieder ganz allein sein, auch ohne Wohnung. Ich kann diese sturen Gestalten ringsherum garnicht mehr verächtlich finden etwa, keineswegs, sie gehen alle ihren armseligen engen Weg mit Weib und Kindern u. starken Dekorationsdrängen und Kriegsverdienstkreuzbestrebungen – nichts gegen sie, es muss so sein, bloss vor der Berührung mit ihnen behüte mich, wenn es irgendetwas Transcendentes giebt, Schicksal oder Ordnung oder Götter oder Zufall, es behüte mich. Die Sprache, die Redewendungen, die Unterhaltungsallüren – es behüte mich. Menschen mit körperlichen Widerlichkeiten geht man aus dem Wege, aber mit solchen mit Ansichten, die doch auch nichts anderes sind als Absonderung, Wunde, zellulöser Unflat, muss man kameradschaftlich u. gesellschaftlich verkehren. Sonst ist man „eigenbrödlerisch“, „verschlossen“, vor allem arrogant. Was Sie neulich schrieben, ist so wahr darüber. Mit keiner Maske ist das zu verdecken, mit keinem Lächeln abzuschwächen, man ist gezeichnet u. fremd: der Gegentyp.
Guten Sonntag, lieber Mister Oe! Ihr Be.

Einem Sammler, der handschriftliche Äusserungen „führender“ Persönlichkeiten sammelt u. mich wiederholt gebeten hatte, schrieb ich heute das mir besonders nahe stehende „Einsamer nie als im August –“ auf; der Schlussvers ist so erkenntnisreich: „dienst Du dem Gegenglück: dem Geist“.

Nr. 193 15/ XII 40.

Lieber Herr Oelze,

Dank für Rücksendung des Briefes! Vielleicht interessiert es Sie zu hören, dass er den grössten Eindruck gemacht hat u. den höchsten Generälen zugeleitet wurde: eine etwas originale u. nicht kommissige Ansicht! Hoffentlich nützt er den armen Hinterbliebenen u. sie erhalten nun wenigstens etwas Versorgung u. Rente.
Hinsichtlich der Beförderung ist es dann so, wie Sie schreiben. Z. V.Offiziere, die „Lauen“, müssen 10 Monate dabei gewesen sein. Aber das ist doch für Sie bald soweit?
Waren Sie nicht in Stargard, wo doch vergangene Woche der grosse Lehrgang für die Herren Stalag- usw Offiziere war?
Das Bild des kämpfenden Giganten vom Nordfries ist wunderbar! Ungeheuer differenziert in Ausdruck u. Haltung. Ich will Weihnachten hingehn u. ihn betrachten. Wenn ein Sieg wirklich ein Sieg ist, nicht nur ein technischer Zufall infolge gezogener Vorderladerkanonen gegenüber glatten Geschützrohren, wenn hinter ihm die Notwendigkeit der menschlichen Idee steht, zeichnet er bestimmt die gleichen unauslöschlichen Male des Geistigen in die Antlitze und körperlichen Gefüge wie die Niederlage; alles, wenn es tief ist, sucht und findet den Geist u. ist „immerfort dasselbe“.
Und nun zu der grössten Überraschung: 2 Flaschen Rum vom Bremer Rumkontor! Herr Oelze! Wärme, Mittelpunkt für den fastenden u. frierenden Leib! Haut- u. Herzenskohlenbecken für den auf kalten irdischen Gegenständen elmsfeuerhaft zerflatternden, sammlungsunfähig gewordenen Gemütszustand! Ich sehe die zarte Röte der Flamingos wieder am Saum der Dinge; eine Mandelblüte über der dunklen Erde der Welt! Dem Fakir dessen – Verneigung und Dank!

Und „Heiligabend“ werden Sie in Schleswig sein? Bedauern Sie es? Es kann ganz schön sein, stelle ich mir vor. An solchem Abend das Meer sehn, wäre vielleicht ein Eindruck. Auch hier Gemeinschaftsfeier! 50 Kuchenmarken hat jeder abzuliefern u. ein Geschenk im Preise von 1 M. Sie können sich denken, wie freudig erregt ich schon bin in der Erwartung, was ich erhalten werde. Tausend Grüsse u. Dank!

Herzlich Ihr

Benn.

Nr. 194 22/12 40.

Lieber Herr Oelze, nehmen Sie also zu Ihrem einsamen Weihnachtsabend viele herzliche Grüsse von mir entgegen. Ich hoffe, Frau Behrens stellt Ihnen ein Bäumchen in Ihr Appartement u. alle die Sie verehrenden Damen, Frauen, Fräulein senden Ihnen Pakete u. Liebesgaben. Von mir sollte ein kleines Buch kommen, ein harmloser Zeitvertreib für ein par Stunden, aber, Sie wissen, heute bestellt u. kauft man ein Buch mit denselben Schwierigkeiten, wie früher ein Rittergut. Abgesehen davon, dass fast alle Schriftstücke von einigermassenem Reiz verboten, eingestampft und auch hinten herum unerhältlich sind (Conrad, O'Flaherty, Georg). Also abwarten, ob es beim Buchhändler eintreffen wird!
Auch ich habe Weihnachten Dienst u über Neujahr frei. Mein häusliches Weihnachten ist etwas getrübt durch Familienangelegenheiten. Die – erst 52jährige – Mutter meiner Frau liegt an einem inoperablen Darmkrebs in Hannover in der Klinik u. übersteht alle Qualen, die dazu gehören, bis die immer zu sehr verzögerte Morphiumdosis das Ende bringt. Meine Frau ist fassungslos u. ich muss sie trösten. Diese Lagen sind mir ja nichts Neues, sie haften mir geradezu an; Mutter (Brustkrebs), Frau (Bauchfellentzündung), Sohn

(Lungentuberkulose), Freundin (Selbstmord) habe ich hinüberbegleitet.
Ich freue mich sehr, dass Sie dann nach Bremen fahren u. sicher in der Horner Heerstrasse und unter der Obhut u. Pflege Ihrer Frau einige warme Tage verbringen werden. Werfen Sie noch einen Blick in das vielfach doch so angenehme bürgerliche Leben, ich glaube, dass das nächste Jahr es beenden wird. Ich glaube, dass wir rückblickend, – wer es überlebt –, den Weltkrieg als gar keine wesentliche Veränderung unseres Lebens empfinden werden, dagegen diesen Krieg, wie er auch endet, als Beendigung unserer Existenz. – Die neuen englischen Bomber übrigens, die offenbar jetzt Stil sind u. aus U.S.A. stammen, wirken unvergleichlich intensiver. Die beiden letzten Angriffe hier waren recht unangenehm. In der Tauentzienstrasse ist kein Fenster ganz geblieben von 2 Bomben, die Ecke Nürnberger- u. Tauentzienstr. fielen.
Unser Weihnachtsfest dauerte 4 Stunden. Ich bekam eine Mundharmonika von Kleinfingerlänge u. kann nun drauf blasen.
In Bremen lesen Sie bitte das kleine Gedicht aus dem West-östlichen Diwan: „Lass den Weltenspiegel Alexandern –", ich entdeckte es neulich u. es entzückte mich.

Viele herzliche Grüsse!
Ihr
Benn.

Nr. 195 — 31. 12. 40.

Lieber Herr Oelze, soweit ich weiss, werden Sie 50 Jahre. Ein grosses Ereignis! Nehmen Sie meine aufrichtigsten Glückwünsche dazu entgegen. Feiern Sie mit der Gewissheit, dass unsere Vorstellungen von der Welt u. vom Men-

schen, die wir uns gebildet haben, sicher die besseren und redlicheren sind als die von anderen, die es vielleicht „weiter“ gebracht haben. Ich wünsche Ihnen, dass Sie noch erleben, es werden dies mehr als heute sehn u aussprechen dürfen.
Hoffentlich sind Ihre Urlaubstage in Bremen angenehm. Dank auch noch für den Weihnachtsbrief mit dem schönen Hebbelzitat, in dem ich nur zu meiner Überraschung den Vers vermisste: „drum rühre niemals an den Schlaf der Welt“ – ; steht dieser Vers nicht an der von Ihnen erwähnten Stelle?
Auch meine Frau gratuliert Ihnen! Alles Gute! Nach Schleswig bald mehr!

Herzlich Ihr

Benn.

Nr. 196 26/ 1. 41.

Lieber Herr Oelze,

ich schrieb nicht, sitze so in Arbeit, laufender dienstlicher, die überhand nimmt u. Sonderaufträge, zwei Beiträge zu einem Buch über Wehrmachtsversorgung, die zum 1. II fertig sein müssen. Eine feine Sache! Paragraphen des neuen Versorgungsgesetzes breittreten: „Wehrdienstbeschädigung“ u.sw. Aber dieses Jahr muss überstanden werden, wenn es sich überstehen lässt, man würde doch ganz gerne die Finale mitansehn!
Seien Sie bitte sehr vorsichtig mit Äusserungen! Es wird viel geöffnet u. dann entsprechend erledigt. Was sagen Sie zu Freund Peregrin? Ein schöner edler Kitsch; das mit dem Kugelblitz ganz nett, sonst stumpfsinnig.

Wieder 2 Flaschen Rum! Herrliches Geschenk kubanischer Sonne oder wenigstens verwandten Lichts.

Tausend Grüsse!

Erhielt Brief von Ihnen nach Ihrer Rückkehr aus Bremen. Dank!

Ausserdem habe ich neuerdings abends noch Patienten. Die Moral lockert sich, die Schleimhäute werden lebendig.

Ihr Benn.

Nr. 197 11/ II/ 1941

Lieber Herr Oelze, Dank für Briefchen v. 9. II mit Gedicht von Daumer. Wer ist Daumer? Nie gehört! Pseudonym für Oelze? Würde mich interessieren. UAwg. Dank für Brief vom 1. II. Auch ein sehr schönes Gedicht. Kristallinisch klar, das wird man sagen dürfen, u. Mittel und Zweck in reinem Verhältnis zu einander, echte Holsteinische Renaissance, Plöner Selbstbefleckung. Herr H. Fr. Bl. . . . .

Was Sie von Ihrem Sohn – haben Sie wirklich einen? Kein Phantasieprodukt: Euphorion – schreiben, bedaure ich wohl. Aber so wie die Jugend heute ist, was empfindet sie von unseren Dingen? Kinder sind fremde Leute; Söhne gar Bestien; soll man sie überhaupt hüten, was hängt von diesen Hilfsstellungen ab; überlassen wir sie den Dämchen, den grauen, den braunen und geben wir ihnen etwas Geld, soweit das möglich ist. Alles andere machen sie alleine. Ihnen hat die in Parallele gebrachte Unterbrechung Ihres eigenen Bildungsganges vor 26 Jahren, scheint mir, auch nicht wesentlich geschadet, Sie kennen sogar Daumer, sind mir also auch in dem Punkt erheblich über u. können sich nicht beklagen. Herr Oelze! Auch über Tripoli wird das Wüstenlicht erstrahlen u. über Addis Abeba auch u. Haile Selassie

wird wieder den Thron Salomos besteigen u. in den heissen Quellen des Tanasees mit seinen zahllosen Weibern baden. Übrigens hatten die Engländer Italien angeboten, die 20 000 italien. Frauen u Kinder aus Abessinien abzutransportieren, bevor der Negus wieder einzieht u. sie alle massacrieren wird, aber der stolze Fascio hat es abgelehnt. Also werden sie sterben; wie vermutlich auch wir sterben werden, wenn die grosse Schlacht beginnt. (Besitzen Sie eine gut schliessende Gasmaske? Ich frage nicht aus Scherz!)
Heiterkeit, güldene –, wir gehören einem Volke an, für das 2 eineiige Zwillinge wichtiger sind als 2 Genies, an den ersteren lässt sich Statistik treiben, die letzteren sind letal. Die Reichsfachschaft Deutscher Hebammen veranstaltet einen Tanzthee der Frauenmilchspenderinnen – einige bis 3 l pro Tag –, die stillende Mutter hat das Wort. Dann kommen die Blutspender, dann die Karnickelböcke, dann die weissen Mäuse als Impfobjecte, dann die Fahnenfabrikanten und dann Percy Shelley und Flaubert. Die letzteren wirken aber abwegig und bleiben auch nicht lange. Heiterkeit, güldene, ja es giebt zahllose Augenblicke, sie überwiegen, wo man den Gedanken, nicht mehr dabei sein zu müssen, wie ein Orchideenfest empfindet.

Tausend Grüsse!

Herzlich Ihr

G.B.

Nr. 198 21. II 1941.

Lieber Herr Oelze, was Sie über Daumer schreiben, hat mich sehr interessiert. Vielen Dank! Ich hatte nie etwas von ihm gehört.
Was die Tiefe der Auflösung u. die Krise betrifft, so ist sie vielleicht garnicht an Jugend u. Alter gebunden. Wenn ich

mich frage, wer von denen, mit denen ich nun 1 1/2 Jahre von 8.30 - 17 h mein Leben verbringe, mir eine Antwort geben könnte, sehe ich auch keinen. Krise – sie würden meinen, ich spräche davon, dass die Beförderung schlecht sei u. das Kriegsverdienstkreuz II Klasse immer noch nicht da sei u. dass sie 15 M. weniger Ministerialzulage bekämen als die, die in regulären Friedensstellungen sind. Offenbar ist die Tiefe in allen Generationen gleichmässig nur auf ein par Gehirne verteilt, in denen sich die „Formen der Bewältigung“ durcharbeiten müssen.
Die Notiz über den Löwenherzog ist auch nicht schlecht. In den Berliner Zeitungen hat man es doch bisher wohl richtiger gefunden, nicht darauf hinzuweisen.
Alles in Allem: ich höre, die Stimmung ist sehr mässig! Wozu sie ja auch allen Grund hat. Ich glaube, wir können getrost in die Zukunft blicken, sofern uns noch eine beschieden ist. Meine Frau hat vorige Woche die Nacht von Hannover erlebt, die alles Bisherige in Schatten stellte. 300 †. Aber meiner Meinung nach nur der allererste Anfang. (Die alte Dame, 53jährig, ist nun endlich gestorben, nach schrecklichen Wochen der Auflösung u. Agonie).
Wer kommandiert Ihr Stalag eigentlich? Ein General oder ein Oberst? Haben Sie auch einen Lagerarzt? Hat der viel zu tun? Soll ich mich dorthin versetzen lassen? Ich halte es hier nicht mehr lange aus, bin völlig überarbeitet und erschöpft. Möchte dringend fort dorthin, wo ich mein oft zitiertes Lebensideal: „Untätigkeit bei günstigen äusseren Lebensbedingungen“ verwirklichen kann. Kommt Stalag X A in Frage?
Ob Sie diesen Sonntag in Hamburg sind u. im Atlantik Hummer essen? Haben Sie vielleicht ein Bild von sich als Oberleutnant? Sie sind sicher einer der schicksten Offiziere des dritten Reiches. Tragen Sie Dolch oder Revolver, wenn Sie den Hesterberg verlassen, um zum Dienst zu gehn? Was machen die Damen vom Heiligabend, die Sie mit Rotwein

u. Enten umgarnten? Lohnte es sich? Glänzendes, aber wenig zitiertes Faustwort:

„Frauen, gewöhnt an Männerliebe,
Sind nicht Wählerinnen, aber Kennerinnen...“

Einen guten Sonntag, lieber Herr Oelze.
Oft an Sie denkend mit herzlichem Gruss

Ihr

Be.

Nr. 199 Berlin, 9. März 1941.

Lieber Herr Oelze,
der Sonntag ist zu Ende, grauer Vorfrühlingstag, grösstenteils Regen, alles sehr dunkel, ich war im Zoo, um meine Frau zu zerstreuen: Bären, Robben, Jaguare und mein Lieblingstier: das Puma regungslos auf einen Ast gestreckt, monoman, mit grünen Augen. Ich muss sagen, ich war tief beeindruckt von dem allen, tief beeindruckt vom *Tier*, dem Verhafteten, ungeheuer Unterworfenen aller seiner Wendungen und Bewegungen, seinen schauerlichen Wiederholungszwängen im Traben, Schaben, Wetzen, Heulen, dieser ganzen Neuronen- und Reflexspannung von geradezu fühlbarem Charakter, die nur die Entladung in die Muskulatur kennt, – offenbar die älteste Vorform des Bewusstseins –, noch ohne jeden Ausweg in die Trennung vom Objekt, die wir dann brachten. Von neuem wurde mir klar, was für eine den Heutigen garnicht mehr nachspürbare kosmische katastrophenhafte Entspannung dies Bewusstsein für das All wurde nach soviel Millionen Monden Reiz- und Rückenmarkverhaftetheit. Sicher war die Epoche dieses Aufstemmens von der Muskulatur hinüber in den Gedanken eine ganz unheimliche und grausame, und dann kam dies Aus-

strömen der Unruhe und der Last in ein Bild und Gegenbild. Sehr begreiflich, dass die Erde nach diesem Ausbruch *stiller* wurde, geologisch weitere Schichten ohne Vulkane waren, mehr Kontinente bewohnbar wurden, das Klima sich milderte, nachdem der Planet den neuen Ausweg in die Ausdruckswelt gefunden hatte. Jetzt entstanden die Schmetterlinge und der Regenbogen, sanfte Dinge und Gebrochenheiten. Jetzt entwickelte sich die Art, die schöpfungsgemäss an physiologischem Wert verlor, aber an Ausdruckswert gewann bezw. ihn erst eroberte. Und da es ein Innen und ein Aussen zwar gewiss seitdem für uns, aber für den Schöpfer wohl nicht gibt, der das allzeit gegenwärtige Wesen der Sache ebenso vertritt und ist wie ihre begrifflichen Reflexe, muss man ihn wohl sehen als einen sich sehr langsam verfeinernden Gott. Auch er war nicht fertig, auch er kannte die Schmetterlinge nicht von je, und der Mensch erlöste ihn eher, als es umgekehrt geschähe, wie es im allgemeinen heisst und gilt. Ja, der Mensch erlöste den Gott, aber dieser Prozess wird nicht zu Ende sein und etwas Anderes wird ihn von uns erlösen, denn sicher sind auch wir eine schauerliche Qual u. bedrücken die Erde tief.
Dies waren Gedanken im Zoo, die sich vordrängten, aber nun wende ich mich Ihrem Brief zu, für den ich vielmals danke. Die Sache mit dem Ledergurt erscheint mir nicht überzeugend. Dolch und Ledergurt sind Beides demi-monde. Der feine Mann trägt den langen Säbel, und zwar unter den Mantel untergeschnallt. Das ist Stil, alles andere ist schon momentan. Ich persönlich trage den Dolch u. bleibe überall mit ihm hängen.
Die neueste Version lautet: noch 3 Jahre europäischer Krieg u. dann 5 Jahre Kolonialkrieg. Also Ihr Traum von der Karibischen See und einer Insel darin hat keine gute Perspective. Aber es kann ja auch anders kommen. Der obige Gedanke von einem sich langsam verfeinernden Gott hat ins Geschichtliche übertragen etwas Tröstliches. Ich sagte,

ich liebe den Puma, aber, füge ich hinzu, ich glaube nicht, dass er für uns noch einmal gesetzlich wird.
In diesem Zusammenhang ein Wort über Dacqué. Ich kenne das Buch nicht, das man Ihnen zu Weihnachten schenkte. Aber ich las in letzter Zeit einige neue Aufsätze von ihm. Er vertritt darin rein die neue deutsche Naturwissenschaft, beteiligt sich also massgeblich am vorliegenden abendländischen Zusammenbruch made in Germany. Trotzdem bleibt sein Gedanke von den Erdzeitaltern, die jedes eine bestimmte biologische Besonderheit mit sich brachte, den zoologischen Wesen einprägte, sie nach ihr umbildete, und deren Motive wir in den körperlichen Rudimenten finden, ein interessanter Gedanke innerhalb der Folge der so zahlreichen Gedanken, die über das Entwicklungsprinzip im Laufe der Jahrhunderte ausgesprochen wurden. Jedenfalls war dies ein Gedanke ausserhalb des Mechanischen und darum erweiterte es den Blick. Aber nun ist er anscheinend ein Blunck der Paläontologie geworden – sehr bedauerlich! Eine Besonderheit der deutschen Konstitution ist der Schaum; aber nicht der von Meeren, die sich an Felsen zerschlagen, sondern mehr ein Bierschaum u. der Gärung von Ungeziefer.
Ihre Dame hat Recht: in allen schönen Büchern steht dasselbe (und in allen schlechten auch!)
Wann sehen wir uns mal? Es gäbe manches zu erzählen, das man nicht schreiben kann. Sind Sie schon Hauptmann? Was macht eigentlich Ihr Bruder in Amsterdam?
Hoffentlich haben Sie einen schönen Sonntag verlebt und haben Schneeglöckchen in Ihrem Zimmer.

Herzlich Ihr

Be.

Nr. 200 25/ III 1941. (Im Dienst)

Lieber Herr Oelze, haben Sie Dank für Ihren Brief mit den zwei Gedichten! Das von Hofmannsthal ist ja weltbekannt u. war sogar mir nicht neu, der ich ja, wie der Fall des neulich übersandten Gedichtes zeigte, in Lyrik nicht bewandert bin. Der Rilke ist reizend! Der frühe Rilke ist mir überhaupt interessanter als der späte mit der etwas verlogenen Gottgebundenheit seiner Reime. So dies Gedicht: so angenehm abwegig und blöd, aber von der Blödheit der wahrhaft Sensitiven.

Auf das, was Sie sonst schreiben, gehe ich ein ander Mal ein. Hier im Dienst empfinde ich zu sehr die andere Welt, für die das Wort u. der Gedanke nur eine Ablehnung der Tat bedeutet, – diese allein des Mannes Aufgabe u. Raum. Diese Welt weiss nicht, dass sich etwas Ausserordentliches vorbereitet, nämlich der neue Schritt der Schöpfung zu einer anderen Art, die die Physiologie weiter einschränkt u. dem Unbewussten eingliedert, um den Weg weiter zu gehn zur transzendentalen, halluzinatorischen Rasse, für die Wort, Farbe u. Ton stärkere Seinswerte darstellen u. die unter anderen Ausdrucksbedingungen leben wird als die heutige. Sprechen wir also heute von der alten Welt, die um u. auf meinen Schreibtisch sieht.

Also, es sollen bald wieder häufiger die Fahnen herauszuhängen sein! Holland wird einverleibt, dazu ein Teil von Flandern. Sonderfriede mit Frankreich: Italien, dessen Zusammenbruch unausweichlich ist, wird als Köder von uns angeboten und verteilt. Der Alexanderzug nach dem vorderen Orient steht unmittelbar bevor: Suez das Ziel. Jugoslawien soll bereit sein, mitzumachen, wenn Ungarn gewisse Ansprüche auf jugoslawisches Gebiet zurückstellt. Russland wird beiläufig mit 3 Armeekorps erledigt, Ukraine u. die Küste des Schwarzen Meers für immer besetzt. Immerhin, – immerhin –: U.S.A. wird selbst von den grössten Narren als

allein massgeblicher Faktor für den Friedensschluss eingesetzt, aber U.S.A! Juden u Jobber, das giebt einen guten Kuhhandel! So die Umgebung meines Schreibtisches. Immerhin, sage ich, in wenigen Wochen werden grosse Schläge fallen, jedenfalls versucht werden. Dass Churchill demnächst „türmt", gilt als selbstverständlich; (immerhin erobert er bis dahin ganz Afrika.)
Ostern bin ich sicher in Berlin. Es ist ja Urlaubssperre. Ich fürchte, Sie werden auch nicht reisen können. Andernfalls freue ich mich sehr, Sie zu sehen. Robinson-Rum ist noch genügend da u. auch eine Flasche Bordeaux für die älteren Herren über 50!
Unendliche Akten sind inzwischen wieder auf meinen Tisch geworfen, ich muss im Dienst der Nation weitermachen.
Im Wunschkonzert warte ich immer darauf zu hören: eine Schreibstube eines Stalag in Holstein für ihren Oberleutnant Oe. 10,50 M – das Weserlied!

Herzlich Ihr

Be

Nr. 201 10 / IV 1941. Gründonnerstag.

Lieber Herr Oelze,

dass Sie ernstlich die Grippe hatten, jagt mir einen richtigen Schrecken ein. Erbitte genauen Bericht! Temperatur? Wer hat Sie behandelt? Der Truppenarzt des Stalag, jener neulich von Ihnen beschriebene? Hören Sie ein ernstes Wort: lassen Sie sich für 4 Wochen auf Kur verschicken! Wir haben recht gute Kurlazarette und Erholungsheime, es braucht garnicht Gastein und der Semmering sein, die sind voll von Generälen u. O.K.W Grössen, auch die andern sind z T. recht ordentlich. Genieren Sie sich nicht. Keiner geniert sich in der Richtung. Sie bekommen freie Reise usw. u. es rechnet *nicht* für den allgemeinen Urlaub. Ihr Truppenarzt muss einen *Kurantrag* abfassen, der sicher (vom Divisionsarzt) genehmigt wird. Ferner: Sie sind der bedrohte Tbctyp. Lassen Sie sich nach der Grippe bestimmt hinsichtlich der Lungen untersuchen, auch *röntgen*. Belasten Sie den Staat, mit was Sie können, jede Scham wäre wirklich fehl am Platz. Schliesslich lassen Sie eine *Wehrdienstbeschädigungsliste* aufstellen, u. behaupten Sie, dass die Grippe W.D.B sei. Aus mir spricht die oberste Instanz der Wehrmacht – für alle drei Wehrmachtsteile – in Sachen Versorgung und Dienstbeschädigung. Sie wissen, ich zeichne: Der Chef des Oberkommandos d. Wehrmacht: Im Auftrage

Dr. Benn. –

also hören Sie auf mich!
Und nun wünsche ich gute Ostern mit Ausruhen u. schönhändiger Pflege u. gute Erholung! –
Über die Lage spricht man wohl besser garnicht mehr. Die Sache mit Benghasi hat mir doch einen Stoss versetzt. Zuerst dachte ich: eine Falle. Aber offenbar doch wirkliches Versagen. Die Engländer lassen sich wirklich bis an die äussersten Grenzen des Möglichen in ihrer Indolenz und Dickfälligkeit gehn. – In Moskau versucht der Japaner für uns, Stalin zum Dreierpakt zu bringen. Gelingt es nicht, geht es nach Ostern los: Petsamo, Ostseeprovinzen, Ukraine. Die Armeen stehn bereit. Materiell sind wir wohl überhaupt nicht klein zu kriegen, eher personell, der Mangel an Ersatz ist effektiv schon sehr stark fühlbar in Bezug auf alles, was Arbeitskraft angeht, und wird, wenn alle die neuen Länder besetzt gehalten werden müssen, sehr grosse Schwierigkeiten bereiten.
Entschuldigen Sie, wenn ich nochmals auf Benghasi zurückkomme, die Sache regt mich auf: Rommel hatte höchstens 3 mot. Divisionen drüben. Die Engländer hatten also nicht einmal diese Menge an Panzern mehr, hatten ihre Eroberungen nicht gesichert, hatten keine Luftaufklärung, keinen

Nachrichtendienst. Sonst hätten sich nicht 6 Generäle gefangen nehmen lassen müssen. Also eine ganz rätselhafte Angelegenheit. Dies umsomehr, als doch hier alle Illustrierten Blätter u. Wochenschauen in den Kinos Bilder von dem Afrikakorps brachten u s w. Wie erklären Sie sich das, da Sie doch die Engländer so gut kennen?

Ich las einen spanischen Roman – Jahrgang etwa 1930 nehme ich an, vor Franco u. Rivera – spielt in Kordoba, künstlerisch 60 Jahre alt, aber nicht ohne Lokalinteressantes, darin ein fesselnder Satz, den ich Ihnen weitergebe: „Wenn Sie einen Laden sehn, in dem man Gitarren verkauft, dann können Sie immer sicher sein, dass auch Särge da gemacht werden –" (das soll eine Spezialität in Kordoba sein). Ganz nett, nicht? Und dann noch ein Sätzchen, den wir vielleicht beherzigen sollten, Sie und ich u in diesem Augenblick: „ich glaube, man soll es den Göttern überlassen, die Winde zu stillen."

Das O K W ist in ungeheurer Arbeitsspannung. Wir haben jetzt auch Sonnabends bis 17 h Dienst, Sonntags Bereitschaftsdienst. Ich habe mitgeteilt bekommen, dass ich, der ich doch bisher hoher E.-Offizier war, zu den aktiven Truppenoffizieren übernommen sein soll, also „weiter" kommen kann u. schneller Oberst werde. Drollige Sache. Ich kann dann natürlich auch fortkommen in Truppenstellungen (Divisionsarzt u. dergl.) u. muss mit meiner Versetzung rechnen. Als Ganzes soll es eine bedeutende Auszeichnung sein, nur wenige werden übernommen. –
Ein Bekannter von mir, ein Graf Finckenstein, seit September 40 auf einem „Sonderauftrag" in Norwegen (Spion) verschollen, hat plötzlich aus Kanada geschrieben. Gefangene haben zunächst 4 Monate Schreibeverbot; auch das Rote Kreuz erfährt nichts. Nach 4 Monaten dürfen sie schreiben. –

Ein Kriegsbrief, Herr Oelze! Ohne Gedanken u. Geist. Der Krieger – ohne Statue; das Schlachtfeld – ohne Herme! Ach, diese schwatzhaften Aufsätze von mir aus früherer Zeit, Materien, denen ich nicht gewachsen war, – sicher u. gesichert ist nur das Gedicht.
Viele herzliche Grüsse. Beherzigen Sie bitte das mit der Grippe u. der Badekur!

Frohe Ostern!

Herzlich Ihr

Benn.

Nr. 202 24./ 4/ 41

Lieber Herr Oelze,

Dank sehr für Ihren Brief über Benghasi u s w. Inzwischen haben wir die Kriegsflagge auf dem Olymp gehisst.
In einem mittelalterlichen englischen Band fand ich ein Fragment eines Monologs. Der Autor scheint mir eine Mischung von Theodor Körner u. Marlowe zu sein. Er schildert Zeiten u. Zustände, die zum Glück vorüber sind. Die Übersetzung stammt von mir; Sie wissen, ich kann kein Englisch, vielleicht können Sie Verbesserungen anbringen.
Mir geht es körperlich so mässig, dass ich kaum noch leben kann. Das Altern, das Herz, die Schlaflosigkeit, die Depressionen, die völlige Isoliertheit, die ununterbrochene innere Spannung, sich zu halten, auch sich zu verbergen, alles dies zusammen ist kaum erträglich. Umsomehr freut mich, dass Ihre Erkrankung ohne Folgen vorüber ist. Wann werden Sie Hauptmann? Ich bin nun also „zu den Truppenoffizieren versetzt“, melde gehorsamst. Eine groteske Angelegenheit!

Herzlich Ihr armer

Be.

Nr. 203 5/5.41.

Lieber Herr Oelze,
haben Sie vielen herzlichen Dank für Ihren Brief zu meinem Geburtstag, den wundervollen weissen Flieder u. den Gedichtband! Ich bin beschämt u. gerührt.
Zunächst zu Ihrem Dienst-Brief, der heute früh ankam. Ich habe sofort mich in Bewegung gesetzt in der Richtung Ihrer Beförderung. Die Nachricht ist keine absolut günstige. Im Allgemeinen werden die nach dem 21. IV. eingegangenen Vorschläge nach dem neuen Modus bearbeitet, also zurückgestellt. Dann würden Sie also 2 Monate länger warten müssen. Ganz sicher ist das aber im Augenblick noch nicht. Eine gewisse Möglichkeit besteht, dass diese vor dem 21. IV abgesandten Vorschläge noch berücksichtigt werden. Wenn ich mehr erfahre, teile ich es Ihnen mit. Sie stehen übrigens nicht allein mit der Zugehörigkeit zu der Verunglückungsseite: auch ich gehöre dazu; ich musste 4 1/2 Jahre Oberstabsarzt bleiben, jetzt brauchen es die entsprechenden E. San Offiziere nur 3 Jahre 2 Monate; aber keineswegs erfolgt ein Ausgleich für die ungünstiger Beförderten, die nach den alten Bestimmungen solange warten mussten. Also es ist überall das Selbe, sehr viel Ungleichheit u. Ungerechtigkeit.
Dagegen habe ich mich heute vormittag noch nicht entschliessen können, in Ihrer Versetzungssache vorzugehn. Und zwar aus Interesse für Sie. Bleiben Sie doch um Gottes willen in Schl.! Wo man heute steht, soll man bleiben. Wenn man dabei noch ab u zu über Sonntag ins Atlantik nach Hbg. kann, ist es genug. Es handelt sich doch nur darum, dies Jahr zu überstehn, wo u wie ist ganz gleich. Ich habe beobachtet, dass alle meine Offiziersbekannten, die sich fortmeldeten, ganz unzufrieden mit den neuen Stellungen waren. Auch die Feldkommandanturen sind vielleicht 2 - 3 Monate ganz nett, aber dann unmöglich. Schliesslich endeten die Herren bei Ersatztruppenteilen in Meseritz oder in Po-

len, wohnten in Kasernen, machten Kommissdienst u. verfluchten ihre Sonderabsichten u. Fortmeldungen. Also bedenke ich noch ein par Tage für Sie die Sache. Sie nehmen vielleicht im Augenblick einiges zu wichtig; wenn Sie ahnten, was für Schwierigkeiten, Reibereien, Unflätigkeiten bei den höchsten Dienst- u. Kommandostellen sich abspielen u. jeden einzelnen täglich berühren u. mit Zähneknirschen erfüllen, fänden Sie vielleicht Ihr Schleswiger Idyll weniger unangenehm.
Schnell noch über den Gedichtband! Ich kannte ihn nicht. Sehr inselmässig, aber sicher sehr gute Auswahl! Von einer Frau, die doch die Schicksalsbeziehung des Menschen zum Wort kaum ganz gegenständlich kennt. Einige direkte Fehlbesetzungen, aber wenige. Das Gedicht von Schiller S. 51 ganz gross! Man sieht, dass das Glück in seiner höchsten Form wahllos kommt u. unerreichbar ist u. die gleichen tragischen Züge trägt wie seine Gegenerscheinungen beispielsweise bei Hiob oder Niobe. Im Übrigen wird einem von Neuem überraschend klar, dass Gedicht reine Mathematik ist; Algebra, in sich geschlossenes Axiom. Sehr schwer zu entziffern; Sanskrit, selbst für Forscher. Behauptung, Voraussetzung u Beweis alles äusserst irreal u. mit der gewöhnlichen Erfahrung nicht zu erschliessen. Für Droste-Hülshoff, Brentano habe ich persönlich keinen Sinn. Hyacinthen von Storm liebte ich in meiner Jugend sehr. Tausend Dank! Herzlichen Gruss. Bald mehr!

Ihr Be

Nr. 204 25. V. 1941

Lieber Herr Oelze, einen kurzen Sonntagsgruss! Trübe Stimmung. Zu Ihren Personalsachen kann ich nichts Neues berichten. Es ist richtig, dass Sie erst Hpt sein müssen, ehe

Sie wo anders hingehn. Vielleicht Kreta? Der Westteil ist ja angeblich fest in unserer Hand...
Was macht Bremen? Steht Horn unberührt? Die nächsten Tage bringen neue Überraschungen. Russland u Frankreich sind ja offenbar angeschlossen.
Gehe wieder ein par Tage auf Reisen. Morgen werde ich in Hahnenklee übernachten – in memoriam Weihnachten 1935 – Villa Luise! Ich bin aber nur ein par Tage fort; bei meiner Rückkehr hoffe ich von Ihnen zu hören, dass es Ihnen u. Ihrem Haus in Bremen gut geht.

Herzliche Grüsse! Ihr Be

Nr. 205 2/VI ⟨1941⟩

Lieber Herr Oelze, haben Sie vielen Dank für Ihre beiden Grüsse! Aus meiner Reise in den Harz wurde nichts, die Tagung – Reichstuberkuloseausschuss, dem ich als Vertreter der Wehrmacht angehöre – wurde abgesagt wegen der Reiseschwierigkeiten. Mir sehr angenehm, ich reise nicht gerne auf diesen Bummelbahnen herum u höre mir diese Vorträge über Arbeitstherapie nicht besonders gerne an, obschon es sozialpolitisch u. dergl. natürlich ein wichtiges Thema ist ( : In Deutschland: 400 000 offen Tuberkulöse, die als Arbeitskraft ausfallen u. nun in den Heilstätten arbeiten sollen. Die Tub. nimmt infolge der schlechten Ernährung sehr zu u. nimmt bösartige Formen an).
Wenn Sie neben Ihren mathematischen Studien Zeit finden, greifen Sie bitte mal nach dem 10. Buch von Platon's Staat. Das erste $^{3}/_{5}$ klassische Darlegungen aus dem Propagandaministerium, der Rest, der von der Spindel der Notwendigkeit handelt, die gelassenste und grossartigste Vision des Menschengeschlechts. Eigentlich hätte tatsächlich mit den

Griechen Schluss sein können, viel Neues ist nicht hinzugekommen. „Es ist ein altes Buch zu blättern

von Harz bis Hellas – alles Vettern“ (Faust).

Sie schreiben etwas Tolles! Ich solle Pfingsten auf meinem Balkon verbringen! Herr Oelze, mir schwebte öfter ein Stück im Sinne des Sternheimschen Bürgerlichen Heldenlebens vor, das den Titel : „Balkon“ führt. Es ist der Begriff einer bestimmten ausgeleerten, mulmigen Grosstadtinsassenheit, die morgens den Café dort titscht, abends die Molle u. tagsüber die Stiefmütterchen begiesst. Die Wäsche hängt auf der Leine. Man hört die Unterhaltungen der oberen u. unteren umrandeten Vorsprünge, ebenfalls Balcon. Er ist der Ersatz für Garten u. Meer, er steht der Laube nahe. Mir eine der unsympathischsten Einrichtungen, laut u. das Licht blendet, immer zieht es –, nie werde ich eine halbe Stunde auf irgendeinem Balcon sitzen, nie habe ich gesessen. Ich liebe die leicht verdunkelten Zimmer u. die Tasse u. den Teller, in die kein Kohlenstaub u. keine Fliederblüte fällt. Was haben Sie mir angetan!

Nachdem aus der Luft, aus dem Nichts die Fallschirmjäger gekommen sind mit einer Knarre in der Hand u. weiter keine Behelfe u. die Insel erobert haben, die befestigt war u. von einem Heer bewacht, giebt es wohl keine Unmöglichkeiten mehr u. der Rest wird Schweigen sein.

In einem neuerlichen Erlass des O K W sind Wortbildungen wie Stalag als unerwünscht, ungebildet u. als Ausdruck *kaufmännisch-jüdischen* Sprachgeistes bezeichnet worden. Was werden Sie nun tun? Haben Sie die Verfügung gesehn? [Vom A.W.A. (Allg. Wm Amt) gegen die Abkürzungen dieser Art.]

Tausend Grüsse! Die grossen See’n sähe ich gerne wieder, Fissau, Malente! Herzlich! Ihr Be

Auf was bezieht sich Ihre Vorfreude, bitte, auf welche Berge, wo es früh blüht, u. auf welche saphirblauen Nächte? Wo wollen Sie hin u. wann? Und auf 5 - 10 Jahre rechnen Sie? Glücklicher! Ich rechne nur noch auf Monate oder Wochen und auch das ist mir genug. Ist das immer noch Ihr Jamaica-Traum?

Nr. 206 9. VI 41.

Lieber Herr Oelze, gratuliere zum Hauptmann! Spüren Sie, wie ich meine Hand über Sie gehalten? Freut mich sehr!
Nun geht es also doch im Osten los. Alle die vielen Nachrichten sind Bluff und Tarnung gewesen. Von der Kolahalbinsel an bis zur Krim wird alles abgeschnürt u. gefangen genommen. Augenblicklich eine Runde für Ch.: Syrien u. Irak.
Ich sprach einige Ausländer. Darüber mündlich, wenn Sie kommen.

Herzlichen Glückwunsch! Ihr

Be.

Nr. 207 19/ VI 1941

Lieber Herr Oelze,
haben Sie noch vielen Dank für Ihren Besuch in Berlin. Hoffentlich sind Sie ohne Fährnisse zurückgekommen, in den Hester – Hörselberg. Den von Ihnen gewünschten Band „Kunst u Macht" sende ich Ihnen in den nächsten Tagen.
Ihr Besuch und einiges andere hat mich zum Entschluss gebracht. Ich habe mich krank gemeldet und bin willens, OKH und Ministerialzulage aufzugeben, um wieder meine Bewegungsfreiheit zu bekommen, soweit es die heute giebt. Gehirne mit der Neigung, die Erscheinungen der Erde massstablich abzuwägen und für sie einen gedanklichen Ausdruck

zu bestimmen, können nicht jahrelang zu Arbeiten in vorbegrifflichen Welten angehalten werden, ohne schwere Lädierungen zu erleiden. Es giebt eine Unterbelastung im Geistigen, die – wie ihr Gegenteil – zu Zerstörungen führt. An diesem Punkt stand ich. Ich muss nun abwarten, was mit mir wird.

Sie sahen blendend aus, Signor, frischer wie früher, voll Elan, eine Mischung von Liliencrons Leutnant „rosenrot und braun" u. Harry Walden, der eine Rolle als Freischärler spielt. Im „Alter für alle" –, Attention, mein Lieber! Vorsicht beim Segeln!

Herzliche Grüsse u. Dank. Ihr

Benn.

Nr. 208 21/6.41.

Lieber Herr Oelze, haben Sie vielen Dank für Ihren freundlichen Brief und nehmen Sie nochmals meine Versicherung des vorgestrigen Schreibens entgegen, dass ich über Ihren Besuch sehr glücklich war. Sehr dankbar bin ich Ihnen, dass Sie meiner Frau so reizend gedenken. Ich hatte ihr eigentlich nur gesagt, sie solle uns etwas zum Trinken u. Essen machen und dann ins Kino gehn. Nun blieb sie aber die ganze Zeit, sie ist so stolz darauf, „dabei sein zu dürfen"; in gewisse Kreise und Dinge glaubt sie immer von mir nicht zugelassen zu werden, z. B. unsern Briefwechsel; sie ist als Ganzes ein so ungeheuer netter Kamerad zu mir altem Mann, dass ich ihr sehr dankbar sein muss und daher freut es mich aufrichtig, wenn Sie ihrer gedenken.

Was mich angeht, so werde ich Berlin für einige Wochen verlassen. Da es keine andere Reisemöglichkeit giebt, schickt man mich in ein KurLazarett u zwar habe ich mir nicht die Generalsorte Gastein u. Semmering ausgesucht, sondern –

Friedrichsroda. Dort ist auch ein KurLazarett. Ich kenne den Ort nicht; aber mein Bedürfnis nach Ruhe u. mässigem Leben, unauffälligem mittleren Daseinsniveau ist so stark, vor allem auch meine innere u. äussere Ermüdung so abgrundtief, dass ich dieses antiquierte stille Nest für richtig halte, Adresse: Res. Kur-Lazarett Friedrichsroda (Thür. Wald), Sanator. „Thüringer Wald". Reisetag: 24. VI. Dauer: 4 - 6 Wochen.

Ob es nicht doch richtig war, dass ich zur Wehrmacht ging, möchte mir scheinen. 1934/35 konnte ich mich wirtschaftlich in der Praxis nicht mehr halten. Die Nazis hatten doch alles besetzt, wo es zu verdienen gab u. mich aus Rundfunk usw. gestrichen, auch die aerztlichen Posten alle annectiert. Es blieb mir kaum etwas anderes übrig; sparen hatte ich nichts können, meine Schuld: ich habe nie für Geld Sinn gehabt u. für Verdienen. Und jetzt im Krieg hätte ich doch wieder mitgemusst, da ist es schon besser, jetzt O.F.A. sein, als als Oberarzt wieder beginnen. Allerdings hatte ich nicht gedacht, dass es bei der Wehrmacht absolut nicht auf Leistung, Begabung, Grips ankommt, auch noch nicht einmal auf die subalternen militärischen Tugenden: Pflichttreue, Fleiss, Pünktlichkeit, – sondern nur auf das Dienstalter, ferner auf Streberei u. Durchschnittlichkeit u. Niggertum. Das war mir überraschendes Erlebnis.

Nun ist mir alles gleichgiltig geworden. Es erscheint mir auch zweifelhaft, ob ich mich noch werde regenerieren können, die Erschöpfung ist zu tief, ich habe eine regelrechte klinische Depression, wohl auf arteriosclerotischer Grundlage; ich bin mir völlig klar darüber, dass ich im Ausgang meines Lebens stehe, aber seien Sie sicher, dass ich das mit grosser Fassung tue.

Wenn es Ihre Zeit erlaubt, schreiben Sie mir bitte nach Friedrichsroda.

Mit herzlichem Gruss Ihr

Benn.

Nr. 209 4 VII/ 1941.

Friedrichsroda. Res. Kur. Lazarett

Lieber Herr Oelze,

zunächst meinen allerherzlichsten Dank für den Café. Ich bekam ihn noch in Berlin. Ein Gnadengeschenk! Etwas Wunderbares, das ich dort liess, um die späteren Sonntage an ihm aufzurichten. Unterwegs kann man keinen guten Café kochen, heutzutage. Haben Sie vielen, vielen Dank.

Dann Harry Walden! Er war, habe ich von vielen Seiten gehört, der einzige deutsche Schauspieler des Jahrhunderts, der wirkliche Herren spielen konnte. Es ist keine Herabsetzung, jemanden von ihm gespielt oder jemanden in seiner Rolle zu sehn.

Dann Ihre Karte aus Fissau! Sie bewegt mich geradezu. Dies hier ist nicht das, was jene Seen u. Gärten waren. Es ist vielleicht das Richtige für mich im Augenblick, aber viel sagt es mir nicht. Eine Landschaft ohne Felder, ein Sommer ohne Korn ist keine Umgebung, die ich sehr in mich aufnehme. Tannen wirken nicht weiter auf mich, Wälder innen haben kein besonderes Leben für den Sohn der Ebene, der schon sehr östlichen, die meine Heimat war. Das Kur Laz. als solches ist, was Sauberkeit u. Komfort angeht, ganz ordentlich, aber das Leben in ihm ist militärisch u. das gerade vertrage ich momentan nicht. Und dann die Mitinsassen, die Herren O. .ziere! Ich gewinne erneut ein tiefes Verständnis für das Geheimnis unserer Siege, – Siege: die Vernichtung als Masstab u. die Zahl der Leichen als Erfolg. Hinter dem allen steht weniger Mordgier, als eine unendliche Bequemlichkeit u. Dummheit. Und dann wirkt wohl bei keinem anderen Volk der Erde die Familie u. alles, was dazugehört, so armselig u. kläglich machend, so genügsam u. bescheiden, mit einem Wort so demoralisierend wie das beim deutschen der Fall ist. Die Rücksicht „auf die Familie“

rechtfertigt jede Feigheit, jedes Zurückbleiben, jede intellectuelle Bastardierung. Aber es ist nicht an mir, das zu ändern u. es anders zu wünschen, je m'en fiche.
Da meine Krankmeldung in Berlin ziemlich abrupt erfolgte u. gegen meine Absicht oppositionell wirkte, rechne ich damit, dass das O.K H. mich abgiebt – mit schönen Redensarten u. was sonst dazu gehört. Ein mir bekannter General der Kavallerie nannte neulich diese Dienststelle den „schwersten Intriguen-Bunker", womit er zweifellos Recht hat; u. er fügte hinzu, sie habe das Bestreben, jeden anständigen Charakter zu brechen oder, wenn das nicht gelingt, ihn wieder hinauszusetzen. Auch hiermit stimmen meine Beobachtungen überein u. auch das führt zu dem oben angeführten Ergebnis vom Geheimnis unserer Siege.
Was den Osten angeht, so scheint es doch nicht so flott vorzugehn, wie man dachte. In 10 Tagen wollte man in Moskau sein. Ich halte es überhaupt für möglich, dass dieser Teil des Krieges anders verläuft, als man erwartete.
Lieber Herr Oelze, ertragen Sie das Leben weiter, so gut oder so schwer es geht. Ich finde, es geht sehr schwer. Bleiben Sie gesund u seien Sie vorsichtig!

Dank nochmals für den Cafe u. herzlichen Gruss.

Ihr

Benn.

Nr. 210 Friedrichsroda 29 / 31. VII. 41.

Lieber Herr Oelze, ich bin immer noch hier, ich habe meine Kur um 14 Tage verlängern lassen, da ich keine Lust hatte, schon nach B. zurückzureisen u. die Chance fahren zu lassen, noch einige Zeit zu feiern. Es ist keineswegs Fr. der Ort, der mich fesselt, hält oder bewegt, er ist mir nicht näher gekommen in den Wochen, es ist allein die innere Sabotage,

die mich treibt, noch hier zu bleiben. Am 6. VIII. reise ich heim.
Haben Sie vielen Dank für die schöne Karte aus München, die Kunst Auslese, Sie waren sicher da, um die Eröffnung der Kunstausstellung zu erleben, man sah ja Bilder in den Zeitungen, ganz wunderbare Dinge, u. wir hörten, dass auch dieser Krieg *zu Tiefst* nur geführt wird für die Kunst.
Dann danke ich sehr für den Brief vom 15. 7. mit den beiden Bildern. In welchem Haus wohnen Sie? In einem strohgedeckten Haus? In einem einstöckigen Haus einer Dorfstrasse? Es sieht reizend aus mit der Allee dahinter, dem Deich, der die Fluten u. die Stürme abwehrt. Ich freue mich sehr, dass Sie auf Urlaub fuhren, hoffentlich hatten Sie ein par Tage schönes Wetter in Ehrwald, das ich kenne u. sehr hübsch fand.
Dieser Ort hier ist mir, wie gesagt, nicht näher gekommen. Er enthält nicht die landschaftlichen Elemente, die mir irgend eine Stimmung zutragen. Es ist nicht so, wie Sie schreiben, dass man immer wo anders sein möchte. Es müssen ganz bestimmte Voraussetzungen da sein, wenn eine Landschaft für mich jenen „numinosen" Charakter haben soll, den die Ebene und das Wasser hat. (Numinos – Sie kennen den Ausdruck aus den Werken des Relig.philos. R. Otto: n. ist eine Kombination von panisch u. furchterregend, von unheimlich u. transcendent; ein Tiger ist numinos, ferner eine Reihe bionegativer Erscheinungen. So ist für mich die Ebene numinos.).
Erholt habe ich mich wohl etwas. Wie es wird, wenn ich wieder in Berlin bin, bleibt abzuwarten. B. hat den einzigen Vorteil, dass man dort das Radio nicht zu hören braucht, das hier beim Mittag u. beim Abendbrod in hohen Touren läuft, desgl. im Kurgarten, im Lesesaal, sogar in den Gartenwirtschaften. Unsere Gespräche bei Tisch werden sicher denen bei Ihnen sehr ähnlich sein. „Es ist schade um jeden Polen, der nicht erschossen ist. Ich habe immer alles ohne

weiteres erschiessen lassen." Oder: „Ich nehme an, dass man unsere kolonialen Zentralbehörden alle in den Kilimandscharo verlegt, 12 - 1500 m. hoch, Bergklima." Oder: „R. Hess sitzt ja jetzt in einem engl. Offiz. Gefang.lager. Der wird den Engländern ja schön Bescheid gestossen haben." Dazu giebt es ganz ausreichendes Essen, das in letzter Zeit etwas knapper geworden ist, da Fr. noch 250 frisch hinzugekommene Ostverwundete beköstigen muss. –
Alles in Allem: „die schöne Doppelgängerei" zwischen einer Landschaft u. einem Ich, von der Ihr Namensvetter Friedrich Wilhelm, Enkel der Erdmuthe Krause, der am Felsblock von Surlei 1881 jenen mystischen Moment hatte, N., spricht, besteht zwischen Thüringen und mir nicht. Aber es war ganz nett, ich schlafe wieder ohne Mittel u. der Kopf ist etwas weniger belastet.
Gedanken hatte ich nicht allzuviele; Ihr Gedichtbuch aus der Insel war meine einzige Lektüre, ich versuchte mir klar zu werden, warum ich eigentlich seit je den Hölderlin nicht so sehr mag, vermutlich, weil er in ein Format projiziert ist von der heutigen Welt, das ihm garnicht zukommt; er hat einige unvergleichliche und unvergängliche Verse von Trauer u. Tiefe geschaffen, aber ein grosser Mann ist er wohl nicht, u. seine grässlichen langen Oden sind überflüssig. Das Gefühl für das Vergebliche des Geistes gegenüber der Wirklichkeit ist vielleicht bei ihm als Ersten zum Ausdruck gelangt, das sei ihm gedankt. Aber weiter als über eine Melancholie hierüber ist er kaum gekommen. Der Kreis, in den man ihn immer bringt, Nietzsche, Goethe u. die grossen eruptiven Griechen, scheint mir völlig absurd.
Heute 31/7. kam via Berlin Ihre Karte aus Innsbruck, der sehr geliebten Stadt. Vielen Dank!
Kommen Sie gut in Bremen an, finden Sie alles gut vor u. dann gefasste Heimkehr nach Schl., der Geburtsstadt von Seeckt's!
Entschuldigen Sie das Papier. Hier giebt es keine

1) Cigaretten
2) Schnaps u Wein
3) Kouverts
4) Briefpapier
5) frisches Obst –,

eigentlich giebt es nur Berge u Blicke u. greuliche Einwohner. Die Thüringer sind als „die Fusskranken der Völkerwanderung“ zurückgeblieben, – wurde hier erzählt.

Herzlichen Gruss! Ihr

Benn.

Nr. 211 B. 11. 8. 41.

Lieber Herr Oelze, der Tag, der den Sommer endet, war für mich gestern, seit heute bin ich wieder im Dienst. Wie Sie: beim Gen. Kdo (III A K.); gottseidank fort vom O K H. In einer Stellung, die mir sehr erwünscht ist: ganz für mich, mit Freiheit im Kommen u. Gehn, selber eine Art Chef, in meiner bisherigen Branche, der Versorgung. Ich werde etwas mehr Zeit haben für mich u. keinen unmittelbar über mir. Und dabei ist die Stellung so subaltern, wie man sie sich heutzutage *unbedingt* wünschen muss. Es giebt nur ein Gesetz zur Zeit u. dies Gesetz bitte ich Sie sehr, sich zu eigen zu machen: sich nicht erkennen lassen! Das ist das Gebot der Stunde und der Lage. Alles andere wird sich entwickeln. –
Ergänzend zu Hölderlin: Es ist in seinen Sachen soviel drin, was garnicht mehr vorhanden ist; soviel Blasen u. Schaum; ein gewisser Rest natürlich bleibt tief und schön. –
Ich las einiges Chinesische. Mir wurde klar, wie ungeheuere Weisheit in der Welt ist. Kleine geistige Fragen, mit denen man kämpft, vor denen man zaudert, denen gegenüber man allen Mut zusammennehmen muss, um sie gewissenhaft d.h.

antieuropäisch zu entscheiden, sind dort längst klargestellt. z.B.: „der Berufene geht nicht an sein Geschäft mit Eifer"; „es freut ihn nicht zu streben"; „der höchste Mensch ist Geist; wie sollte der gewillt sein, die Aussenwelt als seine Sache anzusehn" – : das sagte Dschuang Dsi, 300 v. Chr. u. er sagt es unprophetisch u. beiläufig, ohne Zarathustrapathos u. den furchtbaren Krampf des nachmittelalterlichen Menschen hierzulande. –
Die Nächte hier sind voll Störungen, ohne dass allerdings viel passiert.
Ich denke oft an Sie u sende Ihnen herzliche Grüsse. Schreiben Sie bitte bald wieder. Wo und wie leben Sie? Hotel?

Ihr Benn.

Nr. 212 B. 24. VIII 1941.

Lieber Herr Oelze,

haben Sie Dank für Ihren Brief mit dem Hotel-Papier. Die gesellschaftliche u. geschichtliche Bedeutung des Streitshotel ist mir völlig klar. Gute Umgebung für Eure Eminenz! Sonntags vermute ich Sie in der Heide, auf dem väterlichen Erbhof. Wo liegt der eigentlich? Kommen Sie nach Schleswig zurück oder bleiben Sie in Hbg?
Auf meiner neuen Dienststelle geht es mir ganz gut. Ich bin täglich von Neuem froh, der Bendlerstr entronnen zu sein. Jetzt sitze ich nicht weit vom Wittenbergplatz, in der Kurfürstenstrasse, und bin mein eigener Herr.
Ich sprach allerhand Leute. Keiner übersieht mehr, dass die Katastrophe naht. Ob sie nicht allerdings uns alle mitverschlingt, das ist wohl möglich.
*Kleine Notizen:* mein Bruder, O K W, Abwehr, erzählte mir von ihrer „Fälscherzentrale", eine erstklassige, geniale Einrichtung, wo jede Art von Dokumenten, Briefen, Pässen

in kürzester Zeit hergestellt werden von Meistern ihres Fachs, die in 1/2 Stunde jede Handschrift, Unterschrift nachmachen können in einer Weise, dass selbst der Graphologe Original u. Kopie nicht unterscheiden kann. –

Aus Italien: dort giebt es besser zu essen wie hier, es giebt alles für die Wohlhabenden. Wohlhabend fängt an etwa bei – nach unserem Geld – 250 M. monatlich. Die Bahnverhältnisse sind besser wie hier. Mussolini's Ansehen gleich Null. – Aus Berliner literarischen Kreisen, in denen ich früher verkehrte, kam jemand aerztlich zu mir u. gab mir kund, dass ich bei ihnen als „Verräter" gelte. Ich dachte 5 Minuten darüber nach, wen ich denn verraten habe. Mir scheint diese Bezeichnung u. Art der Betrachtung stark überholt u. stehengebliebenes 1933.

Es scheint jetzt Mode zu werden, kleinere Veröffentlichungen als Manuskript zu drucken u. persönlich zu versenden. A. Lernet-Holenia sandte mir aus St. Wolfgang eine kleine Verssammlung in dieser Form. Einiges ganz Hübsche, Leichte, Zärtliche darin; daneben der zeitgemässe Krampf „Soldatenlieder". L.-H. ist alter österreichischer Kavallerieoffizier. – (Wenn es Sie interessiert, schicke ich es Ihnen). –

Ich lese öfter in Nietzsche-Büchern, ohne Sensationen von ihm zu erwarten. Mir wird sehr deutlich, eine wie peinliche u. lächerliche Figur er hätte werden müssen, wenn er auch nur einen einzigen Teilstrich unter dem Niveau geblieben wäre, das er tatsächlich allerdings erreicht hat. Diese unaufhörlichen Hinweise auf sich selbst u. seine einmalige historische Bedeutung sind ja durchaus unerträglich. –

Im KurLazarett in Fr.roda war auch ein Oberstleutnant, aus der Garnison Weimar. Seine Frau besuchte ihn. Ich erkundigte mich, wie es sich in Weimar lebte. Ihre Antwort lautete: „Das *bischen* Goethe u. das *bischen* Schiller, das ist ja wohl längst erledigt, eine ganz stumpfsinnige Garnison". Ich stimmte natürlich zu. –

Die grosse Blüte, die *Rilke* immer noch erlebt, eigentlich

doch gegen die Zeit u. ihre Forderungen, ist wohl nur so zu erklären, dass alles Ideenhafte bei ihm im Grunde sehr durchschnittlich ist, d.h. weitgehend nacherlebnisfähig u. allen zugänglich. Man empfindet ihn vielleicht als übertrieben und krankhaft verfeinert, aber was verfeinert und krankhaft ist, das ist immer noch einfühlbar für jeden Durchschnittsproblematiker und „menschlich" (d.h.: familiär) verständlich. Es liegen gar keine gefährlichen Absichten bei ihm vor. Daher die grosse Duldung heute ihm gegenüber. Genial ist nur ein Vers bei ihm: der Schlussvers von „Archaïscher Torso Apollos" – „Du musst Dein Leben ändern". Darüber bei anderer Gelegenheit mehr!

Herzlichen Gruss vom Sonntag vormittag!

Ihr Benn.

Nr. 213 B. 13. 9. 41.

Lieber Herr Oelze,

ich freue mich, dass Sie wieder in Schleswig sind und die Sache mit der Ukraine nicht gemacht haben. Man harkt ja augenblicklich überall Behörden, Dienststellen, Landesbauernschaften aus, um personelles „Material" für diese Bezirke zu bekommen. Ich persönlich denke mir das schauerlich, ein Leben jenseits des Styx. Ganz allgemein darüber hinaus finde ich, es ist für die innere Existenz nicht fär, über irgendeine Tätigkeit hinauszugehn, die durch das lokal Umschriebene und Umschreibbare d.h. durch Befehl Erzwingbare nicht bestimmt ist. („Ich handle" – dieser Wahn vergiftet Dich wie grosser schwarzer Schlangen Biss. „Ich bin es, der nicht handelt" – trink dieses Glaubens Göttertrank „Todlos" und sei beseligt.) Dagegen ist nichts einzuwenden gegen die Sirenen, es bestehen keine Bedenken, obschon et-

was Wachs in die Ohren dem Seefahrer nicht schaden könnte. . . . , scheint mir.
Nun aber vor Allem meinen Glückwunsch zu dem neubedruckten Briefpapier! Eine zeitgemässe Idee! Schwungvoll! In den Tagen des Niedergangs, der schoflen Lebensführung und aller Entwertungen das Geniessen nicht vergessen, die Extraits, das Schlürfen, das Sublime – das wird auch einer der höheren Ordnungen zugehören. Überhaupt: das *provozierte Leben* scheint mir nicht genügend beachtet zu werden, die artefizielle Existenz – sei es mit Hilfe von Drogen sei es mittels der Yogamassnahmen – mit einem Wort: der riesige Bestand des excentripetalen Steigerungsfähigen in uns; – ich bin überzeugt, dass ausgedehnte biologische Stapel in uns ruhn, Flöze der Frühe, die, wenn wir sie bewusst pflegten, uns vieles zufallen liessen. À propos: an Ihr O gehört aber ein kleines e: Oe, erst das gäbe das Symbol Ihres Namens und Ihrer Bedeutung; *so* könnte es auch Orléans oder Otterstein heissen.
Hinsichtlich des Verses von Rilke war ich anderer Meinung, als Sie es auslegen, ohne jedoch Recht haben zu wollen. Ich fand den Vers erstaunlich, weil er plötzlich eine tatsächliche anthropologische Erkenntnis enthüllte. Erst drechselt R. 13 Reihen lang sein zähes, mühsäliges Reimplastilin um diesen Torso herum, verkautschukt den Marmor lyrisch, nimmt ihm Knochen u. Umriss, verdreht ihm die Augäpfel, befasst ihm neidisch die potenten Geschlechtsteile, aber plötzlich, völlig unmotiviert bricht aus diesem entmannten Gestammel die Donnergestalt einer wahren Daseinszusammenfassung hervor: entweder ist die Kunst lebenverändernd, d.h. lebenzerstörend oder sie ist ein Dreck (Plastilin). Dieses Männchen: in zarten, kränklichen, kindischen, unverschämten und gleichzeitig raffinierten und ewig schielenden und hilfesuchenden Ausflüchten seine entartete Existenz verbergend, wird selber von diesem Torso so betroffen und verändert, dass er erkennen *muss* und endlich einmal ein echtes Etwas

aussprechen *muss:* die Gewalt der Kunst, ihr Ens realissimum, ihre mutative Ananke. Dies erschien mir interessant, so dachte ich mir diesen Vers zurück. Noch ein à propos: kürzlich besuchte mich Pamela Wedekind, Schauspielerin vom Staatstheater, intime Freundin von Staatsrat Gründgens. Sie vertont Gedichte ihres Vaters, auch von mir einige u. trägt sie bänkelsängernd vor. Sie sagte: ich habe ein neues Gedicht von Ihnen vertont, „eines aus den Oelzegedichten: Liebe" –; Sie sehen also, Herr F W. O., das kleine Heft von damals heisst in eingeweihten Kreisen „die Oelzegedichte" u. Sie sind die Fürstin Marie von Thurn und Taxis der ersten Seite der Duineser Elegieen.

Was Sie über Pascal schreiben, ist sicher eine grosse Erleuchtung. Es giebt das Biologische und es giebt das Sublime. Das Letztere weist nirgends hin und ist geschichtlich kaum verändert. Sein Wesen ist Lösung von Ansichten und Beeinflussenwollen. Noch einmal indisch: „oh ich – Anbetung mir! ich habe nichts und habe doch alles, was im Reich von Geist u. Sprache lebt". Aber es wird sich nie ohne innere Arbeit erhalten lassen!

Was die Lage angeht, so kann sie sich sicher noch eine Weile so halten. Aber dass der Tag kommt, wo sie sich ändert, daran ist doch wohl kein Zweifel möglich. Das nächste soll die Türkei sein, allerdings auf der Gegenseite. –

Hoffentlich haben Sie wärmere Dienst- u Wohnräume wie ich hier. Viele herzliche Grüsse. Ihr

Be.

Nr. 214

Lieber Herr Oelze, Dank für Grimm! Kannte ich schon. Lese alle diese Veröffentlichungen wie „Mitteilungen an die Truppe“ u.s.w. mit grosser Aufmerksamkeit.
Dank für Brief vom 23. 9. 41.

Bald Antwort darauf.

Herzlichen Gruss

Ihr

29/ 9/ 41 Benn.

„ – Sträuße, doch die Blätter fehlen
Krüge, doch wie Urnen breit – :
Asphodelen,
Der Proserpina geweiht – “

29/ 9/ 41 G.B.

Nr. 215 5 X 1941.

Lieber Herr Oelze,
Dank für den letzten Brief. Leider ist mir mein Wille zur Macht in der Krönerschen Ausgabe auf rätselhafte Weise abhanden gekommen (wahrscheinlich verliehen, nicht zurückerhalten), und in keiner Buchhandlung Berlins ist mehr ein Exemplar zu bekommen. Leider konnte ich also die von Ihnen genannte, so interessante Stelle noch nicht nachlesen. Zu Rilke noch ein Nachsatz: wenn ich gegen ihn gelegentlich grob werde, so schliesst das nicht aus, dass ich doch an ihm hänge und ihn aus meinem Generationsbestand nicht vermissen möchte.
Was den Osten angeht, so ist trotz der grossen Siege nichts erreicht, was uns dem Frieden näher brächte, sondern im

Gegenteil. Dass man das strategische Ziel: Petersburg-Moskau-Rostow nicht nach 4 Wochen, wie der Generalstab dachte, sondern erst nach 5 Monaten im günstigsten Fall erreichen wird, ist nicht so wichtig. Wichtig ist, dass es gar kein politisches Resultat hat und dass die Opfer bei uns nahezu unausgleichbar sind, vor allem die personellen. Am Kaukasus steht ja nun wohl Wavell u. lässt niemanden durch, die Besetzung Persiens war doch wohl ein ganz grosser Schlag der Gegenseite. Nun soll es wieder in Afrika losgehen, aber sehr viele Chance ist da nicht. Die Italiener versagen völlig. Die faschistische u. royalistische Spaltung in der italien. Armee soll stark fühlbar sein u die faschistische Gruppe hat nicht das Übergewicht. Das Méditerranée ist gänzlich in englischer Hand, selbst der Transport nach Kreta geht nur noch per Flugzeug. Auch mit der Türkei ist irgendwas los, nicht in unserem Sinne, ein Blick auf die Karte zeigt warum. Im Protektorat u. in Jugoslawien Aufstände. Japan ist wohl praktisch schon abgefallen u. gleicht sich mit U.S.A. aus.

Wenn die Russen 12 Millionen Soldaten hatten, so haben sie, selbst wenn unsere Zahlen stimmen, noch immer etwa 7 Millionen. Von unseren 3 Millionen vom 22. VI. 41 wird *eine* ausser Gefecht gebracht sein, einschliesslich des Materials. Ersatz ist kaum mehr vorhanden. Also wird im Frühjahr von Neuem der wüste Kampf – 1000 km von der Heimat ab – beginnen. Gleichzeitig aber – meine Vermutung – eine Offensive von England u U.S.A vom Westen her oder von Norwegen-Murmansk aus. 1942: das Jahr der Entscheidung. Ich vermute: im Sinne Spenglers. Der 3. Band seines Hauptwerks wird nicht in Papier erscheinen, sondern als Schlachtfeld u. Generalstabskarte. Ich habe ausserdem das Gefühl, dass schon vorher etwas Sensationelles geschieht, ein Todesfall oder dergl., der die Lage weiter ändert.

Was macht Schleswig? Wie lebt es sich in diesem schönen Herbst bei Ihnen? Sicher viel Aepfel an den Zweigen u. viele

Georginen in den Gärten, sicher immer ein Strauss davon von zarter Hand in Herrn F.W. O.'s Gemächern!

Herzlichen Gruss! Ihr

Benn.

Nr. 216 13 X. 1941.

mit schönstem Dank u. Gruss den Grimm zurück! Ihr Be.

Der übersandte Hauptmann ist natürlich bestellte Arbeit von Seiten des bedrängten Kapellmeisters, denn: Salome a) jüdische Mythe b) Textdichter: Engländer (Wilde) c) Musik: entartet. Insoweit nett von H. Aber davon abgesehn – welch furchtbares Geschwafel! Ich dachte zufällig gerade in diesen Tagen über H. nach aus Anlass der Lektüre vom „Armen Heinrich", „Hannele" u. einiger anderer Dinge. Überall dies wabernde, schwafelnde, fast könnte man sagen: vielfach unsaubere Geschwätz und dann gelegentlich eine zarte, auch tiefe Stelle, sofort wieder überspült von schaumigen Flachheiten. Ein seltsamer Proteus! Aber sein persönlicher, körperlicher Eindruck ist grossartig, ich sah ihn öfter in der Akademie. Das Land liegt noch um ihn, irgend eine Weite, u. das Weiche einer grossen alten Linde. – Empfehlen Sie Ihrer Damenwelt zu lesen: *Mungenast:* Der Kavalier. Ich wäre gespannt, wie sie das finden. Auch Sie, Herr F.W.O.! Ein Autor, dem was einfällt. Immer neue Sächelchen. Zweifellos sehr nahe am Kitsch, u. stellenweis sicher Kitsch. Und trotzdem für einen Deutschen Romancier eine Beweglichkeit u. Spielerischkeit, die mich sehr fesselte. Herzlich Ihr Be.

Nr. 217 24 X 1941.

Lieber Herr Oelze, Dank für Brief. Dass Sie von Schl. fort wollen, begreife ich gut, bedaure es aber nach wie vor sehr. Im Westen wäre es doch besser. Ein Winter in Burgund könnte mir gefallen für Sie, einer am Peipussee kaum. Was für Schritte haben Sie unternommen? Und ob es am Peipussee Bräute giebt u. Brahmslieder gesungen werden, bezweifle ich. .
Etwas südlicher her bekam ich die traurige Nachricht, dass mein jüngster Bruder, Artillerieleutnant, vor Moskau gefallen ist. Er war der Benjamin unter uns zahlreichen Geschwistern, erst Mitte der Zwanziger, stand mir auch nicht nahe, trotzdem betrübt es mich. Wenn man zu den hiesigen Hornochsen sagt, dass es im Osten viele Opfer kostet, antworten sie: ja, es muss aber sein, u. im Weltkrieg waren es noch mehr. – Das deutsche Problem ist unlösbar; man kann es nur noch flächenhaft u. beschreibend betrachten. Das tue ich wieder in meiner Weise u. füge meiner Hinterlassenschaft einige weitere Feststellungen in dieser Richtung an.
Paul Ernst ist mir einer der grössten Greuel; aber es ist doch alles sehr passend u. gemäss. Es hat doch gar keinen Sinn, irgendeinen oder irgendetwas noch besonders hervorzuheben; es ist die Substanz, die ausserhalb der Differenzierung und der Kulturmöglichkeiten steht. Ich las neulich in einem sonst geschichtlich nicht uninteressanten Buch über die Zeit vor der Reformation, dass Dürer sein Deutschtum dadurch gefährdet habe, dass er sich mit den rechnerischen u. zahlenbeachtenden Fragen der Malerei beschäftigt habe, wie sie die italienische Schule unter den Einflüssen der Renaissance entwickelte; also er beschäftigte sich mit formalen u. anordnenden Bewusstseinstätigkeiten. Das war schon undeutsch u zuviel. Der tiefe u. echte Drang des Deutschtums zum Analphabetentum sprach sich in dieser Bemerkung aus, zum Faustischen, zum Einfältigen und zum Schwung –, un-

ser altes Thema! Der reine Himmel der Abstraktion, der über der Latinität steht, u. dort nicht unmenschlich und nicht unfruchtbar wirkt, diesem Lande ist er nicht beschieden. Haben Sie die Möglichkeit, meine alte Rede auf H. Mann zu lesen? Dann tun Sie es bitte u. sagen Sie mir bitte, ob da nicht alles drin ist, was diese Jahrzehnte dann enthüllten.

Herzlich u bald
mehr! Ihr
Benn.

Nr. 218 3/XI 1941.

Lieber Herr Oelze,
mit Dank für Ihren Brief von gestern: anbei dies seltsame kleine Buch, in das ich Sie bitte einzublicken. Ich zog es zufällig aus meinen Reklambüchern vor. Wie nahe ist das und wie verblüffend: 459 v. Chr. wird eine schwere Krise in humaner und moralischer Weise beendet. Podach kenne ich; sehr fesselnd!
Ich hätte etwas Neues für Sie, aber ich kann es unmöglich schicken, vous comprenez.

Herzlich Ihr Be.

Nr. 219 16. 11. 41.

Lieber Herr Oelze, mich beschäftigt der Gedanke, dass Sie fort wollen u. ich frage mich täglich, ob Sie es wohl schon sind. Bitte haben Sie die Güte, mir rechtzeitig davon Mitteilung zu machen, damit unsere Briefe nicht in die Leere gehn u. als Sternschnuppen an die verkehrte Stelle niederfallen. Wenn Sie nach dem Osten kommen sollten, kämen

Sie ja wohl über Berlin, das würde ein Wiedersehn bedeuten und mir eine grosse Freude sein.
Ich blätterte in Platens Sonetten. Wunderbare Verse darin! Klassisch schöne Reihen. Ein Sonett als Ganzes wird ja immer etwas Gezwungenes an sich haben, eine ganz echte lyrische Form ist es wohl für uns nicht, es zwingt zu Füllseln und Leerheiten, aber z.B. Nr. LX („wer wusste je das Leben recht zu fassen. .") ist schlechthin unvergleichlich, – die berühmten ewigen Schlussverse: „dem Schläfer fällt es nimmermehr vom Dache und auch der Läufer wird es nicht erjagen". Ich habe mir lange Jahre nichts aus ihm gemacht, aber jetzt steht er mir sehr nahe. –
Ich hatte wieder Besuch aus der Umgebung meiner Tochter. Nach dem, was ich hörte, braucht man den Pessimismus Ihres letzten Briefes doch wohl nicht zu teilen. Keineswegs! Leider haben ja die Engländer im Mittelmeer in den letzten 3 Wochen über 20 italienische Transportschiffe mit deutschen Truppen für Afrika versenkt. Und da dort im Februar ja eine grosse Offensive losgehn soll, um endlich den Suezkanal zu nehmen, ist das ja natürlich sehr bedenklich. Trotzdem muss man hoffen, dass alles in gewohnter Akkuratesse klappt. Dass U.S.A. sehr bald beginnt, ist ganz sicher; ebenso dass seine Aufrüstung schon heute ganz anders aussieht, als Sie annahmen. Es sind also noch grosse Aufgaben, die uns bevorstehn. Auch sind die Russen ja wohl keineswegs besiegt. Dieser Abschaum der Menschheit hat doch wohl noch grosse Reserven, erhält enorme Hilfe aus U. S A., aus England gehn jede Nacht grosse Geschwader von Bombern über Dänemark nach dem Osten. Also auch hier werden wir noch zu tun bekommen. 20° Kälte sind an der Front u. unsere Soldaten nicht gut ausgerüstet.
Wie sieht es bei Ihnen aus?
Ein Bekannter von mir, der auf dem Balkan ist, Oberst i. G., schilderte mir die dortigen Verhältnisse. Es ist reiner Krieg dort. Etwa 20 000 Serben kämpfen bewaffnet gegen unsere

Besatzung, einige vom Osten dorthin gezogene Divisionen sind so abgekämpft u. demoralisiert, dass leider von ihrer Seite keine Hilfe kommen kann.
Bitte lassen Sie meine Briefe wegen ihres Inhalts nicht unverschlossen sein. Am besten verbrennen Sie sie vielleicht in Ihrem Kachelofen bei Frau Behrens, an dem Sie Ihren Bordeaux wärmen.

Herzlich Ihr Be.

Nr. 220 5 XII 1941.

Lieber Herr Oelze, Danke sehr für Ihren letzten Brief! Mich freut es ja, dass Sie in Schl. bleiben, wie es scheint. In den Osten passen Sie nicht, glauben Sie es mir. Wenn Sie nun in Schl. einer der ältesten sind, ist doch wohl Ihre Stellung so, dass Sie sich etwas räumlich u. zeitlich distanzieren können u. nicht jeden Abend im Kasino essen müssen. Sicher haben Sie doch wieder Gänsebraten und Bordeaux zu Hause u. angenehme u. sinnlich erregende Hände, die Ihnen alles zubereiten.
Anbei die Rede auf H. M, die ich kürzlich erwähnte. Ich fand dieses traurige Exemplar in meinem Schrank, in den chaotischen Fächern der Vergangenheit, in denen ich manchmal etwas suche, meistens, ohne es zu finden. Bei der Gelegenheit lese ich auch manchmal alte Sachen von mir u. bin verblüfft, wie kühn manches war, aber sicher auch immer sehr abwegig und verwirrend. Erschütternd, was man damals zu sagen wagte u. was gedruckt wurde.
Ich schrieb im November einen neuen, umfangreichen Essay: „Kunst", der nochmals „alles" zusammenfasst. Leider kann ich ihn aus gewissen Gründen nicht senden; ich will versuchen, ihn zu meiner Tochter gelangen zu lassen, die ihn bewahren soll, bis vielleicht andere Zeiten seine Veröffent-

lichung zulassen, während der Autor längst „die Kartoffeln von unten besieht", wie ich neulich so schön las. –
Ich sprach wieder diesen und jenen aus anderen Ländern u. Bereichen. Ich glaube, dass unsere Sache nicht so schlecht steht.
Morgen Abend giebt Else C. Kraus hier ein Konzert; die beiden Damen haben den Anschluss gut gefunden, weilen im Sommer in Gastein und Bellagio und sind die beiden treuen Buschis, vermehrt um einen ekelhaften Köter, der sie bespringt. –
Rommel hat jetzt grossen Nachschub bekommen –, wenn er rüber kommt, – on verra. Die britische Sphinx! Das Mysterium Cunningham! Seltsam dies Libyen!
Wo sind Sie Weihnachten? In Bremen? Ist Ihre Frau in Bremen oder in Bayern?

Viele herzliche Grüsse. Ihr

Benn.

Nr. 221 14/ XII 1941.

Lieber Herr Oelze, ich bestätige Ihnen den Eingang des Briefes vom letzten Sonntag, beginnend mit dem melancholischen Stimmungsbild des Lazaretts, dann die Rücksendung der Rede H.M., der Zusendung von 2 Geistesprodukten der Jetztzeit und schliesslich Ihres Briefes aus dem Atlantik-Hotel. Haben Sie vielen Dank für Alles.
Was die neuen Ereignisse angeht, so sind also zunächst 2 neue Erdteile zum Lügen da und das ist ja grossartig für die, die es angeht. Ihre Meinung, dass U.S A u E. den Krieg hätten vermeiden sollen, ist von deren Standpunkt aus nicht uneingeschränkt richtig. Japan ist für sie viel gefährlicher wie Deutschland, es ist die eigentliche ökonomische Bedrohung des Kapitalismus der Weissen. Wenn der chinesische

Kuli unter japanischer Aufsicht für 22 Pf. Tageslohn an einer Maschine täglich 2000 kleine Frottierhandtücher herstellt, oder die Fischer für noch weniger die Hummern und Krabben aus dem ochotzkischen Meer in Büchsen bringen, die wir für 1,20 M vor dem Krieg kauften u. die prachtvoll schmeckten, so geht das auf die Dauer nicht. Mit dem Bier war es schon ebenso (Japan war das grösste Bierexportland der Welt geworden) u. mit den Fahrrädern auch. Seit Mandschuko existierte, musste diese Sache bereinigt werden.

Was die Aussichten angeht, so scheint mir, dass man z Z auch bei uns, auch im Gen. Stab – wie ich höre – Japan *unter*schätzt. Ich halte es für sehr gefährlich, für unendlich vorsichtig, vorausschauend, jeden Schritt genau berechnend, keinen tuend, ohne alle Chancen kalkuliert zu haben, und bisher, wie seine Geschichte zeigt, auch noch nie einen zurücknehmend. Es ist systematisch, teuflisch arbeitsam, religiös, brutal, noch echt kollektiv. Es hat die Excremente des Abendlands zur Verwertung importiert: Beton, Stahl, Motore, Ingenieurtechnik, u. besitzt dazu noch die Emsigkeit der Insecten und das Prae-individuelle des Asiaten. Eine äusserst gefahrdrohende Combination für weisse Gegner.

Nun langt das Öl zwar nur bis März und Stahl hat es kein eigenes. Das scheint festzustehn. Aber es könnte ja bis März an das Öl von Borneo u. Java gekommen sein und dann wären alle Berechnungen in dieser Richtung falsch. Trotzdem glaube ich, dass die Entscheidung nicht im Öl liegt, sondern in dem Umstand, wie sich *Russland* verhält. Greift R. an, dringt es in Mandschuko ein, bombardieren von Wladiwostok aus U.S.A Bomber Tokio und verbrennen u. vergasen es völlig, und stören den Nachschub ernstlich, wird Japan geliefert sein. Ich setze die Quote: 40 auf Japan, 60 auf U S.A.

Nun die Kehrseite: 1) U.SA auf höchsten Rüstungstouren und mit der 10 Millionenarmee, die jetzt im Entstehen ist, wird die Kriegsentscheidung bringen, während Roosevelt ohne den japanischen Angriff das nie hätte bewerkstelligen können. U.S.A. stellt heute – vor dem Krieg mit J. – bereits *monatlich* (!) 100 000 Bruttoregistertonnen *Kriegs*schiffe her. (Nachricht über den Umkreis meiner Tochter.) Also jetzt wohl noch mehr. 2) verliert England in Asien Raum u. Einflusssphäre, wird es umso schärfer in Europa um Ersatz kämpfen müssen u. sich diesem Kriegsschauplatz umso intensiver widmen.

Nun zu uns: an der Ostfront sieht es nicht gut aus. Eigentlich ist es schon Napoleon u. Beresina, etwas verschleiert noch. Das Frühjahr droht mit ungeheuren Gefahren aus dem Osten, wenn es überhaupt bis zum Frühjahr dauert. In Libyen beginnt der letzte Akt, einer wirklichen Tragödie, das Afrika Korps war die Elite an Menschen u. Ausstattung. Fett u. Fleisch werden jetzt bei uns heruntergesetzt werden (während England Brod noch garnicht rationiert hat u. dies Jahr besser lebt als voriges). Die Saatgetreide für die russischen Gebiete vom Frühjahr 1942 fressen wir in diesem Winter auf; wir müssen Finnland miternähren, das am Verhungern ist. Die russischen Flächen können wir *nur* mit Hilfe der russischen Gefangenen kultivieren, aber wir können sie überhaupt nicht ernähren, sie fressen ja Lunge, Herz u. Gehirn von einander auf. Mussolini hat bei der letzten Zusammenkunft im Osten erklärt, dass er länger als bis Februar – April 42 sich nicht wird halten können. (Ihre Mitteilung aus Sizilien passt ja dazu). „Es knistert im Gebälk", sagte kürzlich – authentisch – einer der berühmtesten Namen, den jeder kennt, in kleinstem Kreis, „nur gut, dass erst wenige wissen, dass das Schlusskapitel längst begonnen hat". Dass wir als Soldaten fallen werden, wie Sie schreiben, halte auch ich für möglich. Es wird wahrscheinlich das Schlimmste noch nicht sein.

Nun kommt also Weihnachten. Sicher müssen auch Sie die bewussten Feiern mitmachen, ich muss in dieser Woche zu 3 verschiedenen gehn. Es glaubt zwar niemand an den, der

in der Christnacht geboren ist, es lebt auch keiner nach seinen Maximen „Du sollst nicht töten“, aber es giebt 2,50 M. pro Kopf und Schnaps und da wird gefeiert.
Über die „deutsche Substanz“ steht mehr in der neuen Arbeit, von der ich schrieb. Schenken kann ich Ihnen zu Weihnachten nichts, es giebt ja selbst Bücher nicht mehr.
Bitte bestätigen Sie mir bald den Eingang dieses Briefes.

Sehr herzliche Grüsse! Ihr

Be

Nr. 222 21. XII/ 1941.

Lieber Herr Oelze,

für Ihren Brief vom 18 d. M. vielen Dank! Sicher sind Ihre Einwände gegen meine etwas rosarote Perspective sehr berechtigt. Vor allem stehn wir ja wieder vor dem alten Rätsel der mangelhaften Vorbereitungen und versäumten Wappnung während mehrerer, schon sehr drohender, offenbar rein mit propagandistischem Geschwätz verbrachter Jahre. On verra.
Dann sehr herzlichen Dank für 2 Flaschen Rum! Ich habe von Ihrer letzten köstlichen Sendung noch etwas Bestand übrig, den ich nun zu Weihnachten ohne Reue teils in den Thee, teils zur Korrectur in schlechten einheimischen Gin, – auf jeden Fall durch die der Reizung manchmal sehr bedürftige Kehle giessen werde.
Ich revanchiere mich wieder mit Gedichten. Eines kennen Sie. Ich nenne sie zusammen: „Biographische Gedichte“. Sie haben bewusst nicht die Losgelöstheit von eigenem Ich, die grosse Gedichte haben u. haben sollen; aber Lyrik ist Existentialkunst – voilà.
Meine aufrichtige Teilnahme dafür, dass Ihr Weihnachts-

paket beraubt wurde! Kam es als Feldpost? Das halte ich immer noch für das Sicherste bei den Zeitläufen jetzt. Feldpost geht seine eigenen Wege u ist relativ bewacht. –
Hinsichtlich der Künstlerinnen hiess das nicht leserliche Wort: „die Buschis“ – so nennen sie sich nämlich gegenseitig u. ich nenne sie auch so. Das Buschi Cechen und das Buschi Alice – und nun ist, wie gesagt, noch der Hund dazu gekommen. –
Dass Ihre Dienststelle aus nahezu 500 Mann besteht, ist mir sehr überraschend. Das alles ist *eine* Stalag-Kommandantur? Verblüffend!
Ich las die sehr schöne Biographie der Duse von Olga Signorelli. Auf ihrem Grabstein steht: „begnadet, verzweifelt, vertrauend.“ Aus einer Armut ohne jeden Vergleich stieg sie auf, sah nach nichts aus, nicht hübsch, keine gute Figur, fast immer tief verschuldet u krank u. als das Schiff, das ihre Leiche im Frühjahr 1924 aus U.S.A. zurückbrachte, durch Gibraltar fuhr, flaggten die Schiffe aller Nationen halbmast und in Genua empfing den Sarg die Königin. Seltsam!
Mit vielen herzlichen Grüssen an Sie und der Versicherung, am 24. XII Ihrer zu gedenken, Ihr Benn.

Nr. 223 24/ XII 1941.

Lieber Herr Oelze,

nur schnell meinen Dank für die Nelken – wunderbare Exemplare, rosarot, wolkig u. tief erblüht. Ein herrliches Geschenk!
Eben kommt Ihre Karte, Lukrezia Borgia. Ihr Gesicht steht zwar im vollen Gegensatz zu den Bildern in den Galerieen, die ich beschrieb, aber der Maler wird auch nichts anderes gewesen sein als die von mir beschriebenen. Gestern sah ich

im Kino einen kurzen Vorfilm aus dem Michelangelo-Film (den ich schon früher sah, kennen Sie ihn?), auch hier diese Gesichter u. ein Aufblitzen von Zügen des Ausdrucks, die der Autor sofort wieder zudeckt u. verheimlicht, weil sie zu grauenvoll, unerträglich hasserfüllt sind, um irgendjemanden darin einzuweihn. –
Und was die Duse angeht, so unterliess ich den Abschnitt zu beenden, ich hätte fortfahren müssen, dass offenbar das einzige Phänomen, das die Völker unaufhörlich beschäftigt, erfüllt, qualvoll bestürmt, die Kunst ist, sie allein. –
Nun nochmals gutes Jahresende. Wenn Sie wieder in Schleswig sind, werde ich mich wieder melden.
Gedachten Sie in diesen Tagen meines Satzes: „Es knistert im Gebälk"? ? Zunächst bedeutet die neue Wendung etwas sehr Ernstes für uns alle: die Unterstellung des Heeres unter die S.S. u. die Partei. Attention! Ich glaube, wir haben die längste Zeit mit dem Arm an der Mütze gegrüsst, jetzt wird der andre Gruss kommen.
Sehr herzlich, auch dankend von meiner Frau,

Ihr Benn.

Nr. 224 — 4 I 1942 B.

Lieber Herr Oelze, Ihre Ferientage in Br. wollte ich nicht stören, darum gratuliere ich Ihnen erst heute nach Schl. zu Ihrem Geburtstag. Hoffentlich haben Sie den Tag zu Hause gut verbracht u. den Genuss der aus dem Paket gestohlenen Schätze nachholen können.
Dank für Ihren Brief vom 27 XII 41!
Die Zukunft muss man sich wohl sehr grausig vorstellen. Die Frage ist wohl nur die, ob man Stalin Deutschland bis zur Oder oder bis zur Elbe versprochen hat; daran, dass die Russen in der Lage sein werden, sich weiter vorzuschie-

ben u. uns zurückzudrängen, wie es jetzt ausgiebig geschieht, ist wohl nicht zu zweifeln.
Generäle sind 11 fort. Dass sie noch lange am Leben bleiben werden, ist mir unwahrscheinlich. Himmler soll Innenminister werden, wird weiter erzählt. Die Woll- usw. Sammlungen sind natürlich erst ein Anfang. Enteignung, Bestandsaufnahmen an Wäsche u. Kleidung folgen. Beheizung, Beleuchtung im jetzigen Umfang sind in Frage gestellt.
Wie sah es in Bremen aus? Giebt es noch unentwegte Optimisten? Die Konferenz von Washington hat doch wohl eine ganz klare Linie für die Zukunft gegeben. Da kann auch keine Lügerei vorbei sehn, keine Bagatellisierung. Unser Weg liegt deutlich da.
Viele herzliche Grüsse u. alles Gute
für 1942 ( – wie man so sagt)!

Ihr

Be.

Nr. 225 11. I 42

Lieber Herr Oelze, Dank für Schreiben vom 8 I 42 u. Zeitungsblatt. Diese Korrespondenzen aus Stockholm halte ich alle für bestellte Propagandaarbeit. Andererseits scheint zuzutreffen, dass sich in Afrika etwas vorbereitet. Kesselring mit 1000 Bombern ist dort angekommen u. daher die Bombardements von Malta. Ferner haben wir neue Truppen landen können, Tripolis soll als Festung ausgebaut werden u. verteidigt werden. Ausserdem ist Rommel offenbar ein hervorragender Panzermann u. macht good sport. Die Hauptsache ist aber wohl Folgendes. Nach meinen Informationen, Eindrücken und Intuitionen wird – und das ist wohl eines der Hauptergebnisse von Washington – Asien à la longue bearbeitet, da die Vorbereitungen usw. Zeit

erfordern, u. zunächst wird die europäische Achse ausgerottet als der Keim alles Übels. Es wird sich abspielen oder wenigstens beginnen: im Mittelmeer. Dies wird der Brennpunkt der diesjährigen Ereignisse sein, soweit U.S A. u England in Frage stehn. Das schafft natürlich eine neue Lage. U.SA. wird Sizilien besetzen. Die Türkei wird auch beteiligt, sei es gewaltsam von uns, sei es spontan auf Seiten Russlands.
Daneben bleibt der Osten für uns das unlösliche Problem. Die Lage dort ist sehr bedenklich. Nicht dass die Russen schon grössere reale Erfolge errungen hätten (mit Ausnahme in Rostow u. in der Krim), aber sie lassen unseren völlig erschöpften Leuten keine Ruhe u. werden sie ihnen auch nicht lassen. Stalin soll heute 13 Millionen unter Waffen haben, selbst hiesige Generäle erbleichten, als sie davon erzählten, – während unser Menschenersatz gänzlich unzulänglich ist. Wir stellen zwar neue Armeen auf, aber ob sie die ausserordentlichen Ausfälle auf allen Seiten decken können, ist zweifelhaft. Und U.S.A. fängt erst an u. England hat, zum Mindesten hier auf seinem Territorium, eine enorm ausgerüstete, völlig intakte, nunmehr bald 2 Jahre im heutigen Panzer- u. Stukasinne ausgebildete 3 Millionenarmee. Die Zange vom Westen *kommt*, sei es über Italien, sei es über Frankreich, sei es über Norwegen. Die Stimmung hier, auch in höheren Offizierskreisen, ist stark umgeschlagen ins Depressive. Wo sollen, wo können wir noch siegen? Die japanischen Siege nützen uns nicht viel. Sie werden sehn, dass meine Meinung sich bewahrheiten wird, dass nur zu Lande, – Russland, China – der Gegenangriff von U.S A. kommt. Und Stalin wird gesagt haben: erst helft mir in meinem Westen, dann steht Euch mein Osten für Japan zur Verfügung. So muss man m.E. die Lage sehn. Selbst wenn man U.SA. strategisch nicht für 100%tig hält u. die Engländer nie grosse Landsieger waren, wird man diese Lage in dem Sinne deuten müssen, wie wir es ja seit je taten. Da-

bei ist die schwierige Ernährungs- u. Materiallage noch gar nicht berücksichtigt. – Es werden für uns im Laufe der nächsten Wochen sehr einschneidende persönliche Massnahmen kommen in Bezug auf Heizung, Nahrung; Post wird wohl eingestellt; der 10 stündige Arbeitstag ist z T. schon eingeführt: Dienststunden von 9 - 19 (im hiesigen Finanz Minist. schon eingeführt.) Bestandsaufnahmen des gesamten Besitzes: Schuhe, Decken, Kleider, Wäsche u. Abgabe davon. Selbst wenn der von vielen Seiten immer noch geglaubte Militärdiktator käme, der Frieden zu machen versuchte, würde weder England noch U S A Russland hindern wollen, Berlin zu besetzen u. bis zum Rhein nun die ihnen gemässe „neue Ordnung“ einzuführen. Finis Civitatis Germanicae, von uns allen, dem Bürgertum. Sehen Sie eine andere Ausgangsmöglichkeit?
Es wäre interessant zu wissen, wer den Brief Ihres Bekannten geöffnet hat. Die Wehrmacht? Oder die Gestapo? War Ihr Bekannter Soldat? War es kein Auslandsbrief? Wer hat ihn vernommen? Falls Sie darüber etwas wissen, schreiben Sie es mir bitte.
Ich las 2 Bücher einer Holländerin, Madelon Lulofs, „Kuli“ u. „Gummi“. Beides in Sumatra spielend. Beide recht interessant, – „Kuli“ mehr, beinahe eine dichterische Sache. Kennen Sie? Sehr bekannte Bücher. Es lebe meine Leihbibliothek!

Viele herzliche Grüsse!
Ihr Be

Nr. 226 21. I 42.

Lieber Herr Oelze, nur die kurze Mitteilung, dass Ihre beiden Briefsendungen in meine Hände gelangt sind. Vielen Dank! Nachdem die Eisenbahnen weiter eingeschränkt sind, muss man wohl auch damit rechnen, dass die Post das

Gleiche tut. Also auch unsere Korrespondenz wird bald eingehn, dies umsomehr, als ja auch Papier nicht mehr zur Verfügung steht. Immerhin denke ich, dass Feldpostbriefe weiter befördert werden. Neulich wurde erzählt, dass zum 1. IV überhaupt alle Geschäfte, ausser Lebensmittelgeschäften, geschlossen werden sollen teils aus personellen, teils aus materiellen Gründen.

Da Sie Jahrgang 1891 sind und, wie ich vermute, K.v., werden Sie jetzt wohl mitgemeldet u. unter Umständen anders verwendet werden. Dabei hoffe ich allein, dass Sie vielleicht Ihr Weg über Berlin führt oder überhaupt in die Nähe Berlins.

Singapur wird fallen, Malta wird fallen.

Heute nur diesen kurzen Gruss, Ihr

Benn.

Nr. 227 1. II 42

Lieber Herr Oelze, mein aufrichtigstes Beileid zu der Katastrophe! Das sind also die Einflüge, von denen es dann im OKW Bericht heisst: Geringer Sachschaden ohne Bedeutung. – Eine einzige Luftmine u. dieses Ausmass von Zerstörung! Alle diese wunderbaren Sachen verloren, von denen Sie schreiben, und die in Ihrem Schreiben noch einmal aufleuchten in ihrer einstigen Schönheit! Aber Sie sind sich ebenso klar wie ich darüber, dass dies erst der Anfang ist, ein Stimmen der Geigen, bald werden wir das Gesamtorchester in unseren Ohren brausen hören. Ihre armen Eltern!

Was ich sonst hier hörte und sah, bestätigt, was wir kommen sahn, als andere noch sich in Mayfair einziehen sahen. Man spricht von einem Übersetzen nach Irland, – meiner Meinung nach aber nur eine Propagandanotiz. Andererseits ist

es möglich, dass die phantastischen diesbezüglichen Erfolge der Japaner gewisse begrabene Hoffnungen wieder zum Aufflackern bringen.
Alle K.v. Offiziere bis zum Jahrgang 1890 mussten zum 1. II gemeldet werden. Was mit ihnen geschieht, ist natürlich nicht zu ermessen.
Was Bremen angeht, wird es nun sehr interessant sein, was der Staat an Sachbeschädigungsentgelt zahlen wird. Kunstgegenstände werden ja nicht ersetzt.
Leben Sie sich in Schleswig wieder gut ein! Lag der zerstörte Häuserkomplex in der Nähe der Horner Heerstrasse?

Alles Gute. Aufrichtige Teilnahme.

Ihr

Benn.

Nr. 228 8 II 42

Lieber Herr Oelze, Dank für Brief und traurigen Zeitungsausschnitt! Die Familie Weiss – das ist ja wirklich schauerlich. Ich kenne nur einen Parallelfall, der öffentlich bekannt wurde, den der hessischen Grossherzöge, die ja auch innerhalb eines Jahres durch Unfälle ausgerottet wurde, davon der letzte kostete 5 Mitgliedern das Leben. (Sie erinnern sich, Absturz auf dem Flug zur Hochzeit nach London, man sieht wieder das Bedrohliche des Familiensinns!) Es ist in Bremen also die Gegend zwischen Stadtgraben u. Weser – nach meinem Baedeker? –
Was hat Ihr Bruder aus Holland erzählt?
*Erzählungen von hier* – meinen Sie Berlin mit Ihrer Bezeichnung: Regierungszentrum im Norden? – : 1) Die Reise nach Italien des R. M. erfolgte, weil Italien Frieden machen will, ebenso Ungarn; daher vorher die verschiedenen Ausflüge nach Budapest. 2) Tschiang-Kaischek will Frieden mit Ja-

pan machen. (mir unwahrscheinlich wegen der neuen Anleihe, die USA u England ihm gewährten.) 3) Die Chancen Japans werden nach wie vor schlecht beurteilt. Allerdings hat U.SA. sein Flottenprogramm erst in 2 1/2 Jahren verwirklicht: 45 Riesenschlachtschiffe u s w. 2 Jahre also hat Japan Zeit, Öl u Stahl zu horten u sich zur Verteidigung einzurichten. Trotzdem giebt man ihm keine endgiltige Chance. 4) Die Offensive der vereinigten Armeeen (Sowjet, USA. England) soll über Kaukasus kommen; Richtung Rumänien, Balkan. 5) Landung in Norwegen ebenfalls sehr möglich. 6) Unsere Materialknappheit soll in ein kritisches Stadium getreten sein, auch was Ausrüstung, Stoffe, Leder, Öl angeht.
Zusammenfassung: „noch bist Du nicht verloren, noch bist Du nicht erkoren, noch sind alle Schwerter über Deinem Haupt".
*Nordafrika* wirkt allmählich wie eine Zankpatience, falls Sie dies Spiel (zwischen Ehepaaren beliebt) kennen, einmal bekommen Sie den Haufen Karten aufgepackt, dann geben Sie sie höhnisch lächelnd dem Partner zurück. Schliesslich hat einer gewonnen.
Welche *Möglichkeiten* müssten eintreten, damit wir *siegen* (Möglichkeiten, wie sie Fr. d. Grosse 1762 erlebte, als die Kaiserin von Russland starb u ihr Nachfolger zu Fr d. Gr. überging)? 1) die französischen Nordafrikaarmeen würden mit uns gehn u. Ägypten erobern. (unwahrscheinlich) 2) Tschiang Kaischek geht mit Japan gegen Indien u Russland vor (mir ebenso unwahrscheinlich). Andere Möglichkeiten sehe ich nicht.
Die *Russen* wollen zweifellos im Augenblick garnicht weiter vorgehn, ihre Nachschubgebiete verlassen u in das völlig zerstörte Land eindringen. Sie wollen nur, uns nicht zur Ruhe kommen lassen, uns töten u. für das Frühjahr ihre Ausgangsstellungen einrichten. Alles dies ist ihnen gelungen u. gelingt ihnen täglich.

Man spricht davon, dass v. Br. zurückkehrt. Ich persönlich glaube es nicht.
Die Berliner sagen: „es giebt kein Gemüse mehr, es giebt nur noch – Eichenlaub"...
Das von Ihnen erwähnte Einfrieren des Wassers in Ihrem Wohnhaus erinnert mich an die herrlichen Jahre in der Bellealliancestrasse, wo das jedes Jahr regelmässig geschah u. ich das Wasser aus einem Brunnen holen lassen musste. Trotzdem herrliche Jahre, mein Leben schlechthin!
1917 - 1935
1. XI. 30. III

Ich las *Dorian Gray*, das ich vor 30 Jahren las. Herrliches Buch (die Geistreichigkeiten wirken altmodisch u. kleinbürgerlich; aber vieles andere das Jahrhundert genau ausdrückend bezw. es bestimmend)! [Überhaupt: das Zeitalter vor den Kriegen wurde durch die Kunst *bestimmt*, von ihr aus drangen die Probleme in die Zeit, aus ihr *ergaben* sich die Probleme, sie war nicht Ausdruck der Zeit, sondern deren Schöpfer] Dazu las ich die Biographie von Wilde von Frank Harris. Kennen Sie? Interessant! Ferner fand ich, dass Wilde von Heine herkommt u., was bemerkenswerter ist, dass Nietzsche stilistisch von Heine stark beeinflusst ist. (Meine persönliche Aversion gegen Heine besteht unverändert weiter; er hat Scharfblick, ist aber flach).
Dies Papier, halb Zeichenmaterial, halb Butterbrodpapier, halb heruntergekommenes Pergament, ist zu Ende. Neues giebt es nicht mehr. So muss ich diesen Brief mit seinen vielen Klammern ( ) [ ] schliessen.
Hoffentlich kommen Ihre „Berufskameraden" bald zurück u. nehmen Ihnen wieder die Arbeit ab!

Sehr herzliche Grüsse von
Ihrem
Benn.

Lieber Herr Oelze, Dank für Brief vom 15. II mit 2 Zeitungsanlagen! Ihr Seneca-Wort begleitet mich seit Jahrzehnten. Gelegentlich messe ich an seiner echten virilen Substanz das pomphafte Geschwätz der faschistischen Nachfahren. Interessant einen Mann zu hören, der England kennt wie Sie! Dass Ch. geht, scheint mir nicht wahrscheinlich vor allem wegen *Roosevelt*, mit dem wohl Ch. ganz bestimmte Abmachungen hat u. der wohl seinen Totalen Einsatz davon abhängig macht, dass Ch. bleibt. Aber in einem fühle ich seit Langem wie Sie: alle diese Blamagen und Fehlschläge, die mir anfangs mysteriös, heute aber fast ridicul vorkommen, empfindet man nicht als Ausdruck von Schwäche, sondern als einen ausgesprochenen Mangel an Führung u. zwar militärischer Führung. Wenn sich ein Marschall oder ein Admiral fände, der den niederschösse, der die deutschen Schiffe an der Kanalpassage nicht hinderte oder den, der Benghasi nicht sofort wieder in verteidigungsfähigen Zustand brachte, einfach kriegsgerichtlich aburteilte oder niederschösse, wäre die Lage gerettet. Dass es nicht geschieht, hat wohl seinen Grund in der von Ihnen geschilderten inneren Lage des englischen Charakters.
Inzwischen hörte ich vom Osten trostlose Sachen. Man hat offenbar die jetzige Front aufgegeben, liefert ihr kaum noch Essen u. Waffen u zieht weiter westlich eine neue Verteidigungslinie auf. Eine Division besteht noch aus 1500 Mann u. ein Oberleutnant führt sie. Verhungert, verlaust, die abgefrorenen Glieder mit Papier umwickelt, ohne Panzer, ohne Luftschutz schmelzen sie dahin. Also regelrecht eine neue Form der Beresina. Fallschirmjäger, Partisanen, Wölfe helfen nach. Es wird keiner zurückkommen, und man lässt auch keinen zurück – aus naheliegenden Gründen. Die D.Züge Petersburg - Moskau verkehren wieder wie im Frieden.
Und nun Ihre „entfernten Dinge", Ihr Mittelalter, Ihr Chri-

stentum, Ihr Pascal! Diese entfernten Dinge, die näher an unseren aktuellen Dingen liegen, als es zunächst scheint. Dank Ihrer Leitung entdeckte ich in dieser Richtung in Heine erstaunliche Sachen und man könnte vermuten, dass sein Gedicht die „Eselswahl“ länger leben wird als der Mythos des 20. Jahrhunderts; pardon, ich sehe eben, es heisst die „Die Wahlesel“. Manchmal denke ich, es giebt, summarisch gesehn, nur zwei grosse Principien in der menschlichen Seelengeschichte, das eine ist das indische „Ta twam asi“, „auch das bist Du“, auch der Aussätzige, der Kriminelle, die Hure, der Vatermörder: auch das bist Du, – nicht zu stolz, Mensch auf der Höhe! Und gegenüber dieser Pluralisierung und Collectivierung und Erniedrigung des Ich das griechisch-europäische Princip des Agonalen, des Überrundens durch Leistung, List, Tücke, Tüchtigkeit, Gaben –: hellenisch in der Arena, modern im Darwinismus, individualisiert im Übermenschen. Beide zur äussersten Tiefe und Dramatik des menschlichen Erlebens führend, beide stilbildend u. stilfähig, dort in der fast unflätigen Überladenheit der indischen und indomalaischen Tempel, Statuen u Tore (dabei von ausserordentlichem Ausdruck, aufwühlender Nüancierung u. raffiniertester Dekadence) und hier im allmählich – durch und infolge der christlichen Jahrhunderte – sich herausbildenden Individualismus, seiner Hybris, seinem Abfall, literarhistorisch gesehn in *Esseintes* aus dem neulich von Ihnen erwähnten „à rebours“ von Huysmans und in *Stelio Effrena* aus „Feuer“ von d'Annunzio – die „Decadence latiné“. (Dann kam unser Geschlecht, fin de siècle nicht mehr glaubend, da die Jahrhunderte ja unbeirrt weiter gehn, u. keine produktive Kraft mehr aus „la grace des choses fanées“, den traurig und schön vergehenden Dingen, mehr herrührend fühlend; in unser Blick- u. Gefühlsfeld trat vielmehr ganz gegensätzlich dazu das centrale Problem der Produktivität, des Schöpferisch-*sein-müssens*, des aktiven, expressionsfähigen Geistes zur Überwindung, Fortdrängung,

Zertrümmerung der Wirklichkeit, zur Sichtbarmachung der Gewalt des Unwirklichen, des Sinns, des reinen Ausdrucks, des Existentiellen. Unser Geschlecht hat ja eigentlich garnichts von Dékadence, Esoterismus, Weltflucht in sich getragen u. mitgebracht, sondern war von ungeheurem Elan, riesiger Stosskraft, geladen mit potenten Energieen. Denken Sie doch heute einmal zurückblickend, was an Massen von Originalität, Neuerungsideen, wüstem Vorstosswillen in all diesen Gruppen des SurRealismus, Dadaismus, Expressionismus vorlag! Denken Sic an heute! Welche Tollkühnheit, welcher Mut, welche Unbeirrbarkeit! Welch ein Heerlager toller Ideenverfechter um die „Kunst". Dies nebenbei) Nun zurück also zu den beiden Principien oder vielmehr genug von ihnen!
Von den 3 allergrössten Männern der weissen Rasse, war einer sicher, einer angeblich oder wahrscheinlich, einer bestimmt nicht: homosexuell. Michelangelo, Shakespeare, Goethe. Eine ziemliche Procentzahl!
Frank Harris ist mir immer unsympathisch gewesen. Ein verlogener, trockener Bursche. Sein Buch über O. W ist dem entsprechend. Wissen Sie eigentlich, wie u. als was „Bosi", Alfred Douglas, endete? Lebt er noch? Üble Kreatur!
Sie, Herr Oelze, sind I c – Mann? Also Abwehr? Geben Sie Ihrer Tätigkeit auch die passende Richtung?

Viele herzliche Grüsse! Sind Sie noch im Hotel?

Ihr Benn.

Nr. 230 17/ 3 42.

Lieber Herr Oelze,
ich bestätige Ihnen den Eingang Ihres Briefes, Ihres Wohnungszeitungsausschnittes und der Rücksendung der „Europäischen Revue"

Hoffentlich erfahren Sie nun bald, was mit Ihnen wird. Sind Sie wieder bei Frau Behrens?
Heute nur diesen kurzen Gruss zur Orientierung.

Herzlich Ihr
Benn.

Nr. 231 B. 11/IV 42.

Lieber Herr Oelze, Ihren ersten Brief aus Brüssel hatte ich mit Spannung erwartet. Nun ist er weniger strahlend, als ich erwartet hätte. Aber das beunruhigt mich nicht. Das wird kommen. Wenn Sie erst eine Wohnung haben, Civil – natürlich, das war 1914 - 1917 auch verboten, aber wir gingen alle in „Bourgeois" –, und dann der richtige Anschluss, der nicht ausbleiben wird bei Ihrer Beautée und Lebendigkeit. Die dienstlichen Schwierigkeiten berühren Sie auffallend. Mein Gott, ob das Büro einen Monat früher oder später zu Stande kommt –, seien Sie doch nicht so tüchtig! Es ist doch alles ein Märchen, auch die Hexe u. der Wolf sind von den Brüdern Grimm. Lassen Sie das doch alles nicht so nahe an sich heran. Wir alle müssen jeden Tag das Gleiche erleben: Aerger u. Stumpfsinn u. Ermüdung – lass sie drehn u. stäuben, im Sinne von Wanderers Gemütsruhe!
Sie werden nicht alt, Sie müssen sich das nicht einreden. Sie sind zu ehrgeizig, glaube ich; deswegen wollten Sie ja doch auch so dringend aus der „kleinen deutschen Garnison" fort. Es war sicher verkehrt von Ihnen, aber Sie werden bald in Brüssel sehr glücklich sein.
Ich kenne Hotel Metropole am Place Brouquère. Eine berühmte Altistin der Berliner Staatsoper wohnte 1916 da, die in den Lazaretten sang u. die ich zu betreuen hatte. Keine unangenehme Erinnerung, obschon sie 25 Jahre älter war als ich. In der Nähe ist das Restaurant Monnaie, wo wir oft assen.

Lieber Herr Oelze, wenn Sie mal an einem Sonntag eine freie Stunde haben, gehen Sie bitte von der Porte Louise aus die *Avenue Louise* herunter, rechte Seite. Da geht bald die *Chaussee de Charleroi* ab, ein par Schritte hinein u. wieder rechts kommt eine kleine Strasse *Rue St. Bernard*. Nr. 1. Gehörte mir u. meinem Burschen, ein grosses Haus, einem Emigranten enteignet. Dort in der 1. Etage waren meine Wohn u. Arbeitszimmer. Dort wirkte Rönne in Hochblüte, wollte nach Antwerpen reisen u. kam nur bis zur Bahn aus Müdigkeit u weil alles so schwer u. sinnlos war, da entstand die „*Reise*". Vor allem aber – Ende April, Anfang Mai 1916 – „geschah" ihm der „Geburtstag". Die „Karyatide" und vieles von dem schönen, sinnlosen, überlebten Zeug entstand da. Werfen Sie bitte einen Blick hinauf, sprechen Sie meinen Schwur von damals: „manchmal eine Stunde, da bist Du, der Rest ist das Geschehen; manchmal die beiden Fluten schlagen hoch zu einem Traum". Mein Standquartier war die Porte Louise, dort die Kinos, die Cafés, vor allem das damals sehr elegante Café Toison d'or. Bald werden die grossen Rhododendrenbeete blühn dort u. in der Avenue nach Tervueren. Darf ich Ihnen meinen Baedeker von Brüssel schicken? Er ist alt, 1914, oder haben Sie einen besseren?
Mir geht es gesundheitlich nicht gut. Eine schwere Verbrauchtheit im Kopf, Schmerzen im Zwischenhirn, Schund u. Schmutz an den Centralorganen. Aber was tuts; einmal ist es zu Ende; mich beschäftigt nur der Wunsch, es mit Anstand u. ohne Belästigung für andere zu erledigen.
Manchmal besucht mich neuerdings Herr Alexander Lernet-Holenia, Rittmeister, oesterreichischer bei den grünen Dragonern, jetzt hier eingezogen bei der H. Filmstelle, Romanschriftsteller, wohnhaft sonst am Wolfgangsee, eleganter, gutangezogener Mann Ende Vierzig. Wir standen in schriftlicher Verbindung. Die persönliche Bekanntschaft war keine unmittelbare Enttäuschung, was viel sagen will bei meiner

tiefen Antipathie gegen Menschen, ihre unsägliche Penetranz und Wichtigkeit erfüllt mich ja immer mehr mit Abscheu. Also Herr L.-H. hat das gewisse Etwas in manchen seiner Bücher, das Schlenkriche, Unseriöse, vielfach Spielerische, das nicht in die „Tiefe" geht, sondern ins Elegante und Gesellschaftliche. Also etwas Undeutsches. Das ist ganz nett an ihm.
Führen Sie ein Tagebuch in Br, Herr Oelze! Wenn Sie nur das Wetter eintragen u. das Essen! Für später interessiert es Sie, denn Sie werden 85 Jahre.
Aus *Lübeck* hört man Schlimmes, desgl. neuerdings aus *Danzig*.
Alles Gute! Bleiben Sie gesund und atmen Sie die Frühlingswogen dieser abwechslungsreichen Stadt! Wenn ich mich frage, ob ich sie noch einmal wiedersehen möchte – ich glaube: nein!

Herzlich Ihr Benn.

Nr. 232 24/ IV 42.

Lieber Herr Oelze,

Tertullian schreibt: „ich glaube es, weil es völlig widersinnig ist"; ich: ich nehme Büttenbogen, weil es kein Briefpapier mehr giebt. Dies erstere nämlich kann man noch beziehn u. sich zurechtschneiden lassen.
Haben Sie vielen Dank für Ihre beiden Briefe. Der Bädeker von Belgien wiegt in der Tat 250 Gr, obschon ich den niederländischen Teil getrennt habe. Also muss er hier bleiben.
Ihr Honigmond in B. ist nun zu Ende. Wie entwickelt sich das Dienstliche? Sie schreiben: Rue de la loi. Dort wohnte ich das erste Jahr; im Parlamentsgebäude war das „Gou-

vernement Brüssel" untergebracht, darunter der Gouvernementsarzt, zu dem ich gehörte. „Chambre des Réprä-sententants"; gegenüber der kleine Park mit den Statuen u dem Theater, die Statuen, die Hermen, „vor denen nie verging das südliche Meer".

Viel Neues ist nicht zu erzählen. Eine sehr dumpfe, undurchsichtige Atmosphäre. Heute Nacht Alarm, aber kein Angriff. Bei Ihnen wahrscheinlich umgekehrt.

Ich las von Bennett: Lord Raingo. Sicher kennen Sie es. Interessant, weil es Kriegskabinett 1918 schildert, darunter W. C. unter dem Gesichtspunkt von 1918, geschrieben Anfang der 20 Jahre, die deutsche Übersetzung: 1927.

Der Schriftsteller L.-H., von dem ich schrieb, dass er gelegentlich kommt, entwickelt sich zum Dämon. Er sagt: alle Essays von mir sind vielleicht mir selber interessant, aber sonst völlig nebensächlich. „Sie wissen garnicht, wer Sie sind. Sie haben keine Ahnung von sich selber". Wenn Sie jetzt nicht den 3. Stil finden, werden Sie entweder sterben oder sich lächerlich machen. Der 1. Stil war die Krebsbaracke. Der 2. die 8.zeilige Strophe. Für den 3. empfiehlt er mir die Hymnen von Novalis, die Duineser Elegieen u. Hölderlin. Er bringt dies äusserst intensiv vor u. mit mehr Aggressivität, als ihm zusteht u. als die Sache erfordert. Ich sei der grösste Lyriker für 100 Jahre. Ich erwidere mit entsprechenden Invectiven. Dazu trinken wir Cocktail u. er bekommt Tomatensuppe oder Fischmajonnaise zu essen. Übrigens ist es nicht unlohnend, eines seiner Bücher, z.B. „Die Auferstehung von Maltravers" gelegentlich zu lesen. –

Wenn Sie dort in Lokale gehn, bezahlen Sie dann mit Mark oder Francs? Darf man eigentlich in Geschäften kaufen? Giebt es noch was? Könnten Sie sich z B. dort einen neuen Anzug machen lassen u. können Sie sich Toiletteseife freihändig kaufen? Dürfen Sie mehr Geld sich schicken lassen oder müssen Sie von Ihrem Wehrsold leben? Haben Sie ein Appartement gefunden? Waren Sie schon in Tervueren?

Die von Ihnen geschilderten Orchideen kommen aus den Häusern von Laeken, dem Schloss u Park, in dem Leopold II u. Cléo de Mérode ihre Unterkünfte hatten. Längst wohl alles vergessen!
Wie geht es gesundheitlich? Können Sie den billigen Champagner u. die Liqueurs geniessen? Alles was Sie und Brüssel betrifft, interessiert mich sehr. Ich bitte um Berichte!

Tausend Grüsse! Sehr herzlich
Ihr
Benn.

Nr. 233 2/V 1942

Lieber Herr Oelze,
haben Sie Dank für Karte aus Antwerpen, das Drama lyrique von Herrn Trisca und vor allem und über allem für Ihren so besonders liebenswürdigen, mich tief beschämenden Geburtstagsbrief. Ja, diese 10 Jahre sind auch für mich von grösster Bedeutung gewesen. Unsere Korrespondenz war mir immer und wurde mir immer mehr eine grosse Bereicherung und Anregung, auch ein Massstab für Gedanken und Formulierungen, die entstanden und sich aus unserer Unterhaltung ergaben. Sie haben diese Korrespondenz in genau dem gleichen Masse mit geschaffen und zu der Intensität geführt, die sie fast immer in sich trug. Als Symbol dieser 10 Jahre steht Ihr schöner Buddha immer vor mir, der ja von seinem erhöhten Sitz herab auf jeden Brief herniederblickt, der an Sie abgeht, – er, schwer und weise. Meine Hoffnung ist, mich immer dieser Korrespondenz würdig zu erweisen auch in dem, was in den kommenden Jahren meine Produktion noch von sich geben kann. Oft bin ich in dieser Richtung sehr niedergeschlagen, manchmal fühle ich, dass noch einiges werden könnte, wenn die äusseren Verhältnisse etwas gnä-

dig wären, namentlich in Bezug auf die Zeit, die ich dazu verwenden kann. In dieser Richtung bin ich in Sorge; im Umkreis meines Arbeitsgebiets, der Versorgung, vollziehen sich einschneidende Veränderungen personeller und sachlicher Art, ich muss fürchten, meine Ruhestellung in absehbarer Zeit zu verlieren und womöglich auf sehr viel weniger angenehme Positionen zu kommen. Nun – on verra.
Immer noch kein Frühling hier, kein warmer Regen, nichts blüht. Allgemeine Stimmung sehr gespannt.
Haben Sie in Br. irgendwelche, einen Menschen, mit dem Sie etwas reden können? Vor allem, können Sie sich etwas Freiheit vom Dienst schon schaffen, sodass Sie für sich sind zwischen allen den fesselnden Dingen der Stadt? Fahren Sie doch gelegentlich nach Brügge, wo die Grande Beguinage de St. Elisabeth am Minnewater liegt, die R.M.R so wunderbar besang.
Viele herzliche Grüsse, lieber Herr Oelze!

Dankbar Ihr

Benn.

Nr. 234 30 V. 42.

Lieber Herr Oelze, meine Frau rief mich aufgeregt im Dienst an, dass ein riesiger Privatwagen vor dem Haus gehalten habe u. ein entsprechend eleganter Chauffeur ein Paket von Herrn Oelze abgegeben habe. Sie vermute...., ob sie öffnen dürfe... Genehmigt! Und in der Tat: die schwarzen Diamanten, das ens realissimum von heute, das umkämpfteste Material des Civilisationstyps! Wie soll ich Ihnen danken! Erstens überhaupt u. zweitens, dass Sie sich der Mühe der Zubringung unterzogen. Ihr Name und Geist stieg aus dem Geruch der Tassen, die heute früh vor uns ihren tausend-und-eine Nacht-Schatz darboten. Dafür sind

mindestens 3 lyrische Stücke an Sie fällig oder ein Essay, die bei Gelegenheit kommen werden.
Wenn ich an Sie denke, sehe ich Sie in dieser weichen Stadt, die etwas Umwehendes ausströmt, gemischt aus Blüten und dem nahen Meer. Darin wandeln Sie, u. zwar sehe ich Ihr Haar etwas länger, als Sie es tragen, und Ihre Gestalt zieht etwas hinter sich her, etwas Fliehendes und Leichtes, als hätten Sie die Flügel des Hermes, die kleinen, an Ihren Schuhen, statt der Sporen. Es ist wohl die Stadt, die Sie so umgiebt.
Dank für Ihren letzten Brief, vom 17 V 42! Ihre Reise muss ja sehr schön u. eindrucksvoll gewesen sein. Paris halte ich nicht für so sarcophagenhaft, wie Sie es empfinden, – für die Dauer. Ich halte diese Stadt für eine der unzerstörbaren Schöpfungen der europäischen Rasse, eine vom Glück ihr geschenkte und vom Glück beschützte. In welche Formen auch das Land um sie herum versinken könnte, sie wird noch eine ganze Weile bleiben u über die 5 Erdteile leuchten.
Von hier ist wenig zu erzählen. Ein meteorologisch unklarer Frühling, dunkel, wenig warm u. gewitterreich. – In den Personalveränderungen fand ich Ihre Versetzung zur Passierscheinhauptstelle. Ich vermisste Ihren Doctortitel, während Friedrich richtig dastand. Herr Oelze in völlig ungewohnter Umgebung und Fassung! Bald mehr! Nehmen Sie nochmals meinen herzlichsten Dank, auch den von meiner Frau.
Bleiben Sie gesund und weiter gewogen
Ihrem alten G. Be.

Nr. 235 17 VI 42

Lieber Herr Oelze,
in den Tagen, als in Westdeutschland wohl auch einige Züge mit Post beschädigt wurden, hatte ich Ihnen einen Brief geschrieben. Ich teile Ihnen das mit für den Fall, dass er nicht ankam.
Hier geht alles gut.. Ich hoffe das von Ihnen auch. „Dem Traum folgen und nochmals dem Traum folgen u so ewig usque ad finem."

Immer Ihr Benn.

Nr. 236 B. 5/VII 42

Lieber Herr Oelze, Sie sind in Bremen! Zitternd denke ich daran. Wie fanden Sie es denn? So zerstört wie Rostock oder Köln soll es ja wohl nicht sein. Was macht die Horner Heerstrasse? Und Ihre Bücher? Stimmt es, dass die Focke-Wulff Werke schon längst nicht mehr in Br. waren bezw. arbeiteten, sondern verlegt waren? In den mystischen Osten, in den angeblich die ganze West-industrie schon installiert sei? Nicht sehr glaubhafte These.
Dann danke ich Ihnen für das neue Geschenk, das eintraf. Meinen Dank kann ich nicht in Worte fassen. Es bedeutet so sehr viel für mich, nicht nur als tatsächlicher Genuss, sondern auch als „Erinnerung an Schöneres", an Tage, namentlich Sonntage in der Bellealliancestrasse, an denen ich mit Hilfe einiger Tassen den ganzen Tag verbrachte u. die Sätze und Träume des „Gartens von Arles" u. des „Modernen Ich" u. des „Letzten Ich" mir aus den coffeinerweiterten Gefässen des Hirns u der Haut spielend herauszauberte – Erinnerung an Schöneres – aber eine Hoffnung auf Zukünftiges allerdings nicht. Die Zeit ist knapp für mich, die Wo-

chen enteilen, die äusseren Verhältnisse sind schlecht u. diese äusseren Verhältnisse sind doch sehr wichtig für die Produktion.
Ich will Sie nicht lange aufhalten, Ihre Zeit ist sicher sehr besetzt. Ich freue mich sehr, dass Sie Ferien haben. Auch ich habe gerade 14 Tage u. 2 Reisetage Urlaub genommen u. bekommen. Bleibe aber in der Bozenerstr.
Da dieser Brief nicht als Feldpost geht, kann man etwas offener schreiben. Ich glaube nach wie vor, dass *unsere* Prognose richtig ist. Aber vor 1 Jahr wird sich nichts ereignen. Dann aber unausweichlich. –
Dass mein Brief ohne Poststempel bei Ihnen ankam, ist nicht so überraschend. Bei regulären Feld.P.Nr. braucht der Absender ja keinen Dienststempel zu verwenden. Wahrscheinlich hängt es damit zusammen, dass Ihre Nummer gerade wechselte. Nur der fehlende Poststempel ist auffallend.
Rufen Sie mich doch einmal an? *718097*.
Dank für Ihren Brief aus Brüssel vom 30. VI 42. Darüber später, wenn Sie wieder im Dienst u. sicher etwas freier in Bezug auf Ihre Gedanken u. Zeit sind. Dank! Ihr Benn.

Nr. 237 I/ 8 42

Lieber Herr Oelze, ohne heute genügend Zeit zu haben, Ihnen ausführlich zu schreiben, bestätige ich Ihnen nur Ihre Briefe aus Ehrwald u. Köln, bedanke mich dafür und teile Ihnen mit, dass ich eben einen Gruss an Sie aufgegeben habe u. zwar an eine Schauspielerin des Staatstheaters, die morgen mit auf eine Wehrmachtstournée nach Brüssel geht: Pamela Wedekind, Tochter von Frank und *Tilly* (mit welcher ich ja viele Jahre sehr befreundet war), geschiedenen Gattin des in Brüssel lebenden Autors von „Bürger Schippel“, „Snob“, „Die Hose“.

Wenn es Ihnen Spass macht, besuchen Sie sie doch im Theater oder Hotel und überbringen Sie ihr doch bitte meine Grüsse, ich bin mit den W.s ja gut bekannt.
Sie erwartet sie.
Hoffentlich sind Sie in Br.

Tausend Grüsse!

Immer Ihr

Be.

Nr. 238 21/9 42

Lieber Herr Oelze,
vielen Dank für die Karte aus Paris. Dank auch noch für Ihren Besuch vom 3 d. M. Da unser Briefwechsel abstirbt mangels Masse an dem, was man schreiben kann, ist es mir eine grosse Freude, Sie persönlich zu sehn. Alles in Allem wirken Sie lebendig u. gut gelaunt, sehn vorzüglich aus, die Wehrmacht bekommt Ihnen. Das ist mein Eindruck.
Was haben die letzten Angriffe auf Ihre Heimatstadt gebracht? Sind Sie persönlich betroffen?
Mein Bekannter G. B hat die Überraschung erlebt, dass in dem vom Prop-Min. offiziell herausgegebenen Literaturblatt „Europäische Literatur" (die die alte „Literatur" der Deutschen Verlagsanstalt aufgesaugt hat u weiterführt), er wohlwollend erwähnt wurde. Seit 5 Jahren das erste Mal, dass dieser Name wieder genannt war. Der Verlag hat dem G. B vorgeschlagen, nunmehr Schritte zu unternehmen, um die ganze „Affäre" zu bereinigen, aber der Autor hat keine Lust dazu. Der Zeitpunkt ist ungünstig; die Affäre wird sich von selbst bereinigen, denkt der Autor. –
Mit was für Leuten Sie in der Bar sitzen! Interessant. Alles Gute u. herzlichen Gruss.

Ihr

Be.

Lieber Herr Oelze, vielen Dank für Ihre Zeilen vom 23. d. M., die erstaunlich schnell hier waren; auch für die Zeitungsausschnitte. Mein Bedauern hinsichtlich aller der Trauernachrichten aus Bremen u. aus Ihrer Familie. Einen Blüthner u. einen Bechstein wird es für unsere Generation nicht mehr geben und wenn, dann in schlechter Qualität, denn die älteren waren ja schon an sich die weit besseren. Ich sandte den meiner verstorbenen Frau vor Jahren an meine Tochter u. freue mich, dass er in dem Hause „aus Silber u. Rosen" steht, in jenem einzigartigen Musikzimmer, in dem die Wände aus Glas sind, immer voll Sträucher u Blumen vollgestellt (besonders konstruierte Wände dafür), u. von dem aus man über den Sund nach Schweden sieht, auf dem „das Meer u. die Masten hoch nach Norden gehn". Long, long ago – alles. –
Auch mich machte Faulkner nervös, sodass ich nicht weiter las. Ich bin mir aber unklar darüber, welches die Ursache war. Wahrscheinlich, wie Sie sagen, die Monumentalität der Diktion und das Familienhafte des Inhalts. Man will das ja garnicht so genau wissen von den alten Tanten u. Vorfahren.
G.B. bleibt selbstverständlich völlig unbeirrt von dieser einen Schwalbe, die wahrscheinlich sich auch nur zufällig dorthin verirrt hat.
Ein bekannter Verleger, jetziger Inhaber von Kröner in Leipzig u. des neuen Dieterich Verlags, der meine Vermittlung in einer dienstlichen Sache haben wollte u. mich hier besuchte, sandte mir zum Dank eine ganze Reihe von Büchern aus der von ihm gestarteten „Sammlung Dieterich", darunter einige, die mich sehr interessieren. Z.B. wollte ich seit Langem *La Bruyère* näher kennen lernen u. erhielt sein Buch: „Die Charaktere". Ein französischer Essayist des 17. Jahrhunderts – Linie Pascal, Montaigne – mit wunderbar kla-

ren Formulierungen, aber sehr moralisch u. von strengstem Gerechtigkeitssinn und einer Nachsicht im Humanen, die bei einem Franzosen überrascht. Mich interessiert vor Allem, dass sein ganzes Werk rein aphoristisch ist u. damit ein Parallelfall zu Nietzsche. Kaum je ein Aphorismus länger als 2-4 Seiten, die meisten nur ein par Sätze. – Ferner Briefe von *Burckhardt*. Darunter 2 an Nietzsche, die in ihrer Zurückhaltung sehr bemerkenswert wirken: „Verehrtester Herr", – „In vollkommener Hochachtung Ihr stets ergebener –". Im Grunde bemerkt man eine ungeheure Fremdheit zwischen den beiden (Man sieht sie immer so nahe beieinander, Zeitgenossen, Griechenanalytiker, beide Baseler Professoren; – stimmt also garnicht.). Auch B. äusserst reserviert in der persönlichen Haltung sein Leben lang gegen alle, sehr formell und verschlossen. Als Ganzes natürlich zeitnäher u. wissenschaftsergebener als N., aber doch auch recht imposant. – Dann ein „*Gegenwartslexikon*", äusserst seriös u. wissenschaftlich, in dem erstaunliches Wissensmaterial enthalten ist, sei es über Walzwerke oder Gefriertechnik oder Verletzungen durch Kopierstifte. Ein äusserst lehrreiches Buch. Jeder Band ist 400-500 Seiten u. kostet 4-5 M, also riesig billig, u. sieht gut aus. – Nun erwarte ich mit aufrichtiger Spannung Ihre Dialoge, zögern Sie nicht, sie zu senden!

Herzlichen Gruss! Ihr Be.

Nr. 240 14 / X 42 B.

Lieber Herr Oelze, Dank für den Brief vom 8. d. M. – Feilen Sie doch an den Dialogen nicht mehr herum, 1) kommt nicht viel dabei heraus 2) haben Sie keine Zeit 3) entnehme ich ja, was Sie meinen u. wie Sie es meinen. Senden Sie nur bitte her, betrachten Sie es als erweiterte Korrespondenz.

Die Massnahmen in Belgien erinnern mich an die Vorgänge von 1916, die ich an Ort u. Stelle erlebte. Genau das Gleiche damals.
Die schlechten Nachrichten aus Bremen bedaure ich sehr. Hoffentlich bekommen Sie Urlaub, um nachzusehn. Wir werden alle mit einem Rucksack auf dem Rücken enden und in Wäldern wie im 30jährigen Krieg. Vielleicht beginnt auch dann das grosse 17. Jahrhundert für die Überlebenden.
Das Buch von Martin über B u N. kenne ich nicht. B. ist ja als Ganzes auch nicht so sehr interessant. Seine Erkenntnisse kommen aus Studien, sie sind nicht existentiell zwangsläufig. Es sind Ergebnisse aus Quellen und Beobachtungen von hohem Niveau. Ähnlicher Fall wie Klages, nur nüchterner, gedanklich bessere Klasse, romanischer. Mehr Folgerung als Traject in ferne Zonen. Daher sein höllisches Grausen vor N, der ihn ja ohne weiteres auflösen würde, wenn er ihm die Osmose gestattete. –
Auch hier Herbst, aber mit immer noch sehr klaren u. goldenen Mittagsstunden. Ein langer Herbst nach einem kurzen regnerischen Sommer; ein Herbst, bei dem man weit hineinblickt in die Dinge, und was mich selbst betrifft, wird die Trauer meiner letzten Jahre die sein, dass ich mein Leben nicht in jenen Landschaften u. Gegenden verbringen konnte, in denen das südliche u. das nördliche Reich zusammenfliesst u. man nach beiden Richtungen Schritt u. Ahnungen richten konnte, also: Genfer See oder Meran oder in Oesterreich dort, wo das Habsburgische sich mit dem Alt-Slawischen u. Italienischen mischte (im Alt-Reich vielleicht: Bodensee). Hier, bin ich kummervoll sicher, wäre mehr geweckt, wäre alles weicher und fruchtbarer geworden, wären die grossen Früchte u. die Trauben und Narcissen gewachsen, die dort auf die Märkte u. in die Fässer u. Kelter gehn. Dieser harte Norden! Dies Nebel- u. Niflheim! Diese Asen, die immer nur die Krieger tragen, u. wo es immer Wunden und Zwiespalte sind, durch die das Leben sich erlebt u. sein Weiter-

kommen findet. Aber – hélas – Berlin ist meine Stadt – seit 1904 – und wird es bleiben. Von ihr aus versuchte ich mit Hilfe von Bildern u. Steinen in den Museen und den Büchern aus den Leih- u. Staatsbibliotheken hinüberzuäugen in die beschenkteren Reiche mit Marmor, Öl u. Orangen u. jene Eroberungen zu betreiben, die dem lädierten Gehirne allein gegeben sind. Ein Gehirn, dem es genügen muss, dass es in der *Bozener*str. endet u. für das es typisch ist, dass es täglich über den *Wittenberg*platz muss, um in der *Kurfürsten-* u. *Nettelbeck*str. zu landen; auch die *Kleist*str, die es passiert, heisst nicht nach Heinrich, sondern nach einem General Kleist von Nollendorf. – Genug der Geographie!
Nach Tervüeren fuhr früher eine alte Schuckelbahn, halb Elektrisch, halb Lokomotive; war oft im Park. Ist das Colonialmuseum noch dort?

Herzliche Grüsse! Gedenke Ihrer oft.

Ihr Be.

Nr. 241 B. 9. XI 42.

Lieber Herr Oelze,
nehmen Sie meine aufrichtigste Teilnahme zum Tode Ihres Herrn Vaters entgegen. Vergleiche ich die Daten Ihrer beiden letzten Briefe, so weiss ich nicht, ob Sie noch rechtzeitig kamen und Ihren Vater noch am Leben trafen. Ich hoffe es, dass Sie sich noch von ihm verabschieden konnten, der solange Ihr Leben begleitet hatte. Wer ist bei Ihrer Frau Mutter? Ich vermute, Ihre Schwester, die seinerzeit in Borkum (oder war es Sylt?) war. Ändert sich Ihre Existenz nun dadurch? Müssen Sie Geschäfte oder dergl. übernehmen und können Sie sich u.k. stellen lassen? Hoffentlich bekommen Sie jedenfalls Ihren Arbeitsurlaub. Vielleicht kann man dann wieder etwas ausführlicher schreiben (Nach meiner Mei-

nung hätten Sie ja im Hesterberg bleiben sollen; das wäre in Anbetracht der Gesamtlage u. für Ihre speziellen persönlichen Dinge in Bremen am Besten gewesen.)
Was Sie aus Bremen berichten, ist ja sehr schmerzlich. Was hören Sie von Ihrem Sohn? Wo ist er?
Ist das auf Ihrem Briefpapier das Oelzesche Wappen? Was hält der zweimal vorhandene Arm in seiner Hand zwischen Daumen u. Zeigefinger? Eine Rolle oder eine abgebrochene Hellebarde?
Überstehn Sie diese dunklen Novemberwochen so gut es geht; auch der Dezember wird nicht heiterer werden!
Alles Freundliche in die Rue Blanche!

Ihr Benn.

Nr. 242 B. 16 XI 42

Lieber Herr Oelze,
mit der sofortigen Meldung, dass Ihr Brief vom 13. XI 42 am 15. XI 42 in zweifellos intaktem Zustand bei mir eintraf. Trotzdem soll die Ordonnanz ohne ausdrücklichen Befehl keine Briefe vom Schreibtisch des Herrn Hauptmann fortnehmen. –
Gestern bekam ich eine weitere Brüsseler Nachricht, nämlich, dass der Autor der Hose am 3. dort starb.
Dank für Ihren Brief vom 13. Sind Sie Träger des natürlichen, primären, aprioristischen, acausalen, absoluten, geheimnisvollen Nihilismus, der unsere Zierde ist, oder nicht? Wo bleiben die Dialoge? November ist ein guter Monat dafür.
Tausend Grüsse!

Ihr
Be.

Nr. 243 4/ XII 42

Lieber Herr Oelze,
ich bestätige den heute erfolgten Eingang der schwarzen Diamanten, in der Indianersprache: „kleines rundes Gespaltenes“ genannt, wie ich kürzlich las. Nehmen Sie meinen aufrichtigsten Dank dafür entgegen. Die Weihnachtsfeiertage werden in seinem Zeichen stehn.
An Sie meinen Weihnachtsgruss in Gestalt dieses Lernet-Holenia, der im Erscheinen ist, ich holte mir das Exemplar für Sie persönlich von Herrn Suhrkamp, dem jetzigen Inhaber des Sami Fischer Verlags. Ich habe das Buch in der Korrektur gelesen, es ist leicht u. leichtsinnig als Buch und Werk, aber mit dem Charme, der der Reiz dieses Autors vielfach ist.
Ich bedaure sehr, Sie nicht gesehen zu haben, hoffentlich ist es bald wieder einmal möglich.
Die Dinge um uns werden noch eine Weile bis zur Vollendung dauern u. wie diese Vollendung dann aussehn wird, weiss niemand; aber eine sehr abschliessende Veränderung unser aller Lage wird es wohl werden. Darüber können sich nur Narren einer Täuschung hingeben. Ein grosses Bewältigungsvorhaben scheint sich doch jedenfalls um uns u. in uns abzuspielen, ein viel tiefer reichendes, als die Börsenstimmungen u. Heeresberichte anzudeuten vermögen. Es ist zweifellos etwas völlig Immaterielles, unmittelbar Wesen- u. Keimentsprungenes, das sich Gestalt sucht u. jede Rückkehr zu Früherem ist ausgeschlossen.
Gute Ferientage! Alles Freundschaftliche von Ihrem Benn.

Nr. 244 2 I 43

Lieber Herr Oelze, an Ihrem Geburtstag sende ich Ihnen viele Grüsse. Ich hatte die Freude, an diesem Tag Ihren

Brief vom 31. XII 42 zu bekommen, Ihren freundlichen Brief, für den ich sehr danke. Nehmen Sie also Grüsse u. Glückwünsche u. Dank von meinem Schreibtisch, an dem ich immer noch sitze; aus meinem Laboratorium, dem Laboratorium für Worte, in dem ich in Anbetracht einiger dienstfreier Tage tätig bin, bestrebt, sie so zu laden und zu füllen, dass ihre Sprengwirkung durch einige Jahreswechsel geht. In der Kraft des von Ihnen gespendeten dunklen Getränks u. einiger bescheidener Zusatzgaben von meiner Tochter – : es ist erstaunlich, wie sehr normale Nahrungszufuhr geistiges Schwergewicht verleiht; die Leistungen bei Heuschrekken u. Honig, die man von den Asketen u Propheten der Wüste hört u. liest, sind offenbar nicht die, die zu verrichten mir gegeben waren.

Ich hoffe, dass Sie ein Jahr beginnen, das Ihnen das Weiterschreiten auf Ihrem zwar einsamen, aber allein gerechten Wege giebt. Es trifft so sehr zu, was Sie schreiben, dass nämlich alle Beziehungen aufgehört haben, dass Gespräche sinnlos werden, aus jedem, nahezu ausnahmslos aus jedem, schillert der kleinbürgerliche Rest, Angst, alle die Zwar u. Aber, Familie, Kate, Umtrunk, grüne Flächen – nirgends die reine Verneinung, um die es aber heute geht. Was dem Menschen von heute völlig abgeht, ist der wunderbare Begriff des Märtyrers der früheren Jahrhunderte, der in der Arena die Pranken des Löwen u., an den Stamm gebunden, die Pfeile der Heiden ohne zu widerrufen hinnimmt. Die erniedrigende Säcularisation des Ich, seine familiär-individuelle Einstellung gegenüber dem Gott, dieser pamphletistische Ritus, diese freche banale Sacramentation ist es, die die gemeine Glorifizierung des Lebens hervorbrachte u. damit die exkrementelle Anthropologie schuf, die wir heute öffentlich um uns sehn.

Es scheint mir aber auch manchmal, als ob wir uns selber innerlich geändert hätten. Wir strömen nicht mehr in den alten Betten von Gespräch, Austausch, menschlichen Betrachtungen, diese Betten sind ausgetrocknet u. leer. Es geht alles nach Innen in ein umfassendes Schweigen. Man kann vielleicht auch sagen, der Mensch ist nicht einsam, aber Denken ist einsam. Es ist ichgebunden u. solitär. Die Denkfunktion der Verneinung ist die vom höchstem Rang, in ihr erreicht es seine letzte Stufe, sie umschliesst das metaphysische Wesen des Denkens, sie ermöglicht seine allgemeine Bedeutung, sie ist Detailbekämpfung, Anti-emotionismus, Eindrucksfeindlichkeit – sie ist Stil. Darum ist alles Denken pessimistisch u. wer mit ihm beladen ist, geht schweigend in seiner Larve umher.

Wenn das vorstehende mangelhaft empfunden u. unvollkommen ausgedrückt ist, ist es Ihre Schuld –, Schuld unserer spärlich gewordenen Briefe, in denen wir früher unsere Vorarbeiten verrichteten: jetzt muss ich selber auf meinen eigenen Krücken gehn u. mit den Krücken mich vortasten in neue Reiche. –

Was die *Lage* angeht, so ist sie von kristallener Klarheit. Es wird kaum Überraschungen mehr geben. Die Formen des Verlaufs sind nicht zu spezifizieren, aber das Ergebnis ist unerschütterlich deutlich.

Also nochmals: alles Gute für das kommende Jahr! „Die Birne ist reif", um Napoleons Redensart zu variieren, es gilbt ihre Schale, ihr Saft wird süss, es rüstet sich ihr Fest! Und Dank für alle Freundlichkeiten u. alle Freundschaft im vergangenen Jahr.

Ihr

Benn.

Nr. 245 28 II 43.

Lieber Herr Oelze, – endlich mal wieder ein Lebenszeichen von Ihnen! Tausend Dank! Aber wie traurig die Nach-

richt über Ihren Sohn. Meine Hoffnung geht sehr dahin, dass Sie bald wieder etwas von ihm hören. Gerade bei dieser Art von Krieg im Norden muss ja nicht jedes Vermisstsein etwas Schlimmes bedeuten. Es giebt doch wohl viele abgesprengte kleine Gruppen, die sich halten.
Dass Sie in A. sind, hat doch für Sie das Erfreuliche, dass Sie Ihren Bruder erreichbar haben. Davon abgesehn wird es wohl keine andere Lebensführung dort geben, als es in Brüssel für Sie gab. Das viele Herumreisen lieben Sie ja wohl –, Sie sind so aktiv u. erfahrungsammelnd geworden, seit Sie Schleswig verliessen. Ich bin immer noch bekümmert, dass ich Sie nicht sah, als Sie letztes Mal in Berlin waren. Wenn Sie wieder einmal längere Zeit in Deutschland sind, schreiben Sie es mir bitte vorher. Ich würde es gerne ermöglichen, Ihnen dann gelegentlich etwas aus dem Nachlass jenes Dr. Rönne zum Lesen zu schicken, der bei Stalingrad fiel. Eine Art literarischer Nachlass, Essays von 1-20 Seiten Länge, das Ganze würde wohl ein kleines neues Buch von 200 Seiten geben. Die alten Themen, über die wir so oft mit ihm uns unterhalten haben! Eine Art Weissbuch der Zeit. Wenn Sie dem gelegentlich eine deutsche Nacht zur Lektüre widmen würden, wäre es sicher sehr in seinem Sinne.
Das Merkwürdigste im Augenblick erscheint mir dieses frühe Frühjahr; Beobachter sagen, dass seit 1919 ein so warmer Winterausgang nicht war; was könnte alles in ihm liegen, was könnte er alles bringen u streuen an Hyacinthen u. hellen atmenden Abendstunden, an Ahnungen u. Glücken, wenn alles anders wäre! Aber es war einmal, und dessen erinnere ich mich oft.
Mir persönlich geht es dienstlich unverändert. Ich kann jedenfalls abends immer noch in meinem Zimmer sitzen, am Schreibtisch u. aufblickend Ihren Buddha sehn.
Leben Sie wohl. Tausend Grüsse!

Ihr

Benn.

Lieber Herr Oelze, Ihr vorletzter Brief (aus Bremen) hat mich lange beschäftigt, die Nachricht vom wahrscheinlichen Verlust Ihres Sohnes u. Ihre Worte dazu. Der arme Kleine! In welchen Zeiten aufgewachsen u. welchem Tod von seiner Elterngeneration entgegengeführt! Mir wäre leichter ums Herz gewesen, wenn Sie schmerzlichere Worte über seinen Verlust gesagt oder empfunden hätten, aber sicher war es nur Ihre grosse innere Reserviertheit, die Sie abhielt. Ich bedaure auch Ihre Frau sehr u. bitte, ihr mein Beileid ausdrücken zu wollen.

Im letzten Brief schreiben Sie wenig über Ihre neue Tätigkeit. Ich nehme an, dass sie inhaltlich der Brüsseler nahe steht? Sind Sie einigermassen angenehm untergebracht, in eigener Wohnung?

Beim Luftangriff am 1. III lagen wir in der Mitte von zwei Hauptzerstörungscentren, dem Prager u. dem Innsbrucker Platz; zwei Blindgänger 10 m. von meinem Schreibtisch ab, an dem ich sass, statt im Keller zu sein, im Vorgarten unseres Hauses zerstörten zwar die Gardinenstangen neben mir, aber Tisch u. Denker blieben unzerstört.

Von Rönne erwarten Sie nicht zuviel! Er arbeitete, schrieb er mir noch kurz vor seinem Untergang, dienstlich täglich 9-10 Stunden, erst dann kam er zu sich selbst u. seinen Gedanken. Müde war er auch sehr u. der Aktivste war er nie. Trotzdem ist ein Satz in seinen Betrachtungen, der mir gefällt, Schlusssatz einer der Studien u. fast ein zufälliger Schlusssatz, nämlich: „Deutlich neigt sich Plato herüber; endogene Bilder sind die letzte uns gebliebene Erfahrbarkeit des Glücks“. Vermutlich ist es, in unserer Lage, tatsächlich so.

Sie zitieren Verse, ein ganzes Gedicht! Sehr ungewöhnlich bei Ihnen. *Glitte* heisst es in der einen Reihe, statt: dränge, und *schon* statt: selbst bei den Libellenköpfen, sonst ist al-

les erstaunlich richtig, ich selbst musste erst nachlesen, ich habe nahezu alles vergessen, was ich schrieb. Th. M. hat recht: „mit Schriftstellern ist es schlimm u. lächerlich; ... dem literarischen Ausdruck eignet etwas Tötliches; sie entledigen sich seiner .... und dann verdummen sie wieder . ."
Im übrigen ist Rönne sehr bescheiden geworden; was übrig bleiben wird, ist sehr sehr wenig, ein Reflex vielleicht, wenn es hoch kommt, ein Reflex der Zeit u. in ihm ein Reflex der Vorbestimmung, der gesetzlichen u. notwendigen Dinge – vielleicht, vielleicht. . Nicht nur in Bezug auf die Worte, wie Sie schreiben, sondern auch in Bezug auf die Zeiträume wird man sehr vorsichtig, 30 Jahre ist schon unendlich viel, durch die im höchsten Falle ein Vers oder ein Satz zieht u. gilt, der Rest ist schon Unsterblichkeit u die ist anderen vorbehalten. Übrigens schlug Rönne für das kleine Werk den Titel: „Ausdruckswelt" vor; ich weiss nicht, ob sich jemand darunter etwas denken kann; jedenfalls kehrt dies Wort u. mancher Hinweis auf seinen Inhalt in den Bemerkungen häufig wieder. –
So. Jetzt hat der Luftschutzwart meines Hauses angeordnet, Sand von der Strasse, der gestern abgeladen wurde, auf den Boden zu tragen. Eimer u. Schaufeln stehn bereit. Ich habe 2 meiner San.Soldaten gebeten, das für mich zu tun. Grosser Ärger darüber der Volks- u. Hausgemeinschaft. Das sei undeutsch, deutete die Luftschutzwartin an, der deutsche Mann besorge das selbst. Stört mich aber nicht. „ – wenn ich 4 Rosse zahlen kann –" (ist Ihnen einmal klar geworden, was für ein naiver Hochkapitalismus hinter diesen Versen steht?)
Und nun viele Grüsse! Lassen Sie wieder von sich hören, Ihre blauen Briefe sind immer ein tröstlicher Anblick für mich. Alles Gute. Freundschaftlich

Ihr

Benn.

Lieber Herr Oelze,
vielen Dank für Ihren Brief vom 5. d. Ms. Es freut mich, aus ihm zu entnehmen, dass Sie äusserlich doch nicht unangenehm installiert sind in dem neuen Wohnort und von seiner Umgebung die Glücke der Blumen und die zweifellos unbegreiflichen Wunder der Natur in sich aufnehmen können. Ein Narcissenfeld, ein Magnolienbaum! An wen verschwendet, in was verstreut – : an ein Bewusstsein, das so grundsätzlich allem diesen fremd ist u. an ihm leidet und doppelt vor ihm die Tristesse seiner unausgleichbaren Existenz erlebt!
Ich entdecke ja öfter Bücher, die alt sind, von Tausenden längst gelesen, überholt u. die fast nie Ihren Beifall finden, Sie halten, das habe ich schon öfter festgestellt, meinen Geschmack für etwas fragwürdig –, also ich entdeckte jüngst: „In einem anderen Land" von Hemingway, das ich nicht kannte. Die Leihbibliothek um die Ecke bei mir führte es mir zu. Ritterlich und sittenlos, suggestiv und schlaksig u. von einer verblüffenden inhaltlichen Aktualität. (Sie kennen es: Italienischer Kriegsschauplatz, 1917, Tagliamentofront?) Alle diese Bücher – u. alle völlig fruchtlos, – immer wieder u. von Neuem Krieg. Stellenweise hat es die Süsse des frühesten Hamsun, Sätze von einer Zärtlichkeit, die einem physisch im Rückenmark vergehn, Sätze von einer Unmittelbarkeit, die nur grosser Stil hervorbringt – (wiederholt u. in weiteren Büchern angewendet, wird er allerdings wohl asthenisch wirken –. Immerhin!) –
Nun wünsche ich Ihnen gute Ostertage.
(Dann las ich noch C.G. *Jung:* Psychologische Typen, 1921; – sehr berühmtes Buch, aber mich ausgesprochen enttäuschend. Es ist das Buch, in dem J. seine beiden Typen darstellt: den introvertierten u. den extrovertierten, – aber sehr weitschweifig, mit literarischen Analysen, die völlig un-

interessant sind: Schiller, Spitteler, Ostwald; die Kritik der „Geburt der Tragödie" nahezu schwach; – ein 700 Seiten dickes Werk u. nur am Rande einige des Nachdenkens werte Arabesken. Sein Buch über die Wandlungen der Libido ist stärker.)
Genug über Literatur!
Tausend Grüsse u. alles Gute!

Ihr
Benn.

Nr. 248 19. 4. 43

Lieber Herr Oelze, nachdem ich Ihnen vor 2 Tagen schrieb, dass das Bewusstsein die Narzissenfelder hasst, habe ich weiter dies bedacht u. mir verdacht: an einem solchen Bewusstsein stimmt etwas nicht, jedenfalls soll man ihm bei der geschichtlichen Lage nicht das Wort reden. Ich korrigiere mich daher mit dem folgenden Lehrgedicht:

*Mittelmeerisch:*
Ach – aus den Archipelagen,
da im Orangengeruch
selbst die Trümmer sich tragen
ohne Tränen und Fluch,

Strömt in des Nordens Düster,
Nebel- und Niflheim,
Runen und Lurengeflüster
mittelmeerisch ein Reim:

Schliesslich im Grenzenlosen
eint sich Wahrheit und Wahn,
wie in der Asche der Rosen
schlummert der Kiesel, Titan, –

Dein aber ist das Schreiten,
Dein die Grenze, die Zeit,
*Glaube* den Ewigkeiten,
*ford're sie nicht zu weit:*

aus ihrer halben Trauer,
rosen- und trümmerschwer,
schaffe den Dingen Dauer – ,
strömt es vom Mittelmeer.

Auch dies gehört in das Kapitel: Ausdruckswelt. Hinzufügen möchte ich, dass tatsächlich in den Rückständen der roten Rosen ein kieselhartes Element: Titan gefunden wird, und dass der letzte Vers eine Vertauschung der 4. u. der 2. Strophe zuliesse, wodurch er vielleicht lyrisch gewönne, aber andererseits erläutert die jetzige 2. Reihe die halbe Trauer der 1.
Und nun nochmals herzliche Ostergrüsse!

Ihr
G.B.

Nr. 249 4 V 43.

Lieber Herr Oelze, ich habe mich sehr zu bedanken für Ihren Geburtstagsbrief, die „Imaginären Gespräche", die Nelken. Womit soll ich beginnen? Die Gespräche haben die Art von La Bruyères „Charakteren", so innerlich u. so scharf u. von der Moralität jenes Jahrhunderts, die in Deutscher Essayistik selten ist. Eine Unterhaltung, die überhaupt eine innere Korrektur anstrebt, auf menschliche Verwandlung zielt, ist überraschend u. hat die Unzeitgemässheit der wirklichen Betrachtungen. Vielleicht komme ich noch auf den einen oder anderen Punkt zurück – heute will ich mich

nur bedanken. Dann die Nelken! Sie kamen am 2. V an, wurden vorschriftsgemäss in Wasser gebracht, zugedeckt, stehen gelassen u. blühten fabelhaft auf. Wunderbare, prachtvolle Blumen; jede einzelne eine Kostbarkeit, u. die violetten äusserst seltsam! Dass man im 4. Kriegsjahr von Amsterdam aus zum bestimmten Tag einen solchen Strauss expedieren kann, gehört zu den Paradoxieen der Gegenwart. Meine Frau pflegt den Strauss u. ist verliebt in ihn.
Darf ich noch schnell hinzufügen, dass es Ernest *Hemingway* ist, sein Buch heisst englisch: „Farewell to arms", es sind keine Kurzgeschichten, sondern ein Roman, ein amerikan. San. Offizier, Assistenzarzt, in der italien. Armee, u. eine englische Krankenschwester. Es lohnt sich die Lektüre. Deutsch bei Rowohlt seinerzeit erschienen. –
Ich las in „Corona"-Heft, 1930, Rede Ihres R.A. Schröder über Rilke, zufällig; gefiel mir, bat Schr. einiges ab.
Schreiben Sie bitte Ihre imaginären Dialoge weiter, senden Sie mehr u seien Sie nochmals herzlich bedankt für alle Ihre gütige Gesinnung mir gegenüber.

Herzlichen Gruss Ihr
Benn.

Nr. 250 17 V 43 B.

Lieber Herr Oelze, – nur zur Bestätigung, dass Ihr Geschenk in meinen Besitz gelangt ist. Eine Fontäne von Genüssen: Nelken, imaginäre Gespräche, schwarze lebensteigernde Perlen geht von Ihnen auf mich nieder –, das Letztere nach der Preisscala am marché noir berlinois von dem ungeheuren Wert eines blauen Scheins! Wie soll ich danken! Sie verschwenden! Und ich kann mich nicht revanchieren in der Form u. in dem Umfang, wie ich es müsste. Nehmen Sie also zunächst nur meinen aufrichtigsten Dank u. die Ver-

sicherung meiner erneuten Verpflichtung gegenüber Ihnen u. unserer Verbindung.
Zur Zeit habe ich Urlaub, kann mich aber nicht entschliessen, den Koffer eigenhändig auf einen Bahnhof zu schleppen u. den Kampf um den Sitzplatz auf mich zu nehmen, dann in einem sogenannten Kur- u Badeort zu hungern, also bleibe ich in Berlin. Hier habe ich China geheim, u. die roten Seidenreiher von den Inseln am Delta des Amazonas – am Schreibtisch. Die Natur, in der es ja doch immer irgendwo zieht, ist auf diese Weise vereinfacht u. der innere Mensch bestimmt sich die Eindrücke, die er wünscht. Ein Schatten, der über mein Schreibblatt fällt, vermag mehr anzurichten als die ganze Natur u. ihre realen Landschaften. Kunst ist die Asche des Geistes, – so verkürzt sich der Weg. –
Es liesse sich noch Manches sagen, aber heute nur ein Bogen. Die Wüste wächst, scheint mir, sie wächst rapide! Bald hat sie die bürgerlichen Spargelbeete erreicht. – Mein Beileid zu Roselius Tod, Ihres Landsmanns! Dank u. Grüsse.

Ihr Benn.

Nr. 251 6/ VI 43.

Lieber Herr Oelze, Dank für Ihren Brief. Ihre Reise ist, nehme ich an, zu Ende und Ihr Urlaub steht bevor. Ich vermute, dass er Sie wieder nach Ehrwald führt. Übrigens kenne ich niemanden aus der Wehrmacht, der soviel Urlaub bekommt wie Sie –, wohl Ihnen!
Was Sie über Roselius schreiben, ist mir nicht unangenehm. Die Kunst als Reklame für Café Haag ist eine klare Sache. Mit Recht steht daher auf der Rückseite des schönen Gedichts, das Sie mir beilegten, „Giganten am Werk", ein Aufsatz: „Deutsche Dividendenvorschläge".
Hat Ehrwald Post? Gegebenenfalls könnte ich Ihnen etwas Literarisches hinsenden.

Dienstlich habe ich manchen Ärger u. will mich verändern, aber in Berlin bleiben. Eine niedere Dienststelle, wo ich aber mein eigener Herr bin, erscheint mir bekömmlicher als ein hoher Stab. Aber ich bemerke, dass der Abstieg bei der Behörde, bei der wir uns befinden, nicht weniger kompliziert u. behindert ist als der Aufstieg.
Ich hoffe sehr, es geht Ihnen gut.

Herzlichen Gruss Ihr

Be.

Nr. 252 Berlin 27 VI 43.

Lieber Herr Oelze, Dank für Nachricht aus Bremen u. gute Wünsche für angenehme Urlaubstage! Rechnen Sie nicht mit einer Sendung von mir. Ich möchte Ihre Ferientage nicht mit diesen Dingen beschweren, die Sie veranlassen könnten, ihnen Zeit zuzuwenden, für die Sie andere u. persönlichere Verwendung hätten. Wenn Sie sie hier hätten mitnehmen können, wäre es vielleicht gegangen, aber postalisch ist doch immer eine gewisse Gefahr damit verbunden nach verschiedener Richtung, zumal ich von Allem nur ein völlig ordentliches Exemplar besitze. Es sind z T. auch schwierige Dinge, die sich nicht einfach durchlesen lassen. Also auf Später! –
Der Kulminationspunkt ist wohl noch nicht da. Die Umstellung auf Lamento u. Defensive erst im Beginn. Sein eigener Satyr dieser Knut Hamsun! Der sein Leben lang die Journalisten aller Länder nur geblufft u. chokiert hat, – – plötzlich – .
Heute bekam ich einen Brief von Tilly Wedekind, die am Starnberger See wohnt, dem ich Folgendes entnehme: 1) Pamela, verheiratet mit einem jungen Münchener Schauspieler, bekam eine Tochter vor 3 Monaten. Jetzt lud sie Gründgens ein nach seinem Besitz bei Königswusterhausen. Sie fährt mit Mann u Kind I. Klasse Schlafwagen von Mün-

chen nach Berlin, wird am Anhalter Bhf. von Gr.s grossem Wagen abgeholt u. nach der 70 km entfernten Besitzung Zeesen gefahren. Zurück ebenso. Alles zum Vergnügen der Künstler. (Während die Generäle zu Fuss gehn müssen, kürzlich wurde ein mir bekannter Oberst bestraft, der einen Dienstwagen 50.m. hat umfahren lassen, um an seine Wohnung zu gelangen). 2) Tilly war über Pfingsten bei Kasimir Edschmid. Dieser hat einem Fürsten Stollberg ein *Gut* bei Ruhpolding bei Traunstein ab*gemietet* u lebt da mit junger adliger Frau, der er jetzt 2 Kinder gemacht hat, verheiratet. Grosse Taufe, Geistlicher: ein alter Hofprediger. Ein Gut dem Fürsten abgemietet – ! Wovon? Alles reine Hochstapelei Nr. 1 u. Nr 2. Ein Narr, wer nicht mitmacht. Ein Narr, wer bei den Dingen bleibt, die ihm aufgetragen waren. Ein Narr, dem 1884 die Universität Leipzig verbietet, freie Vorlesungen zu halten (Nietzsche) – –, und wir werden sehn, dass, wenn die *andern* zurückkommen, diese Hochstapler alle durchschwimmen werden, aber die Narren werden an die Wand gestellt. Es soll wohl so sein.

Alles Gute für den Urlaub.

Herzlichen Gruss

Ihr

Benn

Nr. 253 15 VII 43.

Lieber Herr Oelze,

was mich betrifft, so kann ich Sie beruhigen, ich erhielt Ihre beiden Briefe u. bemerkte nichts Auffälliges an ihnen. Hoffentlich sind Sie gut zurückgekehrt und baden sonntags an einem der Sandstrände. Bald mehr.

Herzlichen Gruss

Ihr

Benn.

Nr. 254 30/7 43

Lieber Herr Oelze,

Dank für Brief vom 25 VII., abgestempelt 26 VII 43, eingetroffen 28 VII 43 –: der Ordnung halber u. wegen Ihrer besonderen Sorgen, die ich für etwas ungerechtfertigt halte. Ich glaube nicht, dass Sie beobachtet werden.
Als Ihr Kamerad bei mir anrief, war ich nicht zu Hause, meine Frau sprach mit ihm.
Ich habe meine Dienststelle gewechselt, die neue ist in der Nähe des Kaiserdamms in Charlottenburg, ein tiefstehendes Etwas, aber ein Schmuckkasten an Unbeobachtetheit u. Kommen u Gehen, wann ich mag. Die roten Streifen sind hier bestimmt nicht zu holen, aber diese selbigen sind wohl auch besser zu vermeiden; sie erinnern mich an die gefürchteten roten Lymphstränge bei Infektionen, die immer gefahrdrohend sind.
Der Sommer ist heiss u es ist fast ununterbrochen Luftvoralarm, oft auch tatsächlicher. Der grosse Coup rückt näher; Bekannte von mir haben längst alle Möbel fortgeschafft u. wohnen auf Kähnen u. Zillen auf den Spreearmen u. Kanälen oder in einem möblierten Zimmer, Frau u Kinder in einem Heuschober auf dem Lande – „der Sieger ist, wer jeden Kranz verlor – “.
Die Lage wird immer rätselhafter, sie ist schlechthin nur noch mythologisch zu erfahren u zu erfassen – wenn man sich mit ihr befassen will.
Darf ich Sie trotz der Krise auf etwas Stilistisches aufmerksam machen: Sätze u Gedanken, die mit „wir“ beginnen oder auf „wir“ beruhen, sind weniger wirkungsvoll u. vehement, als wenn man das „wir“ umgeht. Dieser Plural schwächt im Denkerischen ab, Stil ergiebt sich aus der Ichform. Dies dem Autor der imaginären Gespräche! Dem dialogischen Antithetiker, dem Haupt der Bremer Schule, um

den die Platanen der vergangenen Akademie, die athenischen Platanen, rauschen.

Herzlich Ihr

Benn

Nr. 255

Lieber Herr Oelze,

Sonnabend, den 7. VIII 1943, abends verabschiede ich mich zunächst von Ihnen. Meine Dienststelle wird nach auswärts verlegt, östliche Richtung, fast alle Dienststellen werden evakuiert. Wir kommen in eine Kaserne, vermutlich Landsberg a W., werden kaserniert, schlafen in Massenräumen, erhalten Truppenverpflegung usw. So sieht also das Ende aus, falls nicht schon vorher das grosse Feuer hier niedersinkt u. unsere Gestalten mumifiziert.

Vorbei mit der Wohnung u. der geliebten Kette an der Tür, die man immer noch vorlegen konnte u vorbei mit den gelegentlichen spärlichen Extra's an Obst oder Café, die man hier noch gelegentlich ergattern konnte.

Meine Frau wird dienstverpflichtet u wird auch in der grauen Masse verschwinden. Eben trank ich den letzten Rest der letzten Flasche des Bremer Rumkontors – : auf Ihr Wohl, Dank dem freundlichen Sender von vor 2 Jahren!

– „Die Schwalben streifen die Fluten
und trinken Fahrt u Nacht – "

die Schlussverse aus einem Gedicht: „Tag, der den Sommer endet – " das ist also jetzt. Denn es handelt sich ja um endgiltige Zustände, ein Wiederanfangen u. Vonvornebeginnen, selbst wenn man am Leben bliebe, ist nicht möglich in einem Land, in dem es kein Tuch u. keine Schnürsenkel u. keinen Eimer mehr giebt u. geben wird. Erstaunlich alles, über allem erstaunlich bis in meinen letzten Augenblick: dies Volk!

Es liegen von mir noch vor: 1) 22 Gedichte, die Ihnen z T. bekannt sind u. die jetzt durch einen Bekannten von mir in einen Privatdruck gehn, ich wollte sie gerne noch gedruckt vor mir sehn. Gegebenenfalls werden Sie sie erhalten; falls Sie Interesse dafür haben, wenden Sie sich bitte im Falle meines Nichtmehrvorhandenseins an Herrn Friedrich *Vorwerk*, B. Friedenau, Sieglindestr 5 II l., eine Art Lector u. liter. Agent, mit dem ich in Verbindung stehe. 2) der Essayband, mit dem Titel „*Ausdruckswelt* (gleichzeitig Beiträge zur Klinik des Deutschtums)". Vorhanden nur in 1 getippten Exemplar, das ich immer in den Luftschutzkeller mitnehme, aber nun irgendwo auswärts sicher stellen will. Sie erhalten von mir Nachricht, wenn ich den Ort weiss. Ich wäre Ihnen sehr dankbar, wenn Sie sich dafür interessieren würden, wenn seine Stunde kommt. Ihr Name wird auf dem Briefumschlag stehn als der eines der Empfangsberechtigten. Zwecks Drucklegung bitte ich mit dem genannten Vorwerk in Verbindung zu treten oder meinem Verlag. Der Band ist in seiner Reihenfolge noch nicht festgelegt. Die einzelnen Stücke können je nach dem Geschmack des Verlegers geordnet werden. Sollten Sie keine Zeit haben, sich damit zu befassen, oder sonst verhindert sein, ist Lernet-Holenia der nächste Vertrauensmann dafür. Sollte meine Frau am Leben sein, bitte ich, mit ihr im Einvernehmen zu handeln.
Das wäre dies. Man muss seine bescheidenen Dinge ordnen, auch wenn sie nicht zu den allgemeinen u. vordringlichen gehören. Darum erlaube ich mir, Ihnen vorstehendes zur Kenntnis zu bringen.
Ich habe in den letzten Wochen von mehreren Seiten, mir bisher unbekannt, Kreisen junger Männer u Frauen der Kunst, Beweise rührender u. tiefer Verehrung bekommen, die mich sehr berührten. Etwas von den Sachen, die von mir vorliegen, wird vielleicht in dem einen oder anderen eine Weile leben, welche Sachen das sind, ist mir nicht klar,

z.T. solche, auf die ich nicht rechnete z.B. Gedichte, diese scheinen lebendiger zu bleiben als die Gedanken u. die Erkenntnisse. Es ist auch möglich, dass die Generation, die nach uns dasteht, so ungebildet u. gedanklich so unerfahren u. bedürfnislos ist oder erzogen ist, dass ihr alles derartige sehr fremd ist. Denn auch der Gedanke ist ja doch central u. kann sehr gross sein u. muss an irgend einer Stelle wieder aufgenommen u. weiterentwickelt werden; vielleicht von anderen, vielleicht viel später. Ich meine keineswegs meine Gedanken, sondern das Philosophische u. Begriffliche als solches.
Dies soll keineswegs ein Abschiedsbrief sein, sondern nur eine Bitte, dass Sie in Ihrer solange bewährten Freundschaft es mir erleichtern, den kommenden Eventualitäten in dieser Richtung ruhig entgegenzusehn. Ich verdanke Ihnen soviel; Ihr Interesse, Ihre Teilnahme ermöglichte es mir, meine Gedanken weiterzuspinnen, sie festzuhalten, Ihr Verständnis für diese so wenig begehrten u. begrenzt zugänglichen Dinge, sie wachzuhalten u. nicht vor ihnen zu erlahmen. Haben Sie tausendfachen Dank!
Also Sie hören, wo das Manuscript zu finden sein wird.

Ihnen Grüsse u. nochmals Dank!

Ihr

Benn.

Nr. 256 — 14. 8 43

Lieber Herr Oelze,

ich erhielt heute noch Ihre beiden Briefe. Dank! Glückwünsche zur ehrenvollen Beförderung, die Begabung setzt sich eben überall durch.
Mein nächstes Ziel ist eine Kaserne in Landsberg a. Warthe, wo ich ein Zimmer mit Bett u. Schrank erhalte. Meine Post

bitte nicht nach Bozenerstr, ich schliesse die Wohnung u. die Postnachsendung soll nicht funktionieren (!), bitte folgende *Adresse:*
*Landsberg* an der *Warthe*,
Böhmstr. 2 (bei Frau Fraß).
Dort haben mir Bekannte eine Bleibe für einige Zeit verschafft.
Und nun alles Gute für die neue Stellung! Ob sie lange dauern wird?
Der Mann heisst: Vorwerk,
Sieglindestr 5 II
Immer Ihr
Benn.

Nr. 257 30. VIII 43.
Landsberg a W.
General-von-Strantz-Kaserne.
Block II, Zimmer 63

Lieber Herr Oelze, ich habe mich schon wieder bei Ihnen zu bedanken u zwar für den Café, der wunderbarerweise tatsächlich in meinen Besitz gelangt ist als erstes Zeichen von Verbindung mit der Kulturwelt u. kosmopolitischem Zusammenhang. Man betrachtet eine Tüte mit Café mit Wehmut u. mit Erstaunen, es fehlt einem die Möglichkeit, ihn zu brennen, ihn zu mahlen, ihn zu kochen, trotzdem hütet man ihn als grossen Schatz u. Hoffnung –, eine Hoffnung, die sich wohl wie manche andere nicht erfüllen wird.
Inzwischen ist manches passiert. Ich wohne in einer Kaserne, hoch gelegen, mit einem herrlichen Blick über die Stadt u. die Flussebene in die Niederung, die östliche (Warthe- u Netzebruch), aber 137 Stufen steigen, ehe man hinaufgelangt u. es ergiebt sich, Blick ist nicht alles, ein Aufzug

wäre auch was wert. Ich habe Truppenverpflegung: „Kaffeeholer raus", der alte Ruf, erschallt durch die Korridore u. weckt mich morgens. Mittags giebt es alles auf tiefen Tellern hingestellt, Besteck ist mitzubringen. Abends Kunsthonig oder Margarine auf Papier zum Mitnehmen. Von meinem Fenster aus sehe ich auf den Exerzierplatz, im Augenblick übt die Bataillonskapelle darauf –: ein Marsch! Ein Marsch rechtfertigt in diesem Lande alles; was zu einem Tusch führt, ist im Sinne des Deutschen Idealismus gerecht u. wirklich. Zu tun ist nichts. Die Dienststellen sind auseinandergerissen, die Desorganisation macht sich angenehm geltend. Das Wetter war wie bei Ihnen glühend heiss, jetzt ist schon Regen u. Nebel, der Herbst ist da. In der Stadt nichts zu essen; nichts zu kaufen, keine Uhr zu reparieren, kein Glas zu erstehn. – Vorige Woche war ich einen Tag dienstlich in Berlin. Meine Wohnung steht, trotzdem 6 Brandbomben ins Haus gingen, aber gelöscht wurden. Die Umgebung ist stark betroffen. Die beiden Häuser, die den Hof begrenzten, ausgebrannt; das 2. Haus neben meinem ebenso. Und viele andere. Mein Eindruck ist, dass man die Wohnung abschreiben muss. Keine grosse Wahrscheinlichkeit, dass sie heil bleibt. Man raubt u. plündert aus seiner eigenen Wohnung, als ob es schon eine fremde wäre, stopft noch dies u jenes in die Handtasche, den Rest stehlen andere.
Mein Radio habe ich hier, es ergötzt mich immerhin. Wie man diesen Winter hier überstehen soll, weiss ich noch nicht. Ich bin, scheint es mir, der rangdienstälteste Offizier in Landsberg, das ist natürlich ein Plus, es kann einem nicht jeder so leicht an den Wagen fahren.
Und Sie? In einem Pariser Hotelzimmer ist es doch wohl noch ganz erträglich? Wie sind die Lebens- u. Genussverhältnisse? Spielen Varietés u Theater? Haben Sie Zivil dort? Cherchieren Sie les femmes? Ist im Ritz flottes Besatzungsleben? Haben Sie Zeit, etwas in die Landschaft zu schlendern? Ich kenne um diese Jahreszeit Paris so gut, wo

alles noch in Villegiatur ist, alles geschlossen, alles so still; heute am 30. VIII begann die Saison in Biarritz, nachdem Le Touquet beendet war. „Oh jene Jahre!"
Nochmals vielen herzlichen Dank und Gruss. Bitte lassen Sie von sich hören. Ihr Benn.

Nr. 258 26. X 43

Lieber Herr Oelze, haben Sie vielen Dank für Ihren freundlichen Brief vom 22 d. Ms! Auch für den, dem die Karte von dem Kastell aus St Jean de Luz beilag. Alles sehr freundlich von Ihnen! Ihre geschilderten körperlichen Miss-zustände brauchen Sie nicht zu beunruhigen, sie sind die Steuer, die wir für unsere Nerven u. deren Verfeinerung zahlen müssen, niemand ist ohne dem gross u alt geworden.
Paris schildern Sie so, dass mir schwarz vor Augen wird. Was für ein Leben hier in der Kaserne u. in dieser Stadt – unvorstellbar, äusserlich geschn. Innerlich, wenn ich das sagen darf, bemühe ich mich, mich auch hier zu behaupten, indem ich mein Prosabuch weitermache u. ihm einige neue Seiten anfüge, einige, von denen ich den Eindruck habe, dass sie der heutigen geistigen Lage Ausdruck verleihn. Wenn Sie es einmal später zu Gesicht bekommen, erinnern Sie sich, dass es die *Pallas*-partie war, die ich meine.
Sie haben öfter die Güte das „Weinhaus Wolf" zu zitieren. Ich besitze kein Exemplar u. der Inhalt ist mir völlig entfallen.
Wenn Sie wieder schreiben, adressieren Sie bitte an die General von Strantz-Kaserne, ich erhalte es directer. Reist es sich in Frankreich ebenso schwierig wie hier? Hier ist jede Fahrt nach Berlin, die ich wöchentlich einmal unternehme, ein abschreckendes Erlebnis.

Auch wenn Sie wenig von mir hören, seien Sie versichert meiner Verbundenheit u Freundschaft.

Ihr

Benn

Nr. 259 10 XI 43.

Lieber Herr Oelze, Dank für Ihren freundlichen Brief vom 4. XI. Hinsichtlich des Körperlichen wäre es für Sie gut, wenn Sie sich 12 Einspritzungen von *Testoviron* oder *Proviron* machen lassen könnten (von einem Arzt, der eine saubere Spritze hat). Das ist ein Hormonpräparat, das Allgemeinbefinden u. Stimmung deutlich hebt, ohne etwa ein Aphrodisiacum zu sein. Wöchentlich 2 Spritzen. Ich könnte mir denken, dass es auch dem Ischias gut täte. Vielleicht denken Sie darüber nach.

Darf ich noch einmal auf die 22 Gedichte zu sprechen kommen. Ich hätte Ihnen gerne eine nettere Widmung hineingeschrieben, eine, die mehr Ihrer eigenen mitproduzierenden Teilnahme an dem Allem entsprach, aber als ich das scheussliche grüne Heft sah mit dem groben Druck u der unsoignierten Setzung, als ich mir dann sagte, dass ich es trotz der Gefahr, die es für mich ja doch bedeutete, kaum einem halben Dutzend von Bekannten schicken würde, mehr Interessenten habe ich dafür nicht mehr, erschien mir die Unternehmung so fragwürdig, dass ich sie bagatellisieren musste. Statistisch gesehn, hat die meisten Punkte erhalten: Abschied, – nach den Antworten, die ich erhielt. Ein Exemplar sandte ich Herrn Frank Maraun, der früher oft u sehr klug über mich geschrieben hatte, von dem ich jedoch 8 Jahre nichts hörte, ich war aber seiner sicher aus persönlichen Gründen. Er hat viel in D.A.Z. u. Berl. Börsenzeitung über mich veröffentlicht. Er ist jetzt ganz grosser Mann im Film.

Er schrieb, sein Urteil u. Instinkt reiche aus, um zu erklären, dass die Gedichte neben dem alten Goethe u Hölderlin bestünden, es seien meine „Duineser Elegieen". Dann fährt er fort, er besässe das ganz besondere Wohlwollen u. das immer für ihn offene Ohr des Propagandaministers, er wolle ihm vorschlagen, dass er Buch schreiben wolle: „Hölderlin, Rilke, Benn". Ich fasste mich an den Kopf. Wer ist hier geistig gestört? Ich klärte ihn sofort auf, dass jeder Schritt in dieser Richtung zu unterbleiben habe. Aber ich habe lange über diese Sache nachgedacht, weil sie mir so völlig unverständlich u. widerspruchsvoll erscheint. – Den leersten Brief erhielt ich von Herrn Alexander L. – H, dem ich das eine Poem widmete. Auch dies ist ein sonderbarer Fall. Anbei ein kleiner Aufsatz von ihm, den ich reizend finde, voll Charme. Bitte gelegentlich zurück!
Das mit *Weinhaus Wolf* wäre sehr, sehr liebenswürdig von Ihnen! Es ist ja in der Tat die Stunde der grossen letzten Sammlung. Als Ihr vorletzter Brief kam, arbeitete ich gerade die beifolgende *Pallas* u verwandte sofort einen Satz, den Sie zitierten, nicht aus Mangel an Einfall, sondern weil sich selbst zitieren garnicht übel ist (es giebt ja nicht sehr viel, das sich noch zum Zitieren lohnt). Bitte auch Pallas gelegentlich retour. Schreiben Sie in Gedanken darüber: „v. Strantz-Kaserne, Block II, Zimmer 66, ungeheizt u. bei Kommissbrod mit Kunsthonig".
Und nun ist das wieder mal ein langer Brief, für den Sie kaum Zeit haben werden!
Bleiben Sie gesund. Viele Grüsse.

Immer Ihr

Benn.

Nr. 260 21. XI 43.

Lieber Herr Oelze, Ihr Brief aus Häcklingen hat mich wehmütig berührt. Ich kann mir Sie zwar nicht mit einer Mutter neben sich noch vorstellen, aber ich bin sicher, dass von ihr bis in die letzte Zeit ein Strom von Fürsorge u. Liebe zu Ihnen gelangte, den Sie nun vermissen müssen. Nehmen Sie mein aufrichtigstes Beileid zum Tode entgegen, ein Beileid, das sich heutzutage selbst mit einem fragenden Blick betrachtet, da Leben und Tod so ineinander übergehn, dass man nicht mehr weiss, auf welcher Seite die Strahlen oder die Schatten liegen. Auf jeden Fall aber war es ein sehr trauriger Tag für Sie, als Sie dort standen u. dann das Haus und die Erinnerungen verliessen.

Sehr zu Unrecht u. sehr unzeitgemäss erwartete Sie dann meine Sendung in Paris. Lassen Sie sie liegen, bis Ihnen die Stimmung kommt, darauf einzugehn.

Es ist eine schwere Stunde, die über allem liegt. Man tut gut, alles zu ordnen u. zu sichten, abzuschliessen und schweigend das Kommende zu erwarten. Ich bin erfüllt davon u. bedaure besonders, Sie nicht näher zu haben zum Austausch von Gedanken u. Geschriebenem.

Heute nur Dies. Bleiben Sie gesund!

Wann nehmen Sie Urlaub für die zu gewährenden 2-3 Wochen?

Herzlichen Gruss u. freundschaftliches
Gedenken. Ihr
Benn.

Lieber Herr Oelze,

Sie wachsen ins Unpersönliche: nur noch Dienststellenleiter als Absender, Inhaber einer ganzen Feldpostnummer! Grossartig. Trotzdem denke ich manchmal mit Bedauern an den Hörselberg zurück, an Schleswig friedliche Bucht, wo Sie so geborgen u. brieflich erreichbar waren u. Ihre Gans im Topf hatten u. zu Weihnachten Ihren Pfefferkuchen. Dank für Sendung u. 2 Briefe, vom 5 u. 6. XII. Und gutes Weihnachten wünsche ich Ihnen, – grâce à Dieu ist dieser Tag in Paris ja nicht so penetrant, dass man heulen muss. Mit der Aussicht auf nahen Urlaub lässt sich das Fest für Sie hoffentlich überstehn.

Dass Ihr Besitz in Bremen nun auch unmittelbar getroffen ist, bedaure ich sehr. Aber es ist ja doch wohl nur eine Frage der Zeit, wann alles zerstört sein wird. In Berlin steht meine Wohnung zwar im Augenblick noch bis auf die Fenster, aber ich habe noch ausräumen lassen, soweit es möglich war –, was natürlich auch ganz sinnlos ist, denn wo soll man denn eine neue Wohnung wieder herbekommen, wenn es soweit ist. Was sonst Berlin angeht, so ist es doch weitgehend beschädigt. Als Masstab nehme ich meine wenigen Bekannten: die sind fast alle ausgebombt, ein Bruder, eine Schwester, Else C. Kraus mit ihren 2 Flügeln u. nahezu alle, zu denen ich noch gelegentlich mal ging. Die Stadt als Ganzes ist natürlich zu gross, um regulär zerstört auszusehen, wenn man mit der Stadtbahn hindurchfährt – immerhin! Meine Frau ist jetzt auch hier, arbeitet bei der Wehrmacht, ich habe sie da untergebracht. Erbärmliches Leben hier in L.a.W! Da ich zu allem Überfluss mir noch das eine Knie schwer beschädigt habe u. hinke u. am Stock gehe wie der Preussenkönig u. die alten grantigen Obersten in den Salonstücken, verlasse ich die Kaserne überhaupt nicht mehr, schaue auf

den schneebedeckten Exerzierplatz u. die weissen Hügel der Umgebung u. bin der Verzweiflung oft sehr nahe. Wenn der Endsieg nicht bald kommt u. das scheint er ja nicht zu tun, weiss ich nicht, was noch draus werden soll. Ein französisches Wort sagt: „clopin – clopant“: gewissermassen hinkend –, das bin ich also nun wirklich u. das Leben auch.
Werden Sie während Ihres Urlaubs in Berlin zu tun haben? Dorthin könnte ich jederzeit ein par Stunden kommen, müsste aber abends wieder fort.
Überstehen Sie die dienstlichen Weihnachtsfeiern gut u, wenn Sie selber als Dienststellenleiter eine Festansprache halten müssen, vergessen Sie die Wintersonnengedanken u die Erwähnung der Wiedererneuerung des Lichts aus dem Schoss der Allmutter Natur nicht! Wir also hier werden auf den Kasernenhof sehn u. die Luft wird grau sein, – ein Grau aus den Flügeln von Möven, die in alle Meere getaucht sind.
Tausend Grüsse, auch meine Frau, die wirklich eine gute Kameradin in diesem bitteren Finale ist, lässt Sie grüssen!

Herzlich Ihr

Benn.

Nr. 262 — 22 XII 43.

Lieber Herr Oelze, heute früh kam W. W, mittags Ihr Brief (aus Berlin), wenn nun noch Café käme, wäre ich beschenkt und beschämt! Und die Verpackung von W.W hat Ihnen soviel Mühe u. Arbeit gemacht – u. vor allem der schöne Einband –, wenn er doch etwas weniger Düsteres und Dumpfes bärge, nicht diese an Gegenstände u. Figuren herangekneteten Gedanken! Das kann ich nicht, das sollte ich lieber lassen, sage ich mir heute. Wenn ich mich heute erinnere, wie viel Schwierigkeiten, wie viel langwierige Ar-

beit mir diese 15 Seiten machten, wird mir ganz grau ums Herz, dass dann nichts Besseres herausgekommen ist. Nur überwältigt mich die Gleichförmigkeit u. Unität aller meiner Gedankengänge innerhalb dieser letzten 10 Jahre. Denn auch in der jetzt abgeschlossenen u. versiegelten „Ausdruckswelt" kommt das Gleiche zur Sprache. „Wiederholungszwänge" – einerseits Stumpfsinn u. Mangel an Elan, andererseits ein Verfahren eine zweifellose Methode, Stil zu machen und Kunst d.h. Wirklichkeit (Kunst = Herstellung von Wirklichkeit) zu fabrizieren – : also auch hier ein Dilemma wie in allen geistigen Dingen.
Dann danke ich Ihnen noch sehr für den Brief, die Briefe vom 5/6 XII mit den Beilagen. Ja gehen Sie zu Ihrem Hausarzt, wenn er dann noch da ist u. erwägen Sie das ernstlich mit den Testovironeinspritzungen. Sie haben manchem sehr gut getan, besonders bei Depressionen scheinbar rein seelischer Art helfen sie gelegentlich sehr. Aber Ihr Ehrwald wird ja wohl 12 Einspritzungen aufwiegen –, die Höhe der Berge u die Tiefe der Gefühle, die es für Sie mit sich bringt! Und Ihr armes Bremen! Es kann doch eigentlich garnichts mehr von ihm übrig sein. Bitte bestellen Sie doch Ihrer Frau auch Neujahrswünsche von mir, ich hoffe, dass sie nun aber Br. völlig verlassen hat u. nicht mehr dahin zurückkehrt.
Und nun kommt also Neujahr u. Ihr Geburtstag. Ich kann Ihnen nichts schicken, es giebt ja nichts. Sonst würde ich Ihnen ein Buch senden, das ich in der Leihbibliothek fand u das mich sehr interessierte. Es handelte von dem Aufenthalt Berninis in Paris 1665, als er von L. XIV dorthin eingeladen war, um Pläne für den Louvreneubau herzustellen. Ein grossartiges Jahrhundert, dies 17! Wenigstens in Italien u. z.T. in Frankreich. Ansichten über Kunst von letzter Klarheit u. Formulierungen darüber von Endgiltigkeit. Es ist das Tagebuch darüber von einem Herrn von Chantelou, der Bernini als Attaché beigegeben war. Es sind die Jahrzehnte Poussins u. Mansarts. Deutsch bei Bruckmann 1919

erschienen. Dies also wäre mein cadeau für Sie –, nun bleibt mir nichts als Wünsche u. Hoffnungen, dass es Ihnen gut gehen möge u. dass wir uns wiedersehn. Auch nach meinen Informationen und Intuitionen werden die Frühjahrsmonate es in sich haben; wer sie übersteht, wird sich wiedersehn. Übrigens wird der Frühling früh beginnen.
Und nun nochmals herzlichen Dank für Alles und von Neuem die Versicherung artistischer und freundschaftlicher Verbundenheit!

Tausend Grüsse, auch von meiner Frau.

Immer Ihr

Benn.

Nr. 263 4. I 44.

Lieber Herr Oelze,
gestern, an Ihrem Geburtstag, kam der Café und kam der Brief vom 31. XII 43, Sie waren also an dem Tag materiell u. spirituell um mich, statt dass ich ins Claridge gekommen bin, um Ihnen zu gratulieren. Haben Sie vielen, vielen Dank! Ihr Brief ging erstaunlich schnell im Gegensatz zu civilen Briefen, von denen ich einen aus Berlin bekam, der 7 Tage, und einen aus Bayern, der 14 Tage gegangen war trotz richtiger unmittelbarer Adresse hierher. Feldpost ist im Augenblick das Schnellere.
Ich schreibe nach Paris, obschon Sie vielleicht schon fort auf Urlaub sind. Nur diese Mitteilung u. meinen Dank. Ob Sie aber reisen? Dieser Frühling wird früher beginnen, als er im Kalender steht, wie ich höre, dieser ver sacrum.

Also Dank, gute Wünsche und gehn Sie zu Ihrem Arzt!

Immer

Ihr

Benn.

Lieber Herr Oelze, vielen Dank für freundlichen Brief vom 29 I. Beruhigte mich in bestimmter Richtung. Ich war meiner Sache nicht ganz sicher. Dagegen beruhigte er mich nicht hinsichtlich Ihrer. Natürlich waren Sie nicht beim Arzt. Sehr unrecht von Ihnen. Das viele Hin u Herreisen ist für Sie wahrscheinlich an sich schon nicht gut.

Auch hier unangenehmer warmer Winter, irisch feucht, u. auch die Luft wie aus Torfboden. Alles, was an einem morsch u. narbig, schmerzt u. zieht. – Was Sie von Tschaikowsky schreiben, interessiert mich besonders. Ich habe mich sooft gefragt, ob es erstklassige Musik ist, gerade die Pathétique, zu der ich starke innere Beziehungen empfinde. Ich bin gänzlich unzuständig in dieser Richtung u. war nie Musikinspirator u. Autorität in der zweitgrössten Hansestadt des Landes wie Sie, ich gehe beinahe davon aus, dass die Musik, die mich tief erregt – u. das geschieht sehr oft – keine erstrangige Musik im Sinne der Produktion ist. Aber mir genügt diese Musik, sie bewegt mich, bewegt Dinge in mir, trägt mich. Übrigens haben Sie Recht: heute u. in der Umgebung, die um uns geworden ist, hat alles aus der Kunst ein völlig neues Gesicht, ein ganz überraschendes, ungeheuer eindringliches Gesicht, nahe an der Katastrophe. Noch nie war sie so real, weit über alles Biologische u. Natürliche hinaus; ein absolutes Mysterium tritt einem plötzlich in unsäglicher Deutlichkeit entgegen. –

Was Sie in Ihrem vorletzten Brief von Ihren nächtlichen Betrachtungen über die Französin schrieben, machte mir dagegen viel Spass. Es war so solide! Seit wann sind Sie gegen Entartung und Impotenz? Herr Oelze!

Leben Sie wohl! Bleiben wir dabei: „Endogene Bilder sind die letzte, uns gebliebene Erfahrbarkeit des Glücks"

Herzlich Ihr

(Godja Gustavowitsch = ) Benn.

Lieber Herr Oelze, wie geht es Ihnen? Ich habe lange nichts von Ihnen gehört, seit Ende Januar. Nimmt Sie der Pariser Frühling schon ganz gefangen? Nach einem heftigen Nachwinter ist es hier warm u. angenehm geworden mit dem naturgewollten norddeutschen Dreck auf Strassen u. Feldern. Abgesehen davon lautlose Stille u. Spannung.
Ich war kürzlich wieder in Berlin. Die Bozenerstrasse als einsame Insel zwischen Ruinen, das Haus mit 16 Brandbomben oben u. unten, aber im Ganzen noch intakt. Meine Wohnung mit zersplitterten Fenstern u Türen, kalt, schmutzig unbewohnbar, aber sonst noch ganz. Eine melancholische Sache. Als Ganzes kann man wohl sagen, dass die Stadt zu 60% zerstört ist. Vom Alexanderplatz bis Zoo sehen Sie von der Stadtbahn aus nur Ruinen. Der Westen ist bis zu 80% zerstört; Moabit völlig. In der Kaiserallee kein ganzes Haus mehr; am Bayrischen Platz steht noch eine Ecke. Ich ging 3/4 Stunde zu Fuss, um Renée Sintenis zu besuchen, die in der Kurfürstenstrasse wohnt, u. sah auf dem Weg dahin kaum ein bewohnbares Haus. Trotzdem hausen sie alle in den Ruinen u. Kellern, schmutzig, krank u. verzweifelt, bezw. stumpfsinnig u. blöd.
Wie sieht es im Claridge aus? Ist da noch Bedienung und Heizung u. Wäsche? Von einem grossen Meteorologen, der die *centralen* Wettermeldungen in der *Hauptstation* kennt, hörte ich kürzlich, dass der Beginn des Frühlings, von dem wir in unseren letzten Briefen öfter schrieben, doch erst für den Monat Mai erwartet wird.
Was macht Ihre Gesundheit? Diese Monate sind keine gute Periode für nervöse u. fragile Personen, meistens geht es einem da noch schlechter als sonst schon.
In mir sind wieder alle möglichen Gedankengänge aufgestiegen, aber je mehr man denkt u. aufschreibt, umso blödsinniger erscheint einem alles, umso zerrinnender, umso sinn-

loser – angesehn auf Inhalte u. Ergebnis –, schliesslich ist tatsächlich nur noch alles Welle u. Spiel u. Schilfgeflüster u. Libellen –, von diesen letzteren fängt man gelegentlich eine u was man hört, ist nur hohe Töne u. Schwirren, nichts Zoologisches u. Kompaktes mehr.
Lassen Sie von sich hören!

Herzlichen Gruss Ihr

Benn.

Nr. 266 6 III 44.

Lieber Herr Oelze, nur kurz die postalische Mitteilung, dass heute Ihr reizender Brief vom 1. III 44 ankam, nachdem ich gestern lamentiert hatte, dass Sie solange nicht schrieben. Mir geht es in Bezug auf das Gefühl der Existenzlosigkeit genau so wie Ihnen, ich komme mir vor wie in einem Fesselballon, die Berührung mit der Erde ist sehr flüchtig u. nur noch artefiziell. Dieser Fesselballon ist hier besonders deutlich, da die Kaserne hochliegt, über dem Warthe- u. Netzegau schwebt u. ich sie kaum noch verlasse, wochenlang nicht. Mir schwant aber so etwas, als ob ich sie bald verlassen muss: am 1. IV. giebt die Wehrmacht die ganze Versorgung ab ans Reichsarbeitsministerium u es ist möglich, dass ich weiterwandern muss. Es bleibt bei der Wehrmacht nur die Versorgung der *Berufs*soldaten, also vor allem der *aktiven* Offiziere; meine Dienststelle hier hat nun gerade diese unter sich, insofern wäre es möglich, dass wir erhalten bleiben, aber sicher bin ich nicht, dass nicht jemand anders meinen Posten erhält. On verra.
Ihre Frage nach Studien u Versuchen der „Ausdruckswelt" freut mich ungemein. Dies Buch, an dem ich nun 2 Jahre arbeite, ist umfangreich u. inhaltsreich geworden, keineswegs einheitlich, vielmehr habe ich mich stellenweise gehen lassen u „meinem Affen Zucker gegeben" – Rohr- u Rüben-

zucker, es ist stellenweise durchaus extravagant. Man täuscht sich natürlich selbst immer über Wert u. Lage der Dinge, die man produziert, in diesem Fall besonders, da ich ja schon seit Langem mit niemandem mehr in Verbindung stehe u spreche u. keiner je ein Wort darüber von mir vernommen hat – ausser Ihnen. Sie sind durchaus mitschuldig, werter Herr! Also: es ist eine Art Abrechnung mit unserer Zeit u. dazu „neue Tafeln" des Zukünftigen. Es ist Kritik u Perspective u. – Schlendrian. Essays von 50 Seiten u. Aphorismen von 3 Reihen. Es ist Pessimismus u. Glaube, Cynismus u. Biederkeit, ein schöner Waschkorb voll. Auch die Studien, die Sie kennen von vor 3 Jahren, will ich mithineinnehmen, es gehört alles zusammen, aus vielen Steinen baut sich hier das Bild des reflektierenden Menschen von 1920 - 1950 auf. Eine Art Fibel für Anfänger, verdummte Jugend, verwahrlostes Nachfahrensgeschlecht über die Probleme *unserer* Generation u. dazu raffinierte Points für Fortgeschrittene. Kurz: Ihnen auch nur ein Stück daraus zu schicken, ist leider zu meinem grössten Schmerz unmöglich aus Gründen der Sicherheit, Ihrer wie meiner. Sie müssten 14 Tage auf Ihr mecklenburgisches Gut sich zurückziehen u. das Ganze in sich aufnehmen, sonst wüssten Sie nicht, um was es sich handelt. Augenblicklich bin ich in *Libellen*stimmung „– weder Käfer noch Schmetterling – hohe Töne, Schwirren", nämlich: alles Inhaltliche u. Thematische wird mir immer fragwürdiger u. bedenklicher, es bleibt nur das Gegeneinanderhalten der Fassungen u. Färbungen, die Reflexe, das Spiel u. aus einem olympischen Einerseits = Andererseitsstandpunkt entwickelt sich ein neuer blitzender Stil. (Das alles ist natürlich übertrieben optimistisch von mir im Augenblick zu Ihnen bemerkt, vielleicht mangelt mir völlig die Begabung, es zu verwirklichen, auszudrücken, es bleibt nur Ahnung).

Ja, so stehn die Dinge. Entsteht aus dem alten Herrn ein Godja Gustavowitsch, wird dies Buch nie gedruckt werden

können, denn es ist infernalisch kapitalistisch, füllig u. genusssüchtig – eben aus der Welt bis 1914 u. zwischen 1918 - 1933 (– oh jene Jahre! –) Eigentlich sind Sie *verpflichtet*, es zu prüfen u. mich zu beraten, ich blamiere Sie und unsere Beziehung mit, wenn es nichts taugt. Aber es ist eine Arbeit, es zu studieren ..., es eröffnet mit der Queen u endet mit George Sand, es beschreibt das Ritzhotel u. das Torffeuer von Limerick .., es enthält ganz Europa u von den anderen Kontinenten auch noch einige Regionalitäten.... Ich will aufhören, Sie könnten ungeduldig werden.
Wie viele Jahre ist es her, dass Sie in Westindien waren? War es 1939 oder 1938? Ich kann es im Augenblick nicht feststellen; um diese Jahreszeit war es, Januar bis März.
Bitte bleiben Sie mir trotz dieses Briefes gewogen!

Tausend Grüsse

Ihr

Benn.

Nr. 267 L a W 3. IV. 44.

Lieber Herr Oelze, mein Brief wird zwar zu Ostern nicht mehr in Ihren Händen sein, aber in Gedanken stelle ich Ihnen 3 Forsythienzweige in Ihr Appartement und lege Ihnen zwei Kiebitzeier auf Ihren Frühstückstisch zur Feier Ihrer Genesung. Hoffentlich hält diese an u. hoffentlich ist das Präparat, das der französische Kollege fabriziert bezw. beschafft, in der Wirkung so gut wie das Testoviron. Aber bitte mindestens 12 Spritzen im Ganzen, wöchentlich zwei.
Ihr Fieber war produktiv! Am treffendsten und tiefsten ist die Bemerkung, dass in jeder Haltung Trauer liegt; und auch, dass es weder gut noch böse giebt, sondern nur gesund u krank, ist von grosser Gültigkeit. Der Satz über die Dreiecke erinnert an die Sentenz von Montesquieu: „Wenn die

Dreiecke sich einen Gott bildeten, würde die Summe seiner Winkel 2 Rechte betragen." Sie sehen, die Erkenntnisse kehren wieder u. „der höchste Gott fährt immer im Kreise". Haben Sie vielen Dank für die Aphorismen, über die ich viel nachgedacht habe. Das mit der Eitelkeit u. dem Selbsthass steht mir persönlich nicht so nahe, die Introspection nach der psychologischen Seite ist nicht mein Jagd- u. Ausbeutungsgebiet, mir fehlt da die Sicherheit der Nachprüfung.

Ich bin also in L.a.W geblieben, sehr zu meinem Gefallen. Denn Straussberg, Fürstenwalde oder Forst, wo sonst das W K K.do III sitzt, sind noch weniger mein Geschmack. Hier bin ich wirklich gänzlich isoliert, sehe u. höre nichts von Vorgesetzten. Meine Stelle ist jetzt eine reguläre R-Stelle geworden, also alles in Ordnung. Da die Sache sich ja doch wohl noch einige Zeit hinziehn wird, ist es am besten hier zu sein.

In den Tagen, wo ich nicht durch eigene Gedanken beschäftigt bin, lese ich. Ich las neu „Feuer" von d'Annuncio u. es gefiel mir in weiten Partieen wieder sehr. Was Romantik und Selbstgefälligkeit an Prunk und Schönheit leisten kann, ist hier vollzogen u. an einigen Stellen kommt sogar echte Tiefe hinzu. Eine wirklich wunderbare Schönheit ist auf vielen Seiten. Dann las ich noch einmal dos Passos: „Auf den Trümmern", – recht interessant. Die Herkunft des amerikanischen Romans aus dem Journalismus ist evident, aber in einigen Exemplaren ist Grosses erreicht. Dies Buch würde ich nicht zu den grossen rechnen, aber zu den bedeutenden doch.

Und nun noch Dank für die Studie über unseren Igelhoff! In welchem Zusammenhang ich allerdings den Hinweis nicht unterlassen möchte, dass mir persönlich ein guter Schlager interessanter u. mehrsagender ist als z B. die Lyrik in der D.A.Z oder sonstigen Zeitungen für Anspruchsvolle.

Daneben stelze ich weiter durch meine eigenen Gedanken. Eigentlich ist es die Tätigkeit eines Maulwurfs: man bohrt sich ein, wirft Erde heraus, weiss garnicht, wohin die fliegt, weiss in keiner Weise, wohin der Gang führt – man buddelt und verschwindet –, nur hat man nicht so ein schönes glänzendes Fell, sondern wird trocken u. schäbig, niemand wird sich einen Schulterumhang aus einem machen.
Was sagen Sie zu dieser Bemerkung von Hofmannsthal: „In der ausserordentlichsten und einsamsten Art sich zu verhalten und in der erbärmlichsten geheimsten Lage hat jeder Tausende von Gefährten, von denen er nichts ahnt". Ob das stimmt? Möglich erscheint es mir.
Und nun nochmals gute Genesung u. heitere Ostertage. Haben Sie Truppenverpflegung oder essen Sie privat?

Herzlichen Gruss Ihr

„O Kleinod, in die Silbersee gefasst – "

Benn

Nr. 268 L. 13 IV 44.

Lieber Herr Oelze, lassen Sie mich Ihnen nur schnell mitteilen, dass Ihr so sehr interessanter Brief vom 1. IV, dem Urlauber mitgegeben, bald darauf in meine Hände kam und mir Stunden grosser Genugtuung verschaffte. Es ist also noch alles da, es bleibt auch da, es wird nichts zerstört, unsere Gedanken, Formen und Träume leben weiter, da sie älter u. echter sind als gewisses Gequatsche u. Gelärme; die Parmaveilchen werden weiter verkauft und die Zigeunerkapellen behaupten ihr tausendjähriges Reich. Wenn ich persönlich es auch nicht mehr sehn u. erleben werde, es strömt hinüber in alles, was wir kommen sehn. Haben Sie vielen Dank für die schöne Schilderung!
Merkwürdig, dass der eine Brief so lange ging. War er geöffnet u kontrolliert worden?

Wie bekommen Ihnen die Einspritzungen? Interessiert mich sehr, wie es auf Sie wirkt. Erhoffe für Sie Jugend u Kraft, Schönheit und Anmut besitzen Sie bereits genügend!

Herzliche Grüsse

Ihres

Benn.

Nr. 269 3. V. 44

Landsberg/Warthe
General-von-Strantz-Kaserne

Lieber Herr Oelze,

haben Sie vielen Dank für Ihren Geburtstagsbrief u. den glücklich bei mir eingetroffenen Rilke. Welch interessantes Geschenk. Für mich besonders wertvoll, da ich die Sonette an Orpheus noch nicht besass. Obschon wir, Sie und ich, so lange getrennt sind, berühren sich unsere Gedanken offenbar oft. So trifft es sich, dass ich gerade in den letzten Wochen mich von Neuem mit Rilke beschäftigt hatte und er mir mehr wie früher viel Bewunderung abgenötigt hatte. Zwiespältig wird mein Gefühl ihm gegenüber immer bleiben, nie sehe ich ihn anders als kriechend, als einen Wurm, der sich zwar ohne Absetzen einzigartig gliedern und bewegen kann, aber zu den ganz fairen Tieren nicht gehört. Dies Gefühl ist primär bei mir, trotzdem, wie gesagt, gehört ihm meine Bewunderung und ihn am wenigsten im 20. Jahrhundert könnte ich aus der Lyrik entbehren. Ich habe dann von den Sonetten die von Ihnen besonders gerühmten betrachtet. Ich stimme mit Ihnen überein bis auf I, XXI. Hier überraschen Sie mich. Dieses Gedicht würde ich schlechthin für mangelhaft erklären, nämlich Strophe 1 als von einem Primaner stammend, Strophe 2 von einem Secundaner erst, Strophe 3 sogar von Herrn Blunck und das Ganze für nahe am lebfrischen Dilettantismus. Optimistische Gedichte sind ja wohl überhaupt ein Widerspruch in sich. Es ist natürlich interessant im ganzen Zusammenhang u. auf dem Hintergrund Rilke, aber wohl in anderem Sinne als Sie meinten. Auch darin treffen sich unsere Gedanken, dass Sie Recht haben, meine Existenz hier für nicht völlig verfehlt zu halten. Ich denke sogar manchmal, dass das Geschick, da es mir kein Sommerhaus mit Klematishecken schenken konnte und zeitliche Freiheit, es hier mit mir nicht schlecht meinte; so für mich die Zeit einteilen, mich abschliessen und so wenig vom Dienst in Anspruch genommen zu sein wie hier, war mir fast noch nie beschieden. Ich merke, dass es doch für die eigenen Gedanken ganz wesentlich fördernder ist, nicht 8 - 10 Stunden am Tag erst abarbeiten zu müssen, bevor man zu seinen Reflexionen kommt. Hier kann ich fast ununterbrochen bereit sein, zu denken und zu kritzeln; habe ganz streng innegehaltene kurze Zeitpunkte, an denen man mich stören darf (ich arbeite in meinen Wohn-Zimmern, die zugleich mein Büro sind) u. bin ausserhalb dieser nicht zu sehen u. nicht zu sprechen. Ja, es ist ein Fesselballon oder eine Klausur. Was momentan dabei heraus kommt, ist mir selber eine Überraschung. Nämlich etwas, das nicht mehr in den Essayband gehört, da es diesen bereits hinter sich lässt, sondern eine neue Seite bringt. Es ist eine Prosasache freier Art. Der Name ist verblüffend: „Roman des Phänotyp". Sie können sich nichts dabei denken, mit Recht, u. darum setze ich das zu Anfang auseinander. Es ist natürlich kein Roman in irgendeinem schon bekannten Sinne. Es hat mit Liebe garnichts zu tun. Es ist ein Roman nach Innen, der Roman der tatsächlichen inneren Schichten in uns, aber dies nicht analysiert, sondern ausgedrückt, real vorhanden, wobei natürlich Inhalt u. Form schon wieder identisch ist, ja das ist eigentlich das ganze Problem: dass es Inhalt nicht giebt, nur Ausdruck u. Form, bezw. nur Inhalt als Ausdruck u. Form. Aber, wie gesagt, es ist in keiner Weise theoretisch, vielmehr

von äusserster Realistik, nämlich seelischer Tatsächlichkeit: nur so kann der heutige Typ, eben der Phänotyp, sein u sich ausdrücken. Ich brauche Ihnen nicht zu erwähnen, dass, wenn auch nur der leiseste Eindruck des von mir Gemeinten in einigen zur Erkenntnis wird, eine gewisse Unterlagenentziehung für Vorhergehendes eintreten müsste, dann giebt es keine psychologischen Romane usw mehr. Das ganze Ding wird nicht lang, vielleicht 100 Seiten (also der 200 Seiten-Roman Ihrer Observanz ist noch nicht einmal erreicht!); kurze Abschnitte, die Titel werden Sie amüsieren: z.B. „Der Stundengott"; „Ambivalenz"; „Gestützt auf Pascal". „nicht pessimistisch das Ganze"; „Bedenken gegen Nietzsche", „völliger Gegensatz zu Schifferkreisen", „Summarisches Überblicken", „Stadtpark", „geographische Details" „Blöcke", „Statische Metaphysik" – kurz: buntes Allerlei. Bedenken Sie: eine Art Roman (ohne Handlung) und vor allem ohne tragende Figur, er geht ja davon aus, dass es Individuelle Züge nicht mehr giebt, warum also durch *Gestalten* etwas ausdrücken, wenn gerade die Gestalt abhanden gekommen ist? Das ist die technische Schwierigkeit. Das Hilfsmittel dagegen ist der neue Begriff: *Existentiell*, den ich gross herausstelle. Sie sehen: höchst problematisch alles, eine Bezirksbombe an Abwegigkeiten u. Excentric!
Hiermit genug für heute. Nochmals Dank!

Immer Ihr

Benn.

Nr. 270 7 V 44.

Landsberg/Warthe
General-von-Strantz-Kaserne

Lieber Herr Oelze, Dank für Brief vom 3 V 44 u Zeitungsblatt! Merkwürdige Sache, ob es mir gilt? Kenne den Autor

nicht, Namen nie gehört. Dass eine geisterhafte Beziehung zwischen uns besteht, schrieb ich Ihnen ja gerade in meinem letzten Brief, – hier ein neuer Beweis .... Sie sitzen auf dem Montmartre u heran schwirrt der Phänotyp aus dem Warthebruch, bereits in jenes formale Nichts aufgelöst, das er kommen sieht, jene Ambivalenz, von der er einmal sagt: „Trauer u. Licht, u beides angebetet, wie still das alles in mir ruht u dann die endenden Sommer mit dem Violett der Distel u. der schwefelgelben, der heissen süssen Rose Diane vaincue".
Heute nur dies.

Herzlichen Gruss
Ihr
Benn

Nr. 271 L. 10 V 1944

Lieber Herr Oelze,
Beiläufig und um mich von der Prosa zu erholen, einige klassizistische Strophen, Ergebnis aus den Notizen eines Tages, – zu Zeiten braucht man nur in die Luft zu fassen und holt ein!
Dazu vielleicht – meine Vermutung – der letzte Gruss nach Paris, das für mein Empfinden immer der Mittelpunkt der greco-latinischen Erbschaft war.

Zur Erinnerung an diesen Frühling
dem grössten Versteher der Künste
offeriert
von
G. B.

Nr. 272 31. V. 44.

Lieber Herr Oelze,
haben Sie vielen Dank für Ihre Briefe, die alle angekommen sind, auch der durch Kurier via Berlin. Dank für den Zeitungsausschnitt betr. Mauras. Ich muss Ihnen besonders danken, dass Sie auf meine Mitteilungen und Betrachtungen zur Literatur u Produktion so freundlich eingehn, sie überhaupt aufnehmen zu einer Zeit und in einer Lage, bei der Ihnen wahrhaftig die Dolche näher stehn als die Flöten u nicht nur die Morgen stürmisch sind, sondern alle Tages- u Nachtzeiten in gleicher Weise.
Ich nahm mir aus der Leihbibliothek ein Buch mit, das ich in Ihrem Gedenken las, es handelte von einem Bremer bezw. war von ihm geschrieben u. schilderte Ihre Vaterstadt u sicher kennen Sie alle Genannten genauestens. Es ist Herr Gustav *Pauli:* Erinnerungen aus 7 Jahrzehnten u ich erfuhr etwas über den Wasserbaumeister Franzius u Bürgermeister Bessel u. H.H. Meier u Schütte u Melchers u. Focke u. Fittger u. Bulthaupt. Dahin passte ja nun Ihre Erwähnung von Rilkes Vorlesung in jenem Frühling bezw. seiner Frau u. ich sah das Alles vor mir. Auch dass in Bremen das Reich des Zwiebacks beginnt u. dass man auf der Schaffermahlzeit Frack mit *schwarzer* Binde trug –, *nahmen Sie an der Schaffermahlzeit Teil?* Kurz ich versank einen Tag in Ihre Heimaterde u. fand auch Ihren oftgenannten R. A. Schröder genügend dargestellt; trotzdem habe ich für die zitierte *Deutsche Ode* nicht viel Sinn, da ist das kleine Gedicht an Adele Wolde netter, das Pauli an anderer Stelle zitiert. Seltsame Welt, – das Ganze! Wahrscheinlich konnte man sie wirklich nur so darstellen wie in Buddenbrooks u. Prof. Unrat, also völlig entfernt vom Kommerziellen u. Wohlwollend-Humanitären. Es muss eine sehr verbindende, Ketten schmiedende Welt gewesen sein, die kaum jemanden losliess, der sich nicht mit sehr elementaren Kräften von ihr trennte.

Nun zu Ihnen. Wie geht es gesundheitlich? Haben die Einspritzungen Sie etwas erfrischt? Wie steht es mit der Versetzung nach Berlin? Ist wohl nicht empfehlenswert! Zurück nach Schleswig wäre die richtige Parole!
Meine Arbeiten sind von Stimmungen getrübt. Dieser Phänotyp wird doch wohl nur ein „Landsberger Fragment". Seine Anlage ist: ein Fächer, radial strahlen die einzelnen Ansätze aus, keine Bewegung; ein Held, der sich wenig bewegt, ein Roman im Sitzen; stellen Sie sich eine Torte vor, die Stücke gehn alle nach Innen zusammen u. gleichen sich im Teig u sind mit den gleichen Früchten belegt. Chronologie u. Psychologie sind ja eben das, was ich auszuschalten suche. Zwei ähnliche Versuche sind mir aus der Literatur bekannt: „Paludes" von Gide u. „Bebuquin" von Einstein. Namentlich der Letztere schaltete auch Zeit u. Psychologie aus, aber liess die Handlung nicht fort, der Held musste noch allerlei betreiben. Das war inkonsequent. Auch dass er überhaupt noch einen Namen hatte, war paradox. Jetzt ist die Lage anders. Schwierig alles u. vermutlich sinnlos u. das Ganze bleibt oudsider! Herzliche Grüsse Ihr

Benn.

Nr. 273 10 VI 44.

Lieber Herr Oelze, die beiden Pakete sind angekommen. Ich war ja völlig erschlagen, als das auf mich niederging! Eine der herrlichsten Schicksalsgaben, die mir beschieden waren. Wie soll ich danken!
Mir ist eine grossartige Widmung für Sie eingefallen, wenn ich noch einmal in die Gelegenheit komme, etwas zu veröffentlichen:

.....

......

„seiner Synthese aus Oxford
und Athen.“ Sind Sie einverstanden?

Meine Stimmung ist trotz Café tief melancholisch, bald halte ich es nicht mehr aus, diese Zerstörung des Lebens. Paris ist, wie die Zeitungen schreiben, völlig ruhig u. reagiert auf die kleinen Versuche zwischen Orne u. Vire nicht. Freut mich sehr für Sie!

Tausend Dank u. Grüsse!

Ihr

Benn.

Nr. 274 12 VII 44.

Landsberg/Warthe
General-von-Strantz-Kaserne

Lieber Herr Oelze, Dank für Ihren Brief vom 20. VI. 44, in Deutschland zur Post gegeben. Dass Sie so nahe von hier waren, ohne dass wir uns wiedersahen, tat mir aufrichtig leid. Ich dränge mich Ihnen immer auf u. Sie weichen mir immer aus. So ist es. Sie sahen also Berlin. Beim letzten Tagesangriff ist ja noch sehr viel dazu gekommen, es war der schwerste.

Wie sehr wandern meine Gedanken u. Vorstellungen nach Paris u. dessen Umgebung. Aber auch vom Osten wird es nun wohl hier bei uns Veränderungen geben. Ich sehe voraus, dass wir alle hier das Gewehr in die Hand nehmen müssen u. uns irgendwo anschliessen. Nun, ich bin fertig soweit. Der Phänotyp ist abgeschlossen, er wird die von Ihnen bestimmten 100 Seiten im Druck haben, und er wird das einerseits Gelösteste und andererseits Concentrierteste sein, was zur Zeit innerhalb Europas zu liefern ist. Wo ich ihn unterbringe, weiss ich noch nicht, um ihn sicher zu stellen.

Bleiben Sie zunächst in Paris? Wo ist Ihre Frau? In Meck-

lenburg? Meine Frau will nächste Woche in ein Moorbad bei Prag, in ein Wehrm.-Erholungsheim: Podiebrad, ob es aber noch was wird, erscheint mir fraglich.
Viele herzliche Grüsse. Immer Ihrer
gedenkend Ihr
Benn.

Nr. 275 17 VII 44.

Lieber Herr Oelze,
Dank für Ihren Brief vom 8. d. Ms., abgestempelt am 10. VII. Sie werden inzwischen meine Nachricht erhalten haben, dass Ihre Stabshelferin funktionierte, Ihr Brief mir zugesandt wurde.
Ja, die Lage wird ernst, bei Ihnen, bei uns. Ich bereite alles vor, um plötzlich abzurücken. Meine Frau habe ich nach Oeynhausen geschafft, erstens wegen ihres jämmerlichen Rheumatismus, der ihr das Gehen so erschwert und zweitens, weil es *West*deutschland ist u. sie hat dort am Ort noch Beziehungen aus früheren Jahren. Es ist mir eine Erleichterung, dass das in Ordnung ging.
Wenn Sie herkämen, wäre das wunderschön, aber ich glaube nicht recht dran (pardon!), aber ich will die Hoffnung nähren.
„Wo Gefahr ist, wächst das Rettende auch“ – Ihr Hölderlin, – ob das zutrifft? On verra. –
Man wird einsilbig; mit Lebenden zu sprechen, ist Ungewinn, was die Umgebung angeht. Ich esse in meinen Zimmern, spreche kaum noch. Der Sommer ist nicht schön, viel Regen. Trotzdem meine ich, soll man nicht für immer verzagen, Sie auch nicht, es wird dazugehören, es ist unser Teil u. immer behauptet sich etwas dagegen, etwas ganz Gewisses, eine Art Unsterblichkeit. Das scheint mir auch ganz feststehend zu sein.

Tausend Grüsse, immer Ihrer gedenkend
u. auf ein Wiedersehn hoffend Ihr

Benn.

Nr. 276 14 VIII 44.

Landsberg/Warthe
General-von-Strantz-Kaserne

Lieber Herr Oelze,
Ihr Brief vom 27 VII kam erst in meine Hände, als es zu spät war, Ihnen bis zum 2. VIII nach Bremen zu antworten, dem Datum, an welchem vielleicht Ihr Urlaub ablaufen sollte. Daher verhielt ich mit der Antwort, da ich Sie in Paris auch nicht mehr zu suchen für angebracht hielt. Mich freut nun sehr zu hören, dass Sie noch in Bre. sind. Ich hoffe auch, Sie bleiben. Kann ich Ihnen dazu helfen? Soll ich ein Attest schreiben, dass aus Ihren Briefen deutliche Zeichen des geistigen Verfalls mich angesprochen hätten u dass meine Jahrzehntelange Kenntnis Ihrer Persönlichkeit mir den Gedanken nahe legt, dass Sie sich in paranoide Ideen verlören? Ich tue es gern u sofort, quand vous voulez. Ich werde mit Symptomen und Formulierungen nicht sparen, ich kann sehr überzeugend schreiben. Welche Diagnose hat man denn bisher gestellt? *Auf* welche Leiden werden Sie behandelt, welche Krankheitsbezeichnung giebt man Ihnen? Sind Sie in internistischer oder psychiatrisch-neurologischer Behandlung? U A w g. –
Ich bin noch hier in der Kaserne. Glaube auch zunächst, dass ich noch bleibe. Es wird 12 km östlich von L. geschanzt von Jung u Alt, ich denke jedoch, dass man mich bei meinen Gutachten lässt. –
Den Phänotyp habe ich schon wieder vollständig vergessen, weiss nicht mehr, was er eigentlich bedeuten sollte. Ich lese

viel (Leihbibliothek) u. finde, dass es doch viel Schönes, Schimmerndes, Tiefes in manchen Büchern giebt, aus allen Zeiten, Bang, Ric. Huch, Charles *Morgan* (kennen Sie die „Flamme"), u dass zum Mindesten der Wille zur Transcendenz u Überirdischkeit, der Wille zur Kunst einer der intensivsten Züge unserer Rasse ist, eines ihrer elementarsten Bedürfnisse und – dass der Künstler der Mensch ist, *der mit den Dingen fertig wird.*

Tausend Grüsse! Schreiben Sie bald wieder!

Ihr

Benn.

Meine Frau ist immer noch krank in Oeynhausen, fährt im Rollstuhl.

Nr. 277 20 VIII 44.

Lieber Herr Oelze, meine Freude Sie noch in Bremen zu wissen u, wie es scheint, für längere Zeit wird getrübt durch Sorgen, wie Sie den letzten Angriff überstanden haben, der ja wohl sehr schlimm war. Dank für Ihren Brief vom 17. VIII. Und sagen Sie: haben Sie mich vor 3 Tagen angerufen? Mir wurde es bestellt. Von wo riefen Sie an? Seltsamerweise erwähnen Sie nichts davon in Ihrem Brief. Ich bin telefonisch garnicht zu erreichen, lasse mich auch nicht an den Apparat rufen, da ich keine Lust zu solchen meistens störenden dienstlichen Gesprächen habe, ich müsste also vorher wissen, wenn Sie es einmal tun wollten. Ich bedaure es sehr.

Teilen Sie mir bitte bald mit, was die Untersuchung bei Ihnen ergeben hat. Cystoskopie ist sehr unangenehm, kann es wenigstens sein. Und die Nieren? Funktionsprüfung? Blutsenkung? Reststickstoff im Blut? U A w g. Auf jeden

Fall gehn Sie zur Kur! Das ist ja im Augenblick die einzige Möglichkeit, sich etwas auszuruhn, ohne zu verhungern.
Wenn Sie ein festes Asyl haben, werde ich Ihnen mit grossem Vergnügen einiges zur Prüfung u Kritik senden, obschon die Zusendung überlegt sein will. (Wertpaket. Wert: 20 000 M!)
Und wie fanden Sie die Buddenbrooks? Th. M. ist ein grosser Mann, – kein Zweifel –, soweit es heute u für Lebende Grösse, erkennbare Zeichen von Übergeordnetheit, giebt.

Herzlich u gute Besserung!
Ihr
Benn

Nr. 278 25 VIII 44.

Lieber Herr Oelze, warum haben Sie Fieber? Ich bitte um genauen Krankheitsbericht! Der Aufenthalt im Res.Lz ist sicher jetzt scheusslich. Bringt Ihnen jemand aus Horner Heerstr etwas zum Essen u sorgt für Sie?
Wenn Sie gelegentlich sich langweilen u Ihre Zeit füllen wollen, schreiben Sie mir doch bitte mal, welcher Art eigentlich Ihre Beziehungen zu England waren. Waren Sie dort auf Schule oder Universität? Wielange waren Sie etwa drüben? Ich habe in diesem Jahr soviele englische Bücher gelesen, dass mir das Land u die Leute sehr nahe gerückt sind. Leider kann ich ja garkein Englisch u war nie da (nur in U.SA. 1914 kurze Zeit). Mit welchen Kreisen haben Sie drüben zu tun gehabt u verkehrt? –
Mit dem *Wert* meiner etwaigen Sendung meinte ich nicht ihren kommerziellen oder ideellen Gehalt, sondern allein ihre *Sicherung* gegen unbefugten Empfang. Dies allein beschäftigt mich. Aber ein Wertbrief wird ja wohl genügen.

Sie wissen, es kommt als Nachlass von Oberarzt Rönne, der bei Stalingrad fiel. Immerhin wird es gut sein, wenn Sie einige Wochen Ruhe u. Stetigkeit vor sich sehn, ehe es kommt.

Herzlichen Gruss. Gute Besserung.

Ihr Benn

Nr. 279 L. 11. 9. 44.

Lieber Herr Proteus: Oelze, Ebbeke und Mencken,
Dank für Brief mit englischen Angaben und den vom 9. 9.
Bis zum 18. ist kein langer Urlaub, melden Sie sich doch weiter krank und dann bestimmt lieber nach Reichenberg als nach Berlin. In Berlin sind die dienstlichen Verhältnisse immer unangenehm gewesen: streng, kommissig, streberhaft, jetzt sicher noch mehr als früher.
Ich wollte nächste Woche auch nach Berlin für einige Stunden, wir könnten uns sehen, wenn Sie wollen. In der Bozenerstr 20, trotz Dreck und Staub. Ich werde von 11 h - 16 h dort sein können. Schreiben Sie bitte Datum u. Stunde. Telefon geht meines Wissens noch: 718097. Bis dahin weiter gute Erholung und mein Beileid zum Kofferverlust –, die schönen Civilanzüge!
„mit dem Blick auf das Ende, ist das Leben schön" – sagte Clémenceau.

Herzlichen Gruss! Ihr alter

Benn.

Nr. 280 L. a W. 15. X 44.

Lehmannstr. 68^II
bei Kretzschmer.

Lieber Herr Oelze,
ich bestätige Ihnen das Eintreffen Ihrer Briefe vom 14., 17. IX, vom 1. X. u. vom 12 X, den ersten aus Nienburg. Ich schrieb nicht, da ich Ihre Adresse nicht hatte u. die Bremer nicht benutzen wollte. Also Nienburg! Sehr einverstanden damit! Jugenderinnerungen vom Steinhuder Meer, vielleicht sogar Herzfeld auf der Georgenstrasse in Hannover können Sie pflegen, u. das nahrhafte Häcklingen ist auch nicht weit. Links der Oder liegt es auch, also ist es sehr zweckmässig u. trägt dem „Erkenne die Lage" Rechnung. Zur Silberhochzeit mein Gedenken. 1919 war das also. Alle diese Rückblicke sind wahrhaft erschütternd nicht nur wegen der Zeit, sondern um unser selbst willen, la vie est brêve, un peu de rêve, un peu d'espoir et puis bon soir.
Ihre Ausfälle gegen Morgans Vaterland aus Anlass des „Quell" beunruhigten mich etwas. Sie sind durchaus ungerecht. Das Platonische ist bei ihm echt, wie Sie aus der „Flamme" ersehen könnten. Auch Mörike als Ganzes steht Ihnen nicht. Orplid ist ein wunderbares Gedicht, ein magisches, aber dieser völlig geistlose Mann steht ausserhalb der Reihe, zu der wir zählen. Aus Ihnen tauchen manchmal Inselverlagskrumen auf, auf denen siedeln Sie ein wenig herum, wenn Sie müde sind.
Das Unglück von Pfarrer Raschke bedaure ich sehr, Sie schrieben ja öfter von ihm. Ich kann mir bei dem Titel: Jesus u. Dionysos nicht viel denken zwar. Es erscheint mir schwierig, modernes Erleben, heutige Bestände, Gegenwartslagen in diese etwas verstaubte Antithetik zu bringen – und reine Philologie soll es doch wohl nach Ihrer andeutenden Schilderung nicht bloss sein. Als Aperçu, kurze Per-

spective vielleicht füllbar u. fühlbar, aber als Gerüst für längere Eigendinge scheint sie mir kaum verwendbar. Von vornherein klingt es auch nach *Synthese* u. diese hat man ja so gründlich satt. Man hat ja eigentlich Alles gründlich satt, was nicht sofort mit ungeheuren Sprüngen beginnt, die vom Objectivgewordenen fortführen –, was nicht sofort mit der „Musik des Vergessens" beginnt.

Auch ich zog um. Adresse obenstehend, Bürgerquartier. Ein Haus, bewohnt von 3 Generalsfamilien, teils lebenden, teils toten. Wieder die Misere des Untermieters: auf den Fluren schleichen, um niemanden zu stören, in die Badestube nur beschränkt hinein können, schlechtes Gewissen wegen Lärmmachen, Sachen beschädigen us.w. Aber wenn ich Ihnen sage, dass die Strantz-Kaserne anderweit belegt wurde u. die andere Landsberger Kaserne: Walter-Flex-Kaserne heisst, werden Sie verstehen, dass ich doch noch lieber in der Lehmannstrasse wohne.

Heute vor 100 Jahren – Sie wissen. Ich lese mit grossem Interesse die Aufsätze in der Presse: „N. als Artillerist", „N. als Judenfeind", „N. sieht die Zukunft Europas nur in Deutschland" „Der Prophet des Soldatischen". Er ruhe in Röcken, – ich möchte gerne einmal dorthin u. sein Pfarrhaus sehn. (Montgomery stammt aus einem schottischen Pfarrhaus).

In meine kleine Wohnung in Berlin sind fremde Leute einquartiert, werden die par Sachen, die wir uns zusammen erwarben, ruinieren u. volksgemeinschaftlich verbrauchen.

Ich bin jetzt auch noch *Standortarzt* von L.a W u. Führer der H.San.Staffel L.aW – Kommandeur! Wenn wir es jetzt nicht schaffen!

Sie haben jetzt offenbar auch Truppenverpflegung? Und wie ist das Offizierkorps? Herrscht echte Kameradschaft? Welchen Posten haben Sie inne?

Adieu, lieber Herr Oelze! Bald sind Sie reif in Ihrer Einsamkeit für Ausdruckswelt u. Phänotyp! Ein Tisch, ein Stuhl, ein Feldbett – die Umwelt reduziert sich u. das Hallelujah beginnt.

Herzlichen Gruss

Ihr

Benn.

Nr. 281

24 X 44.

Lehmannstr 68II.

L.a W

Lieber Herr Oelze,

Dank für Ihren Brief vom 17 X. 44. Ihre Briefe der letzten Zeit sind etwas missgestimmt und verbittert, das tut mir sehr leid. Es ist natürlich begreiflich, da Sie nun auch die vielen äusseren Schwierigkeiten an sich erleben, mit denen wir schon lange völlig vertraut sind. Um meinen Beitrag zu Ihrer Applanierung zu leisten, nehme ich meine Bemerkung über Mörike zurück! Ich erhalte nur aufrecht, dass er mich mit keinem Vers u. keinem Gedanken je beunruhigt hat – auch das ist ein Masstab.

Dass Sie nicht viel zu tun haben, ist doch kein Schade. Schlimmer wäre es schon, wenn bei Ihnen nicht geheizt sein sollte. Bordeaux haben Sie doch vielleicht noch aus Häcklingen. Und die Nächte sind ruhig oder wenigstens ungefährdet. Ein Muscheldasein führen wir alle.

Um auf ein Thema Ihres letzten Schreibens einzugehn: ich kann mich nicht entschliessen, die Lebensabläufe von Shakespeare u. Goethe für ruhiger und gesicherter zu halten wie unsere. Es gab weniger Bombenexplosionen, aber mehr Feuersbrünste, weniger Totalschäden, aber mehr Seuchen u. Hungersnöte. Die Genannten mussten ihre Existenz genau so gegen äussere Gefahren wahren wie wir und nach dem „Erkenne die Lage“ sich ausbalanzieren. Und was das Innere

angeht, so liegt ja bei uns gar keine Krise vor, im Gegenteil: nie hob sich so klar, so kristallinisch rein das moralische und geistige Fundament des menschlichen Seins ab wie heute, so zwingend, so unbestreitbar als moralisches und rechtliches Fundament, es ist doch geradezu leuchtend und überirdisch gesichert auf dem Hintergrund der Verbrecher und Lumpen. Die letzte grosse Krise war der Zerfall der mittelalterlichen Kirche im Ansturm von Renaissance, Reformation, Induktion, das war echteste Zerstörung u. Erschütterung –, jetzt, das ist doch nur Bagatelle, Oberflächengekräusel, Fünftagefieber, eine innere schöpferische Verwandlung und Neuintegration vollzieht sich doch garnicht, kein Vergleich zu 1500! Oder welches wären Ihrer Meinung nach die Züge *innerer* Krise u. seelischer Absetzung, die eine so grundsätzliche Verwandlung des Blickes und Gefühls in Aussicht stellten, wie es zur Zeit Dürers usw sicher der Fall war?
Das sind meine Gedankengänge, mit denen ich Ihnen aber nicht aufdringlich werden will. Vielleicht bin ich auch schon zu alt und stumpf, um die Züge des Neuen in ihren Andeutungen zu erfassen. Dann klären Sie mich bitte auf.
Ein diogenesisches Dasein, das wir alle führen, in der Tonne drin u. eine Gestalt vor uns, die uns allen die Sonne nimmt ... Wann geht der grosse König aus der Sonne?

Herzliche Grüsse. Ihr

Benn.

Nr. 282 L a W 25. 11. 44.

Lieber Herr Oelze, vielen Dank für den Brief vom 13. d. Ms., der erst 8 Tage später hier ankam, und für die Citate aus Steinhagen. Über Ihren Brief liesse sich manches sagen, aber im Augenblick steht es wohl nicht dafür.
Dass Sie versuchen wollen, die Wehrmacht zu verlassen, ver-

stehe ich. Ich fürchte nur, dass Sie nicht unbehelligt bleiben u. womöglich einen Arbeits- oder Volkssturm- oder Luftwacht-einsatz bekommen, der noch weniger Ihr Fall sein würde. Vielleicht haben Sie dort inzwischen ein Quartier im Ort bekommen – ? wennschon das ja auch recht erbärmlich ist, wie ich hier täglich und stündlich bemerke. Die Seele liegt eben doch erschreckend nahe an der Hautoberfläche u an der Nase u am Gehör u was sich an ihnen abspielt, macht sie empört u. melancholisch. Wo befinden sich eigentlich die übrigen Mitglieder der Bremer Signorie, soweit sie noch am Leben sind? Sind noch einige auf angenehmen Posten, am eigenen Herd, auf verborgenen Sinekuren oder ist alles fortgefegt? Gehört Steinhagen Ihnen respt. Ihrer Frau? Ich würde da Gärtner werden oder Forstaufseher, das stünde Ihnen gut: „ – nun ist ein Korb mit Bast mein Eigentum, ein Winzermesser u die Blumensamen."
Im übrigen: die Dinge beobachten u. die Dinge sein – wer zwingt Sie, zu *sein?* Ich beobachte durchaus. Dies ist die Bewährung.
Wärme, heisse Hände u. nicht nur Herzens-, sondern auch materielle Kohlenbecken wünscht Ihnen aufrichtigst

Ihr

Benn.

Nr. 283 L a W 25 XII 44.

Lieber Herr Oelze, zu Weihnachten, Neujahr u. Geburtstag meine Gedanken und Glückwünsche! Fassen Sie Fuss, akklimatisieren Sie sich in N., es wird nichts anderes übrig bleiben, ein halbes Jahr wird es noch dauern. Im Januar u. Februar soll ja die grosse Peripetie einsetzen, sagen die Militärs.
Sie haben Recht: unsere Unterhaltung stösst auf Schwierig-

keiten. Sie kennen meine neueren Gedankengänge nicht, nicht ihre Intensität, ihre – möglicherweise – Überzeugungskraft, ihr Abrückungsvermögen, ihre Distanz. Sie würden gerne Ihnen behilflich sein, sich zu absentieren u. im hinhaltenden Widerstand – infanteristisch gesprochen – den Dingen zu begegnen. Dann würde vielleicht Ihr so überlegener Blick zugeben, dass das, was die deutsche Ideologie Hegels verbrochen hat, in der von Ihnen so geschätzten „Novelle" völlig enthalten ist, in vielen Centralstellen Goethes überhaupt u. dass Plato bereits schuldhaft – in Ihrem Sinne – stark beteiligt war, u. Sie würden sich des Satzes des Grössten unter uns, vor uns, über Heraclit erinnern: „er war als Mensch unter Menschen unmöglich", d. h. man darf ihn nicht politisch und gesellschaftlich betrachten, sondern rein gigantisch, – denn diese Bemerkung Nietzsches war rühmend gemeint. Nein! Der Ausweg liegt wo anders. Dies als Arabesken für „Ihr" Buch. Wohlan – ich erwarte es!
Für Gide vielen Dank. Ich las es noch nicht, aber werde darin blättern. Zunächst borgte ich es meinem französischen Gefangenen, der mir die Stuben reinigt u. mit dem ich Unterhaltungen diesbezüglicher Art pflege.
Zum Geburtstag sende ich Ihnen eine Folge neuerer Gedichte, von meiner Frau köstlich auf Pergament gesetzt – Sie brauchen sie nicht gut zu finden. Durchschnittlichkeiten im gehobenen Ton, was der Deutsche im Allgemeinen als Dichtung empfindet, ist es nicht. Aber Rühmenswertes nehme ich auch nicht dafür in Anspruch.
Am 3 I 45 werde ich Ihrer gedenken.
Wir hatten eine feine dienstliche Weihnachtsfeier mit Zauberkünstlern u. Sängerinnen von Lönsliedern.
Tausend Grüsse, auch von meiner Frau den Jahreswechselgruss; bitte auch an Ihre Gattin meine ergebensten Empfehlungen. Weiter blaue Briefe, bitte! Ihr

Benn.

Lieber Herr Oelze, Dank, sehr vielen Dank für Ihre Bemerkungen über die Gedichte, die Sie über sich ergehn lassen mussten trotz Ihrer eigenen äusseren und inneren Bedrängnisse. Seien Sie versichert, dass ich oft darüber nachdenke, wie viel Zeit und Aufmerksamkeit Sie mir widmen u wie anregend und weiterführend Sie für mich sind. Alles, was Sie jetzt sagten, trifft zu. Die neuen sachlichen Gedichte könnten auch in einem Essayband stehn u. ich habe mir sehr wohl überlegt, ob sie in den Essayband gehören. Zunächst habe ich davon abgesehen, da diese Gebilde in einem Essayband etwas Anderes bedeuten u. eine andere Richtung einschlagen, als ich mit ihnen eigentlich wollte. Sie sollen, zwischen anderer u. bewährter Lyrikform, sagen: dies ist auch Lyrik, so sieht sie heute sogar *vornehmlich* aus, so ist sie echt, nämlich Wirklichkeit so angeordnet u. zum Ausdruck gebracht, dass sie phantastischer wird als sogen. Phantasie. Z B in 1886. Während Chopin noch mehr ein altes Gedicht ist, wie Sie richtig empfinden, alt im Stil (allerdings bei mir neu: Oktober 1944), mehr ein Gedicht im lyrischen Sinne. Bei den Amerikanischen Romanciers (z B. dos Passos) finden Sie ähnliches: plötzlich im Text ein Lebenslauf, ganz für sich stehend, nur als Ausdruck u. Kurve, als – Ranke („nach Rankengesetz"). Man könnte sogar *statistisches Gedicht* sagen. In dieser Richtung liegt meinem Gefühl nach etwas echt Modernes. Clémenceau ist mir was wert wegen der letzten Reihe, die ich grossartig finde: „auf mein Grab ...".

Mein liebstes Gedicht ist „ach das ferne Land", das war eine Augenblickssache u. steht mir nahe. In „September" sind soweit orphische Elemente, als sie heute erträglich u. sprachlich fassbar sind. Sie beobachten ja wohl auch ohne meinen Hinweis, dass mir daran lag, neue Themen, neue Wirklichkeiten in die fade deutsche Lyrik zu bringen, fort

von Stimmung u. Sentiments zu Gegenständen u diese mit seinem eigenen Bild zu füllen. Damit beantwortet sich auch Ihre Frage nach den Anlässen zu „Nasse Zäune" u. „September". Kein Altdorfer oder Breughel! Habe keinen hier. Der Zaun steht vor meinem Fenster in der Lehmannstrasse u ich betrachte ihn täglich, u. der September war in den kleinen Gärten u Feldern, 5 Minuten von unserer Wohnung hier, „hinten raus", wie wir sagen, wenn wir spazieren gehn,: da waren die Balsaminen u. Kürbisse u. auch die Maurergesellen, die an einem Hausgrund bauten.
Dann liebe ich: „*Leukée*, die weisse Insel des Achill" –, erscheint mir gelungen. – „Überblickt man die Jahre" ist eine Karikatur auf G.B 1928, eine melancholische Karikatur; ich wog ab, was mit der 8 reihigen Strophe, die mir einmal viel bedeutete u. die soviele Nachahmer fand, heute noch anzufangen sei. Nun, nicht viel! Stumpfsinn u. eine Tristesse, die heute nicht mehr viel wiegt. Eines darf ich vielleicht noch erwähnen: mein Bestreben, meine innere Wahrhaftigkeit verlangt u. arbeitet solange an einem solchen Ding, bis folgendes Grundgesetz klar wird: wir beziehen uns als Wesen u. Existenz doch ehrlicherweise gesagt auf *garnichts mehr*, auf nichts Vergangenes u. auf nichts Zukünftiges, wir stehn allein, schweigend aber auch zitternd in uns selbst. Das muss auf jeden Vers, auf jede Reihe, jeden Satz übertragen werden, auch er muss für sich allein stehn u. *alles* tragen, nichts stützt ihn mehr, keine Beziehung, kein Glaube, keine Hoffnung, keine Täuschung. Etwas sucht u. findet seinen Ausdruck u. dann ist sein Lebensweg zu Ende. Dann treten andere Gesetze, andere Seinsphasen vielleicht mit ihm in Verbindung, also unbekannte Dinge, unbekannte Gesetze, nicht mehr meine, weit entfernt von mir. So muss jeder Satz ruhn u. zittern u. schweigen u. abgeschlossen sein. Wieviel bezog z B. Nietzsche auf sich von Vergangenem u. Zukünftigem! Alles eigentlich! Wir nichts. Das ist das Neue, das ist das entscheidend Neue in uns. So sein u. dennoch

arbeiten, Ausdruck schaffen müssen. Seltsam u. qualgeboren, aber es ist so. Erkennen wir es an. („Im Hinblick auf nichts auf Erden. Kannst Du nicht verstehen, dass das der eigentliche Sinn ist?")
Und nun kommt der Anlass des Briefes: *eine grosse Bitte.* Die roten Reiter tränken ihre Rosse schon in der Warthe u es wäre töricht, nicht mit ihrem nahen Kommen zu rechnen. Darf ich den Nachlass Rönne an Sie senden? Es verpflichtet Sie zu nichts u. belastet Sie nicht. Sie dürfen ihn lesen, aber ich erwarte es garnicht. Sie würden freundlichst gebeten werden, es im Auge zu behalten, aber wenn es verloren geht, so ist es nicht zu ändern. Hier wird es kaum die kommenden Zeiten überstehn, in Berlin wohl auch nicht. Jenseits der Elbe vielleicht eher. Es giebt nur dies eine Exemplar, u auch das ist nicht völlig erstklassig. Darf ich es an Sie senden? Ich würde es als Nachlass vorschriftsmässig verpackt als Dienstpaket an Sie senden, ich glaube, dass es unverletzt ankäme. Aber ich erwarte Ihre Zustimmung dazu. Vielleicht sende ich eine Ordonnanz auf Dienstreise zu Ihnen. Adresse: an Ihre Wohnung in der Stadt oder zur Dienststelle?
Entschuldigen Sie den langen Brief.
Herzlichen Gruss. Ihr
Be.

Nr. 285 L.a W 22 I 1945.

Lieber Herr Oelze,
entschuldigen Sie es bitte, wenn ich meinem erst kürzlich an Sie gerichteten Schreiben schon ein weiteres folgen lasse. Die Zeitumstände sind der Grund und ich bitte daher um Wohlwollen und Verzeihung wegen der Inanspruchnahme Ihrer Person. Man muss jetzt bei jedem Brief damit rechnen,

dass er der Letzte ist und ich schiede leichteren Herzens von der freundlichen und unfreundlichen Gewohnheit des Daseins, wenn ich vorher noch einiges Ihnen anvertrauen darf.
Es handelt sich natürlich um die leidige Nachlasssache Rönne. Ich werde mir erlauben, die Hinterlassenschaft an Ihre Adresse zu senden. In einer der letzten H.M. ist genau verfügt, wie Nachlässe dienstlich zu versenden sind, danach werde ich verfahren. Sie trifft dabei weder Verantwortung noch irgendeine Konsequenz. Auf Grund unserer langen und intensiven Beziehungen nehme ich mir das Recht, Sie um etwas Entgegenkommen zu bitten. Im umgekehrten Fall wäre es selbstverständlich, dass Sie sich auf mich verlassen könnten.
Also: kommt die Sache an, steht sie zu Ihrer freien Verfügung. Bitte öffnen Sie u. lesen Sie, soweit es Sie interessiert. Es sind keine völlig druckreif gemachten Manuscripte, die Anordnung innerhalb des Essaybandes wollte ich nicht völlig festlegen, es ist ja kein fortlaufender Inhalt, sondern mehr eine allmählich entstandene Schichtung um einen geistigen Kern. Ob das Vorwort bleiben soll, weiss ich noch nicht. Es ist etwas schwach u. persönlich.
Der „Roman des Phänotyps" ist soweit fertig. Hier ist die Folge innerlich notwendig. Im Verlauf eines Vierteljahres niedergeschrieben u dann liegen gelassen, wäre es schon möglich, dass ich einiges ändern würde, aber das Ganze ist ein Fragment u. kann so bleiben. Ich dachte: 1) „Roman des Phänotyp" u „Weinhaus Wolf" in einem Band, als Prosaband. 2) Der Essayband (wobei ich nicht weiss, ob „Block II, Zimmer 66" dahinein gehört, aber es wird gehn). 3) Gedichtband; die 22 Gedichte von 1943 u. die letzten, die „statischen". Als Verlag schwebt mir S. Fischer (Suhrkamp) vor oder mein alter Verlag, Deutsch. Verlagsanstalt Stuttgart, falls er wieder seinen früheren Charakter angenommen hat. Am besten natürlich ein Verlag in dem Teil

Germanys, der nicht von den Russen besetzt ist. Da meine sämtlichen Bücher ja frei sind u. die D.V.A. Stuttgart mir alle Rechte zurückgegeben hat (um mich loszuwerden, unter Druck der sie jetzt beherrschenden Clique), könnte für meine Frau ein Gesamtvertrag abgeschlossen werden, wenn das möglich wäre, das würde ihr vielleicht eine kleine Summe sichern, die sie in die Hand bekäme.
Soweit das Geschäftliche.
Wenn Sie vielleicht die Sachen nach Erhalt gelegentlich lesen würden, drin blättern, auf sich wirken lassen würden u. mir gelegentlich ein Wort darüber zukommen liessen, würde es mich natürlich aufs Äusserste interessieren, aber fühlen Sie sich dadurch nicht bedrängt, beengt. Es war das, was ich noch zu sagen hatte im Rahmen meiner Mittel u. im immer aufrichtigen Gefühl vor den centralen Lagen unserer geistigen Existenz. Diese Lagen waren schwierig, vielfach dunkel, aber ich habe nie den Blick von ihnen gelöst. Wenn es ein Motto für das Alles gäbe, würde es ein Satz aus „Weinhaus Wolf" sein: „Du stehst für Reiche, nicht zu deuten u in denen es keine Siege giebt".
Was die Schlachten angeht, so glaube ich nicht, dass die Russen so stracks in die Mark Brandenburg u. Berlin weiter vorkommen, weniger unsere Widerstandskraft, als ihre Nachschubfragen werden sie daran hindern. Eine Pause wird es wohl noch geben. Aber es scheinen hier einschneidende Massnahmen bevorzustehn in Bezug auf Post usw. Es fragt sich also, ob wir beide in Fühlung bleiben können. Über jede Nachricht von Ihnen werde ich sehr glücklich sein.
„Willkommen Väter! Euch grüsst Orest."

Herzliche Grüsse.

Ihr dankbarer Benn

Lieber Herr Oelze, beide Briefe, der vom 23. u vom 24. I kamen heute, also schnell an. Dank! Mein Beileid zu Borchardts Tod, der Ihnen ja doch nahe stand.
*Das Äussere:* meine Frau verlässt heute durch grosses Glück begünstigt mittels eines Lastkraftwagen L. u. fährt mit den Sachen, soweit wir sie verpacken konnten, in die Bozenerstr. nach Berlin. Dort bleibt sie zunächst. Wir haben zwar Zwangsmieter, aber hier ist es unmöglich, alles flieht, keine Eisenbahnplätze zu kriegen, für 1 Platz in einem Lastwagen werden 1 000 M u ein Schinken geboten.
Ich bleibe hier. Ob die Dienststelle verlegt wird, ist unsicher. Ich bin quasi krank gemeldet, hatte kürzlich eine schwere Grippe, könnte eventuell mit dieser Begründung nach Berlin, weiss aber noch nicht, was zweckmässig ist. Ungeheizte Räume hier, die Stadt voll Flüchtlinge, ungeheure Spannung.
*Das Andere: Sie sollen bitte vor Allem drin lesen.* Alle Hüllen lösen, sich darein vertiefen! Sie werden mein einziger u vielleicht letzter Leser sein. Schreiben Sie mir bitte, ob es ankam, abgesandt am 23 I als Dienstpaket (Nachlasssachen) mit Dienstsiegel an Ihre Dienstadresse. Es wird mich beruhigen zu hören, wenn es da ist. Dann tun Sie es bitte nach Steinhagen oder Häcklingen. Beides ist mir sehr sympathisch. Häcklingen, ohne dass ich es begründen kann, steht mir näher, hat für mich irgend einen landschaftlichen Reiz, aber Ihre Gattin ist vielleicht die grössere Kunstverständige, Ihre Kosima! Ehrwald scheint so weit..
Behalten Sie es doch zunächst bei sich. Es ist ja garnicht so wichtig. Lesen Sie ein bischen drin. Der 1. Aufsatz ist schon von 1942.
Kurz – in Ihre Hände befehle ich meinen Geist oder was man so nennt.

Dank u Grüsse!

Meine Adresse ist zunächst L a. W.

L str. $68^{II}$

Ihr

G B.

Nr. 287 27 I 45

Lieber Herr Oelze,
erlauben Sie noch die Mitteilung, dass ich morgen L. verlasse u. wieder unter meiner Berliner Adresse zu erreichen bin.

Tausend Grüsse.

Fast alle meine Sachen muss ich hier lassen.

Ihr

Benn

Nr. 288 Bozenerstr 20. pt. 9. II 45.

Lieber Herr Oelze,
im letzten Augenblick aus L. entkommen über Stock u. Stein, im offenen Viehwagen bei 10° Kälte, 12 Stunden dauerte die Fahrt von Küstrin hierher. Dann die Angriffe hier, der vom 3 II. war schauerlich. Auf den Bayrischen Platz allein kamen 9 Volltreffer. Alle Sachen in L. gelassen; hier kein Gas, kein Wasser, kein Telefon, nichts zu Essen. Nun, Sie kennen das aus Bremen. Die Dienststelle will weiter, ich weiss nicht, ob ich das wünschen soll –, besser hier das Ende abzuwarten.
Ich wüsste nun sehr gerne, ob das Wertpaket, das ich am 23 I. aus L. an Sie sandte, ankam. Eine Nachricht darüber hierher würde mich sehr beruhigen. Bitte, haben Sie die

Güte. Wie es mit der Post steht, weiss ich nicht. Jedenfalls eine Mahnung, Steuer zu zahlen, hat mich postalisch hier erreicht.
Nehmen Sie viele Grüsse u. Gedanken.

Immer Ihr

Benn.

Nr. 289 Berlin 23 II 45.

Lieber Herr Oelze,
haben Sie vielen Dank für die Beantwortung meines Telegramms. Sein Ton musste kurz u dienstlich sein, da sonst keine Beförderung mehr erfolgt. Sie werden verzeihen, dass ich Sie mit ihm überfiel, aber ich wollte Gewissheit haben u. postalisch ist doch alles fragwürdig geworden.
Dank nun auch für Ihren Brief vom 12. II u. 17. II. Letzterer kam heute an. Mir scheint, dass ich Ihnen eine zu lästige Bürde mit der Sendung auferlegte. Aber ich bitte Sie sehr, es nicht wichtiger zu nehmen als es verdient, u. es verdient nicht viel. Erstens ist doch alles Zufall, was übrig bleibt u. zweitens ist es inhaltlich u. an Substanz doch vermutlich längst vermodert u. überholt –, ach es ist schwer, an Wert u. Bedeutung von geistigen Dingen zu glauben in diesem Augenblick u ich bin mir klar, dass Sie von anderen dringenden Aufgaben u. Sorgen ausgefüllt u. gepeinigt werden.
Was Steinhagen angeht, würde ich an Ihrer Stelle bestimmt nicht zum Bleiben raten. Bis zur Elbe .., jenseits der Elbe ist die Parole.
Berlin! Eine fahle Trümmerstadt am Rande der Hungersnot. Und wenn die Schlacht um Berlin beginnt, was jeden Tag bevorsteht u. schneller als die Meisten ahnen, wird Schluss sein: die Russen mit Artillerie u. die andern von

oben pausenlos 48 Stunden, u. dann wird alles befriedigt sein, die einen von der heroischen Verteidigung u die andern von der ebenfalls heroischen Eroberung. Meine Dienststelle versucht herauszukommen, findet aber kein Unterkommen. Mit Gen.Kdo. haben wir nichts zu tun, direkt mit OKW, aber das ändert auch nichts.
Wir schlafen auf einem Strohsack, da unser Schlafzimmer in L. a W. steht. Täglich etwa 7 - 8 Stunden Lichtsperre, also im Dunkeln, da die Fenster fehlen u. vernagelt sind; 3 - 4 mal Alarm; wir sehn alt u. grau aus u. leben von trokkenem Brod – der Lebensabend, wie er im Buche steht.
Genug davon. Manchmal lese ich in alten Büchern, die noch in den Regalen stehn, Gedichtbände von 1912, Komödien von Sternheim, jenen berühmten Essay über Flaubert u. George Sand von H. M u. in meinen eigenen alten Sachen. Mir scheint, dass die Zeit tatsächlich in gewisser Weise zu Ende war u. alles Heutige sehr logisch u. klar ist. Wenigstens habe ich die Zeit so dargestellt, als ob sie zu Ende wäre. Vielleicht war auch das nur eine subjective Übertreibung, ein Mangel an Blick u. Urteil, ein Unvermögen –, ein grösserer hätte es wahrscheinlich zusammenhangsvoller darzustellen vermocht.
Und manchmal ist eine Frühlingsstimmung in der Luft, als ob Veilchen u. Liebe dazu gehörten – fast rauscherregend, – o Dionys, wie leicht bist Du zu erwecken, schon mit einem blauen Streifen in der Luft!
Meine Gedanken sind oft bei Ihnen, bei den ewigen Alarmen im Raum Hannover – Braunschweig sind Sie doch jedesmal sicher beteiligt. Schlafen Sie in Ihrer Stadtwohnung? Ist dort ein guter Keller?
Im Rundfunk sangen sie kürzlich: „wer weiss, wo unsere Rosse morgen grasen –“ ja wer weiss?

Herzliche Grüsse Ihr
Benn.

Lieber Herr Oelze, da die Post im Augenblick anscheinend gut in Ihrer Richtung funktioniert, bedanke ich mich sofort für Ihren Brief vom 28 II. Inzwischen aber muss ich mich wohl ganz besonders nach Ihrem Ergehen erkundigen, da N. a W. , wie ich hörte, kürzlich auch sehr bedacht wurde. Wo sind Sie nachts? Im Keller bei Herrn Ensing, Ihrem Wirt? Hier stumpft man ja völlig ab. Am 26. II kam in den Bunker im Ratshaus Schöneberg, in den wir vielfach gingen, ein Volltreffer mit 145 Toten, er galt als besonders sicher, es ist also ganz nebensächlich, wohin man geht. Meistens bleibe ich im Keller von meinem Haus.

Ich krame weiter in den Schränken. Soviel Persönliches ist in L. a W geblieben, alles Persönliche fast. Alle Bücher, die ich liebte, z B. den Reclam Band Goethegedichte, den Sie mir einmal schenkten mit dem wunderbaren Zitat aus dem Schillergedicht „. . gesteigerte Gestalten" – . . erinnern Sie sich an das South Camp Road Hotel in Kingston Jamaica? Und die Agapanthos Lilies – eine Karte, die Sie mir damals schickten, Februar 39, „aus Klingsors Zaubergarten", wie Sie schrieben, diese Karte liegt gerade vor mir . . .

Ein weiterer Bruder von mir ist gefallen, im Westen, Infanterie, Oberleutnant. Das ist nun der 3. Einmal Bajonettstich in Galizien, 2 mal – angeblich – Kopfschuss. Gegen Kopfschüsse bin ich misstrauisch, klingt so sauber u. harmlos, gut für Angehörige. Also 3 Brüder auf dem Altar des Vaterlandes . .

Mit dem Kurs in Münster wird es wohl nichts mehr werden, kalkuliere ich.

Wenn wir Berlin verlassen sollten, schreibe ich Ihnen sofort. Wenn Sie einmal einen Satz lesen würden aus den Manuscripten, etwas Klee auf Ihre Lippen nähmen, an Ihren Gaumen, Ihren Gourmandgaumen, Ihren wählerischen, der die Produkte von Aschinger u. aus dem Chapeau rouge oder

Prunier so gut unterscheiden lernte, sich lehrte.., wenn Sie etwas auf die Weide gingen darin, aber das gehört wohl auch in das ferne Land..
Horizont- u. Myosender ist wahrscheinlich auch Ihr täglich Brod. Nienburg ist wohl 05 Süd Gustav –Theodor?

Viele freundschaftliche Gedanken.

Ihr

Benn.

Nr. 291 B. 19. III 45.

Lieber Herr Oelze, vielen Dank für Ihren Brief vom 10 III, am 18 III eingegangen. Als ich ihn in der Hand hielt, begann der neue grosse Angriff u ich nahm ihn mit in die Katakomben der Kirche zum Heilsbronnen, in die wir d. h. meine Frau u. ich gelegentlich flüchten. Der Pfarrer, oben Stahlhelm, unten Khakibeinkleider u. in der Mitte einen eleganten Winterulster macht die Honneurs. Er steht vor dem Radioapparat leicht geneigt, als ob er vor der Predigt noch ein kurzes Gebet verrichtet u. verkündet den Weg der Bomberströme. Oft fällt der Name Nienburg als rückwärtige Begrenzung u. ich sage: „ein Gruss von Oelze, also wohlan, willkommen Festungen und Marauders!" Viele Leichen gestern wieder, offenbar giebt es keine Bahren u Tragen mehr, die Toten werden an den Beinen in die nahe gelegenen Wohnungen geschleift. Aus Dresden sagte einer beiläufig: „sie liegen immer noch da, man fasst sie mit Messer u. Gabel an, da sie so weich sind". Also, – davon abgesehn, es ist eindrucksvoll, wie dies gewiss enge religiöse Milieu selbst des Protestantismus etwas von Haltung u. Feinheit an sich hat, was mein altes Pfarrhausherz sympathisch berührt. Während die Bomben fallen, unterhalte ich mich mit dem Pfar-

rer über das religiöse Leben in seiner Gemeinde – : Dort also las ich Ihren Brief. –
Dass von den 2 1/2 Millionen Menschen, die schätzungsweise noch in Berlin leben, irgendjemand arbeitet, halte ich für ausgeschlossen. Entweder sind Lichtsperrstunden oder es ist Alarm oder Voralarm, Telefon geht kaum noch irgendwo, die Verkehrsmittel sind unzuverlässig, kaum im Betrieb. Tags Staubstürme von den Trümmerhaufen, nachts fallen die Fensterscheiben heraus, die Ruinen heulen u. stürzen ein, Zeitzünder gehn hoch in grossen Massen u. die Wände zittern. Auch die noch stehenden Häuser haben soviel Erschütterungen erlebt, dass sie jeden Moment umfallen können. Eine verlorene Stadt. Möglicherweise gehn wir nach *Neuhaus* a d. Elbe, einem Dorf, wo jemand ein par leerstehende Katen entdeckt hat. Dann würde ich mir erlauben, Ihnen dies mitzuteilen. Sollte ich hingelangen, würde ich dort noch einen Schluss zu dem Essayband schreiben: „Willkommen den literarischen Emigranten", Bezug nehmend auf jenen „Offenen Brief an die l. E", 1933. Ich würde sagen, dass ich meine damaligen Positionen im wesentlichen aufrecht erhalte u. dass ich auch rückblickend das Bleiben in Deutschland für das Richtigere halte. „Der Untergang eines Volkes, selbst wenn es sich um das .... handelt, ist eine ernste Sache, die sich nicht mit literarischen Arabesken von Miami aus, auch nicht mit einem an sich vielleicht gerechtfertigten Hass abtun lässt, hier handelt es sich um Kern- u. Substanzfragen – tua res agitur!" Im übrigen wird natürlich nochmals die ganze Radikalität meiner antagonistischen Einstellung gegen .. klargestellt. .. Ich denke, dass es in Ihrem Sinne ist, wenn ich unser Hierbleiben noch einmal rechtfertige u. begründe. Wer über Deutschland reden u. richten will, muss hier geblieben sein. Dies eine banale Skizzierung der Planung für Neuhaus.
Mögen die Wagen mit Ihren Sachen aus Steinhagen gut ankommen. Es kommt erstaunlich viel noch an.

Tausend Grüsse in die Stadt der „rückwärtigen Begrenzung"!

Ihr

Benn.

*Verheissung* wohl nur für die Landschaft westlich der Elbe, da allerdings wohl nahe Verheissung.

Nr. 292 4. IV 45 Berlin

Lieber Herr Oelze,
Dank für Kurznachricht, Brief u. Berichtigung in Sachen poetae laureat.
Meine Frau siedelt morgen nach Neuhaus a. Elbe über, ich bleibe noch hier. Directe Verbindung nach Nienburg wird nicht mehr bestehn, wird Kampfgebiet sein. Meine Frau soll via Bremen versuchen, diesen Brief an Sie gelangen zu lassen. Antworten Sie, wenn Sie mögen, dorthin, bitte. Ich werde versuchen, nachzukommen. Die Angriffe hier sind unerträglich.
Die lit. E. werde ich wohl nicht mehr begrüssen. Es ist alles so belanglos, ob sie kommen, was sie denken, wie sie urteilen.
Ich hörte, dass Schloss Nienburg stark beschädigt sei, aber es liege ausserhalb der Stadt? Die Gattin eines Bekannten war dort, ist aber geflohen.
Bleiben Sie gesund. Verwenden Sie Ihr Englisch in richtigem Sinne!
– Sehn wir uns wieder, nun so lächeln wir!

Tausend Grüsse.

Ihr alter müder

Benn

# ERLÄUTERUNGEN

Hinweise zur editorischen Behandlung der Brieftexte und zu den Erläuterungen sind für das Nachwort im zweiten Band vorgesehen. Hier ist lediglich anzumerken, daß Auslassungen der Herausgeber im Brieftext, die in diesem Band an zwei Stellen vorkommen und in den Erläuterungen angezeigt werden, durch ⟨. . .⟩ gekennzeichnet sind.

Bei Briefen, die bereits früher (vollständig oder in Auszügen) veröffentlicht wurden, ist in den Erläuterungen auf diese Publikationen verwiesen. Es handelt sich um die folgenden:

Gottfried Benn, Ausgewählte Briefe, Mit einem Nachwort von Max Rychner, Wiesbaden 1957 (abgekürzt: Ausgew. Briefe); Gottfried Benn, Briefe an F. W. Oelze, Mit einem Vorwort des Adressaten, Merkur 15, 1961, S. 438-454 (abgekürzt: Merkur); Dichter über ihre Dichtungen, Gottfried Benn, hrsg. von Edgar Lohner, München 1969 (abgekürzt: Lohner); Harald Steinhagen, Die Statischen Gedichte von Gottfried Benn, Die Vollendung seiner expressionistischen Lyrik, Stuttgart 1969 (= Veröff. der Deutschen Schillergesellschaft 28), (abgekürzt: Steinhagen).

Außerdem wird in den Erläuterungen verwiesen auf:

Gottfried Benn, Gesammelte Werke in vier Bänden, hrsg. von Dieter Wellershoff, Wiesbaden 1958-1961 (abgekürzt mit römischer Bandziffer).

Gottfried Benn, Texte aus dem Nachlaß (1933-1955), hrsg. von Harald Steinhagen, Schiller-Jb. 13, 1969, S. 98-114 (abgekürzt: Texte aus dem Nachlaß).

Nr. 1
Berlin 21. 12. 1932. Hs., 1 Briefkarte. Merkur S. 438.

*Meine Aufsätze:* vermutlich die 1932 in dem Band *Nach dem Nihilismus* erschienenen; darin vor allem der Aufsatz *Goethe und die Naturwissenschaften,* zuerst veröff.: Neue Rundschau XLIII, H. 4, 1932; vgl. F. W. Oelzes Vorwort in diesem Band.

Nr. 2
(Berlin) 27. 1. 1933. Hs., 3 Briefkarten. Merkur S. 442 f., Lohner S. 249 f. (Auszug).

*Ortega:* der spanische Philosoph und Schriftsteller José Ortega y Gasset; vgl. seine Essays *Wahrheit und Perspektive,* 1916, und *Über den Blickpunkt in der Kunst,* 1924.
*Saison:* der Essay erschien 1930 in dem Band *Fazit der Perspektiven.*
*überall der tiefe Nihilismus:* in der *Rede auf Heinrich Mann,* 1931 (I, 416).
*Arbeit aus meinem anderen Gebiet:* nicht mehr feststellbar.

Zu Nr. 2:
Zwischen diesem und dem folgenden Brief hat Benn, vermutlich ohne Begleitbrief, mehrere Zeitungsausschnitte an Oelze gesandt, die in seinem Archiv erhalten sind:

*Gruß an Marinetti,* Deutsche Allgemeine Zeitung, 29. 3. 1933; *Der neue Staat und die Intellektuellen,* Berliner Börsen-Zeitung, 25. 4. 1933; mit hs. Bemerkung: *Zu Ihrem letzten Brief Ihr ergeb Benn.*
*Antwort an die literarischen Emigranten,* Deutsche Allgemeine Zeitung, 25. 5. 1933; hs. Zusatz: *Viele Grüsse! Benn.*

Nr. 3
(Berlin) 3. 7. 1933. Hs., 1 Briefkarte. Unveröff.

*das Buch:* der Band *Der neue Staat und die Intellektuellen,* 1933. Das Exemplar ist in Oelzes Archiv vorhanden. Benns Widmung: „Herrn Dr. F. Oelze in freundschaftlicher Verbundenheit.
3/7/33. Dr. Gottfried Benn.
‚Das Paradies ist im Schatten der Schwerter.'
(Nietzsche)"
*Der neue Verlag:* Deutsche Verlagsanstalt Stuttgart-Berlin.
*Hartwichstrasse:* Bremer Wohnort von Oelze: Hartwigstraße.

Nr. 4
Berlin 2. 8. 1933. Hs., 2 Briefkarten. Unveröff.

*alle Ihre Briefe:* die Briefe von Oelze an Benn sind erst vom Jahr 1935 an erhalten, allerdings (für den Zeitraum dieses Bandes) keineswegs vollständig: einige Jahrgänge weisen größere Lücken auf, andere sind überhaupt nicht mehr vorhanden. Einen – aber wohl nicht den einzigen – Grund dafür nennt Benn selbst in den Briefen Nr. 13 und 118. Nicht erhalten sind auch die Briefe an Benn während seiner Landsberger Zeit.
*Hier die Rede:* Totenrede auf Max v. Schillings, den Präsidenten der Preußischen Akademie der Künste, vom 27. 7. 1933, in der Benn am Ende den Grabspruch des Aischylos zitiert (I, 452).
Der beigelegte Zeitungsausschnitt (*Die Trauerfeier für Max von Schillings in der Akademie der Künste*, Deutsche Allgemeine Zeitung, v. 27. 7. 1933) mit dem Abdruck der Rede von Benn ist in Oelzes Archiv erhalten.
*D.A.Z.:* Deutsche Allgemeine Zeitung, die am 2. 8. 1933 in der regelmäßig erscheinenden Rubrik „Zeitgenössische Literaturporträts" eine Porträtzeichnung von Benn brachte.

Nr. 5
Berlin 21. 12. 1933. Hs., 1 Briefkarte. Unveröff.

Nr. 6
Berlin 2. 2. 1934. Hs., 2 Briefkarten. Unveröff.

*des „Unaufhörlichen" Motiv:* Leitvers aus dem Oratorium.
Ein Exemplar des Textbuchs befindet sich in Oelzes Archiv; Benns hs. Bemerkung auf dem Einband: „Uraufführung 22. XI. 31 in Berlin unter Klemperer mit dem Philharmonischen Chor in der Philharmonie. Aufgeführt in Zürich, Amsterdam, etc. Londoner Aufführung 22. III. 33. Herrn Dr. F. Oelze in Bremen mit sehr ergebenem Gruss. Gottfried Benn."
*Evola:* Baron Julius E., *Heidnischer Imperialismus.*
Deutsch von Friedrich Bauer, Armanen-Verlag, Leipzig, 1933. Giulio Evola (1898-1975), Italiener, ein eigenwilliger faschistischer Philosoph und Kulturkritiker, der in den Jahren 1933-35 erheblichen Einfluß auf Benn hatte; vgl. seinen Essay *Sein und Werden*, eine Rezension von Evolas *Erhebung wider die moderne Welt*, dt. 1935.
*Merkenschlager:* Friedrich M., *Rassensonderung, Rassenmischung, Rassenwandlung*, Berlin 1933. Benn benutzt das Buch auch für den ersten Teil seiner Autobiographie *Lebensweg eines Intellektuali-*

*sten*, 1934. Es wurde 1935 verboten (s. J. Wulf, *Literatur u. Dichtung im Dritten Reich*, 1963, S. 205). Der Botaniker M. stellte seine Rassenlehre der nationalsozialistischen Rassenlehre entgegen. *Céline:* der französische Arzt und Schriftsteller Louis-Ferdinand C. (1894-1961), dessen Roman *Reise ans Ende der Nacht* 1933 dt. erschien.

Nr. 7
Berlin 16. 2. 1934. Hs., 1 Briefkarte. Unveröff.

*„frevelhaftes Blau":* Zitat aus Benns Gedicht *Englisches Café*.

Nr. 8
Berlin 25. 4. 1934. Ms., 2 Bl. Lohner S. 57 (Auszug).

*Edith Cavell:* englische Spionin im Ersten Weltkrieg; vgl. Benns Bericht *Wie Miss Cavell erschossen wurde* (IV, 194 - 201).
*Die Rede auf George, deren Schluss:* in der Deutschen Allgemeinen Zeitung vom 14. 4. 1934 unter dem Titel *Die Jugend ruft die Götter auf. Aus einer nichtgehaltenen Rede auf Stefan George;* in Oelzes Archiv vorhanden.
*Boerries v. Münchhausen:* die Angriffe M.s auf die deutschen expressionistischen Künstler hatte Benn in seinem *Expressionismus*-Essay, 1933, abgewehrt; vgl. seinen Brief an M. vom 15. 10. 1933, in: Paul Raabe (Hrsg.), *Expressionismus. Der Kampf um eine literarische Bewegung*, 1965.
*literarische Vereinigung:* Union nationaler Schriftsteller, gegründet nach dem Austritt der deutschen Schriftsteller aus dem Pen-Club am 8. November 1933. Benn war ihr Vizepräsident.

Nr. 9
Berlin 13. 6. 1934. Hs., 1 Briefkarte. Lohner S. 58 (Auszug).

*Monographie: Lebensweg eines Intellektualisten*, 1934.
*Blatt in der Europ. Revue:* in der Europäischen Revue X, 1 war gerade Benns Essay *Dorische Welt* erschienen. Das „Blatt" ist vermutlich das Gespräch mit Robakidse; vgl. nächste Anm.
*Roman von dem Georgier:* vermutlich der antibolschewistische Roman *Die gemordete Seele*, dt. 1933, von Grigol Robakidse, mit dem Benn kurz zuvor unter der Leitung Adolf Frisés ein Rundfunkgespräch geführt hatte. Abgedruckt in der Zeitschrift Deutsche Zukunft v. 3. Juni 1934, S. 19, unter dem Titel *Mythos, einst und jetzt*.

Nr. 10
Berlin 24. 7. 1934. Hs., 1 Briefkarte. Merkur S. 443 (unvollst.).

*diese Tragödie:* der sog. „Röhm-Putsch" v. 30. Juni 1934, in dessen Gefolge auch konservative Politiker und Regimegegner von den Nationalsozialisten ermordet oder ihrer Ämter enthoben wurden. Mit ihm beginnt Benns „innere Emigration".
*Konradin:* Anspielung auf den Untergang der Hohenstaufen und die deutsche Kaisersage von Friedrich II. und Barbarossa, die im 19. Jahrhundert zu einem deutschen Befreiungsmythos wurde.

Nr. 11
Berlin 22. 8. 1934. Hs., 1 Briefkarte. Unveröff.

*Depression:* „Röhm-Putsch"; vgl. Anm. zum vorigen Brief.
*neue Buch: Kunst und Macht,* 1934.

Nr. 12
Berlin 7. 9. 1934. Hs., 1 Briefkarte. Unveröff.

*Habel:* bekanntes Weinlokal in Berlin.
*erregt sie:* die Nationalsozialisten.

Nr. 13
Berlin 9. 9. 1934. Hs., 1 Briefkarte. Merkur S. 443.

Nr. 14
Oberstdorf 28. 9. 1934. Hs., 1 Ansichtskarte: Mittelberg – Bödmen m. Widderstein 2536 m ü.M. Unveröff.

*Bereich der Adler:* vgl. das Gedicht *Am Brückenwehr* IV, das in dieser Zeit in Oberstdorf entstand.

Nr. 15
Oberstdorf 5. 10. 1934. Hs. in einem Umbruchexemplar von *Kunst und Macht,* in dem das Inhaltsverzeichnis noch fehlt.

*in Bezug auf S. 116*: Dort verwendet Benn die Auskünfte, die Oelze ihm auf seine Bitte in Brief Nr. 8 besorgt hatte; vgl. IV, 23.

Nr. 16
Berlin 18. 11. 1934. Hs., 1 Bl. Merkur S. 443f. (Auszug), Lohner S. 58 (Auszug).

*langen Brief:* vermutlich Oelzes Reaktion auf die Zusendung von *Kunst und Macht,* 1934.

*Akademie*: Benn war seit 1932 Mitglied der Sektion für Dichtkunst der Preußischen Akademie der Künste in Berlin.
*Raus aus allem:* der darauffolgende Satz ist von Oelze aus politischer Besorgnis so weit unleserlich gemacht, daß nur noch die Ober- und Unterlängen einiger Buchstaben zu erkennen sind. Aus ihnen läßt sich der hier eingesetzte Wortlaut mit ziemlicher Sicherheit rekonstruieren. Die Entzifferung wird dadurch gestützt, daß diese für Benn so wichtige Formel an keiner anderen Stelle in den Briefen an Oelze vorkommt; vgl. IV, 94.

Nr. 17
Berlin 24. 11. 1934. Hs., 2 Bl. Merkur S. 444f., Lohner S. 56 (Auszug).

*die Worte im Anfang:* der in *Kunst und Macht* abgedruckte *Expressionismus*-Essay beginnt mit dem Satz: „Das Maß an Interesse, das die Führung des neuen Deutschlands den Fragen der Kunst entgegenbringt, ist außerordentlich."
*Frida Schanz:* Ps. für Frida Soyaux-Schanz (1859-1944), Verf. von populären Märchen, Balladen, Lyrik, Jugendliteratur.
*„Die psychologischen ...": Die psychologischen Errungenschaften Nietzsches*, 1926.
*den Ministern:* vermutlich eine Anspielung auf Goebbels' Eröffnungsrede der Reichskulturkammer am 15. 11. 1934; vgl. *Deutsche Kultur im Neuen Reich. Wesen, Aufgabe und Ziel der Reichskulturkammer*, hrsg. v. E. A. Dreyer, Berlin, 1934.
*Kilchberg:* seit 1919 der Wohn- und Wirkungsort von Ludwig Klages.
*„unter Menschen unmöglich":* „unter Menschen war er als Mensch unmöglich", ein Wort Nietzsches über Heraklit, das Benn erstmals im *Lebensweg eines Intellektualisten* zitiert (IV, 53). Im Original lautet das Wort: „Unter Menschen war Heraklit als Mensch unglaublich." (*Über das Pathos der Wahrheit, Die Philosophie im tragischen Zeitalter der Griechen.*)
*ich trug ...:* Verse des Gärtners aus Hofmannsthals *Kleinem Welttheater.*

Nr. 18
Berlin 1. 1. 1935. Hs., 1 Bl. Lohner S. 57 (Auszug).

Nr. 19
Berlin 30. 1. 1935. Hs., 1 Bl. Lohner S. 59 f. (Auszug).

*denkwürdige Tag:* Ernennung Hitlers zum Reichskanzler am 30. Januar 1933.

*neue Buch:* Evolas *Erhebung wider die moderne Welt.* (Anklänge an die Evola-Rez. (IV, 259) in diesem Brief!).
*jenem Brief:* vgl. Brief Nr. 17.
*eine Vorlesung:* im Vorlesungsverzeichnis der Sorbonne für das WS 1934/35 ist sie nicht angezeigt.
*Blunck und Will Vesper:* Hans Friedrich B. (2. Vorsitzender) und W. V. waren neue Mitglieder der gleichgeschalteten Abteilung für Dichtung der Preußischen Akademie der Künste.
*R.W.:* Reichswehr.

Nr. 20
Hannover 17. 2. 1935. Hs., 1 Bl. Lohner S. 60 (Auszug).

*„der geht zu Grunde":* Nietzsche: „Sieh hinaus! sieh nicht zurück! / Man geht zu Grunde, / wenn man immer zu den Gründen geht."
*ein neuer Aufsatz:* Benns Rezension des Buches *Erhebung wider die moderne Welt* von J. Evola. Die Korrekturfahnen der Rezension (9 Bl., einige Korr. am Text von Benns Hand), die hier noch den Titel *Zu einem Buch über Geschichte* trägt, liegen dem Brief bei. Die von Benn erwähnten Streichungen (2 Sätze auf S. 8) sind tatsächlich vorgenommen worden; nach dem Satz „Nun, sie werden weiter Geschichte machen" (IV, 260) lautet der Text in den Korrekturfahnen: „Und ihre Prätendenten? Sie werden auch weiter Geschichte machen. Unaufhörlich, von morgens bis Mitternacht, Geschichte: Primat des Politischen und Widder und Wein den Positionen der Macht. Natürlich ‚kulturell'! Natürlich ersterbend in aller Demut vor ‚dem Genius', den sie theoretisch in weite Ferne rücken und, wenn er da wäre, schlügen sie ihm die Knie ein. Mögen sie. Moderne Welt. Verdunkelung der Götter." Eine weitere Streichung: statt „der Korse hat es nicht einmal" (IV, 258) steht in den Korrekturfahnen „der Korse, pralle Kavalleristenschenkel und titanisch machtgeil, hat es nicht einmal."

Nr. 21
Berlin 9. 3. 1935. Hs., 1 Bl. Unveröff.

*Seeckt:* Hans v. S., Generaloberst (1866-1936). Von März 1920 bis Oktober 1926 Chef der Heeresleitung der Reichswehr.
*Herr von Lustig:* Hugo v. L., ein mit v. Seeckt befreundeter Wirtschaftler.
*Aufsatz von mir:* gemeint ist der Essay *Fazit der Perspektiven.*
*Foch:* Ferdinand F., französischer Marschall (1851-1929). Seit dem 14. 4. 1918 Oberbefehlshaber der verbündeten Heere in Frank-

reich, gab er dem Krieg an der Westfront die entscheidende Wendung und erzwang am 11. 11. 1918 die bedingungslose Annahme des Waffenstillstands durch Deutschland.

Nr. 22
Berlin 27. 3. 1935. Hs., 1 Bl. Unveröff.

*Das Ganze:* das Gedicht ist eine Vorstufe des fünfstrophigen Gedichts mit dem gleichen Titel.

Nr. 23
Hannover 7. 4. 1935. Hs., 1 Bl. Unveröff.

*O. St. A.:* Oberstabsarzt.
*japanische Literaturzeitschrift:* es handelt sich um die japanische Architekturzeitschrift Kentiku Sekai; vgl. Brief Nr. 117.
*Inanition:* Entkräftung, Erschöpfung.
*Heiterkeit güldene:* aus Nietzsches *Dionysos-Dithyramben*, dem Gedicht *Die Sonne sinkt:* „Heiterkeit, güldene, komm! / du des Todes / heimlichster, süßester Vorgenuß!"

Nr. 24
Hannover 29. 4. 1935. Hs., 1 Postkarte. Unveröff.

*die Broschüre:* Oelze hatte in seinem Brief v. 28. 4. 1935 die Sendung der Broschüre des Österreichers Anton Zischka, *Kampf um die Weltmacht Öl*, 1934, angekündigt, auf die Benn in seinem nächsten Brief eingeht.

Nr. 25
Hannover 5. 5. 1935. Hs., 1 Bl. Unveröff.

*Kasten:* Hotel in Hannover.

Nr. 26
Hannover 20. 5. 1935. Hs., 1 Ansichtskarte: Höltyhaus, Hannover, Leinstr. 8. Unveröff.

*das kleine Buch:* es handelt sich vermutlich um Jüngers Buch *Blätter und Steine*, 1934.
*Galop final:* vgl. II, 101.

Nr. 27
Hannover 24. 5. 1935. Hs., 1 Bl. Unveröff.

*den Herrn:* nicht zu ermitteln; es könnte sich um ein Opfer des sog. Röhm-Putsches handeln.

Nr. 28
Hannover 25. 5. 1935. Hs., 1 Briefkarte. Unveröff.

*Münchener Neueste Nachrichten:* die zitierten Schlagworte stammen aus einem *Stiller Kulturkampf in Österreich* überschriebenen und „K.P." signierten Artikel der Ausgabe vom 25. 5. 1935 (Jg. 88, Nr. 143).

Nr. 29
Hannover 4. 6. 1935. Hs., 2 Bl. Unveröff.

*Buch von Bense:* Max B., *Aufstand des Geistes. Verteidigung der Erkenntnis*, 1935.
*Artikel über Th. Mann:* Oelze hatte Benn einen Artikel von Martin Platzer *Zu Thomas Manns 60. Geburtstag am 6. Juni 1935* aus der Basler National-Zeitung vom 2. Juni 1935 (Sonntags-Beilage) geschickt.
*weil sein Schnitt:* Benn schreibt versehentlich „ihr Schnitt".
*Aufsatz von R. A. Schröder:* der Aufsatz *Thomas Mann zum 60. Geburtstag* erschien im Juniheft der Neuen Rundschau, 1935.

Nr. 30
Hannover 9. 7. 1935. Hs., 2 Briefkarten. Unveröff.

*der ganze B.:* vermutlich Rudolf Borchardt.
*ein Aufsatz:* Benses *Begriff und Wesen der Schöpfung*, in dem auch Benn zitiert wird.
*Dacqué, Hörbiger:* Der Paläontologe Edgar D., dessen Bücher, vor allem *Urwelt, Sage und Menschheit*, 1924, und *Die Erdzeitalter*, 1930, Benn beeinflußten. Der Maschineningenieur Hanns H. entwarf in seiner *Glazial-Kosmogonie*, 1912, ²1925, eine Welteislehre, die Benn in der populären Verarbeitung durch Eugen Georg, *Verschollene Kulturen*, 1930, nahegebracht wurde.

Nr. 31
Hannover 17. 7. 1935. Hs., 2 Briefkarten. Unveröff.

*„Mord im Porphyrhaus ...":* Kriminalroman von Wilson Collison, dt. 1930.
*„ein anderes Pferd ...":* aus Shakespeares *Richard III.*, V, 3.
*nicht haben sehn zu können:* das „zu" fehlt bei Benn.
*langen Aufsatz: Das Nichts und die Form*, Bd. 240, S. 257-271.
*Castan's Panoptikum:* ein großes Berliner Panoptikum, das nach dem Ersten Weltkrieg aufgelöst wurde.

Nr. 32
Hannover 5. 8. 1935. Hs., 1 Bl. Unveröff.

*seines Satzes:* aus dem *Lebensweg eines Intellektualisten* (IV, 59).
*Krafft-Ebing:* Richard Freiherr v. K.-E., Psychiater (1840-1902), Begründer der modernen Psychopathologie des Geschlechtslebens.

Nr. 33
(Hannover) 6. 8. 1935. Hs., 1 Bl.: Speisekarte der Stadthalle Hannover, auf der Rückseite von Benn beschrieben. Unveröff.

Nr. 34
Hannover 20. 8. 1935. Hs., 2 Bl. Unveröff.

*Amerikanischer Roman:* Faulkners *Licht im August* erschien dt. 1935.
*Eine irdische ...:* Tilly Wedekind und Ellinor Büller-Klinkowström; vgl. *Den Traum alleine tragen. Neue Texte, Briefe und Dokumente*, Wiesbaden 1966.
*„Mittelmeerakademie“:* vgl. dazu I, 314f., 223.

Nr. 35
Steinhude 25. 8. 1935. Ms. (Ort, Datum, Unterschrift, Strophennumerierung und einige Korr. hs.), 2 Bl.: Speisekarten der Stadthalle Hannover, auf den Rückseiten von Benn beschrieben. Auf die Speisekarten sind außerdem zwei Ansichtskarten mit Segelbootmotiven geklebt: Arcachon (Côte d'Argent), En Course; Steinhuder Meer, Ausblick vom Wilhelmstein. Auf der Rückseite der Karte vom Steinhuder Meer stehen, wie an den Rändern noch erkennbar, die ersten vier Strophen des Gedichts *Die weißen Segel.*

Nr. 36
Hannover 29. 8. 1935. Hs., 1 Bl. Unveröff.

*„Manhattan Transfer“:* Roman von Dos Passos, dt. 1927.
*Spielhagens ...:* Friedrich S. (1825-1911), schrieb erfolgreiche Romane und Novellen; Paul Lindau (1839-1919), Kritiker, Theatermann und Schriftsteller, schrieb unterhaltende Reisewerke, Romane und Dramen.

Nr. 37
(Hannover) 30. 8. 1935. Hs., 1 Ansichtskarte: Hannover, Zeughaus 1643. Unveröff.

Nr. 38
(Hannover) 1. 9. 1935. Hs., 2 Ansichtskarten: Hannover – Stadthalle; Lourdes – Vue plongeante sur la Basilique. Unveröff.

*dito:* nicht eindeutig zu entziffern; könnte u. U. auch „dürr“ o. ä. heißen.
*bleiben Sie der kluge:* Benn schreibt versehentlich „die kluge“.
*Vor 5. Jahren:* bezieht sich auf Lourdes.

Nr. 39
(Hannover) 3. 9. 1935. Der Text der Gedichte ms., alles übrige hs., 4 Bl.: Speisekarten der Stadthalle Hannover. Unveröff.
Datum: von Oelze eingefügt.

*Der Autor in den Rönnejahren:* Erläuterungen zu einem aufgeklebten Foto: Benn in Uniform (vermutlich in seinem Brüsseler Dienstzimmer vor einer Landkarte – Nördliches Frankreich und Belgien – stehend).
*Am Saum: . . .:* vgl. Brief Nr. 57.

Nr. 40
Hannover 5. 9. 1935. Hs., 1 Bl. Unveröff.

Nr. 41
Hannover 9. 9. 1935. Hs., 1 Bl. Unveröff.

*„Cahiers du Süd“:* in dem 1936 erschienenen Sonderheft der Zeitschrift Cahiers du Sud über die deutsche Romantik befindet sich kein Beitrag von Benn.
*Gedichte:* wohl die in den letzten Tagen übersandten Gedichte Benns.
*Bitte Aufsatz mitbringen:* steht außen auf der Rückseite des Briefumschlags. Um welchen Aufsatz es sich handelt, ist nicht mehr feststellbar. Möglicherweise der im folgenden Brief erwähnte.

Nr. 42
Hannover 13. 9. 1935. Hs., 1 Bl. Unveröff.

*Johst:* Hanns J. war Präsident der Reichsschrifttumskammer und der Deutschen Akademie der Dichtung.
*Ihren Aufsatz:* nicht erhalten.

Nr. 43
Hannover 16. 9. 1935. Hs., 2 Bl. Merkur S. 445ff., Lohner S. 255 (Auszug).

*„wer das verlor ...“:* Verse aus Nietzsches Gedicht *Vereinsamt.* Die Verse lauten korrekt: „Wer das verlor, / Was du verlorst, macht nirgends halt.“
*Lektüre gewisser Zeitungsmeldungen:* gemeint ist der drohende Überfall Italiens auf Abessinien, der am 3. 10. 1935 erfolgte.
*Merkenschlager:* vgl. Brief Nr. 6.
*Ist es der Rhein oder der Nil ...:* Benn bezieht sich hier auf die berühmte hellenistische Skulptur des Nils mit 16 Kindern des Museo Chiaramonti in den Vatikanischen Museen.

Nr. 44
Hannover 1. 10. 1935. Hs., 2 Bl. Unveröff.

*die Fahrkosten:* Benn schreibt versehentlich „das ...“.
*Krieg England:* England hatte Italien vor einem Angriff auf Abessinien gewarnt und setzte nach dem Einmarsch italienischer Truppen Sanktionen beim Völkerbund durch.

Nr. 45
Hannover 7. 10. 1935. Hs., 11 Bl. Unveröff.

*Datum:* nach dem Poststempel; Benn schreibt, wohl versehentlich, „7/IX 35“.
*Verse von Goethe:* sein Schiller-Gedicht *Im ernsten Beinhaus war's* mit den Versen: „Ein Blick, der mich an jenes Meer entrückte, / Das flutend strömt gesteigerte Gestalten“; vgl. Benns Brief Nr. 290.
*„dass Du nicht enden kannst“:* Verse aus Goethes Gedicht *Unbegrenzt (Westöstlicher Divan).*
*„wer das verlor ...“:* vgl. d. Anm. zum Brief Nr. 43.
*Ahnenaufsatz:* Vorabdruck des ersten Kapitels der Autobiographie *Lebensweg eines Intellektualisten* u. d. T. *Ahnenschwierigkeiten* in der Deutschen Zukunft v. 30. 6. 1934.
*Ruth und Boas:* Anspielung auf das *Buch Ruth* des Alten Testaments.

Nr. 46
Hannover 9. 10. 1935 (Poststempel). Hs., 1 Visitenkarte. Unveröff.

*Dank! Ihr:* Benns Unterschrift fehlt; als Ersatz dient ihm offenbar sein gedruckter Name auf der Vorderseite (Visitenkarte).

Nr. 47
Hannover 11. 10. 1935. Hs., 3 Bl. Unveröff.

*Goetheband:* nach dem Hinweis Benns in seinem Brief Nr. 290 handelt es sich um einen Reclam-Band, den er Ende Januar 1945 bei seiner Flucht in Landsberg a. d. Warthe zurücklassen mußte.
*Abessinien:* vgl. Brief Nr. 44.
*W. E. I.:* Wehrersatz-Inspektion.
*an einer Wimper:* vgl. Benns Gedicht *Das Ganze.*
*Notiz über Kunst:* Oelze hatte seinem Brief v. 10. 10. 1935 folgenden kleinen Zeitungsausschnitt v. 5. 11. 1934 aus einer Goebbels-Rede beigelegt: „Der Standpunkt ist im nationalsozialistischen Staat ganz undenkbar, daß die *Kunst* dem Künstler gehört und daß der Künstler das Vorrecht habe, über dem Volk in einer luftverdünnten Atmosphäre der Ästhetik oder der Literatur ein einsames und unbekanntes Dasein zu fristen. Wenn der Künstler nicht im Volke steht, dann hat er seine eigentliche Zeitaufgabe nicht erkannt und er darf es dann dem Volke nicht verargen, wenn das Volk ihn nicht kennt und nicht versteht und deshalb auch nicht achtet."

Nr. 48
Hannover 21. 10. 1935. Hs., 2 Bl. Unveröff.

*die Rede:* vgl. vorigen Brief.
*Marinettirede:* Benns Rede auf Marinetti v. 29. 3. 1934. Der Italiener F. T. M. (1876-1944) gilt als Begründer des Futurismus.
*Die Schillersache:* Oelze hatte in seinem Brief v. 20. 10. 1935 von einer Aufführung des *Don Carlos* berichtet und eine Passage des Marquis Posa zitiert (IV, 21: „Sagen Sie / Ihm, daß er für die Träume seiner Jugend .... sehr dazu berechtigt war.").
*Ihr Pianist:* im gleichen Brief hatte Oelze geschrieben: „Vorgestern, nächtliches Burgunder- und Whisky-Gelage mit Musikern, ein sehr bekannter (großer) Pianist dabei, Balte, früher Verehrer von Ihnen, sagte folgendes: er habe den Eindruck, Sie seien ‚unter Verleugnung einer grossen Tradition unter die Nazis gegangen' (!) ...., da er nun dies Régime mit wahrhaft asiatischer Leidenschaft hasst, scheint er sich ‚enttäuscht' abgewandt zu haben."
*„Metamorphose der Tiere":* Gedicht von Goethe.
*Herr Hinkel:* Oelze hatte einen Zeitungsausschnitt v. 12. 10. 1935 mit dem Titel *Geistige Revolution beginnt erst. Die Reinigung der deutschen Kultur* beigelegt. Er lautet: „Der Geschäftsführer der Reichskulturkammer, Hans Hinkel, sprach in Dresden über die deutsche Kulturpolitik und erklärte, daß die geistige Revolution

erst am Anfang stehe. Gerade in letzter Zeit seien wichtige kulturpolitische Maßnahmen getroffen worden. Der Führer habe den Treuhändern für das kulturelle Leben Deutschlands die Aufgabe gestellt, zu prüfen, wer die 1933 gestellte Bewährungsfrist in Kunst und Kultur bestanden habe. Beim geistigen Vormarsch werde man auch nicht Halt machen vor *großen Namen der Vergangenheit*, die sich etwa hindernd in den Weg zu stellen versuchten. Die sieben Kammern der Reichskulturkammer würden dafür sorgen, daß deutsche Kunst und Kultur sauber, gesund und einwandfrei nach nationalsozialistischen Grundsätzen zur Geltung kommen. Ihm sei im Rahmen dieses Reinigungsprozesses die Aufgabe zugefallen, die deutsche Kunst und Kultur von den Keimen der Zersetzung zu befreien. Diese Säuberung von *fremdrassigen* Elementen sei *jetzt durchgeführt*. Die zweite Aufgabe für die nächste Zeit sei die ideelle und materielle Lösung der Nachwuchsfrage für die deutsche Künstlerschaft. Die dritte und schwerste Aufgabe gelte der Säuberung und Sicherung des *Instinktes* des gesamten schaffenden Volkes auf dem Gebiet der Kunst und Kultur."
*Maskenball:* Oper von Verdi.

Nr. 49
Hannover 23. 10. 1935. Hs., 1 Bl. Lohner S. 255f. (Auszug).

*Heimwege:* Oelze hatte Benn in Hannover besucht.
*„ich will lieber":* das Goethe-Zitat lautet korrekt: „... es liegt nun einmal in meiner Natur, ich will lieber eine Ungerechtigkeit begehen, als Unordnung ertragen." (Belagerung von Mainz, 25. 7. 1793.)

Nr. 50

Hannover 3. 11. 1935. Hs., 2 Bl. Unveröff.
*Günther:* vermutlich der nationalsozialistische Rassenforscher Hans F. K. G., dessen Buch *Herkunft und Rassengeschichte der Germanen* 1935 erschien; am 11. 9. 1935 hatte er auf der Kulturtagung des Reichsparteitages einen Preis erhalten.
*Maxim Ziese:* Journalist und Schriftsteller (1901-1955).
*Paul Scheffer:* Paul S. (1883-1963), 1. 4. 1934-1. 1. 1937 Chefredakteur des Berliner Tageblatts; vgl. Margret Boveri, *Wir lügen alle. Eine Hauptstadtzeitung unter Hitler*, 1965.
*Theodor Wolff:* Publizist (1861-1943), Chefredakteur des Berliner Tageblatts; 1933 emigriert.
*an den Griechen rühmt:* vgl. das Ende von Nietzsches *Zweiter Unzeitgemäßer Betrachtung* „Vom Nutzen und Nachteil der Historie für das Leben" und Benns Essay *Pallas* (I, 367).

Nr. 51
Hannover 11. 11. 1935. Hs., 2 Bl. Unveröff.

*Ihre Zitate:* Oelze hatte im Brief v. 3. 11. 1935 ein längeres Zitat aus Schillers Brief an Goethe v. 14. 9. 1797 angeführt. („Zweierlei gehört zum Poeten und Künstler: ... ist die schwierige Operation.“)
Sein Brief v. 10. 11. 1935 ist nicht erhalten.
*wirklich Nach=denken:* nicht eindeutig zu entziffern; könnte statt „wirklich“ auch „ernstlich“ (oder „wahrlich“) heißen.
*Evolasendung:* Benn legte seinem Brief ein Schreiben und einen Artikel Evolas bei, der Benn um Vermittlung bei der Veröffentlichung in Deutschland gebeten hatte.
*Dein ist Leiden:* aus Benns Gedicht *Die weißen Segel.*
*Gebildete Menschen:* ein Goethe-Zitat: „Gebildete Menschen und die auf Bildung Anderer arbeiten, bringen ihr Leben ohne Geräusch zu.“ Brief an Charlotte v. Stein v. 1. 12. 1807.

Nr. 52
Hannover 21. 11. 1935. Hs., 6 Bl. Unveröff.

*„Sei natürlich ..“:* Oelze hatte Benn im Brief v. 15. 11. 1935 mit seiner Unterschrift „Grüsse aus dem Dritten Reich!“ zwei Zeitungsausschnitte geschickt; der eine berichtet unter dem Titel *Arbeiter im Deutschen Opernhaus* von der Begrüßung durch Dr. Goebbels, der andere bringt Ausschnitte aus einer Unterredung des Präsidenten der Reichsschrifttumskammer Hanns Johst mit dem Hauptschriftleiter der Zeitung Der Arbeitsmann über Nachwuchsfragen.
*Cäsar Flaischlen:* schwäbischer Lyriker (*Hab Sonne im Herzen*), Erzähler und Dramatiker (1864-1920).
*Furtwängler:* Wilhelm F., Dirigent (1886-1954), war seit 1933 Direktor der Berliner Staatsoper, Vizepräsident der Reichsmusikkammer u. Preußischer Staatsrat; versuchte trotzdem durch Proteste u. a. seine menschliche Integrität zu wahren; vgl. Joseph Wulf, *Musik im Dritten Reich*, 1963, S. 85ff.
*Stehr und Pfitzner:* der Schriftsteller Hermann S. (1864-1940) und der Komponist Hans P. waren Mitglieder des Reichskultursenats, den Oelze in seinem Brief v. 17. 11. 1935 erwähnt hatte.
*Benoni:* ein 1908 erschienener Roman, dt. 1909.
*Ihre Parallele:* im Brief v. 17. 11. 1935 hatte Oelze geschrieben: „Glauben Sie, dass so wie uns wohl den Menschen um 1525, im ersten Jahrzehnt der Reformation zumute gewesen sein könnte?“

Nr. 53
(Hannover) 2. 12. (1935). Hs., 1 Bl. Unveröff.
Datum: Angabe von Oelze auf der Rückseite des Briefes.

*diese kleine Veröffentlichung:* Oelze hat auf der Rückseite des Briefes vermerkt: „bezieht sich auf das mir gewidmete Heft ‚Das Gedicht', Blätter für die Dichtung / Ellermann / Hamburg ‚G. B. Gedichte' Januar 1936". Benn hatte dem Brief die Korrekturfahnen beigelegt.

Nr. 54
Hannover 9. 12. 1935. Hs., 3 Bl. Unveröff.

*10 Exemplare:* Benn hat sie offenbar ohne Begleitbrief an Oelze geschickt. In seinem Archiv sind noch drei Exemplare mit hs. Widmungen von Benn vorhanden.
Die erste (aus Platens Sonett *Wer wüßte je das Leben recht zu fassen)* lautet:

„‚Dem Schläfer fällt es nimmermehr vom Dache
und auch der Läufer wird es nicht erjagen –'
Platen.
Herrn Oelze
von Gottfried Benn.
Weihnachten 1935."

Die zweite (aus Platens Versepos *Die Abbassiden,* Prolog, Strophe 7) lautet:

„‚Nie kann der Mensch, wieviel er auch vollende,
wie kühn er sei, sich zeigen als ein Ganzes,
und was er ausführt, gleicht es nicht am Ende
verstreuten Blumen eines welken Kranzes?'
Platen.
Herrn Oelze
von Gottfried Benn."

Die letzte Zeile lautet korrekt: „zerstreuten Blumen eines großen Kranzes."

Die dritte lautet:

„‚Vergebens werden ungebundene Geister
nach der Vollendung reiner Höhe streben'
Goethe, Sonett.
Herrn Oelze
von Gottfried Benn.
XII 35."

Nr. 55
Hannover 12. 12. 1935. Hs., 1 Briefkarte. Unveröff.

*Londoner Sache:* gemeint ist eine Chinesische Ausstellung; vgl. Brief Nr. 60.
*unbewußt, höchste Lust:* aus Richard Wagners *Tristan und Isolde.*

Nr. 56
Hannover 23. 12. 1935. Hs., 2 Briefkarten. Unveröff.

*Dies war auf einem Paket:* Benns Bemerkung unter einer aufgeklebten Weihnachtsmarke mit einem Tannenbaum und dem Hinweis: „Do not open until Christmas".

Nr. 57
Hannover 26. 12. 1935. Hs., 3 Bl. Lohner S. 61 (Auszug).

*Schulbeispiel des Widernatürlichen:* eine Passage, die im *Weinhaus Wolf*, 1937, wiederkehrt (II, 142).
*am Saum:* vgl. das gleichlautende Gedicht Benns.

Nr. 58
Hannover 2. 1. 1936. Hs., 2 Bl. Lohner S. 13, 62 (Auszüge).

*Lieblingsgedichte:* gemeint ist *Noch einmal.*
*eine drollige Gabe:* ein Exemplar der *Etappe*, 1919, mit der handschriftlichen Widmung:

„Herrn F W Oelze
zum Geburtstag 36.
Benn"

*April 1915:* die Jahreszahl ist von Benn korrigiert und schwer zu entziffern; im Exemplar der *Etappe* steht der gedruckte Vermerk: „Geschrieben Februar 1915 zu Brüssel."
*Weissen Blätter:* Sch. gab die Zeitschrift ab 1915 heraus; sie erschien ab April 1916 in Zürich und Leipzig.

Nr. 59
Hannover 9. 1. 1936. Hs., 1 Briefkarte. Unveröff.

*Buddha:* Oelze hatte Benn zum neuen Jahr eine Buddha-Büste geschenkt; vgl. Benns nächsten Brief. Benn hat sie 1943 mit nach Landsberg genommen und dort 1945 zurücklassen müssen.
*Erzählen Sie mir bitte von ihm:* im Brief vom 12. 1. 1936 schreibt Oelze: „Sie möchten Näheres über den Buddha wissen – seine Geschichte, soweit sie mir bekannt ist, ist bald erzählt. Er stammt

aus den ostasiatischen Sammlungen meines Vaters, daraus bekam ich ihn nach meiner Rückkehr aus dem Kriege, 1919, geschenkt. Erworben wurde er im letzten Jahrzehnt vor dem Kriege in China, er ist wohl ein chinesischer Hausgott mit den Zügen des Buddha, eine Arbeit vermutlich des 17. oder frühen 18. Jahrhunderts (so wird er wenigstens von den Experten datiert). – Seine Bestimmung und sein einförmiges Los nach 1919 haben Sie wohl aus dem kleinen Briefe ersehen, den ich der Kiste beigelegt hatte."

Nr. 60
Hannover 13. 1. 1936. Hs., 2 Bl. Lohner S. 63, 75f. (Auszüge).

*was für einen wunderbaren Brief:* in seinem kurzen Begleitbrief vom 7. 1. 1936 hatte Oelze geschrieben: „Gestatten Sie diesem Eindringling, die vor Ihrer neuen Einsiedlerhöhle liegende Kette zu durchbrechen. Er kommt ohne Geräusch, lächelnd wie es dem Weisen ziemt wenn er zum Weisen geht. Mehr als fünfzehn Jahre wachte dieses undurchdringliche Lächeln über meinem Schreibtisch, – nie veränderte sich sein Antlitz ⟨. . .⟩. Nehmen Sie ihn nun auf – aus dem Bezirk des Vergänglichen in Ihre höheren Reiche. Gönnen Sie ihm, dem schweigenden Hausgenossen, einen Platz in Ihrer Welt. Da möge er noch Jahre und Jahrzehnte stummer Zeuge sein eines Lebens der Erfüllung im Geist."
*Haingott:* ob es „Haingott" oder „Hausgott" heißt, ist nicht ganz eindeutig auszumachen. Wahrscheinlicher ist allerdings, in Entsprechung zum späteren Untertitel des Gedichts *Interieur*, „Haingott". Oelze spricht in seinem Brief vom 12. 1. 1936 von einem „Hausgott"; vgl. die Erläuterungen zum vorigen Brief.
*geplante Sammlung: Ausgewählte Gedichte* von 1936.

Nr. 61
Hannover 19. 1. 1936. Hs., 2 Bl. Lohner S. 63f. (Auszug).

*Ihrem letzten Brief:* im Brief v. 16. 1. 1936 hatte Oelze seinen ihm lästigen und sinnlosen beruflichen und gesellschaftlichen Alltag beschrieben.
*„Du musst Dir. ." :* diese und die folgenden Verse stammen aus den Gedichten *Du mußt dir alles geben, Die weißen Segel* und *Dennoch die Schwerter halten.*
*der engl. König:* Georg V. (1910-1936).
*Jenny Jugo:* Jenny J. und Camilla Horn waren bekannte Filmschauspielerinnen der dreißiger Jahre.
*Tobis Klanggerät:* ein Filmprojektor, der heute nicht mehr verwendet wird.

Nr. 62
Hannover 24. 1. 1936. Hs., 2 Bl. Lohner S. 64f.

*List:* bezieht sich auf Benns im vorigen Brief enthaltene Beteuerung, Oelzes „kostbare Zeit" künftig nicht allzuviel zu beanspruchen. Oelze hatte dazu im Brief v. 22. 1. 1936 bemerkt: „Wüsste ich nicht, lieber Herr Benn, aus der fortgesetzten Beschäftigung mit Ihnen und Ihrem Werk wie sehr Sie die Listen lieben, die feinen – so fein, dass man ihnen mit Vergnügen erliegt auch wenn man sie durchschaut – : wüsste ich das nicht, dann bliebe mir nur die Möglichkeit Ihren letzten Brief als einen Sarkasmus ohnegleichen zu empfinden."
*Ich nahm ..... den Gedichtband vor:* der Band *Gesammelte Gedichte* von 1927.

Nr. 63
Hannover 27. 1. 1936. Hs., 2 Bl. Lohner S. 66 (Auszug).

*„Gott, der verfängliche":* Nietzsches Gedicht *An Goethe* aus den *Liedern des Prinzen Vogelfrei.*
*Julius Wolf:* Julius Wolff (1834-1910) zählt zu den sog. „Butzenscheibendichtern"; seine Verserzählung *Der Rattenfänger von Hameln* erschien 1876.

Nr. 64
Hannover 1. 2. 1936. Hs., 1 Bl. Unveröff.

*Wendela:* Benn hatte, wohl durch Vermittlung von Else C. Kraus, eine Einladung der Bremerin Wendela Hoffmann zu einem musikalischen Nachmittag erhalten. Oelze schreibt im Brief v. 3. 2. 1936: „Diese ist die Witwe des Partners der größten hiesigen Tabakfirma (Hoffmann & Leisewitz), Holländerin von Geburt, sehr reich ... Mäcenin der schönen und allzuschönen Künste . ."
*Herr Kiefer:* der Schriftsteller Ernst K. (1898-1967), der mit Titeln wie *Hanno Luthar, der Hitlerjunge*, 1933, *Mann und Weib. Grundlagen einer neuen Ethik*, 1935, und den Gedichten *Inkarnationen*, 1936, hervortrat.
*Herr Barthel:* der Lyriker, Erzähler und Essayist Ludwig Friedrich B. (1898-1962), befreundet mit R. G. Binding. „Der Krieg erfuhr in seinen Gedichten jene kultische Erhöhung, die für die konservative Dichtung typisch war. Den Nationalsozialismus besang er in überschwänglichen Hymnen, in die sich gelegentlich allerdings auch die eine oder andere unorthodoxe Formulierung mischte." (Ernst Loewy, *Literatur unterm Hakenkreuz. Das Dritte Reich und seine Dichtung*, 1966, S. 332.) Oelze bemerkt zu ihm

in seiner Antwort v. 3. 2. 1936: „der Nebenbeilyriker und Vertreter ausgeprägter grosser Ideen (anscheinend ohne Provision) ...".
Freilich kann nicht völlig ausgeschlossen werden, daß es sich um den Schriftsteller und Lyriker Dr. Ernst Barthel (1890-1953) handelt.
*Die Verse von Goethe:* Oelze hatte seinem Brief vom 29. 1. 1936 eine Abschrift des Gedichts *Wie manche liebliche Mutter zog ich nicht* (Weimarer Ausg., Bd. 53) beigelegt und Benn um sein Urteil gebeten.

Nr. 65
Hannover 6. 2. 1936. Hs., 2 Bl. Lohner S. 62 (Auszug).

*Mahadö:* Anspielung auf Goethes Ballade *Der Gott und die Bajadere.*
*beiden Damen:* die Sängerin Alice Schuster und die Pianistin Else C. Kraus, die Benn seit dem Jahre 1926 kannte; vgl. *Ausgewählte Briefe,* S. 391 und 395.
*Kolbenheyers:* das Drama erschien 1931.
*der nachatlantidischen Epoche:* Benn schreibt versehentlich „nachantlantidischen".

Nr. 66
Hannover 10. 2. 1936. Hs., 1 Bl. Unveröff.

*Confection:* vgl. Brief Nr. 44.
*„Jenseits ...":* vgl. die Nrn. 236ff. („Unsere Tugenden").
*Betthasen:* Christiane Vulpius.
*Garmisch:* die Winterolympiade 1936.
*Buddha-Gedicht: Schöner Gott;* vgl. Brief Nr. 60.

Nr. 67
Hannover 18. 2. 1936. Hs., 1 Briefkarte. Unveröff.

Nr. 68
Hannover 22. 3. 1936. Hs., 2 Bl. Unveröff.

*22. III:* von Oelze ergänzt: „36".
*Roman:* Benn benutzt den „Roman" als Mystifikation, um seine Meinung zur politischen Lage auszusprechen. Oelze hatte im Brief v. 21. 3. 1936 lediglich geschrieben: „Denken Sie, immer geht mir der Titel Ihres ungeschriebenen Buches im Kopf herum: ‚Die antinaturalistische Funktion des Geistes' ..." Dieser Plan ging dann im *Weinhaus Wolf* auf.

*Krieg:* am 7. März 1936 hatte Deutschland den Locarno-Vertrag gekündigt und die entmilitarisierte Zone des Rheinlandes besetzt.
*Anbei den Prolog:* Korrekturfahne (1 Bl.) des Gedichts *Valse triste*, das ursprünglich den Titel *Prolog* trug, mit hs. Zusatz: „Prolog zu den ‚Ausgewählten Gedichten' Be".

Nr. 69
Hannover 6. 4. 1936. Hs., 2 Bl. Unveröff.

*„Wenn es ...":* Zitat aus Benns Gedicht *Dennoch die Schwerter halten.*
*Ihre letzten Briefe:* Entzifferung nicht ganz gesichert; könnte auch „Ihre beiden Briefe" heißen.
*Mag die „Geschichte":* einen Nachtrag zu den hier formulierten Gedanken, der zugleich eine Stelle aus der Evola-Rezension aufnimmt (vgl. die Erläuterungen zu Nr. 20), hat Benn auf Oelzes Brief vom 7. 4. 1936 in äußerst flüchtiger Schrift notiert: „Die Schöpfung braucht offenbar das Leben, spielt es, taumelt dahin u. die Völker, diese armseligen Haufen, was sollen sie machen: sie machen Geschichte. Armselige Hilfskonstruktionen, um ihren Abstieg". Den Anstoß zu dieser Notiz hat ein Satz aus Oelzes Brief vom 7. 4. 1936 gegeben, in dem er auf den vorliegenden Brief von Benn antwortet: „Wie alle Übermalungen abfallen und die reine ursprüngliche Gestalt der Schöpfung plötzlich hervorleuchtet; wie leicht alles erscheint, so spielend vollbracht. Da liegen alle Fernen in einem unbegreiflich klaren Licht ⟨...⟩".
*„Ungeräte ...":* aus dem Gedicht *Kretische Vase.*
*bald wird er leuchten:* im Original fehlt das „wird".

Nr. 70
Hannover 15. 4. 1936. Hs., 2 Bl. Unveröff.

*Sieburg:* Oelze hatte im Brief v. 14. 4. 1936 geschrieben: „Bin soeben dabei ein Buch zu Ende zu lesen, Friedrich Sieburg, ‚Robespierre' ... Plötzlich, Seite 227, Zeile 8, höre ich wie in einem Traum *Ihre* Stimme, da steht wörtlich: ‚Manchmal kommt eine Stunde, da bist du – der Rest ist das Geschehen. Manchmal erstarrt die hochschlagende Flut zum Traum, manchmal rauscht es – wenn du zerbrochen bist'. Was sagen Sie?? Rönne! Es steht da nicht als Zitat, ... soll also anscheinend aussehen wie ein eigener Geistesblitz des Verfassers ... Muss man seine Anleihe bei Rönne nicht als Plagiat denunzieren?" Das Buch von S. erschien 1935; vgl. *Der Geburtstag* (II, 59).
*Sache Edinburgh:* es handelt sich um ein Schreiben der Royal

Scottish Academy, die in ihrer Galerie eine Ausstellung des Künstlers Gustav Heinrich Wolff (1886-1934) veranstaltete, auf der auch die Benn-Büste Wolffs gezeigt wurde, die heute im Museum für Kunst und Gewerbe in Hamburg steht. Zu W., der zu den ersten Illustratoren des *Ulysses* von Joyce gehörte, vgl. Agnes Holthusen, *Gustav H. Wolff. Das plastische und graphische Werk*, Hamburg, 1964. Dort findet man die Bemerkung: „1937 Auf einer Ausstellung der Kgl. Akademie in Edinburgh erscheint Wolffs Portrait von Gottfried Benn. In Deutschland werden gleichzeitig seine Werke in den öffentlichen Sammlungen beschlagnahmt und als ‚entartete Kunst' ausgestellt." (S. 25) Die Jahresangabe dürfte nach Benns Brief zu korrigieren sein.

Nr. 71
Hannover 18. 4. 1936. Hs., 2 Bl. Unveröff.

*„falsch wird"*: Oelze hatte im Brief v. 17. 4. 1936 geschrieben: „Herrn S. werde ich, da Sie es wünschen, in den nächsten Tagen schreiben. Man muss es wohl behutsam anstellen, damit er nicht falsch wird. –"

Nr. 72
Hannover 21. 4. 1936. Hs., 1 Bl. Unveröff.

*Anbei das Buch:* die erste Ausg. der *Ausgewählten Gedichte* (in Oelzes Archiv vorhanden); unter einem eingeklebten Foto (Benn in Uniform) die hs. Widmung:

„‚Der Krieger u. die Statue' –
auf seinem Helm steht:
Semper Oelze.
Benn"

Nr. 73
Hannover 8. 5. 1936. Hs., 1 Briefkarte. Unveröff.

*Der Angriff: Der Selbsterreger!:* Artikel im Schwarzen Korps vom 7. 5. 1936, den Benn dem Brief beigelegt hat. Abgedruckt in: G. B., *Lyrik und Prosa, Briefe und Dokumente. Eine Auswahl*, hrsg. v. M. Niedermayer und M. Schlüter, 1962, S. 131-134.

Nr. 74
Hannover 12. 5. 1936. Hs., 2 Bl. Unveröff.

*V. B.:* der Völkische Beobachter vom 8. 5. 1936 berichtete in einer kurzen zustimmenden Zusammenfassung von dem Angriff des Schwarzen Korps.

*Hutfabrikant:* der zweite Abschnitt im Völkischen Beobachter beginnt: „Ein anderes Beispiel ist der ‚weltanschauliche Hut', den der findige Inhaber eines Hutgeschäftes erfunden hat. Er behauptet: ‚Es ist nun einmal so, der Hut ist weit mehr als ein Kleidungsstück. Er ist der Ausdruck des Selbstbewußtseins und meist auch Bekenntnis der Weltanschauung des Trägers.'"
*Union:* vgl. den Brief Nr. 8 und Nr. 100; zu H. M. Elster vgl. außerdem J. Wulf, *Literatur und Dichtung im Dritten Reich.*

Nr. 75
Hannover 17. 5. 1936. Hs., 3 Bl. Unveröff.

*im Sinne Evolas:* vgl. Benns Evola-Essay *Sein und Werden.*

Nr. 76
Hannover 21. 5. 1936. Hs., 1 Bl. Unveröff.

*Penthesilea:* vgl. Benns Brief v. 20. 8. 1936 an Kurt Pagel, Neue Deutsche Hefte, Bd. 133 (19. Jg.), 1972, S. 49f.

Nr. 77
Hannover 26. 5. 1936. Hs., 2 Bl. Unveröff.

*Briefstelle:* Oelze hatte in seinem Schreiben v. 25. 5. 1936 folgende Stelle aus einem Brief Galsworthys an Busoni zitiert: „.. the long task which confronts us all, of expressing the utmost of commotion in forms perfect and controlled – the only indestructible art." – mit dem Zusatz: „Ich dachte sogleich an Sie."
*engl. Fragebogen:* für *Who's Who*, 1937.
*2 Briefe:* Benns Brief an den Präsidenten der Mittelmeerakademie, nicht erhalten; Brief an Dr. G. Kilpper, vgl. den nächsten Brief Benns.

Nr. 78
Hannover 26. 5. 1936. Hs., 1 Bl. Lohner S. 148 (mit dem Datum: 24. 5. 1936).

*Keyserling:* vgl. Benns Rezension *Keyserling* (IV, 264-266); Hermann Keyserlings *Buch vom persönlichen Leben* erschien 1936 in der Deutschen Verlagsanstalt in Stuttgart.
*sofort:* im Anschluß an den am selben Tag abgeschickten Brief Nr. 77, dem ein Brief über Keyserling beigelegt war; vgl. Nr. 79.
*Kilpper:* Dr. Gustav K., von 1910-1940 Leiter der Deutschen Verlagsanstalt in Stuttgart.

Nr. 79
Hannover 28. 5. 1936. Ms., 1 Bl. Unveröff.

Nr. 80
Hannover 29. 5. 1936. Ms. (vom 2. Punkt der Nachschrift an hs.), 2 Bl. Niedermayer S. 131f. (Auszug), Lohner S. 148, 257 (Auszüge).

*Busoni:* Oelze hatte im Brief v. 28. 5. 1936 geschrieben: „Übrigens gehörte Busoni zu den ‚zersetzenden', also den wahrhaft fortzeugenden Geistern. Zuletzt negierte er sogar Beethoven ... alles zerrann, in den Händen blieb ihm ein schemenhafter Dr. Faust, – wie einen Kometenschweif hinterliess er einige Compositionen, faszinierende Experimente eines Genies das sich vergebens um die alles lösende Formel bemühte ⟨...⟩".
*wichtigen Mann:* vielleicht Prof. Walter Kittel, der Benn schon bei seiner Reaktivierung behilflich war.
*über Wagner:* Oelze hatte im Brief v. 25. 5. 1936 geschrieben: „Da wo der Bürger ‚anerkennt', ist fast immer Verdacht am Platze – meistens liegt ein Missverständnis vor. Siehe Richard Wagner! Wenn sie auch nur 20 Takte des Tristan, oder die Brünhilde begleitenden Triolen des 1. Aktes der Götterdämmerung *wirklich* hören könnten: ihnen müsste das Blut stocken vor dieser Hölle von Verworfenheit."
*Pourtalès:* Oelze hatte im Brief v. 27. 5. 1936 auf seine Lektüre eines Buches von Guy de Pourtalès hingewiesen: *König Hamlet,* (Ludwig II. von Bayern).

Nr. 81
Hannover 4. 6. 1936. Hs., 1 Bl. Unveröff.

*Andeutungen:* Oelze hatte im Brief v. 29. 5. 1936 geschrieben: „Pfingsten – ein unerfreulicher Aspekt, die Massen schwärmen aus wie geflügelte Ameisen, man ist nirgends sicher vor ihrer Zudringlichkeit. Und dennoch – käme man sich nicht wie ausgestossen vor, wenn man die leichtsinnige Fahrt *nicht* unternähme?"

Nr. 82
Hannover 7. 6. 1936. Hs., 3 Bl. Unveröff.

Nr. 83
Hannover 11. 6. 1936. Ms. (Nachschrift hs.), 1 Bl. Unveröff.

*das englische Buch:* es handelt sich um Michael Fraenkels *Bastard Death. The Autobiography of an Idea,* 1936.

*Solf:* Dr. Wilhelm Heinrich S., Staatssekretär und Botschafter a. D., deutscher Botschafter in Tokio in den zwanziger Jahren, Gouverneur in Samoa; besaß eine große Sammlung von Kunstschätzen, u. a. japanische Holzschnitte, die nach seinem Tode (1935) von Hauswedell (Hamburg) versteigert wurden (1936). S. hatte viele Beziehungen nach Bremen, u. a. zu dem Architekten Roselius.

Nr. 84
Hannover 16. 6. 1936. Hs., 1 Bl. Unveröff.

Nr. 85
Hannover 2. 7. 1936. Ms. (bis: „den Keyserling haben Sie auch noch nicht", danach hs.), 1 Bl. Merkur S. 447f. (Auszug).

*Wiechert:* um welches Buch es sich handelt, geht aus Oelzes Briefen nicht hervor; 1936 erschienen Wiecherts Autobiographie *Wälder und Menschen* und der Roman *Das heilige Jahr.*
*Joyce:* Eugen Jolas, der die in Paris erscheinende Zeitschrift transition herausgab und zum Kreis um James J. gehörte, hatte auch Beiträge Benns veröffentlicht. Über Benns Beziehungen zu diesem Kreis und zu der Zeitschrift hat Käthe v. Porada berichtet. (In: G. B., *Den Traum alleine tragen*, S. 115-148)
*Hellenen Klamauks:* die Sommerolympiade 1936 in Berlin; Oelze hatte im Brief v. 1. 7. 1936 geschrieben: „auf den Strassen beginnt es schon zu lärmen, die Edelgestalten mit den 5 bunten Ringen am Rockaufschlag, in Wahrheit das krumme Gef... diverser europäischer und amerikanischer Provenienzen, die das durch 2 Jahrtausende geheiligte griechische Wort mit ihrem Getue und Geschwätz zu schänden sich anschicken."

Nr. 86
Hannover 12. 7. 1936. Hs., 4 Bl. Unveröff.

*Hamsun:* Oelze hatte seinem Brief vom 11. 7. 1936 einen Zeitungsausschnitt mit einer kleinen Erzählung Hamsuns (*Mein Skysspferd*) beigelegt.
*Schreiberin:* die im vorigen Brief erwähnte Oxforder Bekannte.

Nr. 87
Hannover 24. 7. 1936 (Poststempel). Hs., *Wer allein ist* auf einer Ansichtskarte: Le Lot Pittoresque – Roc-Amadour. – La Ville et le Château; *Leben – niederer Wahn* auf einer Ansichtskarte: Saint-Gilles-du-Gard – Le Portail de l'Eglise (XII^e siècle).

Nr. 88
Hannover 28. 7. 1936. Hs. (die Gedichte ms.), 2 Bl. Unveröff.

Nr. 89
Hannover 30. 7. 1936. Hs., 1 Bl. Unveröff.

*sensationelle Nachricht:* im Brief v. 29. 7. 1936 hatte Oelze geschrieben: „Aus Bremen: mein Haus Hartwigstrasse vorgestern verkauft, ich will es nicht mehr wiedersehen ⟨...⟩".
*Admiral:* im gleichen Brief heißt es: „Berlin: mein Projekt vorläufig begraben, der Leiter (ehemaliger Admiral) eines Amtes, der mich zum 1. August auf einen ganz einflussreichen Posten setzen wollte, ist über Nacht ein Opfer der Gestapo geworden (angeblich abfällige Aeusserung über eine Führerrede)."

Nr. 90
Malente – Gremsmühlen 9. 8. 1936. Hs., 4 Bl. Unveröff.

*hier:* Malente – Gremsmühlen in der Holsteinischen Schweiz.
*Lahusen:* vgl. die Anm. zum Brief Nr. 107.
*Gurlitt:* der mit Oelze befreundete Dirigent und Komponist Manfred G. (1890-1972), der von 1914-1924 als Kapellmeister in Bremen wirkte.
*früherer Aufsatz:* am Ende des Essays *Pessimismus* (I, 360).

Nr. 91
Malente – Gremsmühlen 13. 8. 1936. Hs., 2 Bl. Lohner S. 71 (Auszug).

*2 Zeitungen:* ein gewisser Frank in der NSZ-Rheinfront v. 23. 5. 1936 u. d. T. *Literatur, die wir ablehnen.* Der zweite Artikel war nicht zu ermitteln.
*Stell. d. F.:* Rudolf Heß; dieser Brief ist von Karl Pagel in den Neuen Deutschen Heften, Bd. 133 (19. Jg.), 1972, S. 47f., veröffentlicht worden. Es heißt dort u. a.: „Die von Ihnen herausgebrachte Gedichtsammlung ... darf auf keinen Fall unter Bezugnahme auf den Nationalsozialismus vertrieben werden ... Man fragt sich beim Durchlesen der Schrift, wie denn der Verleger es eigentlich rechtfertigen will, daß er so völlig überholte Arbeiten heute, im Jahre 1936, glaubt herausbringen zu können. Glaubt er wirklich im Ernst, einen Beitrag zur deutschen Kultur geleistet zu haben? ..."

Nr. 92
Malente – Gremsmühlen 14. 8. 1936. Hs., 1 Bl. Lohner S. 71 (Auszug).

*„Leid ...“:* dieses Zitat entstammt einem Buch in Benns Bibliothek: N. Berdjajew, *Die Weltanschuung Dostojevskijs*, 1925, S. 40.

Nr. 93
Malente - Gremsmühlen 15. 8. 1936. Hs., 1 Ansichtskarte: Malente - Gremsmühlen, Kurhotel Louisenhöhe. Lohner S. 72 (Auszug).

*Dies die Vorderseite ... gartenreich:* als Erklärung auf der Bildseite, der Text des Gedichts auf der Rückseite.

Nr. 94
Hannover 18. 8. 1936. Hs., 1 Bl. Unveröff.

*„Niemand ...“:* das Zitat aus dem Gedicht *Spät im Jahre* – lautet: „Keiner trug an deinen Losen ...“.

Nr. 95
Hannover 1. 9. 1936. Hs., 4 Ansichtskarten: Terrasse am Steinhuder Meer; Das „Römische Haus“ im Park von Weimar; Wendische Bäuerinnen in Kottbus; Malente-Gremsmühlen. Unveröff.

*Aufruf:* es handelt sich vermutlich um den Republikaner Eduardo Ortega y Gasset, der einen Aufruf der Regierung Giral unterzeichnete, die am 4. September 1936 zurücktrat.

Nr. 96
Hannover 2. 9. 1936 (Poststempel). Hs., 1 Bl. Unveröff.

Nr. 97
Hannover 4. 9. 1936 (Poststempel). Hs., 1 Briefkarte. Unveröff.

Nr. 98
Hannover 10. 9. 1936 (Poststempel). Hs., 3 Bl. Unveröff.

*meiner gedenkt:* es handelt sich um einen Bremer Zeitungsartikel über Benn.
*Österreich:* gemeint ist der deutsch-österreichische Vertrag vom 11. 7. 1936, der die Beziehungen normalisieren sollte und den Verzicht auf Einmischung in die inneren Verhältnisse des anderen Landes enthielt. Das Neue Wiener Journal erschien seit 1893.

*Nürnberg:* Hitler hatte dort am 9. 9. 1936 den zweiten Vierjahresplan verkündet.
*Menke & Co:* Oelze antwortet am 11. 9. 1936: „Menke & Co. ist keine Bank; war einst eine bedeutende Importfirma ...".

Nr. 99
Hannover 12. 9. 1936. Hs., 1 Bl. Unveröff.

Nr. 100
Hannover 16. 9. 1936. Hs., 3 Bl. Lohner S. 45 (Auszug).

*D. kl. St.:* der Roman *Die kleine Stadt* von Heinrich Mann.
*„Göttinnen":* Oelze hatte nach diesem Roman von H. Mann gefragt.
*Häcklingen:* Landbesitz Oelzes bei Lüneburg.
*R. Schlösser:* ab Oktober 1933 Reichsdramaturg, Ministerialdirigent und Leiter der Abteilung XII, Theater, im Reichsministerium für Volksaufklärung und Propaganda.
*Herr Deubel:* der Schriftsteller Werner D. hatte Benn in einem Brief an die Zeitschrift Wille zum Reich als „Juden" denunziert; vgl. zu Benns Reaktion die Neuen Deutschen Hefte, Bd. 133 (19. Jg.), 1972, S. 30ff., 60f.
*langen Aufsatz:* nicht zu ermitteln.
*S.A. Mann:* in dieser Zeitschrift erschien am 29. 8. 1936 (Folge 35, S. 9) ein Artikel *Vom Aufbruch zum Durchbruch. Neue Zielsetzungen und Wertungen in der Deutschen Kunst des Dritten Reiches* von Walter Hansen. In dem Artikel, der gegen die expressionistische Bildende Kunst gerichtet ist, wird Benn nach dem Zitat des Gedichtes *Jungfrau* von Lothar Schreyer folgendermaßen erwähnt: „Nach solchen widerwärtigen Gedichtproben, die mit den übelsten Schmierereien eines Gottfried Benn, Kurt Tucholsky, Ernst Toller u. a. auf gleicher Stufe stehen, versteht man wohl unsere Bemühungen, das nationalsozialistische Kulturleben von derartigen oberflächlich gleichgeschalteten Elementen gründlich zu säubern."

Nr. 101
Hannover 29. 9. 1936. Hs., 2 Bl. Unveröff.

*„Am offenen Meer":* der Roman erschien 1889, dt. 1890.

Nr. 102
Hannover 2. 10. 1936 (Poststempel). Hs., 1 Bl. Unveröff.

*Erkenne die Lage:* diese Maximen sind dann in den *Ptolemäer* eingegangen (II, 232).

*Spinoza:* ein Satz aus Spinozas Briefen, den Benn vielleicht durch Hegel kennenlernte, der ihn in seinen *Vorlesungen über die Geschichte der Philosophie* zitiert (Jubiläumsausgabe, Bd. 19, 1941, S. 374, 376). In: Spinoza, *Opera,* Im Auftrag der Heidelberger Akademie der Wissenschaften hrsg. v. Carl Gebhardt. 4 Bde., Heidelberg o. J., Bd. IV, S. 240; vgl. II, 92.

Nr. 103
Hannover 15. 10. 1936 (Poststempel). Hs., 1 Bl. Lohner S. 72, 257 (Auszüge).

*um ein großer Schriftsteller zu werden:* vgl. II, 134.
*Referent:* vgl. Benns Brief vom 15. 10. 1936 an Tilly Wedekind, in dem von einem Herrn „Z." die Rede ist; in: G. B., *Den Traum alleine tragen,* 1966, S. 100. Demnach müßte es sich um Dr. Kurt Zierold handeln, der im Reichsministerium für Wissenschaft, Erziehung u. Volksbildung der Referent für Literatur war.
*Hanfstängl:* Eberhard Hanfstaengl wurde im Herbst 1933 zum Direktor der Berliner Nationalgalerie bestellt, 1937 abgelöst.
*Binding:* zu seinem Verhalten im Dritten Reich vgl. J. Wulf, *Literatur u. Dichtung im Dritten Reich,* S. 89ff. 1933 hatte B. sich mit seinem offenen Brief *Antwort eines Deutschen an die Welt,* der an Romain Rolland gerichtet war, zum Dritten Reich bekannt, rückte danach aber von der nationalsozialistischen Kulturpolitik ab. Er lebte mit der Jüdin Elisabeth Jungmann zusammen.
*entfernt werden:* dazu genauer Steinhagen, S. 40ff.
*Th. M.:* die Ausbürgerung Thomas Manns erfolgte im Dezember 1936.

Nr. 104
Hannover 26. 10. 1936. Hs., 1 Bl. Lohner S. 149 (Auszug).

*Sauckel:* Fritz S. war seit 1933 Reichsstatthalter in Thüringen.

Nr. 105
Hannover 1. 11. 1936. Hs., 2 Bl. Lohner S. 62, 73 (Auszüge).

*kleinen Bruder:* Siegfried Benn.
*„Höhe 317":* Anspielung auf Benns Gedicht *In memoriam Höhe 317.*
*J.:* Johst.
*deutsche Buchwoche:* die „Woche des deutschen Buches" fand seit 1934 jährlich statt.
*„Spät ...":* es wurde doch in die 2. Ausg. der *Ausgewählten Gedichte* aufgenommen.

*Faulkner:* der Roman *Wendemarke* erschien 1936; vgl. Benns Brief v. 4. 4. 1937 an E. Büller-Klinkowström, in: *Den Traum alleine tragen*, S. 197.
*Vierjahresplan:* am 18. Oktober 1936 war Göring mit der Durchführung des der Aufrüstung dienenden Vierjahresplans beauftragt worden.

Nr. 106
Hannover 8. 11. 1936. Ms. (Schlußsatz hs.), 1 Bl. Unveröff.

*„süsse Gewohnheit“:* es handelt sich um ein Wort Egmonts aus dem V. Aufzug, Gefängnis: „Süßes Leben! schöne, freundliche Gewohnheit des Daseins und Wirkens! von dir soll ich scheiden!“

Nr. 107
Hannover 11. 11. 1936. Hs., 1 Bl. Unveröff.

*Lahusen:* Oelze hatte im Brief v. 10. 11. 1936 geschrieben: „Heute Vormittag hatte ich auf der Friedrichstrasse eine erschreckende Begegnung: ich traf meinen Jugendfreund Carl Lahusen, dermalen Gen.-Direktor der Nordwolle, Herr über 15 000 Arbeiter, Besitzer von 5 Gütern und des schönsten Hauses das ich kannte und der schönsten Frau, – vor ein paar Monaten ist er vorzeitig aus dem Gefängnis entlassen worden, er sah alt und gemein aus, abgetreten, mit einer Aktentasche wie ein Vertreter; wollte mich übersehen, aber ich gab ihm die Hand, wir wechselten ein paar nichtssagende Worte – dann ging er weiter.“
*Der fürchte . . .:* aus dem *Parzenlied* der *Iphigenie*.
*Balzac:* diese Sätze tauchen dann in den Essays *Kunst und Drittes Reich* (I, 307) und *Franzosen* (I, 329) wieder auf.

Nr. 108
Hannover 16. 11. 1936. Hs., 1 Briefkarte. Niedermayer S. 132 (Auszug).

*Ihr Brief:* die Passage im Brief vom 15. 11. 1936 lautet: „Am 7. IV. 1806 schrieb Goethe in sein Tagebuch, der Streit zwischen dem Kutscher und dem Bedienten auf dem Bock seines Wagens habe ihn mehr in Leidenschaft versetzt als der Untergang des Deutschen Reiches.
Ach, können wir uns anmassen, an dieser höchsten Entfaltung menschlicher Möglichkeiten, welche Seinen Namen trägt, nicht immer aufs Neue uns zu orientieren! Wenn es nichts mehr gibt, schlagen wir ihn auf, und das elendeste Dasein empfängt tröstenden

Sinn – nicht aus einem mystischen Jenseits, sondern aus dem Gesetz dem keiner entrinnt, das für jeden gleich ist, ob sein Name über die Jahrtausende tönt oder ob er namenlos verweht."
*Céline:* im selben Brief hatte Oelze geschrieben: „Ein Berliner Sonntagvormittag: das ist wie Céline es beschrieben hat, mit diesen furchtbaren menschlichen Lauten aus Fenstern, die in den Hof gehen. Und darüber schwingen Glocken. . Nein, es geht nicht. –"

Nr. 109
Hannover 29. 11. 1936. Hs., 1 Bl. Unveröff.

*K.:* Kopenhagen.
*„grossen Schlacht":* Anspielung auf Spenglers *Jahre der Entscheidung. Deutschland und die weltgeschichtliche Entwicklung*, 1933.

Nr. 110
Hannover 6. 12. 1936. Hs., 1 Bl. Unveröff.

*Sansaras Rad:* vgl. *Weinhaus Wolf* (II, 130); Sansara (Sanskrit „das Umherwandern") ist ein Vergänglichkeits- und Unendlichkeitssymbol der indischen Philosophie.
*wer es uns sagte:* Goethe in seinem Gedicht *Unbegrenzt* aus dem *Westöstlichen Divan.*

Nr. 111
Hannover 18. 12. 1936. Hs., 1 Briefkarte. Unveröff.

*den gereinigten Gedichtband:* die *Ausgewählten Gedichte* in der 2., veränd. Ausg.; von Benn ohne Begleitbrief geschickt, in Oelzes Archiv vorhanden; hs. Widmung:

„2. V. 1886. - 2. V. 1936.
Davon die letzten Jahre in einer mich beschenkenden Freundschaft mit Ihnen verbracht. Dafür Gruss und Dank, und
ein Gedicht über das, was oft in unseren Briefen stand!
Herrn F. W. Oelze.
Gottfried Benn."

Ob das in der Widmung erwähnte Gedicht dem Buch beigefügt war, ist nicht mehr festzustellen. Der Hinweis könnte sich jedoch auch auf das Gedicht *Die weißen Segel* beziehen, das Benn in den *Ausgewählten Gedichten* (S. 85f.) Oelze gewidmet hat.
*Wolf:* Weinhaus Wolf in Hannover.
*Villa Luise:* vgl. Brief Nr. 57.

Nr. 112
Hannover 27. 12. 1936. Hs., 1 Briefkarte. Unveröff.

Nr. 113
Hannover 5. 1. 1937. Hs., 1 Ansichtskarte: Les Hautes-Pyrénées, Lourdes, La Grotte de la Basilique. Unveröff.

Nr. 114
Hannover 10. 1. 1937. Hs., 1 Bl. Lohner S. 258f. (Auszug).

*„Niels Lyhne“:* Benn war auf diese Stelle des Romans von J. P. Jacobsen schon in seinem frühen *Gespräch* eingegangen (IV, 179 bis 187).

Nr. 115
Hannover 25. 1. 1937. Hs., 1 Bl. Unveröff.

*H. M.:* um welche antifaschistische Schrift Heinrich Manns es sich handelt, ist nicht genau zu ermitteln; vermutlich handelt es sich um seinen Essayband *Es kommt der Tag. Deutsches Lesebuch*, Zürich, 1936, möglicherweise auch um die von H. Mann hrsg. Schrift des Aktionsausschusses deutscher Oppositioneller *Deutsche, Hitler verkauft euch!*; vgl. auch Manns Essayband *Verteidigung der Kultur. Antifaschistische Streitschriften und Essays*, Hamburg 1960.

Nr. 116
Hannover 7. 2. 1937. Hs., 1 Bl. Unveröff.

*„Die Du verlassen“:* aus Benns Gedicht *Wie lange noch;* vgl. das Faksimile der Widmung in: *G. B. Eine Auswahl. Lyrik und Prosa, Briefe und Dokumente*, hrsg. v. M. Niedermayer u. M. Schlüter, S. 139.
*mich selbst:* in der Figur des Pelz.

Nr. 117
Hannover 5. 3. 1937. Hs., 3 Bl. Merkur S. 448f.

*„Antiklages“:* vgl. dazu Benns Brief an Max Bense v. 21. 3. 1937 in: G. B., *Ausgewählte Briefe*, S. 77f.
Die im Widerstands-Verlag von Ernst Niekisch erschienene Streitschrift wurde lebhaft diskutiert und rief den Unwillen insbesondere der Nationalsozialisten hervor.
*jap. Zeitschrift:* im Dezember 1936 erschienen in der Architekturzeitschrift Kentiku Sekai, Bd. 30, Nr. 12, S. 40-42 ein Bild von

Benn und kurze Rezensionen seiner drei Bücher *Nach dem Nihilismus*, 1932, *Der neue Staat und die Intellektuellen*, 1933 und *Kunst und Macht*, 1934.
*Darré:* Richard Walther D. war ab 1933 Reichsbauernführer und Reichsminister für Ernährung und Landwirtschaft; ein Vertreter der NS-Blut-und-Boden-Anschauung; vgl. J. Wulf, *Literatur und Dichtung im Dritten Reich*, S. 122.
*„Du hättest singen":* vgl. Nietzsches *Also sprach Zarathustra*, den Abschnitt „Von der großen Sehnsucht" im Dritten Teil, und seinen *Versuch einer Selbstkritik, Vorrede zur Geburt der Tragödie* von 1886: „Sie hätte *singen* sollen, diese ‚neue Seele' – und nicht reden!"; vgl. I, 312.
*„sterben mit Schmach":* die erste Strophe von Hölderlins Ode *Abschied* lautet:

Wenn ich sterbe mit Schmach, wenn an den Frechen nicht
Meine Seele sich rächt, wenn ich hinunter bin,
Von des Genius Feinden
Überwunden, ins feige Grab,
. . . . . . . . . . . . . . . . . ; vgl. I, 309.

Nr. 118
Hannover 10. 3. 1937. Hs., 2 Bl. Unveröff.

*„Der Schwanendreher":* Konzert für Bratsche und kleines Orchester, das 1935 entstand.
*flämische Essayist:* es handelt sich um den Lyriker und Essayisten Urbain Van de Voorde (1893-1966) und sein Buch *Het pact van Faustus* (1936). R. Herreman dokumentierte den Plagiatsfall im März 1937 ausführlich in den niederländischen Zeitungen. Die Anleihen bei Benn betreffen dessen Essay *Fazit der Perspektiven.*
*Montesquieu:* das 14. Kapitel von M.s *Betrachtungen über die Ursachen der Größe der Römer und deren Verfall* in der Reclam-Ausgabe schildert die Tyrannei des Tiberius, die Benn offensichtlich auf die Zustände im Dritten Reich bezog. Der „Satz über Sulla" steht im 11. Kapitel: „Er drang mit bewaffneter Hand in Rom ein und lehrte die römischen Feldherrn das Asyl der Freiheit verletzen." Das 12. Kapitel handelt „Über die Lage Roms nach dem Tode Cäsars".

Nr. 119
Hannover 21. 3. 1937. Hs., 1 Bl. Lohner S. 259f. (Auszug).

Nr. 120
Hannover 30. 3. 1937 (Poststempel). Ms., 1 Bl.

*Die Gefährten:* das Gedicht weicht im 2. Vers der 4. Strophe und im 2. Vers der 5. Strophe leicht von der Endfassung ab.

Nr. 121
Hannover 9. 4. 1937 (Poststempel). Hs., 1 Bl. Lohner S. 150 (Auszug).

*Wolfe:* es handelt sich um den Novellenband *Vom Tod zum Morgen,* dt. Berlin, 1937, und um Benns kleines Prosastück darüber *(Thomas Wolfe,* IV, 266f.).
*Marie Diers:* Schriftstellerin (1867-1952), schrieb zahlreiche Romane und Erzählungen.

Nr. 122
Hannover 26. 4. 1937. Hs., 1 Bl. Lohner S. 115 (Auszug).

*arbeite ich privat:* am *Weinhaus Wolf.*
*Krönung:* König Georgs VI. (1936-1952).
*Exposition:* Weltausstellung in Paris.

Nr. 123
Hannover 14. 5. 1937. Hs., 1 Postkarte. Unveröff.

Nr. 124
Hannover 30. 5. 1937. Hs., 2 Bl. Lohner S. 261 (Auszug).

*Michelangelo:* vgl. *Doppelleben* (IV, 165); eine frühere Stelle ist nicht nachweisbar.
*Schlagerlied:* vgl. I, 518.
*„Du stehst . . .“:* in *Weinhaus Wolf* (II, 140).
*Th. M.:* es könnte sich um den 1937 in Zürich veröffentlichten *Briefwechsel* mit dem Dekan der philosophischen Fakultät Bonn anläßlich der Streichung Th. Manns aus der Liste der Ehrendoktoren handeln.

Nr. 125
Hannover 31. 5. 1937. Hs., 1 Bl. Unveröff.

*Beschiessung:* am 31. 5. 1937 bombardierten fünf deutsche Kriegsschiffe die südspanische Stadt Almería als „Vergeltungsmaßnahme“ für den Bombenangriff der spanischen republikanischen Luftwaffe auf Ibiza, bei dem der deutsche Kreuzer *Deutschland* schwer getroffen wurde.

*Serajewo:* das tödliche Attentat auf den österreichischen Erzherzog Franz Ferdinand, das zum Ausbruch des Ersten Weltkriegs führte.

Nr. 126
Hannover 20. 6. 1937. Hs., 1. Bl. Lohner S. 115 (Auszug).

Nr. 127
Hannover 27. 6. 1937. Hs., 1 Bl. Unveröff.

*III. A. K.:* 3. Armeekorps.

Nr. 128
Berlin 15. 10. 1937. Hs., 1 Bl. Unveröff.

*Ihr Brief ist richtig bei mir eingetroffen:* zwischen diesem Brief und dem vorigen liegt eine Pause von mehr als drei Monaten. Ob Benn in einem (nicht mehr vorhandenen) Brief eine Anschrift in Berlin mitgeteilt hat, unter der Oelzes Brief ihn erreichen konnte, ist nicht festzustellen.

Nr. 129
Berlin 15. 11. 1937. Hs., 1 Bl. Merkur S. 449f.

*zoon politikon:* vgl. Benns *Berliner Brief* (IV, 281f.).
*Feiner Plato:* könnte auch „Ferner Plato" heißen.
*Nietzsches „geheimnisvolle ...":* der Schlußsatz von Nietzsches *Vorrede* zu *Der griechische Staat* lautet: „Diese mehr äußerliche und beinahe zufällige Lücke darf uns nicht hindern, in der Gesamtkonzeption des platonischen Staates die wunderbar große Hieroglyphe einer tiefsinnigen und ewig zu deutenden *Geheimlehre vom Zusammenhang zwischen Staat und Genius* zu erkennen ..."; vgl. II, 190.
*Ihre Zusendung:* Oelze hatte Benn mit dem Brief v. 17. 10. 1937 eine 1936 erschienene Nietzsche-Broschüre geschickt: „Zweck der Veröffentlichung mir nicht ganz klar, (da N. ja ‚Vorkämpfer' ist) – immerhin aber sehr fesselnd, hier in komprimierter Form seine Äusserungen zu sehr aktuellen deutschen Fragen zu finden."
*Streicherschen Wertfächer:* Julius S. war Herausgeber der berüchtigten antisemitischen Hetzzeitschrift Der Stürmer; 1933 ernannte ihn Hitler zum Leiter des „Zentralkomitees zur Abwehr der jüdischen Greuel- und Boykott-Hetze".
*Bäumler:* Alfred B. war Professor für Philosophie und Pädagogik, seit 1933 für politische Pädagogik in Berlin und Amtsleiter des Amtes Wissenschaft beim „Beauftragten des Führers für die Überwachung der geistigen Schulung und Erziehung der NSDAP".

*Trompeter:* gemeint ist das Versepos von Josef Victor v. Scheffel.
*Julius Wolf:* vgl. Kommentar zum Brief Nr. 63.
*Monisten:* die Anhänger Ernst Haeckels gründeten 1906 den „Deutschen Monistenbund". Der § 1 der Satzungen lautete: „Der Deutsche Monistenbund will für eine einheitliche, auf Naturerkenntnis gegründete Welt- und Lebensanschauung wirken, ihre Anhänger sammeln und in Verbindung setzen."
*Flottenvereinler:* der „Deutsche Flottenverein" wurde 1898 gegründet; er sollte, im Einklang mit der Politik von Tirpitz', für den Gedanken und die Einrichtung einer starken deutschen Seemacht werben.

Nr. 130
Berlin 29. 12. 1937. Hs., 1 Bl. Unveröff.

*Buch:* möglicherweise von Rudolf Borchardt, von dem 1937 der Roman *Vereinigung durch den Feind hindurch* und die Erzählungen *Der unwürdige Liebhaber* erschienen. Mit einer ähnlichen Wendung gedenkt Benn im Brief Nr. 286 des Todes von R. B.
*„Regels":* scherzhafter Ausdruck für „Konventionen"; vgl. Brief Nr. 133.

Nr. 131
Berlin 31. 12. 1937. Hs., 1 Bl. Lohner S. 76 (Auszug).

Nr. 132
Berlin 21. 1. 1938 (Poststempel). Gedruckte Anzeige.

Nr. 133
Berlin 23. 1. 1938. Hs., 1 Bl. Unveröff.

*Anzeige:* die Hochzeitsanzeige vom Januar 1938.

Nr. 134
Berlin 26. 2. 1938. Hs., 7 Bl. Unveröff.

*R.:* nach Oelzes Auflösung der Abkürzung Raschke, also wohl Martin R., der häufig und positiv über Benn schrieb.
*„Weinhaus Wolf":* vgl. II, 147ff.
*Auf der Brücke ...:* Nietzsches Gedicht *Venedig* aus dem *Ecce Homo* beginnt mit dem Vers „An der Brücke stand ...".
*Ranke:* der bedeutende Historiker (1795-1886), der 1865 geadelt wurde.

*Wilamowitz-Möllendorf:* der klassische Philologe Ulrich v. Wilamowitz-Moellendorff (1848-1931).

Nr. 135
Berlin 28. 2. 1938. Hs., 4 Bl. Lohner S. 261 f. (Auszug).

*Makartbuketts:* Hans Makart (1840-1884), österreichischer Maler, berühmt durch seine neubarocken, üppig-dekorativen Bilder.

Nr. 136
Berlin 20. 3. 1938. Hs., 4 Bl. Unveröff.

*Eichendorff-Gedicht:* nach den zitierten Adjektiven müßte es sich um das Gedicht *In Buddes Stammbuch* handeln; „farbig" steht bei Benn wohl versehentlich für „duftig". Die Anfangszeile lautet: „Es ist ein innig Ringen, Blühn und Sprossen ...".

Nr. 137
Berlin 26. 3. 1938. Ms., 1 Bl. Veröff. in *Doppelleben* (IV, 103f.). Hs. Zusätze: Datum („26. III. 38 Be.") und die drei Schlußzeilen.

*Ihde:* Wilhelm I. war Geschäftsführer der Reichsschrifttumskammer; vgl. J. Wulf, *Literatur und Dichtung im Dritten Reich,* S. 184ff.
*„wenn ich sterbe ...":* Hölderlin-Zitat; vgl. den Brief Nr. 117.

Nr. 138
Berlin 1. 4. 1938. Hs. auf einem Korrekturabzug der Einführung zu: Georges Barbarin, *Der Tod als Freund.* Das Buch ist ohne Benns Einführung erschienen (vgl. IV, 359-363).

Nr. 139
Berlin 12. 4. 1938. Hs., 1 Bl. Unveröff.

*Ein tröstliches Gedicht:* Benns Hinweise lassen vermuten, daß es sich um Goethes Divangedicht *Wanderers Gemütsruhe* handelt.
*Affäre:* der Ausschluß aus der Reichsschrifttumskammer.
*„Dennoch die ...":* Zitat aus dem gleichnamigen Gedicht Benns.

Nr. 140
Berlin 24. 4. 1938. Hs., 6 Bl. Lohner S. 262f. (Auszug).

⟨...⟩: auf Wunsch von Frau Dr. Ilse Benn ist hier aus persönlichen Rücksichten ein Satz ausgelassen worden.
*Generalfeldmarschall:* über die „Mystifikation", daß Göring in der

Folge von Benns Ausschluß aus der Reichsschrifttumskammer ein Ehrengerichtsverfahren gegen ihn eingeleitet habe, berichtet Benn im *Doppelleben* (IV, 103ff.).
*nicht von Bedeutung:* das „von“ fehlt im Original (von Oelze mit Fragezeichen ergänzt).
*bis zu einer gewissen Grenze:* „Grenze“ fehlt im Original (von Oelze mit Fragezeichen ergänzt).
*„Das Haus ...“:* es handelt sich um das Buch von Stephen H. Roberts, *The House that Hitler built*, London 1937. Es erschien dt. im Querido-Verlag, Amsterdam, 1938.

Nr. 141
Berlin 11. 5. 1938. Hs., 1 Bl. Unveröff.

Nr. 142
Berlin 17. 5. 1938. Ms. (Grußformel hs.), 1 Bl. Lohner S. 115f. (Auszug).

*Schreibmaschinenexemplar:* vgl. die Erläuterungen zum folgenden Brief.

Nr. 143
Berlin 19. 5. 1938. Hs., 1 Bl. Beilage (Typoskript von *Weinhaus Wolf*). Unveröff.

– *anbei:* das im vorigen Brief erwähnte Typoskript vom *Weinhaus Wolf;* es befindet sich in Oelzes Archiv (13 Bl. mit einigen hs. Korrekturen von Benn, gebunden, signiert und datiert: „G. B. 17 / 5 / 38“). Später hat Oelze davon eine Abschrift für Benn herstellen lassen; vgl. Briefe Nr. 258, 259, 262.

Nr. 144
Berlin 29. 5. 1938. Hs., 1 Bl. Unveröff.

*Düsseldorfer Festwoche:* es handelt sich um die „Reichsmusiktage“, die am 24. Mai 1938 eröffnet und von einer Ausstellung „Entartete Musik“ begleitet wurden. Dazu der Völkische Beobachter v. 26. 5. 1938, Nr. 146, S. 5: „Die von dem Generalintendanten Staatsrat Dr. Hans Severus Ziegler und dem Weimarer Generalmusikdirektor Paul Sixt zusammengestellte Ausstellung wurde von Dr. Ziegler in seiner Eröffnungsrede als das ‚Abbild eines wahrhaftigen Hexensabbats und des frivolsten geistig-künstlerischen Kulturbolschewismus‘ bezeichnet. ... Dann ging der Redner auf die Hauptvertreter der musikalischen Entartung ein, um sie an Hand von zeitgenössischen Berichten jüdischer Literaten zu charakterisieren. Er bekannte sich mit einer Reihe führender musikalischer Fachmänner und Kulturpolitiker zu der Anschauung, daß die Atonalität als Ergebnis der Zerstörung der Tonalität Entartung und Kunstbolschewismus bedeute. Da die Atonalität obendrein ihre Grundlage in der Harmonielehre des Juden Arnold Schönberg habe, so erkläre er sie für das Produkt jüdischen Geistes."

Nr. 145
Berlin 29. 6. 1938. Hs., 6 Bl. Lohner S. 116 (Auszug).

*Um 16.h.:* das „h" von Oelze eingefügt.
*nahm sie sich das Leben:* die Schauspielerin Lily Breda; vgl. Benns Brief v. 24. 2. 1929 an Gertrud Zenzes (*Ausgew. Briefe*, S. 31f.).
*politischen Gründen:* es handelt sich vermutlich um Carola Neher, die in erster Ehe mit dem Dichter Klabund verheiratet war. Sie ist in einem russischen Arbeitslager interniert und dort, weil sie sich weigerte, als Agentin nach Deutschland zu gehen, am 28. Juni 1942 als angebliche Spionin erschossen worden.
*mort douce:* Anspielung auf G. Barbarins Buch *Der Tod als Freund*, zu dem Benn 1938 eine nicht mehr veröffentlichte Einleitung schrieb (IV, 359ff.).
*erste Frau:* Edith Osterloh.
*Druckfehler:* dieser Druckfehler ist in Oelzes Archiv-Exemplar nicht vermerkt und daher bis in die heutigen Ausgaben nicht verbessert worden (II, 151).

Nr. 146
Berlin 6. 7. 1938. Hs., 6 Bl. Unveröff.

*„Entfremdung der Wahrnehmungswelt":* vgl. *Epilog und Lyrisches Ich* (IV, 9).
*Fruchtmarkt in Triest:* vgl. II, 275.
*Seneca:* das Zitat steht im 8. der *Briefe an Lucilius* und lautet vollständig: „Ich habe mich nicht nur von den Menschen zurückgezogen, sondern auch von den Dingen und vor allen von meinen eigenen."
*Moritatenleichen:* nicht ganz gesichert, ob es „-leichen" heißt.
*neuen Chefs:* Anspielung auf die Ersetzung Blombergs und v. Fritschs durch v. Brauchitsch und Keitel als Oberbefehlshaber des Heeres und Chef des Oberkommandos der Wehrmacht im Februar 1938. Vermutlich ist Keitel gemeint.

Nr. 147
Berlin 24. 7. 1938. Hs., 1 Bl. Unveröff.

*verflogene Laute:* nach der Antwort Oelzes v. 27. 7. 1938 hatte Benn ihm Briefe gesandt, in denen u. a. zum Thema „Der Arzt als Dichter und Philosoph" neben Benn auch Carossa genannt wurde.
*damit man sie:* man fehlt im Original.
*Er:* der Krieg, wegen Hitlers Absicht, die Tschechoslowakei zu annektieren.
*L u P:* London und Paris.

Nr. 148
Berlin 7. 8. 1938. Hs., 1 Bl. Lohner S. 23, 31 (Auszüge).

*„-meerisch lagernde Stunde . ."*: Zitat aus Benns Gedicht *Die Dänin.*
*Frau Br.:* vermutlich Frau Breysig, die Frau des Berliner Historikers Kurt B., von der Benn später sagt, daß sie zu seinem „Kreis" gehöre; vgl. Brief Nr. 180.
*„Da geschah . ."*: Zitat aus der Rönneprosa *Der Geburtstag* (II, 59).
*Lord Jim:* Oelze hatte im Brief v. 27. 7. 1938 über die Lektüre des Romans von Joseph Conrad berichtet.
*„Herz der Finsternis"*: eine Erzählung Conrads, die 1933 dt. erschien.
*„Freya u. . ."*: die Erzählung *Freya von den sieben Inseln* erschien dt. 1929.

Nr. 149
Berlin 25. 9. 1938. Hs., 1 Bl. Unveröff.

*Krieg:* nachdem Hitler das Treffen mit dem englischen Premierminister am 22./23. 9. 1936 in Godesberg über die tschechoslowakische Frage hatte scheitern lassen, drohte er in seiner Rede vom 26. 9. mit Krieg.

Nr. 150
Berlin 30. 9. 1938. Hs., 1 Bl. Unveröff.

Nr. 151
Berlin 2. 10. 1938. Hs., 1 Bl. Unveröff.

*Augenblick:* gemeint ist die Münchner Konferenz v. 29./30. 9. zwischen Hitler, Mussolini, Chamberlain und Daladier. Ihr Abkom-

men setzte die Bedingungen und Modalitäten der Abtretung der sudetendeutschen Gebiete von der Tschechoslowakei an das Deutsche Reich fest.
*„ein Turnreck ...“:* vgl. *Kunst und Drittes Reich* (I, 316).
*„Die Geschichte ...“:* vgl. II, 153.
*Expressionist:* vgl. *Doppelleben* (IV, 106).

Nr. 152
Berlin 19. 10. 1938. Hs., 1 Bl. Unveröff.

*Fuller:* es handelt sich möglicherweise um den amerikanischen Romancier Henry Blake F. (1857-1929).
*dumme Seite:* eine nicht erhaltene Glückwunschrede.
*„Gegentypus“:* gemeint ist das Buch des Marburger Psychologen E. R. Jaensch (1883-1940): *Der Gegentypus. Psychologisch-anthropologische Grundlagen deutscher Kulturphilosophie, ausgehend von dem, was wir überwinden wollen*, Leipzig, 1938 (Beihefte zur Zeitschrift für angewandte Psychologie und Charakterkunde, Beih. 75).

Nr. 153
Berlin 30. 10. 1938. Hs., 1 Bl. Unveröff.

*6 Gedichte:* von den sechs mit „Be.“ signierten Typoskripten befinden sich zwei im Umschlag dieses Briefes (*Die Gefährten*, *Ist das nicht schwerer wie Kummer –*), die übrigen vier in einer Mappe in Oelzes Archiv (*Wohin –*, *So Still –*, *General*, *Alter Kellner*).
*Nachlass:* nicht sicher zu entziffern; könnte auch „Verschluss“ heißen.
*nach London:* nach fehlt im Original.

Nr. 154
Berlin 14. 11. 1938. Hs., 1 Bl. Unveröff.

*ein Bekannter:* am 9. 11. 1938 wurde ein großer Judenpogrom in Deutschland durchgeführt („Reichskristallnacht“). Dabei wurde auch Benns Verleger und Freund Erich Reiss (1887-1951) verhaftet und in ein Konzentrationslager eingeliefert. Durch die Hilfe von Karin Michaelis und Selma Lagerlöf befreit, emigrierte er über Schweden nach New York, vgl. *Ausgewählte Briefe*, S. 393f.

Nr. 155
Berlin 8. 12. 1938. Hs., 1 Bl. Unveröff.
*hiesige Bank:* wohl eine jüdische Privatbank.

Nr. 156
Berlin 11. 12. 1938. Hs., 4 Bl. Merkur S. 450ff.

*letztes Buch: Mea culpa*, dt. 1937.
*gegen die Juden:* das Pamphlet *Bagatelles pour un massacre*, 1937, dt. 1938 u. d. T. *Die Judenverschwörung in Frankreich.*
*großer Roman: Voyage au bout de la nuit*, 1932, dt. 1933 u. d. T. *Reise ans Ende der Nacht.*
*Nr. 241:* Nietzsche spricht dort von einem „großen" Staatsmann, der sein Volk in die Lage bringt, „fürderhin ‚große Politik' treiben zu müssen, für welche es von Natur schlecht angelegt und vorbereitet ist . . ." (*Jenseits von Gut und Böse*).
*Reinecke:* Goethes Versepos *Reinecke Fuchs*, 1794.

Nr. 157
Berlin 23. 12. 1938. Hs., 1 Briefkarte. Unveröff.

Nr. 158
Berlin 27. 12. 1938. Hs., 1 Briefkarte. Unveröff.

Nr. 159
Berlin 1. 1. 1939. Hs., 1 Bl. Unveröff.

*o'Flaherty:* geb. 1897, irischer Romancier und Erzähler.

Nr. 160
Berlin 10. 4. 1939. Hs., 1 Bl. Unveröff.

*ohne Nachricht:* Oelze befand sich im Februar/März 1939 auf einer Geschäftsreise in Jamaika.
*drei schwerbewaffnete Soldaten:* vgl. *Kunst und Drittes Reich* (I, 318, 321).
*Melba:* die australische Sängerin Nellie M. (1861-1931); vgl. I, 301.

Nr. 161
Berlin 4. 5. 1939. Hs., 1 Briefkarte. Unveröff.

*beiden Bände:* Oelze hatte sie als sein Geburtstagsgeschenk durch den Insel-Verlag senden lassen.

Nr. 162
Berlin 8. 5. 1939. Hs., 1 Bl. Unveröff.

*Beilage:* Daily Telegraph and Morning Post vom 6. Mai 1939, Ausschnitt (unter der Überschrift *Deceptions by Dictators, Moral from Athens for Europe To-day* ein Leserbrief von W. M. Edwards, Professor of Greek, University of Leeds, in dem dieser einen Passus aus der *Dritten Philippischen Rede* des Demosthenes zitiert).

Nr. 163
Berlin 15. 7. 1939. Hs., 4 Bl. Lohner S. 74 (Auszug).

*Malente:* vgl. die Briefe Nr. 90, 91, 93.
*Z. 262:* Der Aphorismus beginnt: „Eine *Art* entsteht, ein Typus wird fest und stark unter dem langen Kampfe mit wesentlich gleichen *ungünstigen* Bedingungen."
*gar nichts zu tun haben:* haben fehlt im Original, von Oelze ergänzt.
*6 Jahren Hohlraum:* die bisherigen sechs Jahre des Dritten Reichs.

Nr. 164
(Berlin) 1. 8. 1939. Hs., 1 Bl. (Faksimile, Original im Besitz der Stadt- und Landesbibliothek Dortmund). Veröff. als Neujahrsgabe an die Mitglieder der *Vereinigung von Freunden der Stadt- und Landesbibliothek Dortmund* im Dezember 1956.

*Geschichte Ihrer Heimatstadt:* Oelze hatte im Brief v. 25. 7. 1939 geschrieben: „Da ich ja, leider, wenig Aussicht habe Sie in naher Zukunft einmal *hier* zu begrüssen, und da Bremen wie ich fürchte für Sie nur die Erinnerung an einen unschönen Bahnhofsplatz und eine Strassenbahnlinie bedeutet: so erlaube ich mir Ihnen beifolgend eine kl. Denkschrift zu überreichen, die dem Führer gelegentlich seines – abgesagten – Besuches am 1. Juli hier überreicht werden sollte. (Sie ist von einer mir befreundeten Persönlichkeit, Mitglied des alten Senats, verfasst)."
*Menken u. Ebbeke:* die Bremer Importfirma von F. W. Oelze.
*die Wüste wächst:* Anspielung auf Nietzsches gleichnamigen *Dionysos-Dithyrambus;* vgl. II, 90.

Nr. 165
Berlin 13. 8. 1939. Ms., 2 Bl. *Ausgew. Br.* 78ff.

Nr. 166
Berlin 10. 10. 1939. Hs., 1 Bl. Unveröff.

*Ort der Mark:* Mohrin in der Neumark.
*Warschau:* gemeint ist der Polenfeldzug.
*mit Teilnahme . .:* vgl. *Fanatismus zur Transzendenz* (IV, 235f.).

*„Christliche Welt“:* liberale evangelische Zeitschrift für Gebildete, 1886 von M. Rade gegründet; befaßte sich mit religiösen, sozialen u. ä. Gegenwartsfragen.
*„Reichsboten“:* in Berlin 1873-1933 erschienene Tageszeitung für das evangelische Deutschland; ein volkstümliches Tochterblatt der Kreuzzeitung.
*„Kreuzzeitung“:* Neue Preußische Zeitung, nach dem Eisernen Kreuz im Titelkopf Kreuzzeitung genannt, Berliner Tageszeitung. 1848 als Organ streng konservativer Kreise gegründet; das führende Blatt der preußischen Konservativen und der Deutschkonservativen Partei.
*„alles klar . .“:* ein Nietzsche-Zitat Oelzes.
*aber was es ist, werden wir nie wissen:* Benn schreibt versehentlich „was es nicht“ statt „was es ist“.

Nr. 167
Berlin 8. 11. 1939. Hs., 2 Bl. Unveröff.

*von was noch allem:* die Zeilen, die ursprünglich nach diesem Absatz folgten, hat Benn weggeschnitten. Eine Erklärung dafür könnte der Schlußteil des Briefes sein.
*zur Sache:* zum Kriegsgeschehen und zur politischen Lage; der Polenfeldzug ging am 1. 10. 1939 zu Ende; am 6. 10. 1939 richtete Hitler ein Friedensangebot an die Westmächte.

Nr. 168
Berlin 13. 12. 1939. Hs., 2 Bl. Unveröff.

*„Zeitablehnungsgenie“:* Goethe.
*Preuss. Ministerpräsidenten:* Göring.
*„Gesäuse“:* das G. ist ein 14 km langes Durchbruchstal der Enns durch die Ennstaler Kalkalpen zwischen Admont und Hieflau.
*Krieglach:* P. Rosegger wurde 1843 in Alpl bei Krieglach geb. und starb 1918 in Krieglach (Steiermark).

Nr. 169
Berlin 25. 12. 1939. Hs., 1 Bl. Unveröff.

Nr. 170
Berlin 21. 1. 1940. Hs., 1 Bl. Unveröff.

*Potatoren:* Trinker.
*Kampagne in Frankreich:* Goethes autobiographische Schrift *Campagne in Frankreich 1792* erschien 1822. Sie schildert den Feldzug

der alliierten österreichischen und preußischen Armee gegen das revolutionäre Frankreich, der nach der Kanonade von Valmy am 20. 9. 1792 zum Rückzug der Alliierten führte.
*Ploetz:* vgl. Benns Essay *Zum Thema Geschichte* (I, 383).
*Herzenskohlenbecken:* Ausdruck aus Nietzsches *Dionysos-Dithyrambus Klage der Ariadne:* „Wer wärmt mich, wer liebt mich noch? / Gebt heiße Hände! / gebt Herzens-Kohlenbecken!"

Nr. 171
Berlin 3. 3. 1940. Hs., 1 Bl. Lohner S. 151.

*nichts Directes:* über die politische Lage, kurz vor dem deutschen Überfall auf Dänemark und Norwegen.
*Abschrift eines Briefes:* vom 2. 3. 1940 an den Verlag de Gruyter, 3 Bl., Durchschlag mit hs. Korrekturen. Abdruck IV, 268-272 (vgl. Lohner S. 151).
*„Der Kampf . . .":* dieses Buch von Julius Schmidhauser mit dem Untertitel *Bau und Schicksal der Universität* erschien 1933. *Das Reich der Söhne* erschien 1940.

Nr. 172
Berlin 31. 3. 1940. Hs., 1 Bl. Lohner S. 263 (Auszug).

*gereizte Stimmung:* der Überfall auf Dänemark und Norwegen erfolgte am 9. 4. 1940.
*Neue Gedanken . .:* vgl. die Erläuterungen zum Brief Nr. 183.

Nr. 173
Berlin 22. 4. 1940. Hs., 1 Bl. Unveröff.

*Thorbecke:* Oelze hatte in seinem – verlorengegangenen – Brief vermutlich von einer Thorbecke-Lektüre berichtet und offensichtlich Gedichte von ihm mitgeschickt.
*Novalis:* „Leben ist eine Krankheit des Geistes – ein leidenschaftliches Tun." Aus dem Fragment Nr. 1038 nach der Zählung von Ewald Wasmuth (Novalis, *Werke, Briefe, Dokumente*, Heidelberg 1957).

Nr. 174
Berlin 28. 4. 1940. Hs., 1 Bl. Lohner S. 230.

*ein par Verse:* dem Brief liegen fünf Typoskripte bei: *Verse, Welle der Nacht, Wenn dir am Ende der Reise, Wer Wiederkehr in Träumen weiß, Dann gliederten sich die Laute;* alle Gedichte signiert und datiert („G. B. / 40."), alle ohne Überschriften.

Nr. 175
Berlin 29. 4. 1940. Hs., 1 Bl. Lohner S. 231.

*den 2. Vers:* die ursprüngliche Strophe lautet:
„Die Götter tot? Sie leben her!
Mit ihrem Tier, mit ihren Reben,
in Hainen wandelnd, auf dem Meer,
und nehmen Opfer und vergeben!"

Nr. 176
Berlin 6. 5. 1940. Hs., 1 Bl. Unveröff.

Nr. 177
Berlin 21. 5. 1940. Hs., 1 Bl. Unveröff.

*das Objective:* Anspielung auf den deutschen Westfeldzug, der am 10. Mai mit einem Angriff auf die Niederlande, Belgien und Luxemburg begonnen hatte.
*Gamelin:* der französische Generalstabschef Maurice G., der am 19. Mai abgelöst wurde, nachdem die deutschen Truppen die belgische Armee, das britische Expeditionskorps und drei französische Armeen eingeschlossen hatten.

Nr. 178
Berlin 29. 5. 1940. Hs., 2 Bl. Unveröff.

*diesen Wochen:* Belgien hatte am 28. Mai kapituliert. Mit dem „Vergleich" ist wohl die Schnelligkeit des Feldzugs gemeint.
*Gestaltung, Umgestaltung: Faust II*, I, Finstere Galerie, VV. 6287 f.
*Nietzsche:* der letzte Satz des dritten Ausspruchs lautet bei Nietzsche: „Der Wert für das *Leben* entscheidet zuletzt."

Nr. 179
Berlin 16. 6. 1940. Hs., 1 Bl. Unveröff.

Nr. 180
Berlin 6. 7. 1940. Hs., 1 Bl. Unveröff.

*das Allgemeine:* am 22. Juni wurde der Waffenstillstand mit Frankreich geschlossen; seit dem Juli liefen Vorbereitungen für eine Landung deutscher Truppen in England.
*Prof. Breysig:* Kurt B. (1866-1940) stammte aus dem George-Kreis und wandte sich dann, auf eigenwillige Weise, der Geschichtswissenschaft und Kulturgeschichte zu. Die Dichtung Benns würdigt er u. a. in einer längeren Passage seines Buches *Vom deut-*

*schen Geist und seiner Wesensart*, 1932, S. 240f. Es heißt dort u. a.: „Aber auch von den Nachdrängenden, so leidenschaftlich sie alle Rauheit, ja noch Widerlichkeit irdischer, allzu irdischer Dinge widerspiegeln wollten, haben einige, so Brecht und auf viel höherer Ebene Benn, noch über alles Elend der Niedern, allen Jammer der vom härtesten Leid verfolgten die Weihe geheimnisvollen Dämmerlichts zu gießen verstanden. Benn, eintauchend in den Fernenzauber der Tropen, der Urzeitvölker und allerfrühester Vergangenheit, hat die Wucht seiner schweren Gehalte in ein Sprachgewand von ureigener, zeitgeborener und doch überzeitlicher Geschaffenheit gekleidet, von nie erhörter Verfaltung und Verdichtung des Wortgefüges, von königlicher Freiheit in der Vermählung von meertiefem Sinn mit Farbenglanz der Bilder, mit Juwelenschmuck des Sprachgutes ... Die Kraft dieser Kunst eines Seltenen für die Seltenen muß umso höher bewertet werden, als sie gegen eine Zeit sich hält, die von Alltag und Alltagsgesinnung strotzt, die in ihrer Freude an den Wettkämpfen der bezahlten Helden niedriger und gemeiner Körperlichkeit und an der platt-mechanistischen Technisierung des Lebens schon auf die Stufe billigster Modernität herabgesunken ist ... Es gibt wenige Erscheinungen in der Gegenwart, die den Glauben an die Stärke und Dauerbarkeit des deutschen Wesens auch in seinen zartesten und tiefsten, in seinen verborgensten und dennoch wertigsten Kräften so sicher bestätigen wie diese."

Nr. 181
Berlin 17. 7. 1940. Hs., 2 Bl. Unveröff.

*100 Seiten Roman:* Oelze hatte Benn in seinen Briefen und Gesprächen mehrfach vorgeschlagen, einen solchen Roman zu schreiben.
*die Gärten mit Rosen:* neben den folgenden Zeilen ein eingeklebter Zeitungsausschnitt mit der Überschrift *Waffen hoch im Preis, Deutscher Kunstmarkt*, in dem von der Versteigerung einer „China-sammlung O., Bremen" berichtet wird; dazu schreibt Benn auf dem Rand: „O = Oelze?"
*Schleswig:* Oelze war als Nachrichtenoffizier nach Schleswig versetzt worden.
*Reclam-Übersetzung:* Horst Fritz ist der Bedeutung dieser Niels-Lyhne-Ausgabe aus dem Jahr 1889 mit dem Vorwort von Theodor Wolff für Benn zuletzt nachgegangen. (*Gottfried Benns Anfänge;* in: Jb. d. dt. Schillergesellschaft, 12. Jg., 1968, S. 383-402); vgl. IV, 203.

*„Nirgends mehr . .": aus* Benns Gedicht *Selbsterreger.*
*nie allgemein:* vgl. I, 520.

Nr. 182
Berlin 13. 8. 1940. Hs., 1 Bl. Unveröff.

*„Zurück, zurück . .":* aus Benns Gedicht *Unanwendbar.*
*Manchmal . . .:* neben den folgenden Zeilen ein eingeklebter Zeitungsausschnitt:
*„Hanns Johsts dichterische Pläne*
In der Zeitschrift „Die Bühne" berichtet Dietmar Schmidt von einer Unterredung mit dem Präsidenten der Reichsschrifttumskammer, Staatsrat Hanns Johst, in der der Dichter auch von seinen neuen Plänen sprach. Es handelt sich zunächst um ein Drama, das wahrscheinlich „Zeichen und Wunder" heißen wird. Es wird einen Gegenstand haben, der zeitgemäß und von überzeitlicher Dauer zugleich ist. Kurz skizziert ist der Kern der Handlung: ein SA.=Mann ist in eine chirurgische Klinik eingeliefert worden, bewußtlos, verletzt. Alle ärztliche Kunst scheint angesichts des Falles zu versagen. Nur ein Mittel gibt es, ihn zu retten: daß ihm in einem lichten Moment, da er für Sekundendauer das Bewußtsein wiedergewinnt, das Erscheinen des Führers angekündigt wird, und daß er aus dieser Botschaft die Kräfte des Gesundseins, des Lebenswollens wiedergewinnt. Nach langen Stunden des Wartens glückt die Absicht. Es gelingt, ihn zum Bewußtsein zu bringen, er hört den Zuruf, er erfaßt ihn, und siehe da, er hat nur den einen Wunsch, seinem Volk zu leben. So wird im chirurgischen Saal klargemacht, daß nicht die Instrumente allein retten, sondern nur das Bewußtsein, selbst Instrument eines Höheren zu sein. Das neue Drama soll nach Johsts Wunsch der Ausdruck des Lebenswillens, der menschlichen Todesverachtung werden. Auch ein großangelegter neuer Roman ist im Entstehen. In einer Zeit, die bewußt den männlichen Heroismus in den Mittelpunkt gestellt hat, will dieser Roman vom stillen Heldentum der Frau sprechen. Die Männerwelt taucht nur so auf, wie sie sich in Frauenaugen widerspiegelt."
Hs. Zusatz von Benn: „D.A.Z 19/7 40."
*Grossereignis:* da England unter Churchill den deutschen Friedensbemühungen eine scharfe Absage erteilt hatte, plante Hitler seit dem Juli eine Landung in England.
*gen Osten:* gleichzeitig mit den Operationen gegen England plante Hitler den Angriff gegen Rußland. Er erfolgte jedoch erst am 22. 6. 1941.
*Ferch u. Caputh:* Ausflugsorte bei Potsdam.

Nr. 183
Berlin 25. 8. 1940. Hs., 3 Bl. Merkur S. 452f.

*Herr Meyer:* offensichtlich ein von Oelze übersandter Zeitungsartikel zum 40. Todestage Nietzsches, der am 25. 8. 1900 starb.
*Oehler:* Richard u. Max Oe., N.-Herausgeber u. N.-Forscher.
*Binswanger:* Nietzsche kam im Januar 1889 zur Behandlung durch Prof. Otto B. nach Jena.
*einige Studien:* es handelt sich, soweit man feststellen kann, um die zum Essayband *Ausdruckswelt* gehörigen Stücke *Franzosen, Strömungen, Züchtung II, Rilke.* In Oelzes Archiv befinden sich noch die auf August 1940 datierten Abschriften (Typoskripte) dieser Stücke.

Nr. 184
Berlin 5. 9. 1940. Hs., 2 Bl. Lohner S. 137 (Auszug, unter dem 5. 8. 1940 abgedruckt).

*Sudermann:* Hermann S. (1857-1928), dt. Dramatiker, der zahlreiche Ehedramen schrieb.
*v. Economo:* Konstantin A. Freiherr v. E. (1876-1931), österr. Neurologe; erarbeitete eine Feldeinteilung der Großhirnrinde des Menschen und schloß auf eine zunehmende Hirnentwicklung. Der Begriff der „progressiven Cerebration" findet sich in seiner Arbeit *Der Zellaufbau und die progressive Cerebration,* in: Ergebnisse der Physiologie, 29 (1929), S. 83-128.
*Bollk:* der vergleichende Anatom und Hirnforscher Louis B.; der Begriff der Cephalisation bedeutet innerhalb der Stammesentwicklung die Tendenz zur Kopfbildung, zur Konzentration wichtiger Organe am Vorderabschnitt des Körpers.

Nr. 185
Berlin 22. 9. 1940. Hs., 2 Bl. Merkur S. 458 (Auszug).

*Bai:* Schlei bei Schleswig.
*die Tatsache .... u. bleibt:* der Satz ist rot unterstrichen (ob von Benn oder Oelze, ist nicht auszumachen).
*In seinem Kreis bleiben:* vgl. I, 296.

Nr. 186
Berlin 8. 10. 1940. Hs., 1 Bl. Unveröff.

*Gegengabe:* Typoskript des Gedichts *Valse d'Automne,* auf einem Formularbogen des „Ministère de la Défense Nationale, Bruxelles". Das Gedicht ist signiert und datiert: „G. B. 1940.9." Darunter der

Zusatz („Auf diesem erbeuteten Papier schreiben wir unsere Entwürfe – in der Bendlerstrasse").
*Empire:* nach einer entscheidenden Luftschlacht hatte Hitler schon am 17. 9. 1940 die Operation *Seelöwe*, die Landung in England, auf unbestimmte Zeit verschoben; die täglichen Bombenangriffe auf London hielten bis zum 3. November an.
*⟨....⟩:* auf Wunsch von Frau Dr. Ilse Benn sind hier aus persönlichen Rücksichten vier Sätze ausgelassen worden.
*Wesselburen u. Husum:* Geburtsorte von Friedrich Hebbel (1813 bis 1863) und Theodor Storm (1817-1888).

Nr. 187
Berlin 27. 10. 1940. Hs., 3 Bl. Unveröff.

*„Wir sind wie Trinker ..":* der Beginn von Werfels Gedicht *Trinklied*, das Benn besonders schätzte und das auch in die Anthologie *Menschheitsdämmerung* von K. Pinthus aufgenommen wurde. Werfel, Döblin und Frank waren 1940 über Portugal in die USA geflüchtet.
*London:* vgl. Anm. zum vorhergehenden Brief; im übrigen nach dem Hinweis von Oelze eine Parallele zu Goethes Briefwort an den Grafen C. F. v. Reinhard: „Daß Moskau verbrannt ist, tut mir gar nichts. Die Weltgeschichte will künftig auch was zu erzählen haben." (19. 11. 1812).
*Problematik des Dichterischen:* der Essay *Zur Problematik des Dichterischen* erschien 1930.
*Das Goethische:* vgl. die Verse aus Goethes Gedicht EPIRRHEMA: „Nichts ist drinnen, nichts ist draußen: / Denn was innen, das ist außen."
*Faltkarten:* nicht ganz sicher zu entziffern (Oelze hat „Fettkarten" gelesen). Eine ähnliche Wortkombination („Schlachtfeld u. Generalstabskarte") im Brief Nr. 215.
*Marschallstäbe blühn:* Parodie auf Schillers *Wilhelm Tell*, IV, 2 (VV. 2425/6): „Das Alte stürzt, es ändert sich die Zeit, / Und neues Leben blüht aus den Ruinen."
*Karl Truppe:* österr. Maler und Zeichner (geb. 1887).

Nr. 188
Berlin 3. 11. 1940. Hs., 4 Bl. *Ausgew. Briefe* S. 81ff.

*Aufrüstung in U.S.A.:* am 27. 9. 1940 hatten Deutschland, Italien und Japan einen Dreimächtepakt abgeschlossen.
*einen Schimmer von Tiefe:* im Original „ein Schimmer", von Oelze korrigiert.
*Später und Späher:* vgl. Benns Gedicht *Ein später Blick.*

Nr. 189
Berlin 24. 11. 1940. Hs., 1 Bl. Unveröff.

*Datum:* der Brief ist von Benn irrtümlich auf den 25. 11. datiert (Poststempel: 24. 11. 1940); vgl. den Anfang des folgenden Briefes Nr. 190.
*Militärbündnis mit Russland:* die schwierigen Verhandlungen mit Molotow Mitte November in Berlin hatten Hitler im Gegenteil in seiner Auffassung bestärkt, daß ein Krieg gegen Rußland unvermeidlich sei. Auch ein Friede mit Frankreich wurde nicht geschlossen.
*Mark Aurel:* Benn zitiert aus den *Selbstbetrachtungen* Marc Aurels, u. zw. den Schluß der 2. Betrachtung im 11. Buch. Er lautet in der Übersetzung W. Capelles: „Überhaupt sei darauf bedacht, abgesehen von der Tugend und ihrer Betätigung, (bei einer Leistung) die einzelnen Elemente derselben zu betrachten und durch die Zergliederung in diese dahin zu kommen, daß du sie verachtest. Dasselbe Verfahren mußt du auf das Leben in seiner Gesamtheit übertragen." (Kröners Taschenausgabe, Bd. 4, Stuttgart, 1973, S. 155.)
*Dass Du nie enden . . .:* aus Goethes Gedicht *Unbegrenzt (West-östlicher Divan):* „Daß du nicht enden kannst . . .".

Nr. 190
Berlin 25. 11. 1940. Hs., 2 Bl. Merkur S. 454.

*Wir haben den Sieg . . .:* schon eine Woche nach ihrem Überfall auf Griechenland am 28. 10. 1940 befanden sich die italienischen Truppen auf der Flucht und wurden nach Albanien zurückgedrängt.
*Atomzertrümmerung:* die Kernspaltung wurde 1939 von O. Hahn und F. Strassmann beim Beschuß des Elements Uran mit langsamen Neutronen entdeckt.
*ihre Genies ausspeien:* vgl. I, 320.

Nr. 191
Berlin 3. 12. 1940. Hs., 1 Bl. Unveröff.

*Ortsgenosse:* Hebbel und Bartels sind in Wesselburen geboren. B. (1862-1945) wurde durch seine antisemitischen literaturhistorischen Schriften zu einem Wegbereiter der Rassenideologie des Nationalsozialismus.
*„gen E. .":* Anspielung auf die geplante Landung in England. Prof. Herms Niel, eigentlich Hermann Nielebock (1888-1954), war der Komponist des „Engelland"-Liedes („Denn wir fahren . . .") und anderer Marschlieder.

Nr. 192
Berlin 5. 12. 1940. Hs., 1 Bl. Unveröff.

*Werde Ihnen derartiges morgen senden:* Benns Gutachten über den *Selbstmord im Heer* ist in der Neuen Rundschau, H. 4, 1976, erschienen.

Nr. 193
Berlin 15. 12. 1940. Hs., 1 Bl. Unveröff.

*Nordfries:* des in Berlin aufgestellten Pergamonaltars.
*„Immerfort dasselbe“:* aus Goethes *Unbegrenzt.*

Nr. 194
Berlin 22. 12. 1940. Hs., 1 Bl. Unveröff.
*Frau Behrens:* Oelzes Wirtin in Schleswig.
*von einigermassenem Reiz:* Benn schreibt, wohl versehentlich, „einigermassen“.
*Georg:* Eugen G., dessen Buch *Verschollene Kulturen. Das Menschheitserlebnis,* 1930, Benn schätzte.

Nr. 195
Berlin 31. 12. 1940. Hs., 2 Briefkarten. Unveröff.

*Vers:* er stammt aus Hebbels Drama *Gyges und sein Ring;* Oelzes Weihnachtsbrief ist nicht erhalten.

Nr. 196
Berlin 26. 1. 1941. Hs., 1 Bl. Unveröff.

*Buch über Wehrmachtsversorgung:* Benns Beiträge *Fragen der ärztlichen Beurteilung und Begutachtung. Die Zusammenhangsfrage* und *WDB. im Sinne der Verschlimmerung* erschienen in dem Band *Der Arzt in der Wehrmachtsversorgung*, hrsg. von C.H. Heinemann-Grüder und E. Rühe, 1942, S. 84-97 und 97-102.
*Freund Peregrin:* Ina Seidels Erzählung *Unser Freund Peregrin. Aufzeichnungen des Jürgen Brook* erschien 1940.

Nr. 197
Berlin 11. 2. 1941. Hs., 3 Bl. Unveröff.

*Daumer:* es handelt sich vermutlich um den Nürnberger Schriftsteller Georg Gustav Wieszner (1893-1969), der unter dem Ps. Georg Daumer jr. veröffentlichte.
*Herr H. Fr. Bl. . .:* Hans Friedrich Blunck.

*Tripoli:* am 9. 12. 1940 hatte die englische Offensive gegen die Italiener in Nordafrika begonnen; am 11. 2. 1941 landeten deutsche Truppen in Tripolis; am 24. 1. 1941 begann die englische Offensive gegen Abessinien, am 4. 4. 1941 eroberten die Engländer die Hauptstadt Addis Abeba.
*eineiige Zwillinge:* vgl. I, 320.

Nr. 198
Berlin 21. 2. 1941. Hs., 2 Bl. Unveröff.

*über Daumer:* nicht erhalten.
*eine Antwort geben könnte:* Benn schreibt versehentlich „gäben".
*die, die in regulären:* das Relativpronomen fehlt im Original.
*Stalag:* Abkürzung für (Kriegsgefangenen)-Stammlager.
*„Untätigkeit..":* Zitat aus *Weinhaus Wolf* (II, 134).
*Hesterberg:* Schleswiger Straße, in der Oelze wohnte.
*Faustwort: Faust II*, III, Innerer Burghof (VV. 9393-95): „Fraun, gewöhnt an Männerliebe, / Wählerinnen sind sie nicht, / Aber Kennerinnen."

Nr. 199
Berlin 9. 3. 1941. Ms. (bis „ist schon momentan"), dann hs. fortgesetzt, 4 Bl. *Ausgew. Briefe* S. 84ff.

*Dacqué:* vgl. die Anm. zum Brief Nr. 30; das „Buch": *Die Urgestalt – Der Schöpfungsmythos neu erzählt*, 1940.
*von den Erdzeitaltern, die jedes:* Benn schreibt versehentlich „jede".

Nr. 200
Berlin 25. 3. 1941. Hs., 2 Bl. Lohner S. 263 (Auszug).

*Alexanderzug:* Rommel eroberte Ende März Libyen und stand kurz vor der ägyptischen Grenze; der deutsche Angriff auf Jugoslawien und Griechenland erfolgte am 6. 4. 1941.
*Jugoslawien:* J. trat am 25. 3. 1941 dem Dreimächtepakt bei, erlebte aber schon zwei Tage später einen Staatsstreich.

Nr. 201
Berlin 10. 4. 1941. Hs., 4 Bl. Unveröff.

*Benghasi:* Rommels Sieg in der Cyrenaika und seine Einnahme von Bengasi am 4. 4. 1941.
*Rivera:* Primo de R. (1870-1930), spanischer General, von 1923 bis 1930 Militärdiktator.

*die Winde zu stillen:* nicht eindeutig zu entziffern; statt „Winde" könnte es auch „Wünsche" heißen.
*Graf Finckenstein:* mit den Söhnen des Grafen F. war Benn erzogen worden, mit Heinrich Graf Fink v. F. wohnte er in Frankfurt a. d. Oder als Pensionsschüler zusammen.
*Der Krieger – ohne Statue:* in Anspielung auf das Kapitel „Die Geburt der Kunst aus der Macht" in der Abhandlung *Dorische Welt* und in Anlehnung an die Widmung in den *Ausgewählten Gedichten* von 1936 (1. Ausg.); vgl. die Erläuterungen zum Brief Nr. 72.

Nr. 202
(Berlin) 24. 4. 1941. Hs., 1 Bl. Lohner S. 77 (Auszug).

*Kriegsflagge auf dem Olymp:* die griechische Nordarmee ergab sich am 23. April; vier Tage später wurde Athen besetzt.
*Fragment eines Monologs:* eine Tarnung, mit der Benn sein rücksichtslos zeit- und NS-kritisches Gedicht *Monolog* versieht. Ein Typoskript des Gedichts liegt dem Brief bei (2 Bl., datiert: „20. 4. 1941").

Nr. 203
Berlin 5. 5. 1941. Hs., 2 Bl. Lohner S. 214 (Auszug).

*Meseritz:* kleine Stadt im ehemaligen Regierungsbezirk Frankfurt a. d. Oder, heute in Polen.
*Schiller: Das Glück.*

Nr. 204
Berlin 25. 5. 1941. Hs., 1 Bl. Unveröff.

*Kreta:* die Insel wurde am 27. Mai von den Deutschen besetzt.
*neue Überraschungen:* vermutlich eine Anspielung auf den eigenmächtigen Flug von Hitlers Stellvertreter Rudolf Heß am 10. Mai nach England. Trotz den intensiven Kriegsvorbereitungen gegen Rußland gelang es, die russische Regierung über dieses Vorhaben zu täuschen.
*Hahnenklee:* vgl. Brief Nr. 57.

Nr. 205
Berlin 2. 6. 1941. Hs., 3 Bl. Unveröff.

*Datum:* nach dem Poststempel ergänzt.
*10. Buch:* über die Hälfte handelt von der Notwendigkeit, die schäd-

liche Poesie aus dem Staat zu verbannen, das Weitere von der Unsterblichkeit der Seele.
*Faust:* das Wort des Mephistopheles aus *Faust II*, Klassische Walpurgisnacht, Am oberen Peneios (VV. 7742f.), lautet genau: „Es ist ein altes Buch zu blättern: / Vom Harz bis Hellas immer Vettern!"
*grossen See'n:* in der Holsteinischen Schweiz.

Nr. 206
Berlin 9. 6. 1941. Hs., 1 Bl. Unveröff.

*im Osten:* der deutsche Angriff auf die Sowjetunion erfolgte am 22. 6. 1941.
*Ch.:* Churchill. Der Irak hatte sich am 2. Mai 1941 gegen Großbritannien aufgelehnt und um deutsche Hilfe gebeten; am 1. Juni 1941 wurden die Kämpfe durch Unterwerfung der Aufständischen beendet. – Am 8. 6. 1941 begann die englische Offensive gegen die französischen Mandatsgebiete Syrien und Libanon.

Nr. 207
Berlin 19. 6. 1941. Hs., 1 Bl. Lohner S. 264 (Auszug).

*Liliencrons Leutnant:* aus L.s bekanntem Gedicht *Die Musik kommt* („Klingling, bumbum und tschingdada ..."), der Beginn der vierten Strophe: „Zwei Leutnants rosenrot und braun, / Die Fahne schützen sie als Zaun ...".
*Harry Walden:* bekannter Filmschauspieler.

Nr. 208
Berlin 21. 6. 1941. Hs., 2 Bl. Unveröff.

*Datum:* Benn hat diesen Brief versehentlich auf den 22. 6. datiert; gestempelt ist er jedoch am 21. 6.; vgl. auch Benns Hinweis auf sein „vorgestriges Schreiben" (Brief Nr. 207).
*O.F.A.:* Oberfeldarzt.

Nr. 209
Friedrichsroda 4. 7. 1941. Hs., 3 Bl. Unveröff.

*Sohn der Ebene:* vgl. *Lebensweg eines Intellektualisten* (IV, 26).

Nr. 210
Friedrichsroda 29./31. 7. 1941. Hs., 4 Bl. Unveröff.

*Kunstausstellung:* im Haus der Deutschen Kunst.
*beiden Bildern:* Oelze hatte Benn zwei Fotos von Schleswig geschickt; am 8. 8. 1941 antwortete er: „Was den Hester-Hörselberg

betrifft, so wohne ich nicht, leider, in einem der kleinen einstökkigen Häuser, die das Photo zeigt, und die nur am unteren romantischen Teil dieser sagenhaften Gasse stehen, sondern am anderen, civilisierten, Ende.“
*Ehrwald:* regelmäßiger Tiroler Ferienaufenthalt Oelzes.
*Charakter . . ., den die Ebene:* Benn schreibt versehentlich „die die Ebene“.
*R. Otto:* gemeint ist Rudolf O.s Buch *Das Heilige*, 1923.
*R. Hess:* vgl. Anm. zu Brief Nr. 204.
*Friedrich Wilhelm:* Nietzsche im Engadin.
*Surlei:* dort kam Nietzsche nach eigenem Bericht der „Ewige-Wiederkunfts-Gedanke“, die Grundkonzeption des *Zarathustra*.

Nr. 211
Berlin 11. 8. 1941. Hs., 1 Bl. Merkur S. 454 (Auszug).

*Tag, der den . . .:* Anspielung auf das gleichnamige Gedicht Benns.
*Gen.Kdo:* Generalkommando, III. Armeekorps.
*Dschuang Dsi:* auch Tschuang-tse, Chuang Chou, Chuang-tzû; chinesischer Philosoph in der zweiten Hälfte des 4. Jahrhunderts v. Chr. Sein Werk, das seit 742 den kanonischen Titel *Das wahre Buch vom südlichen Blütenland* trägt, stellt die Seins- und Sittenlehre des frühen philosophischen Taoismus am reinsten und vollständigsten dar. Benn zitiert aus der Ausgabe des Sinologen Richard Wilhelm (vgl. I, 307), die 1940 in Jena bei Eugen Diederichs erschien. Die ersten beiden Zitate lauten im Zusammenhang: „Der Berufene geht nicht an seine Geschäfte mit Eifer, er wendet sich nicht dem Nutzen zu und kehrt sich nicht vom Schaden ab; es freut ihn nicht zu streben, und er folgt nicht dem Pfad . . .“ (S. 19) Benns drittes Zitat ist eine Kontamination zweier Stellen. (S. 5, 19).

Nr. 212
Berlin 24. 8. 1941. Hs., 1 Bl. Unveröff.

*Streitshotel:* Oelze hatte dazu am 16. 8. 1941 geschrieben: „Dies mein Privatquartier – das berühmte alte Hotel am Jungfernstieg, vor dem im Jahre 1841 von der Hamburger Turnerschaft das Lied ‚Deutschland, Deutschland über Alles‘ zum ersten Male öffentlich gesungen wurde, zu Ehren des im Hause anwesenden Dichters Hoffmann von Fallersleben 〈. . .〉“.
*Erbhof:* der Landbesitz Oelzes in Häcklingen bei Lüneburg.
*Lernet-Holenia:* es handelt sich um die Verssammlung *Die Tro-*

*phae*, die 1941 als Manuskript im Faksimiledruck veröffentlicht wurde.
*Archäischer Torso:* Benn schreibt, vermutlich aus dem Gedächtnis, versehentlich „Achäischer".

Nr. 213
Berlin 13. 9. 1941. Hs., 4 Bl. Unveröff.

*„Ich handle":* Benn zitiert dieses Wort aus dem Buch *Anbetung mir. Indische Offenbarungsworte.* Aus dem Sanskrit ins Deutsche gebracht von Heinrich Zimmer, München und Berlin, 1929, S. 5f. Es lautet genau: „‚Ich handle' – dieser Wahn vergiftet dich wie großer schwarzer Schlange Biß. ‚Ich bin es nicht, der handelt' – trink dieses Glaubens Göttertrank ‚Todlos' – und sei beseligt." Zu Heinrich Zimmer vgl. den Brief Nr. 38 und I, 307.
*provoziertes Leben:* vgl. I, 332 ff., davor schon I, 313.
*Pamela Wedekind:* die Tochter Frank W.s und dritte Frau Carl Sternheims.
*das kleine Heft:* die 1936 bei Ellermann erschienene Sammlung *Das Gedicht.*
*über Pascal:* Oelzes Brief v. 9. 9. 1941 enthält eine längere Passage über Pascal, in der es u. a. heißt: „Er stellt die *Grundfragen*, vor die wir uns heute, nachdem das Versagen der hybriden Systeme evident geworden ist, wieder gestellt sehen ohne idealistisch ausweichen zu können. Denn er ist der absolute Gegensatz zum philosophischen Idealismus 〈...〉".
*die Lage:* trotz den weiten Vormärschen im Osten war der Armeeführung inzwischen klargeworden, daß sie die Widerstandskraft der Sowjetunion unterschätzt hatte.
*Türkei:* am 17. 6. 1941 war ein deutsch-türkischer Freundschaftsvertrag abgeschlossen worden.
*Noch einmal indisch:* auch dieses Wort stammt aus dem oben angegebenen Buch von H. Zimmer, S. 8.

Nr. 214
Berlin 29. 9. 1941. Hs., 2 Karten (die erste eine Reproduktion des Gemäldes *Am Anfang war das Wort* von H. O. Hoyer, Oberstdorf, das Hitler vor einer kleinen Versammlung darstellt; die zweite, auf der das Gedicht steht, eine *Hanfstaengl-Künstlerpostkarte* des Asphodelen-Stillebens von H. Matisse). Lohner S. 78 (Auszug).

*Grimm:* vgl. IV, 120.

Nr. 215
Berlin 5. 10. 1941. Hs., 2 Bl. *Ausgew. Briefe* S. 86ff.

*Osten:* nach den Operationen im Süden Rußlands wurde die Offensive gegen Moskau erst Anfang Oktober wiederaufgenommen; gleich danach setzten die großen Regen- und Schneefälle ein; die Linie Petersburg-Moskau-Rostow wurde nicht erreicht.
*Wavell:* Archibald Percival Lord W., britischer Feldmarschall (1883-1950), war 1939-1941 Oberbefehlshaber der britischen Landstreitkräfte im Mittleren Osten. 1940/41 errang er große militärische Erfolge gegen die italienischen Truppen in Libyen und Ostafrika.
*Besetzung Persiens:* der englisch-russische Einmarsch erfolgte am 25. 8. 1941.
*Afrika:* die nächste deutsche Offensive begann erst im Januar 1942.
*Jahr der Entscheidung:* Anspielung auf Spenglers letztes Buch *Jahre der Entscheidung*, 1933.
*im Sinne Spenglers:* nämlich „Untergang des Abendlandes".
*ein Todesfall:* möglicherweise hatte Benn in Berlin von den verschiedenen Plänen eines Attentats auf Hitler gehört.

Nr. 216
Berlin 13. 10. 1941. Hs., 1 Bl. Unveröff.

*Hauptmann:* Oelze hatte Benn am 9. 10. 1941 einen Zeitungsausschnitt aus dem Hamburger Fremdenblatt v. 27. 9. 1941 geschickt, der einen Brief Gerhart Hauptmanns an den Leiter der Dresdner Staatsoper, Karl Böhm, wiedergibt. Darin preist H. eine Aufführung von Richard Strauß' Oper *Salome*, die er am 28. August 1941 in Dresden erlebt hatte.
*Mungenast:* der Schriftsteller Ernst-Moritz M. (1898-1964); der genannte Roman erschien 1938.

Nr. 217
Berlin 24. 10. 1941. Hs., 1 Bl. *Ausgew. Briefe* S. 88f.

*jüngster Bruder:* Siegfried Benn.
*Feststellungen in dieser Richtung;* bezieht sich auf Benns Arbeit an seinem Essay *Kunst und Drittes Reich*, von dem ein datiertes Typoskript existiert („23. X. 41 - 3. XI. 41"); vgl. I, 618 und den folgenden Brief Nr. 218.
*Paul Ernst:* Oelze hatte in seinem Brief v. 22. 10. 1941 im Anschluß an Hauptmann geschrieben: „Ist H. nicht eigentlich der re

präsentative Fall der deutschen geistigen Erschöpfung? Wenn er tot ist, wird man, ebenso erfolglos wie seiner Zeit bei Paul Ernst, versuchen, ihn zum ‚deutschen Genius' zu erheben, obwohl er nie ein Dorf weit über die deutsch-schlesischen Landesgrenzen hinaus gewirkt hat oder wirken wird." Paul E. war 1933 gestorben.
*Der reine Himmel der Abstraktion . . .:* der Satz taucht in Benns Essay *Kunst und Drittes Reich* auf, der 1941 entstand.
*alte Rede:* von 1931.

Nr. 218
(Berlin) 3. 11. 1941. Hs., 1 Bl. Unveröff.

*kleine Buch: Die Eumeniden* von Aischylos.
*Podach:* die Bücher E. F. P.s *Nietzsches Zusammenbruch*, 1930, und *Gestalten um Nietzsche*, 1932; vgl. I, 483.
*etwas Neues:* nach dem Hinweis Benns im Brief Nr. 220 handelt es sich um seinen Essay *Kunst und Drittes Reich.*

Nr. 219
Berlin 16. 11. 1941. Hs., 1 Bl. Lohner S. 214 (Auszug).

*„wer wußte . . .":* aus der 1. Sammlung der Sonette August Graf v. Platens.
*„Dem Schläfer . . .":* vgl. die Anm. zum Brief Nr. 54.
*Pessimismus Ihres letzten Briefes:* nicht erhalten; hier tritt Benns oft ironisch verschleierte Kommentierung der Kriegslage besonders deutlich hervor. – Im November versenkten die Engländer 70 % des Nachschubs im Mittelmeer.
*grosse Offensive:* die deutsche Offensive auf Bengasi in Libyen begann am 21. 1. 1942.
*U.S.A.:* Deutschland und Italien erklärten am 11. 12. 1941 den Vereinigten Staaten den Krieg.
*Oberst i.G.:* O. im Generalstab.

Nr. 220
Berlin 5. 12. 1941. Hs., 3 Bl. Lohner S. 46 (Auszug), S. 152 (Auszug).

*Sicher haben Sie doch:* könnte statt „doch" auch „dort" heißen.
*„Kunst": Kunst und Drittes Reich*, entstanden 23. 10. - 3. 11. 1941 (I, 618).
*unsere Sache:* die Hoffnung, daß Hitler den Krieg nicht gewinnen werde.
*Rommel:* die englische Gegenoffensive in Libyen hatte am 18. 11.

1941 begonnen; nachdem sie rasch ins Stocken geraten war, wurde General Cunningham, der Oberbefehlshaber der englischen Armee, abgelöst.

Nr. 221
Berlin 14. 12. 1941. Hs., 2 Bl. Unveröff.

*neuen Ereignisse:* der japanische Überfall auf Pearl Harbour und die Kriegserklärung Japans an die USA und England am 8. 12. 1941 und die Kriegserklärung an die USA durch Deutschland und Italien am 11. 12. 1941.
*zur Verwertung importiert:* könnte auch „umpoliert" (im Sinne von ‚umpolen') heißen.
*Borneo u. Java:* die Ölfelder von Borneo besetzten die Japaner bereits am 14. 12. 1941; Java wurde im März 1942 erobert.
*Ostfront:* die deutsche Offensive auf Moskau war am 6. 12. 1941 gescheitert; am gleichen Tag begann die russische Gegenoffensive im Mittelabschnitt der Ostfront.
*Libyen:* Rommel mußte seine Verbände auf die El-Gazala-Stellung zurücknehmen; die Engländer erreichten ihr Angriffsziel, die Eroberung Libyens, allerdings nicht.
*Mitteilung aus Sizilien:* Oelze hatte in seinem Brief v. 7. 12. 1941 geschrieben: „Ich hatte aus *Italien* von einem Freunde, der längere Zeit in Flensburg war, u. jetzt zum Stabe einer Fliegerformation nach Sicilien gekommen ist, gute Nachrichten (s. Anlage). Italien war immer meine Hoffnung." – Die Anlage ist nicht erhalten. Oelzes Hoffnung bezieht sich wohl auf ein Ausscheiden Italiens aus dem Krieg.
*neuen Arbeit:* der Essay *Kunst und Drittes Reich.*
*einer der berühmtesten Namen:* ob Benn dabei an einen Verschwörer, etwa an General Olbricht, den Chef des Stabes des Ersatzheeres, gedacht hat, ist nicht zu ermitteln.

Nr. 222
Berlin 21. 12. 1941. Hs., 1 Bl. Steinhagen S. 48 (Auszug), Lohner S. 83, 84 (Auszüge).

*Ihre Einwände:* Oelze hatte im Brief vom 18. 12. 1941 u. a. geschrieben, „daß selbst das dumping mit Hummerbüchsen und Fahrrädern kein ausreichender Grund sein konnte, eine Auseinandersetzung mit dem gefährlichen asiatischen Gegner in einem Augenblick heraufzubeschwören, wo es auf die Zusammenfassung aller Kräfte gegen Feind Nr. I ankam. Diese aber könnte in Frage gestellt sein, wenn starke Flottenkräfte im Osten verloren gehen oder

gebunden werden, also für die Durchführung der Blockade ausfallen. Ferner ist Amerika militärisch ein unbeschriebenes Blatt, und ob es zu Aktionen des Ausmaßes wie Sie sie über Wl.(adiwostok) für möglich halten fähig ist, muß man abwarten. Sollte aber z. B. Singapore fallen, so würden Erschütterungen in England nicht ganz ausgeschlossen sein; und schliesslich bleibt noch das große X der fluktuierenden farbigen Massen, die das Proletariat der amerikanischen Industriecentren bilden. Das sind die Bedenken der ‚anderen Stimme', – der man ja auch hin und wieder Gehör geben muss, um nicht in die Fehler der Gegenseite zu verfallen."
*mangelhaften Vorbereitungen:* bezieht sich auf die schnellen Siege der Japaner und die englischen Rückschläge in Libyen und im Mittelmeer.
*mit Gedichten:* das beigefügte Typoskript enthält sieben Gedichte: *Verse*, *Gedichte*, *Bilder*, *Unanwendbar*, *Du trägst*, *Ein Wort*, *Abschied*. Diese *Biographischen Gedichte* bilden (mit Ausnahme von *Du trägst*) die Keimzelle zur späteren Sammlung der *Statischen Gedichte*, Zürich, VerlagsAG Die Arche, [1]1948. Eine ausführliche Beschreibung des Typoskripts bei Steinhagen, S. 47-50; dort auch ein Zitat aus Oelzes Antwortbrief vom 27./28. 12. 1941.
*Biographie der Duse:* Resnevic-Signorelli: *Eleonora Duse. Leben und Leiden der großen Schauspielerin*, 1939. Benn hat den Grabspruch leicht verändert; er lautet: „Begnadet, verzweifelnd, vertrauend"; vgl. Benns Gedicht *Ach, das ferne Land*.

Nr. 223
Berlin 24. 12. 1941. Hs., 4 Bl. Lohner S. 84 (Auszug).

*Lukrezia Borgia:* Oelze schreibt dazu in seinem Brief v. 27./28. 12. 1941: „Das auf der Postkarte reproduzierte Bild ist nach meiner Ansicht das eine der beiden schönsten Mädchenbildnisse dieser Welt ⟨. . .⟩ Huysmans (der Verfasser von „A rebours") hat ja ein ganzes Buch über dieses Gemälde des Bartolomeo da Venezia geschrieben, in dem er die Ansicht entwickelt, es handle sich möglicherweise um ein Portrait der Lucrezia Borgia."
*von mir beschriebenen:* in Benns Gedicht *Bilder*.
*die neue Wendung:* nach dem Rücktritt des Feldmarschalls v. Brauchitsch am 19. 12. 1941 und der Ablösung und Bestrafung zahlreicher hoher Offiziere an der Ostfront übernahm Hitler selber den Oberbefehl über das Heer, mit der erklärten Absicht, es „nationalsozialistisch zu erziehen"; vgl. auch Benns nächsten Brief.

Nr. 224
Berlin 4. 1. 1942. Hs., 2 Bl. Unveröff.

*ob man Stalin ...:* auf der Konferenz von Washington zwischen Roosevelt und Churchill vom 22.-26. 12. 1941, wo der Entschluß gefaßt wurde, zunächst die beiden europäischen Achsenmächte niederzuringen.

Nr. 225
Berlin 11. 1. 1942. Hs., 2 Bl. Unveröff.

*in Afrika:* die Luftflotte unter Feldmarschall Kesselring wurde bereits am 28. 11. 1941 nach Süditalien verlegt; bei unaufhörlichen Luftangriffen auf Malta im Januar 1942 konnten die Nachschubtransporte aus Italien erstmals ungehindert Tripolis anlaufen.
*ist dort angekommen:* könnte auch „doch" heißen.
*im Mittelmeer:* die Amerikaner und Engländer landeten am 8. 11. 1942 in Nordafrika, nachdem die englische Offensive bei El Alamein am 23. 10. 1942 begonnen hatte. In Sizilien landeten die Alliierten erst am 10. 7. 1943.
*Militärdiktator:* bezieht sich offensichtlich auf die Pläne der Verschwörer, die Generalität gegen Hitler zu gewinnen.
*Madelon Lulofs:* der Roman *Gummi* erschien dt. 1934, der Roman *Kuli* dt. 1935, beide übertragen von W. H. Kotas.

Nr. 226
Berlin 21. 1. 1942. Hs., 1 Bl. Unveröff.

*Singapur:* S. wurde am 15. 2. 1942 von den Japanern erobert. Malta fiel nicht.

Nr. 227
Berlin 1. 2. 1942. Hs., 3 Bl. Unveröff.

*Katastrophe:* Oelzes Bremer Elternhaus in der Kohlhökerstraße war bei einem Luftangriff zerstört worden.

Nr. 228
(Berlin) 8. 2. 1942. Hs., 6 Bl. Unveröff.

*Zeitungsausschnitt:* Oelze hatte einen Bremer Zeitungsausschnitt über den Luftangriff beigelegt. Von der Familie Otto Weiss, „dem Inhaber der berühmten Kaffeefirma Schilling", hatte Oelze berichtet, daß sie bei einer Geburtstagsfeier durch den Luftangriff ums Leben gekommen sei.

*durch Unfälle ausgerottet wurde:* Das „wurde" ist sinngemäß wohl auf die Familie der Großherzöge zu beziehen.
*R. M.:* Reichsmarschall Göring fuhr Ende Januar 1942 nach Rom, um von Mussolini italienische Formationen für den Ostfeldzug zu erbitten. Zuvor war General Keitel in Budapest und Bukarest gewesen, um dort neue Divisionen zu organisieren.
*Tschiang-Kaischek:* trifft nicht zu.
*Nordafrika:* Rommels Offensive brachte die Wiedereroberung von Bengasi und endete am 7. 2. 1942 bei El Gazala in Libyen.
*französische Nordafrikaarmeen:* Hitler konnte sie für ein Bündnis nicht gewinnen.
*v. Br.:* von Brauchitsch kehrte nicht zurück.
*Dorian Gray:* der Roman von Oscar Wilde.
*Biographie:* sie befindet sich noch in der Bibliothek Benns.

Nr. 229
Berlin 20./22. 2. 1942. Hs., 3 Bl. Unveröff.

*Zeitungsanlagen:* zwei deutsche Zeitungsanlagen mit Kulturnotizen aus Paris und über den versteckten Gaullismus in Frankreich.
*Seneca-Wort:* Qui potest mori non potest cogi.
*Kanalpassage:* am 12. 2. 1942 war drei deutschen Kriegsschiffen der Durchbruch durch den englischen Kanal gelungen.
*vom Osten:* die russische Gegenoffensive kam erst Ende Februar 1942 zum Stehen.
*„entfernten Dinge":* Oelze hatte seine Ausführungen über die genannten Themen mit dem Satz eingeleitet: „Wenden wir uns inzwischen wieder ‚dem Entferntesten' zu."
*Heine:* Oelze hatte in seinem Brief v. 16. 1. 1942 auf die Modernität dieses Autors hingewiesen.
*zwei grosse Principien . . ., das eine:* Benn schreibt versehentlich „die eine".
*Von den drei allergrössten Männern:* vgl. II, 198.
*„Bosie", Alfred Douglas:* seine Freundschaft mit Lord Alfred Bruce Douglas, gen. „Bosie", verwickelte Wilde 1895 in einen Prozeß mit Douglas' Vater, dem Marquis von Queensberry. Das Verfahren endete mit Wildes Verurteilung wegen Homosexualität zu zwei Jahren Zuchthaus und führte zu seinem Ruin. D. war vorher nach Paris geflüchtet; bei Wildes Begräbnis Ende 1900 war er anwesend.
*I c-Mann:* Abteilung für Spionageabwehr beim Generalkommando.

Nr. 230
(Berlin) 17. 3. 1942. Hs., 1 Bl. Unveröff.

Nr. 231
Berlin 11. 4. 1942. Hs., 2 Bl. Lohner S. 19 (Auszug).

*Wanderers Gemütsruhe*: Anspielung auf Goethes Gedicht im *Divan (Buch des Unmuts)*.
*Rönne:* Anspielung auf Benns *Rönne*-Prosa, die im Ersten Weltkrieg in Brüssel entstand.
*„Manchmal eine Stunde . . .“:* vgl. *Der Geburtstag* (II, 59).
*ob ich sie noch einmal wiedersehen möchte:* das „ich“ fehlt bei Benn, von Oelze eingefügt.

Nr. 232
Berlin 24. 4. 1942. Hs., 2 Bl. Unveröff.

*„vor denen nie . . .“:* vgl. *Die Reise* (II, 36).
*Bennett:* Arnold B. (1867-1931), englischer Erzähler und Dramatiker. Sein Roman *Lord Raingo* erschien dt. 1928.
*W. C.:* Winston Churchill.
*„Die Auferstehung . . .“:* Der Roman *Die Auferstehung des Maltravers* erschien 1936.
*Leopold II:* belgischer König (1865-1909), ein Liebhaber der Frauen und Förderer von Kunst und Wissenschaft; starb in Schloß Laeken.
*Cléo de Mérode:* Leopolds letzte Mätresse; ihr wirklicher Name war Caroline Lacroix; L. machte sie zur Baronin von Vaughan und heiratete sie wenige Tage vor seinem Tode.

Nr. 233
Berlin 2. 5. 1942. Hs., 1 Bl. Unveröff.

*Grande Beguinage . . .:* gemeint ist Rilkes Gedicht *Béguinage, Béguinage Sainte-Elisabeth, Brügge* aus den *Neuen Gedichten.*

Nr. 234
Berlin 30. 5. 1942. Hs., 1 Bl. Unveröff.

*schwarzen Diamanten:* Bohnenkaffee.

Nr. 235
(Berlin) 17. 6. 1942. Hs., 1 Bl. Unveröff.

Nr. 236
Berlin 5. 7. 1942. Hs., 1 Bl. Lohner, S. 28 (Auszug).

*Focke-Wulff Werke:* die Flugzeugfabrik.
*– Erinnerung an Schöneres –:* Die vierte Silbe des Wortes „Erinnerung", das als letztes unten auf der Vorderseite steht und nach der dritten Silbe getrennt ist, fehlt oben auf der Rückseite.
*nicht als Feldpost:* weil sich Oelze in Bremen aufhält; ins Ausland wurden die Briefe nur mit Feldpost befördert. Deshalb hörten mit Oelzes Versetzung nach Brüssel schlagartig die ausführlichen und unverblümten Erörterungen der politischen und militärischen Lage auf.

Nr. 237
Berlin 1. 8. 1942. Hs., 1 Bl. Unveröff.

*Autors:* Carl Sternheim.
*Br.:* Brüssel, da der Brief als Feldpostbrief adressiert ist.

Nr. 238
(Berlin) 21. 9. 1942. Hs., 1 Bl. Unveröff.

*die Überraschung:* in der Europäischen Literatur I, H. 4, Aug. 1942, S. 15, findet sich in dem Artikel *Ärzte als Schriftsteller und Dichter* von Karl Eiland folgender Satz: „Diese innere Berührungslinie und dazu die äußere der leidenschaftlichen Anteilnahme fast der gesamten Ärzteschaft an dem Geisteskampf unserer Zeit um das rechte Bild von der Natur, – jenes Erbe Schleichs und eines Erwin Liek, der die Erneuerung der Heilkunde aus dem Geiste statt aus der Materie fordert, jenes ‚Verlangen zum Urgestein', mit dem der Arzt-Dichter Gottfried *Benn* den Krisen der Zeit- und Geisteswende entgegentrat, dies alles macht es wohl verständlich, daß unter allen Berufen der ärztliche der ist, aus dem die meisten Schriftsteller und Dichter hervorgehen."
*„Affäre":* Benns Ausschluß aus der Reichsschrifttumskammer im Frühjahr 1938.

Nr. 239
(Berlin) 26. 9. 1942. Hs., 2 Bl. Unveröff.

*Blüthner, Bechstein:* wertvolle Konzertflügel.
*„aus Silber u. Rosen":* vgl. Benns Gedicht *Am Saum des nordischen Meers.*
*„das Meer u. ...":* vgl. Benns Gedicht *Aus Fernen, aus Reichen.*
*bekannter Verleger:* Dr. med. Otto Wilhelm Klemm (1881-1968)

hatte 1922 als Schwiegersohn Alfred Kröners die Geschäftsführung des Kröner Verlags übernommen, diese allerdings bereits 1937 wieder abgegeben. 1938 wurde der Kröner Verlag nach Stuttgart zurückverlegt, Wilhelm Klemm führte in Leipzig als Alleininhaber seine Dieterichsche Verlagsbuchhandlung weiter.
*Ihre Dialoge:* Oelze schrieb am 22. 8. 1942: „Abends wenn ich allein in meiner totenstillen Wohnung sitze – so nahe bei Rönne's Haus – schreibe ich Dialoge, mit mir selbst, mit einem zweiten Ich, für das ich vergebens nach einem Namen suche." Es ist der letzte erhaltene Brief Oelzes vor dem Kriegsende.
Diese „Dialoge" von Oelze werden in den folgenden Briefen noch mehrfach erwähnt (Nr. 240, 242, 250, 254). Daß Benn sie erhalten hat, geht aus dem Brief Nr. 249 hervor. Im Benn-Nachlaß sind sie jedoch nicht vorhanden. Möglicherweise hat Benn sie zurückgeschickt oder in Landsberg a. W. zurücklassen müssen. Oelze kann sich an diese „Dialoge" nicht mehr erinnern und ist davon überzeugt, daß dieser Begriff nur eine andere Bezeichnung für den Briefwechsel zwischen Benn und ihm gewesen sei.

Nr. 240
Berlin 14. 10. 1942. Hs., 2 Bl. Lohner S. 264 (Auszug).

*Buch von Martin:* Alfred v. M., *Nietzsche und Burckhardt*, 1941.
*Nebel- u. Niflheim:* vgl. Benns Gedicht *Mittelmeerisch.*

Nr. 241
Berlin 9. 11. 1942. Hs., 1 Bl. Unveröff.

*u.k.:* unabkömmlich.

Nr. 242
Berlin 16. 11. 1942. Hs., 1 Bl. Unveröff.

*Autor der Hose:* Carl Sternheim.

Nr. 243
(Berlin) 4. 12. 1942. Hs., 1 Bl. Unveröff.

*dieses Lernet-Holenia:* der Roman *Beide Sizilien*, der 1942 erschien.

Nr. 244
Berlin 2. 1. 1943. Hs., 2 Bl. Lohner S. 264f. (Auszug).

*meinem Laboratorium:* vgl. I, 389.

*der Mensch ist nicht einsam ...:* vgl. den Essay *Pessimismus* (I, 356).
*Was dem Menschen von heute .... um uns sehn:* vgl. II, 279.
*Die Denkfunktion ...:* vgl. *Roman des Phänotyp* (II, 163f.), und *Texte aus dem Nachlaß* S. 109.
*die Lage*: das Jahresende 1942 war durch die englische Offensive in Libyen, durch die Landung der Amerikaner und Engländer in Nordafrika, durch die Einschließung von Stalingrad und durch mehrere russische Offensiven und Durchbrüche gekennzeichnet.
*Napoleons Redensart:* vgl. Benns Essay *Zum Thema Geschichte:* „Kein Wort findet sich häufiger unter Napoleons Aussprüchen über politische und strategische Lagen als das etwas vulgäre: ‚die Birne ist noch nicht reif.'" (I, 371).

Nr. 245
Berlin 28. 2. 1943. Hs., 3 Bl. Lohner S. 137 (Auszug).

*A.:* Amsterdam.
*Nachlass jenes Dr. Rönne:* Tarnung für die letzten Arbeiten Benns.
*frühe Frühjahr:* hinter dem meteorologischen Hinweis verbirgt sich möglicherweise schon hier eine politische Anspielung. In späteren Briefen Benns wird dieses Verfahren unmißverständlich.

Nr. 246
Berlin 28. 3. 1943. Hs., 3 Bl. Lohner S. 137f. (Auszug).

*„Deutlich neigt sich ...":* der Schlußsatz des Essays *Provoziertes Leben* (I, 343).
*Sie zitieren Verse:* Benns Gedicht *Gesänge.*
*Th. M.:* die Stelle stammt aus dem Aufsatz *Kosmopolitismus* von 1925 und lautet genau: „Mit uns Schriftstellern ist es schlimm und lächerlich. Wir vergessen, was wir mitgeteilt haben. Wir entäußern uns unserer Einsichten, indem wir ihnen lebendige Form verleihen und sie unter die Leute bringen. Sie leben nun in der Zeit und gehören uns weniger als anderen. Früh empfand ich, daß dem literarischen Ausdruck etwas Tödliches eignet. Er erledigt, er desinteressiert. Der Schreibende verdummt, indem er andere klüger macht."
*„-wenn ich 4 Rosse ...":* Anspielung auf zwei Verse aus Goethes *Faust I*, die Mephistopheles spricht: „Wenn ich sechs Hengste zahlen kann, / Sind ihre Kräfte nicht die meine?" (V. 1824f.) Karl Marx hat diese Verse in ähnlichem Sinne bereits in seinen Frühschriften zitiert.

Nr. 247
Berlin 17. 4. 1943. Hs., 2 Bl. Unveröff.

*C. G. Jung:* in dem angegebenen Buch befinden sich Kapitel über Nietzsches *Geburt der Tragödie*, über „Schillers Ideen zum Typenproblem", über Carl Spittelers *Prometheus und Epimetheus*, 1881, und über Wilhelm Ostwalds Buch *Grosse Männer*, 1910.
*Sein Buch:* gemeint ist C. G. Jungs Buch *Symbole der Wandlung. Analyse des Vorspiels zu einer Schizophrenie*, das erstmals 1912 erschien.

Nr. 248
Berlin 19. 4. 1943. Hs., 2 Bl. Lohner S. 78f. (Auszug).

*2. Reihe:* Benn gebraucht den Ausdruck „Reihe" auch für „Strophe".

Nr. 249
Berlin 4. 5. 1943. Hs., 2 Bl. Unveröff.

*„Imaginären Gespräche":* es handelt sich wohl um die „Dialoge", von denen Oelze in seinem Brief v. 22. 8. 1942 schrieb; vgl. den Kommentar zum Brief Nr. 239.
*Unzeitgemässheit:* Benn schreibt versehentlich „unzeitgemässzeit".
*Farewell to arms:* Benn schreibt „Farwell to armes".
*„Corona"-Heft:* die Gedenkrede, die Schröder im November 1928 gehalten hatte, erschien im ersten Heft der Corona, Juli 1930, S. 55 bis 68.

Nr. 250
Berlin 17. 5. 1943. Hs., 1 Bl. Lohner S. 265 (Auszug).

*blauen Scheins:* 1000 Reichsmark.
*China geheim:* Titel eines Buches von Egon Erwin Kisch, 1933, das sich noch in der Bibliothek Benns befindet.
*Ein Schatten, der über ...:* vgl. II, 179: „ein Schatten, der über das Manuskript fällt, kann schwerer wiegen als das Ur".
*Die Wüste wächst:* vgl. Kommentar zur Nr. 164.
*Roselius:* Ludwig R. (1874-1943), Großkaufmann; entwickelte die väterliche Firma in Bremen zu einem der größten Kaffee-Einfuhrhäuser Europas. Als Förderer kultureller Bestrebungen schuf er mit B. Hoetger die architektonisch bedeutsame Böttcherstraße mit dem Roseliushaus.

Nr. 251
Berlin 6. 6. 1943. Hs., 1 Bl. Unveröff.

Nr. 252
Berlin 27. 6. 1943. Hs., 2 Bl. Unveröff.

*Kulminationspunkt:* nach der Kapitulation der deutschen Heeresgruppe Afrika in Tunesien erfolgte am 10. Juli 1943 die englisch-amerikanische Landung in Sizilien.
*Knut Hamsun:* H. hatte auf dem Wiener Journalistenkongreß eine Rede gehalten, die unter dem Titel *Knut Hamsun legt auf dem Pressekongreß ein Bekenntnis ab* am 24. 6. 1943 in der norwegischen Zeitung Aftenposten erschien. Sie ist ein Dokument seines Englandhasses, in dem es u. a. heißt: „Ein einziges Land widerstand dem Gift der englischen Politik, ein großes und mächtiges Land, Deutschland. Doch eben weil Deutschland groß und mächtig war, war es der Gegenstand des tödlichen Mißfallens Albions. ... Mußte das nicht Deutschlands Untergang bedeuten? Natürlich nicht ... Denn jetzt setzte in Deutschland die Zeit des Nationalsozialismus ein mit Leben und Wirken und Aufstieg an allen Enden. Es war eine Offenbarung, ein Wunder des Willens und der germanischen Kraft. Adolf Hitler war der Führer ... England wollte also jetzt den Krieg, und Hitler zog das Schwert, er war Kreuzfahrer und Reformator, er wollte eine neue Zeit heraufführen und ein neues Leben für alle Länder, eine dauernde zwischenvölkische Einheit zum besten jedes Landes ...". Vollständig abgedruckt in: Sten Sparre Nilson, *Knut Hamsun und die Politik*, Ring-Verlag, Villingen, 1964, S. 228-230.
*die andern:* die Emigranten.

Nr. 253
Berlin 15. 7. 1943 (Poststempel 19. 7.). Hs., 1 Bl. Unveröff.

Nr. 254
Berlin 30. 7. 1943. Hs., 2 Bl. Lohner S. 265 (Auszug).

*die roten Streifen:* Generalsstreifen.
*Der grosse Coup:* die endgültige Wende des Krieges; am 25. Juli 1943 kam es in Italien zum Sturz und zur Verhaftung Mussolinis und zur Bildung der Regierung Badoglio.

Nr. 255
Berlin 7. 8. 1943. Hs., 3 Bl. Lohner S. 79f., 138 (Auszüge); Steinhagen S. 51 (Auszug).

*„Die Schwalben ...“:* aus Benns Gedicht *Astern* und nicht aus dem angegebenen Gedicht *Tag, der den Sommer endet ..*
*22 Gedichte:* Benns Privatdruck vom August 1943; vgl. den Brief Nr. 259.
*Ausdruckswelt:* der Essayband erschien ohne den Untertitel im Jahr 1949.

Nr. 256
Berlin 14. 8. 1943. Hs., 2 Bl. Unveröff.

*Frau Fraß:* die Entzifferung des Namens ist nicht ganz gesichert. Da Benn sonst überhaupt kein *ß* verwendet, könnte es sein, daß er, gezwungen durch die Schreibung des Namens, ein *ß* zu Papier zu bringen versucht hat, das ihm hier, wie auch an einer zweiten Stelle (auf dem Umschlag des Briefes vom 30. 8. 1943) mißlungen ist.

Nr. 257
Landsberg a. W. 30. 8. 1943. Hs., 1 Bl. Unveröff.

*Block II, Zimmer 63:* der Titel des Abschnitts über die Zeit in Landsberg lautet im *Doppelleben* (IV, 113): „Block II, Zimmer 66“; vgl. auch Brief Nr. 259.
*Villegiatur:* Sommerferien.
*„Oh jene Jahre“:* vgl. Benns Gedicht *Nachzeichnung* aus dem gleichen Jahr.

Nr. 258
Landsberg a. W. 26. 10. 1943. Hs., 1 Bl. Lohner S. 156 (Auszug).

*St. Jean de Luz:* Hafenstadt und Seebad im französischen Départment Pyrénées-Atlantiques, am Golf von Biscaya, unweit der spanischen Grenze.
*mein Prosabuch: Ausdruckswelt.*
*Pallas=partie:* Benns Essay *Pallas.*
*Weinhaus Wolf:* vgl. die Briefe Nr. 142, 143, sowie die Erläuterungen zu Nr. 143.

Nr. 259
Landsberg a. W. 10. 11. 1943. Hs., 2 Bl. Lohner S. 80f., 156 (Auszüge); Steinhagen S. 53 (Auszug).

*22 Gedichte:* Benn hat den Privatdruck wahrscheinlich am 13. 10. 1943 ohne Begleitbrief an Oelze geschickt, der ihn am 18. 10. 1943 in Paris erhalten hat. Die Widmung in Oelzes Exemplar lautet: „Der Excellenz im Claridge aus einer östlichen Kaserne. 13/X 43 G.B."
*Abschied:* Benns Gedicht *Abschied.*
*Frank Maraun:* Ps. von Erwin Goelz, geb. 1903; Arbeit als Dramaturg, Literatur-, Theater- und Filmkritiker; persönliche Verbindung mit Benn seit 1925. Lebt in Stuttgart.
*eine Poem widmete: Welle der Nacht* trägt die Widmung: „Für Alexander Lernet-Holenia".
*Weinhaus Wolf:* Oelze ließ *Weinhaus Wolf* abschreiben und binden, um es Benn zu schenken; vgl. Brief Nr. 262 sowie die Erläuterungen zum Brief Nr. 143.
*die beigefügte Pallas:* das Typoskript (6 Bl., nicht signiert, datiert: „6 XI 43.") befindet sich in Oelzes Archiv; es hat vermutlich als Vorlage für den Abdruck dieses Essays in der *Ausdruckswelt* gedient.

Nr. 260
Landsberg a. W. 21. 11. 1943. Hs., 1 Bl. Unveröff.

Nr. 261
Landsberg a. W. 14. 12. 1943. Hs., 1 Bl. Unveröff.

*Wintersonnengedanken:* vgl. IV, 126.
*ein Grau aus den Flügeln . . .:* vgl. IV, 126.

Nr. 262
Landsberg a. W. 22. 12. 1943. Hs., 1 Bl. Lohner S. 116 (Auszug).

*„Wiederholungszwänge":* vgl. I, 82.
*ein Buch: Tagebuch des Herrn von Chantelou über die Reise des Cavaliere Bernini nach Frankreich,* dt. Bearbeitung von Hans Rose, 1919; vgl. IV, 125f.
*Frühjahrsmonate:* hier beginnen die Anspielungen auf die erwartete Invasion der Alliierten in Frankreich, die allerdings erst am 6. Juni 1944 erfolgte; vgl. nächsten Brief Nr. 263 und Brief Nr. 265.

Nr. 263
Landsberg a. W. 4. 1. 1944. Hs., 1 Bl. Unveröff.

Nr. 264
Landsberg a. W. 5. 2. 1944. Hs., 1 Bl. Lohner S. 265 (Auszug).

*„Endogene Bilder ...":* vgl. I, 343 und Brief Nr. 246.
*Godja Gustavowitsch:* Gottfried, Sohn des Gustav; Anspielung auf den russischen Vormarsch an der Ostfront.

Nr. 265
Landsberg a. W. 5. 3. 1944. Hs., 1 Bl. Lohner S. 265 (Auszug).

*Renée Sintenis:* in Berlin lebende Bildhauerin, mit der Benn seit dem Ende der zwanziger Jahre gut bekannt war; vgl. IV, 107.
*Beginn des Frühlings:* dic Invasion in Frankreich.
*Welle und Spiel:* Zitat aus Nietzsches *Dionysos-Dithyrambus Die Sonne sinkt.*
*Schilfgeflüster und Libellen:* vgl. den Abschnitt „Libellen" aus Benns *Roman des Phänotyp* (II, 179), der in Landsberg entstand.

Nr. 266
Landsberg a. W. 6. 3. 1944. Hs., 2 Bl. Lohner S. 138ff. (Auszug).

*meinem Affen Zucker gegeben:* vgl. II, 276.
*Libellenstimmung:* vgl. II, 179.
*Einerseits-Andererseitsstandpunkt:* vgl. den Abschnitt „Ambivalenz" aus dem *Roman des Phänotyp* (II, 156-158).
*dies Buch:* Benn sieht hier den späteren Essayband *Ausdruckswelt* und den *Roman des Phänotyp* noch als Einheit; vgl. den Brief Nr. 269.
*es eröffnet mit der Queen ...:* vgl. I, 299 und II, 196.
*Torffeuer von Limerick:* vgl. II, 276.
*in Westindien:* im Frühjahr 1939.

Nr. 267
Landsberg a. W. 3. 4. 1944. Hs., 1 Bl. Lohner S. 266 (Auszug).

*Sentenz von Montesquieu:* aus den *Lettres Persanes* (Nr. 59): „On a dit fort bien que, si les triangles faisaient un Dieu, ils lui donneraient trois côtés."
*„der höchste Gott ...":* vgl. *Eine Kammfirma* (I, 397) und *Texte aus dem Nachlaß* (S. 100), wo der Satz in einem für den *Roman des Phänotyp* geplanten Kapitel auftaucht.
*Straussberg, Fürstenwalde oder Forst:* kleinere Orte in der Nähe Berlins.
*R. Stelle:* Reservestelle.

*dos Passos: Auf den Trümmern. Roman zweier Kontinente*, dt. 1932.
*Igelhoff:* Peter I., geb. 1904. Komponist zahlreicher Lieder, Schlager, Chansons, Musikkomödien, Film- und Fernsehmusiken. Galt seit 1943 als „unerwünscht".
*ein guter Schlager:* vgl. I, 518.
*Hofmannsthal:* die Bemerkung von H. ist seinem *Buch der Freunde* entnommen. (*Ges. Werke in Einzelausgaben. Aufzeichnungen*, 1959, S. 32).
*„O Kleinod ...":* ein Vers aus der Preisrede John of Gaunts auf England aus Shakespeares *König Richard II.*, II, 1, V. 46: „This precious stone set in the silver sea." Welchen aktuellen Sinn diese Anspielung Benns auf England hat, ist nicht zu ermitteln.

Nr. 268
Landsberg a. W. 13. 4. 1944. Hs., 1 Bl. Unveröff.
*Parmaveilchen:* vgl. II, 177.

Nr. 269
Landsberg a. W. 3. 5. 1944. Hs., 2 Bl. Lohner S. 117f., 266f. (Auszüge).

*Datum:* fehlt, von Oelze eingesetzt (Poststempel: 4. 5. 1944).
*von Neuem mit Rilke beschäftigt:* vgl. IV, 278f. und Benns Bericht im *Doppelleben* über diese Zeit (IV, 122f.).
*I, XXI:* es handelt sich um das Sonett *Frühling ist wieder gekommen ...*
*200 Seiten-Roman:* vgl. die Anm. zum Brief Nr. 181.

Nr. 270
Landsberg a. W. 7. 5. 1944. Hs., 1 Bl. Lohner S. 118 (Auszug).

*„Trauer und Licht ...":* vgl. II, 174, 190.

Nr. 271
Landsberg a. W. 10. 5. 1944. Hs., 1 Bl. Lohner S. 81 (Auszug).
*klassizistische Strophen:* um welches Gedicht es sich handelt, ist nicht mehr festzustellen. Lohners Vermutung (S. 81) ist kaum haltbar, da das Gedicht *Abschied* bereits in den *Biographischen Gedichten*, 1941, und in den *Zweiundzwanzig Gedichten*, 1943, enthalten ist. Benns Formulierung hier im Briefe deutet jedoch darauf hin, daß er ein neues, gerade entstandenes Gedicht schickt. Wahrscheinlich ist es ein Gedicht, das Benn dann in das Typoskript der *Statischen Gedichte* vom 3. 1. 1945 aufgenommen hat; vgl. Briefe

Nr. 283, 284. Vielleicht bezieht sich der Ausdruck „Klassizistische Strophen" auf die achtzeilige Reimstrophe, die Benn in den 20er Jahren fast ausschließlich verwendete, dann könnte es sich um das Gedicht *Überblickt man die Jahre* handeln. In Frage käme jedoch auch – dann wäre Benns Ausdruck ironisch zu verstehen – das Gedicht *St. Petersburg – Mitte des Jahrhunderts*, von dem in Oelzes Archiv ein Typoskript (2 Bl., undatiert, unter dem Text hs. von Benn: „G.B. F.W.Oe.") vorhanden ist. Zur Entstehung dieses Gedichts vgl. IV, 130f.
*letzte Gruss nach Paris:* Paris wurde erst am 25. August 1944 von französischen Truppen besetzt.

Nr. 272
Landsberg a. W. 31. 5. 1944. Hs., 2 Bl. Lohner S. 118f. (Auszug).

*Mauras:* vermutlich der franz. Politiker und Schriftsteller Charles Maurras (1868-1952), führender Vertreter der Action Française; während des 2. Weltkriegs ein Gegner der franz. Widerstandsbewegung; 1945 als „Kollaborateur" zu lebenslänglicher Haft verurteilt, 1948 begnadigt.
*Gustav Pauli:* der Verfasser war langjähriger Direktor der Hamburger Kunsthalle; sein Buch erschien 1936 in Tübingen.
*Deutsche Ode:* Pauli zitiert diese Ode von 1910 („Wenn fremd, verlassen, alles im Irren geht ...") auf S. 221f.
*Adele Wolde:* über diese Kunstliebhaberin und -förderin berichtet Pauli auf S. 228f.; der poetische Nachruf Schröders „Mir ist, als ob mir ein Etwas fehle ..." wird S. 229f. zitiert.
*Seine Anlage ...:* vgl. zu dieser Charakteristik des *Roman des Phänotyp* IV, 132f.

Nr. 273
Landsberg a. W. 10. 6. 1944. Hs., 1 Bl. Unveröff.

*grossartige Widmung:* taucht als Widmung nicht auf; vgl. Benns Gedicht *O gib* –, das wahrscheinlich 1944 entstanden ist.
*Orne u. Vire:* zwischen diesen beiden Flüssen in der Normandie war am 6. 6. 1944 die Invasion der Alliierten erfolgt, deren Hauptlandung Hitler irrtümlich im Pas de Calais erwartet hatte.

Nr. 274
Landsberg a. W. 12. 7. 1944. Hs., 2 Bl. Lohner S. 119 (Auszug).

*vom Osten:* die russischen Truppen stießen im Juni/Juli 1944 in mehreren Offensiven bis Minsk, Wilna und Brest-Litowsk vor.

Nr. 275
Landsberg a. W. 17. 7. 1944. Hs., 1 Bl. Unveröff.

*(pardon !):* bezieht sich auf einige Tintenflecke an dieser Stelle.
*„Wo Gefahr ist. .":* das Hölderlin-Zitat lautet vollständig: „Wo aber Gefahr ist, wächst / Das Rettende auch"; es ist der Hymne *Patmos* entnommen.

Nr. 276
Landsberg a. W. 14. 8. 1944. Hs., 1 Bl. Lohner S. 119 (Auszug).
*Charles Morgan:* sein Roman *Die Flamme* erschien dt. 1936.
*der mit den Dingen fertig wird:* vgl. II, 233 und *Texte aus dem Nachlaß* S. 110.

Nr. 277
Landsberg a. W. 20. 8. 1944. Hs., 1 Bl. Unveröff.

*Cystoskopie:* das Ausleuchten der Harnblase durch das katheterähnliche Zystoskop (Blasenspiegel).

Nr. 278
Landsberg a. W. 25. 8. 1944. Hs., 1 Bl. Unveröff.

*Res.Lz:* Reservelazarett.

Nr. 279
Landsberg a. W. 11. 9. 1944. Hs., 1 Bl. Unveröff.

*Ebbeke und Mencken:* vgl. Brief Nr. 164.
*„mit dem Blick . . .":* vgl. Benns auf 1944 datiertes Gedicht *Clemenceau.*

Nr. 280
Landsberg a. W. 15. 10. 1944. Hs., 3 Bl. Unveröff.

*„Quell":* dieser Roman erschien dt. 1933.
*Pfarrer Raschke:* Hermann R., Hauptpastor und Religionsforscher in Bremerhaven, mit Oelze befreundet. Sein Haus und seine kostbare Bibliothek wurden bei einem Luftangriff total zerstört. Sein Hauptwerk *Jesus Dionysos* erschien nach dem Kriege in stark veränderter Fassung u. d. T. *Das Christusmysterium*, Bremen 1954.
*vom Objectivgewordenen fortführen:* Benn schreibt versehentlich „fortführt".
*„Musik des Vergessens":* Nietzsche in der *Fröhlichen Wissenschaft,*

Abschn. 367: die monologische Kunst *„ruht auf dem Vergessen*, sie ist die Musik des Vergessens"; vgl. II, 169.
*Walter-Flex-Kaserne:* nach dem Schriftsteller Walter Flex (1887 bis 1917), der durch sein Buch *Der Wanderer zwischen zwei Welten*, 1917, bekannt wurde.
*Heute vor 100 Jahren:* Nietzsches Geburtsdatum. Röcken bei Lützen ist sein Geburts- und Begräbnisort.
*Montgomery:* der spätere britische Feldmarschall (1944) Bernard Law M. of Alamein (1887-1976), befehligte von August 1942 bis Dezember 1943 die brit. 8. Armee bei der erfolgreichen Offensive von El-Alamein nach Tunis, bei der Landung der Alliierten auf Sizilien und beim Vormarsch durch Süditalien. 1944 führte er die brit. 21. Heeresgruppe bei der Landung der Alliierten in Frankreich.

Nr. 281
Landsberg a. W. 24. 10. 1944. Hs., 2 Bl. Unveröff.

*nie hob sich so klar:* Benn schreibt „nie erhob sich", setzt den Satz dann aber so fort, daß das Verbum sinngemäß nur „hob" heißen kann.
*diogenesisches Dasein:* Anspielung auf die Anekdote von Alexander und dem Philosophen Diogenes, der nur einen Wunsch an den König hatte: er möge ihm aus der Sonne gehen. Gemeint ist wohl Hitler.

Nr. 282
Landsberg a. W. 25. 11. 1944. Hs., 1 Bl. Unveröff.

*Steinhagen:* Oelzes mecklenburgisches Gut (bei Bützow); vgl. Brief Nr. 266 und Nr. 289.
*„–nun ist ein Korb . . .":* Verse des Gärtners aus Hofmannsthals *Kleinem Welttheater.*
*Kohlenbecken:* Anspielung auf Nietzsches Metapher „Herzenskohlenbecken" in dem *Dionysos-Dithyrambus Klage der Ariadne;* vgl. Brief Nr. 170.

Nr. 283
Landsberg a. W. 25. 12. 1944. Hs., 3 Bl. Lohner S. 85 (Auszug); Steinhagen S. 54 (Auszug).

*meine neueren Gedankengänge:* vermutlich sind die erst 1959 veröffentlichten Aufzeichnungen *Zum Thema Geschichte* gemeint.
*deutsche Ideologie Hegels:* vgl. dazu I, 384f.

*„Novelle":* vgl. Brief Nr. 63.
*Heraclit:* Nietzsches Wort über Heraklit in der Vorrede *Über das Pathos der Wahrheit* lautet: „Unter Menschen war Heraklit als Mensch unglaublich".
*Gide:* um welches Buch es sich handelt, ist nicht auszumachen. Von G. erschien 1944 *Pages de journal 1939-1942*, im Jahr 1943 *Interview imaginaire.*
*eine Folge neuerer Gedichte:* eine Sammlung von vierzehn Gedichten, die bis zum Jahresende 1944 in Landsberg a. d. W. entstanden sind, erstmals unter dem Titel *Statische Gedichte;* vgl. Steinhagen, S. 53-58.

Nr. 284
Landsberg a. W. 18. 1. 1945. Hs., 7 Bl. Steinhagen S. 55f. (vollständig); Lohner S. 85f., 267 (Auszüge).

*„nach Rankengesetz":* aus Benns Gedicht *Statische Gedichte.*
*Die roten Reiter:* am 12. Januar 1945 begannen die russischen Durchbrüche an der Weichselfront, die noch im gleichen Monat zur Besetzung Schlesiens und der Neumark führten. Benn mußte am 28. 1. fluchtartig Landsberg verlassen.

Nr. 285
Landsberg a. W. 22. 1. 1945. Hs., 2 Bl. Lohner S. 119, 142f. (Auszüge).

*freundlichen und unfreundlichen Gewohnheit ...:* Anspielung auf Goethes *Egmont*, V. Aufzug, Gefängnis; vgl. Brief Nr. 106.
*H.M.:* Heeresmitteilungen.
*„Block II, Zimmer 66":* wurde später ins *Doppelleben*, 1950, aufgenommen.
*D.V.A. Stuttgart:* Gustav Kilpper jun., der nach dem Ausscheiden seines Vaters mit der Leitung der DVA betraut worden war, mußte im Herbst 1943 einer Anzahl der Partei unerwünschter Autoren – neben Benn auch Keyserling, Fallada u. a. – die Verlagsrechte an ihren bei der DVA erschienenen Büchern zurückgeben; vgl. Benns Brief an Gustav Kilpper v. 28. Oktober 1943 *(Ausgewählte Briefe*, S. 92f.).
*Satz aus „Weinhaus Wolf":* II, 140.
*„Willkommen Väter! ...":* aus Goethes *Iphigenie auf Tauris*, III, 2, V. 1281.

Nr. 286

Landsberg a. W. 26. 1. 1945. Hs., 1 Bl. Unveröff.

*Datum:* Benn schreibt versehentlich: „26. I. 44".
*Borchardts Tod:* der Schriftsteller Rudolf B. (geb. 1877) starb am 10. 1. 1945.
*Lesen Sie ein bischen drin:* das Wort „bischen" ist (wie der ganze Brief) äußerst flüchtig geschrieben, die beiden letzten Buchstaben fehlen ganz.
*Der 1. Aufsatz:* der erste Aufsatz *Züchtung II* in dem später erschienenen Essayband *Ausdruckswelt*, 1949, ist bereits 1940 entstanden; vgl. den Brief Nr. 183.

Nr. 287

Landsberg a. W. 27. 1. 1945. Hs., 1 Bl. Unveröff.

Nr. 288

Berlin 9. 2. 1945. Hs., 2 Bl. Steinhagen S. 57 (Auszug).

Nr. 289

Berlin 23. 2. 1945. Hs., 2 Bl. Unveröff.

*meines Telegramms:* nicht erhalten.
*Bis zur Elbe:* Besetzung Deutschlands durch die Russen.
*Schlacht um Berlin:* am 16. 4. 1945 begann die russische Offensive auf Berlin, am 24. 4. wurde die Stadt eingeschlossen.
*der Lebensabend:* Anklang an Benns Gedicht *Gewisse Lebensabende.*
*Gedichtbände von 1912:* in diesem Jahr erschienen neben Benns *Morgue* u. a. die Anthologien *Der Kondor* und *Ballhaus*, Georg Heyms *Umbra Vitae*, die *Futuristischen Dichtungen* Marinettis, die Lyrik-Zeitschrift Die Buecherei Maiandros (ab September 1913 als Schriftenreihe in zwangloser Folge); vgl. IV, 29.
*H. M.:* Heinrich Manns Essay *Gustave Flaubert und George Sand* erschien 1905.

Nr. 290

Berlin 5. 3. 1945. Hs., 3 Bl. Unveröff.

*N. a W.:* Nienburg an der Weser, wo Oelze stationiert war.
*Reclam Band:* vgl. die Briefe Nr. 47, 48.
*Schillergedicht:* Goethes Gedicht *Im ernsten Beinhaus war's*, auch unter dem Titel *Bei Betrachtung von Schillers Schädel* bekannt, mit den Versen: „Wie mich geheimnisvoll die Form entzückte! / Die

gottgedachte Spur, die sich erhalten! / Ein Blick, der mich an jenes Meer entrückte, / Das flutend strömt gesteigerte Gestalten."
*Kingston Jamaica:* Oelze befand sich im Februar/März 1939 auf einer Geschäftsreise auf Jamaika. Seine Karte ist nicht erhalten.
*Chapeau rouge oder Prunier:* Pariser Feinschmeckerlokale.
*das ferne Land:* Anspielung auf Benns Gedicht *Ach, das ferne Land.*
*Horizont= u. Myosender:* ein Begriff der Luftabwehr; „Myo" war das Funkkodewort für „Feindflugzeuge am eigenen Flugplatz".

Nr. 291
Berlin 19. 3. 1945. Hs., 3 Bl. Unveröff.

*Kirche zum Heilsbronnen:* in der Nähe des Bayrischen Platzes.
*rückwärtige Begrenzung:* eines Fliegerangriffs auf Berlin; Terminus technicus in den Radioansagen.
*Festungen und Marauders:* Bombertypen der Alliierten, die viermotorige „Fliegende Festung" Boeing B-17G und die zweimotorige Martin B-26 „Marauder".
*Dresden:* die verheerendsten Luftangriffe auf Dresden, darunter Tagesangriffe, fanden zwischen dem 13. und 15. Februar 1945 statt. Die Zahl der Toten in der von Flüchtlingen überfüllten Stadt wird neuerdings auf ca. 35 000 geschätzt.
*„Der Untergang eines Volkes . . .":* Benn hat diesen Schluß zu dem Essayband nicht geschrieben. Hinweise auf das Problem gibt er im Vorwort zu *Ausdruckswelt* (IV, 403 u. I, 375f.).
*antagonistischen Einstellung:* zu ergänzen: gegen das nationalsozialistische Dritte Reich.

Nr. 292
Berlin 4. 4. 1945. Hs., 1 Bl. Unveröff.

*poetae laureat:* nicht zu ermitteln, was Benn meint; möglicherweise den „Nachlass Rönne" oder die „literarischen Emigranten", von denen er in diesem und im vorangehenden Brief spricht.
*Sehn wir uns wieder . . .:* Brutus zu Cassius vor der Schlacht bei Philippi in Shakespeares *Julius Caesar*, V, 1: „If we do meet again, why, we shall smile; / If not, why then, this parting was well made."
*Ort und Datum:* auf dem Briefumschlag hat Benn „Neuhaus a. Elbe" als Ort angegeben; gestempelt ist der Brief am 7. 4. 1945 in einem Ort (Name unleserlich) in Mecklenburg. Frau Oelze hat den Brief umadressiert: „Gasthof Bartel, Seebergen / Lilienthal, Bez. Bremen".

Die innerhalb der Brieftexte wiedergegebenen Gedichte

*Ach, das Erhabene*

*Astern*

*Am Saum des nordischen Meers*

*Suchst du –*

*Auf deine Lider senk ich Schlummer*

*Spät im Jahre –*

*Die Gefährten*

*Henri Matisse: „Asphodèles"*

erschienen später – teilweise unverändert, teils mit Varianten oder anderem Titel – in dem Band *Statische Gedichte*, Zürich, Verlag der Arche, [1]1948. Der Abdruck erfolgt mit freundlicher Genehmigung des Verlags der Arche.

# REGISTER